Un ennemi à charmer

Le choix de Bella

L'héritier des Sandrelli

ANDREA LAURENCE

Un ennemi à charmer

Traduction française de
FRANÇOISE HENRY

Passions

HARLEQUIN

Collection : PASSIONS

Titre original :
SAYING YES TO THE BOSS

HARPERCOLLINS FRANCE
83-85, boulevard Vincent-Auriol, 75646 PARIS CEDEX 13
Service Lectrices — Tél. : 01 45 82 47 47

www.harlequin.fr

ISBN 978-2-2803-6934-3 — ISSN 1950-2761

- 1 -

— Je l'ai trouvé !

Carson Newport leva les yeux des papiers étalés sur son bureau, haussa un sourcil curieux et se renversa contre le dossier de son fauteuil.

— Tu as trouvé quoi ?

Georgia Adams ravala sa déception. Elle avait imaginé différemment cet instant. C'était même pour cela qu'elle avait apporté une bouteille de champagne et des coupes en plastique. Non, elle n'aurait pas cru un instant qu'il accueillerait la nouvelle avec une telle indifférence.

Pourquoi ne devinait-il pas qu'elle avait trouvé le terrain de leurs rêves ? Alors qu'ils avaient passé des mois à le chercher !

— J'ai trouvé l'endroit où la Newport Corporation va construire l'hôpital pour enfants du Cynthia Newport Memorial.

Cette fois, Carson parut comprendre. Il se redressa dans son fauteuil de P-DG et lui lança :

— Tu es sérieuse ?

Elle sourit. Enfin une réaction plus conforme à celle qu'elle attendait.

— On ne peut plus sérieuse.

D'un geste, il l'invita à entrer.

— Viens me raconter tout ça.

— Non, viens, toi. Il faut absolument que je te le montre.

Sans discuter, il jeta un bref coup d'œil à son agenda avant de bondir de son fauteuil.

Elle n'était pas peu fière de ce qu'elle venait de faire. Trouver le terrain adéquat pour leur projet s'était révélé très difficile et très important. Il n'existait pas beaucoup de lieux susceptibles d'accueillir une structure d'une telle envergure à Chicago. Du moins pas à un prix abordable.

Le temps de boutonner sa veste de costume, il contourna son immense bureau en acajou et la rejoignit à la porte.

— Après vous, mademoiselle Adams.

Elle fit demi-tour sur ses talons hauts et se dirigea vers l'ascenseur.

— Nous prenons ta voiture, lui rappela-t-elle en appuyant sur le bouton du rez-de-chaussée.

— Tu sais, Georgia, lui dit-il, appuyé sur le mur, tu es directrice des relations publiques d'une des 500 premières entreprises américaines. Je te paie suffisamment pour que tu puisses t'offrir une voiture. Une place réservée dans le garage t'attend, même.

Elle haussa les épaules. La responsabilité d'une voiture ne la tentait pas. À vrai dire, elle n'en aurait pas l'usage. Son appartement était situé à un pâté de maisons d'une station de métro. Le réseau ferré aérien de la ville était bien pensé et peu cher, et elle appréciait la simplicité. Naturellement, pour certaines personnes ayant grandi, comme elle, dans un milieu modeste, avoir enfin sa propre voiture serait un signe de réussite sociale. Mais à ses yeux, cela représentait juste une dépense inutile.

— Tu ressembles à une lionne en chasse, lui fit remarquer Carson pendant qu'ils se dirigeaient vers le parking. Gracieuse, séduisante et impitoyable.

Tout près de la Range Rover de Carson, elle rejeta ses longs cheveux blond platine en arrière et posa une main sur sa hanche.

— Monsieur Newport, vais-je devoir vous signaler pour

harcèlement aux ressources humaines ? demanda-t-elle avec un sourire moqueur.

Carson grimaça en lui ouvrant la portière.

— C'était juste un compliment. Je t'en prie, ne m'expédie pas au premier étage ! Notre directrice des ressources humaines me fiche une trouille bleue ! Elle me rappelle mon institutrice du cours élémentaire, une vieille mégère qui m'avait toujours à l'œil.

— Tu te conduisais mal ?

Le sourire de Carson dévoila ses dents très blanches et ses yeux verts pétillèrent de malice.

— Possible, reconnut-il avant de claquer sa portière.

Georgia profita de ces quelques secondes de solitude pour se ressaisir. La présence de Carson Newport la rendait nerveuse. Ce n'était pas un patron exigeant ou désagréable, non. Et tout le problème était là. Beau, charmant, intelligent, c'était un séducteur impénitent, comme ses deux autres frères. Certes, cela ne prêtait pas à conséquence. Depuis un an qu'elle travaillait dans sa société, il ne l'avait pas même effleurée.

Elle en avait pourtant très envie. C'était un fantasme stupide qui la tenait éveillée la nuit : elle imaginait régulièrement ses mains viriles en train de caresser son corps nu. Mais cela devait rester un fantasme. Elle avait travaillé dur pour intégrer une bonne école et grimper les échelons de l'entreprise. Atterrir chez Newport Corporation était un rêve devenu réalité. Elle avait trouvé une famille avec ses collègues et elle excellait dans un travail qui lui plaisait. Maintenant qu'elle avait atteint ses objectifs, elle n'était pas prête à risquer sa carrière parce qu'elle en pinçait pour son employeur.

Carson s'installa au volant et démarra. Il lui fallut une demi-heure pour échapper à la circulation du centre-ville et parvenir au site qu'elle avait déniché. Ils garèrent la voiture dans une allée de graviers envahie par de hautes herbes. Ils en sortirent et marchèrent environ deux cents mètres jusqu'à un vaste espace découvert.

Si, en quittant son appartement, elle s'était doutée qu'elle visiterait un terrain, elle aurait choisi une tenue plus pratique qu'une jupe droite et des talons hauts. Mais elle n'avait obtenu l'information qu'en consultant ses mails au bureau. Heureusement, il n'avait pas plu depuis un certain temps, et le sol était ferme et sec. C'était vraiment le cadre idéal. Relativement plane, sans trop d'arbres à abattre, la propriété était située au bord d'une anse du lac Michigan.

— Alors, qu'en penses-tu ? demanda-t-elle après quelques instants.

L'attente du verdict mettait ses nerfs à rude épreuve. Impossible de trouver mieux. Cette propriété était constructible depuis des années, et la famille qui la détenait venait à peine de décider de vendre. Sans quoi cet endroit aurait depuis longtemps été transformé en centre commercial ou en résidence de luxe. Si ce lieu ne convenait pas à Carson, les recherches seraient au point mort, et elle se retrouverait avec une bouteille de champagne hors de prix sur les bras !

On aurait dit qu'il s'arrêtait pour regarder chaque centimètre carré. Mais quand il se tourna vers elle, un grand sourire illuminait son visage.

— C'est parfait !

Les mains dans les poches, il se mit à arpenter le terrain. Vue de l'extérieur, cette allure décontractée ne laissait pas deviner l'homme d'affaires qu'était Carson. Georgia en avait vu plus d'un sous-estimer le benjamin de la fratrie Newport et le regretter amèrement.

— Comment as-tu trouvé ce lieu ? s'enquit-il.

— J'ai des relations. Masculines, ajouta-t-elle avec un clin d'œil.

Elle avait discrètement déployé ses antennes quelques

semaines plus tôt mais avait miraculeusement su dans la matinée que ce terrain n'était pas encore officiellement en vente. Elle s'était entretenue avec les propriétaires et avait appris que des offres circulaient sous le manteau. Apparemment, ils souhaitaient que l'affaire se conclue rapidement et avec le moins de tracas possible. À la fin de la semaine suivante, faute d'offre qui leur convienne, ils mettraient la propriété sur le marché. Si la Newport Corporation réagissait vite, ils éviteraient que la concurrence fasse monter le prix.

Carson lui tourna le dos.

— Tu as des relations masculines, voyez-vous ça !

— On achète ce terrain ou pas ? demanda-t-elle sans relever cette remarque. Nous disposons de peu de temps pour décider. Quelqu'un sautera sur l'occasion, j'en suis certaine.

— Je suis d'accord. Il faut qu'on passe à l'offensive, et vite. N'attendons même pas l'avis de mes frères. Je suis sûre que Graham et Brooks apprécieront mon initiative.

Elle fit glisser la bandoulière de son sac de son épaule. Ce fourre-tout pouvait facilement contenir le nécessaire pour une échappée d'un week-end, mais elle le transportait quotidiennement. Tout ce dont elle pouvait éventuellement avoir besoin s'y trouvait. Comme une bouteille de champagne dans une mini-glacière.

— Il faut fêter ça, tu ne crois pas ? dit-elle en la sortant.

— Tu me fais penser à Mary Poppins, avec ton sac, lança en riant Carson en se penchant. Qu'y trouve-t-on encore ?

Plongeant une main dedans, elle en sortit deux coupes en plastique.

— Pas de cristal, mais elles feront l'affaire.

— Je ne ferai pas la fine bouche.

Carson fit sauter le bouchon de la bouteille et remplit leurs verres.

— Au nouvel hôpital du Cynthia Newport Memorial ! s'exclama-t-il en levant son verre.

— Au rêve de ta mère qui va enfin se réaliser ! renchérit-elle en portant à son tour un toast.

Comme ils buvaient une gorgée de champagne, elle remarqua le voile de tristesse qui obscurcit le regard de Carson. Deux mois seulement s'étaient écoulés depuis que sa mère avait succombé à une rupture d'anévrisme. Brusquement, lui et ses frères s'étaient retrouvés seuls, il ne restait plus rien de cette femme exceptionnelle. Ils avaient très mal vécu cette disparition brutale. Carson avait été le plus touché. Et il avait décidé de construire un hôpital en sa mémoire. Ce n'était que justice si on songeait au temps et à l'énergie qu'elle avait dépensés ces dernières années pour apporter un peu de réconfort aux enfants malades.

— Je n'arrive pas à y croire ! s'exclama-t-il.

Et, après avoir posé son verre, il la prit dans ses bras et la fit tourbillonner.

— Carson ! cria-t-elle en s'accrochant à son cou.

Mais il ne fit qu'accélérer l'allure.

Quand il la reposa à terre, ils riaient, grisés par le champagne. Elle se lova contre le torse de Carson et s'accrocha à ses épaules jusqu'à ce que l'univers cesse de tourner.

— Merci d'avoir trouvé la perle rare.

— J'en suis également heureuse. Je sais combien ce projet compte pour toi.

Soudain, Georgia prit conscience que les bras de Carson enserraient toujours sa taille. Même s'il était moins grand et moins charpenté que ses frères, cette étreinte laissait deviner les muscles cachés sous son luxueux costume.

Ils cessèrent de rire et se fixèrent intensément. Les belles lèvres de Carson n'étaient qu'à quelques centimètres des siennes, et elle sentait son souffle tiède sur sa joue. Elle s'était souvent imaginée dans cette situation. Chaque fois, il l'embrassait.

Avant qu'elle comprenne ce qui se passait, il fit de son rêve une réalité en s'emparant de ses lèvres. L'effet du champagne était trop fort pour laisser s'exprimer la petite voix qui la poussait à réagir. Et elle s'abandonna à son baiser.

Les lèvres de Carson étaient douces mais ferme. Elle serait éternellement restée dans ses bras, mais il recula.

Elle se sentait tout étourdie. Était-ce l'effet du baiser ou du champagne ? En tous cas, elle avait l'impression qu'elle décollerait du sol si elle se laissait aller. Elle leva la tête vers lui.

En voyant les yeux verts de Carson refléter un début de panique, elle redescendit brutalement sur terre. Elle venait d'embrasser son patron. Son patron ! Il avait beau avoir décidé de ce baiser, il semblait tout aussi effaré qu'elle.

— Georgia, je… je n'avais pas l'intention de…

Elle lui adressa un bref signe de tête et recula.

— Pas de souci. C'est la joie et le champagne qui nous ont poussés à faire des folies.

Malheureusement, elle ne trouvait pas qu'embrasser Carson soit une folie. C'était… divin. Mieux que dans ses rêves. Mais tout sauf une bonne idée.

— J'espère que ça ne créera pas de malaise entre nous. Je détesterai que cela détériore nos relations professionnelles.

— Il n'y a pas de problème, Carson, je t'assure. Ce sont des choses qui arrivent. De plus, ajouta-t-elle à contrecœur, on ne peut pas dire que j'ai opposé de résistance.

— Georgia ?

Elle avait évité le regard de Carson depuis que leurs lèvres s'étaient quittées et qu'elle y avait lu du regret. Cependant, le ton grave et implorant de sa voix l'incita à le chercher. Il n'y restait aucune trace de ces remords. En revanche, ils brûlaient de passion. Une telle expression donnait à penser qu'il la désirait, mais elle se trompait forcément. Ce baiser était une erreur, et ils le savaient tous les deux.

— Oui ?

— Je…

Un bruit émanant de la poche de veste de Carson l'interrompit. Au même instant, une vibration contre sa poitrine la fit tressaillir. Leurs téléphones se rappelaient à leur bon souvenir.

Ravalant sa déception, Georgia se détourna pour sortir son portable de la poche de son chemisier. Elle le gardait constamment en mode silencieux, contre elle, afin d'être avertie sans qu'elle doive interrompre les affaires en cours. Le message qu'elle vit apparaître sur l'écran faillit l'anéantir.

— Sutton Winchester vient d'annoncer qu'il projetait de construire des appartements ici, dit Carson.

Elle cliqua sur le lien vers le site d'un journal que Rebecca, l'assistante de Carson, leur avait envoyé à tous les deux.

L'article était accompagné d'un plan du luxueux complexe que leur concurrent projetait de construire à l'endroit même où ils se trouvaient. L'article soulignait que l'offre de Sutton Winchester n'avait pas encore été acceptée mais qu'il était confiant et mobilisait des soutiens pour son projet. Sous le plan de l'ensemble trônait la photographie du promoteur.

En son jeune âge, il avait dû être capable de séduire toutes les femmes qu'il désirait. Encore maintenant, malgré les années et une longue période de mariage avec Celeste Van Houten, il gardait sa réputation de séducteur. Il fallait dire qu'il possédait beaucoup de charme. Si ses cheveux châtains étaient à présent parcourus de fils gris et si des rides marquaient son visage, ses yeux verts n'avaient rien perdu de leur éclat, et son sourire respirait la confiance. Heureusement, elle avait appris à rester à l'écart de ce genre d'hommes. Winchester était un requin en affaires. Il soudoyait, charmait, mentait — bref, il aurait fait n'importe quoi pour parvenir à ses fins. Il avait mis nombre d'entreprises sur la paille et pris le dessus sur Newport Corporation en plus d'une occasion.

Georgia regarda Carson. Le souvenir de leur baiser s'évanouit tandis qu'elle réfléchissait à l'urgence de la situation.

Il paraissait farouchement déterminé.

— Il faut réagir vite. Je ne peux pas, je ne veux pas laisser ce sale type nous voler ce terrain.

— Il n'est pas question que tu laisses Winchester mettre la main sur notre terrain.

Carson tendit un bol de pop-corn brûlant dégoulinant de beurre fondu à Graham tout en levant les yeux au ciel. Il avait espéré qu'ils ne passeraient pas la soirée à parler de cette affaire, mais son frère aîné n'était manifestement pas prêt à laisser tomber.

— Tu crois que je ne le sais pas ?

— Ton offre leur est-elle déjà parvenue ? demanda Brooks, le jumeau de Graham.

Ses deux frères étaient parfaitement identiques, tous les deux plus grands que lui de cinq bons centimètres, avec des cheveux blonds hirsutes et des yeux bleus. Mais il savait les distinguer. Brooks fronçait constamment les sourcils parce qu'il avait des soucis ou pour réfléchir. Et c'était exactement l'expression qu'il affichait en ce moment alors qu'il essayait de tenir en équilibre les trois bouteilles de bière qu'il rapportait de la cuisine.

Carson hocha la tête puis retourna dans la cuisine

chercher un paquet de M&M's et une boîte de bonbons à la réglisse.

— Nous avons appelé et soumis l'offre pendant que nous étions encore sur le terrain. L'avocat du vendeur est resté muet sur les autres offres, y compris celle de Winchester. Pas moyen de savoir si la somme que nous avons proposée soutient la comparaison. Il ne nous reste donc plus qu'à attendre de voir s'ils reviennent avec une contre-proposition avant de prendre la décision finale.

Il se rassit sur le canapé avec ses frères.

— Maintenant, si nous laissions de côté cette conversation désagréable pour profiter du *Faucon maltais* en paix ?

— D'accord, grommela Graham en fourrant une poignée de pop-corn dans sa bouche.

Tous les premiers jeudis du mois, c'était soirée cinéma chez les Newport. Depuis leur plus jeune âge, ils se réunissaient sur le canapé avec leur mère et Gerty pour regarder de vieux films en noir et blanc. À une époque lointaine, leur mère avait travaillé comme serveuse dans un café où Gerty était employée. Elles avaient sympathisé. Gerty était veuve. Au moment de prendre sa retraite, elle leur avait proposé à tous les quatre de venir vivre chez elle. Tout le monde y avait trouvé son compte. Leur mère ne pouvait assumer qu'un modeste loyer et les trois garçons qui grandissaient avaient besoin d'espace. Gerty, elle, n'aimait pas vivre seule dans sa grande maison et les avait donc accueillis avec joie.

Depuis, elle était devenue pour ainsi dire leur seule famille. Pour des raisons que leur mère n'avait jamais voulu dévoiler, on n'évoquait jamais leur père, ni leur famille paternelle. Quand ils avaient été plus grands et qu'ils s'étaient montrés plus insistants, elle leur avait expliqué que leur père était violent et qu'elle avait fui pour les protéger. Ils vivaient beaucoup mieux sans lui, disait-elle. Elle leur avait même fait promettre de ne pas chercher à retrouver sa trace.

Pendant longtemps, bien qu'attristés par cette absence, ils s'étaient contentés de cette réponse. Ils ne voulaient pas aller à l'encontre de la volonté de leur mère. De plus, ils avaient leur chère Gerty. Pourquoi auraient-ils eu besoin de quelqu'un d'autre ?

Et ils avaient perdu Gerty, emportée par un cancer quand ils étaient lycéens. Elle avait toutefois eu le temps de prendre ses dispositions et leur avait laissé suffisamment d'argent pour qu'ils poursuivent leurs études et s'assument financièrement. Leurs diplômes en poche, ils avaient donc créé Newport Corporation et gagné des sommes folles en s'implantant dans le secteur immobilier de Chicago. Eux-mêmes étaient les premiers surpris. Ils n'auraient jamais pu y parvenir sans leur chère Gerty. Une fois par mois, ils honoraient son souvenir en buvant des bières devant de vieux films.

— Double l'offre, dit Graham en prenant la télécommande pour démarrer le film.

— Nous ne pouvons pas nous le permettre, rétorqua Brooks.

La voix de la raison. Sans son jumeau, Graham se serait jeté à corps perdu dans des projets fous qui ne lui auraient rapporté que des ennuis.

— On peut toujours trouver l'argent.

Carson soupira. Comment avait-il pu espérer que Graham les laisserait passer une soirée tranquille ? Quand il avait une idée en tête, il n'en démordait pas. Un bouledogue après son os, voilà ce qu'il était. Ce qui faisait de lui un as du barreau, mais un frère pénible. Avocat de la Newport Corporation, il passait l'essentiel de son temps dans son cabinet d'avocats. Quant à Brooks, leur directeur général d'exploitation, il travaillait la plupart du temps à distance depuis sa propriété au bord du lac Michigan.

Carson, lui, était le P-DG de l'entreprise, ce qui n'empêchait pas ses frères de se mêler de ses décisions.

— Bien sûr. Commençons par virer notre avocat et demandons-lui de restituer la voiture que l'entreprise met à sa disposition.

Graham lui envoya un bon coup de coude dans les côtes, un coup de coude qu'il lui retourna. Avec un grand cri, Graham alla se réfugier à l'autre extrémité du canapé. Carson était habitué à ces agressions : c'était lui le benjamin de fratrie, après tout. Heureusement, il avait appris depuis longtemps à se défendre. Malgré leur âge, les relations entre eux n'avaient guère évolué.

— Tu parles de trouver l'argent, reprit-il, mais tu ne dis pas où. Maintenant, est-ce que tu voudrais bien laisser tomber le sujet que nous puissions regarder le film ?

Graham s'empara de sa bière posée sur la table basse, la mine sombre.

— Comme tu voudras.

Brooks prit la télécommande des mains de son jumeau et mit le programme en route. Le film n'en était qu'au générique.

— Vous savez que Gerty nous botterait les fesses si elle nous voyait boire cette bière pour intellos, fit remarquer Brooks.

Cette fois, Carson poussa un grognement sonore. Brooks avait raison. Gerty préférait regarder ses films avec de simples barres chocolatées et de la bière ordinaire. Si elle était encore en vie, elle leur ferait passer un sale quart d'heure en leur reprochant leurs goûts de luxe, à commencer par cette bière artisanale produite en quantité limitée qu'ils se procuraient en ville.

— Gerty me manque, avoua Brooks en mettant le

film sur pause au moment où les images granuleuses en noir et blanc de San Francisco apparaissaient sur l'écran.

— Maman me manque, renchérit Carson.

Ils restèrent quelques instants muets, comme conscients des vides qui s'étaient creusés dans leurs existences. La mort de leur mère avait été soudaine. Hélas, leur quotidien était si chargé qu'ils avaient à peine eu le temps d'assimiler la réalité de sa disparition. Ils étaient seuls à présent. C'était un triste constat auquel il essayait de ne pas penser pour ne pas trop déprimer.

— Quand allons-nous vider sa maison ? demanda Graham.

Ils avaient également évité de s'atteler à ce chantier. La femme de ménage de leur mère s'était occupée de jeter les denrées périssables et de fermer la maison en attendant qu'ils trouvent le courage de s'occuper du reste. Deux mois s'étaient écoulés, et personne n'avait mis le pied chez elle.

Brooks soupira.

— Il faudra pourtant le faire. On ne peut pas laisser sa maison devenir un sanctuaire poussiéreux.

— Je m'en chargerai, proposa Carson.

Il fut le premier surpris de sa propre déclaration. C'était sorti tout seul.

— Laissez-moi le temps de gérer la transaction du terrain, ajouta-t-il. J'ai l'impression que je vais être très occupé avec Sutton pendant un moment.

Brooks le considéra, ses sourcils blonds froncés d'un air de doute.

— Tu n'es pas obligé de t'y coller en personne.

— J'ai envie de le faire. Me retrouver devant ses affaires me permettra peut-être de me sentir moins…

— Seul ?

— C'est ça.

— Tu ne crois pas que…, commença Graham.

Celui-ci hésita un instant avant de reprendre.

— Tu ne crois pas que nous pourrions trouver des renseignements sur notre père dans ses affaires ?

Carson grimaça. Il s'était posé la même question, sans toutefois la formuler tout haut.

— Maman ne voulait pas qu'on essaie de le retrouver.

— Maman n'a plus voix au chapitre, rétorqua Brooks. Notre père est peut-être le sale type qu'elle nous a toujours décrit, mais il a sans doute des parents. Nous avons peut-être des frères et sœurs, des cousins, des grands-parents… Imaginez que nous ayons toute une famille qui vaudrait la peine d'être connue. N'avez-vous pas envie de connaître nos origines ? Je sais que maman voulait nous empêcher de découvrir la vérité, mais aurait-elle souhaité que sa mort nous laisse aussi isolés ?

— On peut tout au moins essayer, admit Graham. Si nous ne trouvons rien d'intéressant, nous n'aurons pas de regret. Et si ce que nous découvrons nous déplaît, nous nous serons fait notre propre opinion. D'accord ?

Carson hocha la tête. Ses frères avaient raison. Tous les trois avaient le sentiment de n'être enracinés nulle part. Même si les joyeuses retrouvailles familiales qu'ils espéraient secrètement n'étaient pas au rendez-vous, trouver d'où ils venaient mettrait fin à leurs interrogations. S'ils ne découvraient pas la vérité sur leurs origines, la question les hanterait toujours. Leurs parents n'étant pas mariés et le nom de leur père ne figurant pas sur leurs certificats de naissance, fouiller la maison maternelle était le seul moyen de trouver une piste. S'ils n'en trouvaient pas, ils devraient se résoudre à tirer un trait sur leur passé.

— D'accord, finit-il par dire. Si je trouve quelque chose d'intéressant, je vous préviendrai.

Ses frères acquiescèrent à leur tour. Brooks reprit la télécommande et, pour la troisième et dernière fois, lança le film.

- 2 -

— Monsieur Newport ? Mlle Adams désire vous voir.

— Faites-la entrer, s'il vous plaît, répondit Carson à Rebecca.

Une minute plus tard, la porte de son bureau s'ouvrait sur Georgia. Cette fois, ses cheveux blond platine étaient rassemblés en chignon sur sa nuque, une coiffure qui mettait en valeur ses pommettes hautes et son menton pointu. Elle portait un tailleur-pantalon d'un gris presque semblable à la couleur de ses yeux.

La plupart du temps, il s'efforçait de ne pas prêter trop d'attention à l'allure de Georgia. Sans grand succès, il fallait l'avouer. C'était une femme élégante, et qui avait du goût. Étant son employeur, il n'aurait pas dû remarquer qu'elle était très bien faite, ni que son rouge à lèvres brillant rendait sa bouche absolument irrésistible.

Hélas, c'était plus fort que lui. L'avoir embrassée, l'autre jour, sur le terrain, rendait les choses plus difficiles. À présent, il savait l'effet que produisaient ces formes généreuses sous ses paumes et il connaissait le goût de ces lèvres pulpeuses. Le désir qui le tenaillait n'en était que plus fort. Or s'il y avait un moment où il devait se concentrer sur son travail et non sur l'allure sexy de sa directrice des relations publiques, c'était bien maintenant.

— Des nouvelles ? demanda-t-elle en prenant place dans le fauteuil face à son bureau.

— J'ai parlé avec les vendeurs ce matin. Ils n'ont

pas encore pris de décision. Je leur ai demandé de nous laisser faire une nouvelle offre avant qu'ils ne choisissent un concurrent. Ce qui ne veut pas dire que Winchester ne contre-attaquera pas.

— Je déteste ce jeu du chat et de la souris, soupira Georgia.

Carson s'appuya contre le dossier de son fauteuil.

— Moi aussi. Quelle autre piste pourrions-nous suivre en attendant ?

— Eh bien...

Georgia tapota l'écran de sa tablette avant de reprendre :

— Nous pourrions essayer de nous entretenir avec Winchester.

Il reposa sa tasse de café, bien content de n'avoir pas la bouche pleine de liquide brûlant. Avait-elle conscience de ce qu'elle venait de proposer ?

— Nous entretenir avec Winchester ? Tu es sérieuse ?

— Pourquoi pas ? répondit-elle avec un haussement d'épaules On peut sûrement le raisonner. Notre projet est d'aider les enfants malades. Comment pourrait-il s'y opposer ?

— On voit que tu n'as pas encore rencontré ce type, s'esclaffa-t-il. Sais-tu qu'il se proclame le roi de Chicago ? Un homme avec un ego aussi surdimensionné ne reculera devant rien pour arriver à ses fins. Prendre contact avec lui ne fera qu'attirer son attention sur le fait que nous sommes en compétition. Il fera monter le prix pour le seul plaisir de nous écraser.

— Tu ne crois pas qu'il est déjà au courant ? Si nous savons qu'il a fait une offre, il a sûrement assez d'oreilles qui traînent pour savoir que c'est aussi notre cas. Ce qu'il ignore peut-être, c'est ce que nous projetons de faire du terrain. Ça pourrait faire une différence et l'inciter à se retirer.

Carson se pencha en avant, les coudes sur le bureau, et lui adressa un sourire ironique.

— Tu sais que tu as l'optimisme chevillé au corps ?

Une étrange expression passa sur le visage de Georgia.

— Possible. Parfois, quand on se trouve dans une impasse, il vaut mieux regarder en l'air, répliqua-t-elle d'un ton énigmatique.

Que répondre à ça ? Cette suggestion n'était pas dénuée de justesse. Après tout, rien ne l'empêchait d'appeler Sutton et de s'entretenir avec lui, les yeux dans les yeux. Winchester était de la vieille école, peut-être apprécierait-il qu'on se conduise en homme avec lui. Il fallait aussi envisager que cela n'arrange rien, tout au contraire. Au moins, il aurait la satisfaction d'avoir essayé de raisonner son adversaire.

— D'accord, tu as gagné, je vais lui téléphoner, finit-il par dire. Mais ne prends pas tes espoirs pour des réalités.

Carson chercha le numéro de Sutton dans son répertoire et le composa sous le regard de Georgia. On y lisait un mélange d'excitation et d'anxiété. Il était presque sûr que ces sentiments céderaient le pas à la déception. Il n'avait pas envie de voir les coins de ces belles lèvres s'abaisser, mais avec un individu comme Sutton… C'était presque inéluctable.

Une femme à la voix pleine d'allant lui répondit.

— Elite Industries, bureau de M. Winchester. Que puis-je pour vous ?

— Carson Newport à l'appareil. Pouvez-vous me mettre en relation avec Sutton, s'il vous plaît ?

— Un instant, monsieur Newport.

Une musique agaçante se mit à tourner en boucle à l'autre bout du fil. Du bout des doigts, il tapota le bureau nerveusement. Presque deux minutes s'écoulèrent avant qu'il entende des bruits de toux étouffés. Puis une voix masculine, grave et rocailleuse, aboya :

— Carson Newport, si je m'attendais à votre appel ! Dites-moi, que peut attendre Newport Corporation du roi de Chicago ?

D'aller au diable ! Voilà la première réponse qui lui vint à l'esprit, mais il la garda évidemment pour lui.

— Bonjour, Sutton. Je voulais vous parler du projet immobilier que vous avez révélé il y a quelques jours.

— Une merveille, pas vrai ? La plus belle vue sur le lac à des kilomètres à la ronde. J'ai déjà toute une liste d'acheteurs. Seriez-vous intéressé par une maison, Carson ? Je vous réserverais la plus belle. Avec une vue imprenable sur le lac Michigan.

— C'est très aimable de votre part, Sutton, grogna-t-il. Sachez seulement que je ne cherche pas une maison mais un terrain pour construire un hôpital pour enfants.

Il y eut un moment de silence.

— C'est un projet très noble, répondit enfin Sutton.

Le vieux roublard ! Winchester faisait mine de ne pas comprendre où il voulait en venir.

— Entièrement d'accord. L'hôpital pour enfants du Cynthia Newport Memorial sera un atout pour cette ville et un témoignage du travail de ma mère auprès des enfants.

Un silence plus long s'établit sur la ligne. Ne sachant pas ce que méditait Sutton, Carson poursuivit :

— Le problème, c'est que nous nous intéressons au même terrain que vous et que nous avons fait notre offre à peu près au même moment.

— Quel dommage.

Le flou dans lequel Sutton maintenait leur conversation commençait franchement à l'agacer. Ce filou n'avait pas l'intention de lui faciliter les choses.

— Si je vous téléphone, c'est dans l'espoir de vous faire renoncer à votre projet immobilier et de nous laisser le terrain afin que nous construisions l'hôpital.

— Je crains que ce ne soit pas possible, Carson. J'ai déjà investi beaucoup d'argent dans ce projet. Voilà ce que je vous propose. Demain, à 15 heures, vous m'envoyez votre charmante directrice des relations publiques. Je discuterai avec elle et verrai si nous pouvons parvenir à un accord.

En baissant les yeux, Carson vit qu'il avait poing crispé. Comme s'il était prêt à boxer son interlocuteur ! Il se contraignit à déplier sa main et étirer ses doigts sous le regard intrigué de Georgia qui l'observait.

— Qu'y a-t-il ? souffla-t-elle tout bas.

Il ne put que secouer la tête en levant une main pour lui demander de patienter.

— Ce n'est pas son rôle.

— Ça m'est égal ! jeta Sutton. Elle viendra demain à 15 heures, ou vous devrez trouver un autre endroit pour votre hôpital.

Sur ces mots, sans lui laisser la possibilité de répliquer, ce sale type coupa la communication.

Carson fixa quelques instants le téléphone dans sa main avant de raccrocher. La conversation l'avait ébranlé, et il avait besoin de quelques instants pour se ressaisir.

— Qu'a-t-il dit ? demanda prudemment Georgia.

— Il a refusé.

Pas question de lui faire part des exigences de Sutton. Cet homme avait la réputation d'apprécier les jeunes et jolies femmes : il n'encouragerait certainement pas ses relations féminines à l'approcher, Georgia encore moins. Même s'ils n'étaient pas liés, il se faisait un devoir de la protéger.

— Je t'avais dit qu'il ne lâcherait pas le morceau.

— Il n'a pas fait que refuser, souligna Georgia. Je veux savoir ce qu'il a dit.

Avec un soupir, il passa une main dans ses cheveux.

— Peu importe ce qu'il a dit. Ce qui compte, c'est qu'il ne veut pas renoncer au terrain.

Georgia haussa un sourcil délicat.

— Explique-moi si tu ne veux pas que j'aille raconter à tes frères que Sutton t'a proposé un marché mais que tu as refusé de l'écouter.

— Qu'est-ce qui te prend ? s'exclama-t-il en bondissant de son siège. Tu te crois dans une cour de récréation ?

Pour toute réponse, elle se contenta de hausser les épaules et croisa négligemment ses belles jambes. Elles lui paraissaient interminables. À vrai dire, il les avait souvent imaginées nouées à sa taille.

— Carson !

Le rappel à l'ordre de Georgia le tira brutalement de sa rêverie. Il leva les mains en signe de reddition.

— D'accord. Il veut te rencontrer, expliqua-t-il d'un air dégoûté.

— Me rencontrer, moi ? Ça n'a pas de sens.

— Au contraire, venant de Sutton Winchester, la proposition n'a rien de surprenant. Il a bien précisé qu'il voulait s'entretenir avec toi et personne d'autre. Je donnerais ma tête à couper qu'il envisage plus qu'une discussion.

Elle sembla tomber des nues.

— Ça alors…, murmura-t-elle enfin.

— Je n'ai pas l'intention de t'expédier dans la gueule du loup, poursuivit-il. D'autant que cette entrevue ne changera rien à l'évolution de notre projet. Il ne nous reste plus qu'à monter notre offre en espérant que ça suffise.

— Non.

Carson fronça les sourcils.

— Comment ça, non ?

— J'irai puisqu'il a demandé à me voir. Je suis peut-être la seule capable de le faire changer d'avis.

— Je ne peux pas prendre ce risque, Georgia. Si ce type pose un seul doigt sur toi, je ne me le pardonnerai pas.

Elle eut un sourire plein de malice, souligné par son rouge à lèvres flamboyant.

— Je ne suis pas une oie blanche, Carson. J'ai beau porter des vêtements élégants et avoir une bonne éducation, à une époque, je devais me bagarrer quotidiennement pour survivre. Je sais me défendre. S'il a un geste déplacé, je lui expédierai une bonne dose de bombe au poivre.

À présent, c'était à son tour d'être choqué. Il imaginait Sutton Winchester — le roi de Chicago — se rouler par terre en hurlant et en se frottant les yeux. Mais cela valait-il la peine de mettre Georgia en danger ?

Il se rappela soudain la promesse qu'il avait faite à ses frères : il avait juré de mener à bien ce projet d'hôpital. Et pour y parvenir, il devait utiliser toutes les armes en sa possession, même si cela signifiait la jeter dans les griffes de cet individu exécrable.

— D'accord, vas-y, finit-il par soupirer. Mais à une condition. Tu emmènes Big Ron avec toi.

Le responsable de la sécurité de Newport Corporation était un ancien haltérophile. Une fois, il avait accidentellement brisé la mâchoire d'un homme en le frappant au visage. Il réduirait Sutton en bouillie, si nécessaire.

Après quelques instants de réflexion, Georgia hocha la tête.

— D'accord. Mais il restera dans le couloir et n'interviendra que si je l'appelle.

— Puis-je vous offrir quelque chose à boire ?

— Non, merci, monsieur Winchester.

Installée dans un fauteuil face au bureau en chêne de Sutton Winchester, Georgia triturait le col de son chemisier. C'était plus fort qu'elle. Après la mise en garde de

Carson, elle avait choisi de revêtir un pantalon et une veste plutôt qu'un tailleur et boutonné son chemisier jusqu'en haut.

Cela faisait longtemps qu'elle n'avait pas adopté une allure aussi stricte. Probablement depuis l'époque où elle vivait chez Mme Anderson. Cette bigote fanatique jurait que le moindre bout de peau découvert était une invitation au péché pour l'homme le mieux intentionné du monde. Pourtant, après avoir été une adolescente dégingandée, la jeune femme qu'elle était devenue aurait eu du mal à cacher ses formes sous un pull à col roulé.

Et maintenant elle sentait le regard de Sutton la dévorer. Malgré la chaleur écrasante de ce mois de juillet, elle aurait volontiers porté un gros manteau.

Après s'être servi à boire, Sutton se réinstalla dans son fauteuil. Elle resta songeuse : l'homme qui lui faisait face ressemblait peu à la photographie aperçue l'autre jour dans un journal. Il était encore grand et relativement bel homme, mais les yeux verts qui l'observaient avaient perdu leur éclat, ce qui rendait d'autant plus évidentes les poches sous ses yeux et les rides sur son front. Malgré son large sourire, il semblait avoir dix ans de plus.

— Ainsi donc, mademoiselle Adams, vous avez accepté de me rendre visite ?

— Oui.

Avec un hochement de tête, Sutton se pencha en avant de manière à réduire l'espace entre eux.

— Je parie que vous vous demandez pourquoi je vous ai fait venir.

— À vrai dire, oui. Je ne suis pas la personne la plus qualifiée pour parler du projet de Newport Corporation concernant l'hôpital, mais je ferai de mon mieux. L'hôpital pour enfants actuel est un dinosaure. Équipement obsolète, trop peu de chambres, personnel insuffisant compte tenu du nombre de jeunes patients nécessitant des soins.

Nos projets pour le nouvel hôpital comprennent une technologie de pointe…

D'un geste de la main, le promoteur la fit taire.

— Ne vous donnez pas cette peine, mademoiselle Adams. Pour être franc, je ne vous ai pas invitée pour que nous parlions de nos dissensions autour de ce terrain.

Malgré la mise en garde de Carson, elle éprouva un choc en entendant cette phrase. Pourquoi avait-il fallu qu'elle se jette dans le piège, les yeux fermés ? Son sac serré contre elle, elle glissa discrètement une main à l'intérieur et referma les doigts sur sa bombe à poivre.

— Puis-je vous demander pourquoi vous m'avez fait venir, monsieur Winchester ?

— Appelez-moi Sutton, je vous en prie, dit-il avec un sourire censé la charmer mais qui alimenta un peu plus sa méfiance.

Au cours des années où elle avait vécu en famille d'accueil, elle avait appris à juger les gens. Et il ne lui avait fallu que quelques instants pour comprendre que cet homme était dangereux.

— Je vous ai vue récemment aux informations, vous parliez du parrainage d'un événement caritatif par Newport Corporation. Vous m'avez impressionné, suffisamment pour que je demande à des employés d'étudier votre parcours professionnel. Vous possédez un CV impressionnant pour quelqu'un de votre âge.

Ce compliment la laissa de marbre. Naturellement, elle était fière de son parcours. Elle avait travaillé dur pour ne pas donner raison aux tristes statistiques qui promettaient un sombre avenir aux enfants passés par des familles d'accueil. Obtenir un poste à Newport Corporation avait été la consécration de ses efforts. Il n'en restait pas moins qu'elle n'appréciait guère les louanges de Sutton Winchester. Peut-être à cause de la façon dont il la regardait ?

— Je vais aller droit au but, reprit-il. Mon directeur des relations publiques vient de prendre sa retraite et je n'ai pas un seul candidat capable de vous arriver à la cheville.

Georgia se força à esquisser un sourire flatté.

— Heureusement pour eux, j'ai déjà un poste.

— Certes. Mais, à mon avis, vos compétences ne sont pas suffisamment exploitées.

En voyant Sutton se lever de son fauteuil et s'approcher d'elle, elle retint son souffle. Quand il s'installa sur le coin du bureau, le bas du pantalon de l'homme d'affaires frôla sa cheville, et elle recula vivement ses jambes sous son siège.

— Que me proposez-vous, monsieur Winchester ?

— De travailler pour moi.

Il n'en était pas question. Les impitoyables méthodes de travail de ce type lui déplaisaient, elle ne se sentirait jamais à l'aise sous sa direction.

— Pourquoi accepterais-je ?

— Tout d'abord parce que ce serait un formidable coup de pouce pour votre carrière, répondit en riant Sutton. Je suis sûr que vous désirez le meilleur, et seul Elite Industries peut vous l'offrir. Il y a des avantages de taille à travailler pour nous. Nous proposons une garderie en interne, un centre de fitness, un mois de vacances pour commencer. Et puis un jour par semaine de télétravail.

C'était évidemment alléchant. Si elle avait été intéressée, ce qu'elle n'était pas.

— Sans parler de la prime d'embauche.

Elle décida d'attaquer. Elle avait fait des recherches sur le marché pour comparer son salaire avec ceux de ses pairs : elle n'était vraiment pas à plaindre. Si la proposition de Winchester était aussi intéressante qu'il le prétendait, il devrait avancer des chiffres solides.

— De quelle somme parlons-nous ?

— Un million.

Georgia écarquilla les yeux. Elle ne s'attendait certes pas à une telle somme. S'il offrait un million de dollars de prime d'embauche, à quel montant s'élevait le salaire ?

— C'est très généreux, bredouilla-t-elle. Où est le piège ?

— Fine mouche, fit-il remarquer avec un sourire matois. On n'obtient rien sans rien dans ce monde, comme vous paraissez en être consciente. Ceci dit, je n'aime pas vous entendre dire que ma proposition serait malhonnête. Il s'agit plutôt d'une… avance sur un arrangement bénéfique pour nous deux. Voyez-vous, j'aimerais que vous deveniez pour moi davantage qu'une employée, Georgia.

Il avait prononcé ces derniers mots avec le même naturel que s'il lui avait proposé de prendre un verre. Et elle hésita quelques instants. Avait-elle bien compris ? Lui demandait-il d'être sa maîtresse ? Carson l'avait prévenue, Sutton était un séducteur invétéré. Pourtant, elle ne s'attendait guère à devoir rendre des services sexuels à quelqu'un, comme s'il s'agissait d'un poste à pourvoir au sein de son entreprise. Sa maîtresse aurait-elle également pris sa retraite ?

— Je suis flattée, monsieur Winchester. Vraiment. Mais je vais devoir refuser. L'une et l'autre proposition, ajouta-t-elle d'un ton sans équivoque.

Elle vit passer une ombre de déception sur le visage fatigué de Sutton. Une ombre qui s'effaça aussitôt.

— Vous n'êtes pas obligée de prendre une décision tout de suite, insista-t-il. Rentrez chez vous et réfléchissez. Songez à ce que vous pourriez faire avec un million de dollars. Je patienterai jusqu'à ce que vous changiez d'avis.

Elle ne changerait pas d'avis pour tout l'or du monde. Ce type aurait pu être son père. De toute façon, il n'était pas son genre d'homme. Avec trente ans de moins, il lui aurait peut-être plu au premier coup d'œil, mais c'était un être infect. Ni son argent, ni son charisme ne pourraient rien y changer.

D'ailleurs, même s'il était l'homme le plus beau et le plus vertueux de la terre, elle refuserait toujours de travailler pour lui en étant sa maîtresse. Il était déjà assez regrettable qu'elle ait embrassé Carson dans un moment d'égarement. Elle avait franchi une limite et le regrettait depuis. Enfin, elle le regrettait en partie. Embrasser Carson lui avait donné envie d'aller plus loin avec lui. Cependant, elle était décidée à mettre fin à cette folie. Coucher avec son employeur ? Ce serait une erreur grossière. Pas question de gâcher son avenir à Newport Corporation.

Accomplir, jour après jour, du bon travail au sein de l'entreprise était son unique but. Avec Carson évoluant autour d'elle, ce serait impossible. La situation finirait forcément par devenir bizarre. Fantasmer sur lui était déjà assez gênant : obéir à ses pulsions serait catastrophique. L'ingérence de Sutton dans leur projet les avait distraits du problème. Une fois le marché conclu, Carson et elle devraient affronter leur acte.

— J'y réfléchirai, monsieur Winchester, mais ma réponse ne variera pas. Maintenant, que faisons-nous au sujet de l'hôpital pour enfants ?

— Ma réponse n'a pas non plus varié. Nous combattrons à la loyale et le meilleur, ou plutôt, le plus riche, l'emportera. À moins, bien sûr, que vous ne reconsidériez ma proposition… Si vous changez d'avis, j'en changerai peut-être aussi.

C'était encore pire que ce qu'elle imaginait. Il exerçait sur elle un chantage en se servant d'une noble cause comme d'un moyen de pression. Elle souhaitait de tout son cœur aider les enfants malades : pas à ce prix. Elle avait grandi dans une situation très difficile, certes, mais sans renoncer à ses principes pour autant.

N'ayant rien à ajouter, elle se leva et glissa la bandoulière de son sac à son épaule.

— Je pense que la discussion est terminée, dit-elle.

Winchester se précipita pour lui serrer la main. Il la retint plus longtemps que nécessaire, et la caressa du pouce. Un geste qui la dégoûta littéralement.

— Réfléchissez à ma proposition, Georgia. Beaucoup de parents feraient n'importe quoi pour sauver leur enfant malade. À bien y regarder, le sacrifice n'est pas si énorme pour soulager tant de gens, ne croyez-vous pas ?

Elle arracha sa main et la frotta sur son pantalon pour se débarrasser de cette sensation atroce.

— Bonne fin de journée, monsieur Winchester.

- 3 -

— Il a fait quoi ?

Si Carson perdait rarement son sang-froid au bureau, il avait dû crier assez fort pour qu'on l'entende du rez-de-chaussée. Même Georgia s'était recroquevillée sur elle-même d'un air inquiet.

— Désolé, ajouta-t-il plus doucement. Dis-moi juste que j'ai mal entendu.

Elle ne répondit pas. C'était bien inutile. Cette attitude de repli, ce dos voûté, ce regard vide, ces bras serrés le long du corps suffisaient à le convaincre qu'il avait bien entendu.

Il avait toujours su que Sutton était un sale type. Cette fois, il avait dépassé les bornes.

— Ne m'oblige pas à répéter, dit-elle d'une voix éteinte.

Il combattit l'envie de la prendre dans ses bras et de la rassurer. Après ce qu'elle venait de vivre, laisser un homme la toucher était sans doute le dernier de ses souhaits. D'ailleurs, à en juger par la rapidité avec laquelle elle avait fait marche arrière après leur baiser, l'autre jour, elle n'avait sans doute pas envie que cela se reproduise.

Cette conversation nécessitait peut-être un changement de décor.

— Je t'offre un verre ? proposa-t-il.

Georgia consulta sa montre et soupira.

— Pourquoi pas ? Je ne ferai plus rien de bien aujourd'hui.

La réponse manquait d'enthousiasme. Mais il ne s'attendait pas à autre chose étant donné qu'elle sortait tout juste du bureau de Sutton. Son portable en poche, il l'accompagna à l'ascenseur. Ils descendirent la rue jusqu'au pub irlandais que ses frères et lui fréquentaient assidûment depuis des années.

La journée de travail n'étant pas terminée, le bar était encore peu fréquenté. Ils prirent place dans un coin reculé. Carson commanda un verre de cidre brut pour Georgia et une Guinness pour lui.

Une fois qu'ils furent servis, le silence s'établit. Il ne voulait surtout pas exercer de pression sur elle. Seulement, il avait besoin de connaître toute l'histoire pour la raconter à ses frères. Brooks et Graham seraient furieux d'apprendre jusqu'où était tombé Winchester.

Georgia but une grande gorgée de cidre et soupira.

— La conclusion de cette histoire, c'est qu'il ne renoncera pas au terrain. Il se moque que nous projetions de construire un hôpital pour enfants ou un centre d'accueil pour réfugiés. Enfin, ce n'est pas tout à fait exact. Il pourrait reconsidérer sa position si j'envisageais d'accepter son offre généreuse.

Il crispa sa main si fort sur son verre qu'il craignit de le briser.

— Quel était le contenu de cette offre ?

— Tout d'abord, il m'offre un poste de directrice des relations publiques avec à la clé une prime d'embauche d'un million de dollars.

Tout cela n'était guère surprenant. Sutton cherchait régulièrement à attirer chez lui des employés de ses concurrents. À cause de ses méthodes déloyales, Newport Corporation avait perdu plusieurs cadres très performants. Qui offrirait une prime à sept chiffres, après tout ?

— Winchester n'est pas vraiment connu pour sa générosité.

— Je ne qualifierais pas non plus son offre de généreuse, dit-elle en riant. Il faut tenir compte des petits caractères. Il fallait aussi que je devienne sa maîtresse. Dans ce cas, et seulement dans ce cas, il envisagerait de renoncer au terrain.

— A-t-il eu des gestes déplacés ?

Il détestait poser la question mais qu'importe : si Winchester s'était montré incorrect, Georgia devrait porter plainte. Ils pourraient le poursuivre au civil et traîner son nom dans la boue.

— Pas vraiment, répondit-elle en frottant ses paumes l'une contre l'autre. Il m'a tenu la main plus longtemps que je ne l'aurais souhaité, c'est tout. Ça aurait pu être pire.

— Tant mieux ! s'exclama-t-il.

La seule idée que ce vieux pervers pose une main sur Georgia lui donnait envie de démolir le mur à coups de poing. Il se reprochait déjà de l'avoir laissée rendre visite à Winchester. Si celui-ci l'avait physiquement agressée, il ne se le serait pas pardonné.

— Je suis navré que tu aies dû vivre tout ça. Ce type est encore pire que je ne l'imaginais. Où était Ron pendant ce temps ? J'avais demandé qu'il t'accompagne.

— Il l'a fait. Je l'ai juste prié d'attendre dans la salle d'attente pendant l'entretien.

— Tu ne l'as pas appelé quand Sutton s'est montré insistant ?

— Non. Comme je te l'ai expliqué, il ne m'a pas vraiment touchée. Il m'a juste fait une proposition malhonnête. Je sais, je sais, ajouta-t-elle en levant une main pour l'interrompre d'un air coupable, j'aurais dû appeler Ron. Quoi qu'il en soit, j'avais la situation sous contrôle. Mon doigt était rivé en permanence à la détente de ma bombe à poivre. Sutton est sûr de lui et arrogant. Il est aussi malin. Il n'agressera pas une femme dans son bureau. Qu'elle en sorte en hurlant serait mauvais pour les affaires.

C'était sans doute vrai. La seule chose que ce type préférait aux femmes, c'était l'argent. Ce constat n'était guère rassurant pour autant. Georgia se croyait capable de se défendre, mais on pouvait nourrir quelques doutes.

C'était une petite femme. Aux formes généreuses, mais petite. Avec ses cheveux platine qui ondulaient et son corps superbe, où qu'elle aille, elle attirait les regards des hommes. Elle avait attiré le sien à l'instant où ils s'étaient rencontrés. Il avait même hésité à l'engager pour se réserver la possibilité de l'inviter à dîner. Fort heureusement, la raison avait fini par l'emporter. Elle était intelligente, expérimentée, la parfaite candidate pour le poste.

— Écoute, Georgia, je tiens à te présenter mes excuses.

— Franchement, tu n'y es pour rien. Tu m'avais prévenue. Simplement je n'imaginais pas qu'il serait aussi entreprenant.

— Je suis vraiment navré de ce qui s'est passé, insista-t-il. Mais ce n'est pas à ce sujet que je tenais à m'excuser. Il s'agit du baiser au bord du lac.

L'expression de Georgia se durcit. Amener la conversation sur ce sujet semblait la gêner.

— Voyons, je…

— Non. Laisse-moi te dire une chose. Sur le moment, t'embrasser me semblait parfaitement normal. À la lumière de l'incident d'aujourd'hui, je vois à quel point c'était déplacé. Je ne vaux pas mieux que lui.

— Ne dis pas de sottises, répondit-elle en l'attrapant par la main. Tu ne peux pas un instant te comparer à cet homme !

Carson plongea le regard dans les yeux gris de Georgia, notant au passant les paillettes vertes qui constellaient ses iris. C'était une couleur inhabituelle, qu'il n'avait vue nulle part ailleurs. Ce regard semblait le transpercer, comme si elle lisait en lui comme dans un livre ouvert. Cette idée le mettait mal à l'aise. Il baissa les yeux sur leurs mains toujours enlacées sur la table.

C'est à cet instant seulement qu'il prit conscience de l'infinie douceur de sa peau. Tandis qu'il serrait ces doigts fins et graciles, son sang se mit à bouillir. Il se rappela la sensation qu'il avait éprouvée en l'embrassant. Il lui faudrait sûrement du temps pour oublier ce baiser.

Il ne comprenait pas pourquoi elle l'attirait autant. Certes, Georgia était belle mais il avait eu sa part de belles femmes. Elle était intelligente et drôle, et il avait aussi connu des femmes possédant ces qualités. Pourtant, aucune ne l'avait affecté comme Georgia. Il lui suffisait de deviner les effluves de son parfum dans les couloirs de l'entreprise pour perdre la tête.

S'il détestait Sutton pour avoir fait des avances à Georgia, en même temps, il le comprenait. Elle avait le pouvoir d'ensorceler un homme sans même y penser. Si un million de dollars représentait une broutille pour un requin comme Winchester, surtout quand l'argent sortait du compte de l'entreprise, cela restait une offre alléchante.

En levant les yeux, Carson se rendit compte que Georgia semblait tendue. *Mince*, il lui tenait toujours la main, comme s'il risquait d'être effacé de la surface de la terre s'il ne s'y cramponnait pas.

Il la lâcha tout de suite.

— Désolé. Mon attitude aggrave probablement la situation. Je… J'ignore pourquoi je n'arrive pas à maintenir une distance professionnelle quand je suis près de toi. C'est la première fois que je rencontre ce problème.

Avec un hochement de tête, elle termina le contenu de son verre, sans croiser son regard.

— Je comprends. Nous sommes des êtres humains, après tout. Nous travaillons souvent ensemble. Forcément, la tentation est là. Mais nous sommes forts et suffisamment intelligents pour lutter.

C'étaient de belles paroles. Pourtant, quand il la regarda, il douta qu'elle soit convaincue de ce qu'elle disait. Et puis elle avait employé un pluriel : elle était attirée par lui. Ce qui expliquait sa réaction enthousiaste à son baiser. Éprouver cette attirance était une chose ; la savoir partagée compliquait mille fois la situation. Ils devaient se concentrer sur un travail dans lequel ils excellaient, ce qui leur offrirait la meilleure des distractions.

À ce propos, un problème urgent restait à régler.

— Alors, comment allons-nous réagir ? demanda-t-il. Il faut que nous obtenions ce terrain en dépit des prétentions de Sutton.

Une lueur malicieuse éclaira les yeux gris de Georgia quand elle déclara :

— À présent, nous allons jouer sans être *fair-play*.

Souris. Regarde l'appareil. Concentre-toi.

— Je voudrais tous vous remercier d'être là aujourd'hui, commença-t-elle en ignorant les éclairs des flashs et les micros qui se tendaient vers elle.

Étant directrice des relations publiques, elle donnait régulièrement des conférences de presse. Mais les appareils photo la rendaient toujours nerveuse. Cette fois encore plus. Cette intervention pouvait inverser la tendance concernant la transaction du terrain, il n'était pas question qu'elle échoue.

— La Newport Corporation est une entreprise familiale. Elle a été créée par les frères Brooks, Graham et Carson Newport. Au départ modeste affaire immobilière, elle fait désormais partie des grandes. Carson Newport, son P-DG, m'a confié un jour qu'il avait eu le sentiment de réussir quand ses frères et lui avaient pu acheter une maison à Cynthia, leur mère, et lui permettre de prendre une retraite bien méritée. C'est à cause de l'amour que les trois frères portent à leur mère que je vous ai réunis aujourd'hui. Le temps libre qui s'offrait à elle, Cynthia l'a mis à profit pour s'engager auprès des enfants malades de l'hôpital local. Elle a passé des heures à leur lire des histoires, à jouer avec eux, pour qu'ils oublient, même momentanément, la douleur et la peur qui les assaillaient quotidiennement.

Elle leva les yeux de ses notes pour observer son public avant de reprendre :

— Nous avons tous été choqués et attristés d'apprendre le décès brutal de Cynthia, il y a deux mois, victime d'une rupture d'anévrisme. Elle n'avait que cinquante-cinq ans. Ses fils ont décidé que la meilleure façon d'honorer sa mémoire était de mettre leurs moyens financiers et leur talent au service de la cause qui lui tenait tant à cœur. Mesdames, messieurs, j'ai le plaisir de vous présenter les plans de l'hôpital pour enfants du Cynthia Newport Memorial.

Le temps de soulever une grande page vierge d'un chevalet posé près d'elle, elle découvrit un dessin d'artiste représentant l'hôpital de leur rêve et attendit que les flashs des appareils photo se calment avant de poursuivre.

— Le Cynthia Newport Memorial sera l'établissement pédiatrique le plus performant du pays. Il disposera d'une technologie de pointe, des meilleurs traitements et de l'équipe la plus qualifiée possible.

Du coin de l'œil, Georgia aperçut Carson derrière la foule des journalistes, semblable à un demi-dieu, mi-humain, mi-immortel. Juste assez réel pour qu'elle ait l'impression d'avoir sa chance avec lui et suffisamment abstrait pour qu'elle garde la tête sur les épaules.

Non sans mal, elle s'arracha à sa contemplation et reprit le fil de son discours.

— Après des recherches intensives, la Newport Corporation a trouvé l'endroit idéal pour la construction d'un établissement surplombant le lac Michigan. Malheureusement, nous ne sommes pas les seuls intéressés par ce terrain. Récemment, Elite Industries a dévoilé, peut-être prématurément, son projet de construction d'un luxueux complexe immobilier sur le bord du lac. Nous espérons de tout cœur réussir à faire de cet hôpital une réalité, indépendamment de la somme d'argent que nos concurrents sont prêts à injecter dans leur projet. Cette ville a bien davantage besoin d'un hôpital pour ses enfants que de logements de luxe pour les nantis de Chicago.

Elle fit disparaître la représentation de l'hôpital pour dévoiler un hashtag destiné à soutenir une campagne médiatique.

— Manifestez votre soutien en intervenant sur les réseaux sociaux avec le hashtag *#NewportMemorial4Kids* et faites connaître votre sentiment sur cette affaire. Ensemble, nous pouvons réussir l'exploit de faire de ce rêve une réalité.

Georgia répondit ensuite aux questions des participants concernant le projet avant de mettre fin à la conférence de presse. Après avoir rassemblé ses documents, elle rejoignit Carson et Brooks.

— Qu'en pensez-vous ? s'enquit-elle avec anxiété.

— Tu as été parfaite, répondit Carson avec un sourire ravi.

— Après ça, Winchester n'a plus une chance auprès du vendeur, renchérit Brooks en agitant son téléphone portable. Deux stations de radio ont retransmis la conférence et deux cents tweets ont déjà utilisé notre hashtag. Quand la conférence sera rediffusée au journal télévisé de ce soir, ce sera un raz-de-marée.

Elle poussa un soupir de soulagement. Restait à espérer

que son plan fonctionne. Si les propriétaires privilégiaient l'argent, Winchester pouvait encore remporter le marché.

Lorsque les journalistes se dispersèrent, les deux frères et elle regagnèrent l'étage de la direction. Dans le bureau de Carson, Brooks sortit une bouteille de scotch pour fêter le succès de la conférence.

— Un petit verre, Georgia ? proposa-t-il. Tu l'as bien mérité.

— Je n'y tiens pas.

L'effet de l'adrénaline étant en train de s'estomper, elle se sentait vidée.

— Si ça ne vous fait rien, je vais rentrer et regarder les infos sur mon canapé en grignotant quelque chose.

Carson sembla déçu par cette réponse.

— Je comprends, dit-il. Garde tout de même ton téléphone à portée de main. Si le vendeur accepte notre offre, tu seras la première à le savoir.

Avec un signe de la main, Georgia se glissa dans le couloir, puis gagna son bureau où elle rassembla prestement ses affaires. Si elle réussissait à être à la station de métro dans les dix minutes qui suivaient, elle attraperait le train express.

Elle se retrouva chez elle une demi-heure plus tard et poussa un soupir de béatitude. Elle aimait son appartement, acheté dès qu'elle avait obtenu son premier emploi stable dans une entreprise importante. À l'époque, elle pouvait difficilement se le permettre, mais c'était si bon de se sentir vraiment chez soi, enfin !

Son enfance n'avait pas été heureuse. À sa naissance, sa mère était une adolescente en cavale. Il ne lui restait que de vagues souvenirs de ses premières années. Par la suite, son assistante sociale lui avait appris que sa mère avait développé une addiction à l'héroïne et qu'elle se prostituait pour obtenir de quoi se droguer. On l'avait retirée à sa mère et placée dans une famille d'accueil quand elle avait seulement trois ans.

À partir de là, elle avait eu l'impression d'être devenue une balle de ping-pong rebondissant de lieu en lieu. Elle ne passait jamais plus d'une année dans une famille. Nulle part elle ne s'était sentie chez elle. Oublier son enfance à Detroit avait été une étape importante, mais elle avait assez souffert de vivre dans des maisons mal tenues, avec des parents d'accueil sévères, voire violents, et de n'avoir que des affaires d'occasion, pour apprécier ce qu'elle possédait à présent.

Cet appartement représentait tout ce qu'elle avait toujours désiré. Les murs étaient peints de couleurs chaudes et le canapé recouvert de coussins. Même si elle ne se mettait jamais aux fourneaux, la cuisine disposait d'un équipement dernier cri. Elle aurait pu nager dans sa baignoire et accueillir une réception dans sa douche. Et du fait qu'une femme de ménage venait une fois par semaine, l'endroit était toujours impeccable.

Elle adorait cet endroit, c'était le refuge idéal pour échapper au monde. La plus longue, la plus pénible journée de travail ne parvenait pas à effacer son sourire quand elle franchissait la porte d'entrée.

Elle se plia comme d'habitude au rituel du soir. Après avoir posé son sac, elle disparut dans la chambre pour se changer et en émergea dix minutes plus tard avec un chignon, débarrassée de toute trace de maquillage et vêtue de son pyjama préféré. Elle se versa un verre de pinot et commanda son dîner chinois favori avant de s'effondrer sur le canapé.

Le livreur se présenta quelques minutes avant le début du journal télévisé du soir. Elle en était à la moitié de son poulet aux épices douces quand la conférence de presse de Newport Corporation fut rediffusée. Se voir à la télé ne lui plaisait guère. Hélas, elle devait souvent en passer par là. Son professeur de diction exigeait qu'elle visionne ses prestations. C'était le seul moyen de déceler ses tics de langage.

Dans l'ensemble, elle ne s'en sortait pas si mal. Sa voix avait naturellement des intonations sensuelles. Dès qu'elle essayait de la modifier, cela sonnait faux. Et elle n'avait que très peu hésité. Le professeur Kline serait fier d'elle.

À la fin du reportage, le hashtag de campagne apparut sur l'écran, et le présentateur encouragea les téléspectateurs à manifester leur soutien. Elle consulta son téléphone pour évaluer la réaction. Il y avait déjà des centaines de posts sur Tweeter et sur d'autres réseaux, parfait !

Georgia mordilla nerveusement l'ongle de son pouce en regardant défiler les posts sur l'écran. Ce plan pouvait marcher, elle l'espérait de tout cœur. L'idée que Winchester leur souffle ce terrain pour y construire des immeubles de luxe lui était insupportable. La vie était souvent injuste, elle-même était bien placée pour le savoir. Pourtant, on pouvait toujours déjouer les pronostics à condition de fournir les efforts nécessaires.

Elle termina son repas sans prêter attention à la suite des informations. Elle attendait que son portable sonne. Il fallait qu'il sonne.

Elle en était à son deuxième verre de vin quand les informations prirent fin. Toujours pas d'appel. Elle se mit à arpenter la pièce, admirant la vue qui s'étendait au-delà des immenses baies vitrées. Sur le ciel flamboyant du couchant, la silhouette sombre de l'horizon urbain se découpait, et les lumières commençaient à s'allumer, métamorphosant peu à peu le centre-ville en constellation scintillante.

Elle était tellement perdue dans ses pensées que la sonnerie du téléphone la fit bondir. Elle courut à la cuisine et s'empara de son portable resté sur le plan de travail. C'était Carson.

Elle retint son souffle en prenant la communication.

— Oui ? murmura-t-elle.

— Notre offre a été acceptée ! annonça-t-il triomphalement. Il paraît que c'était la plus élevée, ils ont décidé de ne pas lancer une guerre des enchères à cause des infos. Nous avons gagné, Georgia ! Et c'est grâce à toi !

Vraiment ? Formidable ! Elle avait presque du mal à en croire ses oreilles.

— Merci, finit-elle par dire. Tu sais, ce n'est pas difficile de s'atteler à un projet comme celui-ci quand la vie d'enfants malades est en jeu. Je suis vraiment heureuse que notre projet voie le jour.

— Moi aussi. Dès que nous aurons signé, je veux organiser une cérémonie monstre pour fêter le premier coup de pioche ! D'abord, nous allons célébrer le lancement du projet par un cocktail, vendredi soir. N'oublie pas tes chaussures de danse !

- 4 -

L'achat du terrain allait vraiment avoir lieu. L'affaire étant entre les mains de leurs avocats, Georgia n'avait rien à faire pour le moment. Dès que le terrain serait officiellement propriété de Newport Corporation, elle devrait s'occuper de la cérémonie de lancement des travaux. Ensuite, il y aurait sans aucun doute des galas de collecte de fonds et mille autres choses à organiser.

Pour l'heure, il s'agissait de fêter leur triomphe.

L'assistante de Carson avait loué un bistrot à la mode sur le Magnificent Mile, l'artère la plus cotée de Chicago. C'est là qu'avait lieu la réception. Le vin coulait à flots, un orchestre de jazz jouait sur une estrade, et les invités semblaient beaucoup s'amuser. Tous les employés, du gardien aux cadres, avaient aimé Cynthia Newport. Ils savaient combien les trois frères ce projet tenaient à ce projet et se faisaient une joie de le voir aboutir.

Les invités avaient revêtu leurs plus beaux atours, enfin, surtout les femmes. C'était un festival de robes plus élégantes les unes que les autres. Elle-même avait opté pour une robe de cocktail d'un ton vieil or, un peu voyante, et en même temps modeste avec son col haut et ses manches longues. L'or s'accordait à la couleur de sa peau et mettait en valeur les nuances plus sombres de ses cheveux. Cette robe n'ayant pas besoin de bijoux pour la sublimer, elle portait de simples diamants aux oreilles.

Pour leur part, les hommes portaient leurs sempiternels

costumes. Ce qui ne la gênait pas. Elle aimait voir un homme élégamment habillé. Surtout les frères Newport avec leurs larges épaules et leurs hanches minces qui se déplaçaient dans la salle, un verre à la main. Ils formaient un trio scandaleusement beau. Les femmes célibataires de l'assemblée les considéraient avec envie. Toutes, sauf elle.

Elle se détourna et examina la foule avec une légère retenue. Elle aurait dû se mêler aux gens, bavarder avec eux, mais elle était heureuse de rester dans son coin à regarder les autres s'amuser. Travailler à la Newport Corporation était un réel bonheur, les gens qui l'entouraient étaient sa famille.

Malgré tout, elle ne se sentait pas à l'aise dans ce genre de réunion. Peut-être était-ce une sorte d'héritage de son enfance difficile. Elle avait trop souvent changé de lieu pour se faire des amis. Faute d'avoir une famille sur qui compter, elle observait la marche du monde en spectatrice, sans y participer.

— Bonsoir, Georgia.

Au son de cette voix familière, elle tourna la tête et tressaillit en découvrant Sutton. Il était si près d'elle qu'il lui frôlait pratiquement l'épaule.

Ravalant son irritation, Georgia lui sourit.

— Bonsoir, monsieur Winchester.

Après tout, elle avait gagné la bataille. Elle aurait dû être heureuse de le voir et se réjouir de sa victoire.

— Je vous ai apporté un autre verre, dit-il.

Les yeux baissés sur celui qu'elle tenait à la main, elle s'aperçut qu'il était presque vide. Le plus courtoisement possible, elle accepta celui que lui offrait Winchester.

— C'est très gentil à vous.

— Je ne suis pas totalement mauvais, fit-il remarquer avec un sourire ironique.

— Le jury délibère encore. Mais dites-moi, qu'est-ce

qui vous amène à notre petite fête, monsieur Winchester ? Vous ne nous réservez pas de mauvaises surprises, j'espère ?

— Pas du tout. Je suis invité, répondit-il d'un air important. Les frères Newport ont certainement très envie de me jeter leur victoire à la figure. Et moi, pendant ce temps, je me réjouis de boire du vin à leurs frais. De plus, je voulais vous parler.

— À moi ?

Elle le dévisagea d'un air méfiant. À quoi rimait cette histoire ?

— Oui, à vous. J'ai vu la retransmission de votre conférence de presse l'autre jour et je tiens à vous féliciter. Vous avez fait du bon travail en utilisant magnifiquement les médias. Après ce coup d'éclat, le propriétaire n'avait guère d'autre choix que de vendre aux Newport. J'ai sous-estimé votre talent, Georgia. Vous êtes beaucoup plus qu'un joli visage. Ce qui me donne encore plus envie de vous voir intégrer mon équipe. Venez travailler pour moi. Je rajoute deux cent mille dollars au million que je vous avais promis.

Georgia n'en revenait pas. Comment osait-il venir à leur soirée et essayer encore une fois de l'acheter ?

— C'est très généreux, mais la réponse est toujours non, monsieur Winchester.

Elle scruta les visages autour d'elle. Quelqu'un pouvait-il voler à son secours ? Hélas, tout le monde discutait déjà avec animation.

Avec un hochement de tête, il but une gorgée de vin, puis parut réfléchir.

— Je comprends votre loyauté vis-à-vis de Newport, mais avez-vous réfléchi à mon autre proposition ?

Son autre proposition ? Devenir sa maîtresse, c'était ça ? Elle se crispa en sentant Sutton la déshabiller du regard. Elle avait mis une tenue beaucoup moins austère que la première fois. Même décente, cette robe était moulante. Et courte. Et si le devant était tout à fait chaste, le dos était nu. Si seulement elle avait pensé à prendre un châle ! Oh ! ce n'était pas l'envie de lui jeter son verre à la figure qui lui manquait. Mais cela n'aurait pas été professionnel. Il fallait qu'elle se contrôle et s'éloigne de lui dès que possible.

— Je ne suis intéressée par aucune de vos offres, affirma-t-elle fermement. Peu importe le prix que vous y mettrez.

Le promoteur la considéra entre ses paupières plissées. Il semblait perplexe, comme s'il ne saisissait pas ce qu'elle lui disait. Sans doute était-il trop habitué à n'en faire qu'à sa tête pour comprendre qu'elle change les règles.

— Puis-je vous demander pourquoi ?

Georgia se creusa la tête pour trouver une raison indiscutable. Winchester n'était pas bête : il était capable de démonter un argument aussi aisément qu'un avocat durant un contre-interrogatoire. Elle ne devait lui laisser aucun espoir.

— Georgia ?

Brusquement, une idée lui traversa l'esprit. Bonne ou mauvaise, c'était la seule qui lui venait.

— Puisque vous insistez… Je ne deviendrai pas votre maîtresse parce que j'ai déjà un amant.

Il parut choqué, peut-être insulté par sa réponse.

— Qui ?

— Carson Newport.

C'était sorti tout seul. Elle ne fut pas la seule à être surprise. Sutton ouvrait de grands yeux. Il tourna la tête. En suivant son regard, elle découvrit Carson, à quelques mètres de là. Il avait sans doute aperçu la scène et courait à sa rescousse. Mais ce que lui dit l'homme d'affaires le cloua sur place.

— Carson Newport est votre amant ?

Georgia se mordit la lèvre. Devait-elle s'entêter dans

son mensonge ? Naturellement, elle n'avait pas songé que les choses déraperaient. À présent, tout dépendait de la réaction de Carson.

Passée la légitime surprise, il la rejoignit pour enrouler un bras autour de sa taille. L'espace d'un instant, elle crut que son cœur s'arrêtait de battre.

— Surpris, Sutton ?

— Pour tout dire, je ne vous en croyais pas capable, avoua son interlocuteur en haussant les épaules.

Carson se pencha pour déposer un baiser torride dans son cou.

— Donne le change, lui murmura-t-il à l'oreille au passage.

Georgia essaya de suivre son conseil et s'abandonna dans ses bras en battant langoureusement des paupières. Pour être honnête, ce n'était pas difficile de feindre un intérêt pour Carson alors que le simple fait de le toucher déclenchait en elle un véritable feu d'artifice.

Elle ouvrit les yeux pour voir Carson se tourner vers Winchester en souriant.

— Dure semaine, n'est-ce pas ? Vous convoitiez un terrain au bord du lac et une femme, je vous ai soufflé les deux. Vous perdez la main, mon vieux.

— Je ne suis pas homme à renoncer aussi aisément. Profitez d'elle tant que vous le pouvez.

Le temps de vider son verre d'un trait, Winchester tourna les talons et gagna à grands pas la sortie.

Une fois seule avec Carson, elle dissimula son embarras derrière sa main.

— Je suis navrée. Il m'a mis sur la sellette et c'est sorti tout seul.

— Pas de problème, répondit-il en posant une main amicale sur son épaule. Ta ruse a marché. Pour le moment, du moins. Je ne jurerais pas qu'il abandonne définitivement la partie. Comme il l'a dit, ce n'est pas son genre. Mais qui oserait entrer en compétition avec moi pour l'affection d'une femme ?

La remarque détendit l'atmosphère. Heureusement, Carson ne voyait rien d'ambigu dans le fait qu'elle l'ait désigné comme son amant.

— Une chance que personne n'ait surpris cette conversation, dit-elle. Je détesterais que des rumeurs circulent sur notre compte.

— Oh ! je dirais que la moitié de la salle t'a entendue lancer mon nom. Ne t'inquiète pas des rumeurs. Ton employeur connaît la vérité, et c'est le seul habilité à te virer.

— Je suis soulagée de l'entendre. Je ne voudrais surtout pas compromettre ma position à Newport Corporation.

— Ce ne serait pas dramatique. J'ai entendu Sutton te proposer un poste intéressant.

La plaisanterie parut beaucoup amuser Carson. Il passa un bras réconfortant autour de ses épaules.

— Allons, viens. Plus question de te cacher dans les coins. C'est aussi ta fête !

S'il pouvait l'éviter, Carson n'allait pas au bureau le samedi. Préserver l'équilibre entre vie professionnelle et vie privée était important, et il insistait pour que ses employés respectent cette philosophie. Voilà pourquoi il fut si étonné de voir une lumière briller en empruntant le couloir. Celle du bureau de Georgia.

Poussé par la curiosité, il s'arrêta devant sa porte en espérant ne pas l'effrayer. Elle paraissait très absorbée par son ordinateur et ne s'attendait certainement pas à voir quelqu'un surgir. Il profita de son inattention pour l'admirer en secret. Il y avait quelque chose d'attirant chez elle. Bien sûr, c'était une femme magnifique en tous points. Et d'infimes détails lui plaisaient chez elle. En ce moment, par exemple, il trouvait le pli creusé entre ses sourcils particulièrement attrayant.

Elle avait attaché ses cheveux en queue-de-cheval et portait un T-shirt moulant et un jean. Tiens, il ne l'avait encore jamais vue vêtue aussi simplement. Même s'il appréciait son souci de l'apparence dans le cadre professionnel, elle lui parut plus jeune et plus naturelle dans cette tenue décontractée.

— C'est très vilain d'épier les gens.

Pris la main dans le sac ! Avec un grand sourire, il croisa le regard amusé de Georgia.

— Je ne m'attendais pas à trouver quelqu'un ici aujourd'hui, avoua-t-il. Encore moins à te trouver en jean.

— Ça pose problème ? D'habitude, le week-end, il n'y a pas un chat ici.

— Aucun. Dis-moi, tu viens souvent travailler le week-end ?

— Oui. J'aime le calme qui règne dans les bureaux déserts. Je peux me concentrer sans être dérangée par des coups de téléphone ou des gens qui passent. C'est vrai qu'avec tes frères vous insistez pour que le personnel préserve sa vie de famille. Encore faut-il en avoir une…

Carson s'efforça de ne pas s'appesantir sur sa remarque. En toute honnêteté, il savait peu de chose sur elle. Au bureau, elle se consacrait entièrement à son travail, aussi n'abordaient-ils que rarement d'autres sujets. Le bureau de Georgia était impeccable et agréablement décoré, rien de plus. Il n'y avait trace de photos de famille ou d'amis nulle part. Maintenant, il savait pourquoi.

— Et toi ? demanda-t-elle. Que fais-tu là ? Je croyais qu'après tout le champagne d'hier soir les gens dormiraient au moins jusqu'à midi.

Pour sa part, il s'était réveillé avec un léger mal de tête. Rien de dramatique. Quant à la raison de sa présence, c'était une bonne question. Il s'était installé dans sa voiture avec l'intention d'aller ranger la maison de sa mère, comme promis, et il s'était retrouvé au bureau.

— J'avais des trucs à voir.

— Toi, tu cherches à éviter une corvée, fit-elle remarquer avec aplomb.

Avec un soupir, il s'appuya au chambranle de la porte. Était-il si transparent ?

— Ce n'est pas impossible.

— Je peux t'aider ?

Alors que l'idée ne lui en serait pas venue, il s'aperçut d'une chose : la tâche qui l'attendait serait sans doute moins complexe s'il s'y consacrait avec Georgia.

— Non. Tu as sûrement mieux à faire.

— Dis-moi de quoi il s'agit, insista-t-elle.

— Je suis censé nettoyer la maison de ma mère. J'ai promis à Brooks et Graham de m'occuper de tout et de la mettre en vente. C'est ce que je projetais de faire ce matin, mais j'ai atterri ici, je ne sais pas pourquoi.

— J'imagine à quel point ce doit être pénible. Veux-tu que je t'accompagne ? Je serais heureuse de te prêter main-forte. Au minimum, tu aurais mon soutien moral.

Il trouvait l'idée excellente. L'ennui, c'est qu'il avait encore des scrupules.

— Tu es sûre ? La maison est à Kenilworth, à une demi-heure d'ici.

— Je suis sûre, insista-t-elle en referma son portable. En route !

Carson hocha la tête. Inutile de se perdre en vaines polémiques avec elle. Sans même passer par son bureau, ils se dirigèrent vers l'ascenseur. Ils atteignirent le périphérique nord sans avoir échangé une parole.

— Explique-moi de quoi il retourne, finit par demander Georgia. Enfin, si ça ne t'ennuie pas. J'ai l'impression que ce n'est pas un simple déménagement.

Carson agrippa le volant tout en se concentrant sur la circulation. Comment lui expliquer tout cela ?

— Tu veux vraiment connaître la tragique histoire de ma vie ?

— Sur le chapitre du tragique, tu risques d'avoir de la concurrence.

— Parle-moi de toi, alors.

Il préférait de loin entendre Georgia plutôt que ressasser son histoire.

— Pas question, répondit-elle en secouant énergiquement la tête. Je t'ai posé la question en premier ! Et puis si je t'accompagne, je préfère savoir si je mets les pieds dans un champ de mine.

Il prit un instant de réflexion. Brooks et Graham tenaient à ce qu'il déterre la vérité sur leur père. Si Georgia l'aidait à ranger la maison, elle avait le droit de savoir.

— D'accord. Ma mère était notre seule famille. Notre tante Gerty est morte depuis longtemps, et elle n'était pas vraiment liée à nous. Bref, en perdant maman, nous avons perdu tout lien avec nos origines. La prise de conscience a été difficile pour nous.

— Je comprends, dit simplement Georgia. Ta mère vous parlait-elle de ton père ou de sa famille ?

— Rarement. Et quand nous insistions, elle ne disait rien de bon. Elle affirmait que notre père était violent et qu'elle s'était enfuie en pleine nuit quand nous étions encore tout petits. Elle n'a jamais voulu nous dire où nous avions vécu, ni le nom de notre père ou quoi que ce soit sur le passé. Et elle nous a fait promettre de ne jamais effectuer de recherches.

Georgia hocha la tête d'un air compréhensif avant de faire remarquer :

— Ce doit être frustrant. Avoir envie de connaître ses origines et, en même temps, craindre que la vérité soit pire que l'ignorance.

Pour tout avouer, il était presque surpris qu'elle ait aussi bien saisi la situation.

— Exactement. Brooks et Graham souhaitent que je cherche des pistes. Ils sont convaincus que les réponses sont cachées quelque part dans la maison. Personnellement, j'en suis moins certain. Quoi qu'il en soit, je leur ai promis de chercher. C'est notre dernière chance d'apprendre quelque chose sur notre père puisque notre mère a emporté son secret dans la tombe.

C'était peut-être le plus douloureux. Au fond de lui, il avait toujours espéré qu'elle finirait par leur parler. Ils n'étaient plus des enfants, elle n'avait plus rien à craindre de son passé : ils auraient été là tous les trois pour la protéger. Sans doute pensait-elle avoir encore du temps à sa disposition. Hélas, la mort l'avait fauchée sans prévenir.

— Je t'aiderai à découvrir la vérité, dit Georgia.

Tout en quittant le périphérique pour obliquer vers Kenilworth, Carson éprouva une profonde gratitude. La présence de Georgia lui faisait du bien, et puis elle comprenait.

Il ne put bredouiller qu'un vague remerciement.

— Je ne connais pas non plus ma vraie famille, dit-elle. J'ai été élevée dans des familles d'accueil de Detroit parce que ma mère était une ado en fuite. Elle est tombée dans la drogue et d'autres choses horribles, on m'a enlevée à elle. J'ignore totalement qui est mon père ; je ne connais même pas son nom puisqu'il ne m'a pas reconnue. Cette absence de liens avec son passé et ses origines donne l'impression d'être un vieux morceau de papier ballotté par le vent.

Carson resta muet un long moment. La confession de Georgia était pour le moins étonnante. En même temps, elle lui permettait de mettre en place des pièces du puzzle. Ce que leurs enfances respectives avaient de commun expliquait peut-être pourquoi elle l'attirait tant. Ils étaient tous deux perdus, sans point d'ancrage.

— As-tu gardé des contacts avec ta mère ?

— Non, répondit-elle en fixant ses mains croisées sur ses genoux. Je ne l'ai plus revue depuis mes trois ans, à l'époque où les services sociaux m'ont prise en charge. Je ne saurais même pas à quoi elle ressemble si mon assistante sociale ne m'avait pas donné une ancienne photo d'elle. Je l'ai toujours sur moi.

Elle fouilla son sac et en sortit le document.

Il tourna dans l'allée dc sa mère au moment où Georgia lui tendait le cliché. Une fois garé, il examina la photographie jaunie. Une jeune fille blonde portait dans ses bras un bébé aux cheveux d'un blond très pâle. Elle semblait très jeune : pas plus de quinze ou seize ans. Avec ces cheveux longs qui formaient comme un casque autour de sa tête et ce maquillage outré qui ne parvenait pas à dissimuler de gros cernes comme des joues creuses, cette femme exprimait un certain mal-être. On distinguait des marques rouges sur ses bras.

— Je trouve que je lui ressemble, en moins mince, et moins dure. Il n'y a guère de vie dans ses yeux. À part ça, je n'ai aucun souvenir d'elle. Je me rappelle juste les lieux où nous squattions.

À cet instant, il fut infiniment reconnaissant à leur mère de s'être consacrée à leur bien-être, le sien comme celui de ses frères. Ils possédaient peu, mais elle avait fait de son mieux pour les garder en bonne santé. Georgia ne pouvait en dire autant.

Il lui rendit la photo.

— As-tu souvent changé de maison ?

Elle eut un rire amer en la rangeant.

— C'est le moins qu'on puisse dire ! Un bien et un mal. Si la famille était détestable, j'avais au moins la consolation de savoir que je ne m'y éterniserais pas. S'ils étaient gentils et compréhensifs, je pleurais toutes les nuits à l'idée que j'allais devoir les quitter. La seule constante dans ma vie, c'était Sheila, mon assistante sociale. Elle me tenait lieu de famille, d'une certaine façon. C'est elle qui m'a poussée à faire des études universitaires en m'aidant à remplir un million de demandes de bourses. Elle tenait beaucoup à ce que je m'épanouisse dans la vie.

— C'est le rôle qu'a joué notre tante Gerty auprès de nous, expliqua-t-il. À la mort de son mari, elle nous a accueillis chez elle, ma mère, mes frères et moi. Grâce à elle, nous avons eu une vie de famille. Et à son décès, elle nous a laissé suffisamment d'argent pour que nous puissions faire des études et démarrer notre entreprise. Notre mère disait toujours qu'il fallait saisir sa chance et réussir du mieux possible. Sans ce coup de pouce de Gerty, je ne sais pas ce que nous serions devenus. Tout ce que nous sommes, nous le devons à ces deux femmes exceptionnelles.

Georgia lui prit la main. C'était une sensation très agréable. Ils demeurèrent un moment immobiles. Sans doute songeait-elle aussi à tout ce qu'ils partageaient.

Carson regarda devant lui. La maison de sa mère s'élevait tel un monolithe face à eux. À l'intérieur, il y avait les souvenirs, secrets et témoignages de la vie d'une femme. Y pénétrer paraissait aussi choquant que de violer sa tombe.

— Tu es prêt ? demanda Georgia.

— Non, mais entrons quand même.

Ils descendirent de la Range Rover et se dirigèrent vers la porte d'entrée. Lorsqu'il l'ouvrit et qu'ils pénétrèrent à l'intérieur, cette maison qui lui avait toujours paru chaude et accueillante lui sembla aussi silencieuse et froide qu'un mausolée. C'était sa mère qui lui communiquait la vie.

— Par où commence-t-on ? demanda Georgia.

Après avoir regardé autour de lui, il désigna l'escalier.

— Voyons sa chambre. Si elle détient un secret, je pense que c'est là que nous le découvrirons.

— D'accord.

Au pied de l'escalier, Georgia s'arrêta en constatant qu'il ne la suivait pas. Ses yeux gris le questionnèrent.

Il remercia le ciel de cette présence. Heureusement qu'elle était là ! Sans ses encouragements, il ne serait même pas parvenu jusque-là. Il fallait pourtant en finir. S'il ne découvrait rien sur l'histoire de leur famille, tant pis. Ses frères et lui devraient tirer un trait sur le passé. Au moins, ils pourraient avancer.

— J'arrive !

Carson vit alors Georgia lui tendre la main.

— Mon passé est peut-être enfoui à tout jamais, mais nous allons percer le secret du tien. Je le sens.

- 5 -

Le découragement s'empara de Carson. Ils avaient passé au peigne fin la chambre de sa mère, tiroir après tiroir, boîte après boîte. Ils avaient trié ses affaires, mettant de côté ce qui méritait d'être conservé, plaçant dans des sacs ce qui était à donner ou jeter.

Des heures s'étaient écoulées sans découverte intéressante. Pas de squelettes dans les placards, ni de noirs secrets dissimulés au fond d'un tiroir. Ils avaient sondé chaque poche de veste et le contenu du moindre sac à main oublié : on n'y trouvait rien d'autre que des tubes de rouge à lèvres usagés ou d'illisibles tickets de caisse. Il ne restait plus à examiner qu'une collection de boîtes à chaussures empilées sur l'étagère supérieure du placard.

Il examina les boîtes avec lassitude. Peu probable qu'elles contiennent autre chose que des chaussures. Pour la plupart, c'était des articles de marque, achetés depuis que ses frères et lui avaient fait fortune, sûrement : Stuart Weitzman, Jimmy Choo, Christian Louboutin… Cependant, l'une d'elles retint son attention. Située sur le dessus d'une pile, dans le coin le plus inaccessible, elle ne payait pas de mine avec son logo de la marque Hush Puppies aux tons fanés. Sans doute occupait-elle le placard depuis un certain temps…

— J'ai peut-être trouvé quelque chose d'intéressant, annonça-t-il tout haut.

Il se hissa sur la pointe des pieds mais elle était hors de sa portée.

— Ma mère utilisait forcément un escabeau. Bon, je vais descendre chercher une chaise.

— Non. Je suis sûre de l'atteindre si tu me soulèves.

Il la regarda d'un air inquiet.

— Tu veux que je te soulève ? Je ne sais pas si…

— Tu m'offres tes mains croisées pour que je puisse y poser un pied et tu me soulèves.

Aller chercher une chaise aurait été tout aussi simple… Qu'importe, inutile de discuter. Tout ce qu'il voulait, c'était obtenir cette boîte le plus vite possible. Une fois penché, il présenta donc ses mains à Georgia.

— Un, deux, trois, compta celle-ci avant de se hisser en souplesse.

Il la souleva et attendit patiemment.

— Tu peux l'attraper ? demanda-t-il.

— Pas facile… Tiens bon, j'y suis presque !

Une fraction de seconde plus tard, une avalanche de boîtes tomba sur eux. Sous le coup de la surprise, Georgia perdit l'équilibre et s'effondra contre lui. Heureusement, il la retint juste avant qu'elle ne bascule. La sentir tout contre lui le troubla, et il sentit son pouls s'accélérer.

— Ça va ? demanda-t-il en ravalant péniblement sa salive.

Elle posa sur lui un regard abasourdi.

— Euh… Oui. Je ne m'attendais pas à ce qu'elles tombent toutes en même temps.

Georgia se serrait avec insistance contre lui. Il la lâcha, et elle recula. Il prit une grande bouffée d'air dans l'espoir de retrouver son calme. Autant se concentrer sur leur découverte, cela vaudrait mieux.

Plusieurs paires de chaussures s'éparpillaient sur la moquette, et la boîte de la marque Hush Puppies s'était également ouverte. Comme il fallait s'y attendre, elle ne contenait pas une paire de chaussures vieille de trente ans, mais des papiers qui s'étaient répandus sur le sol.

Ils s'accroupirent et entreprirent de réparer les dégâts. Carson trouva des photographies nouées par une ficelle. Il la dénoua et examina les images. Deux représentaient ses frères et lui enfants, prises apparemment lors d'une matinée de Noël et d'une représentation scolaire de fin d'année. Il y en avait une de sa mère, très jeune, peut-être même adolescente. Ensuite, quelques-unes de sa mère avec des inconnus. Il les retourna : rien n'étant inscrit au dos, impossible de savoir s'il s'agissait de parents ou d'amis.

Il les mit de côté pour s'intéresser à un recueil d'anciennes coupures de presse. La plupart concernaient la disparition d'une jeune fille nommée Amy Jo Turner. Il lut un article : celui-ci relatait seulement les circonstances de la disparition de l'adolescente et l'appréhension des autorités. Son bateau avait été retrouvé vide, dérivant sur le lac. Une chaussure et le pull qu'elle portait au moment de sa disparition avaient été rejetés sur le rivage environ une semaine plus tard.

L'article provenait d'un journal de Houston daté du début des années 1980, avant la naissance de Brooks et Graham. Leur mère n'avait jamais évoqué Houston, encore moins la possibilité d'y avoir vécu. Qui était Amy Jo Turner ? En quoi ce drame la concernait-il ? Elle devait pourtant y attacher une grande importance pour avoir conservé l'article pendant trente ans.

— Carson, s'exclama soudain Georgia. Lis ça.

Il prit l'enveloppe défraîchie qu'elle lui tendait et déplia la lettre qui se trouvait à l'intérieur. Écrite à la main, elle était adressée à sa mère. Il la parcourut hâtivement jusqu'à la signature.

A toi pour toujours. S.

Il la relut depuis le début. Des indices lui permettraient peut-être de percer l'identité de l'auteur.

Ma très chère Cynthia,

Tu n'imagines pas à quel point je souffre d'être éloigné de toi. J'ai conscience de m'être mis tout seul dans cette situation et je ne te prierai jamais assez de m'excuser. On dirait que je détruis tout ce que j'aime. Vous vous en sortirez probablement mieux sans moi, les garçons et toi. J'espère seulement qu'un jour tu pourras me pardonner. Sache que mes sentiments pour toi ne changeront jamais, aussi longue que soit notre séparation. Tu as été et seras toujours l'unique amour de ma vie.

À toi pour toujours. S.

Que tirer d'une initiale ? Carson examina l'enveloppe à la recherche du cachet de la poste. La date lui fit l'effet d'un uppercut en plein menton. Cette lettre avait été postée de Chicago, sept mois avant sa naissance. Cela signifiait forcément quelque chose. Ce S serait-il son père ? Pourquoi n'avait-il pas écrit son prénom en entier ?

— Qu'en penses-tu ? demanda Georgia.

Il la relut une dernière fois.

— Je pense que l'auteur de cette lettre est mon père. C'est un indice, et pourtant je n'ai pas l'impression d'être plus avancé. À quoi peut servir une initiale ?

— C'est déjà beaucoup, dit-elle avec entrain.

Objectivement, oui. Pour autant, il avait du mal à partager l'optimisme de Georgia.

— As-tu fait une autre découverte intéressante ?

Elle feuilleta du pouce un paquet d'enveloppes retenues par un élastique.

— Pas grand-chose. Ce sont de vieilles feuilles de paie. Désolée.

Avec un hochement de tête, Carson se mit en devoir de tout ranger dans la boîte à chaussures.

— Mes frères seront contents. Nous ne revenons pas complètement bredouilles. Je vais leur apporter la boîte pour qu'ils étudient son contenu. Disons que c'est fini pour aujourd'hui.

Ils rassemblèrent sacs et boîtes à chaussures qu'ils transportèrent au rez-de-chaussée. En consultant sa montre, il s'aperçut qu'il avait mobilisé Georgia plus longtemps que prévu.

— Il est drôlement tard, dis donc. Je te prie de m'excuser. J'ai gâché ton après-midi.

— Je n'aurais pas travaillé de toute façon, répondit-elle. Et puis quand j'ai proposé de t'aider je n'ai pas précisé pendant combien de temps.

— Je te remercie beaucoup, insista-t-il. Ça a été plus vite avec toi. J'aurais certainement tâtonné longtemps avant de trouver cette boîte. Il y a encore à explorer, mais tout ce que je cherchais est certainement dans cette vieille boîte Hush Puppies. Pour me rattraper, puis-je t'inviter à dîner ?

Elle le fixa un moment, son nez mutin plissé tandis qu'elle faisait mine de réfléchir.

— Que dirais-tu d'un repas chinois à emporter ? demanda-t-elle enfin.

— Peux-tu me passer la barquette de riz frit ?

Georgia prit le Tupperware et utilisa des baguettes pour déposer une portion de riz à côté de son poulet au sésame et de son rouleau de printemps. Le restaurant chinois situé à un pâté de maisons de son appartement était le meilleur de la ville. Elle y commandait ses repas au moins trois fois par semaine. Au début, cette suggestion n'avait pas paru enthousiasmer Carson. Sans doute aurait-il préféré l'emmener dans un établissement raffiné, avec serviettes en lin et tout le tralala, mais elle avait insisté pour qu'ils restent chez elle.

En rentrant, ils s'étaient donc arrêtés au restaurant et avaient acheté ensuite un pack de cidre brut à l'épicerie du coin. Encore une de ses idées. Bien sûr, elle appréciait le homard et les vins fins, mais rien ne valait à ses yeux deux barquettes de spécialités du Jade Palace, savourées autour de sa table basse. À présent, Carson semblait ravi.

— Waouh ! s'exclama-t-il après avoir goûté une bouchée de bœuf aux brocolis. C'est excellent !

— Je te l'avais dit. Tout est délicieux. Et vraiment, il faut déguster ces plats assis par terre. Cela rend l'expérience encore plus agréable.

Il retourna en riant à son assiette. Elle qui s'attendait à ce qu'il fasse grise mine à l'idée de manger par terre devant une table basse ! Il s'était plié sans rechigner à sa suggestion.

— J'ai vécu dans une famille où on prenait ses repas autour d'une table basse, expliqua-t-elle. Ils ne regardaient pas la télé, c'était là qu'ils aimaient être ensemble. On parlait et on riait. J'ai beaucoup aimé.

— Ce sont les meilleurs moments, acquiesça-t-il. Il y a des jours où je donnerai mon dernier dollar pour redevenir enfant, regarder des vieux films et manger du pop-corn avec maman et tante Gerty. Avec mes frères, nous nous retrouvons régulièrement pour des soirées cinéma à la maison, mais ce n'est pas la même chose.

Elle vit le visage de Carson s'assombrir tandis qu'il baissait les yeux sur son assiette. Il prit un morceau de bœuf qu'il mâcha d'un air absent. Elle connaissait le chagrin causé par le manque et se consolait en imaginant un avenir radieux.

— Il y aura encore de bons moments, le rassura-t-elle.

Un jour, quand tu auras une famille à toi, tes enfants chériront les petits bonheurs que tu partageras avec eux.

— Il me semble que ça n'arrivera pas avant des siècles. Honnêtement, l'idée d'avoir une famille me semble irréalisable. Je travaille tellement. Et même si je trouvais la femme idéale, j'aurais l'impression d'être un imposteur. Comment pourrais-je être père quand j'ignore ce que c'est d'en avoir un ?

— Tu y arriveras. Songe qu'en étant simplement présent tu auras déjà fait beaucoup mieux que les nôtres. Tu es un type bien, Carson, et je ne doute pas que l'art d'être père te vienne tout naturellement.

— Et toi ? Tu ne fonderas jamais de famille si tu passes ton temps libre au bureau.

Comme si elle ne le savait pas ! D'une certaine façon, cela l'arrangeait. À quoi bon démarrer une relation condamnée d'avance ? Comme les gens finissaient toujours par la quitter, elle préférait s'en tenir à des relations superficielles, c'était la meilleure façon d'éviter la déception.

— Pour le moment, la Newport Corporation et mes collègues sont ma famille. Et cela me suffit.

— Tu n'as donc pas de petit ami ?

Elle le considéra avec une certaine curiosité. Sa vie privée l'intéressait-elle vraiment ou se montrait-il simplement poli ?

— Tu n'as pas entendu ? Je couche avec la Newport Corporation.

La dernière bouchée de son plat avalé, elle posa ses baguettes en travers de son assiette. Pourquoi avait-elle dit une bêtise pareille, franchement ?

Parfois, elle ferait bien de réfléchir avant de parler.

En riant, Carson repoussa son assiette puis la regarda d'un air songeur.

— Est-ce que je peux te poser une question ?

— Bien sûr.

Que risquait-elle ? Ils avaient évoqué leur enfance difficile, que pourrait-il y avoir de pire après ça ?

— Pourquoi as-tu dit à Sutton que j'étais ton amant hier soir ?

Eh bien, ça, par exemple. C'était pire.

— Je, euh… C'est venu comme ça, dit-elle en se levant pour ramener les couverts à la cuisine.

Et passer à autre chose, accessoirement.

Cependant, Carson ne l'entendit pas de cette oreille. Il la suivit avec les restes du dîner qu'il posa sur le plan de travail.

— C'est tout ?

Il était si près d'elle que le parfum de son eau de toilette l'étourdissait.

Avec un soupir, elle lui fit face. On n'était plus au collège : elle devait se conduire en adulte.

Le mouvement la rapprocha de lui. Ils se touchaient presque, désormais. Fallait-il qu'elle recule ? Non, ce serait puéril.

— C'était juste un vœu pieux, avoua-t-elle sans pouvoir le regarder dans les yeux.

Il posa une main sur sa taille.

— Georgia ?

S'il la touchait, elle ne pourrait jamais répondre. Il n'avait qu'à tendre la main.

— Oui ?

Carson posant un doigt sous son menton, elle n'eut d'autre choix que de le regarder. Elle sentit ses joues s'embraser. Ces somptueux yeux verts fixés sur elle, il souriait.

— J'espérais que tu le dises.

Elle l'entendit à peine tant son cœur battait fort. Leur baiser de l'autre jour n'était donc pas qu'un simple moment d'égarement ?

— Pourquoi ?

Il l'enlaça pour l'attirer à lui.

— Parce que, allongé dans mon lit la nuit, je pense à notre baiser. Et je rêve de te tenir à nouveau dans mes bras. Je sais que c'est interdit parce que tu travailles pour moi, mais je ne peux pas m'en empêcher. Et maintenant que tu as annoncé à la moitié du personnel que nous sommes amants et que la terre n'a pas cessé de tourner… Je n'ai plus de raison de réprimer mon désir.

Plus il parlait, plus elle tombait sous le charme. Il avait raison. Leur relation professionnelle survivrait à une liaison pourvu qu'ils se comportent en adulte. Leur attirance était indéniable ; y céder ne serait pas dramatique. Leur aventure n'aurait pas de conséquences fâcheuses sur leur travail. Personne ne semblait y attacher d'importance, Sutton excepté.

— C'est vrai, reconnut-elle en croisant son regard sans sourciller.

Il n'eut pas besoin d'autre encouragement pour l'embrasser avec passion. En se hissant sur la pointe des pieds, elle glissa les bras autour de son cou et s'abandonna à l'ivresse de l'instant.

Elle avait trouvé enivrant le baiser sur le terrain, mais ce n'était rien comparé à celui-ci. Il éveillait follement ses sens. Tandis que les mains de Carson exploraient son corps, elle ne songeait qu'à son désir pour lui.

— J'ai envie de toi, murmura-t-elle contre ses lèvres.

Il s'écarta pour semer des baisers le long de sa joue jusque dans le creux de son cou.

— Tu vas m'avoir, gronda-t-il sourdement.

Il s'empara à nouveau de ses lèvres, plus ardent que jamais. Toujours enlacé à elle, il les fit reculer jusqu'à ce qu'elle bute contre la table de la salle à manger. Georgia s'y hissa, Carson lové entre ses cuisses. Elle frissonnait d'excitation tant elle sentait la force de son désir.

Il glissa une main sous son T-shirt pour lui caresser le dos puis, d'un geste, la débarrassa du vêtement qu'il expédia au sol. Il contempla ses seins qui tendaient le fin tissu du soutien-gorge avant de se déshabiller à son tour.

Il fondit sur sa gorge et ce qui apparaissait de ses seins. Elle dégrafa prestement son soutien-gorge et le fit glisser sur ses bras. Elle ne voulait aucun obstacle entre eux. Elle avait tant rêvé de sentir la peau nue de Carson contre la sienne, nue également, et son fantasme était sur le point de se réaliser.

À la vue de sa poitrine dénudée, il poussa un gémissement. Quand il attrapa ses seins, elle en sentit les pointes durcir sous ces mains viriles qui les effleuraient. Puis ce fut au tour des lèvres et de la langue de Carson qui mordit même un téton.

— Carson ! cria-t-elle alors qu'une décharge électrique terminait sa course au creux de ses cuisses.

Elle se cambra pour mieux sentir ce sexe tendu par le désir contre le sien.

— Je n'arrive pas à croire que ça soit enfin arrivé, dit-elle en levant les yeux au plafond.

— Tu peux y croire, ma belle.

Les yeux fermés, Georgia se laissa aller aux sensations qu'il déclenchait dans son corps. Et au moment où elle pensa ne plus supporter longtemps cette délicieuse torture, il entreprit de déboutonner son jean. Elle souleva les hanches pour qu'il le fasse glisser avec sa culotte le long de ses jambes.

Ceci fait, il dévora du regard son corps nu tout en tirant un préservatif d'une poche de son pantalon et en le posant près d'elle sur la table.

Il l'embrassa en faisant courir sa main sur sa cuisse nue et finit par la glisser entre ses jambes, lui arrachant un frisson de volupté.

Quand ses doigts plongèrent en elle, cette fois, elle cria.

— Tu aimes ? demanda-t-il.

— Oh ! oui !

Encouragé par sa réaction, il continua de la caresser jusqu'à ce qu'elle se torde au bord de la table. Il aurait suffi d'un rien pour qu'elle bascule dans l'extase.

— Pas déjà, souffla-t-elle en l'attrapant par le poignet. Je te veux en moi.

— Très bien.

Le regard de Carson resta plongé dans le sien pendant qu'il enlevait son pantalon et mettait le préservatif. Ensuite, il se plaça entre ses jambes.

— Oui, gémit-elle alors qu'il la pénétrait lentement.

Il la prit par les genoux pour l'attirer tout au bord de la table et entrer encore plus profondément en elle.

Il empoigna résolument ses hanches pour la maintenir tout en lui faisant l'amour. Chacun de ces puissants coups de reins déclenchait en elle un véritable brasier. Elle s'arc-bouta, agrippée à la table tandis qu'il accélérait le mouvement.

La vie était extraordinaire. Elle était partie travailler sans rien attendre de sa journée et voilà qu'elle était désormais au bord d'un orgasme prodigieux, en train de réaliser son rêve le plus fantastique. Elle sentait le plaisir suprême monter en elle. Carson savait charmer son corps, comme s'ils étaient de vieux amants.

— Oh oui, c'est bon ! dit-elle d'une voix haletante.

Cet homme semblait vraiment savoir quoi faire pour qu'elle chavire !

Soudain, Georgia se sentit emportée tout entière par l'orgasme. Un véritable tsunami. Elle s'agrippa aux épaules de Carson tandis que les spasmes de plaisir se succédaient en la faisant trembler. Après un dernier tressaillement, elle laissa sa tête retomber en arrière et demeura inerte entre ces bras puissants.

Alors, lui-même s'abandonna à la jouissance.

— Georgia, gémit-il la tête dans le creux de son cou.

Elle le serra contre sa poitrine nue. Puis, à mesure qu'elle émergeait de cette espèce de délicieux brouillard, des pensées virevoltèrent dans sa tête, et la réalité de la situation la frappa comme la foudre : elle venait de faire l'amour avec son employeur sur la table de sa salle à manger !

Avant qu'elle puisse prononcer un mot, Carson se redressa et la prit dans ses bras.

— La chambre ? demanda-t-il.

— À l'étage.

Il l'emporta jusqu'à la grande pièce qui surplombait la pièce à vivre et la déposa sur le lit. Après s'être débarrassé de ce qui lui restait de vêtements, il s'allongea près d'elle.

Quand il l'attira contre lui, elle fut surprise de le trouver de nouveau prêt.

— Encore ? fit-elle.

— Oh ! oui. Et cette fois, dans un bon lit.

— Au moins, je pourrai dire que j'ai étrenné la table de ma salle à manger, dit-elle avec un sourire plein de malice.

- 6 -

— Vous ne croirez jamais ce que j'ai déniché !

Carson parlait affaires avec son frère Brooks dans son bureau quand Graham fit une irruption tapageuse.

Presque une semaine s'était écoulée depuis qu'il avait remis la boîte à chaussures à ses aînés… Et passé la nuit avec Georgia.

Comme d'habitude, le travail avait occupé la majeure partie de leur temps, et il attendait avec impatience le week-end pour la voir en dehors du bureau. Au travail, elle était trop tendue. Si lui se moquait qu'on les sache ensemble, elle semblait mal à l'aise.

Il était tellement pris par les derniers détails de l'achat du terrain de l'hôpital que la boîte à chaussures et son contenu lui étaient sortis de l'esprit.

Graham se laissa tomber dans un fauteuil devant la table où Brooks et lui étaient installés. Ses yeux bleus brillaient d'excitation comme lorsqu'il avançait de manière significative dans une affaire juridique. Ils lui avaient laissé la boîte parce qu'il n'avait pas son pareil pour éplucher des papiers et chercher des indices.

— Eh bien ? interrogea Brooks.

— Eh bien alors que j'examinais les papiers, j'ai été surpris de découvrir plusieurs feuilles de paie venant d'Elite Industries. Il semblerait que maman y ait travaillé avant notre naissance. Elle y serait même restée sept mois avant de te mettre au monde, Carson.

Celui-ci se rembrunit. Leur mère n'avait pas une seule fois mentionné ce détail au cours de toutes ces années. Pas même quand ils se plaignaient de leur redoutable concurrent autour de la table du dîner.

— Je croyais qu'elle travaillait avec Gerty comme serveuse dans un restaurant.

— C'est exact. Jusqu'à ce qu'elle entame le troisième trimestre de sa première grossesse. Puis, après cette période chez Elite, elle est retournée travailler au restaurant. Elle aurait été licenciée rapidement mais je n'ai pas trouvé pourquoi. Les papiers que j'ai trouvés montrent qu'elle a reçu une très généreuse indemnité de licenciement ainsi qu'une élogieuse lettre de recommandation de son patron. Et devinez pour qui elle travaillait chez Elite. Le prénom commence par un S…

Carson sentit brusquement son estomac se contracter. Il n'avait plus du tout envie de savoir où tout ceci les menait.

— Sutton Winchester, dit Brooks d'une voix pleine d'appréhension.

Une appréhension qui faisait écho à la sienne.

— Oui, confirma Graham. Elle était son assistante de direction.

À ces mots, Carson se leva brusquement. C'en était trop pour lui.

— J'ai besoin d'un petit remontant. Quelqu'un en veut ?

— Je crois que ça nous sera utile à tous, dit Brooks.

Carson alla au bar servir trois scotchs avec des glaçons qu'il rapporta à la table de conférence avant de se rasseoir dans son fauteuil avec une moue de dégoût. Sans attendre ses frères, il avala une grande gorgée d'alcool et la laissa circuler jusque dans son estomac vide. L'amertume du breuvage lui faisait le plus grand bien.

— Maman était donc son assistante de direction ? Une sacrée promotion depuis son emploi de serveuse, fit remarquer Brooks en prenant son verre.

Certes. Elle n'était guère qualifiée pour occuper un tel poste. Connaissant Sutton, il n'avait pas envie de se demander ce qui avait emporté la décision. Sa mère aurait-elle vraiment accepté la proposition de ce sale type en échange de services sexuels ? Alors qu'elle était enceinte de six mois de jumeaux ? Mais peut-être qu'elle avait été sa maîtresse bien avant de travailler pour lui…

— Carson ? lança Graham d'un ton inquiet. Est-ce que ça va ? Tu es tout pâle.

Oh ! il n'avait aucun mal à le croire. Il avait la sensation que tout son sang se glaçait tandis que la réalité de son passé s'imposait dans son esprit. Pas étonnant que leur mère ait tenu à ce qu'ils ignorent la vérité. Elle disait que leur père était une personne horrible. S'il s'agissait de Winchester, elle avait mille fois raison. Malgré tout, il n'arrivait pas à se persuader que c'était vrai. Non, ce n'était pas possible ! Et pourtant… Au fond de lui, il sentait grandir sa certitude.

— C'est notre père, jeta-t-il.

Brooks l'observa d'un air suspicieux.

— Comment peux-tu en être aussi sûr ?

— Rappelez-vous la lettre trouvée dans la boîte que je vous ai montrée l'autre jour. Un homme dit qu'il fait souffrir maman, qu'elle lui manque terriblement et qu'il est désolé de ce qui s'est passé. Qu'elle et les enfants s'en sortiront mieux sans lui. Et c'est signé d'un *S*.

— Tu ne vas pas un peu vite ? demanda son frère. Les prénoms qui commencent par S courent les rues.

— Possible, mais nous parlons ici de Sutton Winchester. Figurez-vous qu'il a proposé une prime d'embauche d'un million de dollars à Georgia pour qu'elle vienne travailler chez Elite Industries. Et devienne sa maîtresse, par-dessus le marché !

Graham parut sidéré, son verre de scotch immobilisé à mi-chemin de ses lèvres.

— Tu es sérieux ? Quel répugnant personnage !

— Si c'est ainsi qu'il recrute ses employées et ses maîtresses, l'histoire tient debout. Mettons qu'il ait rencontré maman au restaurant et qu'ils aient eu une liaison. Quand elle découvre qu'elle est enceinte, il lui propose le poste d'assistante de direction afin qu'elle bénéficie d'une assurance médicale et de congés maternité.

Brooks le regarda d'un air pensif.

— S'il s'est donné tant de mal pour la soutenir lors de sa première grossesse, pourquoi l'aurait-il licenciée quand elle t'attendait ? Ça paraît incohérent.

— Je n'en sais rien. D'après la lettre, il semblerait que la décision ne lui ait pas appartenu.

— Il était marié à cette époque, fit observer Graham. Et si sa femme avait eu vent de sa famille clandestine et exigé qu'il mette un terme à sa liaison ?

Brooks éclata de rire.

— On voit que tu ne connais pas Celeste Van Houten ! C'est un glaçon. Je ne l'imagine pas faire une scène pareille.

— Il nous faut des preuves, martela Graham. Seul un test de paternité nous permettrait de connaître une fois pour toutes la vérité. Seulement, je doute que le vieux singe accepte pour nous faire plaisir, d'autant que nous hériterions d'une partie de ses biens à sa mort. Et on ne peut exiger un test de paternité sous le seul prétexte que notre mère a été son employée à l'époque de la conception de Carson. Il nous faut la preuve qu'ils ont eu une liaison.

— Qui était au courant, à part eux ? souligna Brooks.

Graham haussa les épaules :

— Difficile à dire. Sutton n'allait pas crier sur les toits qu'il avait une maîtresse, même si ça nous paraît évident.

— Quelqu'un a dû le savoir, insista-t-il. Peut-être quelqu'un qui travaillait pour Sutton à l'époque, dans ses locaux ou chez lui.

— C'est une piste à suivre. Je vais creuser dans cette

direction et voir ce que ça donne. Peut-être aurons-nous la chance de rencontrer quelqu'un qui se souvient…

Graham essayait de se montrer optimiste, mais on sentait le découragement percer dans sa voix. Les chances de retrouver un témoin de cette époque étaient très minces. Les faits remontaient à trente ans. De plus, les employés de Winchester étaient probablement grassement payés pour se taire. Pourtant, si quelqu'un pouvait accomplir ce miracle, c'était bien Graham.

— Nous en savons plus qu'il y a une semaine, renchérit celui-ci en s'efforçant de se montrer positif.

— Exact, acquiesça Carson. Je me demande simplement où cela va nous mener. Admettons que nous obtenions un test de paternité et que ce test confirme que Sutton est notre père. La suite de l'histoire risque d'être explosive.

— Pas pour lui, en tout cas, dit Brooks. Nous allons le faire payer pour ce qu'il a fait à notre mère et à nous.

Carson se tourna vers son frère aîné :

— Comment ? Cet homme n'a pas pour un sou de conscience.

— C'est vrai. Il n'empêche : nous aurions tout autant de droits sur sa succession que les trois filles qu'il a eues avec Celeste. Nous exigerons notre part, ce sera sa punition.

— La plus grosse part ne revient-elle pas à sa femme ?

Graham en profita pour intervenir :

— Ils sont divorcés depuis deux ans maintenant. Les avocats de Celeste ont déjà prélevé sa part. Le reste ira à ses filles. Cependant, Sutton peut modifier son testament et nous inclure. Il suffira de trouver les bons arguments pour le convaincre.

Carson fit de son mieux pour se contenir. Même si Sutton le méritait, il n'aimait pas la tournure que prenait la discussion.

— Très bien, finit-il par soupirer. Nous trouverons

le moyen de lui faire passer un test de paternité et nous exigerons notre dû. Il y a juste un inconvénient à tout ça.

— Lequel ?

— Si nous avons raison, Sutton Winchester est notre père. Et maman nous a fait promettre de ne jamais avoir affaire à lui. À l'entendre, il était dangereux et nous étions bien mieux sans lui. Je me suis toujours demandé si elle n'exagérait pas. Je me disais que c'était peut-être quelqu'un de bien. Sauf que si c'est Sutton… il y a des chances pour que nos pires craintes soient fondées.

— Georgia ?

— Oui ?

Georgia leva les yeux de son dîner presque intact et croisa le regard soucieux de Carson. Après avoir tellement désiré passer du temps seule avec lui, voilà qu'elle gâchait leur tête-à-tête. Il avait insisté pour l'emmener dîner dans un endroit chic. Il portait le costume bleu marine à fines rayures qu'elle adorait le voir porter : cette couleur tranchait avec sa peau hâlée et faisait ressortir le vert de ses yeux. Il était superbe. Et pourtant, elle n'arrivait pas à se concentrer sur ce qu'il disait.

— Est-ce que ça va ? insista-t-il. Tu me parais… distraite. Tu as peut-être réfléchi, et ça te contrarie qu'on nous voie ensemble ?

— Non, non ! s'empressa-t-elle de répondre. Désolée. Mais c'est vrai que j'ai la tête ailleurs ce soir.

Il prit son verre de vin. Il avait terminé son assiette que la serveuse venait débarrasser. Georgia la laissa emporter la sienne. Depuis qu'elle avait reçu un certain appel, son appétit s'était envolé. L'univers avait cessé de tourner, et personne ne semblait s'en apercevoir.

— Tu veux en parler ? Je suis tout ouïe, dit-il en buvant une gorgée de vin.

Elle se mordit la lèvre. Raconter tout haut ce qui était arrivé n'était pas évident. En même temps, elle avait besoin de partager la nouvelle avec quelqu'un. Carson était la seule personne à qui elle avait parlé de son passé, il comprendrait à quel point c'était important pour elle. Elle aurait également pu se confier à Sheila, son assistante sociale d'autrefois, c'est vrai. Mais celle-ci ne se serait sûrement pas montrée aussi enthousiaste qu'elle. Elle avait donc renoncé à l'appeler.

— Figure-toi qu'hier soir j'ai reçu un coup de téléphone de ma mère.

— De ta mère ? Vraiment ?

— J'ai moi-même du mal à y croire, avoua-t-elle. Après vingt-six ans de silence, elle surgit brusquement du néant. Depuis qu'elle a vu la retransmission de la conférence de presse au sujet de l'hôpital, elle cherchait à obtenir mon numéro de téléphone pour prendre contact avec moi. Enfin, c'est ce qu'elle m'a dit.

— Quel choc ça a dû être !

— Tu n'imagines même pas.

Elle s'était contenue le temps de l'appel, mais aussitôt après avoir raccroché, elle avait fondu en larmes et pleuré pendant une demi-heure. C'était tellement surréaliste de répondre à un appel et d'entendre la voix d'une femme qui prétendait être sa mère. La voix ne lui disait évidemment rien mais il ne lui avait pas fallu longtemps pour se convaincre qu'elle s'entretenait bien avec Misty Adams.

— Qu'a-t-elle dit ?

— La conversation n'a pas duré longtemps. En gros, qu'elle se reconstruisait et souhaitait reprendre contact avec moi. J'ai cru comprendre que cette rencontre faisait partie d'une psychothérapie pour l'aider à rester clean. Elle veut venir me voir à Chicago.

— C'est génial ! s'exclama Carson en lui prenant la main. Comment te sens-tu ?

C'est là qu'on voyait la différence entre raconter cette histoire à quelqu'un qui avait grandi entouré de ses deux parents et à quelqu'un comme Carson qui avait vécu en ignorant son passé. N'importe qui d'autre aurait demandé si elle était heureuse. Mais il n'y avait pas de mots pour décrire son état d'esprit. Méfiante aurait été plus juste. Optimiste, certes, mais pas trop. Après tant de déceptions, elle était prête à tenter l'aventure à condition de rester sur ses gardes.

— Je suis partagée. J'ai envie de la voir et de lui poser des questions. En même temps, je doute qu'on sera d'emblée les meilleures amies du monde. Renouer le lien prendra du temps, et cela n'aboutira peut-être à rien. Ma mère est plutôt déboussolée. Je ne sais pas depuis combien de temps elle s'est reprise en main. Si elle replonge, je refuse d'être embarquée dans ses histoires.

— Je comprends, répondit-il d'un ton compatissant. On a envie de connaître ses parents et d'établir une relation avec eux. Seulement, s'ils n'ont pas fait partie de notre vie, c'est qu'il y a une raison. Parfois, on se demande si ce n'est pas préférable.

— Exactement. Je vais tout de même la rencontrer. Je lui ai envoyé de l'argent pour qu'elle prenne le bus Detroit-Chicago. Elle passera quelques jours ici. On verra bien ce que ça donnera.

Les sourcils froncés, il la fixa un moment en silence.

— Crois-tu que ce soit une bonne idée de lui donner de l'argent et de la laisser habiter chez toi ? demanda-t-il enfin. Après tout, c'est une inconnue.

Georgia retira la main et la posa sur ses genoux.

— J'y ai réfléchi. Il ne s'agit que de cent dollars. Si elle les utilise pour acheter de la drogue, si elle ne vient pas, la leçon ne m'aura pas coûté cher. Seulement, pour que ça ait une petite chance de marcher, il faut que je fasse preuve d'un minimum de confiance.

— Mais l'accueillir chez toi ? Non, vraiment, c'est imprudent.

Devant le scepticisme de Carson, le peu d'enthousiasme qu'elle manifestait à l'idée de revoir sa mère commença à se dissiper. Que voulait-il qu'elle fasse ? Qu'elle cache l'argenterie ? Elle n'en avait pas. Tout ce qu'elle possédait, c'était son appartement.

— Avais-je le choix ? fit-elle remarquer un peu sèchement. Si elle ne peut payer un ticket de bus, il n'est même pas question d'hôtel. C'est seulement l'affaire de quelques jours. Si la cohabitation me met mal à l'aise, je lui trouverai une chambre quelque part, d'accord ?

— Je suis navré de me montrer aussi pessimiste, Georgia. C'est sans doute à cause de mon éducation. Je ne voudrais pas que tu souffres, tu comprends.

— Ne t'inquiète pas pour ça. Je sais que je dois me montrer prudente avec Misty, mais ton soutien serait le bienvenu. Je t'ai encouragé à rechercher ton père et j'apprécierais que tu me soutiennes au cours de cette plongée dans mon passé.

Carson vint s'asseoir près d'elle sur la banquette, la prit dans ses bras et l'embrassa sur la joue.

— Je te soutiendrai à cent pour cent, n'en doute pas. Je m'inquiète juste pour toi.

Elle laissa son anxiété se dissoudre dans la chaleur de cette étreinte. Il avait certainement raison. Prendre la défense de Misty était un peu prématuré : elle ne la connaissait pas, après tout.

— Merci. Je n'ai pas l'habitude qu'on s'inquiète pour moi.

— Tu ferais mieux de t'y habituer. Bon, je dois reconnaître que la découverte de Graham m'a rendu un peu nerveux. Ma mère nous avait prévenus que notre père n'était pas un ange, mais j'étais loin d'imaginer qu'il puisse s'agir de Sutton Winchester…

La nouvelle l'avait abasourdie, elle aussi. À la réflexion, Carson possédait les mêmes yeux verts pétillant de malice que Sutton. Ce qu'elle se garda bien de lui dire. Il n'avait certainement pas envie d'avoir quoi que ce soit de commun avec cet homme, surtout pas des gènes.

— Qu'allez-vous faire ?

— Graham va essayer de trouver quelqu'un qui ait vu notre mère et Sutton ensemble. Si nous mettons la main sur ce témoin, nous exigerons un test de paternité afin d'être renseignés une fois pour toutes.

— Si c'est bien votre père, que ferez-vous ?

Carson se rembrunit.

— Je n'en sais rien. Je serais surpris qu'il nous invite à partager le dîner de Thanksgiving avec ses enfants légitimes. Pour jouer un rôle dans sa vie, il faudra nous bagarrer. Graham et Brooks ont davantage envie d'en découdre que moi. Les mises en garde de ma mère ne m'ont jamais quitté. Elle avait forcément une bonne raison pour l'éloigner de nous. Tout bien considéré, ai-je vraiment envie de nouer des liens avec lui ?

Elle hocha la tête. Cette réaction était bien compréhensible !

— Je comprends. Je prends un risque en laissant ma mère venir me voir. Il se peut qu'elle soit sincère, mais il se peut aussi qu'elle soit restée la junkie qui m'a abandonnée. Jusqu'ici, je me suis très bien débrouillée sans elle. En même temps, il m'est impossible de renoncer à l'occasion de la connaître. Quand on a tellement espéré que ses parents se manifestent et vous protègent du mal, l'enfant en nous est toujours là, il appelle de ses vœux l'amour qu'il n'a jamais reçu. Si l'on renonce à ça, que reste-t-il ?

— Tout le reste, protesta-t-il. Ta mère a du moins l'excuse d'avoir été une gamine fauchée et déboussolée, incapable de s'occuper d'un enfant. Winchester, lui, est le type le plus riche de Chicago. Pourtant, pas une fois il n'a cherché à entrer en contact avec nous, pendant toutes ces années. Pas une carte d'anniversaire, pas de pension alimentaire, pas même un peu d'indulgence dans les affaires. Pourquoi voudrais-je d'un homme pareil dans ma vie ?

— Tu ne peux pas en être certain avant de le connaître mieux.

— Je n'ai jamais eu de père, Georgia. Quelle est la meilleure solution ? Avoir un salaud pour père et connaître la vérité ? Ou ne jamais le rencontrer et se poser perpétuellement des questions.

Georgia se mordit la lèvre. Carson avait mis le doigt sur un point sensible.

— Il est certain que la vérité n'est pas toujours rose. Je donne une chance à ma mère. Vu que mon père a mis enceinte une adolescente en cavale, avec un problème de drogue, je ne le connaîtrai sûrement jamais. Ainsi, je conserve l'image d'un père idéal. Inutile de savoir qu'il était un client ou son fournisseur de drogue, ou qu'il a violé une jeune fille sans défense.

Il réfléchit quelques instants.

— De toute façon, la décision ne m'appartient pas. Si mes frères tiennent à aller jusqu'au bout, que je le veuille ou non, je saurai si Sutton est mon père. Quant à ce qui se passera après… Tout dépendra de ce cher vieux papa.

Georgia termina son verre d'un trait. S'agissant de leurs parents, ils étaient tous les deux dans l'incertitude, et elle détestait ce sentiment. Pendant ses années d'errance, de famille d'accueil en famille d'accueil, elle avait à la fois espéré et craint que sa mère se ressaisisse et la reprenne avec elle.

L'idée que Misty ait effectué des recherches pour la retrouver la remplissait d'exaltation. Elle avait fait le premier pas ; c'était énorme. Elle-même n'aurait sans doute pas eu trop de mal à retrouver sa trace, mais elle avait toujours refusé de faire la démarche. Apprendre que sa mère s'était démenée pour la retrouver lui faisait chaud au cœur, sans pour autant dissiper ses craintes. Et la conversation avec Carson n'avait rien arrangé.

Une chose était sûre : elle allait passer la nuit à s'agiter et à retourner ces pensées dans sa tête. Misty devait arriver le vendredi, ce qui lui promettait plusieurs jours d'anxiété avant d'être fixée. Elle avait besoin de distraction, quelque chose pour s'empêcher de réfléchir à la situation. Le travail n'y suffirait pas. En revanche, s'allonger contre Carson et poser la tête sur son épaule semblait une bonne solution.

— Es-tu prêt à partir ? demanda-t-elle.

— Tu ne veux pas de dessert ?

Elle caressa sa joue ombrée d'une légère barbe et tourna la tête jusqu'à ce que leurs lèvres se rencontrent. Ce baiser la réchauffa et éveilla ses sens. Et le plaisir d'être dans les bras de Carson dissipa comme par magie l'image de Misty et Sutton.

Elle ne se trompait pas. Une nuit de passion avec Carson serait le remède idéal, pour lui comme pour elle.

— Oh si, murmura-t-elle en le gratifiant d'un regard lourd de sous-entendus.

— Alors allons-y, dit-il avec un large sourire.

- 7 -

— Rebecca, que signifie ce rendez-vous de 15 heures cet après-midi ?

Il attendit nerveusement la réponse de son assistante. Mais qui était la femme avec laquelle ses frères et lui avaient rendez-vous quelques minutes plus tard ?

Rebecca apparut sur le seuil de la porte.

— Je ne suis pas plus avancée que vous. Graham m'a appelé ce matin pour me demander de le noter. Il ne vous a rien dit ?

Rien. Mais cela ne valait pas la peine d'ennuyer Rebecca avec ce petit problème.

— J'ai sans doute oublié. Merci.

Il n'eut guère le temps de s'appesantir sur la question car Brooks entra aussitôt, l'air consterné.

— Qu'est-ce que c'est que ce rendez-vous ?

— C'est Graham qui l'a programmé, répondit Carson avec un haussement d'épaules. Il ne t'a rien dit non plus ?

Brooks se laissa tomber dans un fauteuil, sourcils froncés.

— Non. Qui peut bien être cette Tammy Ross ? Jamais entendu parler.

— C'est l'ancienne femme de ménage de Sutton Winchester !

C'était la voix de Graham. Il venait d'entrer dans le bureau avec un sourire satisfait.

Carson écarquilla les yeux. S'il s'attendait à une visite pareille ! Cela ne voulait dire qu'une chose…

— Sait-elle quelque chose sur la relation de Sutton avec notre mère ?

Graham vint prendre place dans un fauteuil avec une lenteur exaspérante.

— Oui.

— Pourquoi ne t'a-t-elle pas dit ce qu'elle savait ? Quel besoin de la faire venir jusqu'ici ?

— Parce qu'elle tenait à nous parler à tous les trois, en personne. Apparemment, la tournure prise par les événements la contrarie. C'est une vieille dame sentimentale qui connaissait et aimait notre mère. Soyez un peu indulgents avec elle.

— Monsieur Newport, annonça la voix de Rebecca par l'Interphone. Mme Ross désire vous voir.

— Pile à l'heure ! constata Graham en se levant.

Celui-ci se rendit à la réception et revint quelques instants plus tard avec une petite dame aux cheveux gris et au sourire doux.

Imité par Brooks, Carson se leva pour l'accueillir, la main tendue.

— Bonjour, madame Ross. Asseyez-vous, je vous prie.

Il désigna la table de conférence et rejoignit ses frères qui reprenaient leurs places.

— Merci de me recevoir aujourd'hui, répondit la vieille dame. Lorsque Graham a pris contact avec moi et que j'ai compris que je parlais à un des jumeaux devenu adulte…

Les yeux de la vieille damc s'embrumèrent.

— J'ai compris que je devais vous dire tout ce que je savais. Ma loyauté vis-à-vis des Winchester s'arrête avec les feuilles de paie.

— Je suis entré en relation avec l'agence qui fournit à Sutton son personnel de maison, expliqua Graham.

Une personne a accepté de communiquer mon numéro à Mme Ross.

— J'ai appris le décès de votre mère par le journal, poursuivit-elle. J'ai eu du mal à croire que la jeune femme pleine de vie d'autrefois avait disparu. Et que les bébés de mon souvenir étaient devenus des hommes adultes.

— Comment avez-vous connu notre mère ? demanda Brooks.

— J'ai connu Cynthia quand elle était secrétaire de M. Sutton. Elle appelait à la maison de temps en temps, pour transmettre des ordres pour le dîner ou me dire quelle chemise je devais préparer pour le lendemain. Elle était charmante. Quelquefois, nous bavardions. Sa grossesse la transportait de joie. Comme j'avais moi-même eu deux enfants, je lui donnais des conseils. Après la naissance des jumeaux, enfin, la vôtre, Graham et Brooks, je lui ai proposé de vous garder si elle désirait sortir. À l'époque, j'ignorais qui elle fréquentait et qui était le père de ses enfants.

Brooks plissa les lèvres puis demanda :

— Notre mère voyait donc Sutton en secret ?

— Oui. D'après ce que j'ai fini par savoir, ils ont eu une liaison bien avant qu'elle travaille pour Elite Industries. À vrai dire, ce n'était pas très surprenant. Votre mère était ravissante, tout à fait le genre de femme que Sutton appréciait. Vous comprenez, entre Celeste Van Houten et lui, il s'agissait d'un mariage de raison. Il était toujours en quête de… plaisirs extraconjugaux.

Carson baissa la tête. L'idée que sa mère n'ait été qu'une maîtresse de Sutton Winchester parmi tant d'autres l'attrista. Elle aurait mérité d'être sincèrement aimée par un homme qui l'aurait épousée et rendue heureuse. Au lieu de ça, elle avait élevé seule ses trois enfants, avec un salaire de serveuse. Que serait-elle devenue sans l'aide de Gerty ?

— Apprendre votre existence a un été un grand choc, reprit Tammy Ross en le regardant. Cynthia a dû quitter l'entreprise si vite au cours de sa seconde grossesse que je n'en ai même pas eu connaissance. Je suis sûre que M. Winchester tenait à ce qu'elle reste secrète. Mme Winchester était déjà agacée par cette liaison avec votre mère. Je ne crois pas qu'elle ait été au courant de votre existence. Et Sutton préférait sans doute qu'il en aille de même pour vous.

— S'il tenait tant au secret, comment avez-vous appris tout ceci ?

La vieille femme sourit finement.

— Il existe différentes sortes de gens riches, et les Winchester appartiennent à cette catégorie de nantis qui considèrent leurs employés comme des inférieurs. Parfois, Mme Winchester ignorait ma présence ou bien peut-être l'oubliait-elle vraiment. Je n'avais pas assez d'importance à ses yeux pour qu'elle me remarque. C'était pénible, mais parfois bien utile.

» Je me souviens qu'un soir, M. et Mme Winchester ont eu une violente dispute. Elle était enceinte de Nora, à cette époque. La vaisselle a volé, ce soir-là ! Ils sont allés s'enfermer dans leur chambre, mais c'était inutile. On les entendait hurler dans toute la maison. J'étais dans le couloir en train de ramasser les éclats d'un vase qu'elle lui avait jeté à la figure quand je l'ai entendue mentionner le nom de Cynthia. Elle disait à son mari qu'elle ne resterait pas là, les bras croisés, à supporter une nouvelle grossesse et le laisser s'afficher avec sa secrétaire. Elle a menacé de divorcer, de le mettre sur la paille, et juré qu'il ne reverrait jamais ni Eve, ni le bébé. Elle aurait mis ses menaces à exécution, croyez-moi. Son frère était un impitoyable avocat spécialisé dans les affaires de divorce. Elle a donc mis le marché dans les mains de Sutton : soit il rompait avec sa secrétaire, soit c'était un homme fini.

Carson était abasourdi. Il n'en revenait pas.

— C'est à ce moment que j'ai compris que les jumeaux devaient être de lui, poursuivit Tammy Ross. Je n'arrivais pas à imaginer qu'il prenne autant soin de votre mère. Une semaine plus tard, une femme a appelé à la maison en se présentant comme la secrétaire de M. Winchester. J'ai demandé des nouvelles de Cynthia, et on m'a répondu qu'elle ne travaillait plus pour la compagnie. C'est la dernière fois que j'ai entendu parler de votre mère et de vous. Après ça, elle a disparu.

— Malgré tout, rien ne dit que je suis le fils de Sutton, hasarda-t-il. Elle a pu avoir une liaison avec un autre homme après son départ d'Elite.

La vieille dame lui tapota la main.

— Vous êtes le fils de Sutton Winchester, mon garçon. N'en doutez pas une seconde. Vos frères tiennent de votre mère, mais vous, vous êtes le portrait craché de votre père quand il était plus jeune.

Il déglutit péniblement. Bien sûr, étant donné qu'il ne ressemblait pas à ses frères, on disait toujours qu'il tenait de son père. Mais l'idée de devoir quoi que ce soit à Sutton Winchester le révulsait.

— Madame Ross, accepteriez-vous de répéter tout cela devant un juge ? demanda alors Graham. Il ne sera peut-être pas nécessaire d'aller jusqu'au test de paternité. Si c'est le cas, le juge pourrait vouloir vous entendre.

— Absolument. J'ai gardé le silence assez longtemps. M. Winchester doit faire ce qu'il faut pour ses enfants. Il n'est jamais trop tard pour ça.

— Merci d'être venu nous parler, dit-il.

— C'est moi qui vous remercie. Je me demandais depuis des années ce qu'étaient devenus les enfants de

Cynthia. Maintenant, je sais. Elle était fière de vous trois, j'en suis sûre.

Graham raccompagna Mme Ross, et revint une dizaine de minutes plus tard.

— Alors, qu'en pensez-vous ?

— Je pense que tu as une chance incroyable, répondit Brooks. Comment as-tu réussi à retrouver cette femme ?

— La chance n'a rien à voir là-dedans, rectifia Graham en se laissant tomber dans un fauteuil. À l'école de droit, on t'apprend comment trouver les infos dont tu as besoin pour influencer la cour en ta faveur. Et mon habileté dans ce domaine est sans égale. J'ai appelé toutes les agences de recrutement de personnel de maison présentes à Chicago. Si ça n'avait pas marché, j'aurais essayé de manipuler le comptable de Sutton pour qu'il fouille dans ses archives. Par chance, j'ai touché le gros lot.

Carson intervint pour poser la question qui lui brûlait les lèvres :

— Et maintenant ?

— La demande est prête à être soumise au juge. Une fois qu'il aura ordonné le test de paternité, Winchester sera mis au courant. Quand nous serons certains qu'il est notre père, nous revendiquerons notre part d'héritage et attendrons tranquillement le bouquet final.

— Je savais que vous reviendriez.

Georgia ignora l'expression suffisante de Sutton. C'était beaucoup plus gênant de soutenir son regard vert, si semblable à celui de Carson, à présent qu'elle connaissait la vérité. Savoir que cet homme était probablement le père de Carson était difficile à avaler. Surtout quand ce regard la détaillait avec une convoitise qu'il ne cherchait pas à dissimuler.

— Newport sait-il que vous êtes là ?

— Non.

En toute honnêteté, elle n'avait pas parlé de son projet à Carson : il ne l'aurait jamais laissée faire. Si elle était venue, c'était avec une idée précise en tête : obtenir des informations. Si Carson et ses frères le traînaient en justice, tout pourrait s'avérer utile. Et si elle réussissait à obtenir de l'argent pour l'hôpital, ce serait encore mieux.

— Ça y est ? Vous êtes revenue à la raison et prête à accepter ma proposition ? Vous vous êtes enfin aperçue que Newport n'était pas assez bien pour vous ?

Elle fit de son mieux pour dissimuler son dégoût. Il fallait jouer le jeu encore quelque temps si elle voulait récolter des renseignements. Elle avait conscience de se jeter dans la gueule du loup, mais c'était le seul moyen d'être utile à Carson.

— Une femme doit avoir l'esprit ouvert.

Le rire de Sutton fut entrecoupé par une quinte de toux interminable. Il sortit un mouchoir de sa poche et le maintint sur sa bouche. Il ne semblait pas au mieux de sa forme, c'était le moins qu'on puisse dire. Il semblait flotter dans son costume et les cernes sous ses yeux ressortaient sur son visage creusé. Manifestement, son état s'était encore détérioré depuis la semaine précédente.

Lorsqu'il eut fini de tousser et qu'il rangea son mouchoir, elle remarqua de petites gouttes de sang sur le tissu. Pas de doute : Sutton était sérieusement malade. Ce n'était pas une maîtresse qu'il lui fallait, mais un médecin.

— Un verre ne nous ferait pas de mal, dit-il après s'être éclairci la gorge.

Il se leva de son bureau et se dirigea vers un minibar installé dans un coin.

— Est-ce que je vous sers quelque chose ?

— Volontiers.

Georgia rejoignit Sutton au bar où il mettait des glaçons dans deux verres de cristal. Appuyée à la table de conférence, elle le regarda servir un scotch et préparer une vodka gimlet, son cocktail favori. Encore qu'il ne devait certainement pas s'en douter.

— Alors dites-moi, ma chère. À quoi buvons-nous ?

Elle contempla son verre le temps de trouver une réponse appropriée.

— À tous les possibles et à ma liberté d'action, répondit-elle en souriant.

— Vraiment ?

Après avoir trinqué, il but une gorgée de scotch puis reposa son verre sur la table.

— Que puis-je faire pour vous aujourd'hui ? Êtes-vous prête à accepter mon offre généreuse ?

— Pas encore.

— Je préfère cette réponse à la précédente. On progresse !

Après tout, autant laisser ce vieil homme malade croire ce qu'il voulait si cela lui faisait plaisir.

— C'est le privilège des femmes de changer d'avis.

— Bien dit !

Il avança d'un pas et se pencha sur elle.

— Que faudrait-il pour vous convaincre d'accepter mon offre, ma belle enfant ? Dites. Plus d'argent ? Des bijoux ? Un appartement avec terrasse ? Vous aurez tout ce que vous voudrez si vous vous donnez à moi maintenant.

Il avait posé une main sur sa cuisse et la fixait avec insistance.

— Il faut encore que je réfléchisse, dit-elle en écartant sa main. Mais un geste pourrait influencer ma décision finale.

— Une négociatrice, hein ? Ça me plaît ! De quoi s'agit-il ?

— J'aimerais qu'Elite Industries fasse un don pour le projet de l'hôpital pour enfants Newport.

Il s'empara de son verre et but une gorgée de scotch sans la quitter des yeux.

— Pourquoi ferais-je une chose pareille ?

— Permettez-moi de vous donner un conseil puisque vous n'avez pas de directeur des relations publiques en ce moment. Si je dirigeais votre service, c'est exactement ce que je vous conseillerais de faire. On sait que vous cherchiez à acquérir le terrain de l'hôpital. Certains pensent peut-être qu'Elite aurait même dû renoncer à son projet d'appartements de luxe pour soutenir une noble cause. Faire un don pour ce projet redorerait votre blason.

— Ce n'est pas nécessaire. Je suis le maître de cette ville.

— Peut-être, admit-elle. Mais comme vous n'avez pas l'habitude de perdre, vous ne savez sans doute pas gérer une défaite. Et vous n'aimeriez pas passer pour un mauvais perdant face aux Newport, n'est-ce pas ?

— Allons, allons…, marmonna Sutton. Si j'avais voulu ce terrain, je l'aurais eu.

Le pauvre, s'il savait… En plus de ses yeux, il avait aussi transmis son opiniâtreté à Carson. Malheureusement pour lui.

— Naturellement. Mais quelle meilleure façon de le prouver au monde que de soutenir financièrement le projet ? Allons, Sutton, faites un geste

À ces mots, il se pencha sur elle, ce qui la contraignit à reculer.

— Et en dehors de la faveur de l'opinion publique, que me rapporterait ce geste ?

— Tout dépend de la somme inscrite sur le chèque.

Le grand sourire qui éclaira le visage de Winchester lui rappela tellement Carson qu'elle sentit son cœur se serrer douloureusement.

— Vous êtes bagarreuse, j'aime ça ! Vous avez gagné. Je ferai un chèque aux Newport. Indiquez-moi le montant.

— Mettez la somme à laquelle vous estimez ma valeur.

— Monsieur Winchester ?

Une voix familière venait de résonner dans la pièce. En tournant la tête, Georgia découvrit Graham à l'entrée du bureau. Il les fixait, et on lisait sur son visage un mélange de stupéfaction et de colère. Par-dessus l'épaule de Graham, elle aperçut le visage d'Eve Winchester, fille aînée de Sutton et héritière de l'entreprise. Tous les deux paraissaient complètement abasourdis de surprendre Sutton en train de la serrer dans ses bras. Ou presque.

— Désolée, papa, dit Eve. Je n'ai pas pu le retenir.

Georgia repoussa Sutton. Finalement, celui-ci recula et se tourna vers les intrus avec un soupir.

— Pas de problème. Aujourd'hui, mon bureau est devenu le rendez-vous des Newport. Entrez, entrez.

L'homme d'affaires retourna s'asseoir derrière son bureau tandis qu'elle tentait de se ressaisir. Elle n'avait rien à se reprocher, mais l'expression de Graham lui déplaisait. De toute évidence, il s'imaginait qu'il venait de surprendre un tête-à-tête crapuleux.

— Que puis-je pour vous, Graham ? Ou peut-être devrais-je dire Brooks. Bon sang ! Je n'ai jamais réussi à vous distinguer l'un de l'autre.

La mâchoire de Graham se contracta, et il rougit de colère.

— Le moins qu'on puisse attendre d'un père serait pourtant qu'il reconnaisse ses propres enfants.

L'accusation laissa Sutton de marbre. Il se renversa contre le dossier de son fauteuil, les mains croisées sur son ventre.

— D'un père, certainement, mais je ne suis pas sûr de comprendre vos insinuations, monsieur Newport.

— Je n'insinue rien. Je vous le dis droit dans les yeux, papa.

L'atmosphère se chargea d'électricité. Georgia regarda

Eve, entrée dans le bureau à la suite de Graham. Les allégations de ce dernier semblaient la stupéfier et la décevoir. Rien d'étonnant à ça. Quelle femme n'aurait pas été déçue en découvrant que les beaux et riches fils Newport étaient ses demi-frères ?

— Je ne suis pas votre père, répliqua le promoteur sans l'ombre d'une hésitation.

— Vous niez avoir eu une relation avec ma mère ?

— Pas du tout. C'était une très jolie femme. Vous lui ressemblez, je dois le reconnaître. Mais je ne suis pas votre père. Elle était enceinte quand nous nous sommes rencontrés.

Graham déposa une enveloppe sur le bureau de Sutton.

— C'est ce que nous verrons.

Winchester ouvrit l'enveloppe et en tira un feuillet.

— Une injonction à me soumettre à un test de paternité ? C'est adorable. Très bien. Je me plierai aux ordres de la cour. Mais n'imaginez pas que vous avez gagné une bataille, Graham. Vous n'apprécierez certainement pas les résultats de ce test. Je vous le répète, je ne suis pas votre père.

— Je n'en attendais pas moins d'un homme tel que vous, répondit celui-ci sans broncher avant de se tourner vers elle. Georgia, veux-tu que je te reconduise au bureau ?

On ne sentait guère de chaleur dans sa voix, mais qu'importe…

— Je veux bien.

Elle avait obtenu ce qu'elle désirait. Rester en tête à tête avec l'homme d'affaires après cet incident serait gênant. Elle ramassa son grand sac fourre-tout et le mit sur son épaule.

— Auriez-vous l'obligeance de nous expédier votre chèque par courrier ? demanda-t-elle avec un grand sourire.

— Ce sera fait, répondit-il avec un regard adouci.

En se dirigeant vers la porte, Georgia surprit ce qui

ressemblait fort à un regard de connivence entre Graham et Eve. Ils étaient au beau milieu du parking quand celui-ci lui adressa la parole.

— Qu'est-ce que ça signifie ?

Le ton avec lequel il avait posé la question était très déplaisant. On l'aurait dit certain d'avoir surpris quelque chose entre Sutton et elle !

— J'ai une meilleure question, riposta-t-elle. Qu'y a-t-il au juste entre Eve Winchester et toi ?

Elle le vit serrer les mâchoires, mais il ne tourna pas la tête vers elle.

— Rien.

Elle partit dans un grand éclat de rire. Elle travaillait rarement avec Graham du fait qu'il passait la majeure partie de son temps à son cabinet. Mais elle le connaissait assez pour savoir qu'il mentait.

— À d'autres ! J'ai bien vu le regard gourmand qu'Eve posait sur toi. Enfin, jusqu'à ce que tu appelles son père « papa ».

— Si Sutton est notre père, ce que tu as vu importe peu. Il est fort probable qu'Eve soit ma demi-sœur. Donc, fin de l'histoire.

Graham ouvrit la portière de la voiture, et elle s'installa sur le siège passager. Elle attendit qu'il ait démarré pour faire remarquer :

— Sutton était drôlement catégorique en affirmant qu'il n'était pas ton père.

— Tu t'attendais à autre chose ?

Elle hésita un instant. Se dérober n'était pas dans les manières de Sutton. Certes, il était capable de mentir par omission, mais la façon péremptoire dont il avait répondu à cette accusation la poussait à le croire.

— Je ne sais pas. Je ne l'ai jamais surpris en train de mentir. D'habitude, il arrive à ses fins sans s'abaisser à tromper son monde.

— Tu le connais drôlement bien, dis-moi ! Combien de temps as-tu passé avec lui dans le dos de Carson ? Il m'a raconté la proposition malhonnête que t'a faite ce filou. Aurais-tu changé d'avis et décidé d'accepter ?

— Mais non ! Nous parlions affaires.

Georgia regarda droit devant elle. Pas question de s'expliquer davantage. Après tout, elle n'avait pas de comptes à lui rendre.

— Je l'aurais parié. Laisse-moi te donner un conseil au sujet de Carson. Les histoires de cœur, ce n'est pas trop son truc. Il faut dire que sa seule et unique relation sérieuse a pris fin quand son amie l'a jeté pour un type plus riche.

Ah oui ? Elle l'ignorait. Ils n'avaient pas évoqué en détail leur passé amoureux.

— Vraiment ?

— Oui. Candy et lui étaient même fiancés quand elle est partie rejoindre son milliardaire. Carson en a beaucoup souffert.

— C'est gentil de me prévenir. Seulement, Carson et moi, nous sommes juste…

— Je me moque de ce que vous êtes ou de ce que vous n'êtes pas ! Je veux juste que tu saches, pour que tu réfléchisses avant de faire revivre ça à Carson.

Elle se mordit la lèvre. Elle était aussi prête à quitter Carson pour Sutton que pour le prince Harry. Mais ce n'était pas le moment de polémiquer sur ce point avec Graham. Elle expliquerait à Carson ce qu'elle manigançait. C'était à lui qu'elle faisait confiance, pas à Graham. À en juger par leur attitude, la sienne et celle d'Eve, il n'était pas neutre. Et il le serait d'autant moins si Winchester n'était pas son père.

Bref, si quelqu'un dans cette voiture risquait de passer à l'ennemi, c'était bien Graham.

- 8 -

— Est-ce qu'on peut se parler, Georgia ?

— Je vais récupérer des photocopies à l'imprimante et j'arrive.

Carson laissa repartir Georgia qui passait dans le couloir puis regagna son bureau. Il était si nerveux qu'il ne parvenait pas à rester assis. Il alla regarder la vue imprenable sur le centre-ville de Chicago que lui offrait la baie vitrée. Hélas, ce spectacle qu'il aimait ne lui apporta aucun réconfort. La confusion régnait dans son esprit depuis que Graham avait quitté son bureau, quelques instants plus tôt.

Ce que son frère lui avait raconté de son entrevue avec Sutton le laissait perplexe. Que faisait Georgia chez ce type ? À vrai dire, les réponses qu'il imaginait ne le réjouissaient guère. L'appréhension qui lui nouait l'estomac était un peu trop familière à son goût. Pourtant, il se refusait à se laisser atteindre par les sous-entendus de Graham au sujet de Georgia. Attention à ne pas tirer des conclusions trop hâtives — ce qu'il avait fait quand le bruit avait couru que Candy, sa fiancée, sortait avec un autre. Malgré l'anxiété tenace qui le rongeait, il avait rapidement refusé d'y attacher de l'importance. À tort.

La rupture de leurs fiançailles ne l'avait pas vraiment affligé. Pour être honnête, il n'était pas amoureux de Candy. Simplement, elle avait toutes les qualités pour être une bonne épouse. Selon ses critères de l'époque, bien sûr. Comme il n'avait pas le temps de chercher la femme idéale, il avait décidé de faire sa vie avec elle.

Ce qui l'avait profondément affecté, c'étaient les raisons pour lesquelles Candy le quittait. Il réussissait dans la vie. Malgré des débuts difficiles, ses frères et lui comptaient parmi les hommes d'affaires les plus fortunés et les plus talentueux de Chicago. Pourtant, il avait douloureusement conscience de ne pas être issu d'une bonne famille et d'être un enfant naturel que son père avait refusé de reconnaître. Du fait qu'il se battait quotidiennement pour prouver sa valeur, il n'avait vraiment pas besoin qu'une femme le quitte pour un homme possédant tout ce qu'il n'avait pas.

Pendant un certain temps, il s'était demandé s'il était à la hauteur. Il avait de l'argent, mais pas assez aux yeux de Candy. Il réussissait, mais pas assez pour que son père soit fier de lui et revendique sa paternité. Il avait changé depuis ses fiançailles. Il était plus avisé, plus mûr, et réussissait encore mieux dans la vie. Malheureusement, l'histoire semblait se répéter. Si Georgia le quittait pour son propre père, ce serait bien pire que la première fois.

Alors à quoi bon faire des efforts si cela ne suffisait jamais ?

— Tu voulais me parler ?

Carson se retourna et découvrit Georgia sur le pas de la porte.

— Oui. Entre, je t'en prie. Ferme la porte et installe-toi.

Elle hésita quelques instants avant de s'exécuter.

— C'est à propos d'hier ? demanda-t-elle en s'asseyant dans un fauteuil.

— Peut-être, répondit-il en soupirant. Ce matin, j'ai eu une petite conversation avec Graham qui m'a troublé, je t'avoue. J'aimerais juste entendre ta version des faits.

— Il n'y a pas de faits. Ton frère a mal interprété ce qu'il a surpris.

— Explique-moi donc.

Après ce que lui avait raconté son aîné, il redoutait d'entendre la vérité de la bouche de Georgia. L'idée qu'elle entretienne une relation avec son père lui donnait envie de démolir à coups de poing les murs de son bureau.

— Il s'agit tout simplement d'espionnage industriel.

Carson haussa un sourcil.

— Pardon ?

— Écoute, dit-elle en se penchant en avant. Avec toutes ces interactions entre Newport Corporation et Elite Industries, il m'a semblé préférable de garder le contact. Si Sutton croit que je réfléchis à son offre, je lui extorquerai peut-être des informations susceptibles de t'aider. C'est tout.

Il se rendit compte qu'il retenait sa respiration lorsqu'il poussa un soupir de soulagement. Il ne lui restait plus qu'à chasser les doutes que Graham avait semés dans son esprit. Il n'avait aucune raison de soupçonner Georgia. Il devait l'écouter en toute impartialité.

— Vraiment ?

Elle se leva et vint s'asseoir sur ses genoux. Puis elle glissa les doigts dans ses cheveux.

— Oui, vraiment. Tu veux savoir ce que j'ai découvert jusqu'ici ?

Elle avait déjà obtenu des informations ? Voilà quelqu'un qui ne perdait pas de temps. Il avait hâte d'en savoir plus. L'ennui, c'était qu'il avait bien du mal à se concentrer en sentant ce fessier rond et ferme posé sur lui. Il se contenta toutefois de poser une main sur son genou nu et de le caresser.

— Bien sûr. Raconte.

— Tout d'abord, j'ai obtenu un don généreux d'Elite pour l'hôpital. Sutton envoie un chèque par courrier cette semaine.

Sans cacher son sourire, il serra Georgia très fort

contre lui. Quelle femme étonnante ! Et qui, pour une mystérieuse raison, tenait à lui.

— Pas possible !

— Si. À mon avis, son amour-propre le dissuadera de donner moins qu'un nombre à sept chiffres. Comme ça, il sera toujours en tête d'affiche de la liste des sponsors d'entreprise. J'ai aussi des renseignements personnels qui pourraient vous être utiles à tes frères et toi.

— Parle !

— Graham n'est pas resté assez longtemps pour le remarquer. Sutton est malade.

Carson fronça les sourcils. Voilà qui était pour le moins étonnant…

— Malade ? Ce vieux renard est trop mauvais pour être malade. Les bactéries n'oseraient jamais s'attaquer à lui.

La plaisanterie ne fit pas rire Georgia.

— Je suis sérieuse, Carson. Je ne te parle pas d'un rhume. Il tousse et crache du sang. Il a perdu du poids et a une mine épouvantable. Il arrive encore à donner le change, mais je pense vraiment que quelque chose ne va pas.

Si ce qu'avançait Georgia était exact, l'information n'avait pas été rendue publique. Dès que la nouvelle se répandrait, les spéculations iraient bon train. Qui reprendrait Elite Industries ? Qui seraient les bénéficiaires de son testament ? Combien de ses maîtresses se présenteraient aux funérailles ?

Normalement, ils devraient recevoir rapidement les résultats du test de paternité. Si Graham et Brooks étaient toujours déterminés à obtenir leur part du gâteau, le temps pressait. Au cas où ils étaient les enfants de Sutton, revendiquer leur part dès l'annonce de sa maladie paraîtrait particulièrement mesquin. Même si lui-même se souciait peu des apparences, qu'on le prenne pour le digne rejeton du vieux bandit était le dernier de ses souhaits.

C'était bien sa chance. Il avait passé trente ans à se demander qui était son père. Et, alors qu'un candidat solide venait tout juste de se présenter, il fallait que celui-ci tombe malade. Si Georgia avait raison, si Winchester était gravement atteint, combien de temps pourrait-il passer avec son cher vieux papa ?

Encore que. Même si la vie accordait dix ans de plus à Sutton, établiraient-ils des liens étroits ?

— Carson, ça va ?

La voix de Georgia l'arracha à ses pensées. Il se rendit compte qu'elle attendait une réaction de sa part.

— Ça va. Je réfléchissais à ce que ça signifiait pour nous. Tu crois qu'il est sérieusement malade ?

— Je ne suis pas médecin, mais il a très mauvaise mine. Et crois-moi, il ne s'agit pas d'une banale grippe ou d'un dérangement intestinal. Quoi que ce soit, c'est grave. Son état se détériore rapidement.

— Sans doute sa légendaire vie de débauche qui le rattrape.

Georgia le fixa avec attention et lui caressa la joue du doigt.

— Es-tu toujours fâché contre moi parce que je suis allée le voir ?

— Mas non ! En fait, j'apprécie ton discret coup de main.

— Tu préfères que j'arrête ?

Il prit un instant pour réfléchir. Il aurait dû acquiescer, mais elle avait raison. Il y avait des informations intéressantes à tirer de ce côté.

— Non. Continue à lui rendre visite si tu penses que c'est utile et si tu ne te sens pas en danger auprès de lui. Montre-toi tout de même prudente. On ne peut pas lui faire confiance.

— Je pense qu'en ce moment il parle plus qu'il n'agit, mais je promets de te tenir au courant si j'y retourne. Tu sais que tu n'as pas à craindre que je te quitte pour lui, n'est-ce pas ? Ni son argent ni ses offres ne m'intéressent.

Quand elle posa sur lui ses grands yeux gris, Carson n'eut d'autre choix que de la croire. Elle n'était pas Candy, et malgré ce que Graham croyait avoir vu, il ne se passait rien entre Sutton et elle. Si elle avait voulu le quitter pour ce vieux renard, elle l'aurait fait d'emblée. Au lieu de ça, elle était là, blottie sur ses genoux, en train de lui affirmer qu'elle n'irait nulle part. C'était ce qu'elle pouvait lui dire de plus sexy.

— J'aimerais le croire. Seulement, nous sommes ensemble depuis moins de quinze jours. Ce n'est pas assez sérieux entre nous pour que j'exige des choses de toi.

— Tu peux exiger quelques trucs, dit-elle d'un air faussement pudique. J'aime qu'un homme commande. Du moins, dans la chambre.

Elle s'agita sur ses genoux, et il oublia tous ses soucis. Il mourait d'envie de soulever sa jupe, de caresser ses cuisses nues et de se donner sauvagement à elle, là, sur ce bureau.

Non, du calme. Il brisait déjà une règle d'or en entretenant une relation avec une de ses employées. Inutile de compliquer davantage les choses en faisant l'amour avec Georgia dans cette pièce.

Il lui caressa les fesses à travers sa jupe droite.

— La journée de travail n'est-elle pas terminée ? demanda-t-il en lui jetant un regard coquin.

Elle consulta sa montre en souriant.

— Il n'est que 15 h 30.

— Possible, mais je suis le patron. Et quand le patron te dit de rentrer chez toi, il faut obéir.

Le baiser fougueux que lui donna Georgia mit tous ses sens en éveil. Elle savait comment le rendre fou !

— Comme vous voudrez, monsieur Newport.

*
* *

Georgia attendait, pleine d'anxiété, devant la gare routière. Sa mère était arrivée de Detroit. Celle-ci lui avait envoyé un texto pour la prévenir qu'elle serait sur place à 18 h 30. Un flot continu de passagers commençait à sortir de la gare. En jetant un coup d'œil à son portable, elle constata qu'il était moins le quart. Misty serait peut-être la dernière personne à franchir le seuil.

Sa nervosité ne faisait que croître. C'était un grand moment pour elle. Comment leur rencontre allait-elle se passer ? Mystère. Le scepticisme de Carson avait instillé le doute dans son esprit, mais elle essayait de ne pas le laisser croître. Même si elle était trop inquiète pour entretenir trop d'espoirs, elle avait vraiment envie qu'il se passe quelque chose entre elles.

Et puis une jeune femme franchit la porte. Blonde, une petite quarantaine, un sac à dos sur une épaule et un sac marin à la main. Ses cheveux étaient rassemblés en queue-de-cheval et ses vêtements, fripés par le long voyage.

Quand leurs regards se croisèrent, Georgia sut tout de suite que c'était sa mère, malgré la surprise de la trouver si jeune. Bien sûr, Misty était adolescente au moment de sa naissance, mais elle se l'était représentée un peu plus âgée.

— Georgia ? hasarda-t-elle en s'arrêtant à quelques pas.

— Bonsoir, maman.

Elle n'avait rien trouvé d'autre à dire.

La jeune femme s'approcha, visiblement sur ses gardes. Ni l'une, ni l'autre, ne savait comment gérer ce moment historique. Finalement, Misty laissa tomber son sac marin à terre et elle tendit les bras pour la serrer fort contre elle.

Georgia enfouit son visage dans le cou de sa mère. Elle sentait des larmes lui piquer les yeux et les dissimula en les laissant couler sur le pull de sa mère.

— Oh ! ma petite chérie, murmura Misty. Laisse-moi te regarder.

Elle s'écarta de manière à ce que sa mère étudie son visage. Elle essaya de ne pas s'agiter. Autant se concentrer sur le fait que sa mère était là. Vraiment là.

— Tu es si belle, dit Misty. J'étais jolie, mais toi… Tu es une vraie beauté.

— N'exagérons rien, dit-elle en rejetant maladroitement le compliment.

— Et tu es devenue quelqu'un de bien. Si élégante, si soignée. Savoir que tu travailles pour cette grande entreprise… Tu ne peux pas savoir comme je suis fière.

Georgia hocha timidement la tête. Elle avait travaillé si fort pour devenir quelqu'un qu'elle accepta ces éloges.

— Tu as faim ? s'enquit-elle. On pourrait aller dîner quelque part.

— À vrai dire, le voyage m'a fatiguée. Ça t'ennuierait qu'on rentre chez toi et qu'on se fasse livrer ?

Georgia sourit. Son goût pour les plats à emporter lui venait peut-être de sa mère.

— Pas du tout. Il y a un excellent chinois près de chez moi, et un italien très bien, pas loin non plus.

— J'adore la nourriture chinoise.

Ah oui ? Ce devait être également génétique, alors.

— Où es-tu garée ? demanda Misty.

— Je n'ai pas de voiture. C'est plus simple de prendre le métro quand on habite en centre-ville.

La mine déçue de sa mère la prit de court. Misty appréhendait sans doute de reprendre des transports en commun après son long trajet en bus.

— Mais je peux appeler un taxi, ajouta-t-elle.

Le sourire revint sur le visage de Misty.

— Ce serait merveilleux. J'ai été renversée par un chauffard alcoolisé il y a quelques années. J'ai eu le bassin fracturé. Depuis, je ne peux pas rester longtemps debout sans souffrir.

Georgia faillit rester bouche bée. Ne sachant pas quoi répondre, elle héla un taxi. Le trajet jusqu'à son appartement s'effectua dans le silence. Devant son immeuble, Misty ouvrit de grands yeux. On aurait dit qu'elle avait un véritable château sous les yeux.

Quand elles traversèrent le hall agréablement décoré, le regard ébloui de Misty alla des dalles de marbre du sol aux portes de l'ascenseur en cuivre poli comme des miroirs. Une fois à l'intérieur de l'appartement, les cris d'admiration de sa mère redoublèrent.

— Je n'ai jamais vu d'endroit si beau !

Elle examinait les œuvres d'art aux murs et les grandes baies vitrées qui offraient une vue spectaculaire sur le paysage urbain.

— J'ai peur de renverser quelque chose, ajouta Misty en serrant anxieusement son sac à dos contre elle.

— Tu n'as pas à t'inquiéter, la rassura-t-elle. Débarrasse-toi de tes affaires et détends-toi.

Georgia prit son sac marin et le posa près du canapé.

— Malheureusement, je n'ai pas de chambre d'amis. Il faudra donc te contenter du canapé.

— C'est déjà très gentil de m'accueillir chez toi. J'espère que ça n'aggravera pas mes problèmes de dos.

— Que t'est-il arrivé ?

— Tu sais, ma petite chérie, après la vie que j'ai menée, j'ai mal un peu partout. Mais je suis sûre que tu n'as pas envie d'entendre des histoires tristes. Tu as suffisamment souffert à cause de moi, j'imagine.

— Mais non. Raconte-moi ce qui s'est passé.

Le temps de se débarrasser de son sac à dos, elle serra les bras contre sa poitrine. Au même moment, ses manches remontèrent, dévoilant une triste collection de cicatrices.

— Il y a une dizaine d'années, mon dealer m'a envoyé ses sbires parce que je lui devais de l'argent. Ils m'ont poussée dans l'escalier de mon immeuble. On a dû me mettre des vis et des broches dans la colonne vertébrale, et j'ai parfois du mal à dormir.

— C'est horrible !

Misty haussa les épaules d'un air désabusé.

— Comme je te le disais, il vaut mieux que je ne te raconte pas ma vie. Tu dois me détester, au moins au fond de toi, et ce n'est pas moi qui te le reprocherai. Sache seulement qu'il valait mieux pour toi qu'on me retire ta garde. N'importe qui aurait été un meilleur parent que moi. C'est pour ça que je n'ai jamais…

Misty hésita, le visage rouge d'émotion. Puis avoua dans un souffle :

— C'est pour ça que je n'ai pas cherché à te reprendre. Tu étais mieux sans moi. Et j'avais raison quand je vois ce que tu es devenue. Tu aurais sombré tout comme moi si je m'étais battue pour te reprendre. Alors j'ai préféré vous laisser tous partir.

Au prix d'un effort certain, Georgia ravala son émotion. Elle avait grandi persuadée que sa mère ne se souciait pas d'elle. Apparemment, c'était faux. C'était pour son bien que sa mère ne s'était pas manifestée.

Soudain, elle repensa à sa dernière phrase et eut comme une décharge électrique.

— Comment ça, tous ?

— Tu as un frère et une sœur plus jeunes que toi. J'aurais dû t'en parler plus tôt, répondit sa mère en baissant les yeux.

Georgia posa la main sur sa bouche. Cet aveu la fit vaciller. Un frère et une sœur ? Pendant des années, elle s'était crue seule au monde et voilà qu'elle découvrait qu'elle avait un frère et une sœur dont elle ignorait tout ?

— Où sont-ils ? Parle-moi d'eux.

— Je ne peux pas te dire grand-chose. Désolée. J'étais si accro à la drogue à l'époque qu'ils me les ont pris à la naissance. Ils ont été tous les deux adoptés, j'ignore leurs noms de famille et l'endroit où ils vivent. Malgré mon état, je savais que renoncer à mes droits leur permettrait d'avoir une vraie famille et de ne pas se retrouver baladés d'un endroit à un autre. J'aurais dû faire la même chose pour toi. Mais tu avais cinq ou six ans, on m'a dit qu'un enfant de cet âge était plus difficile à adopter. J'ai beaucoup de fautes sur la conscience, comme tu peux le constater.

Sentant ses genoux se dérober, Georgia se laissa glisser dans un fauteuil de peur de s'effondrer. Certes, elle s'était préparée à entendre des choses pénibles, mais pas à de pareilles horreurs.

— Je suis désolée, ma chérie. Tu comprends pourquoi je voulais te voir : pour te dire que je m'en veux de ce que je t'ai fait endurer. Même si je n'espère pas que tu me pardonnes, il fallait que je vienne.

— Nous avons encore beaucoup de choses à nous dire, réussit-elle à bredouiller.

Misty acquiesça puis se retourna et tapota les coussins du canapé.

— Ce sera très confortable. C'est un beau canapé. Je suis sûre qu'il est bien meilleur que mon lit de camp du refuge.

Georgia se sentit soudain gagné par l'amertume de la culpabilité. Elle dormait dans un bon lit toutes les nuits : autant laisser sa mère en profiter le temps de son séjour.

— Tu sais quoi, maman ? Tu vas prendre mon lit à l'étage. J'ai un super matelas, tu verras. Quant à moi, je dormirai ici.

— Oh non, pas question. Je ne t'ai pas raconté mes ennuis pour que tu culpabilises.

— Je t'assure qu'il n'y a pas de problème. Nous allons monter tes affaires.

Sa mère la suivit jusqu'à sa chambre en mezzanine qui surplombait la salle de séjour. Le vaste lit occupait le milieu de la pièce qui disposait d'une luxueuse salle de bains.

Elle déposa le sac de Misty au pied du lit.

— J'espère que tu seras bien ici.

Misty examina l'endroit d'un air satisfait. Elle ôta son pull, révélant de nouvelles cicatrices ainsi que des tatouages qui disparaissaient sous les manches courtes de son T-shirt.

— Ce sont des traces de piqûres, dit Misty qui avait surpris son regard. Enfin, pas toutes. Certaines sont des souvenirs de mon époque de scarification.

Georgia resta bouche bée. Elle savait que sa mère avait un problème d'héroïne, oui, mais pas qu'elle se mutilait.

— Tu te coupais ?

— J'étais une enfant très perturbée. Ça m'aidait à me sentir mieux. C'était ma seule consolation jusqu'à ce que je découvre la drogue et le sexe.

Elle frotta ses bras nus tout en hochant la tête.

— J'aurais dû m'en tenir à la scarification. Je ne blessais personne d'autre que moi.

D'instinct, Georgia serra très fort sa mère dans ses bras. Normalement, cela aurait été à Misty de la réconforter. En réalité, sa mère n'était qu'une enfant perdue. Pour le moment, elle n'avait pas très envie de savoir ce qui l'avait menée sur cette pente autodestructrice. Une chose était sûre, elle l'aiderait à se reconstruire.

— Tu es en train de reprendre ta vie en main, dit-elle sans hésiter. Tu as la vie devant toi pour connaître le bonheur.

— Tu crois ?

Les yeux gris de Misty, si semblables aux siens, brillaient de larmes.

— J'en suis sûre.

- 9 -

— Les résultats sont arrivés !

Carson avait ouvert la porte de son appartement. Alors qu'il s'attendait à voir Georgia, il eut la surprise de découvrir Graham et Brooks. Ce dernier agitait une grande enveloppe. Quand il comprit de quoi il s'agissait, il en oublia son projet de dîner avec Georgia. Il avait attendu et redouté ce moment toute la semaine.

— Tu les as regardés ?

— Non. J'ai réussi à me contenir parce que je voulais qu'on les regarde ensemble. Avec un verre d'alcool, dit-il en brandissant une bouteille de tequila dans une main et un sachet de citrons verts dans l'autre.

— Sage décision.

Il recula pour laisser entrer ses frères. Au lieu de se précipiter pour ouvrir l'enveloppe, ils prirent leur temps. Graham versa des shots tandis que Brooks découpait méticuleusement les citrons.

Carson les regarda faire en tapotant nerveusement le comptoir du bout des doigts.

Il y avait quelque chose de définitif dans la lecture des résultats du laboratoire, comme la fin d'une époque. Toute leur vie, un halo de mystère avait entouré leur père. Ils s'étaient souvent imaginé qui il était réellement et ce qu'il leur dirait s'ils se retrouvaient face à face. Le contenu de cette enveloppe allait peut-être réduire définitivement à néant leurs fantasmes. Si les résultats du test étaient positifs, le voile du mystère serait soulevé. Il leur resterait alors la dure et froide réalité d'avoir pour père Sutton Winchester.

Dans le cas contraire, ils devraient reprendre l'enquête depuis le début, sans aucune piste à suivre. Le seul indice en leur possession désignait Sutton. Seulement, que feraient-ils si ce n'était pas lui ?

Comme il posait les yeux sur l'enveloppe, Carson entendit résonner les paroles de leur mère. « Vous vous en sortirez mieux sans votre père. » Et si elle avait raison ? C'était leur dernière chance de changer d'avis.

— Êtes-vous sûrs de vouloir connaître les résultats ? demanda-t-il.

Graham le regarda avec de grands yeux.

— Tu es sérieux ?

— Oui. Quand nous aurons ouvert cette enveloppe, il n'y aura plus moyen de revenir en arrière. Maman avait sûrement une excellente raison de nous cacher l'identité de notre père. Peut-être serait-il plus sage de nous conformer à son désir.

— Peut-être, dit Brooks. Mais nous sommes allés trop loin pour reculer maintenant. De plus, Winchester a également reçu ces résultats. C'est trop tard pour changer d'avis. Nous saurons, d'une manière ou d'une autre.

— Tu as raison, reconnut-il en jetant l'enveloppe sur le plan de travail.

Et c'était vrai. Ils avaient atteint le point de non-retour.

Graham leur tendit un shot à chacun.

— Buvons pour nous calmer avant d'ouvrir l'enveloppe. À quoi allons-nous porter un toast ?

— À la vérité, proposa Carson.

— À la vérité ! reprirent en chœur ses frères.

Ils avalèrent le contenu de leurs verres et les reposèrent d'un même geste. Restait maintenant à ouvrir cette enveloppe.

— Dépêche-toi de l'ouvrir, dit enfin Brooks. Ce suspense me tue !

— Qui veut lire tout haut ? demanda Graham en déchirant le papier du pouce.

— Vas-y, dit Carson. C'est grâce à toi que nous en sommes là.

Graham sortit deux feuillets, un pour les résultats de Carson, un pour celui des jumeaux.

— D'accord. Commençons par Carson.

Graham parcourut d'abord rapidement le papier du regard. Cela ne dura que quelques secondes. Pourtant, Carson eut l'impression que son estomac était noué. Même la tequila n'était pas parvenue à le calmer.

Finalement Graham se mit à lire.

— « On ne peut exclure que Sutton Winchester, le père présumé, soit le père biologique de l'enfant Carson Newport, car ils partagent des marqueurs génétiques. La probabilité de paternité est de 99,99 % comparée à celle d'un homme de type caucasien, non testé, sans lien de famille. »

— Nous avions raison, dit Brooks.

Carson ne savait comment réagir à cette nouvelle. Il s'était préparé à ce moment : une part de lui espérait que Sutton ne soit pas son père, une autre espérait qu'il le soit pour en finir avec cette incertitude atroce. À présent, il en était sûr. Il était le fils de ce vieux filou. Au fond de lui, il l'avait su, mais la confirmation officielle scellait la vérité dans son esprit.

L'homme qu'il avait cherché toute sa vie, cet homme dont sa mère lui avait caché le nom, était sous son nez depuis le début. Et il l'avait toujours perçu comme un gêneur. La Newport Corporation et ses propriétaires n'étaient qu'une mouche agaçante qui bourdonnait autour de la couronne du roi de Chicago. Jamais Sutton ne les avait traités autrement, et surtout pas comme ses propres enfants. Être incapable de reconnaître publiquement des fils illégitimes était une chose ; les traiter comme quantités négligeables en était une autre.

— Carson, ça va ?

Lorsque la voix de Brooks le tira de ses réflexions, il se rendit compte qu'il retenait toujours sa respiration.

— Oui, soupira-t-il en tendant la main vers la bouteille de tequila pour se verser un nouveau shot.

— Lisons les vôtres et finissons-en.

Graham passa au second rapport.

— « On ne peut ni exclure ni confirmer que Sutton Winchester, le père présumé, soit le père biologique des enfants Graham et Brooks Newport. Les échantillons de ces derniers ayant été contaminés, ou mal traités, il sera nécessaire de procéder à de nouveaux prélèvements pour parvenir à un résultat définitif. »

— Comment ça, « contaminés ou mal traités » ? s'exclama Brooks. C'est une plaisanterie ? Tout ça pour en arriver là ?

Sur ces mots, il se versa une grande rasade pour faire passer sa déception.

Graham secoua la tête d'un air fataliste.

— Il ne nous reste plus qu'à retourner au labo.

— Et en attendant les résultats, nous réfléchirons à la suite à donner aux événements, dit Carson histoire de distraire ses aînés de leur déception.

— Non, rétorqua Brooks. S'il est aussi malade que le prétend Georgia, ça ne peut pas attendre. Pas question que Sutton s'en tire comme ça. Il doit payer pour nous avoir abandonnés et pour avoir couché avec notre mère avant de la quitter. Il a beau être notre père, c'est la guerre entre nous. Il faut attaquer quand l'adversaire ne s'y attend pas.

Graham acquiesça d'un bref signe de tête. Ce qui mit Carson encore plus mal à l'aise.

— Organisons une réunion avec les Winchester pour demain, proposa son aîné.

Georgia fut surprise de croiser les jumeaux Newport alors qu'elle entrait dans l'immeuble de Carson. Ils lui adressèrent un salut poli, mais ne s'arrêtèrent pas. L'un et l'autre avaient dans le regard une lueur froide qui l'inquiéta. Que se passait-il ? Il y avait des chances pour que son rendez-vous avec Carson ne se déroule pas comme prévu…

Après avoir appuyé sur bouton de la sonnette, elle attendit patiemment. Il finit par ouvrir. Seigneur, il semblait dévasté ! Les coins de ses lèvres s'abaissaient tristement, et il avait les yeux rougis.

— Bonjour, Georgia, dit-il d'une voix dénuée d'expression. Je te prie par avance de m'excuser. Ce soir, je ne serai pas d'une compagnie très agréable. Est-ce que ça t'ennuie si on reste ici ?

— Pas du tout.

Elle le bouscula presque pour entrer. Sans doute allait-il lui demander de s'en aller. Seulement, hors question de le laisser seul : il avait besoin de parler, et elle l'écouterait, que ça lui plaise ou non.

Elle posa son sac sur le bar, près d'une bouteille à demi pleine de tequila et de trois verres à shot. Ce qui expliquait peut-être l'humeur sombre de Carson. Puis son regard tomba sur un feuillet portant l'en-tête d'un laboratoire d'analyses.

Il avait reçu les résultats du test de paternité.

Inutile de lire le rapport pour en deviner le contenu. À en juger par l'expression de Carson, Sutton était certainement ce père dont il ne voulait pas.

Elle se tourna vers lui. Les bras autour de sa taille, elle plongea les yeux au fond des siens.

— Est-ce que ça va aller ?

— À force, oui. Il suffit que je m'adapte à un monde où un homme comme Sutton peut produire un homme comme moi.

— Il n'a pas produit un homme comme toi, voyons. S'il t'avait élevé, tu aurais été une personne tout à fait différente, une personne avec qui je ne serais sans doute pas sortie. Tu es d'abord le produit de l'environnement aimant dans lequel ta mère t'a élevé. C'est ce qui compte. Tu n'as rien de commun avec lui.

— Tu crois vraiment ?

Carson s'écarta et se mit à arpenter la salle de séjour avant de s'asseoir sur le canapé. Il ne tenait pas en place !

— Je tiens plus de ce requin que tu ne l'imagines. Nous allons le détruire, tu comprends ?

Georgia ouvrit de grands yeux.

— Comment ça ?

— Graham et Brooks en veulent à son héritage et, apparemment, tous les coups seraient permis. D'après eux, nous méritons un dédommagement. Le jour est venu de faire payer Sutton.

Elle s'assit près de lui et posa une main sur son genou.

— Tu n'es pas d'accord avec cette vision des choses ?

— Oui et non, admit-il. Je veux dire, j'ai envie qu'il souffre. Je voudrais qu'il passe le reste de ses jours à regretter ce qu'il nous a fait, à notre mère et à nous. En même temps, l'idée de vengeance me déplaît. Dommage que je n'ai pas hérité de son instinct de tueur.

— Ne dis pas ça ! C'est ton honnêteté qui m'a attirée vers toi.

Il la regarda avec quelque chose comme une étincelle de gaieté dans les yeux.

— Tu veux dire que ce ne sont pas mon allure superbe et mes abdos durs comme du roc ?

Elle sourit. C'était rassurant de le voir dans un meilleur état d'esprit.

— Ces qualités n'ont sûrement pas nui.

Il glissa un bras autour de ses épaules et elle se blottit contre lui. C'était si bon de l'avoir tout près d'elle.

— Je suis content que tu sois venue, dit-il. Si j'avais été seul, j'aurais ruminé toute la nuit et fini la bouteille de tequila.

— Tu l'aurais regretté demain.

— C'est généralement le cas. Mais assez avec mon drame parental. Je ne veux pas gâcher notre soirée à en parler. Comment s'est passée ta rencontre avec ta mère ? J'espère que tu as de meilleures nouvelles à raconter.

— Bien, rassure-toi. Beaucoup mieux que prévu, même.

Si Carson avait le moral au plus bas, elle se sentait optimiste. Pour la première fois depuis des années. Et peut-être même de sa vie. Les derniers jours avaient été fantastiques ; elle avait obtenu des réponses à des questions qu'elle n'aurait même pas songé à poser.

— Nous avons passé des heures à parler. J'en ai beaucoup appris sur elle. Figure-toi que j'ai quelque part un frère et une sœur !

— Pas possible ? s'exclama-t-il en riant.

Georgia hocha la tête avant de poursuivre :

— C'est incroyable ! Si ça continue, j'aurai bientôt une famille immense autour de moi. Cependant, c'est dur de l'entendre raconter sa vie. Grandir dans des familles d'accueil n'a pas été agréable mais ce n'est rien comparé à l'enfer que ma mère a traversé. Je ne suis pas surprise qu'elle ait plongé dans la drogue. Je ne sais même pas comment elle arrive à se lever le matin.

— Où est-elle à présent ? Nous aurions pu attendre qu'elle soit repartie pour le Michigan pour nous voir.

— À vrai dire, tout s'arrange à merveille. Je l'ai aidée à trouver un groupe d'Alcooliques Anonymes qui se réunit ce soir. C'est à quelques pâtés de maison de chez moi, dans une église. Je lui ai donné assez d'argent pour qu'elle s'achète une authentique pizza de Chicago à la pizzeria qui se trouve justement en face. Ça l'occupera quelques heures.

— Tu ne crains pas de la laisser seule chez toi ?

Elle ne put s'empêcher de grimacer. Voilà qu'il recommençait avec ses soupçons.

— Elle est restée seule tout l'après-midi pendant que j'étais au bureau, et il n'y a pas eu de problème. C'est gentil de t'inquiéter, Carson, mais je pense vraiment que tout va bien se passer. Si je n'étais pas tranquille, je ne serais pas ici, avec toi.

— D'accord, tu peux me reprocher ma prudence exagérée. C'est égoïste de ma part, mais je préfère que tu sois ici, avec moi. J'aimerais juste être un compagnon plus agréable.

Il lui adressa un pâle sourire.

— Je m'imaginais qu'on ne se verrait pas après le travail jusqu'au départ de Misty.

C'était mal la connaître. Elle n'aurait jamais voulu rester aussi longtemps sans voir Carson. Au bureau, ça ne comptait pas. Ils gardaient une attitude distante, professionnelle. Ce qui était tout à fait normal. Leurs conversations tournaient autour des affaires, la planification du gala de charité pour l'hôpital étant sa grande mission du moment. Impossible de se blottir contre lui et sentir ses bras autour d'elle quand elle en avait envie.

— C'est que tu me manquais.

Elle n'aimait pas reconnaître sa fragilité, mais c'était la pure vérité. Pourquoi le nier ? Elle s'attachait de plus en plus à lui. Elle souhaitait lui parler de sa relation avec sa mère, être là pour le réconforter quand il recevait de mauvaises nouvelles.

— Je suis heureux que tu sois venue. J'aurais été triste de te savoir seule ce soir à la maison.

— À cause de toi, je n'ai jamais envie d'être seule le soir à la maison…

À ces mots, Carson se pencha sur elle et l'embrassa. Elle aurait tant voulu faire disparaître la tristesse de Carson, user de son corps pour apaiser les blessures laissées par ce père qui le hantait.

En s'écartant, Georgia lui sourit d'un air faussement innocent.

— Je sais ce qui te ferait du bien.

Il leva un sourcil interrogateur. Sans un mot, elle glissa du canapé pour se retrouver agenouillée entre ses jambes, les yeux dans les yeux, tandis qu'elle déboutonnait lentement sa chemise.

Il la laissa agir à sa guise. Elle tira sa chemise de son jean et en écarta les pans, révélant ce torse musclé qu'elle couvrit de baisers. Puis elle descendit vers sa taille et respira la chaude odeur de sa peau avant de reculer pour déboutonner son pantalon. Elle sentait la chaleur de son désir à travers son caleçon.

Elle le caressa tout doucement avant de tirer sur son caleçon et son pantalon pour les faire descendre sur ses cuisses. Sans plus rien pour la gêner, elle referma ses doigts sur son sexe et le serra légèrement jusqu'à ce que Carson pousse des sons rauques en se contorsionnant sur le canapé. Alors elle se pencha pour le prendre dans sa bouche et promener sa langue sur lui. Tout le corps de Carson se raidit et il finit par cesser de respirer.

— Oh ! Georgia, gémit-il en glissant convulsivement les doigts dans ses cheveux. Bon sang ! C'est bon, chérie.

Elle le caressait des lèvres et des mains. Les doigts de Carson se crispaient sur ses cheveux et elle sentait ses muscles se raidir quand elle accélérait le mouvement, puis ralentissait pour le provoquer.

— Je ne vais pas pouvoir tenir une minute de plus, dit-il entre ses dents serrées.

— Je commence juste !

— Ah oui ? Eh bien, moi aussi. Viens là.

Il l'attrapa par la main et la tira pour qu'elle se retrouve à califourchon sur lui. Il prit le temps de mettre un préservatif avant de retrousser sa jupe sur ses hanches, frôlant au passage la dentelle de sa lingerie. Puis il glissa les mains sous ses jambes, écartant sa culotte pour s'enfoncer en elle. Elle se laissa alors descendre sur lui.

Il déboutonna hâtivement son chemisier de soie et le retira puis saisit ses seins et pinça les pointes durcies qui déformaient le mince tissu de son soutien-gorge.

Les yeux fermés, Georgia agita les hanches et le sentit bouger en elle. Carson poussa un grondement sourd tandis qu'elle glissait le long de son sexe. Elle se mordit la lèvre quand ces mouvements frénétiques firent naître en elle une vague de chaleur.

— Pourquoi ai-je attendu si longtemps pour te toucher ? se demanda-t-il tout haut. J'aurais pu te serrer dans mes bras depuis longtemps.

Elle s'était posé la même question la semaine précédente. Elle travaillait pour la Newport Corporation depuis plus d'un an, désormais. Un an où elle était rentrée chez elle tous les soirs en fantasmant sur son employeur sans jamais imaginer coucher avec lui un jour. Une année de solitude qu'elle aurait pu éviter si elle avait pensé un instant mériter un homme tel que lui.

À vrai dire, elle n'était pas encore certaine d'être assez bien pour lui, mais était-ce une raison pour se priver de savourer chacun de leurs instants ensemble ? Alors qu'elle ne s'était jamais autorisée à être aussi proche de quelqu'un, Carson avait pulvérisé les solides murailles qui la protégeaient de l'extérieur. Elle sentait son cœur se gonfler en pensant à lui, et son corps l'appeler de tous ses vœux.

À quoi ressemblait exactement l'amour ? Difficile à dire. Les seuls exemples qu'elle connaissait provenaient de romans ou de films. Mais si elle n'avait jamais personnellement éprouvé ce sentiment, Carson l'aidait à croire qu'elle l'avait rencontré pour de bon. Elle faisait plus qu'apprécier Carson. Plus que le désirer. Il la possédait corps et âme. Elle mourrait s'il la quittait, même !

Oui, elle était tombée amoureuse.

Un tourbillon d'émotions étreignait son cœur tandis que la spirale du plaisir s'intensifiait.

Georgia le saisit par les hanches pour l'aider à accélérer le mouvement, de plus en plus vite, et atteindre enfin l'extase. Des petits cris et des gémissements s'échappèrent de ses lèvres à mesure qu'elle sentait monter inexorablement son orgasme.

Carson finit par exploser, et elle se cramponna à ses épaules en gémissant et en se tordant tandis que tout son corps se crispait. Peu à peu, elle s'apaisa, et les dernières vagues de plaisir déferlèrent sur elle. Quand elle ouvrit les yeux, elle vit que Carson l'observait attentivement.

— Tu es si belle quand tu jouis, dit-il. J'aime te regarder et te sentir monter au septième ciel.

— Maintenant, c'est ton tour…

Sans perdre une seconde, il l'attira à lui, le visage plongé dans le creux de son cou. Elle s'agrippa à lui, concentrée sur ce plaisir qui la rendait folle. Les lèvres de Carson se promenaient sur la peau de son cou et de ses épaules, en la goûtant, en la mordant. Alors qu'il se crispait et que ses mouvements se faisaient plus frénétiques, elle lui murmura des mots érotiques à l'oreille.

Ce n'était pas exactement ce qu'elle avait envie de lui dire. Ses émotions la poussaient plutôt à lui chuchoter qu'elle était tombée amoureuse de lui. Mais ce n'était ni le lieu ni l'heure. Elle n'avait jamais prononcé ces mots. Quand elle le ferait, l'instant devrait être magique. Il faudrait que Carson soit à l'unisson. Ce qui risquait de prendre plus de temps, hélas.

Cependant, ses paroles atteignirent leur but. Il planta les doigts dans sa chair en s'enfonçant en elle avec un grondement de satisfaction. Elle le tint serré contre elle et déposa un doux baiser sur ses lèvres quand il s'abandonna.

— Tu sais quoi ? dit-il une fois remis de ses émotions.

— Non ?

— Tu avais raison. Je me sens mieux.

- 10 -

Ce soir-là, après le départ de Georgia, Carson eut du mal à dormir. Était-ce à cause de sentiments qui se partageaient son cœur ou de sa nervosité à la perspective du rendez-vous avec Sutton ? Une chose était sûre : c'est d'un pas incertain qu'il entra dans les locaux d'Elite Industries en compagnie de ses frères, le lendemain après-midi.

— Ce n'est pas le chemin du bureau de Winchester, fit observer Graham à l'assistante qui les guidait dans le couloir.

— C'est exact, monsieur. Nous nous rendons au bureau de Mlle Winchester. M. Winchester est absent aujourd'hui.

— Il nous pose un lapin, grommela Brooks. Il a eu les résultats tout comme nous et il est trop lâche pour affronter la situation.

— En réalité, il est malade.

C'était la voix d'Eve Winchester, qui venait d'apparaître juste devant eux

Carson dévisagea d'un air soupçonneux la fille aînée de Sutton. Qui, en principe, était aussi sa sœur aînée. Considérer Sutton comme son père était déjà difficile, mais les répercussions au sein de la famille lui paraissaient tout aussi bizarres. Eve était sa sœur. Il se passa une main dans les cheveux tout en secouant la tête. Non, il ne s'habituerait pas facilement à l'idée.

— Normal qu'il ne se sente pas bien après nous avoir si ignoblement menti, dit Brooks.

Eve se raidit. Au lieu de répliquer, elle leur fit signe d'entrer dans son bureau et les invita à s'asseoir à la table de conférence.

De son côté, Carson nota que Brooks semblait très remonté et prêt à en découdre. Quant à Graham, il demeurait anormalement silencieux et ne quittait pas la jeune femme des yeux.

Peu après qu'Eve se fut assise à son tour, une autre jeune femme arriva. Plus petite, avec des cheveux plus blonds, mais les mêmes yeux verts. Les yeux de Sutton. Les siens.

— Je vous présente Grace, ma plus jeune sœur.

— Où est Nora ? demanda Brooks. Nous avions bien spécifié que nous tenions à rencontrer tous les membres de la famille.

— Nora vit au Colorado et elle a un enfant en bas âge. Comme vous avez exigé que cette entrevue ait lieu aujourd'hui, vous comprendrez que c'était impossible qu'elle y assiste.

— Et Sutton ? s'enquit Graham. Est-il réellement malade ou est-ce l'idée de voir s'envoler une partie de sa fortune qui l'a rendu souffrant ?

Carson guetta les réactions des deux sœurs aux propos blessants de son frère. Dans les yeux de Grace, il lut une inquiétude éloquente. Pas de doute, Sutton était réellement malade.

— De quoi souffre-t-il ? demanda-t-il.

C'était son père après tout.

— Nous l'ignorons, répondit Grace. Il voit le médecin aujourd'hui.

— Allons droit au but, messieurs, déclara alors Eve en les regardant tour à tour.

Carson plissa les lèvres. Cette attitude froide et impersonnelle lui rappelait Sutton.

— Je peux m'occuper de cette affaire aussi bien que mon père : inutile d'annuler la réunion, même s'il n'est pas là.

— Très bien, dit-il. Votre père a certainement reçu tout comme nous les résultats des tests de paternité, et je suppose qu'il vous a informées de ce qu'ils révélaient.

— Oui. Vous êtes notre demi-frère, dit Eve d'un ton neutre.

Elle se tourna ensuite vers les jumeaux et ajouta à leur intention :

— Pour ce qui est de vous, ça reste à déterminer.

— Je suis pratiquement sûr que, cette fois, les résultats seront positifs, dit Brooks. Nous voulons donc entamer la procédure.

— La procédure de quoi ? demanda Grace.

— Celle permettant d'obtenir la part d'héritage qui nous revient.

— Notre père est malade, pas mort. Il n'est pas question d'héritage pour le moment.

— Il en sera question un jour. Sa fortune ne le préservera pas du sort réservé au commun des mortels. Et nous n'attendrons pas qu'il soit six pieds sous terre pour contester le testament. Nous voulons nous assurer que nous recevrons ce qui nous revient de droit.

Carson s'agita sur son fauteuil pendant que les autres se querellaient. Cette situation était tellement gênante !

— Vous croyez donc aux miracles, dit Eve. Peu importe que vous soyez ou non ses fils biologiques, notre père n'est pas obligé d'inclure qui que ce soit dans son testament s'il ne le désire pas.

— En effet, intervint Graham. Il peut nous laisser en dehors du partage. Mais s'il agit ainsi, je peux vous garantir que vos sœurs et vous ne verrez pas un centime de votre héritage avant longtemps. Nous porterons l'affaire en justice, et les biens seront bloqués pendant des années. Vous n'aurez rien tant que le juge n'aura pas tranché. Sans compter tous ces frais de justice à régler…

Grace déglutit péniblement.

— Que proposez-vous ?

— C'est très simple, répondit Brooks. Si votre père accepte de modifier maintenant son testament, il n'y aura pas de problèmes. Il nous ignore depuis notre naissance. Notre mère nous a élevés seule, sans recevoir un centime de pension de votre père. Ce n'est certainement pas trop demander que d'exiger notre part quand il partira. Quant à vous, mesdemoiselles, vous auriez tout intérêt à faire en sorte que cette affaire se règle au mieux.

— Nous ? demanda Eve.

— Vous êtes les petites chéries à leur papa, non ? Encouragez-le à modifier son testament pour qu'il nous inclue dans la distribution. Expliquez-lui que vous ne voulez pas que l'affaire soit traînée en justice. Il vous écoutera certainement.

— Avez-vous rencontré notre père ?

Carson trouva la question si drôle qu'il ne put s'empêcher de rire. Les autres le regardèrent d'un air courroucé. Apparemment, le moment était mal choisi pour trouver des côtés comiques à la situation.

Histoire de faire retomber la tension, il crut bon de dire :

— Eve, Grace, essayez de vous mettre à notre place. Votre père a toujours partagé votre vie, et vous n'avez jamais manqué de rien. Nous méritions cette existence tout autant que vous, mais nous avons été écartés du jeu. Nous avons dû nous battre pour obtenir ce que nous possédons, ce n'est pas maintenant que nous comptons nous arrêter. Notre père nous le doit, en souvenir de notre mère et dans notre intérêt.

— Je suis vraiment désolée pour les conditions dans

lesquelles vous avez grandi, dit Eve. Désolée que vous vous soyez sentis mal aimés ou que votre vie ait été difficile. Mais comprenez que nous ne sommes en rien responsables de cette situation. Avez-vous réfléchi au choc que c'est pour nous de découvrir tout ceci ?

Comme Eve le regardait en prononçant ces mots, Carson eut soudain le sentiment d'être le méchant de l'histoire.

— Brusquement, voilà que nous avons des frères. Un en tout cas, c'est sûr. Et nous apprenons que notre père a non seulement trompé notre mère, mais qu'il l'a fait sans le moindre scrupule. Vous ne punissez pas Sutton avec vos revendications, mais nous.

— Je déteste que les choses se passent ainsi, dit Graham.

On sentait de la tristesse dans sa voix. À vrai dire, c'était assez curieux. Graham se montrait généralement impitoyable dans ce genre de situation. Peut-être éprouvait-il des remords à planter ses dents de requin dans la chair de sa propre sœur.

— Seulement, nous savons tous qu'il n'existe qu'un moyen d'atteindre Sutton Winchester, poursuivit Graham. Et c'est en attaquant son porte-monnaie. Nous aurons de la chance s'il accepte de nous reconnaître en privé. Publiquement, c'est exclu. Je suis navré que nous ayons à entamer vos parts du gâteau pour parvenir à nos fins, mais c'est tout ce que nous obtiendrons de notre père. Croyez bien que nous ne renoncerons pas.

Un lourd silence tomba sur la pièce tandis que chacun jaugeait l'autre du regard.

— Très bien, finit par soupirer Eve. J'aurai une discussion avec papa au sujet du testament. Quand les résultats du nouveau test lui parviendront, peut-être sera-t-il d'accord pour envisager des modifications, mais n'y comptez pas avant.

— Parfait, dit Graham.

— Si vous n'avez rien à ajouter, j'ai du travail et je

suppose que vous aussi, conclut la jeune femme en se levant.

Tous l'imitèrent.

Carson et ses frères traversèrent les couloirs en silence. Une fois dans la voiture de Brooks, les portières fermées, il osa demander :

— Et maintenant ?

— Je trouve que ça prend une bonne tournure, dit Graham. Il ne nous reste plus qu'à attendre les résultats et voir comment l'autre camp réagit.

— Tu as été trop faible avec elle, lui reprocha Brooks. Cette Eve est tout à fait ton type de femme, mais de là à lui manger dans la main…

— Cette Eve, comme tu dis, est peut-être notre sœur, vieux. Ce que tu dis est dégoûtant.

— Quoi qu'il en soit, tu l'apprécies et tu ne lui porteras pas l'estocade.

— Ce sera inutile. Nous avons fait valoir notre point de vue. Comme elle l'a très justement rappelé, nous allons les punir pour les actes de leur père. Inutile de frapper plus fort que nécessaire.

Depuis la banquette arrière où il était assis, Carson écouta ses frères échanger vivement leurs avis. Pour sa part, leur projet de revanche ne lui plaisait toujours pas.

— Je ne sais pas quoi penser, avoua-t-il.

Les jumeaux se retournèrent vers lui.

— Qu'est-ce que ça signifie ? demanda Brooks.

— Je veux dire… À quoi bon tout cela ? Nous n'avons pas besoin de cet argent, et ce n'est pas lui qui nous rendra un père. Nous allons simplement susciter la haine de nos sœurs. Et quand Sutton sera parti, elles seront tout ce qui nous restera.

— Il a abandonné notre mère ! s'exclama Graham. Il l'a laissée enceinte avec des jumeaux en bas âge ! Il doit être puni pour ses fautes. Propose une autre façon de faire, et je te suis.

— Je n'en ai pas.

Le regard de Brooks s'adoucit en se posant sur lui.

— Je sais que maman aurait réprouvé cette façon d'agir. Elle ne nous a pas élevés dans cet esprit et, pourtant, sa mémoire réclame vengeance. Si tu refuses de toucher à l'argent de Sutton, investis-le dans l'hôpital. Achète des équipements qui sauveront des vies d'enfants si ça t'aide à mieux dormir la nuit. Mais il faut t'habituer à l'idée que Sutton Winchester devra se saigner pour nous.

De retour de son déjeuner, Georgia eut la surprise de découvrir un message vocal de Sutton. Il devait normalement participer à une réunion avec les frères Newport mais c'était de chez lui qu'il appelait. Il voulait lui parler et lui remettre en mains propres son don pour l'hôpital. Si elle était disponible, il enverrait une voiture.

Elle se mit donc en contact avec la secrétaire de Sutton. Un chauffeur viendrait la chercher d'ici une heure.

Elle se rappela alors ce qu'elle avait promis à Carson : elle devait le prévenir si elle revoyait Winchester ! Cela attendrait le lendemain. Il était sans doute occupé à tirer des plans sur la comète avec ses frères, et elle comptait passer la soirée avec sa mère puisque Misty repartait le lendemain matin pour Detroit.

Plus tard dans l'après-midi, la voiture franchit un immense portail de fer forgé. Au bout d'une allée serpentant au milieu d'arbres superbes, Georgia découvrit la propriété de Sutton avec des yeux ébahis. Elle se trouvait devant une immense demeure de pierres grises susceptible d'accueillir au moins vingt personnes Les cinq Winchester qui, à sa connaissance, l'habitaient devaient s'y sentir un peu perdus.

Le chauffeur fit le tour d'une fontaine avant de s'arrêter au pied d'un escalier monumental. Un homme d'un certain âge, l'attendait en haut des marches.

— Mademoiselle Adams, dit-il avec un sourire poli. Je suis Christopher, le maître d'hôtel. M. Winchester vous attend.

— Je croyais que M. Winchester était à son bureau aujourd'hui, fit-elle remarquer.

— Normalement, oui, mais il se sent légèrement souffrant.

Georgia grimpa à la suite du maître d'hôtel un escalier de marbre, puis le suivit le long d'un couloir. Ils s'arrêtèrent devant des doubles portes.

— Est-ce son bureau ? s'enquit-elle.

— Non. Il se sent trop faible pour quitter son lit. Vous allez être admise dans sa suite.

Christopher ouvrit les deux battants, et elle entra. L'idée de se retrouver dans la chambre de Sutton ne l'enchantait guère, c'était le moins qu'on puisse dire, mais il était trop tard pour reculer. D'ailleurs, la pièce qu'elle apercevait ressemblait plus à un salon qu'à une chambre avec sa rangée de portes-fenêtres ouvrant sur une terrasse qui surplombait une piscine et un court de tennis.

Le maître d'hôtel ouvrit de nouvelles portes.

— Monsieur Winchester, Mlle Adams est ici.

— Faites-la entrer, lui répondit une voix à l'intérieur, et demandez qu'on serve le thé.

Après s'être respectueusement incliné, Christopher disparut, la laissant seule dans la chambre de Sutton.

Georgia se raidit légèrement. Pourtant, lorsque son regard se posa sur lui, ses appréhensions se dissipèrent. Cet homme ne l'avait pas attirée ici pour la séduire.

Il paraissait encore plus défait et amaigri que la fois précédente. Une intraveineuse fixée sur sa main le reliait à une poche à perfusion, il portait un tube à oxygène dans le nez et un équipement médical mesurait son pouls et ses autres signes vitaux.

— Je crains de ne pouvoir devenir votre amant, ma chère.

Il souriait, mais il n'y avait aucune trace d'amusement dans ses yeux verts.

Elle ne put s'empêcher d'avoir de la peine pour lui en le voyant se caler péniblement contre les oreillers.

— Nous avons appris que vous étiez malade, dit-elle. Mais c'est plus qu'une simple grippe, n'est-ce pas ?

— Malheureusement. Je vous en prie, prenez un siège.

D'un geste sans force, il lui désigna un fauteuil près de son lit.

— Je pensais que vous étiez à la réunion avec les frères Newport pour parler des résultats de vos tests génétiques.

— C'était l'idée. Mais ce maudit cancer en a décidé autrement, avoua-t-il.

— Un cancer ?

— On m'a diagnostiqué un cancer du poumon. Les résultats des analyses ne me sont pas encore parvenus, mais selon toute probabilité, il s'étend et a sans doute gagné les ganglions lymphatiques. Les médecins essaient des traitements, mais c'est plus ou moins une condamnation à mort. Certains diront que ma punition n'a que trop tardé.

— Vos filles sont-elles au courant ?

Sutton secoua la tête.

— Non. Elles savent que je suis malade, mais pas jusqu'à quel point. J'ai encore des affaires à régler avant de réunir les enfants pour leur annoncer la nouvelle. C'est une situation très délicate, promettez-moi de ne pas ébruiter ce que je viens de vous confier. Surtout pas à Carson. Je leur apprendrai ce qui se passe à ma façon, le moment venu.

Georgia ne put qu'acquiescer d'un timide signe de

tête. Elle était triste pour Carson. Il venait d'apprendre la veille qui était son père et il allait le perdre avant d'avoir appris à le connaître. Pourquoi fallait-il qu'elle reçoive une seconde chance avec sa mère et pas lui ? C'était si injuste.

Sur ses entrefaites, une femme se présenta avec un service à thé en argent sur un plateau. Elle le posa sur la table de nuit et servit un thé noir dans de délicates tasses en porcelaine. Elle tendit à son patron une tasse et une soucoupe sur laquelle elle avait posé une tranche de pain beurré.

— Comment prenez-vous votre thé, mademoiselle ? demanda-t-elle ensuite.

— Avec un sucre et un peu de crème, s'il vous plaît.

La domestique lui tendit sa tasse.

— Désirez-vous autre chose, monsieur Winchester ?

— Merci. Ce sera tout.

Après un signe de tête, la domestique disparut aussi rapidement qu'elle était entrée.

Georgia but une gorgée de thé tout en réfléchissant aux propos de Sutton. Tout cela la laissait songeuse…

— Pourquoi vous confiez-vous à moi, une étrangère ? Et pourquoi avez-vous demandé à me voir aujourd'hui ?

Elle n'appréciait pas d'être dépositaire d'un aussi lourd secret. D'autant qu'elle savait combien il affecterait Carson et ses frères.

— Parce que je vous aime bien, Georgia. Vous êtes intelligente, belle, douée en affaires. Si j'avais vingt ans de moins, vous devriez compter avec moi.

Il soupira mélancoliquement avant de reprendre :

— Malheureusement, mon esprit et mon corps me trahissent. Je vous ai demandé de venir aujourd'hui pour vous parler de ma maladie en personne afin que vous compreniez ce qui se passe. Puisque Carson et vous êtes ensemble, je me suis dit que vous pourriez sans doute l'aider à avaler tout ça.

La prévenance de Sutton la surprit. Malgré la distance qui le séparait de son fils, il semblait comprendre que ce serait difficile pour Carson. Et il savait également que Carson ne chercherait pas de réconfort auprès de lui. Car c'est vers elle qu'il irait.

— Je voulais aussi vous donner quelque chose.

Joignant le geste à la parole, le promoteur tira une enveloppe scellée du tiroir de sa table de nuit. Elle portait le nom de Carson rédigé de sa main.

— C'est le don pour votre hôpital. Je voulais vous le remettre en mains propres. S'il vous plaît, donnez-le-lui dès que vous le verrez.

Georgia prit l'enveloppe et la glissa dans son sac.

— Je n'y manquerai pas.

— Il me déteste, vous savez, dit Sutton d'un ton neutre. Il faut reconnaître que j'ai tout fait pour. Ce chèque n'arrangera sûrement pas les choses, mais c'est tout ce que je peux offrir. Cynthia a été la lumière de ma vie. Quand je l'ai perdue, j'ai sombré dans l'obscurité pour toujours. Honorer son souvenir en apportant ma contribution à cet hôpital est le moins que je puisse faire.

Elle remarqua l'expression nostalgique qui se peignit sur le visage de Sutton au moment d'évoquer la mère de Carson. Représentait-elle réellement davantage qu'une simple conquête à ses yeux ? Carson et elle ne le sauraient peut-être jamais.

— Il ne vous déteste pas, affirma-t-elle. Il déteste la façon dont vous avez traité sa mère.

À ce moment, de façon tout à fait inattendue, Winchester éclata de rire.

— Je parie que Cynthia a raconté n'importe quoi aux garçons pour les tenir éloignés de moi ! Aussi étrange que cela puisse paraître, elle tenait à me protéger. Elle a quitté l'entreprise pour la même raison. À cette époque, ma femme me menaçait de mille maux si je ne rompais pas avec elle. Personnellement, le fait que Celeste me mette sur la paille ne me faisait ni chaud ni froid, j'étais incapable de la quitter. Cependant, Cynthia a refusé ce sacrifice de ma part : elle refusait que je renonce à tout pour elle et elle est partie. Tout ce que j'ai pu faire pour l'aider, c'était lui donner une indemnité de licenciement. Elle m'a fait promettre de ne pas la chercher, et j'ai tenu parole. Je regrette chaque jour de l'avoir fait. J'aurais su pour Carson si je l'avais cherchée.

Georgia se redressa. Cela voulait dire que…

— Vous ignoriez l'existence de Carson ?

— Complètement. J'étais au courant pour les jumeaux, bien sûr, mais ils n'étaient pas de moi. Lorsqu'ils ont démarré leur affaire et qu'ils sont devenus mes principaux concurrents, je savais qui ils étaient. J'ai alors pensé à reprendre contact avec Cynthia, puis j'ai réfléchi. Tant d'années s'étaient écoulées, elle ne tenait probablement pas à ce que je fasse irruption dans sa vie. En apprenant l'existence d'un troisième enfant, j'ai supposé qu'il était le fruit d'une autre aventure de Cynthia. Il ne m'est pas venu à l'idée que…

Le regard de Sutton exprimait une tristesse qu'elle ne s'attendait pas à y voir. C'était particulièrement poignant.

— J'ai toujours rêvé d'avoir un fils, reprit-il. J'aime mes filles plus que tout, mais je suis très peiné d'apprendre que j'avais un fils sans le savoir. Et maintenant…

Il désigna tristement le matériel médical autour de son lit.

— Il est trop tard.

Elle était stupéfaite de découvrir une facette inattendue de la personnalité de cet homme. Sans être un saint, il n'était pas le monstre qu'on dépeignait. Ces regrets lui semblaient sincères. Peut-être avait-elle raison : la relation de Sutton avec la mère de Carson n'était pas qu'une aventure sordide. Cela ressemblait à de l'amour. Elle connaissait désormais le vrai visage de l'amour. Il lui suffisait de songer à tout ce qu'elle désirait faire pour Carson parce qu'elle tenait à lui. Cynthia était-elle arrivée à de telles extrémités pour protéger son amant de la ruine financière ?

— Il n'est pas trop tard, affirma-t-elle. Carson et vous pouvez encore avoir une relation. Il faut simplement le convaincre de vous donner votre chance. Si toutes les choses que sa mère lui a dites sur votre compte sont fausses, il doit le savoir.

Le promoteur la laissa parler d'un air songeur, puis secoua la tête.

— Il ne m'écoutera pas. Mais peut-être vous écoutera-t-il, vous.

- 11 -

— Maman ?

Georgia franchit la porte de l'appartement, les bras chargés de sacs de provisions. Ayant quitté la demeure de Sutton Winchester à une heure avancée, elle avait prié son chauffeur de la déposer à la supérette de son quartier au lieu de retourner au bureau. Elle avait acheté des produits que sa mère aimait et de quoi préparer ses fameuses lasagnes pour le dîner. Misty dormait quand elle était revenue de chez Carson, la veille. Il lui tardait de passer une agréable soirée avec elle avant son départ pour Detroit !

Depuis qu'elle avait quitté Sutton, elle se sentait d'humeur sentimentale. S'il y avait de l'espoir pour Carson et son père, peut-être y en avait-il pour sa relation avec sa mère ? Jusque-là, c'était plutôt encourageant.

Elle posa les sacs sur la table de la salle de séjour et tendit l'oreille. À part la veille, elle avait trouvé Misty sur le canapé, en train de lire un livre ou de regarder la télévision. Mais ce soir, il n'y avait pas un bruit dans l'appartement.

— Maman ? répéta-t-elle.

Pas de réponse.

Les sourcils froncés, elle inspecta la salle de séjour. Tout semblait en place. Le livre de sa mère était posé sur la table basse où elle l'avait laissé.

Peut-être était-elle montée à l'étage…

Une fois en haut, elle se figea sur place en découvrant le spectacle. On aurait dit qu'une tornade avait traversé la pièce. Les tiroirs étaient ouverts, ses vêtements jonchaient le sol, la porte du placard bâillait et son coffret à bijoux gisait à terre.

Seigneur, était-il arrivé quelque chose à Misty ? Elle courut jusqu'au placard, s'attendant presque à trouver sa mère recroquevillée au fond, blessée, ou pire. Mais il était vide. Elle courut à la salle de bains. Et si le cambriolage avait mal tourné ? Hélas, aucune trace de Misty là non plus.

Soudain, au milieu du chaos, Georgia s'aperçut d'une chose : les sacs de Misty avaient disparu.

Elle possédait quelques bijoux de valeur. Enfin, jusqu'ici puisque le contenu de son coffret s'était volatilisé. Dans son placard, il manquait quelques paires de chaussures de luxe dont les boîtes gisaient au sol. Son nouvel iPad qu'elle avait mis à charger sur la commode s'était également envolé.

Une minute. Elle cachait du liquide dans une enveloppe et une carte de crédit d'urgence entre le matelas et le sommier. Une vieille habitude. Avec cet argent et ce qu'elle promenait dans son fourre-tout, elle pouvait s'en aller et ne jamais revenir. Un vestige de sa vie nomade d'enfant placée en famille d'accueil.

Elle s'agenouilla, glissa les mains sous le matelas. Pas d'enveloppe. Elle finit par soulever le matelas, ce qui confirma ses soupçons. L'argent s'était envolé en même temps que sa mère.

Elle se laissa tomber sur le lit. Des émotions contradictoires se disputaient son cœur. Et voilà, ce que redoutait Carson s'était produit. Elle avait espéré que Misty était capable d'être une mère, que cette femme avait changé, mais elle s'était trompée. En réalité, Misty avait gagné sa confiance pour mieux la dépouiller. Comment avait-elle pu se montrer aussi naïve ?

Des larmes perlèrent à ses yeux. Dans la salle de bains, elle s'aspergea le visage d'eau froide. Après quoi, elle prit appui sur le bord du lavabo et hésita. Que faire ? Devait-elle prévenir la police ? Peut-être, mais elle en était incapable. Même si elle se sentait l'âme d'une enfant abandonnée au milieu de nulle part. Une fois de plus.

Durant ces quelques jours, elle s'était attachée à sa mère. Cette trahison ne parvenait même pas à éradiquer le souvenir des bons moments passés ensemble. Quoi que Misty ait fait, il n'était pas question de la livrer à la police. Ces objets n'avaient aucune importance à ses yeux. Ils étaient remplaçables, contrairement à l'amour de sa mère.

Enfin, si jamais sa mère l'avait aimée.

En se redressant, le regard de Georgia tomba sur la poubelle. À l'intérieur, un sachet en plastique contenant des résidus et ce qui ressemblait fort à une seringue. Sa mère avait recommencé à se droguer ! Voilà qui expliquait son brusque changement d'attitude. Avait-elle utilisé l'argent de la pizza pour se procurer de l'héroïne au lieu de se rendre aux Alcooliques Anonymes ? De toute évidence, Misty avait laissé son addiction prendre le dessus et gâcher ce qu'elles avaient commencé à construire ensemble.

Une immense déception la saisit. Vis-à-vis de sa mère, mais aussi d'elle-même. C'était trop lourd à porter. Il fallait qu'elle en parle à quelqu'un. Le temps de regagner la salle de séjour, elle prit son portable et composa le numéro de Carson.

— Bonsoir, Georgia ! Je ne m'attendais pas à avoir de tes nouvelles ce soir.

— Est-ce que je peux venir ?

Ce fut un cri du cœur. La gorge nouée, elle eut bien du mal à retenir ses larmes. Non. Si elle devait pleurer, ce serait dans les bras de Carson, pas avant.

— Bien sûr. Je dois te prévenir, ce n'est pas la grande forme, mais tu es la bienvenue. Tu ne passais pas la soirée avec ta mère ?

Elle ravala la boule qui lui bloquait la gorge.

— Changement de programme.

— Je suis là. À tout de suite.

Georgia reposa son portable sur la table, rangea consciencieusement ses courses dans le réfrigérateur et, avant de sortir, enclencha le système de sécurité au cas où sa mère songerait à revenir. Dans la rue, ne se sentant pas d'humeur à prendre le métro, elle héla un taxi.

Quelques minutes plus tard, elle arrivait chez Carson. La porte était grande ouverte. Curieux !

Elle se glissa à l'intérieur et referma derrière elle. Tout semblait vide. Où était-il passé ?

Au bout de quelques secondes, elle l'entendit lancer :

— C'est toi, Georgia ? Viens, je suis dans la salle de musculation.

Guidée par sa voix, elle suivit le couloir. Elle le trouva uniquement vêtu d'un short et de gants de boxe, en sueur, en train de s'acharner sur un sac de sable suspendu au plafond.

Elle l'observa quelques instants. Elle s'attendait à ce qu'il arrête, sachant qu'elle était là, qu'il lui demande ce qui n'allait pas, qu'il la console. Mais il continua de frapper jusqu'à ce qu'il s'immobilise, épuisé, le front contre le sac.

— Est-ce que ça va ? demanda-t-elle.

— On avait rendez-vous avec Sutton et ses filles, aujourd'hui, expliqua-t-il en retirant ses gants. Et il nous a fait faux bond.

Elle se mordit la lèvre. Elle connaissait la vérité, mais avait promis de se taire.

— Sutton n'est pas venu ?

— Non, soupira-t-il en jetant ses gants dans un coin. Il paraît qu'il est malade, ce qui confirmerait tes soupçons. Mais jusqu'à quel point ? Il t'a donné rendez-vous l'autre jour avec l'espoir de te mettre dans son lit, et quand il s'agit de rencontrer ses fils, voilà qu'il est grabataire !

— Je ne suis pas surprise. Je t'ai dit que je ne le trouvais pas bien du tout.

— Ne le défends pas, s'il te plaît !

Elle tressaillit devant cette réponse. Elle n'avait jamais vu Carson dans cet état. D'ordinaire, il était calme et posé. Cette réunion semblait l'avoir mis hors de lui.

— As-tu rencontré Eve ?

— Elle et Grace étaient là, acquiesça-t-il. Elles n'ont pas manifesté un grand enthousiasme, ce qui n'a rien d'étonnant. Et elles n'ont pas plus sauté de joie à l'idée de m'avoir pour frère. Comme si j'avais brisé le mariage de leurs parents par ma seule existence ! Je n'ai rien à voir là-dedans. Je… J'ai l'impression que cette histoire va nous exploser à la figure. Maman avait raison. Nous aurions mieux fait de rester à l'écart de notre père. C'était un salaud à l'époque, et il n'a pas changé.

Que répondre à cela ? Il suffisait d'entendre sa colère pour comprendre qu'il était profondément déçu. Le petit garçon en lui avait espéré que son père et ses sœurs l'accueilleraient au sein de leur famille. Tout comme elle-même avait espéré que désormais sa mère serait là pour elle.

Et voilà ce que cela leur avait apporté…

— Tu devrais donner à Sutton une chance d'être ton père, avança-t-elle. Sa réaction pourrait te surprendre.

D'un geste brusque, Carson attrapa une serviette et se frotta le visage.

— J'en doute sincèrement. On ne peut pas faire confiance à un type pareil. Je ne veux plus le voir.

— Mais pourquoi ? Tu voulais pourtant que je continue à pêcher des infos auprès de lui.

— Non, non, ça n'en vaut pas la peine. Je ne veux plus que tu l'approches et je ne l'approcherai pas non plus. Franchement, je n'arrive pas à y croire ! souffla-t-il en se laissant tomber sur le banc de musculation. Je regrette amèrement d'avoir fouillé les affaires de ma mère. J'aurais préféré ne pas savoir.

— Impossible de revenir en arrière. Le mieux, à présent, c'est de tirer le meilleur parti de ce qui est fait.

Avec un grognement de dépit, il passa la serviette autour de son cou et se leva.

— Si ça ne te fait rien, je préférerais ne plus en parler. Inutile de gâcher la soirée

À ces mots, il vint vers elle et la prit par la taille pour lui donner un baiser.

— Parle-moi plutôt de toi. Je croyais que tu devais passer la soirée avec ta mère.

Georgia hocha tristement la tête.

— Je le croyais aussi. Mais à mon retour, je me suis aperçue qu'elle s'était envolée.

— Que veux-tu dire ? demanda-t-il. Elle est partie plus tôt que prévu ?

— En quelque sorte. Elle a cambriolé mon appartement pour s'acheter de la drogue et a filé en douce.

Carson n'en revenait pas. Non, allons, il avait mal entendu.

— Peux-tu répéter ?

— Tu avais raison depuis le début, dit-elle en se mettant à sangloter contre sa poitrine. Je croyais qu'elle voulait vraiment nouer des liens avec moi, mais elle s'est contentée de m'utiliser. Je me sens complètement stupide d'être tombée dans le panneau.

La pauvre, ce devait être une telle déception !

— Je suis désolé, murmura-t-il en lui caressant tendrement les cheveux. J'aurais préféré avoir tort. Tu es sûre qu'elle n'est pas juste sortie ? Peut-être assiste-t-elle à une autre réunion des Alcooliques Anonymes ?

— Non. Pour assister à une réunion, elle n'avait pas besoin d'emporter mon iPad, mon argent et mes bijoux. Elle a bouleversé ma chambre de fond en comble en cherchant tout ce qui pouvait se monnayer. Elle ne reviendra pas. Et si elle revenait, je la mettrais dehors.

Il la serra plus fort contre lui. Il aurait voulu faire davantage pour elle. Malheureusement, il n'avait pas le pouvoir de faire de cette femme quelqu'un de meilleur, ni d'effacer le mal qu'elle avait fait à sa fille. Il pouvait juste soutenir Georgia.

Finalement, elle s'écarta. Quand elle essuya ses larmes, le mascara laissa des traînées noires sur sa peau pâle.

— Pardonne-moi d'avoir craqué. Tu veux m'excuser un instant ? Je vais me passer de l'eau froide sur le visage.

— Pendant ce temps, je vais nous servir un verre de vin et commander une pizza, qu'est-ce que tu en dis ? Ce soir, un petit remontant ne sera pas superflu.

— Parfait ! Merci.

Carson la regarda disparaître dans le couloir. Une fois dans la cuisine, après avoir ouvert une bouteille de vin, il aperçut le sac fourre-tout de Georgia. Celui-ci trônait sur la pile de papiers où se trouvait le numéro de la pizzeria. Depuis leur premier entretien, il se demandait ce qu'il pouvait bien contenir. Sa propre vie tenait dans un portefeuille. Que pouvait-elle transporter avec elle, partout, tout le temps ?

Quand il souleva le sac pour le poser ailleurs, il se pencha pour jeter un coup d'œil à l'intérieur. Par simple curiosité, bien sûr. Difficile de distinguer quelque chose dans ce fatras. Cependant, une enveloppe blanche portant son nom attira son attention.

Tout en sachant qu'il n'avait pas le droit d'agir ainsi, Carson ne put résister à la tentation et ouvrit l'enveloppe. Elle contenait un chèque de Sutton d'une somme de vingt millions de dollars, à l'ordre de l'hôpital du Cynthia Newport Memorial. Il fixa longuement le morceau de papier.

C'était irréel.

— Quel genre de pizz…

C'était la voix de Georgia.

Elle s'interrompit brutalement en voyant ce qu'il tenait à la main.

— Tu fouilles dans mes affaires maintenant ? s'insurgea-t-elle.

— En voulant changer ton sac de place, j'ai aperçu cette enveloppe à mon nom. Qu'est-ce que ça signifie ?

— C'est un chèque pour l'hôpital, dit-elle en lui arrachant son sac des mains. Je t'avais dit que Sutton voulait faire un don.

Il remit le chèque dans l'enveloppe tout en secouant la tête. Cela n'avait aucun sens. Pourquoi diable Winchester donnerait-il une somme pareille ? Et depuis combien de temps Georgia lui dissimulait-elle ce don ?

— Quand Sutton t'a-t-il donné ce chèque ?

— Cet après-midi, bougonna-t-elle.

— Attends… Tu l'as vu aujourd'hui ? Alors qu'il nous avait plantés à la réunion ?

— Oui. Il m'a demandé de passer chercher le chèque chez lui.

— Et tu n'as pas pensé à me le signaler ? Tu étais

censée me dire si tu le voyais, non ? C'était dangereux d'y aller, et tu le savais.

Georgia secoua la tête.

— Je n'ai pas eu l'occasion de t'en parler. Et puis je comptais te remettre ce chèque dès que je te verrais. Mais après le tour que m'a joué ma mère, j'étais si perturbée que j'ai oublié. Alors voilà, Sutton m'a demandé de te remettre ceci.

Ce type était trop faible pour voir son fils, mais il avait demandé à Georgia de se rendre chez lui juste pour chercher un chèque ? Quelque chose clochait dans cette histoire.

— De quoi avez-vous parlé ?

— De toi, principalement.

Il eut un rire amer.

— Il préfère parler de moi avec toi plutôt que me rencontrer maintenant qu'il sait que je suis son fils ?

Elle parut sincèrement peinée par cette réponse.

— Tu sais, je ne crois pas qu'il soit l'horrible personne que tu décris. Ce que tu sais de lui, c'est ce que ta mère t'a raconté et ce que tu as appris à travers vos impitoyables relations d'affaires. Tu devrais aller le voir et te faire ton opinion par toi-même.

Carson ouvrit de grands yeux. Aller le voir ? Mais quelle idée !

— Pourquoi ?

— Parce que c'est ton père, voyons ! Tu devrais au moins lui laisser sa chance.

— Bien sûr. Cette façon de voir les choses a très bien fonctionné pour ta mère et toi ! jeta-t-il.

C'était un coup bas, mais tant pis. Elle ne se rendait pas compte de l'énormité de sa demande.

— Pourtant, je ne regrette rien. D'accord, ça n'a pas tourné comme je l'espérais. Au moins, j'ai essayé. Et j'ai appris sur mon passé et ma famille des choses qui, sinon, seraient restées dans l'ombre. Oui, ça me coûte quelques affaires personnelles et beaucoup de chagrin, mais ça en valait la peine.

Carson nageait en plein brouillard. Après cette mésaventure avec sa mère, pourquoi l'encourageait-elle maintenant à voir son père ? Elle n'avait pas eu de mots assez durs pour lui !

— Pourquoi insistes-tu autant pour que je le voie ? Franchement, de quel côté es-tu, tu peux me le dire ?

— Du tien, enfin ! Seulement, je détesterais que tu rates la chance d'avoir une relation avec ton père. C'est ce que tu as toujours voulu, non ? Tu as déjà perdu bien trop de temps. Chaque instant avec lui est précieux.

Il eut brusquement le sentiment qu'elle en savait plus long que ce qu'elle voulait bien dire. Sutton lui avait sans doute raconté une histoire à faire pleurer dans les chaumières pour la mettre de son côté. Sinon, elle ne lui aurait pas tenu tête de cette façon. Ces vingt millions avaient-ils acheté sa loyauté ?

— Qu'est-ce qu'il t'a raconté ? Pourquoi as-tu changé d'attitude ?

Quand elle le regarda, il sentit que plusieurs sentiments se partageaient le cœur de Georgia.

— Je ne peux pas te le dire, finit-elle par souffler.

— Tu ne peux pas ou tu ne veux pas ? Qu'as-tu fait de ta loyauté, Georgia ? On dirait que tu es de son côté.

Elle lui jeta un regard indigné.

— Non, c'est de ton côté que je me range, et uniquement de ton côté. Parce que je tiens à toi. Seulement, je sais combien cette histoire compte pour toi et je ne voudrais pas que tu commettes d'erreur.

— Si tu tiens à moi, tu dois me dire ce qu'il t'a raconté, rétorqua-t-il.

— Impossible. Je lui ai promis de ne rien dire avant

qu'il vous ait parlé. Vraiment, n'agis pas de manière à le regretter plus tard. Il faut me faire confiance.

— Te faire confiance ? Comment te faire confiance alors que tu passes ton temps avec lui sous couvert de l'espionner pour mon compte ? Alors que mon adversaire m'expédie un chèque de vingt millions de dollars par ton intermédiaire, parce que tu es la seule en qui il ait confiance ? N'ai-je pas le droit d'entretenir quelques soupçons ?

Georgia écarquilla les yeux.

— Vingt millions de dollars ?

Jouait-elle la surprise ou était-elle sincère ?

— Comment ? Tu ignorais le montant du don ? Il ne me donne sûrement pas cet argent de bon cœur. C'est forcément un dédommagement, comme si tu en avais gagné chaque centime à l'horizontale.

Elle recula d'un pas. On aurait dit que ces mots lui avaient fait l'effet d'une gifle.

— Tu tiens des propos ignobles ! Mon dévouement à la cause de ta mère a des limites. Je n'ai pas couché avec Sutton et je ne coucherai jamais avec lui, quelle que soit la somme qu'il me propose !

— Alors pourquoi ferait-il un tel don ? rugit-il. Et n'essaie pas de me faire croire qu'il éprouve une soudaine tendresse pour les enfants malades !

D'un geste sec, Carson posa le chèque sur le comptoir.

— Je suppose que je devrais t'accorder une augmentation. Peu de gens à Newport Corporation font preuve d'un tel dévouement pour l'entreprise.

Georgia recula comme si Carson l'avait frappée et s'appuya au comptoir le temps de se ressaisir.

— Vous pouvez aller au diable, vous et votre augmentation, monsieur Newport ! Je m'imaginais qu'il y avait quelque chose entre nous, mais cette fois encore, je me suis montrée d'une naïveté incommensurable. Tu as cru toute ta vie que tu n'étais pas assez bien pour mériter l'amour d'une femme. Mais quand il te crève les yeux, tu refuses de le voir et tu préfères le repousser. Eh bien ton vœu va se réaliser ! Puisque tu ne peux pas me faire confiance, tout est fini entre nous. Je n'ai pas comploté derrière ton dos, ni couché avec ton père. Et je refuse d'avoir le moindre rapport, privé ou professionnel, avec quelqu'un capable de croire autre chose !

Carson ouvrit de grands yeux.

— Tu démissionnes ? demanda-t-il en croisant les bras. Tu vas courir voir Sutton et le supplier de te donner le poste qu'il t'a offert ?

— Je ne prendrai même pas la peine de répondre. Je savais que c'était une mauvaise idée d'avoir une liaison avec toi. Je n'aurais pas dû me laisser dominer par mes émotions. J'espère que cette fois, j'aurai appris la leçon.

Sur ces mots, Georgia tourna les talons et quitta l'appartement. La colère l'étouffait, et des larmes d'indignation coulaient sur ses joues quand elle sortit de l'immeuble et s'arrêta au feu du coin de la rue en attendant qu'il passe au vert. D'un geste brusque, elle sortit un mouchoir de son sac. Pleurer n'avançait à rien.

La journée avait si bien commencé. La découverte de son amour pour Carson l'avait transportée de bonheur, tout comme la joie de voir que sa relation avec Misty s'épanouissait dans le bon sens. Et voilà que, douze heures plus tard, il ne lui restait rien, pas même une raison de rester à Chicago. Fuir cette ville : voilà tout ce qu'elle souhaitait faire.

Elle arrêta un taxi et s'engouffra à l'intérieur.

— À l'aéroport, dit-elle au chauffeur.

Elle avait besoin d'une oreille attentive. Hélas, ni sa mère ni son amant ne pouvaient la lui offrir. La seule personne au monde qui ne la laisserait jamais tomber, c'était Sheila, son ancienne assistante sociale. Elle était d'excellent conseil. Peut-être, seulement peut-être, pourrait-elle l'aider à sortir de ce cauchemar qu'était devenue sa vie.

- 12 -

Assis sur son canapé, Carson contemplait son portable obstinément silencieux. Trois jours s'étaient écoulés depuis que Georgia avait quitté son appartement. Il n'avait pas reçu la moindre nouvelle de sa part. Naturellement, il ne s'attendait pas à ce qu'elle lui téléphone après leur altercation. Elle avait dû courir retrouver Sutton. Bizarrement, elle n'était même pas passée au bureau chercher ses affaires.

Son bureau était tel qu'elle l'avait laissé. Il aurait pu demander à Rebecca de le ranger, mais pour être franc, il espérait qu'elle change d'avis à propos de sa démission. Ils ne sortiraient plus ensemble, soit. L'ennui, c'est qu'une directrice des relations publiques aussi compétente serait difficile à remplacer. Il ferait mieux de s'en souvenir le jour où il serait de nouveau tenté de s'intéresser à une employée…

Il allait reposer son portable sur la table basse quand l'appareil sonna.

— Oui ?

— Salut, frangin, c'est moi, Graham. J'ai des nouvelles. Winchester organise une réunion demain. Il réclame notre présence à tous, sans expliquer de quoi il retourne.

— J'imagine que si c'est lui qui organise, il se montrera, dit-il d'un ton amer.

Tout en prononçant ces mots, Carson se souvint d'une chose. D'après Georgia, Sutton s'apprêtait à faire une annonce dont elle connaissait la teneur, mais elle avait juré le secret. En tous les cas, ce type ne reculait devant rien ! Rassembler tous ses enfants semblait la meilleure recette pour un désastre.

— Crois-tu qu'Eve l'aura convaincu de modifier son testament ?

— Je n'en sais rien. Si c'est le cas, je l'ai sous-estimée parce qu'elle aurait accompli un miracle en un rien de temps.

— Aurons-nous les résultats du test d'ici là ?

— Qui sait ? S'il sait que nous sommes ses fils et que le test de paternité n'est qu'une formalité, il en a peut-être assez de se battre et renonce à attendre la preuve. Je vais demander à Rebecca de prévoir cette réunion dans nos emplois du temps de demain.

Carson se rembrunit. S'il s'agissait de la nouvelle à laquelle Georgia avait fait allusion, ce devait être important pour qu'elle n'ait pas voulu se délier de sa promesse.

— D'accord, dit-il.

Il y eut un long silence.

— Carson, qu'est-ce qui ne va pas ?

Il avait délibérément préféré cacher à ses frères sa brouille avec Georgia. Winchester leur donnait assez de fil à retordre. Ce n'était pas la peine d'y ajouter ses problèmes amoureux. Trouver un nouveau directeur des relations publiques pour s'occuper de la promotion de l'hôpital serait suffisant.

— C'est Georgia ? insista Graham. Elle n'est pas dans son bureau. Ne me dis pas qu'elle a démissionné pour filer chez Sutton.

Après une attaque aussi directe, difficile de tergiverser.

— Elle a démissionné, et j'ignore où elle se trouve, admit-il à son aîné.

— Que s'est-il passé ?

— C'est cette sale histoire avec Sutton. Quand elle

a dit des choses qui m'ont déplu, j'ai explosé. Alors elle a démissionné.

— Désolé, mon vieux. C'est bien pour ça qu'il ne faut pas sortir avec des collègues. En cas de rupture, cela a des répercussions fâcheuses. Dois-je demander aux ressources humaines de commencer à recruter ?

— Pas encore, répondit-il.

Sans trop savoir pourquoi, en toute honnêteté. Georgia ne reviendrait pas après ce qu'ils s'étaient dit.

— Laisse passer quelques jours, ajouta-t-il. Voyons d'abord ce que donnera cette réunion avec Sutton et les retombées qu'elle aura.

Une chose à la fois…

— Enfin, tu es là, ma chérie !

Georgia leva les yeux et prit la tasse de thé brûlant que lui proposait Sheila.

— Merci, dit-elle. Et merci d'avoir accepté au pied levé de me recevoir. Je ne savais vraiment pas où aller.

Sa tasse à la main, Sheila s'assit dans le fauteuil proche du canapé sur lequel Georgia était allongée avec une couverture. Elle avait téléphoné à Sheila depuis l'aéroport de Chicago. Lorsqu'elle s'était présentée à la porte de son appartement de Detroit, à minuit, elle avait été accueillie comme un membre de la famille.

En réalité, Sheila était sa seule famille. Elle avait été là depuis qu'on lui avait confié son dossier quand elle avait dix ans. Elle s'était alors efforcée de lui trouver les foyers les plus stables et les plus sûrs, malgré les difficultés.

Sheila avait rempli avec elle ses dossiers de bourse ou d'inscription en faculté. Elle l'avait encouragée à intégrer l'université de Northwestern et poussée à chercher sa voie. Elle l'avait aussi avertie que rechercher ses parents biologiques n'était pas toujours la meilleure des décisions.

Ce qui venait de se passer prouvait qu'elle avait raison.

— Pendant mon séjour, je t'aiderai pour le ménage, ajouta Georgia. Je ne veux pas que tu me traites en invitée.

Encore un réflexe d'enfant habituée à s'installer dans de nouveaux foyers : on était mieux accepté en se rendant utile.

— Tu as eu une semaine plutôt pénible, fit remarquer Sheila. Et d'ailleurs, même si ce n'était pas le cas, je prendrai soin de toi parce que tu le mérites. Tu peux aider si tu le désires, mais ce n'est pas une obligation. Je doute que deux femmes adultes fassent beaucoup de désordre !

Georgia accepta cette remarque tout en buvant son thé. Il était parfait, chaud mais pas brûlant, avec la dose parfaite de crème et de sucre, comme celui qu'elle avait bu chez Sutton. Depuis ce jour, sa vie avait basculé. Alors que l'avenir s'annonçait prometteur, elle était désormais célibataire, orpheline de mère et sans emploi.

— As-tu des projets pour ton séjour à Detroit ? s'enquit Sheila.

— Pas vraiment. J'ai pris mon billet sans avoir réfléchi. Je savais simplement qu'il fallait que je quitte Chicago. Mais, maintenant que je suis là, je commence à me poser des questions. À quoi bon rentrer ?

— Pourquoi pas ?

— Il n'y a plus rien pour moi là-bas. Je n'ai plus de travail, plus d'amis. Mon travail était toute ma vie. Un nouveau départ à Detroit, c'est sans doute ce qu'il me faut.

Sheila ne cacha pas son mécontentement.

— Tu dis des sottises, mon chou. Avec ton métier, ta place est à Chicago. Et puis tu adores ton appartement. Tu as beau penser qu'il n'y a rien pour toi là-bas, il y a sûrement plus qu'ici. Tout ce qui t'attend à Detroit, ce sont de mauvais souvenirs.

— C'est faux, protesta-t-elle. Misty m'a appris que j'ai un frère et une sœur qu'elle a donnés à l'adoption.

Je pourrais essayer de les retrouver. Tu crois que tu m'aiderais ?

— C'est délicat. Tout dépend des conditions de l'adoption. Si les parents ont préféré ne rien dire, ces enfants ignorent peut-être qu'ils ont été adoptés. Ceci mis à part, il se pourrait que tu ne trouves pas non plus ce que tu cherches avec eux.

Georgia écarquilla les yeux. Que voulait-elle dire ?

— Qu'est-ce que je cherche ?

— Une famille. Tu n'as pas obtenu ce que tu voulais avec ta mère, ça ne tournera pas mieux avec ton frère et ta sœur. J'exerce ce métier depuis longtemps : dans ce genre d'affaires, les dénouements sont rarement heureux. À ta place, au lieu de laisser mon passé me hanter, j'irais de l'avant et songerais plutôt à fonder ma propre famille.

Une famille à elle ?

Franchement, l'idée ne lui avait jamais traversé l'esprit. Cette aventure avec Carson avait été sa première vraie relation sérieuse. Les concepts de mariage et d'engagement lui étaient étrangers. Maintenant qu'ils avaient rompu, c'était encore plus vrai. En ce qui concernait les hommes, elle n'avait pas un jugement très sûr. Garder ses distances était sans doute la meilleure solution.

Il lui arrivait de penser qu'un jour, elle aurait des enfants. Or ce fameux jour se situait dans un avenir si lointain qu'il semblait ne devoir jamais arriver. Il lui restait beaucoup de temps pour devenir mère, c'est vrai, seulement… n'ayant jamais eu de mère, comment saurait-elle en devenir une ? Il était hors de question qu'elle échoue comme sa mère avant elle. La destinée d'un enfant était en jeu !

— Je n'ai pas besoin de famille à moi, dit-elle. Je t'ai.

Sheila posa sa tasse sur la table basse et vint s'asseoir près d'elle sur le canapé.

— Bien sûr, tu m'as. Mais tu n'as pas besoin de vivre

à Detroit pour ça. Où que tu sois, tu pourras toujours compter sur moi. Malgré les épreuves que tu viens de subir, tu ne peux pas renoncer à tout ce que tu as construit. L'emploi à Elite Industries t'attend toujours, n'est-ce pas ?

Oui, l'offre était toujours valable. Cependant, même si elle sentait un lien amical se créer avec Sutton, il ne serait plus là bien longtemps. Par la suite, elle aurait affaire à Eve, qu'elle connaissait mal. Qui pouvait dire si elles s'entendraient ?

— Je ne crois pas que ce soit une bonne idée, avoua-t-elle.

— Écoute, c'est l'intérêt d'une ville comme Chicago. Il y a beaucoup plus d'ouvertures qu'ici.

— Tu as raison.

Et c'était sincère. Simplement, il semblait plus facile de fuir que d'affronter le gâchis qu'elle avait laissé derrière elle. À Detroit, elle ne risquait pas de tomber sur Carson. Oublier son chagrin d'amour serait plus facile.

De nouveau, Georgia sentit les larmes lui piquer les yeux.

— Ça va aller, ma puce ?

Elle haussa les épaules en regardant sa seule amie et ravala ses larmes.

— Tu sais, au fond de moi, je pressentais que ma mère agirait comme elle l'a fait. Avec Carson, c'est beaucoup plus douloureux. Il me semblait que ce qu'il y avait entre nous était… Je ne sais pas. Ce qu'il m'a dit était si cruel, cela ressemblait si peu à l'homme que je croyais connaître. Il m'a agressée si violemment…

— Tu es consciente que c'est probablement parce qu'il souffrait ?

— J'ai certainement touché un point sensible, admit-elle. Ça m'a désarçonnée, tu comprends ? Il est beau, riche, puissant, tout lui réussit, et pourtant, il avait l'air d'attendre que je me retourne contre lui.

— La vie n'est pas si simple. Parfois, plus les gens réussissent et plus les autres les guettent pour les déboulonner de leur piédestal. Sa réaction t'a paru disproportionnée, elle ressemble surtout à un mécanisme de défense. La question est de savoir : s'il se rend compte qu'il a commis une erreur et s'excuse, renoueras-tu avec lui ?

Pour tout dire, elle s'était déjà interrogée à ce sujet depuis son arrivée à Detroit.

— Probablement, finit-elle par répondre. J'ai toujours donné une seconde chance aux gens, même quand ils ne la méritaient pas. Et ils finissaient souvent par me décevoir. Cette fois, ce serait peut-être différent. Quoi qu'il en soit, je l'aime. C'est idiot, mais c'est comme ça.

— D'accord, dit Sheila. Alors s'il a cette miraculeuse révélation et s'il veut se précipiter pour te dire à quel point il est désolé et combien il t'aime, comment est-il censé te retrouver ?

Les six enfants officiels et potentiels de Sutton Winchester étaient rassemblés autour de la table de conférence de son bureau. Apparemment peu désireux de parler, ils se contentaient de se jeter des regards méfiants à travers la table.

Nora, la cadette, était arrivée le jour même du Colorado. Carson ne la connaissait pas, car elle ne venait jamais assister à aucun événement d'affaires. Elle semblait avoir pris ses distances avec le milieu familial. Comment lui en faire le reproche ?

Peu après, la porte s'ouvrit, et Sutton entra accompagné d'une femme. Il fallait espérer que ce n'était pas une nouvelle maîtresse. Son père n'avait pas besoin d'avoir une nouvelle femme dans sa vie, et certainement pas d'en exhiber une devant ses enfants. Évidemment, celle-ci ne paraissait vraiment pas son style. Elle avait un chemisier boutonné jusqu'au col, pas un cheveu ne dépassait de son chignon serré, et elle arborait un air austère dans son tailleur gris.

Sutton lui tira une chaise afin qu'elle s'assoie près de lui, à l'extrémité de la table.

De son côté, Carson nota le léger tremblement des mains du vieil homme. Il paraissait plus mince que la dernière fois qu'il l'avait vu. Franchement, Georgia avait raison. Vu la mine épouvantable qu'il avait, ce n'était certainement pas un simple dérangement intestinal.

— Je suis sûr que vous vous demandez pourquoi je vous ai réunis aujourd'hui, commença le promoteur. Si j'avais du temps à perdre, je prolongerais volontiers le suspense, mais ce n'est pas le cas. Allons donc droit au but : je suis condamné par la médecine.

Carson n'eut aucune réaction. En se tournant vers ses trois sœurs, il les vit frémir d'horreur. Nora se couvrit la bouche d'une main, et les yeux de Grace se remplirent d'incrédulité.

— Comment ça ? demanda-t-elle. Tu es sûr ?

— Absolument sûr. Je vous présente le Dr Wilde.

Il désigna sa voisine.

— Elle me soigne pour un cancer du poumon. Il n'y a guère d'espoir d'amélioration, mais je souhaite qu'elle tente l'impossible. Pas question de rester passif devant ce maudit cancer. Cependant, je me suis déjà fait à l'idée que je ne verrai pas la nouvelle année.

Carson assimila la nouvelle. Un cancer, à un stade avancé. Winchester serait mort au nouvel an. Les mots tournaient dans sa tête tandis qu'il essayait de leur donner un sens. Finalement, il se tourna vers Brooks, et ils échangèrent un regard. Ils avaient cru disposer de temps pour atteindre leur but. Ils se croyaient capables de convaincre Sutton de modifier son testament. Mais à présent… l'horloge tournait. Il leur faudrait très vite faire leur deuil du père qu'ils venaient de retrouver.

— Je vais mettre de l'ordre dans mes affaires, continua Sutton. Ensuite, je me rendrai à l'hôpital. Je ne sais pas quand j'en sortirai, si j'en sors.

— Nous allons essayer un traitement expérimental, expliqua le Dr Wilde. Étant donné le degré d'évolution de la maladie, nous n'avons plus rien à perdre. Ce que nous cherchons, c'est à gagner du temps. Votre père est condamné.

— Oh ! papa ! s'exclama Grace.

Et elle se précipita vers son père pour l'embrasser.

Carson éprouva une pointe de jalousie en voyant Winchester caresser tendrement les cheveux de sa fille en la serrant contre lui. Il doutait que son père l'étreigne un jour de cette manière, même s'il lui restait des dizaines d'années à vivre au lieu de quelques mois.

— Ne te fais pas de souci pour moi, Gracie. J'ai vécu trois vies dans une sur cette terre.

— Comment pourrai-je gérer l'entreprise sans toi ? demanda Eve d'un air accablé.

Le fardeau semblait trop lourd pour ses épaules.

— Je t'en prie, Eve, répondit son père avec hauteur. Tu es intelligente et capable. D'ailleurs tu la diriges déjà pratiquement. Tu t'en sortiras très bien sans moi. À mon avis, certains d'entre nous s'en sortiront même mieux.

À ces mots, Carson vit les yeux de Sutton se poser sur lui.

C'était la première fois qu'ils se regardaient dans les yeux depuis que le test de paternité avait révélé la vérité.

— Ceci dit, nous avons un autre problème à régler aujourd'hui, dit-il en soulevant une enveloppe. J'ai récupéré les résultats du test pour Graham et Brooks. L'un de vous désire en avoir la primeur ?

Brooks saisit l'enveloppe et l'ouvrit rapidement. Carson

observait Sutton. Celui-ci exprimait une telle satisfaction qu'il n'y avait aucun doute : il n'avait pas besoin du test pour savoir que les jumeaux n'étaient pas ses fils. Mais comment pouvait-il en être aussi certain ?

Son frère consulta le document pendant ce qui lui parut être une éternité. Puis il l'entendit annoncer :

— Sutton Winchester n'est pas notre père.

Celui-ci se renversa contre le dossier de son fauteuil et croisa ses mains sur son ventre. Un petit sourire amusé étira sur ses lèvres pendant qu'il regardait Graham et Brooks digérer la nouvelle.

Carson ne se sentait pas très bien non plus. Toute sa vie, à force de se sentir différent de ses frères, il s'était convaincu que c'était à cause de leur gémellité qui créait un lien de grande proximité entre eux. Il avait ignoré leurs physiques si dissemblables. À présent, les différences sautaient aux yeux.

Cela ne signifiait qu'une chose : si Sutton n'était pas le père de Graham et Brooks, leurs recherches revenaient à leur point de départ.

— Bon, dit Graham en se tournant vers Sutton. Maintenant que ceci est établi, je crois que nous pouvons passer à la question des modifications à apporter à votre testament.

— Vous n'imaginez tout de même pas avoir droit à quoi que ce soit ! s'exclama Eve.

— Brooks et moi, non. Mais Carson est toujours héritier. La seule différence, c'est que les biens devront être divisés en quatre au lieu de six.

— C'est ridicule ! s'écria une des sœurs.

Carson ne prit pas la peine de lever les yeux pour voir de qui il s'agissait. Autour de la table, tout le monde se mit à parler en même temps, avec agitation. À quoi bon essayer de faire entendre sa voix dans ce concert ?

À cet instant, la scène lui parut irréelle. Oui, il en

voulait toujours à son père, mais la maladie allait le venger plus tôt et plus définitivement qu'il ne l'aurait souhaité. S'il obtenait de l'argent de l'héritage, il l'investirait dans l'hôpital, avec les vingt millions que Sutton avait déjà donnés. L'hôpital construit à la mémoire de sa mère serait une merveille.

Le jour de l'inauguration, ce ne serait pas Georgia qui se tiendrait à ses côtés pour couper le ruban, mais le nouveau directeur des relations publiques de Newport Corporation. C'était si injuste que cet événement se déroule sans elle. Elle l'avait soutenu et…

Soudain, il eut une révélation qui lui fit l'effet d'un coup de poing.

Georgia savait.

Elle savait que Sutton était condamné. Il ignorait pourquoi, dans un premier temps, Winchester avait choisi de se confier à elle plutôt qu'à ses propres enfants, mais c'était le secret qu'elle avait juré de garder. En un instant, tout ce qui s'était passé pendant cette horrible soirée se remit en place. Voilà pourquoi elle l'avait incité avec tant d'insistance à connaître son père. C'était sans doute l'approche de la mort qui l'avait incité à faire un don si considérable à la fondation, et non d'hypothétiques relations entre Georgia et lui…

Brutalement, un constat s'imposa. Il était le roi des imbéciles et un beau salaud. Il avait accusé Georgia de prendre parti, d'être déloyale vis-à-vis de l'entreprise et de lui-même. Il avait même sous-entendu qu'elle couchait avec Sutton. Tout cela après l'avoir poussée à approcher son ennemi pour l'espionner.

Carson se leva brusquement. Instantanément, les autres cessèrent de se quereller et le regardèrent d'un air interrogateur.

— Je dois vous quitter, déclara-t-il.

Graham l'attrapa par le bras.

— Qu'est-ce qui te prend ?

— Il faut que j'aille retrouver Georgia et que je la supplie de me pardonner.

Ses frères le considérèrent avec de grands yeux, comme s'ils craignaient qu'il ait perdu la raison.

— Cette réunion est importante, dit Brooks. Es-tu vraiment obligé de partir dans la minute ?

— Absolument ! approuva Sutton. Ne laisse pas un joyau pareil te filer sous le nez, fils.

Et il lui adressa un clin d'œil et un discret sourire.

Fils ?

Carson sentit sa gorge se serrer. Il se sentait incapable de répondre à qui que ce soit. Tout ce qu'il avait à faire, c'était quitter la salle en toute hâte. Sans un mot, il se dirigea vers la porte. Il avait des problèmes autrement plus importants à régler.

Il lui fallait retrouver la trace de Georgia.

- 13 -

Tel un ouragan, Carson pénétra dans les locaux de Newport Corporation. L'ascenseur n'irait jamais assez vite : il grimpa donc quatre à quatre l'escalier jusqu'au dernier étage où se trouvaient les bureaux de la direction.

— Rebecca ! hurla-t-il une fois les portes franchies. J'ai besoin de vous !

Quand il arriva au bureau de son assistante, elle ouvrait de grands yeux remplis de stupéfaction et de panique.

— Que se passe-t-il ? Il y a un problème ?

— Oui et non, répondit-il en fonçant tout droit à son bureau. Venez, s'il vous plaît, et apportez votre tablette.

Il s'installa à son bureau et regarda Rebecca, déjà à pied d'œuvre, comme toujours.

— Il faut que vous m'aidiez à retrouver Georgia.

— Elle est absente aujourd'hui, monsieur Newport. Pour tout dire, je ne l'ai pas vue de la semaine.

— Je sais. Elle a donné sa démission.

— Ce n'est pas possible ! s'exclama la jeune femme. Quand ? Je ne suis pas au courant.

— Il y a quelques jours.

Sa secrétaire l'examina quelques instants en silence.

— Que lui avez-vous fait ? demanda-t-elle enfin.

Carson leva les yeux, surpris. Rebecca était son assistante depuis cinq ans maintenant. Apparemment, elle le connaissait mieux qu'il ne l'aurait cru.

— Vous saviez que nous sortions ensemble, n'est-ce pas ?

— Tout le monde le sait, monsieur.

— D'accord. Eh bien vous ne serez pas surprise d'apprendre que je me suis montré particulièrement maladroit avec elle. J'ai tout gâché. Je suis entièrement responsable, j'en ai conscience. Je ne suis pas certain qu'elle me pardonnera, mais je vais essayer de me rattraper.

— L'aimez-vous ?

Cette fois, ce fut à lui d'avoir l'air ahuri. Il n'avait jamais eu de conversation aussi personnelle avec Rebecca. Leurs échanges concernaient toujours le travail ou la manière dont elle avait occupé son week-end. Jamais ce qu'il pouvait faire dans sa vie privée ! Certes, il n'avait pas vraiment eu de vie privée jusqu'à dernièrement… Ce qui était sûr, c'est qu'il avait bien besoin de la sagesse féminine de Rebecca et de sa connaissance des relations entre les sexes.

Aimait-il Georgia ?

— Oui, absolument.

Il l'avait soupçonné quand sa présumée trahison l'avait tant affecté. Être jeté par Candy l'avait ulcéré. Cette fois, cela avait été mille fois plus douloureux parce qu'il l'aimait. Comprendre qu'elle n'était coupable d'aucune des fautes dont il l'accusait rendait la situation encore plus horrible.

— Voilà qui fait plaisir à entendre, monsieur. Est-ce qu'elle vous aime ?

De cela, il n'était pas certain. Elle avait été profondément blessée par les accusations qu'il avait portées. Il l'avait même vue pleurer. De là à dire qu'elle l'aimait… En même temps, leur relation était toute neuve et personne ne voulait être le premier à avouer son amour. À présent, pour qu'elle revienne à lui, il était prêt à crier son amour sur les toits.

— Je ne sais pas. Je l'espère.

Rebecca hocha pensivement la tête.

— Et quel grand geste envisagez-vous pour qu'elle vous pardonne ?

Un grand geste ?

— Je n'y ai pas encore réfléchi, confessa-t-il. Ce que je voudrais d'abord, c'est la retrouver.

— Nous la retrouverons, monsieur. Mais quand ce sera fait, sachez bien ce que vous allez dire. Si c'est pour tout gâcher, autant nous épargner tout ce travail.

Carson déglutit péniblement. Rebecca avait raison. Il abordait un tournant de sa vie qu'il n'avait pas le droit de rater. Georgia méritait mieux.

— Que suggérez-vous ?

— D'abord des excuses. Ni reproches, ni justifications. Juste des excuses. Ensuite, lui offrir des fleurs. C'est un cliché mais ça marche. Mon mari peut me rendre complètement folle de colère puis arriver avec une brassée de lis, et je fonds. Connaissez-vous ses fleurs préférées ?

— Non.

Rebecca plissa les lèvres tout en réfléchissant.

— Quand vous irez chez le fleuriste, choisissez celles qui vous la rappelleront. Avec cette méthode, vous ne pouvez pas vous tromper. Enfin, dites-lui que vous l'aimez et voyez comment elle réagit. À partir de là, la balle sera dans son camp.

— C'est tout ?

Cela semblait vraiment trop facile.

— Eh bien, ça dépend… Désirez-vous aller jusqu'au bout, et franchir tous les obstacles ?

Oui, il le désirait. À partir de là, il savait exactement ce qu'il devait faire.

— J'irai jusqu'au bout, dit-il. Je m'en occuperai cet après-midi. Maintenant, il faut qu'on la fasse revenir, vous et moi. Le problème, c'est qu'elle s'est évanouie dans la nature. Je suis passée chez elle, le gardien dit qu'elle lui a demandé de garder le courrier sans donner de date de retour. Ce n'est pas bon signe.

— A-t-elle de la famille proche, ou des amis chez qui elle aurait pu se réfugier ?

Carson secoua la tête.

— Je ne pense pas. En tout cas, elle n'a pas de parents. J'en sais moins sur d'éventuels amis.

— Voulez-vous que je jette un œil dans son bureau ? Elle a peut-être laissé un carnet d'adresses ou un quelconque indice. Je peux aussi demander au service informatique de se connecter à son ordinateur, on verrait qui est dans sa liste de contacts.

Attention, méfiance. C'était probablement la démarche la plus efficace, mais il avait encore en tête le regard de Georgia quand elle l'avait surpris le nez dans son sac. Elle tenait à sa vie privée, ce qu'il comprenait parfaitement. Bien sûr, le bureau qu'elle occupait était la propriété de l'entreprise, et il pouvait y faire ce qu'il voulait, d'autant qu'elle avait démissionné. Mais autant éviter de commettre cette indélicatesse.

— Commençons par demander à son assistante et à ses collègues s'ils ont une idée de sa destination, dit-il. Nous découvrirons peut-être des choses intéressantes sans avoir à fouiller son ordinateur. Ce qu'elle n'apprécierait pas, je le sais. Prévenez-moi dès que vous avez du nouveau.

Rebecca se leva tout en tapotant l'écran de sa tablette. Elle était presque arrivée à la porte quand il se rappela une chose.

— Rebecca ? Voyez si vous trouvez des informations sur une certaine Sheila. C'est la seule personne dont m'a parlé Georgia. Elle vit probablement, ou a vécu, à Detroit.

— Sheila ? Compris.

Sur ces mots, elle partit se mettre en chasse.

*
* *

De son côté, Carson passa à l'étape suivante. Pour aller jusqu'au bout, il prit rendez-vous par téléphone chez Tiffany and Co et s'y rendit une heure plus tard. De retour au bureau, un petit sac bleu à la main et avec un grand sourire, il vit Rebecca lui tendre un morceau de papier sur lequel étaient inscrits un nom, un numéro de téléphone et une adresse à Detroit.

— L'assistante de Georgia avait cette information. Il paraît qu'elle envoie des fleurs à cette Sheila pour la fête des mères. Il me semble que c'est un bon endroit pour commencer vos recherches.

— Vous êtes incroyable, dit-il avec gratitude. Je vais l'appeler tout de suite.

Il referma la porte derrière lui. Sheila saurait certainement où se trouvait Georgia. Si c'était le cas, il la rejoindrait où qu'elle se trouve. Il lui fallait juste savoir dans quelle direction aller.

Il lui sembla qu'une éternité s'écoulait avant qu'une voix féminine ne réponde enfin.

— Bonjour. Est-ce que je m'adresse à Sheila ?

— Oui. Qui êtes-vous ?

— Carson Newport. Je…

— Un instant.

Il attendit en silence, le cœur battant. Il perçut un bruit de pas, puis celui d'une porte qui se fermait, et de nouveaux pas.

— Voilà, fit la voix de Sheila. Je préfère qu'elle ne nous entende pas.

Elle ?

— Georgia est chez vous ?

— Oui. Depuis quelques jours.

La première tentative était la bonne ! *Merci, Rebecca, du fond du cœur, merci !*

— Vous ne pouvez pas savoir comme je suis soulagé ! Je n'avais pas d'autre piste. Il faut qu'elle revienne.

— Je suis heureuse de l'entendre. Elle n'a pas beaucoup d'endroits où aller. Je ne suis que son assistante sociale, et pourtant la seule personne sur qui elle puisse compter au monde. À part vous. Peut-elle toujours compter sur vous ?

Sans hésiter une seconde, Carson répondit :

— Bien sûr ! Je ne veux plus jamais qu'elle se sente dans l'obligation de fuir. Dorénavant, je veux qu'elle coure vers moi quand elle est malheureuse.

— Vous paraissez très sûr de vous, Carson, mais Georgia est profondément blessée. Déjà qu'elle a du mal à accorder sa confiance, il faudra peut-être plus qu'un sourire et de simples excuses pour la regagner.

Oh ! il en était bien conscient et pas qu'un peu…

— Je sais. Elle mérite beaucoup mieux que ça. Elle mérite un homme en qui elle puisse avoir totalement confiance, un homme qui lui prouve qu'elle est en sécurité et aimée. Je voudrais être cet homme. Je l'aime et je me sens stupide d'avoir laissé mes problèmes passés empiéter sur le présent. Je…

— Gardez tout ça pour elle, mon cher, le coupa Sheila. Quand pouvez-vous être au plus vite à Detroit ?

Il consulta sa montre. Ce n'était pas un très long voyage, mais il fallait compter avec les formalités d'aéroport.

— À l'heure du dîner, répondit-il.

— Je vais la distraire et la garder à la maison jusqu'à votre arrivée. Elle parlait de sortir dîner en ville, je vais insister pour cuisiner un plat vraiment spécial qu'elle ne pourra pas refuser. Vous avez mon adresse ?

Il vérifia que l'adresse inscrite sur le papier était la bonne.

— Je prendrai un taxi de l'aéroport, dit-il.

— Parfait. J'attends avec impatience de faire votre connaissance, Carson.

Après avoir coupé la communication, il ressentit une exaltation extraordinaire.

— Rebecca ! Réservez-moi une place sur le premier vol en partance pour Detroit ! cria-t-il.

La seconde d'après, il commença à rassembler les affaires dont il pourrait avoir besoin.

En levant les yeux, quelques minutes plus tard, il découvrit Brooks sur le pas de la porte de son bureau. Avec sa large carrure, ses cheveux blonds tout ébouriffés et sa mine sombre, il ressemblait à un Viking en colère. Bon sang, c'est vrai ! Avec Georgia qui occupait toutes ses pensées, il avait complètement qu'il avait laissé ses frères dans l'antre du fauve, dans la matinée.

— Qu'est-ce qui t'as pris de partir en pleine réunion ? attaqua Brooks. Tu nous as laissés tomber, Graham et moi.

— Désolé.

Il n'avait pas songé une minute que ses frères devaient être bouleversés. Ils avaient appris qu'ils n'avaient toujours pas de père, ce n'était pas rien. Malgré tout Graham s'était lancé dans un véritable plaidoyer pour qu'il reçoive sa part.

— Comment ça s'est terminé ?

Brooks haussa les épaules.

— On s'est vite retrouvés dans une impasse. À cause de la maladie de Sutton, le temps presse. Et, bien sûr, il y a les nouvelles recherches à effectuer pour retrouver notre père. Comment as-tu pu t'éclipser au milieu de cet imbroglio ? C'était un cap important pour notre plan.

Carson acquiesça. Il en était bien conscient. Seulement, à ce moment-là, cela n'avait plus eu aucune importance à ses yeux.

— Il fallait que je parte. Il n'y avait plus que retrouver Georgia qui comptait.

L'expression de Brooks s'assombrit un peu plus. Ce qui n'était pas peu dire.

— Ce n'est qu'une femme, Carson. Elles vont et viennent. Comment as-tu pu partir rejoindre une petite amie alors qu'il s'agissait de faire payer Sutton pour la façon dont il a traité notre mère et t'a abandonné ?

Il soupira. Rien de ce qu'il dirait n'atténuerait la colère de son frère. Lui aussi avait eu besoin de temps pour y voir clair.

— Rien de ce que nous ferons à Sutton ne changera ce qui est arrivé à maman. On ne peut pas modifier le passé ni réparer les anciennes fautes. J'ai décidé que mon avenir avec Georgia comptait davantage pour moi.

La seconde d'après, Carson se leva et saisit le petit sac bleu posé sur son bureau.

— Et elle n'est pas une petite amie, Brooks. Du moins plus pour longtemps.

— S'agit-il vraiment de ce que je crois ? demanda celui-ci avec des yeux agrandis par la surprise.

— Oui. L'avenir commence aujourd'hui.

Georgia préparait une salade quand on frappa à la porte. Sheila ayant refusé son invitation à dîner dehors, elle avait insisté pour aider à préparer le repas.

— Je suis en pleine préparation des pâtes, dit celle-ci. Peux-tu aller ouvrir ? C'est sans doute un livreur. J'attends un colis.

— Bien sûr.

Elle s'essuya les mains sur un torchon et se hâta d'aller répondre. La porte à peine ouverte, elle se figea. Ce n'était pas un livreur qui se tenait devant elle, mais Carson.

— Bonsoir, Georgia.

Il portait un de ses plus beaux costumes et tenait un bouquet de roses à la main. Par quel miracle avait-il retrouvé sa trace ? Elle jeta un regard méfiant derrière elle. *Tiens, tiens…* La cuisine était brusquement vide, ce qui confirma ses soupçons. Sheila avait conspiré dans son dos et attiré Carson ici. Sans la prévenir de son arrivée !

Dire que Sheila ne lui avait même pas conseillé de se changer ! Elle avait noué ses cheveux en queue-de-cheval et portait un T-shirt trop grand des Detroit Lions acheté dans un grand magasin. Tout cela parce qu'elle n'avait pas apporté de vêtements de rechange.

Elle lissa machinalement ses cheveux. Le voir dans son beau costume avec cet air de chien battu l'émouvait. Mais elle comptait bien résister.

— Vas-tu me parler ? demanda-t-il en l'implorant du regard.

Même si elle en avait envie, elle n'avait aucune intention de lui faciliter la tâche. Carson devrait ramper devant elle avant qu'elle lui pardonne la façon dont il l'avait traitée.

— Oui, mais comme tout ce que je dis ou fais est déformé et utilisé contre moi, il vaut sans doute mieux que je te laisse faire la conversation.

Il acquiesça puis baissa la tête vers le bouquet qu'il tenait toujours à la main.

— C'est juste, je le mérite. Derrière ton conseil bien intentionné et ton dévouement à l'entreprise, j'ai imaginé des intentions sordides. J'aurais dû te faire confiance comme tu me le demandais. Désolé d'avoir agi ainsi, vraiment. Je me rends compte à présent que j'ai tout interprété à l'aune de mes complexes qui n'ont rien à voir avec toi. Tu ne méritais pas ces horribles choses que je t'ai dites ce soir-là.

Georgia écoutait Carson vider son cœur. Il semblait sincère. Mais ce n'était pas suffisant. Ce qu'il avait brisé ne se réparerait pas en un claquement de doigts.

— Sutton a rassemblé tout le monde hier et annoncé qu'il était condamné. Bien sûr, tu le savais déjà.

Il la regarda. Pour chercher une confirmation dans ses yeux, sans doute. Elle ne sourcilla pas.

— Je ne crois pas qu'on deviendra intimes, lui et moi, poursuivit-il, mais je comprends maintenant pourquoi tu insistais pour que je me rapproche de lui tant qu'il en était encore temps. Nous sommes loin du compte. Cela dit, j'aborde la chose avec un esprit plus ouvert. C'est un grand pas pour moi.

— Tant mieux. Et tes frères ? demanda-t-elle en gardant un ton détaché.

Ce serait difficile pour Carson d'accepter son père si ses frères en jugeaient autrement.

— Il s'avère que Sutton n'est pas leur père. Ce sont mes demi-frères.

Georgia hocha la tête. Ce n'était pas non plus nouveau pour elle. Elle avait raison d'affirmer que Sutton était peut-être un sale type, mais pas un menteur.

— Il l'avait dit. Graham n'a pas voulu l'écouter, c'est tout.

— Je suis sûr que si. Écoute, j'ignore ce qui va se passer avec Sutton, ou mes frères, ou je ne sais qui, mais je sais que je désire que tu reviennes à Chicago. La Newport Corporation a besoin de toi, Georgia. Les plans pour le gala de charité sont au point mort depuis ton départ. Nous devons faire un bon usage du don de Sutton et, franchement, j'ai besoin d'aide. Tu fais partie de la famille Newport Corporation, et je veux que tu sois là quand nous couperons le ruban le jour de l'inauguration de l'hôpital.

Elle sentit son espoir fondre. C'était tout ce qu'il voulait ? Seules ses compétences en matière de relations publiques l'intéressaient ? Il aurait pu s'économiser un voyage s'il lui avait dit plus tôt que c'était tout ce qu'il avait à lui offrir.

— Tu es venu de si loin dans le seul but de me proposer de reprendre mon poste ? Tu aurais très bien pu me faire cette offre par téléphone.

Naturellement, elle n'aurait pas répondu.

Il grimaça en secouant la tête.

— Non, je ne pouvais pas. Et tu sais très bien que je ne suis pas venu pour te parler de ton poste.

— Pourquoi es-tu venu alors ? Jusque-là, c'est l'impression que tu donnes.

— Je sais. C'est plus facile pour moi de parler travail, voilà tout.

L'air penaud, il lui tendit alors le bouquet de roses.

— Elles sont pour toi. Des American Beauties. J'ai pensé qu'elles t'iraient parfaitement.

Georgia prit le bouquet. Les roses dégageaient un parfum exquis et leurs pétales étaient aussi doux que du velours. Personne ne lui avait jamais offert de fleurs. Elle n'avait même pas eu de petit bouquet au bal du lycée puisqu'elle n'y avait pas assisté, faute de pouvoir s'acheter une robe convenable et les accessoires assortis. Depuis, ses histoires de cœur avaient été trop dépourvues de romantisme pour un geste pareil.

— Merci, dit-elle sans pouvoir détacher ses yeux de ces superbes roses.

— Ce que je suis vraiment venu te dire… À part te présenter mes excuses… C'est que tu me manques terriblement. Quand tu es partie, j'ai eu l'impression d'avoir un trou dans la poitrine. Ne pas avoir de père m'a souvent donné cette impression, comme si une part de moi manquait. Toutefois, après notre dispute, je me suis rendu compte que les deux souffrances étaient différentes. Dans le cas de mon père, je devais subir son absence, mais dans le tien, c'était moi qui t'avais obligée à partir. Et je pouvais agir. Je ne veux pas seulement que tu rentres au sein de la famille Newport Corporation, Georgia. Je veux que tu fasses partie de ma famille à moi. Tous les deux, nous souffrons de ne pas en avoir eu une, ou de l'avoir perdue au fil des années. Ce que je te propose, c'est que nous fondions ensemble une famille, une vraie famille, enfin.

À chaque parole de Carson, Georgia sentait son cœur se serrer plus douloureusement. Rêvait-elle, ou lui proposait-il vraiment de…

C'était impossible.

— Je t'aime, Georgia. Je suis entêté et stupide, effrayé par les histoires d'engagement, et j'ai peut-être tout gâché… Mais ça ne change pas mes sentiments pour toi. J'ai passé ma vie à craindre de perdre les gens parce que je ne me croyais pas digne de leur amour. Quand j'ai pensé qu'il m'arrivait la même chose avec toi, tout a explosé dans ma tête. Je t'ai repoussée pour me protéger, et c'était une réaction complètement stupide. Finalement, je me suis retrouvé seul, le cœur brisé comme si tu m'avais quitté alors que le mal venait de moi. Et comme je ne veux plus jamais revivre ça, cette fois…

Carson glissa une main dans la poche intérieure de sa veste.

— Je vais m'arranger pour que ça ne se reproduise pas.

Quand il sortit la main de sa poche, il tenait un petit écrin bleu turquoise. Georgia sentit son cœur s'emballer. On ne lui avait jamais offert de bijoux non plus. Et, comme sa mère avait fait main basse sur le peu qu'elle avait, le contenu de cet écrin serait le seul bijou au monde qu'elle posséderait.

Elle vit alors Carson poser un genou en terre.

— Georgia, je veux que nous fondions tout de suite une famille, toi et moi. Que nous laissions notre passé et nos chagrins derrière nous pour commencer une nouvelle existence. Si tu veux bien être ma femme, je promets de faire tout ce qui sera en mon pouvoir pour que tu te sentes aimée, estimée, spéciale, chaque jour de ta vie.

Sur ce, il souleva le couvercle de l'écrin, révélant un solitaire rond monté sur un anneau de platine.

— J'espère que tu l'aimeras. Je voulais une bague classique et traditionnelle puisque c'est ce qui nous a le plus manqué dans nos vies. Mais aussi belle et intemporelle comme toi.

— Elle est magnifique, bredouilla-t-elle une main devant sa bouche.

— Acceptes-tu de m'épouser, Georgia ?

Quand il prit la bague, le diamant brilla de mille feux.

— Oui, dit-elle en posant les fleurs sur une table basse. Non, pas juste oui. Oui, de tout mon cœur !

Avec un grand sourire, il glissa la bague à son doigt puis, la main serrée dans la sienne, il se leva et la contempla avec un regard rempli d'un amour qu'elle n'avait jamais espéré y voir.

— J'apprécie ton enthousiasme, dit-il.

— Tu n'as encore rien vu, répliqua-t-elle en souriant.

Et les bras à son cou, elle attira son visage pour lui donner un baiser brûlant.

KAREN ROSE SMITH

Le choix de Bella

Traduction française de
ANDRÉE JARDAT

Passions

HARLEQUIN

Titre original :
THE MAVERICK'S HOLIDAY SURPRISE

- 1 -

Rien ni personne ne résistait à Hudson Jones. Il obtenait toujours tout ce qu'il voulait. Pourtant, alors qu'il observait Bella Stockton depuis l'encadrement de la porte, il eut la nette impression qu'elle lui donnerait du fil à retordre.

Jolie, grande et élancée, elle dirigeait Just Us Kids, l'une des deux crèches de Rust Creek Falls et, bien sûr, il n'était pas resté insensible à son charme. Venu à la demande de son frère pour se rendre compte de la façon dont les lieux étaient gérés, il n'avait pas manqué de lui faire un brin de cour durant le mois qui venait de s'écouler, mais ses tentatives étaient restées vaines.

Il la regarda attentivement tandis que, assise derrière le bureau d'accueil, elle écoutait avec la plus grande attention ce que lui disait son interlocutrice. Il comprit, à l'expression peu amène de cette dernière, que rien de bon ne ressortirait de cette discussion.

Il faut dire qu'ils avaient joué de malchance, ces derniers temps. Une maladie respiratoire virale s'était abattue sur l'établissement, faisant plusieurs petites victimes dont l'une avait même dû être hospitalisée. La réaction des parents ne s'était pas fait attendre. Elle leur avait valu un procès retentissant dont ils étaient ressortis blanchis, mais qui avait entaché la réputation de l'établissement.

Bien décidé à entendre ce que disait Marla Tillotson,

il s'avança jusqu'à l'endroit où se trouvaient les deux femmes.

— Si Jimmy revient un soir ne serait-ce qu'avec un rhume, je le retirerai illico de votre établissement pour l'inscrire chez vos concurrents, menaça-t-elle en pointant sur Bella un doigt accusateur.

Sur ce, elle tourna les talons et, raide comme la justice, quitta les lieux d'une démarche hautaine.

Lui qui, d'ordinaire, passait allègrement d'un travail à un autre, prenait cette mission très à cœur. Mais quoi de plus normal ? Il était le propriétaire des murs tandis que son frère Walker était le gérant de l'entreprise. Ce dernier l'avait prié de se rendre sur place afin de redorer l'image de l'établissement, quelque peu ternie par l'affaire de l'épidémie.

Mais s'il voulait être honnête, la vraie raison qui le retenait à Rust Creek Falls avait pour nom Bella Stockton.

— Vous n'y êtes pour rien, affirma-t-il d'un ton ferme, en voyant sa mine chiffonnée.

En effet, Bella faisait tout son possible pour diriger la crèche d'une main de maître. Elle avait instauré des règles strictes en matière d'hygiène et de sécurité et veillait personnellement à ce qu'elles soient respectées. Mais, visiblement, elle avait du mal à laisser derrière elle ce procès qu'elle avait très mal vécu.

Pour toute réponse, elle écarta sa lourde frange de son front et releva la tête pour plonger ses yeux couleur chocolat dans les siens.

— Je ne peux m'empêcher de penser que j'ai commis une erreur quelque part, finit-elle par lâcher. En étant plus vigilante, j'aurais pu éviter cette terrible épidémie. Et…

— Je vous le répète, vous n'êtes pas responsable, la coupa-t-il. Et je vous le répéterai autant de fois que vous aurez besoin de l'entendre. Je me suis beaucoup renseigné sur ce virus, et il semblerait qu'on puisse le confondre avec un rhume banal. De plus, les enfants sont contagieux avant même de présenter le moindre symptôme. C'est la raison pour laquelle l'épidémie s'est propagée aussi rapidement. En revanche, il nous appartient, à vous comme à moi, de faire en sorte que cela ne se reproduise pas.

Lorsqu'elle riva de nouveau son regard au sien, le silence lui parut plus profond. Seul lui parvenait, comme à travers un filtre, le bruit diffus des conversations qui se tenaient entre parents et éducatrices dans les différentes salles, de part et d'autre du couloir.

Il prit le temps de scruter l'ovale parfait de son visage qu'encadrait une auréole de cheveux blonds si soyeux qu'il brûlait d'y plonger les mains. C'était la première fois qu'elle le fixait de manière aussi intense ; aussi resta-t-il immobile, de peur de rompre la magie de l'instant.

Le voyait-elle comme un ennemi venu l'espionner ? Ou, au contraire, comme l'allié qu'il était ?

Sans même s'en rendre compte, il se pencha par-dessus le bureau, pour se rapprocher un peu plus d'elle.

Des coups frappés à la porte d'entrée le ramenèrent brusquement sur terre. Il s'excusa et alla ouvrir au coursier, venu livrer les travers de porc qu'il avait commandés un peu plus tôt.

Chargé de son sac en papier, il s'apprêtait à gagner la salle du personnel pour un repas en solitaire lorsqu'il changea d'avis.

Qui ne tente rien n'a rien, mon vieux, s'encouragea-t-il intérieurement.

— Avez-vous mangé ? s'enquit-il.

— Non, répondit-elle. Il me reste encore à établir les nouveaux emplois du temps et à commander les fournitures manquantes pour l'année prochaine.

— Que diriez-vous de vous joindre à moi ? proposa-t-il en levant son sachet devant elle.

Contre toute attente, elle accepta sans rechigner.

— J'ai raté le déjeuner, expliqua-t-elle. Aussi, j'avoue que votre proposition me tente assez.

Tandis qu'ils se lavaient les mains, il ne manqua pas de remarquer qu'elle veillait à garder ses distances, même lorsqu'elle dut s'approcher pour atteindre le distributeur de serviettes en papier.

Se méfiait-elle ainsi de tous les hommes qui l'approchaient ou ce sort lui était-il exclusivement réservé ? Peut-être était-elle juste timide. Ou vierge. Après tout, elle n'avait que vingt-trois ans.

Une fois qu'ils furent attablés, il lui tendit l'une des boîtes en polystyrène qui contenaient chacune des travers de porc accompagnés de haricots verts et d'une large portion de frites.

Tandis qu'ils mangeaient, il chercha à orienter la discussion sur un terrain personnel.

— Cela fait plus d'un mois que nous travaillons ensemble, attaqua-t-il, mais je ne sais rien de vous sinon que vous vivez avec votre frère et ses triplés. Je sais également que les gens d'ici ont créé une chaîne de solidarité afin de vous aider à vous occuper de ces pauvres petits.

En effet, en perdant sa femme, Jamie, le frère de Bella, s'était retrouvé seul non seulement pour élever ses bébés mais aussi pour faire tourner le ranch.

— Cette solidarité en dit long sur la mentalité qui règne à Rust Creek Falls, non ? ajouta-t-il.

— En effet, l'entraide n'est pas un vain mot ici. Et pour ce qui me concerne, vous en savez est déjà largement asscz.

— Allons, dites-m'en un peu plus. Avez-vous grandi ici ?

— Oui. J'y suis même née.

— Votre frère et vous avez toujours été aussi proches ?

— Oui. Je l'adore, de même que mes neveux et nièces.

Elle marqua une courte pause durant laquelle elle mangea quelques frites du bout des doigts.

— Et vous ? reprit-elle. Je ne sais pas grand-chose de vous, moi non plus. À part que vous êtes le frère de Walker.

— J'ai quatre autres frères mais nous ne nous voyons pas souvent. Peut-être parce que nous n'avons pas les mêmes centres d'intérêt ou alors parce que…

Il s'interrompit, hésitant à poursuivre.

— Qu'alliez-vous dire ? le pressa-t-elle.

— Parce que nos parents ne nous ont pas vraiment encouragés à être proches les uns des autres.

Contre toute attente, il l'entendit reprendre, un peu comme pour elle-même :

— Lorsque nos parents sont morts, j'avais douze ans et Jamie quinze. Nous nous sommes raccrochés l'un à l'autre et depuis, cela n'a jamais cessé.

Le poids de cette révélation lui fit comprendre ses réticences à parler d'elle. Il devait être traumatisant de perdre ses parents aussi jeune.

— Qui s'est occupé de vous ensuite ? s'enquit-il.

— Nos grands-parents maternels. Malheureusement, Agnes et Matthew Baldwin nous ont recueillis contraints et forcés. Ils auraient préféré ne pas être chargés d'une telle responsabilité.

— Pourquoi dites-vous cela, Bella ? Je suis certain que vous avez fini par devenir une vraie famille.

Un voile de tristesse — ou était-ce de regret ? — passa dans son regard. Elle secoua la tête.

— Lorsque notre grand-mère est morte d'une crise cardiaque, trois ans plus tard, notre grand-père nous en a tenus pour responsables, expliqua-t-elle.

— Vous ne parlez pas sérieusement ? s'offusqua-t-il.

Comment un parent aussi proche avait-il pu seulement penser une horreur pareille ? Puis il songea à ses propres parents et à l'indifférence que leur mère avait manifestée à l'égard de tous ses fils.

— C'est parce que vous ignorez le contexte, reprit-elle d'une voix douce. Jamie et moi n'étions pas des adolescents faciles. Mon grand-père n'avait pas tout à fait tort.

Il fut troublé, en même temps que choqué, qu'elle puisse vraiment croire à ce qu'elle disait. Visiblement, le travail de sape du grand-père avait merveilleusement marché.

— Vous ne pouvez pas vous en vouloir de ce qui ne dépend pas de vous, répliqua-t-il, soucieux de lui ôter un peu du poids dont elle s'était chargée. Ce qui est arrivé à votre grand-mère ne relève pas de votre volonté mais du destin, ou de la fatalité. Appelez ça comme vous voulez.

Elle lui adressa un sourire peu convaincu avant de reporter son attention sur son repas. Contrairement aux femmes qu'il connaissait et qui auraient utilisé leurs couverts, Bella, elle, saisit un travers de porc avec les doigts et entreprit de le déchiqueter à belles dents. Il la regarda faire, fasciné par le spectacle à la fois attendrissant et sensuel qu'elle lui offrait.

Consciente de son regard, elle s'arrêta net de manger. Un silence pesant s'installa entre eux que vint rompre la venue de Sarah, l'une des éducatrices.

— Puis-je me joindre à vous ? s'enquit-elle en souriant.

— Bien sûr, Sarah. Venez vous asseoir.

En tant que patron, il ne pouvait pas faire moins. Mais en tant qu'homme, il aurait aimé prolonger ce tête-à-tête avec Bella pour en apprendre davantage sur elle.

Pour tenter de mieux la connaître, aussi.

Et puis pour l'embrasser, peut-être.

Hudson aimait beaucoup l'endroit où il vivait. Il avait rencontré Brooks Smith, le vétérinaire du coin, au cours de l'un de ses séjours à Rust Creek Falls. Aussi, c'était vers lui qu'il s'était tout naturellement tourné lorsqu'il lui avait fallu se trouver un logement. L'homme, en effet bien placé, lui avait alors suggéré de louer le ranch de Clive Bickler.

Ce dernier, un riche excentrique qui avait acheté la propriété juste après la grande inondation il y avait de cela plusieurs années, voyageait sans cesse. Plutôt que de laisser sa maison inhabitée, il la louait à de riches clients susceptibles d'apprécier la collection d'art unique qu'il avait rassemblée au fil de ses pérégrinations. Hudson remplissait toutes les conditions et, pour lui, vivre ici n'était pas seulement pratique, c'était aussi agréable.

Sur les terres du ranch, juste à côté de l'habitation, se trouvait une maison en bois occupée par un couple entre deux âges qui avait tout perdu lors de l'inondation. N'écoutant que son bon cœur, Clive avait proposé de les loger en échange de menus travaux d'entretien et de gardiennage.

Tandis qu'il tapait le code de l'alarme, Hudson entendit du bruit dans la cuisine. Ce devait être Greta qui prenait plaisir à le faire profiter des bons petits plats qu'elle mitonnait pour son mari.

Greta avait la cinquantaine avenante. Auréolée d'une épaisse crinière poivre et sel, elle était dotée d'une bonne nature et affichait un sourire permanent. Malgré quelques kilos en trop, elle offrait une silhouette agréable.

Sans interrompre sa tâche — elle tentait de faire de la place dans le réfrigérateur pour y stocker les Tupperware pleins qu'elle venait d'apporter — elle lui lança un regard rapide par-dessus son épaule.

— Vous avez dîné ?

— Oui. J'ai mangé des travers de porc à la crèche, mais rien de comparable avec les vôtres.

Elle referma la porte du réfrigérateur, rougissant légèrement sous le compliment.

— On peut dire que vous savez parler aux femmes, vous, rétorqua-t-elle. Mais gardez vos beaux discours pour les filles de votre âge. Moi, je suis trop vieille pour ce genre de sornettes.

— Vous plaisantez, j'espère, feignit-il de s'offusquer.

— Après tant d'années de mariage, la tendresse et l'affection prennent le pas sur l'amour et croyez-moi, je suis soulagée de ne plus avoir à être dans la séduction permanente.

Voilà donc ce que devenait l'amour au fil des ans ? De la tendresse et de l'affection ? Pas sûr que ses parents aient même partagé de tels sentiments, songea-t-il avec une pointe d'amertume.

Durant le trajet de retour, il avait repensé à ce que lui avait confié Bella sur sa famille. Il y pensait encore à ce moment même. À vrai dire, ses paroles tournaient en boucle dans sa tête.

Greta s'affaira encore un peu, puis pointa du doigt une boîte en plastique qu'elle avait laissée sur le comptoir.

— Ce sont des cookies aux raisins, précisa-t-elle. Par ce temps froid, rien de tel que des biscuits maison accompagnés d'un bon chocolat chaud avant d'aller au lit.

— Greta, je vous rappelle que je ne suis plus un petit garçon en pleine croissance.

Cette comparaison la fit rire de bon cœur.

— C'est exact, mais vous êtes en revanche un homme doublé d'un bourreau de travail au solide appétit.

Lui, un bourreau de travail ? Rien n'était moins sûr. En fait, issu d'une famille fortunée, il n'avait jamais eu à se tuer à la tâche pour gagner sa vie. Il prenait le travail comme il se présentait, au gré de ses errances. La dernière mission qu'il avait acceptée l'avait conduit jusqu'à Cody, dans l'État du Wyoming, où il avait aidé l'une de ses connaissances à lancer son ranch. Acheter des chevaux, les dresser, rassembler le bétail, choisir les bons logiciels de gestion, tout cela n'avait plus aucun secret pour lui.

Greta balaya la pièce d'un coup d'œil circulaire et secoua la tête, visiblement contrariée.

— Edmond a eu besoin que je lui donne un coup de main aujourd'hui, expliqua-t-elle. Je repasserai demain matin pour faire un peu de ménage.

— Comme vous voudrez.

Il marqua une pause, hésitant à lui demander ce qui lui trottait dans la tête depuis sa discussion avec Bella.

— Puis-je vous poser une question personnelle ? finit-il par demander.

— Oui, bien sûr.

— Comment réagiriez-vous si vous deviez soudain élever vos petits-enfants ?

— Edmond et moi les accueillerions à bras ouverts et nous ferions de notre mieux pour les aimer et les choyer, répondit-elle sans la moindre hésitation. Les gens qui entrent dans nos vies sont autant de dons du ciel.

Tout le contraire des grands-parents de Bella qui les avaient considérés, son frère et elle, comme des fardeaux plutôt que comme des cadeaux. Il revit le visage de Bella qui s'animait seulement lorsqu'elle était en présence d'enfants. Ce comportement était-il lié au manque d'amour dont elle avait souffert ?

Il opina en silence, soudain conscient de la chance qu'il avait eue de recueillir les confidences qu'elle avait bien voulu lui concéder. Du chemin restait encore à parcourir pour mieux la connaître, mais c'était un bon début.

Lorsque Hudson arriva à la crèche, le lendemain, Bella était déjà là. Il la salua d'un signe de tête accompagné d'un large sourire, auxquels elle répondit par un vague murmure, sans même le regarder.

Que se passait-il donc ? se demanda-t-il, inquiet.

Elle montra la même réserve au cours de la brève réunion qui voyait chaque jour tous les membres du personnel se réunir avant l'arrivée des enfants. Et il eut encore la confirmation que quelque chose n'allait pas lorsqu'elle vint déposer la feuille de présence sur son bureau, sans décrocher un mot et en veillant à ne pas croiser son regard.

Pour l'avoir vue à l'œuvre, il ne pouvait mettre cette distance sur le compte d'un manque de confiance. Que ce soit avec le personnel, avec les enfants ou encore en ce qui concernait l'organisation de la structure, Bella manifestait toujours la même assurance.

Il avait beau chercher, il ne trouvait aucune explication sensée à un tel revirement d'humeur.

Je trouverai, se promit-il avant de laisser ses pensées dériver vers la mission que son frère lui avait confiée. Une mission qu'il se surprenait à apprécier chaque jour davantage.

Jusque-là, il n'avait jamais vraiment côtoyé d'enfants, encore moins d'enfants en bas âge. Et voilà que depuis plus d'un mois, il ne manquait pas d'aller quotidiennement de groupe en groupe afin de mieux connaître chacun des bambins qui leur étaient confiés. Il n'hésitait pas à les aider dans leurs travaux manuels ou à répondre à leurs questions les plus improbables.

Les éducatrices ne semblaient pas importunées par sa présence ni même en prendre ombrage. Au contraire, elles approuvaient ses initiatives et l'invitaient à persévérer par des mots gentils ou des signes encourageants.

Il saluait intérieurement les prouesses de ces femmes dévouées pour qui ce métier semblait tenir de la pure vocation.

À plusieurs reprises au cours de la journée, il observa Bella en silence. Pourquoi était-il donc tellement attiré par cette jeune femme réservée, voire timide, si différente des femmes qu'il avait l'habitude de fréquenter ? Il aimait sans conteste ses traits fins et délicats, sa silhouette élancée, mais il y avait autre chose chez elle qui le séduisait et sur quoi il ne parvenait pas à mettre de mots. Quelque chose qui le fascinait et l'intriguait en même temps.

Sans doute à cause de l'image catastrophique que ses parents lui avaient renvoyée du mariage, il n'avait jamais songé à se marier et encore moins à fonder un foyer. D'ailleurs, aucune des femmes qu'il avait rencontrées jusque-là ne lui avait insufflé l'envie de renoncer à la vie de nomade qu'il s'était choisie, pour s'établir quelque part de façon stable. Sans compter que sa façon de vivre lui apportait des satisfactions qu'il ne trouverait pas dans le mariage.

Pourtant, quelque chose d'indéfinissable chez Bella éveillait en lui un vif intérêt qui le portait à vouloir percer le mystère.

Il attendit la fin de la journée, alors qu'il ne restait plus que quelques petits retardataires, pour tenter sa chance.

— Bella, pourrais-je vous voir dans mon bureau ?

Enfin, elle leva les yeux sur lui.

— Me faut-il ma tablette pour prendre des notes ?

— Non, ce ne sera pas nécessaire.

Elle fronça légèrement les sourcils, mais consentit néanmoins à lui emboîter le pas. Une fois dans son bureau, il referma la porte derrière eux, soucieux d'échapper aux oreilles indiscrètes.

— J'ai l'impression que ma présence ici vous pèse, attaqua-t-il sans préambule. Je ne suis pas venu dans le but d'épier votre travail, Bella. Si cela peut vous rassurer, sachez que j'en suis très satisfait. Si mon frère m'a demandé de venir ici après cette histoire d'épidémie, c'est simplement pour le bien de tous.

— Je sais, lâcha-t-elle dans un souffle.

Il riva son regard au sien, la contraignant ainsi à ne pas se défiler.

— Vraiment ?

— Oui. Ce n'est pas vous, le problème. C'est moi. J'ai tellement peur de commettre une erreur qui mettrait la crèche en péril.

— Je peux comprendre, mais, je vous le répète, vous vous inquiétez à tort.

Il observa une brève pause avant de reprendre sur un ton plus personnel :

— Jusqu'à hier, je m'imaginais que nous nous entendions bien.

Elle ne trouva rien à répondre ; au contraire, même, elle se mura un peu plus dans un silence obstiné.

— Jusqu'à hier, reprit-il, j'ai cru que nous allions nous donner une chance de mieux nous connaître. Je suis heureux que vous m'ayez parlé de votre enfance.

— Je n'aurais pas dû, rétorqua-t-elle vivement.

— Pourquoi cela ?

— Parce que Jamie et moi n'évoquons jamais ce pan de notre vie. Nous préférons l'oublier. Cette période a été très difficile, mais nous ne voulons pas voir les gens s'apitoyer sur nous.

— C'est ce que vous pensez ? Que je m'apitoie sur vous ?

— C'est possible, lâcha-t-elle du bout des lèvres.

— Je suis juste désolé que vous ayez été confrontés si jeunes à un si grand malheur, répliqua-t-il. De même que je suis désolé que vos grands-parents ne vous aient pas considérés comme un cadeau précieux laissé par leur propre enfant.

Il avait volontairement repris les termes utilisés par Greta tant il trouvait la comparaison appropriée.

Elle fixa sur lui de grands yeux étonnés.

Ils étaient assis à son bureau, côte à côte, elle à un angle et lui à l'autre. Il se rapprocha discrètement, mais assez pour pouvoir sentir les effluves de son parfum fleuri et voir les minuscules lignes qui griffaient le coin de sa bouche. Pour tout maquillage, elle avait opté pour une touche de rouge qui mettait en valeur ses lèvres sensuelles et une légère couche de mascara.

La regarder suffisait à allumer en lui le feu d'un désir intense qu'il n'avait pas connu depuis bien longtemps.

— C'est une bonne chose que deux personnes qui travaillent ensemble partagent un peu de leur intimité, déclara-t-il d'une voix qu'il voulait neutre. Cela aide à mieux appréhender l'autre. Je me trompe ?

Elle prit le temps de la réflexion, puis répondit :

— Tout ce que je sais, c'est que la façon dont j'ai été traitée m'a confortée dans l'idée que tous les enfants méritent de recevoir ce qui leur revient de droit : le respect, l'attention et l'amour.

— Je comprends.

— Je vous observe depuis que vous êtes arrivé, vous savez. Et j'ai remarqué que vous traitiez nos petits comme si vous étiez l'un d'eux. Pourquoi cela ?

— Peut-être parce que je n'ai jamais grandi, répondit-il mi-figue, mi-raisin.

Elle s'autorisa enfin à lui sourire et le dévisagea, depuis sa tignasse jusqu'à sa mâchoire qu'ombrait une barbe de trois jours.

— Cela ne vous empêche pas de jouer votre rôle de superviseur à la perfection, pointa-t-elle.

— Justement, ce n'est qu'un rôle. Je suis ici dans le simple but de redorer un peu le blason de cette crèche. Et dès que je jugerai ma mission accomplie, je repartirai vers d'autres horizons, comme je l'ai toujours fait. C'est en ce sens que je n'ai pas grandi.

Elle secoua la tête, en signe d'incompréhension.

— Quel est votre but ? s'enquit-elle.

— Mon but ?

— Oui, qu'est-ce qui vous motive dans la vie ? Qu'est-ce qui vous donne envie de vous lever chaque matin ?

— L'idée de relever un nouveau défi, de partir pour de nouvelles aventures. J'aime tout autant participer au rassemblement de mustangs sauvages dans le Wyoming qu'aider un ami à démarrer de nouvelles activités. J'ai des compétences diverses et j'ai des buts chaque fois différents.

— Si je comprends bien, c'est aussi une façon de fuir toute forme d'engagement et de responsabilités.

— On peut le voir comme cela, en effet. J'ai fait le choix de vivre une vie facile, sans complications.

— La mienne, au contraire, en est remplie, marmonna-t-elle avec un haussement d'épaules désinvolte. Mais c'est aussi ce qui me fait avancer. Aider Jamie à élever ses bébés, m'interroger sur mon propre avenir… Tout cela va me prendre plusieurs années. Alors que vous, vous donnez le sentiment que votre vie peut facilement partir à la dérive.

Certes, à la dérive, il l'avait été. Mais pour lui, ce n'était pas négatif, comme semblait le penser Bella. Cela ne l'empêchait pas d'avoir de vraies valeurs.

Un silence pesant s'installa entre eux tandis que leurs regards s'accrochaient durant quelques secondes qui lui parurent une délicieuse éternité. Il vit passer au fond de ses prunelles une petite étincelle qui lui suggéra qu'il ne lui était peut-être pas aussi indifférent qu'elle voulait bien le montrer.

Malheureusement, elle était une fille pétrie de principes, qui voyait en lui un patron venu l'évaluer. Sans doute devait-elle être bien loin d'imaginer les idées légères qu'elle suscitait chez lui.

— Je ferais mieux d'aller rouvrir cette porte avant

que les gens ne commencent à jaser, dit-il après s'être éclairci la gorge. Je ne voudrais pour rien au monde que la belle réputation qui est la vôtre en soit ternie.

Il vit alors une ombre passer sur son visage. À quoi était due cette tristesse soudaine ?

Il y avait bien des choses qu'il ignorait encore sur Bella Stockton. Malheureusement, il y avait fort à parier qu'elle ne se livrerait pas plus qu'elle ne l'avait déjà fait.

D'ailleurs, il la vit qui, déjà, s'apprêtait à partir.

— Bella ?

— Oui ?

— Tout va bien ?

— Tout va bien, répondit-elle en relevant crânement le menton.

Tout va bien, se répéta-t-il en son for intérieur.

Ce n'était pas vraiment ce qu'il ressentait lorsqu'il se retrouvait en tête à tête avec elle, mais il saurait faire montre de discrétion. Et de patience aussi.

- 2 -

Ce samedi-là, Bella bénit la chaîne de solidarité qui s'était créée autour de Jamie et de ses triplés. Lindsay Dalton, l'une de ses amies, surveillait Jared pendant que Jamie et elle s'occupaient des deux autres.

Assise dans un vieux rocking-chair qu'elle avait déniché dans une brocante des environs, elle posait un regard attendri sur le petit visage ensommeillé de Henry. Jamie venait de monter Katie à la nursery pour tenter de la calmer, mais ce n'était pas facile tant les dents de lait qui venaient tout juste de percer ses gencives la faisaient souffrir.

— J'espère que Henry ne va pas se mettre à pleurer, sans quoi nous n'allons pas nous en sortir, chuchota Lindsay, venue s'installer face à elle.

Chaque fois qu'elle la regardait, Bella comprenait pourquoi Walker était tombé amoureux d'elle. C'était d'ailleurs ce qui le retenait à Rust Creek Falls, lui qui était plutôt habitué à sillonner le pays. Aujourd'hui fiancé à l'élue de son cœur, il ne voyageait plus que lorsque cela était nécessaire.

— Comment vont les choses à la crèche ? s'enquit Lindsay, visiblement intéressée.

Bella continua à bercer le petit Henry, attendrie de voir ses poings minuscules se relâcher doucement sous l'emprise du sommeil. Chaque fois qu'elle tenait l'un des bébés dans ses bras, elle vivait ce même émerveillement mêlé de souffrance.

— Tout va bien, répondit-elle. Enfin, exception faite de l'une des mères qui est venue nous menacer de retirer son enfant de la crèche s'il présentait le moindre symptôme d'un début de rhume.

— Pourtant, elle doit bien savoir que c'est courant chez les enfants. En cette saison, ils s'enrhument facilement.

— De toute façon, Hudson a été très clair à ce sujet : nous n'accepterons aucun enfant présentant les prémices d'un rhume. Nous ne pouvons pas nous permettre de prendre le moindre risque. Mais assez causé de nos problèmes ! Parle-moi plutôt de toi. Comment cela se passe-t-il avec Walker ?

— Merveilleusement bien, répondit Lindsay, tout sourire. Il est extraordinaire. Et toi avec Hudson ? demanda-t-elle après une courte pause. Vous vous entendez bien ?

— Oui, oui, répondit évasivement Bella.

Elle sentit ses joues rougir tandis que son amie insistait :

— J'ignore si je te l'apprends, mais Hudson a la réputation d'être un coureur de jupons invétéré. Il est connu pour se servir des femmes comme il l'entend, puis de les jeter comme de vulgaires Kleenex.

— Peu m'importe sa réputation puisque notre relation ne sort pas du cadre professionnel, se défendit Bella de façon trop véhémente.

Elle se revit pourtant, lorsque, en tête à tête dans la salle du personnel, ils avaient partagé un moment d'intimité qui l'avait troublée plus que de raison.

— Tu ne lui en veux plus d'être là pour superviser ton travail ?

— Moins qu'au début, en tout cas. Et puis, j'ai fini par comprendre qu'il en allait de leurs intérêts financiers, à son frère et à lui. Sans compter qu'il ne remet pas en question ma manière de travailler.

N'avait-il pas pris sa défense lorsqu'une mère l'avait mise en cause, allant presque jusqu'à l'accuser de négligence ?

— J'espère que Walker a conscience que son frère fait du bon boulot, se surprit-elle à ajouter. Parce que, parfois, j'ai l'impression qu'il ne réalise pas vraiment l'ampleur de la tâche qu'il lui a confiée.

Comme Bella l'avait fait un peu plus tôt, Lindsay ne répondit pas tout de suite. Elle effleura d'un doigt la joue veloutée de Jared, semblant se projeter dans une maternité prochaine.

— J'entends bien ce que tu dis, Bella, finit-elle par dire. Mais ce sont des frères, et je soupçonne que leur relation n'est pas simple. Je pense donc préférable de ne pas m'en mêler.

— Tu as raison, admit Bella. Je ne voudrais pas, moi non plus, voir quelqu'un interférer dans ma relation avec Jamie.

Lorsqu'elles furent certaines que les bébés ne se réveilleraient pas, elles allèrent les coucher dans leurs petits berceaux, puis redescendirent mettre un peu d'ordre dans le salon où biberons sales, couvertures et jouets jonchaient le sol.

Après le départ de Lindsay, Bella alla retrouver Jamie qui berçait toujours sa fille, maintenant calmée. Dans sa grenouillère rose, elle avait tout l'air d'un ange.

— Elle dort presque, chuchota-t-il. Va faire un tour à cheval, cela te détendra. Tu as besoin de faire une pause. Moi, je vais veiller encore un peu sur Katie. Elle n'a pas de fièvre, mais je voudrais être sûr que cette crise est bien due à une poussée dentaire et pas à autre chose.

Elle sentit une immense lassitude dans la voix de son frère. Ses traits étaient tirés, ses yeux soulignés de cernes mauves, mais il contemplait sa fille d'un regard débordant d'amour. Entre ses enfants et le travail au ranch, il n'avait plus une minute à lui.

En voyant le tableau attendrissant que formaient le père et la fille, elle se dit qu'elle ne regrettait pas d'avoir interrompu ses études pour venir s'installer chez lui et l'aider à élever ses enfants. Pourtant, si elle aimait le rôle de mère de substitution qu'elle s'était allouée, il lui rappelait aussi cruellement qu'elle n'aurait jamais d'enfants à elle. Quelle injustice !

— À quoi penses-tu ? s'enquit Jamie en la voyant si profondément plongée dans ses pensées.

— Je me revoyais jeune adolescente, mentit-elle à demi. C'est vrai que je n'étais pas facile.

— C'était une façon de te révolter contre la mort de nos parents, voilà tout.

— Tu as vécu la même chose et pourtant tu n'as jamais posé de problèmes à nos grands-parents.

— C'est vrai, mais je brûlais intérieurement. Je feignais de ne pas être atteint et j'ai mis toute ma force et mon énergie dans le sport. Mais toi… Toi, tu étais plus jeune. Tu aurais eu besoin d'amour, de bras rassurants et protecteurs. Non seulement tu en as manqué, mais en plus, tu as souffert d'être séparée du reste de notre fratrie.

À ce souvenir encore douloureux, elle poussa un profond soupir. Dana et Liza, leurs plus jeunes sœurs, avaient été adoptées tandis que Luke, Daniel et Bailey, qui avaient tous plus de dix-huit ans, s'étaient retrouvés livrés à eux-mêmes.

— Tu ne te demandes jamais ce qu'ils sont devenus ? s'enquit-elle.

— Bien sûr que si. Mais ils n'ont jamais cherché à nous contacter alors qu'il leur était facile de nous trouver. Nous n'avons jamais quitté Rust Creek Falls. Pour moi, l'affaire est classée.

Même si elle ne partageait pas ce point de vue, elle comprenait. Après avoir été rejeté par ses grands-parents,

Jamie préférait ne pas prendre le risque de l'être une nouvelle fois par ses frères et sœurs.

— Parfois, ajouta-t-il sans parvenir à cacher son émotion, je me demande pourquoi tu m'aides comme tu le fais.

— Parce que je suis ta sœur.

— Oui, mais…

Elle savait où il voulait en venir. Ils parlaient rarement du passé, mais visiblement cette soirée était propice aux confidences.

— Je crois qu'elle dort, fit-il en se levant doucement pour aller déposer Katie dans son berceau.

Puis il vint reprendre sa place auprès de sa sœur.

— Lorsque tu es tombée enceinte, reprit-il, je ne savais pas quoi faire pour t'aider. Je ne t'ai pas été d'un plus grand secours lorsque tu as fait ta fausse couche et que tu as appris que tu ne pourrais plus avoir d'enfants. Il faut dire que nos grands-parents m'avaient caché que tu avais perdu ton enfant et de ton côté, tu ne parlais pas beaucoup. Tu t'es renfermée sur toi-même sans pouvoir exprimer ta souffrance.

— Jamie, protesta-t-elle, soucieuse de ne pas replonger dans ce passé encore trop douloureux.

— Je devine que pour toi les triplés doivent être source de souffrances quotidiennes, persista-t-il.

— Détrompe-toi. Au contraire, ils m'empêchent de m'appesantir sur ces moments difficiles. Je passe avec eux des moments très heureux.

— En tout cas, sache que j'apprécie énormément ce que tu fais pour nous.

— Et tiens-toi pour dit que tous les enfants, que ce soient les tiens ou ceux qu'on nous confie à la crèche, ne sont pour moi qu'une source de joie.

Dans un geste plein de spontanéité, Jamie l'enveloppa de ses bras rassurants, et elle se lova avec bonheur dans cette étreinte, heureuse d'avoir ce frère qui savait si bien lui montrer comme il l'aimait.

Ses pensées dérivèrent alors vers Hudson. Elle aimerait tant avoir une vie privée en dehors de ses journées à la crèche et du temps passé avec ses neveux et nièces ! Une vie amoureuse avec Hudson, qu'elle s'interdisait pourtant de provoquer. À quoi bon, puisqu'il envisageait déjà de quitter Rust Creek Falls ?

D'ailleurs, qu'est-ce qu'une petite provinciale comme elle pourrait bien apporter à un homme comme lui ? Un homme libre de toute attache qui passait son temps à aller d'une ville à une autre ? D'une conquête à une autre ?

Le lundi matin, Hudson était assis à son bureau, incapable de détacher son regard de Bella qu'il voyait s'affairer auprès des enfants, depuis sa porte laissée grande ouverte.

Elle avait vraiment l'air dans son élément, entourée de tous ces bambins qui semblaient seuls avoir le pouvoir d'amener un sourire aussi rayonnant sur ses lèvres.

Comme si elle avait senti le poids de ses pensées sur elle, Bella se redressa et se dirigea vers lui.

— J'ai pris rendez-vous pour vous avec Eileen Bennet, la directrice de l'école primaire, lui annonça-t-elle. Mercredi après-midi, cela vous convient-il ?

Chaque année, les élèves de l'école élémentaire montaient un spectacle auquel, pour la première fois, les petits de la crèche étaient invités à participer.

— Il nous reste peu de temps devant nous. J'espère qu'elle n'a pas prévu quelque chose de trop compliqué.

— Elle devrait avoir conscience du problème, je pense, souligna-t-elle avec un sourire indulgent.

Elle lui tournait le dos pour sortir lorsqu'il lui posa la question qui lui brûlait les lèvres depuis un moment :

— Que faisiez-vous avant de venir travailler ici ?

— J'étais à l'université, répondit-elle de bonne grâce. En deuxième année.

Elle avait dû remarquer son air étonné car elle enchaîna :

— Mais avant ça, je travaillais déjà afin d'économiser pour payer mes études.

— Que faisiez-vous ? répéta-t-il.

— J'ai travaillé comme serveuse pendant quatre ans. Ensuite j'ai fait une demande de bourse que j'ai obtenue et j'ai pu intégrer l'université du Montana.

— Dans quelle section étiez-vous ?

— La gestion des affaires. Je souhaitais me spécialiser dans les affaires publiques de manière à redonner un peu de dynamisme aux petites bourgades comme Rust Creek Falls qui, si on n'y prend garde, peuvent vite devenir des villes-dortoirs. C'est d'ailleurs ce qui a failli se produire après la grande inondation.

— Et ce sont vos compétences universitaires qui vous ont conduite à travailler dans cette crèche ?

— Disons que cet emploi me permet d'économiser encore de l'argent pour terminer mon cycle d'études. De toute façon, je ne quitterai pas la ville tant que Jamie aura besoin de moi.

Ses yeux se mirent à briller d'un éclat qu'il ne lui connaissait pas encore et qui lui donna envie de se lever pour la prendre dans ses bras et l'embrasser. Mais à quoi bon ? Une fois sa mission terminée, il partirait comme prévu vers d'autres horizons. Bella méritait de vivre une belle histoire avec un homme qui saurait s'engager, pas avec un baroudeur comme lui.

Aussi, lorsqu'elle s'apprêta de nouveau à quitter la pièce, il ne fit rien pour la retenir.

Il passa le reste de la journée dans son bureau, mais ses pensées étaient régulièrement parasitées par l'image de Bella. Il se leva de son siège et s'étira, s'exhortant à faire le vide dans sa tête. Décidément, il n'était pas homme à rester derrière un bureau.

À ce travail sédentaire, il préférait largement une vie au grand air. Dresser des chevaux, rassembler du bétail, réparer des clôtures, voilà qui était fait pour lui ! Il aimait la vie de cow-boy. D'ailleurs, il ne manquait pas une occasion de monter à cheval, chaque fois que son travail lui en laissait la possibilité.

Lorsqu'il quitta son bureau, il vit Bella qui, perchée sur une échelle, accrochait des photos sur le tableau d'affichage. Instinctivement, il se hâta vers elle, redoutant de la voir perdre l'équilibre.

Une fois tout près de l'échelle, il découvrit qu'il s'agissait de clichés d'enfants qui fréquentaient la crèche. Deux ans plus tôt, il y avait eu une explosion du nombre des grossesses, après une réception de mariage à laquelle quasiment toute la population de Rust Creek Falls avait été conviée. Une rumeur avait alors couru que le vieux Homer Gilmore avait versé une potion magique dans le punch servi à l'apéritif. Rumeur ou pas, neuf mois plus tard, les maternités de la ville et des environs avaient enregistré un nombre de naissances bien supérieur à la moyenne annuelle.

— Ces photos sont superbes, commenta-t-il après les avoir détaillées d'un peu plus près. Qui les a prises ?

— Moi.

— Vous avez un véritable talent de photographe, la complimenta-t-il. Vous avez su capter quelque chose d'étonnant dans le regard de cet enfant, poursuivit-il en désignant une photo. C'est si difficile de photographier des enfants ! Surtout à cet âge-là : ils sont sans cesse en mouvement.

Elle le regarda en rougissant légèrement.

— Merci, murmura-t-elle.

Il s'éclaircit la gorge, hésitant à articuler les paroles qui lui brûlaient les lèvres.

— Vous aimeriez admirer les tableaux qui décorent les murs du ranch où j'habite, finit-il par lâcher d'un trait.

Elle faillit en perdre l'équilibre. Heureusement, lorsqu'il la vit chanceler sur la marche où elle se tenait, il eut le réflexe de la retenir. Ils se figèrent aussitôt dans une posture embarrassée.

— Vous devriez faire attention, dit-il le premier.

Elle opina en silence, puis se libéra doucement de son étreinte pour descendre de l'échelle.

— Avez-vous d'autres photos que celles-ci ? s'enquit-il d'un air faussement dégagé.

— Oui. Où que j'aille, je prends mon appareil photo avec moi.

— Pouvez-vous me les montrer ? J'adorerais les voir.

— Maintenant ?

— Nous avons bien mérité une petite pause, non ?

Bella ne savait trop quoi penser de la proposition d'Hudson. Voulait-il vraiment voir ses photos ou avait-il autre chose en tête ?

Et elle ? Que souhaitait-elle vraiment ? Qu'est-ce qui clochait chez elle ?

Cela faisait des années maintenant qu'elle n'était pas sortie avec un garçon. Pour se protéger, mais aussi pour ne pas risquer de se retrouver dans une situation compliquée qu'elle ne saurait peut-être pas gérer.

Son premier et jusqu'à ce jour son seul amant, elle ne l'avait pas aimé. Dans la candeur de son adolescence, elle avait tout mélangé. Elle avait cru que le sexe lui apporterait l'amour, mais elle avait vite déchanté.

Elle savait aujourd'hui deux ou trois choses sur la vie, qui pouvaient lui éviter de commettre les mêmes erreurs.

Pourtant, pourquoi ne pas lâcher prise pour une fois ? Pourquoi ne pas s'autoriser une parenthèse enchantée avec cet homme qu'elle trouvait irrésistiblement séduisant ?

— Je vais chercher mon appareil, annonça-t-elle d'une voix qu'elle s'appliqua à garder neutre. Il est dans mon sac.

Elle contourna son bureau et prit dans le tiroir du bas son petit appareil compact, qu'elle mit en marche avant de le lui tendre.

— La carte mémoire est presque pleine. Vous pouvez visionner les photos en appuyant sur la petite flèche bleue qui est là.

Il ne prononça pas un mot durant tout le temps qu'il passa à contempler chacun des clichés. Elle le vit s'attarder sur la série qu'elle avait faite à Stockton Ranch. On y voyait, entre autres prises de vue, Jamie se hissant sur sa monture préférée, un superbe appaloosa à la robe marron tachetée de blanc ; puis un groupe de mustangs rassemblés, crinière au vent, sur fond de couleurs automnales flamboyantes ; et enfin, un cheval à l'intérieur de son box, que les rayons inclinés du soleil couchant auréolaient d'une lumière dorée.

Elle le regarda passer d'une photo à une autre tandis que son visage exprimait toute une palette d'expressions. Elle le vit écarquiller les yeux alors qu'il détaillait l'une des photos des triplés qu'elle aimait le plus. Elle les avait immortalisés alors qu'ils étaient ensemble : Katie, barbouillée de céréales, semblait sous la haute surveillance d'Henry qui l'observait tout en suçant son pouce tandis que Jared rampait vers une girafe en caoutchouc, jouet qu'il affectionnait tout particulièrement.

Lorsqu'il eut passé en revue toutes les photos, Hudson abaissa l'appareil et fixa sur elle un regard perplexe.

— Savez-vous au moins à quel point votre travail a de la valeur ?

Elle chercha vainement à lire sur son visage s'il était sincère ou s'il cherchait à la baratiner.

— Non, reprit-il. Je vois bien que vous n'avez aucune conscience de ce que vous valez en tant que photographe. Évidemment, vous n'avez jamais songé à vivre de ce travail ?

— Ce n'est qu'un passe-temps pour moi, vous savez.

— Certes. Mais ce passe-temps pourrait vous mener loin. Très loin, même. Si je vous disais que je connais quelqu'un que cela pourrait intéresser, qu'en penseriez-vous ?

Elle le fixa soudain d'un air suspicieux. Où voulait-il l'entraîner exactement ?

— Avez-vous entendu parler de Brooks Smith ? enchaîna-t-il.

Elle plaça immédiatement un visage sur ce nom qui lui était familier.

— Oui, mais je ne le connais pas personnellement, répondit-elle. Il est vétérinaire, tout comme son père. Lorsque nous avons des problèmes avec nos chevaux, c'est à ce dernier que nous avons affaire.

— En effet, ils se partagent la clientèle. Bref, pour en revenir à Brooks, il dirige avec sa femme Jazzy un refuge dédié aux chevaux malades ou en âge de prendre une retraite paisible. La dernière fois que je les ai vus, Jazzy envisageait de faire imprimer des brochures pour les diffuser un peu partout, mais elle n'avait pas le temps de s'en occuper. Cela vous intéresserait-il de prendre les photos qui illustreraient ces brochures ?

Elle ne sut quoi répondre, car si la proposition était alléchante, elle ne voyait pas bien cependant où elle trouverait le temps d'une troisième activité, entre son travail à la crèche et les triplés au ranch.

Pourtant, l'idée de gagner un peu d'argent grâce à la photographie la poussa à demander :

— Dans l'éventualité où j'accepterais, quand devrais-je commencer ?

— Assez rapidement, je suppose. Ils projetaient de commencer à distribuer les brochures au cours d'une journée portes ouvertes.

— Le problème, objecta-t-elle, c'est que je n'ai pas beaucoup de temps libre.

— J'en ai bien conscience, mais cette séance photos ne vous prendrait que quelques heures.

— Par ailleurs, vous vous avancez un peu trop. Qui vous dit que Brooks et sa femme auront envie de m'embaucher ?

— Je peux organiser une rencontre, si vous le souhaitez.

— Laissez-moi y réfléchir. Il faut que je voie si Jamie peut se faire aider.

Hudson opina en silence, puis pointa le tableau d'affichage du menton.

— Vous avez un don, Bella, commenta-t-il. À travers votre objectif, vous voyez ce que la grande majorité des gens ne voient même pas avec leurs yeux. Ce serait dommage de ne pas partager ce don avec eux. Grâce à vous, ils pourraient faire la différence, élargir les perspectives qui s'offrent à eux et avoir une perception des choses plus positive que négative.

Son enthousiasme la fit sourire intérieurement. Pensait-il vraiment ce qu'il disait ou plaisantait-il ?

— Il n'y a quand même pas de quoi s'extasier comme vous le faites, tempéra-t-elle. Il ne s'agit que de quelques clichés banals, rien de plus.

— Détrompez-vous. Chacun de vos sujets a été véritablement étudié, même si vous n'en avez pas véritablement conscience. Vous n'avez rien fait à la légère.

Cette facette d'Hudson, plus profonde et plus grave, lui fit comprendre à quel point elle le connaissait mal. Tout comme lui ne savait rien d'elle.

— Je vais en parler avec Brooks et Jazzy. De votre côté, réfléchissez-y. J'ai besoin de me dégourdir les jambes, ajouta-t-il après une courte pause. Je vais chercher quelque chose à manger. Cela vous dit de m'accompagner ?

Comme en écho à ce qu'elle ressentait, des cris aigus d'enfants survoltés lui parvinrent. Oui, ils représentaient la sécurité quand Hudson faisait figure de danger planant au-dessus d'elle.

Aussi, comme elle le faisait depuis des années, préféra-t-elle choisir la sécurité.

— Il vaut mieux que je reste ici, au cas où on aurait besoin de moi.

— Vous aimez vous sentir indispensable. Je me trompe ?

— Non, vous avez raison. J'aime en effet me sentir utile. Je peux même dire que c'est l'un des buts de ma vie.

Il haussa les épaules avec une désinvolture visant à exprimer son scepticisme.

— Je n'ai jamais ressenti un tel besoin, avoua-t-il. J'ignore même à quoi cela peut ressembler.

— Et pourtant, vous avez répondu à l'appel de votre frère. Vous êtes venu parce qu'il avait besoin de vous, ici, à Just Us Kids.

— Je ne l'avais jamais vu sous cet angle, admit-il, mais vous devez avoir raison.

Il désigna de nouveau le tableau d'affichage.

— C'est parfait. Placé comme il l'est, ce panneau ne peut qu'attirer l'attention des parents. Au fait, il va falloir penser à décorer cet endroit pour les fêtes de fin d'année.

— Ce n'est même pas encore Thanksgiving, répliqua-t-elle en souriant.

— Sans doute, mais nous y serons très vite. Vous verrez.

Il se dirigea vers la porte et lui lança par-dessus son épaule :

— Je n'en ai pas pour longtemps. Si vous cherchez à me joindre, j'ai mon téléphone portable avec moi.

Elle opina en lui souriant.

Certes, elle avait son numéro. Mais ce n'était pas pour autant qu'elle allait l'appeler.

- 3 -

Tandis qu'elle approchait du ranch, Bella repensa à la manière dont Hudson avait passé en revue ses photos. Il avait paru s'intéresser vraiment à son travail. Il l'avait encouragée, allant même jusqu'à lui faire miroiter des perspectives qu'elle n'aurait jamais envisagées. Gagner de l'argent tout en pratiquant sa passion, ce serait un tel bonheur ! Pourquoi pas, après tout ? L'idée n'était pas si farfelue. Elle adorait la photo, elle adorait les chevaux, elle devrait s'en tirer haut la main. Elle se surprit à espérer qu'Hudson allait tenir parole.

Elle venait tout juste de franchir la porte d'entrée qu'un joyeux vacarme lui parvint de la cuisine. Ayant suspendu son manteau dans le placard du couloir, elle se dirigea vers les cris et les piaillements.

La scène qui s'offrait à sa vue amena sur ses lèvres un sourire attendri.

Fallon O'Reilly aidait Jamie à faire manger les petits : tandis qu'elle s'occupait de Katie, lui consacrait toute son attention à Jared et à Henry.

Bella sentit une vague de douceur l'envelopper. Quelle chance ils avaient, son frère et elle, d'être entourés par des gens si généreux, qui ne comptaient pas leur temps pour les aider. Mais à voir la façon dont Fallon couvait Jamie des yeux, elle comprit qu'il y avait entre eux plus qu'une simple histoire d'amitié.

Âgée d'un an de plus qu'elle, Fallon était issue d'une

famille que son frère et elle lui enviaient. Ses parents, mariés depuis de longues années, étaient encore profondément épris l'un de l'autre et prodiguaient un amour inconditionnel à leurs enfants. Forte de cet amour qu'elle recevait depuis sa naissance, Fallon le dispensait à son tour autour d'elle et plus particulièrement aux enfants de la halte-garderie où elle travaillait.

Lorsqu'elle la vit, Fallon lui sourit.

— Comme tu peux le constater, précisa-t-elle, il y a compote de pommes au dessert. Ça lui va bien, tu ne trouves pas ?

Visiblement, Katie avait pris grand plaisir à barbouiller son visage avec ses mains couvertes de compote. Il y en avait même sur la petite barrette rose qui retenait une mèche de ses cheveux fins et soyeux. Jamie était très à cheval là-dessus : sa fille devait porter du rose. C'était un si bon père ! Si doux, si attentionné.

À voir leurs petites bouches toutes poisseuses, les deux garçons s'en étaient également donnés à cœur joie. Même Jamie n'avait pas été épargné, comme en témoignait la trace luisante qu'il avait sur le nez.

— Vous avez l'air de bien vous amuser, constata Bella. Je peux me joindre à vous ?

Jamie lui désigna le tabouret qui se trouvait face à la chaise haute où gigotait Henry.

— Vas-y, installe-toi. Nous ne serons pas trop de trois.

— Comment cela se passe-t-il à la garderie ? s'enquit-elle tandis qu'elle s'installait.

Fallon repoussa du bout des doigts sa crinière flamboyante.

— Très bien, mais je n'ai pas le temps de m'ennuyer, tu peux me croire. Aujourd'hui, nous avons reçu un petit garçon de quatre ans qui prenait un malin plaisir à frapper les autres. J'ai dû appeler ses parents pour qu'ils viennent le chercher et, lorsqu'ils sont arrivés, le petit s'est mis à hurler parce qu'il ne voulait pas partir.

— Comment ont réagi les parents ?

— Pas très bien. J'ai dû leur expliquer qu'il n'était pas question qu'un enfant capricieux — hystérique plutôt, mais cela je me suis bien gardée de le leur dire — fasse régner la terreur dans notre établissement. En fait, ils ont fini par me confier que le père avait perdu son emploi à Kalispell et qu'il était obligé de se partager entre deux nouveaux postes pour parvenir à faire bouillir la marmite. Tout cela, évidemment, engendre des tensions et des disputes qui affectent le petit. D'où son comportement pour le moins agité.

Bella échangea un regard complice avec son frère. Mieux que quiconque, ils savaient à quel point des enfants pouvaient être atteints par une mauvaise ambiance familiale. C'était la raison pour laquelle ils donnaient aux triplés tout l'amour et toute l'attention qu'ils méritaient.

Avec la chaîne de solidarité qui s'était créée spontanément autour d'eux, les bébés disposeraient de bases solides, même si tout cet amour ne remplace jamais celui de leur maman trop tôt disparue.

— Fallon, déclara-t-elle, nous ne te dirons jamais assez à quel point nous te sommes reconnaissants pour l'aide que tu nous apportes.

— Je n'ai pas à me forcer, répliqua Fallon en riant. J'adore aider les autres.

Elle s'interrompit un bref instant durant lequel son regard bleu azur alla de Jamie à ses enfants.

— Lorsque ces adorables bambins me suivent des yeux ou me serrent un doigt de leurs mains minuscules ou encore mangent de bon appétit ce que je leur propose, j'ai le sentiment d'avoir accompli quelque chose de très important.

— Je comprends tout à fait ce que tu veux dire, renchérit

Bella. C'est la raison pour laquelle j'aime mon travail à la crèche. Les bébés sont si faciles à aimer.

Des images de son adolescence affluèrent, qui lui firent ajouter :

— Contrairement aux adolescents qui peuvent parfois se montrer ingrats et révoltés.

— Nos grands-parents ont fait de leur mieux, entendit-elle Jamie murmurer.

Peut-être avait-il raison. Les gens ne donnaient que ce qu'ils étaient capables de donner. Pourtant, il lui paraissait plus facile de donner de l'amour que de se priver de l'offrir. Et avec le recul, c'était l'impression qu'elle avait. Sans même en avoir conscience, leurs grands-parents s'étaient interdit de les aimer, sans doute prisonniers qu'ils étaient d'un fort sentiment de culpabilité. En effet, lorsque leur fille Lauren leur avait annoncé qu'elle était enceinte sans être mariée, ils n'avaient pas hésité à la renier. Et quand elle avait prématurément disparu, ils avaient dû vivre avec le poids d'une culpabilité énorme que Bella avait encore accentuée en suivant les traces de sa mère. À la mort de sa grand-mère, elle avait fini par se persuader qu'elle avait été un fardeau dont ses aïeux auraient mérité de se passer.

Jamie avait dû suivre le cheminement de ses pensées, car il ajouta d'une voix plus forte bien que teintée de regrets :

— J'aurais aimé que les choses se passent différemment, mais on ne peut plus rien y changer. Et tant d'eau a coulé sous les ponts depuis.

— Tu as raison, mais je ne peux m'empêcher de regretter que les fêtes qui approchent ne nous voient pas tous réunis.

En effet, si leur grand-père habitait toujours la même maison, il n'avait jamais émis le désir de revoir ses petits-enfants. Apprendre qu'elle avait fait une fausse couche n'avait rien changé au ressentiment qu'il nourrissait à son égard. Jusqu'au jour où elle avait quitté la maison — elle était alors âgée de dix-huit ans —, il lui avait témoigné une froideur et une indifférence inébranlables.

Jamie avait raison. Ils ne pouvaient pas changer le passé. Il fallait plutôt tenter d'oublier et aller de l'avant.

— Les histoires de famille, c'est toujours compliqué, commenta Fallon.

— Cela ne semble pas être le cas chez toi, objecta Bella. Tu es proche de tous tes frères et sœurs, et vos parents se couperaient en quatre pour vous.

— C'est vrai. Mes parents sont un modèle dont je veux suivre l'exemple. Je veux vivre la même histoire d'amour qu'eux.

Tout en parlant, elle avait fixé ses grands yeux bleus sur Jamie qui semblait ne rien avoir remarqué.

Pour avoir abordé le sujet plusieurs fois avec lui, Bella savait qu'il ne voyait en Fallon qu'une amie. Cette amitié pouvait-elle se muer en amour, maintenant qu'il la voyait s'occuper de ses enfants comme le ferait leur mère ? Mais peut-être avait-il besoin de plus de temps. Sa peine devait être encore trop lourde à porter. Heureusement, la chaîne de solidarité l'empêchait d'être livré à lui-même et le tirait malgré lui d'une solitude à laquelle ses bébés n'auraient rien changé.

— Dès que nous en aurons terminé avec eux, ce sera notre tour de dîner, annonça-t-elle d'un ton enjoué. Veux-tu rester ? ajouta-t-elle à l'adresse de Fallon. J'ai prévu des tacos.

— Volontiers, merci. Je peux me charger de couper les tomates, la salade et tout ce que tu voudras y ajouter. Si toutefois ces petits vauriens nous laissent le loisir de préparer ce repas.

— Nous pourrions nous relayer pour les surveiller

et cuisiner à tour de rôle, suggéra Jamie. À trois, nous devrions arriver à nous débrouiller.

Pour la première fois depuis longtemps, elle vit s'allumer une petite flamme dans le regard de son frère.

Ses pensées dérivèrent vers Hudson.

Hudson dont le visage et le regard ardent lui parvinrent avec une netteté étonnante.

Le lendemain matin, Bella passa par la salle du personnel pour y prendre une bouteille d'eau à emporter dans son bureau. À sa grande surprise, elle y découvrit Hudson qui ouvrait un carton posé sur l'une des tables de la pièce.

Comme chaque fois qu'elle se retrouvait en sa présence, elle sentit un frémissement délicieux lui parcourir l'échine. Elle profita du fait qu'il se débattait avec le ruban adhésif du colis pour le détailler en douce.

Ce jour-là, il portait un jean délavé qui soulignait ses jambes musculeuses et qu'il avait assorti d'une chemise western dont le col ouvert laissait voir une touffe de poils sombres qui lui fit imaginer un torse viril. Ses santiags allongeaient encore une silhouette pourtant déjà grande et élancée. Les traits forts de son visage, sa mâchoire volontaire, ses sourcils broussailleux, tout en lui évoquait le cow-boy tel qu'on se l'imagine dans cette région des grands espaces américains.

Son regard s'attarda sur son épaisse chevelure de jais dans laquelle elle brûlait de plonger les mains.

Quelle folie ! se sermonna-t-elle sans grande conviction.

Il releva la tête et lui sourit en même temps qu'il sortait du carton un ours bleu en peluche. Il y replongea la main et en sortit un deuxième, vert celui-là, puis un troisième, marron.

Elle ne put réprimer le sourire qui lui montait aux

lèvres tant cette scène collait peu avec l'homme viril qu'elle avait en face d'elle.

— Pouvez-vous m'expliquer ? s'enquit-elle, tout attendrie.

— Ce sont des cadeaux pour les petits de la crèche. Nous les leur offrirons la veille de Noël. Ainsi, ils auront chacun un ours en peluche à rapporter chez eux.

— Vous avez vraiment fait cela ?

— Si vous voulez dire les commander moi-même en ligne, je vous réponds oui. C'est une bonne idée, non ? J'ai encore trois cartons pleins dans le coffre de ma voiture. Nous les cacherons dans la réserve jusqu'au moment de les distribuer.

Elle s'approcha pour mieux voir les oursons. Aussitôt qu'elle se trouva près de lui, elle fut emportée par les effluves de son eau de toilette, un savant mélange de notes boisées et citronnées. Elle inspira profondément pour tenter de rassembler ses esprits.

— Vous avez même pensé à les choisir avec des yeux et un museau brodés, ce qui garantit la sécurité de nos petits.

— C'est en effet ce que mentionnait la fiche descriptive. Je sais à quel point il faut être vigilant. C'est ce genre de détails qui fait toute la différence, et c'est l'une des premières choses que j'ai apprises en arrivant ici.

— Alors vous en savez autant que nous en matière d'éducation, conclut-elle.

— J'ai aussi appris à user de tact et de diplomatie lorsque je m'adresse aux parents. Pourtant, ce n'est pas toujours facile de se montrer politiquement correct, quand on brûlerait de leur lancer leurs quatre vérités !

— Vous avez l'habitude de dire ce que vous pensez, n'est-ce pas ?

— Disons que j'essaie d'être honnête et que parler permet d'éviter les malentendus. La vie m'a appris que mieux vaut connaître ce qui anime les gens qui cherchent à vous rencontrer. Pour cela, rien de tel qu'une communication franche et directe.

Elle opina en silence et alla chercher sa bouteille d'eau dans le réfrigérateur.

Il ne fit que quelques pas vers elle, mais ce simple rapprochement, somme toute anodin, suffit à allumer en elle le feu d'une passion dévorante.

— Je n'ai pas encore eu l'occasion de vous le dire, mais j'ai parlé de vous à Jazzy. Elle souhaiterait voir vos photos.

Elle se sentit rougir de satisfaction. Elle s'était figuré que la proposition de Hudson n'était qu'une promesse en l'air n'ayant aucune chance de voir le jour. Pourtant, elle éprouvait encore quelques réticences.

— Je ne sais pas, Hudson. Mon appareil n'est pas vraiment performant, et j'ignore si je vais pouvoir me libérer.

Il la fixa d'un air perplexe qui lui suggéra qu'il hésitait à livrer le fond de sa pensée.

— Vous vous consacrez toute la journée aux enfants de cette crèche, finit-il pourtant par lâcher. Puis, lorsque vous avez terminé, vous vous consacrez aux enfants de votre frère. Ne croyez-vous pas que vous méritez de vous ménager un peu de temps pour faire ce dont vous avez envie ?

Elle vit dans ces paroles une critique dissimulée de la façon dont elle vivait. Toute sa vie, elle avait souffert du jugement d'autrui. D'abord de celui de ses grands-parents puis, par la suite, de celui de ses amis qui lui avaient clairement laissé entendre qu'elle commettait une grossière erreur en laissant tomber ses études pour aider son frère.

Or, elle estimait n'avoir de leçon à recevoir de personne.

Mieux même : le moment était venu de dire ce qu'elle avait sur le cœur.

— Il ne vous appartient pas de décréter ce que je dois faire ou pas, rétorqua-t-elle sèchement.

Non seulement il ne parut pas le moins du monde déstabilisé, mais il soutint son regard courroucé sans ciller.

— Vous avez absolument raison, concéda-t-il sans s'émouvoir. Je n'ai pas à vous dire comment vous devez vivre votre vie. Mais peut-être — et ce n'est là qu'une supposition — devriez-vous en parler à quelqu'un.

Puis, sans ajouter un mot, il referma le carton qui contenait les peluches et, les bras ainsi chargés, quitta la salle pour se diriger vers la réserve.

Voilà, dis ce que tu penses, et cela te retombe dessus ! se sermonna-t-elle. Pourtant, elle avait bien conscience que la sortie qu'elle venait de faire n'était pas justifiée. En la conseillant, Hudson n'avait obéi qu'à une bienveillance naturelle.

Elle s'en voulait à présent ! Exhalant un profond soupir, elle alla le rejoindre dans la réserve où elle le trouva occupé à libérer de la place pour ranger ses colis.

Il ne leva pas les yeux tandis qu'elle le regardait faire, émue. Combien d'hommes auraient eu une idée aussi touchante ?

— Hudson, je suis désolée. Je n'aurais pas dû vous répondre comme je l'ai fait. Sans le savoir, vous avez touché un point sensible. Votre remarque m'a renvoyée à l'époque où la moindre critique m'incitait à me rebeller.

Il ne paraissait pas en colère.

— En fait, j'ai du mal à vous imaginer en jeune fille rebelle, commenta-t-il d'une voix douce.

Si seulement elle ne l'avait pas été ! déplora-t-elle intérieurement. Sa vie n'aurait sans doute pas été la même. Elle chassa ces pensées de son esprit, préférant changer de sujet.

— Je serais ravie de rencontrer Jazzy Smith, ajouta-t-elle. Vous a-t-elle donné une heure ?

— En fait, elle a proposé que nous y allions ce soir. Si vous pouvez vous libérer, bien sûr.

Elle prit quelques secondes de réflexion avant de répondre :

— Il faut d'abord que j'appelle Jamie pour voir si quelqu'un peut venir l'aider.

— Pas de problème. Tenez-moi informé. Si vous êtes d'accord, je pourrais passer vous chercher chez votre frère, cela nous évitera de prendre deux voitures.

Elle s'imagina alors à côté de lui, dans son pick-up, laissant derrière elle, le temps de quelques heures, ce qui constituait son quotidien.

— Je l'appelle tout de suite, promit-elle.

Joignant le geste à la parole, elle sortit son téléphone portable de sa poche tout en regagnant son bureau.

Elle se sentirait plus libre de parler si Hudson n'était pas dans les parages.

Lorsque Hudson vint chercher Bella, quelques heures plus tard, Jamie donnait son bain à Henry, à l'étage, pendant que Fallon terminait de faire dîner Katie et Jared dans la cuisine, située au rez-de-chaussée.

— Donner son bain à un bébé n'est pas une mince affaire, s'excusa Bella pour justifier l'absence de son frère.

— Ce n'est pas grave, assura Hudson, je le verrai une autre fois.

Mais elle n'était pas certaine de vouloir assister à la rencontre des deux hommes. Intuitif comme il l'était, Jamie pourrait bien sentir au premier coup d'œil l'attirance qu'elle éprouvait pour Hudson. Elle avait déjà bien assez de mal à gérer les émotions que ce dernier lui inspirait sans devoir, en plus, rendre des comptes à son frère.

— Je suppose qu'à la halte-garderie vous vous préparez aussi à célébrer dignement les fêtes de fin d'année, glissa Hudson à Fallon.

— En effet, répondit-elle en riant. Nous ne comptons plus le nombre de dindes et de sapins créés par nos artistes en herbe.

— Fallon nous est d'une aide précieuse, précisa Bella. Elle sait exactement comment s'y prendre avec les petits.

— Il est vrai que mon expérience m'est très utile.

— Je vous admire toutes les deux d'être capables de vous consacrer ainsi aux triplés après une journée de travail déjà épuisante.

— Ce n'est pas un sacrifice pour moi, déclara Fallon. Le ranch est sur mon trajet et, tout comme Bella, j'adore les enfants.

Histoire de ponctuer ce que venait d'affirmer Fallon, Katie frappa le plateau de sa chaise haute à grands coups de cuillère, tandis que son frère, en voulant enfourner une pleine poignée de céréales, en répandit partout sur le sol.

— Tu es bien certaine que je peux partir ? s'enquit Bella d'un ton inquiet où pointait un brin de culpabilité.

— Certaine. Lorsque Jamie en aura terminé avec Henry, ce sera mon tour d'aller donner son bain à Katie.

Ils discutèrent encore un bref instant puis, après avoir pris congé, Hudson conduisit Bella jusqu'à son pick-up.

— Avez-vous besoin d'aide ? s'enquit-il tandis qu'il lui ouvrait la portière du côté passager.

Elle imagina ses grandes mains rassurantes enserrer sa taille, puis la chaleur qui en émanait se diffuser à travers son pull…

— J'ai l'habitude de monter à cheval sans me faire aider, s'empressa-t-elle de répondre. Je ne devrais donc pas avoir de problème à gravir les deux marches de ce pick-up.

Soucieuse de lui montrer qu'elle ne mentait pas, elle

serra son sac à main contre elle ainsi que l'album de ses photos et, d'une simple impulsion, grimpa à bord du véhicule. Faisait-il preuve de la même galanterie avec toutes les femmes ? se demanda-t-elle lorsqu'il referma la portière sur elle.

Rust Creek Falls étant une petite bourgade, il se disait qu'Hudson ne fréquentait personne en ville. Mais il pouvait très bien entretenir une relation à distance.

Ils roulèrent un moment en silence, dans une intimité que l'habitacle et le crépuscule naissant lui rendaient pesante.

— Le ranch est-il loin d'ici ? s'enquit-elle sur un ton qu'elle voulait dégagé.

— Un peu plus d'un kilomètre.

— Vous m'avez dit que vous habitiez dans un ranch, vous aussi.

— Oui. Le Lazy B.

— J'en ai entendu parler. Si je ne me trompe pas, c'est une énorme propriété. Elle compte de nombreux chevaux ?

— Pas mal, en effet. Clive, le propriétaire, est un grand amateur. Il a fait l'acquisition de chevaux de selle, mais aussi de chevaux de courses, même s'il ne les fait pas souvent concourir.

— Quel est votre cheval préféré ?

— Un pur-sang arabe. J'ai plutôt l'habitude de monter des quarter horse, mais cette jument me regarde avec des yeux qui me donnent l'impression qu'elle veut sonder mon âme.

— Comment s'appelle-t-elle ?

— Breeze. Clive l'a récupérée chez Brooks et Jazzy. Son propriétaire l'avait abandonnée. Il a fallu du temps pour qu'elle soit de nouveau en confiance avec les humains, mais Jazzy accomplit des miracles. Et votre cheval, comment s'appelle-t-il ? demanda-t-il après une courte pause.

— Comment savez-vous que j'en ai un ?

— Vous avez laissé échapper que vous aimiez monter. J'en ai déduit que Jamie vous en avait réservé un, rien que pour vous.

— C'est une jument qui répond au nom de Butterscotch. Je la monte le matin, lorsque je peux.

— Je la vois d'ici sa crinière blonde flottant au vent, commenta-t-il avec un sourire.

— C'est exactement cela.

L'amour qu'ils portaient aux chevaux constituait un lien supplémentaire entre eux, un lien qui lui donna l'envie de s'aventurer sur un terrain plus audacieux.

— Qu'avez-vous laissé derrière vous pour venir jusqu'ici vous acquitter de votre mission à Just Us Kids ?

Il lui lança un regard en biais, peut-être destiné à deviner ce qu'elle cherchait à savoir.

— Un ami, répondit-il. Il a acheté un ranch dans le Wyoming et il avait besoin d'un coup de main pour le démarrer.

— J'imagine que vous devez connaître beaucoup de monde en allant d'un endroit à un autre comme vous le faites.

— C'est exact.

— Êtes-vous du genre à vous lier facilement ?

La réponse, elle la connaissait déjà, bien sûr, mais elle voulait l'entendre de sa bouche.

— Il y a toujours un bon côté chez les gens, ce qui me fait aller vers eux. Alors, bien sûr, cela crée des liens, surtout si je retourne plusieurs fois au même endroit. Et puis il y a les nouvelles technologies qui permettent d'entretenir ces amitiés.

Elle hésita à lui poser la question qui lui brûlait les lèvres, puis elle décida de se lancer :

— Et les femmes ? Entretenez-vous une relation avec une femme, quelque part ?

— Non. Je n'ai jamais vécu de relation amoureuse sérieuse. Et vous ?

Voilà bien le problème avec les questions. Il fallait s'attendre à ce que votre indiscrétion se retourne contre vous.

— Pas récemment, éluda-t-elle.

— Avez-vous laissé quelqu'un à l'université ? insista-t-il.

— Non. J'étais vraiment axée sur mes études. Du coup, je n'avais pas de temps à consacrer aux garçons.

Il retomba dans un profond silence, semblant méditer ce qu'elle venait de dire. À son grand soulagement, elle le vit actionner son clignotant et bifurquer en direction du ranch.

— Brooks pourrait installer son cabinet là, mais il préfère rester en ville, expliqua-t-il alors qu'ils franchissaient l'entrée de la propriété.

La nuit qui était tombée l'empêchait de voir le paysage environnant, mais elle distingua clairement les quatre bâtiments éclairés qui composaient le ranch : des granges et une maison d'habitation, comme c'était souvent le cas dans ce genre d'exploitation.

La maison lui parut immense pour deux personnes, mais elle supposa que Brooks et Jazzy avaient prévu de fonder une grande famille. Cette perspective, qui lui était désormais interdite, lui brisa le cœur une fois de plus. Ne pas pouvoir être mère était un regret qui la hanterait jusqu'à la fin de ses jours.

— Brooks et Jazzy ont bien l'intention de remplir cette maison d'une ribambelle d'enfants, expliqua Hudson qui semblait avoir lu dans ses pensées. Ils ont également prévu de la place pour le père de Brooks, lorsque celui-ci ne sera plus en mesure de vivre seul.

— Ils ont un merveilleux sens de la famille, commenta-t-elle avec une pointe de nostalgie, en pensant aux frères et aux sœurs qu'elle ne retrouverait probablement jamais.

Lorsque Jazzy vint leur ouvrir la porte, Bella trouva qu'elle était d'une beauté naturelle rafraîchissante. Le jean slim qu'elle portait accentuait sa silhouette longiligne. Elle les accueillit avec un large sourire qui lui alla droit au cœur.

— Ça fait plaisir de te revoir, lança-t-elle à Hudson en le prenant dans ses bras.

Puis elle se tourna vers Bella et, sans se départir de son sourire, lui tendit une main cordiale.

— Ravie de vous rencontrer, Bella.

— De même, lui retourna-t-elle.

Aussitôt que Jazzy les eut fait entrer, Bella lui tendit son album de photos.

— J'ai fait une sélection de mes clichés préférés, précisa-t-elle. Ce n'est pas à proprement parler un *book*, comme en ont les professionnels, mais il vous donnera néanmoins une idée de mon travail.

— Je suis impatiente de voir ça, répliqua Jazzy d'un ton qui lui parut sincère. Allons nous installer dans le salon, nous serons mieux pour discuter. Brooks est allé jeter un coup d'œil aux chevaux, mais il ne devrait plus tarder maintenant.

Elle les conduisit alors jusqu'au salon où les attendait un plateau chargé de crackers, de fromages et de fruits.

— Vous n'auriez pas dû vous donner tout ce mal, protesta Bella, touchée par une telle marque d'attention.

— Rassurez-vous, je ne me suis donné aucun mal. Brooks et moi avons l'habitude de prendre une petite collation avant le dîner, car c'est précisément l'heure où nous devons nous occuper des chevaux. Comme elles ont été victimes de traumatismes divers, ces bêtes demandent beaucoup de soins et d'attentions. Mais je vous en prie, asseyez-vous, ajouta-t-elle en désignant le canapé, et servez-vous.

Elle-même s'assit dans un fauteuil qui leur faisait face et se mit à feuilleter l'album. Après avoir examiné quelques pages, elle releva la tête pour s'adresser à Hudson.

— Tu avais raison, Bella réunit les qualités essentielles qui font un bon photographe.

Brooks fit son apparition à ce moment-là. Il salua Hudson qui lui présenta Bella.

— Regarde un peu ces photos, lança Jazzy en lui tendant l'album.

— Sans même les voir, j'entends à ta voix que tu es enchantée, répliqua-t-il.

En guise de réponse, elle lui adressa un sourire débordant d'amour, tandis que Bella lui tendait son appareil photo, comme elle l'avait fait avec Hudson.

— Vous pourriez également jeter un coup d'œil à celles-ci, l'encouragea-t-elle. Je ne les ai pas encore imprimées, car je dois les retravailler d'abord. J'aime bien rectifier la lumière ou encore jouer avec des effets de couleurs.

— Je me ferai un plaisir de les visionner aussi, mais celles que vous avez réunies là traduisent déjà tout votre talent. Je pense que nous allons pouvoir faire affaire avec vous.

Jazzy hocha la tête avant de proposer à Bella une somme qu'elle ne put qu'accepter.

— Il faudrait que je vienne un jour de grand beau temps, annonça-t-elle, enthousiaste. Enfin, si tant est que cela existe par ici, rectifia-t-elle alors que tout le monde s'esclaffait devant l'incongruité d'un tel souhait. Pourrais-je décider au dernier moment, en fonction de la météo ?

— Bien sûr, acquiesça Jazzy.

Maintenant que le marché était conclu, Bella put

participer à la discussion avec une légèreté dont elle ne se serait jamais crue capable. Mais le couple que formaient Brooks et Jazzy avait l'art et la manière de vous mettre à votre aise. Il ne lui échappa pas qu'ils étaient aussi profondément épris l'un de l'autre qu'ils étaient passionnés par leur travail respectif.

Lorsque le moment de partir arriva et qu'elle monta dans le pick-up, elle était encore sous le charme de cette belle rencontre et ne se priva pas de faire part de ses impressions à Hudson.

— Si je vous disais qu'il s'agit d'un mariage de raison ?

— Je ne vous croirais pas.

— C'est pourtant la vérité. Malgré des problèmes de santé importants, le père de Brooks refusait de lever le pied pour ne pas laisser à son fils une surcharge de travail. La seule solution qu'a trouvée Brooks a été de se marier avec une femme dont il savait qu'elle saurait gérer le ranch pendant que lui se consacrerait uniquement à son métier de vétérinaire.

— Pourtant, ils semblent avoir des tas de choses en commun, objecta-t-elle, un brin dépitée.

— Brooks et Jazzy seraient les premiers à vous affirmer qu'ils ont fait un mariage de raison, mais ils ne trompent personne. Lorsqu'on les voit ensemble, on comprend tout de suite à quel point ils s'aiment.

Ils effectuèrent le reste du trajet dans un silence tranquille. Ses pensées dérivèrent alors vers le couple que formaient ses parents lorsqu'elle était enfant. Elle les revit se prendre par la main ou s'embrasser passionnément alors qu'ils se croyaient à l'abri du regard aussi indiscret qu'émerveillé de leurs enfants. Elle gardait ces souvenirs comme de précieux trésors, car ils lui permettaient d'affirmer qu'ils s'aimaient, eux aussi.

Elle-même n'avait jamais connu un tel amour et ne

le connaîtrait sans doute jamais. Quel homme voudrait d'une épouse stérile ?

Une fois qu'ils furent arrivés au ranch, Hudson ne lui laissa pas l'opportunité de s'échapper. Il vint lui ouvrir la portière, comme il l'avait déjà fait quelques heures plus tôt, puis il lui tendit la main pour l'aider à descendre. Ses doigts lui parurent brûlants entre les siens. Aussitôt que ses pieds touchèrent le sol, elle dégagea doucement sa main, soucieuse de calmer le feu qui s'était mis à couler dans ses veines. Ils marchèrent côte à côte, sans un mot, jusqu'à la porte d'entrée.

— J'ai passé un moment délicieux, déclara-t-il le premier. Brooks et Jazzy sont tellement chaleureux qu'ils m'ont donné l'impression d'être des amis de longue date.

— C'est vrai. C'est ce que j'ai ressenti, moi aussi.

— Ils ont vraiment aimé vos photos, et ce contrat peut être le premier de nombreux autres. Le bouche-à-oreille est un bon moyen de se faire connaître.

— C'est vrai que l'idée de pouvoir payer ses factures en pratiquant sa passion est séduisante. Et je pourrais mettre un peu plus d'argent de côté pour reprendre mes études.

— Vous ne songez pas à vous payer une petite folie ?

Il fixa alors sur elle un regard si ardent qu'elle eut du mal à le soutenir.

— Pas de petite folie, répliqua-t-elle dans un souffle.

Lorsqu'il s'approcha, si près qu'il ne restait qu'une distance infime entre eux, elle n'esquissa pas le moindre geste pour s'écarter de lui.

Elle le laissa lui caresser la joue, puis plonger les mains dans ses cheveux.

Elle ne bougea pas davantage lorsqu'il baissa la tête vers elle et qu'elle comprit qu'il allait l'embrasser.

- 4 -

S'il avait pu croire un instant que ce baiser ne porterait pas à conséquence, Hudson comprit très vite son erreur. Il émanait de Bella quelque chose d'indéfinissable qui éveillait en lui l'instinct primaire du mâle, de même qu'un désir intense qui ne se satisferait pas du goût fruité de sa bouche.

Poussé par un élan protecteur, il l'enveloppa de ses bras et la serra un peu plus étroitement contre lui.

Il avait embrassé nombre de femmes dans sa vie et jusque-là, il s'était appliqué à faire montre de délicatesse. Mais avec Bella, il avait envie de fougue et de passion. Non, décidément, un baiser ne suffirait pas à éteindre le feu qui embrasait son corps tout entier.

D'un coup, sans qu'il s'y attende, Bella s'écarta brusquement et laissa retomber ses bras raidis le long de son corps. Elle poussa un long soupir et secoua ses longs cheveux en signe de dénégation.

Que lui arrivait-il donc ? Il avait une assez grande expérience des femmes pour ne pas exiger d'elles ce qu'elles ne voulaient pas lui donner. Et ce baiser, Bella y avait répondu avec une ardeur égale à la sienne.

Il s'exhorta au calme et tenta de rassembler ses esprits.

— Qu'y a-t-il ? demanda-t-il d'un ton qu'il parvint à garder neutre alors que son cœur cognait encore dans sa poitrine.

— Je ne peux pas, répondit-elle d'une petite voix. Nous

travaillons ensemble, et il ne pourrait rien ressortir de bon du fait que je me laisse embrasser par mon patron.

Il comprenait ses craintes. Contrairement à elle, il avait grandi entouré de la chaleur de ses frères. Et si ses parents l'avaient privé d'amour, il avait pu compter sur leur argent pour lui rendre la vie plus facile. Aujourd'hui, il pouvait se payer le luxe de quitter une place qui ne le satisfaisait pas pour une autre qui lui convenait mieux. Ce qui n'était pas le cas de Bella. Elle s'inquiétait sans cesse pour son frère et ses enfants, craignait pour sa situation financière et redoutait de perdre un emploi qui lui permettait de mettre de l'argent de côté pour reprendre des études qu'elle avait été obligée d'interrompre parce que la vie ne lui avait pas fait de cadeaux.

La lumière du porche éclairait son visage empreint d'anxiété. Faute de le connaître, elle devait s'imaginer que se refuser à lui allait menacer un emploi qu'elle avait déjà eu bien du mal à décrocher dans une petite ville comme Rust Creek Falls.

— Bella, tout va bien, assura-t-il avec toute la douceur dont il était capable. Je comprends.

— Vous n'êtes pas en colère parce que je ne veux pas…

Elle s'interrompit, visiblement embarrassée par l'idée d'exprimer le fond de sa pensée.

— Votre travail ne sera jamais mis en péril, que nous nous embrassions ou pas.

— Je ne veux plus, Hudson. Quoi que vous m'assuriez, j'aurais toujours l'impression de jouer avec le feu. Car il n'y a pas que vous. Il y a Walker aussi. J'imagine qu'il a son mot à dire et qu'il pourrait me reprocher une relation extra-professionnelle avec vous.

Il la sentit tellement désemparée qu'il posa les mains sur ses épaules et la regarda droit dans les yeux.

— Arrêtez, Bella. Je sais lire les signaux lorsqu'il y en a.

— Je ne peux pas vous laisser penser cela, Hudson, protesta-t-elle, visiblement offensée. Il n'y a pas eu de signaux, simplement j'ai des responsabilités. Sans compter que nous ne sommes pas du même monde, vous et moi.

— Bella, ce n'était qu'un baiser.

Elle le fixa quelques secondes en silence puis opina d'un hochement de tête.

— Vous avez raison, dit-elle. Ce n'était qu'un baiser. Il faut que j'y aille à présent. Jamie nous a forcément entendus arriver, il doit se demander ce que je fabrique.

Il laissa retomber ses bras sans protester. Pour toutes les raisons qu'elle venait d'évoquer, il ne pouvait pas lui en vouloir. Pourtant, lorsqu'elle tourna la poignée de la porte et qu'elle lui lança un dernier coup d'œil par-dessus son épaule avant de pénétrer dans la maison, il eut la nette impression qu'elle n'avait pas envie de le quitter.

Alors qu'il regagnait le pick-up, il se revit l'embrasser. Pensait-elle au baiser qu'ils venaient d'échanger, elle aussi, ou l'avait-elle déjà chassé de son esprit ?

Si Hudson comprenait parfaitement les efforts que faisait Bella pour l'éviter, ce n'était pas pour autant qu'il la trouvait moins attirante. Cela ne changeait même rien à l'électricité presque palpable qui régnait entre eux aussitôt qu'ils se trouvaient dans la même pièce.

Les premiers jours, il mit les cernes mauves qui soulignaient ses yeux sur le compte des tensions qui subsistaient entre eux. Mais il l'entendit un jour se plaindre auprès d'une collègue que les triplés dormaient peu, les obligeant, son frère et elle, à veiller une bonne partie de la nuit.

Le lendemain, à l'heure du déjeuner, il se rendit dans la salle du personnel et la découvrit, assise à une table, la tête posée sur son coude replié. Ses paupières closes ne cillèrent même pas alors qu'il s'approchait d'elle et posait une main sur son épaule.

— Bella ? appela-t-il doucement.

Elle battit des cils puis se redressa d'un bond aussitôt qu'elle le vit.

— Excusez-moi, murmura-t-elle. Je voulais juste…

— Vous reposer un peu, termina-t-il à sa place.

— C'est la pause déjeuner, répliqua-t-elle, soudain sur la défensive.

— Je comprends tout à fait. Je regrette simplement que nous n'ayons pas un lit de camp quelque part, où vous auriez pu vous allonger confortablement. Mais dites-moi, Bella, vous manquez de sommeil ou je me trompe ?

— Katie et Henry font leurs dents. Les pauvres choux souffrent, et la douleur les empêche de dormir. Au début, nous nous en occupions à tour de rôle, Jamie et moi, mais ce n'est pas facile de gérer deux bébés en même temps. Alors, nous avons décidé de veiller sur eux ensemble.

— Vous êtes épuisée, Bella. Il est impératif que vous récupériez. Prenez votre après-midi, rentrez chez vous et allez vous coucher.

— Je ne peux pas faire une chose pareille ! s'exclama-t-elle.

— Pourquoi ?

— Parce que je ne peux pas quitter mon poste, comme cela, pour aller dormir.

— Je vous remplacerai. Nous sommes vendredi. En fin de semaine, c'est plus calme.

Malgré des arguments qu'il pensait convaincants, elle hésitait toujours à accepter. Ce fut alors qu'il comprit.

— Évidemment. Chez Jamie, vous ne pourrez pas vous reposer. Je sais ce que nous allons faire. Je vais vous emmener chez moi. Ainsi, vous pourrez dormir sans être dérangée. Ne vous inquiétez pas, s'empressa-t-il d'ajouter lorsqu'il la vit écarquiller les yeux. Je vous montre les lieux et je vous laisse aussitôt pour revenir ici. Vous pourrez dormir où vous voudrez : sur le canapé ou dans l'un des lits ou encore où vous voudrez. Cet endroit sera le vôtre pour les quelques heures où vous y resterez.

— Hudson, c'est votre maison. Je ne peux pas y débarquer comme cela, sans crier gare et faire comme si j'étais chez moi.

— Et pourquoi pas ? Dites-moi un peu : depuis que vous vous êtes installée chez votre frère, est-ce que vous êtes restée seule ? Vraiment seule, j'entends.

Cette fois, elle n'hésita pas à lui répondre.

— Je suis seule lorsque je fais les courses et durant le trajet pour venir jusqu'ici. Et aussi, lorsque j'arrive à m'échapper pour une balade à cheval.

— À quand remonte cette dernière chevauchée en solitaire ?

— À quinze jours, admit-elle.

— Ce qui revient à affirmer que vous baignez dans le bruit presque vingt-quatre heures sur vingt-quatre. Vous avez besoin de faire une pause, Bella, de vous ménager quelques heures rien que pour vous. Allons, venez. Prenez votre manteau. Moi, je vais prévenir Sarah que je m'absente une vingtaine de minutes.

— Je peux conduire, vous savez, protesta-elle mollement.

— Pas question. Dans l'état où vous êtes, vous seriez bien capable de vous endormir au volant. Écoutez-moi : prenez votre manteau et allons-y.

Cette fois, elle n'eut pas la force d'argumenter. Elle lui obéit docilement et le suivit jusqu'au pick-up.

Bella ouvrit les yeux lorsque Hudson coupa le moteur devant un magnifique ranch. Le trajet n'avait pourtant pas été long mais, comme l'avait prévu Hudson, elle était tellement épuisée qu'elle avait piqué du nez aussitôt installée sur son siège.

Elle prit alors toute la mesure de ce qu'elle s'apprêtait à faire : cela paraissait surréaliste. Avait-elle vraiment accepté l'offre d'Hudson de venir dormir chez lui, dans un lieu qui lui était totalement étranger ?

— Nous voilà arrivés, déclara-t-il d'un ton enjoué. Et croyez-moi, à vous voir dormir comme vous venez de le faire, un peu de repos supplémentaire ne sera pas du luxe. Allons-y.

La demeure tout en pierre et en bois qui se dressait devant eux lui offrait l'image d'un havre de paix.

Comme à son habitude, Hudson vint lui ouvrir la portière et lui tendre la main pour l'aider à sortir. L'air frais et humide qui l'enveloppa aussitôt la fit frissonner. *La neige n'est pas loin,* songea-t-elle en scrutant le ciel devenu d'un gris presque métallique.

Alors qu'elle marchait à côté d'Hudson, elle se sentit toute petite. D'autant plus petite que la carrure déjà impressionnante de cet homme était accentuée par l'épaisse parka qu'il portait ce jour-là. Lorsqu'ils se retrouvèrent devant la porte d'entrée protégée par une avancée en pierre grise, elle eut l'impression de se retrouver isolée dans un cocon avec Hudson.

Ressaisis-toi, ma fille, se sermonna-t-elle intérieurement. *Hudson a raison, il est grand temps que tu dormes un peu. Tu finis par avoir les idées confuses.*

Elle le regarda enfoncer la clé dans la serrure puis, après avoir ouvert la porte, composer le code qui permettait de désamorcer l'alarme.

Au premier coup d'œil, elle constata que la maison avait été conçue avec des matériaux de qualité, comme le bois précieux du plancher ou les pierres anciennes des murs.

À sa droite se trouvait la salle à manger meublée, entre autres, d'une grande table en chêne massif entourée de chaises du même bois et d'un magnifique vaisselier dont les portes à claire-voie laissaient voir de la vaisselle en céramique. Face à elle s'ouvrait un salon aussi spacieux que chaleureux, flanqué de l'espace dédiée à la cuisine.

Hudson désigna le couloir qui se trouvait à leur gauche.

— Il y a deux chambres, là-bas, annonça-t-il, plus la mienne. Où voulez-vous vous installer ?

Le canapé en velours bleu et rouille lui parut très accueillant avec ses nombreux coussins moelleux. Oui, c'était exactement ce qu'il lui fallait, décida-t-elle.

— Ici, ce sera parfait, répondit-elle tout en retirant son manteau qu'elle posa au passage sur le dos d'un fauteuil en cuir.

Elle s'allongea sans plus attendre avec la délicieuse impression de flotter sur un nuage.

Hudson déposa son trousseau de clés sur l'immense table basse.

— Je vous le laisse, j'en ai un autre dans la voiture. Souhaitez-vous que je remette l'alarme en marche ?

— Comme vous voulez.

— Clive possède de nombreux objets d'art dans cette maison. D'où ce système de sécurité, expliqua-t-il.

— Sans parler du mobilier et de ce gigantesque écran, ajouta-t-elle en souriant.

Il prit une carte de visite dans sa poche sur laquelle il nota le code de l'alarme, puis il la coinça sous le trousseau.

— Je préfère rebrancher l'alarme, trancha-t-il. Le code est là, si vous avez besoin de sortir.

— Vous pouvez partir tranquille. Je ne compte pas bouger d'ici, répliqua-t-elle en ajustant les coussins derrière sa nuque.

Il s'empara d'une épaisse couverture en laine qui se trouvait sur une chaise toute proche et la posa sur le bras du canapé.

— Au cas où vous auriez froid, précisa-t-il. Elle est très chaude.

Sa seule présence suffisait à lui réchauffer le cœur et le corps, mais elle décida de ne pas se laisser aller à de telles divagations.

— Je rentrerai aussitôt que le dernier enfant aura quitté la crèche, reprit-il. Je viendrai vous chercher pour vous ramener à votre voiture. Vous avez mon numéro, pour le cas où vous ayez besoin de me joindre.

Lorsque leurs regards se croisèrent, le souvenir du baiser qu'ils avaient échangé lui revint en mémoire avec la plus parfaite netteté. Elle vit à la lueur ardente qui passait dans ses prunelles sombres qu'il pensait à la même chose qu'elle.

— Si toutefois vous avez faim, vous trouverez de quoi vous restaurer dans le réfrigérateur. Greta veille à ce qu'il soit toujours plein.

— Greta ? s'enquit-elle. Qui est Greta ?

— La femme du régisseur. Ils vivent dans la maison en bois qui se trouve en contrebas.

Après lui avoir adressé un dernier regard, il lui tourna le dos et se dirigea vers la porte.

— À tout à l'heure, lança-t-il alors qu'elle entendait le bip du système d'alarme suivi du bruit de la porte qu'il refermait derrière lui.

Ivre d'une joie enfantine, elle se pelotonna sur le canapé et ferma les yeux, la tête confortablement appuyée sur les coussins moelleux.

Le visage d'Hudson lui apparut aussitôt puis, un sourire d'aise aux lèvres, elle sombra dans un sommeil profond.

Hudson revint, quelques heures plus tard, après avoir fait un crochet par Wings to Go où il avait acheté des manchons de poulet à la sauce barbecue pour compléter les salades composées par les bons soins de Greta. Convaincre Bella de s'attarder un peu pour partager ce festin avec lui ne serait pas une mince affaire, mais il se faisait fort d'y parvenir.

Lorsqu'il alluma l'une des lampes qui éclairaient le salon, elle n'esquissa pas le moindre geste. Il resta immobile, se plaisant à la contempler dans son sommeil. Allongée sur le côté, face au dossier, elle s'était enfouie sous la couverture qu'elle avait remontée jusqu'à ses épaules. Il résista avec peine à plonger les mains dans sa longue chevelure éparse et à en laisser filer les mèches soyeuses entre ses doigts. Même endormie comme elle l'était, elle lui inspirait un désir irrépressible.

Sans faire de bruit, il alla dans la cuisine et entreprit de préparer la table pour le dîner. Il était occupé à dresser le poulet dans un joli plat en céramique lorsqu'il l'entendit bouger.

— Vous avez dormi comme une marmotte, lança-t-il en guise de salut. Avez-vous faim ?

Encore tout ensommeillée, elle repoussa la couverture et se redressa du mieux qu'elle put.

— Je ne vous ai même pas entendu entrer.

— Tant mieux. C'est signe que vous avez bien dormi.

— En effet. Je n'ai pas dormi autant en une semaine complète, il me semble.

Elle s'étira, puis lança un coup d'œil à sa montre.

— Mon Dieu, il faut que je rentre ! Jamie va être affreusement inquiet. Il doit se demander où je suis passée.

— Envoyez-lui un SMS. Vous pouvez vous réserver encore quinze ou vingt minutes pour dîner. Je vous le répète, Bella, il faut que vous preniez un peu soin de vous-même. Vous ne serez d'aucune aide à votre frère si vous craquez ou, pire, si vous tombez malade.

Elle hocha la tête, puis se pencha sur la table basse

afin de sortir son téléphone portable qui se trouvait dans son sac à main.

— Vous avez raison, admit-elle tout en tapant un texto qu'elle expédia à Jamie. Mmm… Ça sent drôlement bon.

— Je suis passé chez le traiteur prendre des manchons de poulet. Je me suis dit qu'avec les salades nous aurions tout ce qu'il faut pour faire un bon repas.

Il la vit balayer la pièce du regard, ce qu'elle n'avait pas fait en arrivant. Elle s'attarda sur la veste en flanelle qu'il avait laissée sur le dos d'une chaise, puis sur la paire de bottes qui traînait près de la cheminée et enfin sur son ordinateur portable posé sur une petite table d'appoint en bout de canapé.

Visiblement satisfaite de son tour d'inspection, elle se leva et s'approcha de lui.

— On dirait que vous vivez vraiment là, constata-t-elle.

— Sans doute parce que je vis vraiment là, répliqua-t-il, amusé. Enfin, pour le moment.

Malgré l'attirance qu'il éprouvait pour la délicieuse Bella, il était sincère. Il ignorait encore combien de temps il resterait dans les parages avant de filer explorer d'autres contrées.

— Si vous voulez bien vous asseoir, proposa-t-il en tirant l'un des hauts tabourets qui entouraient le comptoir.

Elle prit place, puis le fixa de manière si intense qu'il lui demanda :

— Quelque chose ne va pas ?

— Vous vous êtes donné beaucoup de mal pour moi aujourd'hui, répondit-elle. Je me demande bien pourquoi.

— Je vous l'ai dit. Je ne pouvais décemment pas vous laisser travailler dans l'état d'épuisement où vous vous trouviez.

Elle darda sur lui un regard scrutateur.

— Vous auriez agi de même avec n'importe laquelle

de vos employées ? insista-t-elle en englobant de la main la maison, le dîner et tout le reste.

— Non, répondit-il honnêtement. Je l'ai fait pour vous parce que je vous trouve… Comment dire ? Spéciale.

Elle arqua les sourcils afin de lui signifier son scepticisme.

— En général, lorsqu'un homme se montre aussi prévenant, c'est qu'il attend quelque chose en retour.

Il reposa dans son assiette le morceau de poulet qu'il s'apprêtait à manger.

— Peut-être. Nous ne nous sommes pas embrassés par hasard, Bella. Depuis que nous nous sommes rencontrés, quelque chose nous pousse l'un vers l'autre. Je me trompe ?

— Je ne sais pas de quoi vous parlez, éluda-t-elle, soudain mal à l'aise. Je ne…

— Dites-moi la vérité. Si vous pouvez me soutenir en face que vous n'éprouvez rien pour moi, je n'insisterai pas. Je vous reconduirai jusqu'à votre voiture et je me contenterai de garder en tête la relation cordiale qu'un patron se doit d'entretenir avec son employée.

— C'est ce que nous devrions faire, esquiva-t-elle encore une fois.

— Bella, vous ne répondez pas à ma question.

Cherchant sans doute à gagner du temps, elle déchiqueta un bout de pomme de terre du bout de sa fourchette, puis elle leva sur lui un regard empli de candeur.

— Non, répondit-elle en toute franchise. Je ne peux pas dire que je ne ressens rien pour vous. Mais je fais de mon mieux pour ne pas y penser.

— Cette tactique ne pourra pas marcher bien longtemps.

Elle poussa un long soupir et but une gorgée d'eau pétillante.

— Pourrions-nous parler d'autre chose ?

— Pourquoi ? Cette discussion vous embarrasse ?

— Non, mais je dois rentrer. Je sais que Jamie va avoir besoin de moi.

— Et vous craignez, en abordant le sujet qui nous préoccupe, de ne pas rentrer à temps, devina-t-il.

— Oui.

— Je comprends. Dans ce cas mangeons, et je vous ramènerai.

Ils terminèrent leur repas sans dire un mot, mais avec une conscience aiguë de l'intimité que créait cette proximité immédiate. Leurs regards se croisèrent souvent, leurs doigts s'effleurèrent à plusieurs reprises et, à chaque fois, il pouvait apercevoir la veine de son cou pulser plus vite. Il la vit soudain s'étonner en silence de la cicatrice qui lui barrait le sourcil gauche.

— Je suis tombé d'un arbre quand j'étais petit, expliqua-t-il. J'avoue que je me suis bien égratigné.

— Vous avez eu droit à des points de suture ?

— Douze. Et vous ? Étiez-vous une petite fille téméraire ?

— En tout cas, je ne grimpais pas aux arbres, répondit-elle en souriant. À la mort de nos parents, j'ai commencé à faire n'importe quoi. Je refusais de travailler à l'école, je ratais les cours, ce genre de choses.

Elle marqua une pause, ce qui l'amena à supposer qu'elle n'osait pas poursuivre.

— Quand je vois l'adulte que vous êtes devenue, obéissante et respectueuse des règles, j'ai du mal à vous imaginer en adolescente rebelle.

— Je suis pourtant allée loin. J'ai même franchi les limites plusieurs fois.

En guise de conclusion elle repoussa son tabouret et se leva. Visiblement, la discussion était close.

— Pouvez-vous m'indiquer les toilettes ?

Il lui désigna les lieux d'un geste de la main.

— C'est juste là-bas. À côté du bureau.

Pendant son absence, il s'affaira à ranger la cuisine, cherchant ce que pouvaient bien être ces limites qu'elle avait évoquées. En vain.

— Avez-vous jeté un coup d'œil au bureau en passant ? s'enquit-il lorsqu'elle fut de retour.

— Je ne me serais pas permis.

— Vous êtes du genre discret, alors ?

— En règle générale, oui.

— J'aimerais vous montrer les tableaux qui s'y trouvent. Venez. Cela ne nous prendra que quelques minutes.

Il la précéda dans le couloir qui menait au bureau et une fois parvenu devant, s'effaça pour la laisser entrer.

— Seigneur ! s'exclama-t-elle. Ce sont des originaux ?

— Tout à fait. Clive considère Barclay comme le plus grand peintre de l'Ouest américain.

Elle fixa son attention sur la représentation d'un ranch du Montana, situé près de Billings, puis un autre proche de Missoula, tous les deux ayant pour toile de fond la chaîne montagneuse des Rocheuses.

— J'ai tout de suite remarqué les toiles qui se trouvent dans le salon, dit-elle. Elles aussi sont magnifiques. M. Bickler doit vraiment avoir beaucoup d'argent pour pouvoir s'offrir ces merveilles.

— L'argent n'est pas toujours synonyme de bon goût, mais Clive ne manque ni de l'un ni de l'autre. C'est un réel connaisseur, et j'ai beaucoup de chance de pouvoir vivre là, dans cette espèce de musée privé que j'ai beaucoup de plaisir à vous faire partager.

— Je vous en suis très reconnaissantc.

Il lui désigna un vase qui se trouvait sur le large rebord d'une fenêtre.

— Il est signé, lui aussi.

Il la regarda s'en approcher pour l'examiner de près. L'obscurité du dehors alliée à la tranquillité des lieux lui fit retrouver l'intimité du moment qu'ils venaient de vivre à table. Bon sang, il rêvait de retrouver cette intimité en la conduisant dans sa chambre, toute proche.

Lorsqu'elle se retourna vers lui et qu'elle accrocha son regard, il résista difficilement à l'envie de l'attirer à lui et de l'embrasser pour retrouver le goût sucré de sa bouche. Mais s'il ne respectait pas une volonté qu'elle avait pourtant très clairement formulée, il risquait de la faire fuir à jamais.

Ne la brusque pas. Laisse-lui du temps.

— Je vais vous conduire à la crèche pour récupérer votre voiture et, ensuite, je vous suivrai jusque chez vous.

La voyant prête à objecter, il la fit taire d'un doigt posé sur sa bouche.

— Et ne me dites pas que je ne suis pas obligé de faire une chose pareille. Je le sais très bien. Si je vous raccompagne, c'est simplement que je le veux.

Ses lèvres étaient chaudes, souples, sensuelles. Lorsqu'il retira son doigt, elle fixait toujours sur lui son regard insondable. Il y avait une profondeur en Bella que peu de gens devaient avoir le privilège de connaître.

Un jour, il ferait partie de ces gens.

Il s'en fit la promesse.

Peu de temps après, Hudson et Bella se retrouvèrent immobiles, côte à côte, devant le ranch de Jamie. Elle ne savait comment le remercier pour tout ce qu'il avait fait pour elle, cet après-midi. Elle était en pleine confusion, ne s'étant certainement pas attendue à une telle bienveillance qui, pourtant, semblait innée chez lui. Que pouvait-elle bien entreprendre pour lui rendre un peu de cette bonté dont il avait fait preuve à son égard ? Lui avouer clairement qu'elle aussi ressentait cette petite étincelle aussitôt qu'elle était en sa présence ?

— Voulez-vous entrer une minute ? proposa-t-elle. J'aimerais vous présenter mon frère.

Peut-être Jamie saurait-il l'aider à faire le tri parmi les émotions contradictoires qui la submergeaient. Son frère aurait la distance qu'elle n'avait pas.

Malgré l'obscurité, elle vit ses sourcils s'arquer de surprise.

— Oui, bien sûr, répondit-il. J'en serais ravi.

Dans un geste plein de spontanéité, il lui prit la main, et ce fut avec leurs doigts ainsi entrelacés qu'ils se dirigèrent vers la porte.

Dès qu'ils eurent franchi le seuil de la maison leur parvint un vacarme épouvantable où se mêlaient le bruit de la télé en marche et les cris suraigus des petits qui jouaient par terre avec Paige Dalton et Jamie.

— Je suis content que tu aies dîné dehors, annonça son frère dès qu'il la vit entrer. Parce que, ici, c'est la misère.

Jared rampa le plus vite qu'il put dans sa direction. Elle laissa tomber son sac par terre, se débarrassa de son manteau et se baissa pour prendre le bébé dans ses bras, qu'elle se mit aussitôt à cajoler.

— Salut, mon bonhomme, roucoula-t-elle. J'espère que tu n'as pas trop embêté ton papa pendant que je n'étais pas là.

— Katie et lui vont mieux aujourd'hui, expliqua Jamie en se levant, le petit Henry dans les bras. Je crois que le gros de la crise est passé.

Elle présenta l'un à l'autre les deux hommes qui se donnèrent une poignée de main aussi franche que virile. Tous deux avaient la même taille et la même silhouette athlétique. Elle présenta ensuite Paige, doublement qualifiée pour s'occuper des triplés, étant elle-même maman et institutrice.

— Si vous voulez bien m'excuser, déclara celle-ci après

avoir serré la main d'Hudson à son tour, c'est l'heure du bain de la petite Katie.

Soudain, Jared se pencha vers lui et lui tendit les bras.

— Ne vous sentez pas obligé de…

Mais déjà, Hudson l'avait pris contre lui et lui parlait comme s'il avait une grande habitude des bébés.

— Salut, grand gaillard. J'ai entendu dire que tu empêchais ton papa et ta tante de dormir. J'espère que ces vilaines dents sont enfin sorties et qu'elles ne te feront plus souffrir.

— Jusqu'aux prochaines, lâcha Jamie avec un mélange d'ironie et de lassitude.

Hudson opina tout en installant Jared plus confortablement au creux de son bras.

— Ce doit être quelque chose de devoir gérer trois bébés à la fois, dit-il, mi-admiratif, mi-incrédule. En fait, c'est un peu comme avoir sa propre crèche à la maison.

— J'espère que Bella vous a expliqué pourquoi les triplés ne sont pas inscrits à la crèche. Nés grands prématurés, ils sont fragiles, il ne faut leur faire courir aucun risque.

— Je comprends tout à fait. Et d'après ce que j'ai entendu dire, ils sont entre de bonnes mains.

— C'est vrai que les gens qui nous aident comptent parmi les meilleurs. Je ne parle même pas de Bella.

Il était aisé de voir le lien qui les unissait, Jamie et elle. Ils se comprenaient d'un geste, d'un regard, sans même se dire un mot.

Jamie déposa Henry dans une poussette pour pouvoir reprendre Jared des bras d'Hudson.

— Viens un peu là, mon bonhomme. Ça va être ton tour d'aller prendre ton bain.

— Je vais y aller, annonça Hudson. Jamie, j'ai été ravi de vous rencontrer.

— Moi de même, approuva l'intéressé en hochant la tête.

Bella raccompagna Hudson jusqu'à la porte.

— Ici, c'est toujours un peu la panique, s'excusa-t-elle.

— Comme à la crèche, répliqua-t-il avec un sourire.

Ils se tenaient très près l'un de l'autre, immobiles, sans qu'aucun d'eux n'esquisse le moindre geste pour s'éloigner de l'autre. Que devait-elle faire ? Comment devait-elle s'y prendre pour lui dire au revoir ? Ils se trouvaient pris entre une relation professionnelle et une relation personnelle qu'elle n'était pas certaine de vouloir voir évoluer.

— Merci pour tout ce que vous avez fait pour moi, finit-elle par avouer du fond du cœur. J'ai beaucoup apprécié cette plage de sommeil et ce délicieux dîner au calme, en votre compagnie.

En guise de réponse, il haussa les épaules avec désinvolture.

— Vous avez été tellement gentil ! ajouta-t-elle en lui souriant.

Il avança la main vers son visage et lui caressa doucement la joue.

— Ce n'était pas que de la gentillesse, Bella. Et n'oubliez pas : nous reprendrons bientôt la discussion que nous avons entamée ce soir.

Sur quoi, il ouvrit la porte et sortit.

Désappointée qu'il n'ait pas cherché à l'embrasser, elle le suivit du regard jusqu'à ce que son pick-up disparaisse de son champ de vision.

- 5 -

Le samedi matin, Hudson se leva à l'aube. Il avala à la hâte un café bien chaud et l'un des beignets que lui avait confectionnés Greta, puis il sortit pour une chevauchée sur Breeze.

Cette promenade matinale, qui prêtait aussi bien à la contemplation qu'à l'introspection, le fit réfléchir sur lui-même. Contrairement à Bella, il n'avait aucun but précis dans la vie. Il revit Jamie se démener tant bien que mal avec ses triplés, alors qu'il avait par ailleurs un ranch à gérer. La chaîne de solidarité, aussi efficace soit-elle, ne suffisait pas à lui dégager assez de temps, comme en attestait la clôture de l'enclos qui avait bien besoin d'être réparée.

Une idée germa alors dans son esprit, qu'il se faisait fort de concrétiser avant que le mauvais temps ne s'installe vraiment.

Au lieu de rester dans son ranch, il se rendit à la scierie à bord de son pick-up, puis, une fois ses achats effectués, il se rendit sans tarder à Stockton Ranch. Le sol gelé l'empêchait de changer les piquets, mais il pouvait remplacer les lattes de bois trop abîmées.

Il se mit à l'ouvrage, heureux de renouer avec l'un de ces travaux physiques qu'il aimait tant. Au bout d'une heure, il alla se réchauffer dans son pick-up et manger un autre des beignets de Greta, qu'il avait pris la précaution d'emporter. Il était midi lorsqu'il vit Jamie sortir précipitamment de la maison pour se ruer droit vers lui, l'air furieux.

— Que faites-vous ici ? s'enquit-il, d'un ton hargneux.

— J'ai pensé qu'un coup de main vous serait utile pour réparer cette barrière, répondit calmement Hudson. Au moins pour sécuriser le bétail.

— Je n'ai pas plus envie que vous de voir mon bétail prendre la fuite, gronda Jamie. Mais je ne veux pas que vous fassiez mon travail à ma place.

— Je voulais juste vous aider, tout comme le font les gens qui ont créé la chaîne de solidarité pour s'occuper avec vous de vos bébés.

— C'est différent. Je dois accepter cette aide pour le confort et le bien-être de mes enfants. Mais ce qui concerne les travaux du ranch ne regarde que moi. C'est Bella qui vous a soufflé cette idée ?

— Non, bien sûr que non, s'empressa-t-il de répondre. J'ai vu l'état de la clôture en passant devant, voilà tout. Le mauvais temps risque d'aggraver les dégâts.

— C'est mon problème, pas le vôtre.

Hudson vit alors Bella se diriger vers eux en courant, cheveux au vent et sans même avoir pris la peine de fermer sa parka.

— Je vais arrêter puisque vous me le demandez, capitula-t-il. J'ai acheté tout le matériel nécessaire. Voulez-vous que j'aille le stocker dans l'une de vos granges ?

— Je n'ai pas besoin qu'on me fasse la charité, s'entêta Jamie. Vous pouvez tout reprendre et partir d'ici.

Bella posa une main qui se voulait réconfortante sur l'épaule de son frère.

— Jamie, dit-elle dans un souffle.

— Je ne plaisante pas, Jones, reprit Jamie d'une voix un peu plus aigre. Vous avez le droit de superviser le travail de Bella qui est pourtant irréprochable mais, ici, c'est moi qui décide. Alors, laissez-moi prendre soin des miens comme je l'entends.

Hudson comprenait ce sursaut de fierté. Lui-même subissait l'autorité de Walker depuis des années, et ce n'était qu'en ravalant sa fierté qu'il était parvenu à garder une relation paisible avec son aîné.

Jamie, lui, avait perdu son épouse et la mère de ses enfants. Qu'avait-il à gagner — ou à perdre — en laissant libre cours à une fierté qu'Hudson jugeait pourtant mal placée ?

Il inclina légèrement son Stetson pour saluer brièvement Bella.

— Je comprends, marmonna-t-il. Je m'en vais.

Il rassembla les éléments qui traînaient par terre et les lança à l'arrière du pick-up. Il jeta un regard à Bella par-dessus son épaule. La pauvre avait l'air d'être prise entre eux deux, ne sachant trop de quel côté se placer.

Il allait lui faciliter les choses. Sans plus s'attarder, il se glissa derrière son volant et démarra en trombe. Il avait mal calculé son coup. *Aucune bonne action ne reste ignorée*, se rappela-t-il avec amertume.

La vie de baroudeur qu'il avait connue jusque-là représentait la facilité. Une facilité qui ne le satisfaisait plus tout à fait, car elle barrait la route aux liens véritables, qu'il s'agisse d'amour ou d'amitié.

Comme chaque lundi matin, l'arrivée en masse des petits se fit dans une joyeuse pagaille que Bella s'appliqua à calmer avec le sourire.

Hudson n'avait pas encore eu l'occasion de lui parler, mais de toute façon il la sentait réticente, voire fuyante. Avec le recul, il avait compris ce que son attitude avait pu avoir d'ambigu et en quoi elle avait pu être mal perçue. En le voyant prendre une telle initiative, Jamie avait cru découvrir en lui tout ce qu'il n'était pas : un être arrogant, un brin condescendant, qui cherchait à se mêler de ce qui ne le regardait pas.

Aussi fut-il surpris lorsque, en fin de matinée, Bella vint frapper à sa porte laissée ouverte.

Il se leva aussitôt et contourna son bureau, soucieux de réduire autant que possible la distance entre eux.

— Hudson, il faut que je vous parle, annonça-t-elle avec gravité.

— Cela tombe bien, rétorqua-t-il d'un ton plus léger. Moi aussi.

Elle lui sembla encore plus jolie ce matin-là, dans son pull bleu pâle qu'elle avait assorti à un pantalon bleu marine. Il remarqua avec amusement qu'elle avait pris la précaution de se chausser de bottes fourrées en prévision des chutes de neige qui avaient été annoncées. Bella n'était pas femme à se laisser surprendre.

— Mais je vous en prie, je vous écoute.

— Je voulais vous présenter mes excuses. Jamie s'est comporté de manière inqualifiable.

— Non, c'était ma faute.

Elle secoua vivement la tête.

— Pas du tout. Jamie a réagi de façon excessive alors que vous ne cherchiez qu'à lui rendre service.

Il ne répondit rien, trop soucieux de refouler le désir qu'elle suscitait chez lui.

— En fait, poursuivit-elle, bien loin d'imaginer les pensées qui lui traversaient l'esprit, ce n'était pas dirigé contre vous. C'est juste qu'il a l'impression de ne plus avoir aucun contrôle sur sa vie. Vous voyez ce que je veux dire ?

— Oui, je crois. Mais toutes ces responsabilités le minent en même temps qu'elles l'épuisent. Et ce que je crains, Bella, c'est qu'il vous entraîne avec lui dans ce cycle infernal.

— Je vais bien, je vous assure. Mais j'avoue que Jamie m'inquiète. Grâce à vous, j'ai pu prendre un peu de repos vendredi, mais mon frère, lui, ne s'est pas arrêté une minute depuis la disparition de sa femme. Et je ne vois pas comment il pourrait le faire.

— Sans doute s'imagine-t-il qu'il ne peut pas déléguer et que, sans lui, tout partira à vau-l'eau. Mais pour en revenir à notre accrochage, j'ai ma part de responsabilité là-dedans. Je n'aurais jamais dû me mêler de réparer cette clôture sans lui en parler au préalable. Je m'en veux terriblement d'être à l'origine de cet incident.

— Vous avez réparé une grande partie de cette barrière, insista-t-elle, et lorsqu'il s'en sera rendu compte, il sera le premier à vous en être reconnaissant.

Elle fit un pas vers lui, qui accéléra les battements de son cœur.

Le prenant au dépourvu, elle se hissa sur la pointe des pieds et l'embrassa tendrement sur la joue. Ce baiser était aussi léger que les ailes d'un papillon ; pourtant, il le ressentit jusque dans la moindre parcelle de son corps.

— Merci, souffla-t-elle.

Puis elle lui tourna le dos et quitta la pièce de sa démarche souple et aérienne.

Une fois seul, il se passa la main à l'endroit où ses lèvres l'avaient effleuré, geste qu'il reproduisit à plusieurs reprises tout au long de la matinée. Il resta ainsi, entre rêve et réalité, plus occupé à musarder qu'à travailler sur son ordinateur.

Vers midi, une neige aux flocons drus et collants commença à tomber et, en un rien de temps, tout fut bientôt recouvert.

Le téléphone se mit à sonner avec insistance. Il comprit tout de suite que les parents, de crainte que les routes ne soient rapidement impraticables, souhaitaient récupérer leurs enfants avant l'heure de la sortie. Moins d'une heure plus tard, la crèche était totalement déserte, ce qui lui donna une idée.

Il alla trouver Bella qui, sa parka sur le dos, s'apprêtait à partir.

— Que diriez-vous d'aller faire une balade à cheval sous la neige ?

— Vous êtes sérieux ?

— Tout à fait. Si vous êtes d'accord, je peux vous suivre jusque chez votre frère, ce qui me donnera l'occasion de lui présenter mes excuses. Ensuite, je vous emmène au Lady B, et nous partons à la chasse aux flocons. Qu'en pensez-vous ?

— Chez vous ?

— Oui, chez moi. Je pense à une jument baie qui vous irait parfaitement. Elle s'appelle Boots.

— Dans ce cas, je n'ai plus à hésiter, conclut-elle en riant. Allons-y.

Quelques minutes plus tard, il garait son pick-up derrière la voiture de Bella et, ensemble, ils se dirigèrent vers la maison.

— Jamie ? appela-t-elle depuis l'entrée. Je suis avec quelqu'un qui voudrait te parler.

Jamie sortit de la cuisine, un doigt sur sa bouche pour leur signifier de ne pas faire de bruit.

— Chut ! C'est la première fois qu'ils dorment tous les trois en même temps.

Sans hésiter, Hudson s'avança vers lui, main tendue et sourire aux lèvres.

— Je suis désolé, s'excusa-t-il. Mon but n'était pas de me montrer intrusif. Je comprends tout à fait que vous vouliez gérer votre ranch et votre vie à votre convenance. Je n'aurais pas dû m'atteler à cette réparation sans vous en parler avant.

Jamie resta quelques secondes silencieux, semblant chercher à savoir si Hudson était sincère.

— Je ne vous en veux pas, finit-il par lâcher en prenant la main qu'il lui tendait. Vous avez fait du bon boulot, mais je tiens à vous payer le matériel et les heures que vous avez passées à travailler.

— Si nous coupions la poire en deux ? Vous me remboursez simplement la facture. Le temps que j'ai passé sur cette clôture ne m'était pas compté. Je l'ai pris sur mon temps libre.

De nouveau, Jamie le jaugea en silence.

— J'accepte. À condition que vous n'hésitiez pas à venir me trouver si vous avez besoin de quoi que ce soit.

— Marché conclu. Et cela tombe bien, car j'ai une faveur à vous demander. J'aimerais emmener votre sœur faire une balade à cheval chez moi. Y voyez-vous un inconvénient ?

Jamie rejeta la tête en arrière, cherchant à lire sur le visage de Bella ce qu'elle pensait de cette proposition.

— J'irais volontiers, déclara-t-elle. Sauf si tu as besoin de moi, bien sûr.

— Fallon est là-haut. Elle fait le tri dans les vêtements des petits. Elle a même proposé de passer la nuit ici. Tu peux donc partir tranquille.

— Parfait, se réjouit Bella. Dans ce cas, je vais enfiler des vêtements plus chauds. Je n'en ai que pour quelques minutes, Hudson.

Tandis qu'elle se ruait dans l'escalier, Jamie murmura, comme pour lui-même :

— Chevaucher sous la neige. Nous faisions ça, quand nous étions enfants.

— Vous voulez dire avant la disparition tragique de vos parents ? s'enquit-il, curieux d'en savoir plus sur l'enfance de Bella.

— Oui, parce que, après ça, nous n'avons plus connu de moments joyeux.

— Bella m'a raconté que vos grands-parents vous ont

accueillis, contraints et forcés, et qu'ils vous le rappelaient souvent. Je n'arrive pas à le croire !

— C'est pourtant la vérité. Je suis surpris qu'elle vous ait fait de telles confidences. Elle ne parle jamais de notre enfance. Vous a-t-elle parlé d'autre chose ?

— Elle m'a appris que votre grand-père vous avait rendus responsables de la mort de sa femme.

— C'est vrai aussi.

À la façon dont Jamie se mit à scruter son visage, Hudson se demanda s'il ne cherchait pas à deviner quelles autres confidences Bella avait bien pu lui faire.

Quel secret le frère et la sœur partageaient-ils ? s'interrogea-t-il, au comble de la curiosité.

Le retour de Bella, en jean et pull à col roulé rose et blanc, mit un terme à ses questionnements internes. S'il ressentait le besoin impérieux de la prendre dans ses bras pour la protéger, il dut pourtant se contenter de la regarder enfiler sa parka et s'assurer que ses gants se trouvaient bien dans ses poches.

— Allons-y, décida-t-il lorsqu'il la vit prête. J'appellerai Edmond en cours de route, pour qu'il selle les chevaux.

Tandis qu'ils roulaient en silence vers le ranch Lady B, Bella se demanda ce qui avait bien pu la pousser à accepter une proposition aussi fantasque. Était-ce l'enthousiasme communicatif d'Hudson ? Le besoin de mettre un peu de fantaisie dans sa vie trop bien rangée ?

Elle vit Hudson dépasser le ranch pour se diriger vers un grand bâtiment de briques rouges, proche d'une maison en bois.

— C'est la maison du régisseur ? s'enquit-elle alors qu'ils sortaient de la voiture.

— Oui. Il y vit avec sa femme, Greta. C'est un endroit très chaleureux. Nous irons les saluer à notre retour, si vous voulez.

— Je culpabilise d'avoir laissé Jamie seul avec les triplés, lâcha-t-elle tout d'un coup.

— Bella, ce sont ses enfants, pas les vôtres. Excusez-moi, s'empressa-t-il d'ajouter en voyant son regard se voiler de colère. Je n'aurais pas dû être aussi direct. Mais c'est la vérité, Bella. À un moment ou à un autre, il faudra bien qu'il se débrouille seul. Et pour l'heure, vous n'avez pas à culpabiliser, puisque Fallon est avec lui pour l'aider.

— J'aimerais être aussi pragmatique que vous, murmura-t-elle. Malheureusement, je n'y arrive pas.

Il fit un pas vers elle et posa les mains sur ses épaules.

— Je peux vous aider à trouver un équilibre, si vous le souhaitez.

— Et moi, que pourrais-je vous apporter ?

La réponse se trouvait dans son regard : un baiser. Mais il ne pencha pas la tête vers elle.

— Il ne s'agit pas de tout négocier, vous savez, déclara-t-il. J'étais sincère lorsque j'ai affirmé à Jamie que je n'attendais rien en retour, et il en va de même pour vous. J'apprécie ces moments que nous partageons, juste pour le plaisir que me procure votre compagnie. Mais ceci dit, vous aussi, vous pouvez m'apporter quelque chose.

— Ah oui ? Quoi donc ?

— Vous m'avez reproché de ne pas avoir de but dans la vie. Vous pourriez peut-être me faire avancer de ce côté-là.

— Parfois, Hudson, je me demande si vous êtes sérieux ou si vous me faites marcher.

— Bella, je ne vous ferai jamais marcher, comme vous dites. Vous êtes une belle, intelligente et vous méritez qu'on vous écoute.

Un large flocon vint se poser sur l'arête de son nez, mais elle n'esquissa pas le moindre geste pour l'essuyer, tant elle semblait profondément concentrée sur ce qu'elle s'apprêtait à répondre.

— Mes parents étaient merveilleux, commença-t-elle. Enfin, du plus loin que remontent mes souvenirs. J'ai gardé comme un trésor l'album dans lequel sont réunies des photos de notre famille aux temps heureux. On y voit papa et maman qui jouent au ballon avec nous ou nous éclaboussent avec un tuyau d'arrosage en riant aux éclats. Nous étions écoutés, importants, chéris. Mes grands-parents, eux, nous adressaient à peine la parole. Le plus souvent, ils ne parlaient qu'entre eux. Ils ne nous consultaient jamais avant de prendre une décision et ils ont envoyé…

Elle s'interrompit brusquement, soucieuse de ne pas susciter chez lui le moindre sentiment de pitié.

— Nos grands-parents ne nous écoutaient jamais, insista-t-elle. Après la mort de sa femme, notre grand-père s'est complètement replié sur lui-même. C'était comme s'il n'était plus avec nous. Il ne se manifestait que pour aboyer des ordres ou pour poser le repas sur la table, avec le plus de hargne possible. Son cœur était aussi dur et sec qu'un bout de bois, et je me languissais de quitter cette maison pour échapper à l'ambiance étouffante qui y régnait.

Dans un élan de tendresse, il lui passa un bras autour des épaules.

— J'ai connu cela, moi aussi, renchérit-il. Ma mère était d'une froideur inouïe avec nous. Elle se prétendait réservée, mais cela revenait au même.

— Je crois que mon grand-père n'était pas d'une nature facile au départ, mais il s'est endurci un peu plus lorsque nous avons débarqué dans sa vie sans crier gare. Pourquoi votre mère se montrait-elle aussi froide avec vous ?

— Je ne sais pas trop. Je crois qu'elle n'était pas heureuse avec son mari et que celui-ci ne faisait rien pour arranger les choses. En fait, ils n'éprouvaient l'un pour l'autre que du ressentiment mutuel.

— Heureusement, vous aviez vos frères.

— Oui. Nous avions établi nos propres règles. Nous nous disputions beaucoup, mais nous nous protégions les uns les autres et nous partagions tous nos secrets.

— C'est pour cela que vous avez volé au secours de Walker, lorsqu'il vous l'a demandé ? Au nom de la complicité qui vous unissait ?

— C'est l'une des raisons, en effet.

Dans un geste d'une infinie douceur, du bout des doigts, il balaya la neige qui saupoudrait ses cheveux.

— Allons, bougeons un peu, sans quoi vous allez vous transformer en statue de glace.

Joignant le geste à la parole, il lui ouvrit la porte de l'écurie et la fit entrer en premier.

— Bonjour, Edmond, lança-t-il en avisant le régisseur qui s'affairait dans l'une des stalles. Tout va bien ?

— Tout va bien. Je viens juste de finir de seller Boots. Quant à Breeze, elle piaffe déjà d'impatience.

— Elles seront peut-être moins excitées lorsqu'elles verront la neige, mais nous ne sortirons pas trop longtemps.

— Greta m'a chargé de vous demander si vous vouliez dîner avec nous quand vous rentrerez. Elle a mitonné un chili qui sera « tout à fait ce qu'il vous faudra après cette balade dans le froid ».

Hudson interrogea Bella du regard.

— Qu'en pensez-vous ? Jamie pourra se débrouiller sans vous ?

Elle repensa à tout ce qu'il lui avait dit sur sa vie, sur la nécessité pour Jamie de devoir vivre un jour sans son aide. Et puis, il y avait Fallon qui était prête à passer la nuit au ranch et… du temps avec Jamie. Ce serait sans doute une bonne chose que de leur laisser l'opportunité de se retrouver seuls, en tête à tête.

— Je vais quand même lui passer un coup de fil pour m'en assurer, décida-t-elle en s'écartant un peu des deux hommes.

Quelques secondes plus tard, elle était de retour, prête à enfourcher sa monture.

— Qu'a-t-il dit ? s'enquit Hudson.

— Que tout était sous contrôle, répondit-elle en lui souriant.

— Parfait. J'ai baissé un peu les étriers afin que vous puissiez monter plus facilement, mais je les réglerai dès que vous serez installée.

Elle apprécia cette délicatesse qui collait si peu avec l'image de tombeur que les gens avaient de Hudson. Elle découvrait au fil des jours un gentleman, un homme attentif et attentionné, dont la personnalité la charmait de plus en plus.

Il avait fière allure sur sa jument. Le dos droit, les épaules redressées mais le corps souple, il semblait ne faire qu'un avec sa jument. Elle le trouva incroyablement séduisant dans la peau du parfait cow-boy qu'il était.

Il partit le premier, et elle lui emboîta le pas, se fiant totalement à lui. Il y avait si longtemps qu'elle n'avait plus accordé sa confiance à un homme ! Pour elle, cela relevait de l'utopie. Aussi peu probable que de tomber amoureuse d'un homme qui vous aimerait en retour.

Il régnait autour d'eux un silence quasi sépulcral. Elle inspira profondément, se contentant de savourer l'instant présent.

Hudson changea tout à coup de direction pour piquer vers le sud et se tourna à demi pour lui faire signe de le suivre. Ils longèrent un moment un bois de pins et de trembles avant d'arriver à un étang auquel le gris du ciel, en s'y reflétant, donnait des allures de miroir étincelant.

Hudson attendit qu'elle soit à sa hauteur pour lui demander :

— Cela vous dirait de mettre pied à terre un moment ?

Il lui montra du doigt une canopée qui avait des allures de paradis terrestre.

— Les arbres nous protégeront de la neige.

— Bien sûr, s'empressa-t-elle d'accepter. C'est tellement beau par ici !

Il descendit de son cheval le premier, afin de l'aider à descendre à son tour, lui enserrant la taille de ses grandes mains rassurantes avec une telle aisance qu'il lui donnait l'impression de ne pas peser plus lourd qu'une plume.

Lorsqu'ils furent parvenus sous la frondaison, elle comprit pourquoi il avait tenu à la conduire là. D'où ils se tenaient, ils avaient une vue imprenable sur l'étang métallique que bordait un épais manteau neigeux.

— Il faut venir jusqu'ici pour se rendre compte du bruit incessant dans lequel nous vivons.

— Vous venez souvent ? s'enquit-elle presque à mi-voix, de crainte de rompre le charme.

— Oui. Mais c'est facile pour moi, ajouta-t-il en souriant, je n'ai pas à m'occuper de triplés lorsque j'ai terminé ma journée de travail.

— Pourquoi m'avez-vous amenée ici, Hudson ? demanda-t-elle en cherchant son regard.

— Pour vous montrer que, même si je n'ai pas de but précis dans la vie, je suis attaché à certaines valeurs. Notamment à la liberté que m'offrent ces grands espaces. Je ne supporte aucune limite, aucune frontière qui m'empêcherait d'aller où je veux.

Ces mots, prononcés avec une conviction profonde, lui donnèrent envie de le pousser un peu plus dans ses retranchements.

— Avez-vous toujours été ainsi ou devez-vous aux hasards de la vie d'être devenu le baroudeur que vous êtes ?

— Je crois que ce sont mes parents qui, inconsciemment, m'ont donné l'envie de partir.

— Je regrette de ne pas avoir fait comme vous, déplora-t-elle en soupirant.

Elle craignit aussitôt d'en avoir trop dit. La dernière chose qu'elle souhaitait, c'était bien de replonger dans ce passé qu'elle s'évertuait tant bien que mal à garder enfoui au plus profond d'elle-même. Elle ne tenait pas à rouvrir cette plaie encore vive, à évoquer l'adolescente perdue qui, pour se rebeller contre l'injustice de la vie, avait choisi le mauvais côté de la barrière.

Dieu merci, il sembla ne pas avoir entendu. Il se tourna vers elle et, dans un geste plein d'attention, resserra le lien qui tenait son chapeau.

— Vous aussi, vous pouvez devenir une aventurière et prendre des risques. Il n'est jamais trop tard pour bien faire.

Le regard ardent qu'il posait sur elle, conjugué aux vibrations presque tangibles qui passaient entre eux, l'incita à lui demander d'un ton taquin :

— Voulez-vous dire que je devrais prendre le premier avion pour Paris ?

— Non. Je voulais dire que vous devriez m'embrasser.

Lorsqu'il l'attira à lui, elle ne chercha pas à lui échapper. Au contraire, même, elle se lova avec délice entre ses bras, se plaisant à imaginer leurs deux corps nus dans le même lit. Elle ferma les yeux, bien décidée à ne penser qu'à ses mains douces sur son visage et à son pouce qui caressait doucement ses lèvres entrouvertes.

Le froid polaire ne pouvait rien contre le feu qui s'était mis à couler dans leurs veines. Lorsque la bouche brûlante de Hudson se posa sur ses lèvres, puis que sa langue se mêla à la sienne, elle enroula les bras autour de sa nuque et se plaqua un peu plus étroitement contre lui, soucieuse de ne laisser aucune distance, même minime, les séparer.

— Bella, lui murmura-t-il à l'oreille, j'ai envie de toi.

— Moi aussi, admit-elle simplement.

Ils s'embrassèrent encore et encore, sans relâche, indifférents au temps qui passait et oublieux de tout ce qui n'était pas cette bulle qui les tenait éloignés du monde terrestre.

Le premier, Hudson lâcha sa bouche toute gonflée de leurs baisers.

— Si nous étions ailleurs, murmura-t-il, dans un endroit plus chaud et plus confortable, je te ferais l'amour.

Elle avait l'impression de naviguer entre deux eaux.

Car si elle brûlait elle aussi de s'abandonner, elle ne pouvait cependant ignorer la voix de la raison qui lui soufflait qu'en cédant à ses sens elle risquait de commettre une grossière erreur.

— Considérons cette faiblesse comme un moment d'égarement, préféra-t-elle trancher. Nous ne savions pas ce que nous faisions.

— C'est justement cela qui est bon, Bella ! s'exclama-t-il. L'aventure se trouve partout autour de nous. Il suffit de savoir la saisir. Laissons faire les choses et voyons où cela peut nous mener. Tu ne veux pas ?

Puis, sans doute pour l'empêcher de lui répliquer ce qu'il n'avait pas envie d'entendre, il lui ferma la bouche d'un nouveau baiser.

— Et si nous allions nous régaler du chili de Greta ? proposa-t-il lorsqu'il se fut écarté d'elle. Voilà qui nous réchaufferait !

Elle consentit d'un hochement de tête, soudain rêveuse.

Saurait-elle prendre des risques, comme l'espérait Hudson ? Saurait-elle être son aventurière ?

- 6 -

Aussitôt que Bella entra chez Greta et Edmond, elle sentit une douce chaleur l'envelopper. Une chaleur physique, certes, mais aussi une chaleur humaine.

La maison de leurs hôtes était à leur image. Simple et accueillante. Le mobilier était disparate, mais authentique. Le plancher, usé par endroits, était rehaussé par les nombreux tapis colorés qui le décoraient.

— J'adore votre maison, dit Bella dans un accent de sincérité qui ne trompait pas. Elle est pleine de charme.

— Merci, répondit Greta que la spontanéité de Bella semblait toucher. J'essaie de tout faire moi-même, comme ces rideaux que vous voyez là, ajouta-t-elle en pointant la fenêtre du doigt. Heureusement que j'ai pu sauver ma machine à coudre de la grande inondation.

Edmond désigna la table sur laquelle trônait une marmite d'où s'échappait une délicieuse odeur de chili.

— Asseyons-nous. Nous pourrons continuer à discuter tout en mangeant.

— Notre ranch a été ravagé par l'eau, reprit Greta. Nous avons pu mettre en sécurité les quelques têtes de bétail que nous possédions ainsi que des effets personnels auxquels nous attachions une valeur sentimentale. Mais tout le reste, nous l'avons perdu.

Dans un geste qui se voulait réconfortant, Edmond couvrit de la sienne la main de sa femme. Visiblement, cet épisode faisait renaître chez eux une vive émotion.

— Nous nous sommes installés dans une pension de famille, sans savoir ce que nous allions devenir, poursuivit Greta. Nous nous sommes retrouvés sans travail, livrés à nous-mêmes, comme la plupart des habitants de Rust Creek Falls. Puis la chance a tourné en notre faveur lorsque nous avons rencontré Clive Bickler qui souhaitait quitter la ville. Il nous a proposé de loger gratuitement ici, en échange de travaux de gardiennage. C'était une opportunité que nous ne pouvions pas refuser. Un signe de la providence, même. Nous prions tous les jours pour qu'il n'ait pas l'idée de vendre.

Le repas se passa de manière très agréable, ponctué par des anecdotes, drôles ou moins drôles, de la vie de Greta et Edmond à l'époque où ils avaient leur propre ranch puis à celle, plus récente, de leur installation dans celui de Clive. À moment, les hommes parlèrent entre eux de chevaux tandis que les femmes s'échangèrent des recettes de cuisine.

Ils en étaient au dessert — un délicieux gâteau au gingembre couronné de crème fouettée — lorsque le couple échangea un regard complice et reposa ses couverts dans une synchronisation parfaite.

— Nous avons une grande nouvelle, annonça Greta dont le visage était devenu radieux.

— De quoi peut-il bien s'agir ? s'enquit Hudson, pour le plaisir du jeu. Ne me dites pas que vous allez me nourrir plus que vous ne le faites déjà. Mon réfrigérateur déborde de tous vos bons plats.

Greta balaya cette hypothèse d'un geste de la main.

— Il s'agit de nos enfants.

— De notre fille, Gracie, plus précisément, ajouta Edmond que l'on sentait aussi impatient que sa femme d'annoncer la bonne nouvelle. Elle est enceinte. Nous allons être grands-parents.

— Edmond est déjà en train de se demander combien

de temps il lui faudra attendre pour apprendre à cet enfant à se tenir en selle.

— Leur fille vit à Kalispell, expliqua Hudson. C'est une chance, car ils pourront ainsi rendre visite à leur petit-enfant aussi souvent qu'ils le voudront.

— Nous savons déjà que ce sera une fille, se rengorgea Greta. Quel bonheur ! Je vais renouer avec les barrettes dans les cheveux, les robes à smocks et les petites chaussures vernies.

— Sauf si elle hérite de sa mère qui était un véritable garçon manqué, objecta Edmond.

Bella ne put que remarquer à quel point les futurs grands-parents étaient radieux, tandis que Hudson, qui se réjouissait sincèrement pour eux, manifestait la plus grande bienveillance. Elle se sentait si bien entourée par ces trois personnes qui irradiaient de bonheur !

— L'arrivée d'un bébé est toujours une source de joie immense, commenta-t-elle avec une pointe de tristesse.

Ces gens pleins de bonté lui rappelaient le fondement même d'une famille : on rencontrait quelqu'un dont on tombait amoureux, avec qui on se mariait et avait des enfants. Elle se revit entre les bras d'Hudson, leurs lèvres jointes dans des baisers enflammés. Quelle serait la prochaine étape ?

Il n'y aurait pas de prochaine étape, décida-t-elle fermement. À quoi bon puisqu'elle ne pouvait pas avoir d'enfants ? Quel homme voudrait d'une femme au ventre stérile ?

Il serait plus sage d'attendre l'amour lorsqu'elle ne serait plus en âge de procréer. À un stade de leur vie où les hommes ne souhaitaient plus fonder de famille, mais profiter des plaisirs qu'elle offrait.

Elle chassa ces pensées noires de son esprit pour tenter de se concentrer sur la discussion joyeuse qui se poursuivait. Mais elle avait beau faire, le cœur n'y était pas. Elle souffrait affreusement. Elle souffrirait toujours.

Tandis qu'il reconduisait Bella chez elle, Hudson se sentait en pleine confusion. Il se revit l'embrasser sous la couverture neigeuse des arbres. Bella, qui avait répondu à ses baisers avec une fougue égale à la sienne.

Puis le dîner était arrivé et, là encore, il l'avait vue enthousiaste, heureuse de se retrouver dans la maison si chaleureuse de Greta et d'Edmond. Leurs regards s'étaient croisés à plusieurs reprises, complices. Puis, tout d'un coup, elle avait semblé lointaine, comme perdue dans des pensées sinistres, alors que la conversation tournait autour de l'annonce du bébé de Gracie.

Qu'avait-il bien pu se passer entre-temps ? À quoi pouvait bien être dû un tel revirement d'humeur ?

Ce ne fut que lorsqu'il s'arrêta dans l'allée principale de Stockton Ranch que Bella sortit enfin du mutisme derrière lequel elle s'était retranchée.

— Inutile de me raccompagner jusqu'à ma porte, prévint-elle. Je devrais y arriver toute seule.

Il coupa le moteur d'un geste rageur.

— L'allée est glissante, rétorqua-t-il d'un ton qui n'entendait pas être discuté. Je te raccompagne.

Cette fois, elle n'attendit pas qu'il vienne lui ouvrir la portière. Elle s'en chargea elle-même et s'empressa de sortir pour se diriger seule vers la porte d'entrée. Il pressa le pas et plaça une main sous son coude afin de prévenir d'éventuelles chutes.

Arrivée sous le porche, elle tourna son visage vers lui et daigna enfin lui sourire.

— Merci, lâcha-t-elle. J'ai passé une excellente journée.

Quelque chose dans sa voix l'alarma. Quelque chose qui lui faisait pressentir que cette fois serait la dernière.

— Bella, qu'y a-t-il ?

— Rien.

— Je ne te crois pas. Tout se passait bien, et tout d'un coup, tu as changé d'humeur. Tu t'es assombrie, sans que j'en connaisse la raison. Tu peux tout me dire, Bella. J'aimerais savoir ce qui te chagrine.

Elle lui lança un regard éloquent visant à lui signifier qu'il se montrait trop intrusif.

— J'aimerais simplement savoir si j'ai dit ou fait quelque chose qui t'a déplu, précisa-t-il d'un ton plus doux.

— Hudson, tu as été parfait. J'ai tout aimé de cette journée : la promenade à cheval, le dîner chez tes amis…

— Mais ?

— Mais la situation n'a pas changé. Tu restes mon patron, et je pense plus raisonnable de nous en tenir à une relation strictement professionnelle.

Il scruta son visage, cherchant à y trouver la réponse à sa question. En vain. Il ne pouvait pas non plus la forcer à se confier à lui si elle n'en avait pas envie. Tout ce qu'il pouvait faire, c'était tenter de la convaincre par des actes et non par des paroles.

— Nous sommes devenus bien plus que des collègues de travail, objecta-t-il. Tu le sais bien, au fond de toi-même.

Décidé à respecter sa volonté, il recula d'un pas.

— Mais je te respecte trop pour ne pas entendre ce que tu dis. Cependant, si jamais tu changes d'avis, conclut-il en lui lançant un dernier coup d'œil par-dessus son épaule, tu n'auras qu'à me le faire savoir. Je suis assez flexible.

Puis il se dirigea vers sa voiture, espérant qu'un jour, elle lui confierait le secret qui la tourmentait.

Sans quoi, ils resteraient de bons amis… Jusqu'à son départ de Rust Creek Falls.

*
* *

Le mardi après-midi, Bella passa la tête par la porte du bureau d'Hudson. Ils ne s'étaient pas vus de la journée, aussi fut-il heureux de cette visite impromptue.

— Pour une fois, les enfants sont partis plus tôt, annonça-t-elle. Sans doute à cause de la neige. J'ai appelé Jazzy, je vais aller au ranch prendre quelques photos. J'ai une heure et demie devant moi avant la tombée de la nuit. Entre la neige et le soleil, je devrais pouvoir faire de jolis tableaux.

— Pourrai-je te rejoindre quand j'aurai terminé ?

— Oh ! je pense que j'aurai fini d'ici là.

Elle marqua une courte pause, puis ajouta en souriant :

— Tu pourras toujours user de tes talents de diplomate pour expliquer à Jazzy qu'elle n'est pas obligée de m'acheter des photos, si elles ne lui plaisent pas.

Il se réjouit intérieurement. Peut-être trouverait-il l'opportunité de lui faire avouer ce qui l'avait rendue si triste, hier soir. Car oui, triste était bien le mot qui convenait.

Il passa l'heure qui suivit à boucler un dossier en attente, puis il alla bavarder avec les éducatrices. La crèche désertée, il verrouilla toutes les portes et prit la direction du ranch de Brooks et Jazzy. Il se sentait rempli de joie à l'idée de retrouver Bella. Heureux, même.

Il ne réfléchissait pas souvent à la notion de bonheur. Il vivait simplement au jour le jour, sans se poser de question existentielle sur sa quête éventuelle. Pourtant, intuitivement, il le pensait étroitement lié à l'endroit où l'on vivait. Sans doute était-ce la raison pour laquelle il voyageait sans cesse d'un État à un autre.

Arrivé au ranch, il gara son véhicule près de celui de Bella puis, son Stetson bien vissé sur la tête, alla rejoindre Jazzy qui, depuis la barrière où elle était accoudée, observait Bella visiblement très concentrée sur ce qu'elle faisait.

— Elle sait s'y prendre avec les chevaux, commenta Jazzy.

En effet, d'une main, Bella tendait une friandise à l'une des bêtes tandis que, de l'autre, elle lui flattait le col.

— Autant qu'elle sait s'y prendre avec les enfants, ajouta-t-il.

Jazzy fixa sur lui un regard scrutateur.

— Tu l'aimes beaucoup, n'est-ce pas ? finit-elle par lâcher.

— C'est si évident ?

— Dans la façon que tu as de la regarder, oui. Si l'on en croit la rumeur, reprit-elle après une courte pause, tu ne restes jamais bien longtemps au même endroit. Mais cette fois, tu aurais une bonne raison de t'éterniser dans les parages.

— C'est vrai. Pourtant, je m'en abstiendrai.

Les mots étaient sortis de sa bouche sans qu'il y réfléchisse.

— Walker trouvera facilement à me remplacer.

— Détrompe-toi. L'endroit ne grouille pas d'hommes comme toi, capables de faire le boulot que tu as accompli. Si je crois ce qu'on raconte, tu as su remettre la crèche sur les rails, malgré le procès qui vous a été intenté.

— Je l'espère en tout cas. C'est vrai qu'il n'est pas facile de gommer une mauvaise impression, mais les faits sont là : nous avons de nouvelles inscriptions et les anciennes ont été renouvelées.

— Cette mission t'épanouit-elle ?

— Oui, mais le travail en plein air, les grands espaces, les chevaux… Tout cela me manque.

— Tu vas vraiment partir, alors ?

— Je suis fait pour cette vie.

Il avait parlé d'un trait, comme pour se convaincre lui-même de ce qu'il disait.

Elle avait parlé d'une voix où pointait une certaine nervosité.

— C'est comme tu veux.

Elle se mordit les lèvres, semblant réfléchir aux options qui s'ouvraient à elle, puis finit par déclarer :

— Je pense qu'il y a quelques bonnes photos dans le tas. Voyons un peu cela.

Une fois l'appareil relié à la télé, ils passèrent les clichés en revue, l'un après l'autre.

À plusieurs reprises, Jazzy prit une profonde inspiration, ce qui, selon Hudson qui la connaissait un peu, était plutôt bon signe. Il la vit s'émerveiller en silence devant un cheval dont la robe fauve tranchait sur le blanc immaculé de la neige. Puis s'éloigner de quelques pas pour chercher le meilleur angle de vue.

Bella ne s'était pas contentée de photographier les chevaux. Elle avait également pris plusieurs clichés panoramiques du ranch, des granges et des écuries que mettaient en valeur le paysage environnant ainsi que le ciel d'un bleu presque éblouissant.

Ce fut Brooks qui parla le premier, après qu'ils eurent visionné deux fois toutes les photos.

— Bella, vous avez accompli un travail fantastique ! s'enthousiasma-t-il. Toutes vos photos sont tellement belles que nous allons avoir du mal à choisir.

— Vous n'avez pas à vous décider maintenant, répondit-elle. De toute façon, je vais devoir procéder à quelques retouches. Je vous enverrai un dossier contenant une première sélection, si vous voulez.

— J'ai une imprimante photo chez Clive, intervint Hudson. Tu pourrais imprimer ta sélection et la faire passer à nos amis, cela leur donnerait une meilleure idée.

— Cela me paraît parfait, rétorqua Brooks. En attendant, si nous reprenions un peu de cet excellent chocolat ?

Bella passa un coup de fil à Jamie pour s'assurer que tout allait bien, puis ce fut l'heure de partir.

— Pourquoi as-tu une imprimante photo ici ? s'enquit-elle tandis qu'ils pénétraient dans la maison.

— En dehors des chevaux, j'adore tout ce qui touche aux nouvelles technologies, répondit-il. Et sans être aussi doué que toi, je crois pouvoir dire que je fais de bonnes photos. J'aime bien photographier des paysages, mais je me sers aussi de mon appareil comme d'un outil de travail, à la crèche. Je prends en photo tout ce qui me paraît devoir être amélioré.

Elle opina d'un hochement de tête, semblant une fois de plus surprise de découvrir une facette de lui qu'elle ne connaissait pas.

— Je paierai l'impression, déclara-t-elle en retirant sa parka.

— Il n'en est pas question. C'est moi qui t'ai entraînée là-dedans. Considère cela comme ma contribution.

— Je découvre en toi un homme généreux, Hudson. Les gens n'essaient-ils pas d'en profiter ?

— Ceux qui sont dans le besoin ont trop de fierté pour quémander quoi que ce soit. Quant aux autres, l'expérience m'a appris à les reconnaître de loin. Mais toi aussi, tu es quelqu'un de généreux, Bella. Ton frère pourrait en attester.

Bella ne savait jamais comment réagir face aux compliments d'Hudson. Aussi, une fois de plus, elle fit le choix de ne pas y répondre.

Quelques minutes plus tard, ils étaient assis côte à côte, face à l'écran d'ordinateur d'Hudson. Elle trouvait cette proximité troublante et excitante à la fois. Elle n'esquissa pas le moindre geste pour s'écarter de ce corps trop attirant lorsque leurs bras et leurs cuisses se touchèrent. Et loin de s'en offusquer, elle s'en réjouit intérieurement, se grisant de ce contact physique pourtant anodin.

Sans doute bien loin de se douter des pensées qui lui traversaient l'esprit, Hudson téléchargeait les photos, puis les passait de nouveau en revue.

— Tu es une bonne photographe, Bella. Bien meilleure que ce que tu crois, constata-t-il. Je pourrais encadrer ces clichés pour en faire un panneau mural artistique.

— Tu es trop gentil.

Il se tourna vers elle et, dans un geste plein de tendresse, lui coinça une mèche de cheveux récalcitrante derrière l'oreille.

— Il ne s'agit pas de gentillesse, Bella. Surtout lorsque je te regarde.

— Hudson…, protesta-t-elle faiblement.

Il laissa retomber sa main et se renfonça dans son siège.

— Ne dis rien. Je sais ce que tu ressens. Je n'essaierai pas de te faire changer d'avis, à moins que… que tu veuilles profiter de l'instant.

Elle le fixa sans ciller, cherchant à trouver sur son visage un indice qui la mettrait sur la voie.

— C'est toujours ce que tu proposes aux femmes qui te plaisent ? finit-elle par demander.

— Disons que c'est ma façon de voir les choses, répondit-il. Mais cela ne fait pas de moi un tombeur. Bien, ajouta-t-il d'un ton plus léger. Imprimons ces photos, puis je te suivrai en voiture jusque chez toi.

— Je n'ai pas besoin que tu me protèges ainsi, Hudson.

— Très bien. Je renonce à te raccompagner à la condition que tu promettes de me passer un coup de fil pour me dire que tu es bien arrivée.

— Je t'enverrai un SMS.

Il leva les yeux au ciel, amusé de la voir lui opposer une résistance aussi obstinée.

— D'accord.

Si Bella se réjouissait de cette petite victoire, elle savait au plus profond d'elle-même qu'Hudson aurait le dernier mot.

- 7 -

Le lendemain matin, alors qu'elle était assise face à son ordinateur, Bella se surprit à fredonner un chant de Noël. Les vacances étaient encore loin, mais cette perspective n'entama pas sa bonne humeur. Pas plus que le rapport de fin d'année qu'on l'avait chargée d'établir.

Tout en travaillant, elle laissait ses pensées dériver. La séance photos de la veille s'était merveilleusement bien passée. Elle était ravie du résultat. Jazzy avait fini par porter son choix sur sept clichés qu'elle affectionnait tout particulièrement et qui seraient destinés aux brochures, les autres étant consacrés au site web.

Elle avait tenu compte des conseils avisés d'Hudson qui avait insisté pour faire un saut chez elle afin, avait-il prétendu, de venir admirer le résultat de son travail. Elle avait été émue aux larmes de voir qu'en effet ses clichés suscitaient chez lui une véritable admiration.

Quelle serait sa réaction s'il connaissait son secret ? se demanda-t-elle. Que penserait-il s'il apprenait qu'elle n'avait pas su lire dans le regard d'un garçon et y faire la différence entre désir et amour ?

Mais surtout, que se passerait-il s'il savait qu'elle ne pouvait plus avoir d'enfants ?

Il n'en saurait rien, décida-t-elle fermement. Il n'avait pas à savoir. D'autant moins qu'un de ces jours il quitterait la région et qu'elle n'entendrait plus parler de lui.

Et si tu cédais à la tentation, qu'adviendrait-il de toi ? lui souffla une petite voix intérieure.

Cette perspective occupait la plupart de ses pensées, venant même la hanter dans ses rêves. Chaque fois qu'elle s'imaginait seule avec lui, nue entre ses bras, elle devait lutter pour rassembler ses esprits. Mais à la faveur de la nuit, elle brûlait de faire l'amour avec lui. Jusqu'au matin, où la réalité la rattrapait et où elle s'imposait alors de garder ses distances.

Comme pour la forcer à conjurer le sort, Hudson fit son apparition dans son bureau.

— Je pensais à quelque chose, annonça-t-il sans préambule.

— C'était donc cela cette vapeur que j'ai vue s'échapper de ton bureau, le taquina-t-elle. Ton esprit est en ébullition.

— Cette vapeur provenait de ma vieille cafetière électrique, répondit-il en souriant. La pauvre est en train de rendre l'âme, il est temps que je la remplace. Puis-je quand même te proposer de boire un café avec moi ?

Forte de la bonne résolution qu'elle avait prise quelques instants plus tôt, elle secoua la tête.

— Merci, mais celui de la salle du personnel me va très bien.

— C'est parce que tu n'as pas encore goûté au mien. Attends un peu de voir.

Elle le regarda, tout attendrie. Il serait si facile de se perdre dans le désir qu'éveillait Hudson chaque fois qu'elle le voyait. Beaucoup plus facile que de lui résister.

— Que voulais-tu me dire ? s'enquit-elle d'une voix qu'elle s'appliqua à garder neutre.

— Eh bien, je me disais que nous pourrions utiliser tes talents de photographe ici, à la crèche, répondit-il.

Elle inclina légèrement la tête de côté, piquée par la curiosité.

— Que dirais-tu de prendre en photo des mamans

avec leur bébé ? Ce serait pour elles un joli souvenir. Et puis, nous pourrions réunir ces photos dans un album, accompagnées des petites astuces propres à chacune des mamans.

— C'est une très bonne idée.

Fort de cet encouragement implicite, il poursuivit avec un enthousiasme accru :

— Nous allons aménager un espace où les mamans pourront venir avec leurs enfants quand elles le voudront. C'est toi qui géreras cette nouvelle activité.

— Les mères adorent poser avec leurs enfants. Ce ne sera pas bien difficile de les convaincre.

— Je voudrais que ce projet soit bouclé pour le jour de la Saint-Valentin.

— Cela nous laisse peu de temps.

— Je sais, mais si nous avons nos photos entre Thanksgiving et le nouvel an, c'est jouable.

— Je pourrais envoyer un mail à tous les parents pour leur faire part de notre projet et les encourager à se présenter. D'ailleurs, je vais le rédiger tout de suite pour pouvoir te le soumettre après le déjeuner. Tu me diras ce que tu en penses.

Il ne répondit pas tout de suite. Il semblait perdu dans ses pensées. Elle scruta les traits forts de son visage qu'encadrait son épaisse chevelure. Immobile devant son bureau, il la dominait de toute sa hauteur, l'amenant à se sentir minuscule. Ce simple examen fit couler dans ses veines le feu d'une passion volcanique qu'elle avait de plus en plus de mal à contenir.

Elle ignorait depuis combien de temps il s'était remis à parler lorsque ses mots pénétrèrent son esprit.

— Je préfère en parler d'abord à Walker, disait-il. Ce n'est pas la peine de te surcharger de travail si nous n'avons pas son feu vert.

— J'espère qu'il sera d'accord. Ton idée est vraiment

merveilleuse. D'ailleurs tu sais quoi ? Tu mérites vraiment de t'offrir une nouvelle cafetière.

Il éclata de rire, puis, après lui avoir adressé un petit geste de la main, retourna à son bureau.

Hudson finissait un ragoût que lui avait mijoté Greta lorsque Walker débarqua dans son bureau sans crier gare.

— Miam, ça sent rudement bon ! lança-t-il en guise de salut.

— Et en plus, c'est délicieux. C'est Greta qui me l'a préparé, je n'ai eu qu'à le faire réchauffer au four à micro-ondes. Comme tu vois, elle ne me laisse pas mourir de faim.

— Tu es gâté, dis-moi, entre les chevaux de Clive et les bons petits plats de Greta.

— C'est vrai, je n'ai pas à me plaindre. Je me sens chez moi, là-bas. J'aime retrouver cette maison après ma journée de travail ou même une balade à cheval.

Walker resta sans rien dire, perdu dans ses pensées. Hudson savait que son frère avait créé ce centre pour que les enfants soient en sécurité pendant que leurs parents travaillaient. Sans doute devait-il cette décision à leur propre enfance, passée en compagnie de gouvernantes plus motivées par le salaire généreux qu'on leur octroyait que par leur amour des enfants.

Au lieu de le terrasser, le procès dans lequel il avait été impliqué lui avait ouvert de nouvelles perspectives. À la suite de cette affaire, il avait créé une fondation destinée à financer un centre de soins qui accueillait les enfants souffrant de maladies pulmonaires.

— Tu voulais me parler d'un projet censé rapporter de l'argent à la crèche, dit-il lorsqu'il revint enfin sur terre.

En guise de réponse, Hudson étala les photos de

Bella sur le bureau, puis expliqua à son frère de quoi il retournait.

Le visage impassible, Walker passa les photos en revue, puis étudia de près le tableau sur lequel figurait l'estimation financière du projet.

— Avant de te donner ma réponse, finit-il par dire, j'ai une question à te poser : dans le cas où j'accepterais, resterais-tu jusqu'à l'aboutissement de ce projet ?

Aussitôt, le visage de Bella lui apparut. Ce serait l'occasion de passer encore du temps avec elle.

— Oui, bien sûr. Je pourrais rester.

— Dans ce cas, tu as mon aval. C'est une vraie bonne idée que tu as eue là, Hudson. Bravo, ajouta Walker en lui tendant la main. Par la suite, nous pourrons même la vendre en ligne. Les mamans sont souvent friandes de conseils. Cela les rassure.

Une fois Walker parti, Hudson n'attendit pas pour aller annoncer la bonne nouvelle à Bella.

— Il a dit que cela devrait rapporter gros et que l'idée pourrait être reprise par d'autres crèches, moyennant finances, bien sûr.

Le visage de Bella se fendit d'un large sourire tandis qu'elle se jetait contre lui et enroulait les bras autour de son cou, dans une accolade qu'elle devait vouloir amicale.

Sentir son corps souple et chaud contre le sien lui fit battre le cœur. Il enfouit le visage dans ses cheveux soyeux et ferma les yeux, se grisant des effluves de son parfum délicat. L'espace d'un court instant, il lui enserra la taille puis, très vite, il s'écarta d'elle.

Surtout, ne pas la brusquer, se rappela-t-il. Lui laisser découvrir par elle-même, sans faire peser sur elle la moindre pression, à quel point il était bon de se retrouver ensemble.

Un peu embarrassée, elle se dégagea de son étreinte et laissa retomber ses bras le long de son corps.

— Je suis tellement heureuse, dit-elle. Je sais bien que cela n'a rien de prestigieux, mais ce sera une expérience enrichissante pour moi.

— Tu pourras même changer de section lorsque tu retourneras à l'université et ne plus te consacrer qu'à la photo.

— Pourquoi pas ? Ou alors, je continue mes études de gestion, parallèlement à la photo. Ainsi, j'aurai le choix.

Avoir le choix. Cette notion était aussi séduisante qu'elle était embarrassante. Lui avait la désagréable impression d'avoir un pied dans son ancienne vie et l'autre dans une vie nouvelle qui ne demandait qu'à être explorée, mais qui impliquait une bonne part de risque. Ce risque, était-il prêt à le prendre ?

La voix de Bella, qui continuait à parler, le tira de ses pensées.

— J'ai vu que Walker et toi aviez échangé une poignée de main fraternelle.

— En quoi est-ce étonnant ?

— Eh bien… Vous ne m'aviez jamais semblé aussi proches.

— Walker ignore tout de ce que je fais dans les ranchs. Il s'imagine que je passe mes journées à me balader à cheval et à jouer à attraper des veaux au lasso.

— Tu ne lui en as jamais parlé ?

— Ne savez-vous pas, jeune fille, que les cow-boys sont de vilains taiseux ? la taquina-t-il.

— Il ne s'agit pas de parler pour ne rien dire mais d'exprimer ce qui nous tient à cœur.

— Jamie et toi, vous avez une belle relation. Mais avec mes frères, c'est différent. Nous ne sommes plus aussi proches les uns des autres que nous l'étions durant notre enfance.

— C'est bien dommage, déplora-t-elle. Ceci dit, il est vrai que la distance creuse un fossé. Lorsque j'étais à l'université, la communication était bien moins aisée entre Jamie et moi.

— C'est vrai, la distance peut être un frein aux relations.

— Walker et toi, vous travaillez ensemble maintenant. C'est peut-être l'occasion d'un nouveau départ pour vous.

— Peut-être, répéta-t-il d'un ton peu convaincu.

— J'ai dit à Sarah que je lui donnerai un coup de main pour les travaux manuels, se rappela-t-elle après avoir jeté un coup d'œil à l'horloge murale. L'auxiliaire qui l'aide habituellement n'est pas venue ce matin.

— Moi, j'ai rendez-vous avec la directrice de l'école primaire, cet après-midi.

— Tu me tiendras au courant ?

Elle lui adressa l'un de ses sourires qui lui chavirait le cœur, puis elle s'éloigna à grandes enjambées. Il la suivit du regard jusqu'à ce qu'elle entre dans la salle où se trouvait Sarah, puis reporta son attention sur les clichés restés épars sur sa table de travail.

Il prit son téléphone portable et fit défiler le nom de ses contacts jusqu'à ce qu'il trouve Miles Stanwick, un vieil ami de son père, propriétaire de nombreuses galeries d'art dont l'une se trouvait à Kalispell.

— Salut, Hudson, fit Miles. Tu te trouves à Billings ?

— Non, je suis à Rust Creek Falls. Je règle une affaire dont m'a chargé Walker.

— Qu'est-ce que je peux faire pour toi ?

— Tu es toujours à la recherche de nouveaux talents ?

— Bien sûr, même si j'ai dégoté quelques peintres à qui je prédis un grand avenir.

— Que dirais-tu d'exposer des photos ?

Il entendit Miles réfléchir en silence à l'autre bout de la ligne.

— De nos jours, avec les appareils numériques, tout le monde peut s'improviser photographe, finit-il par répliquer. Mais si tu me présentes quelque chose d'original, je saurai me montrer attentif.

— Je crois que celles-ci sortent de l'ordinaire. Cela étant, je ne suis pas un spécialiste. Pourrais-tu y jeter un coup d'œil ?

— Je suis assez occupé ces jours-ci, mais je devrais pouvoir trouver un quart d'heure pour les étudier. As-tu mon adresse mail ?

— Oui. Je vais te les envoyer en pièces jointes mais également par courrier postal. Si elles sont imprimées, tu te rendras mieux compte.

— Parfait. Et ne t'inquiète pas, si ton photographe a vraiment du talent, je trouverai bien de la place pour ses œuvres dans l'une de mes galeries.

Il marqua une courte pause au terme de laquelle il demanda :

— Si tu travailles pour Walker, je suppose que tu ne bouges pas trop en ce moment ?

— En effet.

— Si tu es toujours à Rust Creek Falls lorsque je viendrai à Kalispell, nous pourrions essayer de dîner ensemble. Je t'appellerai.

— Avec plaisir. Merci, Miles. J'apprécie vraiment ce que tu fais pour moi.

Lorsqu'ils eurent raccroché, Hudson s'empressa d'envoyer le mail promis à Miles, puis il glissa dans une enveloppe les épreuves sur papier glacé qu'il mettrait dans une boîte aux lettres en se rendant à son rendez-vous avec Eileen Bennett.

Il décida de tenir sa démarche secrète. Bella serait bien trop déçue si Miles ne retenait pas ses photos. Elle était si heureuse de se lancer dans ce nouveau projet qu'il serait dommage qu'un refus de Miles vienne ternir sa joie.

Une heure plus tard, alors qu'il s'apprêtait à partir, il

passa voir Bella qui aidait toujours les petits à exprimer leurs talents artistiques.

Les enfants collaient et coloriaient à qui mieux mieux sans se douter qu'ils développaient ainsi leurs capacités motrices ainsi qu'une coordination encore balbutiante. Pour l'heure, aidés de Sarah et de Bella, ils étaient occupés à coller leurs œuvres — des dindes découpées dans du papier de couleur et dotées de pattes duveteuses — sur des feuilles cartonnées. Tout ce petit monde riait et gloussait dans un joyeux brouhaha.

Lorsqu'il le vit, Tommy, l'un de ses chouchous, bondit de sa chaise pour se précipiter vers lui, son dessin à la main.

— Hudson, Hudson, regarde ce que j'ai fait ! cria-t-il.

Hudson s'accroupit pour se mettre à la hauteur de l'enfant et contempler son œuvre.

— Tu as donc déjà vu des dindes violettes ? s'enquit-il d'un ton amusé.

— Non, mais pourquoi il n'y en aurait pas ?

Cette logique tout enfantine le fit éclater de rire. L'imaginaire des enfants ouvrait en effet toutes les possibilités.

En l'entendant rire, Bella posa sur lui un regard qui lui envoya des ondes électriques dans tout le corps. Le charme fut vite rompu par la petite May, qui réclamait l'attention de sa tutrice.

— Bella, geignit-elle, j'ai fait une bêtise. Ma ligne est toute tordue.

Hudson s'approcha et vit quelque chose qui ressemblait vaguement à une maison. Bella passa un bras autour des épaules de la petite fille.

— Ce n'est pas une bêtise, ma chérie. Regarde, il suffit de transformer cette ligne pour en faire la barrière qui entoure les maisons. Parfois, elles sont droites et parfois non.

— Oui, mais les clôtures, ce n'est pas rouge. Ce sont les briques qui sont rouges.

— Eh bien, colorie par-dessus en marron. Comme ça, on pourra penser que c'est du bois.

May s'empressa de suivre les conseils de Bella, puis elle exhiba fièrement son dessin.

— Et voilà !

— Ta barrière est très belle, commenta Hudson pour l'encourager. Mais je vois que ta maison a un étage. Pourtant, il n'y a pas de fenêtres.

— C'est parce que je n'ai pas eu le temps de les faire.

— Je te laisse travailler un moment toute seule et je reviens, déclara Bella en se levant.

Elle s'approcha si près de lui qu'il sentit presque son souffle sur son visage. Son cœur se mit à battre plus vite tandis qu'il fixait cette bouche sensuelle qu'il brûlait d'embrasser.

Il désigna le bureau qui disparaissait presque sous le monceau de dessins d'enfants.

— Qu'allez-vous faire de ces tonnes de dinde ? plaisanta-t-il.

— Lorsque chaque enfant aura récupéré ses œuvres, il ne restera plus rien.

— C'est quand même magnifique de pouvoir vivre dans un monde entouré de dindes aux pattes duveteuses, continua-t-il sur le même mode. Mais c'est ce qui me plaît avec les jeunes enfants, cette capacité qu'ils ont à nous faire pénétrer dans un monde irréel.

— C'est vrai. À leur contact, on peut aussi remonter le temps jusqu'à notre propre enfance. Se revoir à l'âge de quatre ans.

— Je n'ai aucun souvenir de mes quatre ans, affirma-t-il.

— Si tu en parlais avec tes frères, les souvenirs te reviendraient, c'est certain. Tu te reverrais en train de fabriquer des cabanes avec des couvertures sur les fauteuils ou les canapés.

— Tu plaisantes ? Ma mère ne nous aurait jamais laissés faire une chose pareille ! Trop de pagaille. Elle aurait tout de suite appelé une gouvernante à l'aide.

— C'est vrai, j'oubliais.

— Quoi ?

— Que tu as grandi dans un milieu différent du mien.

En fait, ce que voulait dire Bella, c'était qu'il était issu d'un milieu aisé, avait vécu dans une belle maison où officiait une armée de domestiques. C'était la vérité, pourquoi s'en défendrait-il ?

— Mes frères et moi n'avions pas le droit de nous faire des cabanes avec des couvertures, mais nous avions mieux. Du vrai bois ! Nous nous étions construit un fort avec les piles de bûches destinées à brûler dans nos cheminées. Là, au moins, nous étions tranquilles. Ce que notre mère ignorait ne la dérangeait pas.

— De quelle autre manière t'évadais-tu ? demanda-t-elle.

— En montant à cheval. C'est toujours d'actualité, d'ailleurs. Chaque fois que je suis en selle, j'oublie tout. Et toi ?

— Moi, je m'évadais dans la lecture. Les livres m'emportaient où je voulais aller, avec qui je voulais aller. Et, comme toi avec les chevaux, ils ont encore ce pouvoir sur moi aujourd'hui. Enfin… Quand je trouve le temps de lire.

Son attention fut momentanément attirée par le bruit d'une boîte de crayons de couleurs qu'un enfant venait de poser brutalement sur le bureau. Puis elle plongea de nouveau dans le regard d'Hudson pour lui demander :

— Tu pars ?

— Oui. Je voulais juste te dire que tu peux m'appeler si tu as besoin de quoi que ce soit.

— Je n'y manquerai pas. Si tu pouvais demander à

Eileen de prévoir des costumes simples pour le spectacle. Non seulement nous n'avons pas beaucoup de temps devant nous, mais je ne suis pas très bonne couturière et j'ignore si quelqu'un l'est, parmi nous.

— Je lui en parlerai. Il faudra vraiment que tu assistes à la prochaine réunion. À moins que tu veuilles aller à ce rendez-vous à ma place ?

— Non, je n'ai pas le temps. Je dois encore contacter les parents pour leur demander de me fournir une autorisation écrite permettant à leur enfant de participer au spectacle. Et puis il faut aussi que je fasse un petit compte rendu de ce que sera ce spectacle, que j'enverrai par mail.

Tommy vint de nouveau agiter sa dinde sous le nez d'Hudson.

— Tu n'as pas colorié son cou, remarqua-t-il.

— Non, mais je vais le faire. En rouge.

— Tu as raison, elle sera très belle ainsi.

— Peut-être que Sarah l'accrochera au tableau pour que tout le monde la voie, dit-il, les yeux emplis d'espoir.

— Nous accrocherons tous vos dessins, intervint Bella. Pour que vos parents puissent les admirer quand ils viendront vous chercher.

— On pourra les emporter à la maison pour Thanksgiving ?

— Bien sûr.

Thanksgiving, songea Hudson. Il n'avait pas la moindre idée de ce qu'il allait faire pendant ces vacances. Bella allait probablement passer son temps à s'occuper des triplés avec Jamie. Il avait souvent passé des vacances en solitaire et il avait réussi à se persuader que cela lui convenait parfaitement même si, parfois, l'idée de se retrouver en famille lui paraissait séduisante.

— Quelque chose ne va pas ? s'enquit Bella en le voyant perdu dans ses pensées.

— Je pensais aux vacances qui approchent et à toutes

ces familles dont les attentes ne seront pas comblées. Quand je vois les visages radieux de ces petits bouts de chou, si fiers de leurs dessins, je me dis qu'ils ont de la chance. Ils vivent dans le présent, sans se soucier d'autre chose. C'est peut-être ça, le secret du bonheur. Qu'en penses-tu ?

L'espace d'un bref instant, elle parut surprise par sa question, mais elle se reprit très vite.

— Je dois y aller, esquiva-t-elle. À plus tard.

Il la regarda s'éloigner, perplexe.

Quel était donc le secret de Bella Stockton ?

- 8 -

Un peu plus tard, cet après-midi-là, Bella, assise à son bureau, rédigeait la lettre qu'elle avait prévu d'envoyer par mail à chacun des parents pour les informer de son projet. Elle ne doutait pas qu'il connaîtrait un franc succès, les mamans étant toujours promptes à partager leur expérience avec d'autres mères.

Elle se surprit plusieurs fois à penser à Hudson. Il lui manquait. Lui, mais aussi la petite étincelle qui dansait au fond de ses yeux chaque fois qu'il la regardait, de même que l'énergie qu'il projetait tout autour de lui et dont elle bénéficiait. Rien n'était pareil quand il n'était pas là. Le cow-boy et l'homme d'affaires avisé qui cohabitaient en lui, ces deux hommes-là lui manquaient.

La sonnerie du téléphone la ramena brutalement sur terre.

— Just Us Kids, bonjour, débita-t-elle d'une voix enjouée. Bella Stockton à l'appareil. Que puis-je faire pour vous ?

— Je voudrais parler à Hudson Jones, répondit une voix d'homme bourrue.

— M. Jones est sorti. Puis-je prendre un message ?

L'homme ne répondit pas, semblant réfléchir à la conduite à adopter.

— Si vous m'assurez que vous n'oublierez pas de le lui transmettre, finit-il par répondre.

— Je peux vous le certifier, monsieur. Mais si vous préférez, je peux basculer votre appel sur sa boîte vocale.

— Non, je n'ai pas confiance en ces gadgets. À choisir, je préfère que vous lui délivriez vous-même mon message.

Elle esquissa un sourire amusé. Quel âge pouvait donc avoir son interlocuteur pour lui tenir des propos aussi rétrogrades ?

Elle sortit un bloc-notes et un stylo du tiroir de son bureau et s'apprêta à écrire.

— Je peux vous assurer qu'il aura votre message à la seconde où je le verrai.

— Dites-lui qu'il peut joindre Guy Boswick, de Pine Bluff Ranch, à ce numéro. J'ai un problème dont je veux l'entretenir.

— Pouvez-vous me dire de quoi il s'agit ?

— Non, désolé. Dites-lui qu'il faut absolument que je lui parle. Il sait qui je suis.

— Très bien, monsieur Boswick. Vous pouvez compter sur moi.

— S'il ne me donne pas de ses nouvelles aujourd'hui, insista-t-il, je rappellerai demain.

— Je comprends.

Une demi-heure plus tard, Hudson poussait la porte du bureau, le visage fendu d'un large sourire. Elle alla le rejoindre dans son bureau, son bloc-notes à la main.

— Apparemment, la réunion s'est bien passée, devina-t-elle.

— Oui, elle a été très constructive. Nous avons fait en sorte que les choses soient le plus simple possible pour nos petits. Ils porteront donc des ramures de rennes et nous les installerons dans de petits chariots décorés. De cette façon, nous n'aurons pas besoin de costumes.

— Brillante idée, approuva-t-elle. Qui l'as eue ? Eileen ou toi ?

— Nous deux. Mais il est vrai qu'Eileen sait mieux que

moi ce qui peut convenir ou pas à de très jeunes enfants. Pour les chariots, nous demanderons aux parents et si nous n'en avons pas assez, j'irai en acheter quelques-uns.

— Ces dépenses ne vont-elles pas grever notre budget ?

— Si c'est le cas, je prendrai le supplément à ma charge, et nous n'en dirons rien à personne.

— Je ne sais pas, Hudson. Walker pourrait me reprocher d'avoir manœuvré dans son dos.

— Pas si le spectacle est une réussite. Et il le sera, tu peux me croire.

Sur ces mots, il alla accrocher son Stetson au portemanteau, puis il se tourna de nouveau vers elle, sans se départir de son sourire.

— Tu as reçu un appel bizarre d'un certain M. Boswick, dit-elle. Il m'a chargée de te remettre ce message.

Il prit le bloc-notes et parcourut le message rapidement.

— Il a un problème ?

— Il a refusé de me dire de quoi il s'agissait. Il a juste prétendu que tu le connaissais et m'a prévenue qu'il rappellerait s'il n'avait pas de tes nouvelles aujourd'hui.

— Il rappellera tant qu'il ne m'aura pas parlé.

— Ainsi donc, tu le connais vraiment ?

— Oui. J'ai travaillé pour lui, il y a deux ans. Pour moi, il incarnait la figure paternelle qui me manquait. Il est un peu bourru, mais il a un grand cœur. Je me demande bien ce qu'il me veut. Je vais le rappeler tout de suite. Merci.

— Je t'en prie.

Elle vit, une fois dans son bureau, qu'Hudson n'avait pas refermé la porte. Elle aimait cette transparence, le fait qu'il ne faisait pas de mystères.

Au début, elle ne chercha pas à écouter la conversation des deux hommes, mais les mots lui parvenaient malgré elle.

— Pourquoi voudrais-tu que j'accepte ce poste à Big Timber ?

Guy Boswick lui proposait un travail ? Intriguée, elle tendit un peu plus l'oreille.

— Je comprends bien, Guy. Mais pour le moment, je suis engagé ailleurs. N'importe quel cabinet de relations publiques pourra t'aider.

La perspective de voir Hudson quitter très prochainement Rust Creek Falls la bouleversa plus qu'elle ne l'aurait voulu. Et il y avait de grandes chances pour que Guy Boswick, qui représentait l'image du père telle que la concevait Hudson, le convainque de le rejoindre.

— Très bien, l'entendit-elle dire.

Puis il se tut un instant avant de demander :

— Quand dois-je te donner une réponse ?

Un nouveau silence puis, de nouveau, la voix d'Hudson qui déclarait :

— J'ai été heureux de bavarder avec toi, Guy. Prends soin de toi.

Sur quoi, il raccrocha.

Incapable de feindre de ne pas avoir entendu, elle décida de jouer la carte de la franchise et quitta son bureau pour revenir dans celui d'Hudson.

— Je suis désolée, mais j'ai tout entendu. Guy Boswick t'a offert un poste ?

— Oui. Je n'ai pas encore tous les détails, cela dit. Quelqu'un du ranch doit me contacter pour m'en apprendre un peu plus.

— Quand commencerais-tu ?

— Bella, il est inutile d'en parler. Pour l'heure, ce ne sont que des suppositions.

— Certes. Mais tu es censé m'accompagner dans notre projet jusqu'à la Saint-Valentin. Je me trompe ?

— Je n'ai pas envie de parler de tout cela maintenant. Et puis autant que tu saches que je ne serai pas là demain. J'ai besoin de réfléchir, de monter à cheval. J'ai envie d'air et d'espace. Si tu veux faire appel à moi, je resterai joignable.

Elle décida d'ignorer cet accès d'humeur. À la seconde où il avait franchi cette porte pour la première fois, Hudson avait clamé haut et fort qu'il n'était pas du genre à s'éterniser quelque part. Et ce n'était pas elle qui aurait le pouvoir de le retenir. Un peu plus tôt ou un peu plus tard, quelle différence cela faisait-il puisque de toute façon il repartirait ? Autant qu'elle se résigne à cette idée le plus rapidement possible.

Soucieuse de lui montrer qu'il ne l'avait pas atteinte, elle releva crânement le menton et le défia du regard.

— Je n'ai pas besoin de toi, Hudson. Je me débrouillais très bien avant ton arrivée et je continuerai à me débrouiller quand tu seras parti.

— Bella…

Elle veilla à garder les épaules bien droites et la tête haute tandis qu'elle l'écoutait finir sa phrase.

— Dans la vie, tout est une question de choix.

— Tout est aussi question d'engagements, rétorqua-t-elle sèchement.

Puis elle regagna son bureau et ignora Hudson tout le reste de la journée.

L'ambiance entre Hudson et Bella resta tendue après le coup de fil passé à Guy Boswick. Hudson envisageait-il sérieusement d'aller travailler à Big Timber ? se demanda-t-elle. De renouer avec l'entraînement de chevaux et le rassemblement de bétail ?

Malgré les idées moroses que cette perspective faisait naître en elle, elle ne cessait de penser à lui. Où était-il ? Que faisait-il ? Il lui manquait tant.

Elle repensa au jour où Jamie et elle avaient été séparés

de leurs frères et sœurs. Ils étaient trop jeunes alors pour essayer de retrouver leurs traces. Liza, Dana, Bailey, Daniel, Luke… Leur en voulaient-ils ? Était-ce la raison pour laquelle ils n'avaient jamais cherché à les contacter ou bien refusaient-ils de revenir dans un lieu qui, pour eux, était synonyme de tristesse et de déchirements ?

La journée passa, morose.

Elle avait beau faire, imaginer Hudson quittant Rust Creek Falls la chagrinait à l'extrême. Même la présence des enfants ne parvenait pas à lui faire oublier sa mélancolie.

Et si elle acceptait de se donner à Hudson ? Serait-ce la solution pour atténuer la vague émotionnelle qui la submergeait ou était-ce déjà trop tard ?

Dans l'espoir de le chasser de son esprit, elle décida de retourner travailler sur le rapport de fin d'année qu'elle avait commencé. Finalement, elle ne releva la tête de l'écran de son ordinateur que lorsqu'il fut l'heure d'accueillir les mamans venues chercher leur enfant. La première à se présenter fut Marla Tillotson, qui avait menacé de retirer son fils de la crèche si elle le récupérait avec un début de rhume. Sans parler du fait que Marla était naturellement revêche, elle avait une fâcheuse tendance à cancaner. Rien ne lui faisait plus plaisir que de propager les commérages dont elle se gargarisait à longueur d'année.

Tandis qu'elle approchait, Bella lui tendit la feuille de sortie.

— Fait-il toujours aussi froid ? s'enquit-elle en se forçant à sourire.

— Assez, en tout cas, pour troquer les bottes en cuir contre celles en fourrure, répondit Marla tout en apposant sa signature dans la case qui portait son nom.

Son regard de fouine se posa soudain sur le bureau vide d'Hudson.

— M. Jones a pris sa journée, constata-t-elle en fixant la porte de son bureau.

Le ton sur lequel elle avait prononcé ces mots indiquait clairement que c'était moins une interrogation qu'une affirmation.

— En effet. Il avait une affaire personnelle à régler.

Marla émit un gloussement qui se voulait sceptique.

— Pour une affaire personnelle, c'est une affaire personnelle, ironisa-t-elle.

Alertée par le ton persifleur de son interlocutrice, Bella arqua les sourcils.

— Que voulez-vous dire ? s'enquit-elle.

— Je me suis arrêtée au Ace in the Hole pour y prendre une pizza à emporter. Hudson y était attablé avec une belle rousse. À la manière qu'il avait de lui tapoter la main, on voyait qu'ils se connaissaient bien. Ils avaient l'air de passer un bon moment.

Les propos de Marla lui firent l'effet d'un coup de poignard dans le cœur. Hudson avait pris sa journée pour honorer un rendez-vous galant. Pour un déjeuner qui serait sans doute suivi d'un long après-midi en tête à tête.

Mais la véritable question était : pourquoi cela la surprenait-elle ?

— Ce que fait M. Hudson et avec qui il le fait ne nous regarde pas, répliqua-t-elle d'un ton qu'elle parvint à garder neutre. Vous devriez aller chercher Jimmy. Il doit être impatient de vous retrouver.

Puis elle décida fermement qu'Hudson ne méritait pas la moindre pensée supplémentaire.

Lorsque Hudson revint prendre sa place derrière son bureau, le lendemain matin, son visage était fermé. Il ne prit même pas la peine de saluer Bella au passage ni de lui demander comment s'était passée sa journée de la veille.

Elle eut beau s'exhorter à l'indifférence, la froideur d'Hudson suscita chez elle un profond dépit.

Toute la journée, alors qu'il restait retranché derrière l'écran de son ordinateur, elle imagina ce qu'il avait fait la veille avec la belle rousse. Des images jaillirent, qui lui faisaient mal, mais qu'elle ne pouvait contenir. Hudson et la rousse s'embrassant puis finissant l'après-midi au lit. Cette femme lui avait-elle tourné la tête au point qu'il ne la voyait même plus, elle, Bella ? Ou peut-être que…

Trop d'interrogations se bousculaient dans sa tête. Elle en eut soudain assez de ces suppositions qui ne la conduisaient nulle part, et qui la faisaient souffrir peut-être inutilement. Il fallait qu'ils aient une discussion et crèvent l'abcès.

L'après-midi s'étira lentement, mais vint enfin le moment qu'elle attendait avec un mélange d'impatience et d'appréhension.

Le cœur battant, elle se rendit dans son bureau. Il leva sur elle un visage impénétrable.

— Tu pars ?

— Pas avant de t'avoir posé quelques questions.

— Je t'écoute.

— J'aimerais savoir pourquoi tu m'as ignorée toute la journée. Et puis aussi si tu comptes honorer ton contrat avec Just Us Kids ou pas.

— Pour répondre à ta première question, je ne t'ai pas ignorée.

— Hudson, tu ne m'as pas dit un mot.

— Je suis préoccupé, mais cela n'a rien à voir avec toi.

Cette conclusion, au lieu de la rassurer, remua un peu plus le couteau dans la plaie. Ainsi, donc, elle lui était devenue indifférente ? Ou était-ce qu'Hudson était devenu trop important pour elle ?

— Je comprends bien que cela n'a rien à voir avec moi, lâcha-t-elle d'un ton agressif. Cela concerne sans doute davantage la belle rousse avec qui tu as pris du bon temps hier.

Il arqua les sourcils, dans un signe manifeste d'étonnement. Puis il accrocha son regard et le soutint sans ciller.

— Ce déjeuner était purement professionnel, répliqua-t-il sèchement. Et je n'ai pas à me justifier.

Elle se sentit rougir violemment. Incapable de rester plus longtemps face à lui, elle regagna son bureau, prit son manteau et son sac et se pressa vers la porte.

— Bella…, entendit-elle Hudson l'appeler.

Elle feignit l'indifférence, se maudissant de s'être comportée comme l'adolescente stupide qu'elle avait un jour été.

Une fois dehors, elle se rua dans sa voiture et démarra en trombe.

Le départ précipité de Bella plongea Hudson dans la plus profonde perplexité. Venait-elle de lui faire une scène de jalousie ? Si tel était le cas, devait-il y voir le signe d'un intérêt quelconque à son égard ?

Il envisagea de lui courir après, mais préféra y renoncer. Mieux valait lui laisser le temps de se calmer, même s'il était pour beaucoup dans la sortie qu'elle lui avait faite. Car lui-même n'était pas au mieux de sa forme. Non seulement il avait mal encaissé leur dispute de la veille, mais, de surcroît, il allait devoir prendre une décision difficile.

Il avait écouté attentivement l'offre que Jenna, envoyée par Guy Boswick, était venue lui faire et depuis, il était pris entre deux feux. Devait-il rester à Rust Creek Falls ou, au contraire, en partir ?

La crèche était de nouveau sur les rails. Avait-il une raison valable pour refuser la proposition de Guy ?

Il en voyait trois, en fait.

La première était la promesse faite à son frère d'accompagner le nouveau projet jusqu'à son aboutissement. La deuxième était que la vie à Rust Creek Falls lui plaisait plus qu'il n'aurait cru. La troisième avait pour nom Bella Stockton.

Bella fit le trajet jusque chez elle, les joues encore rouges de honte. D'habitude, elle était plutôt réfléchie. Quelle mouche l'avait donc piquée ?

Arrivée au ranch, elle se précipita hors de sa voiture, pressée de retrouver la chaleur de ce qui était son foyer. Aussitôt qu'elle en franchit le seuil, elle entendit les triplés qui, à en juger par les hurlements aigus qu'ils poussaient, avaient faim.

— Paige n'a pas pu venir ce soir, expliqua Jamie, visiblement débordé.

Le pauvre essayait de faire du mieux qu'il pouvait, mais assumer trois bébés en même temps relevait de la mission impossible. Elle remarqua au premier coup d'œil les marques visibles d'une fatigue qui devenait chronique.

Elle s'empressa de retirer son manteau et de prendre en charge deux des petits, tandis que Jamie s'occupait du troisième. Une heure plus tard, tout ce petit monde était nourri, baigné et couché.

— Tu n'as même pas mangé, remarqua Jamie d'une voix lasse.

— Je n'ai pas faim, répondit-elle sans mentir.

En guise de réponse, son frère commença à s'affairer en silence dans la cuisine. Épaules voûtées, traits tirés, cernes mauves sous les yeux, il présentait tous les signes de l'épuisement. Dans un geste ferme, elle lui prit des mains les assiettes qu'il s'apprêtait à aller déposer dans l'évier.

— Va t'asseoir, lui intima-t-elle d'une voix pleine de douceur.

— Je n'ai pas le temps. Il faut que je mette un peu d'ordre dans cette cuisine. On dirait un champ de bataille.

— Je vais le faire. Va t'asseoir, il faut que je te parle.

— L'heure semble grave, commenta-t-il, trop fatigué pour discuter.

— Il faut que tu fasses une pause, Jamie. Sans quoi, tu vas t'écrouler.

Il ouvrit la bouche, prêt à protester, mais elle l'en empêcha d'un geste péremptoire de la main.

— Tu vas réserver un hôtel à Kalispell et y passer quelques jours. Je veux que tu partes demain matin. Tu n'auras pas à t'inquiéter, je m'occuperai de tout.

— C'est de la folie ! Tu ne pourras pas tout assumer toute seule.

— Il va falloir que tu me fasses confiance, Jamie. Je vais prendre un jour de congé et, ensuite, je me ferai aider. Pour ce qui est du ranch, j'appellerai le fils du voisin. Tu ne seras plus d'aucune utilité à personne si tu tombes malade, or cela risque d'arriver si tu continues à t'épuiser comme tu le fais. Tu n'as pas eu une seule vraie nuit de sommeil depuis la naissance de tes enfants.

— C'est vrai, admit-il. Mais j'ai tellement peur de ne pas les entendre pleurer que je suis sans cesse sur le qui-vive. Surtout la nuit.

— Je comprends, Jamie. C'est pour cela que je te demande d'aller te reposer. J'aimerais que tu comptes sur moi comme j'ai pu compter sur toi.

— Mais toi ? hésita-t-il encore. Tu es aussi fatiguée que moi.

— Ce n'est pas pareil. Je fais des pauses. Lorsque je déjeune ou que je prends un peu de temps pour aller me promener. Il m'arrive même de faire un brin de sieste dans mon bureau.

Et d'aller bavarder avec Hudson dans le sien. Un moment précieux qu'elle ne revivrait plus, se dit-elle encore, déjà nostalgique.

Jamie ne répondit rien. Il hésitait toujours à accepter son offre.

— Je partirai à la seule condition que le fils des voisins veuille bien te donner un coup de main pour le travail du ranch, finit-il par trancher.

— Appelle-le. De mon côté, je téléphone à Hudson pour lui demander de me libérer lundi.

Hudson répondit à la deuxième sonnerie. Elle prit une voix neutre pour lui expliquer de quoi il retournait.

— Pas de problème, consentit-il. Prends ton lundi, bien entendu.

— Merci, répondit-elle, prête à raccrocher.

— Bella, je voulais te dire… Pour cet après-midi…

— Je dois te laisser, le coupa-t-elle. J'entends l'un des bébés pleurer. À mardi.

Puis, coupant court à toute protestation, elle s'empressa de mettre fin à l'appel.

Était-ce de la lâcheté ? Probablement. Mais elle avait besoin de temps. D'ici à deux jours, Hudson aurait oublié la scène idiote qu'elle lui avait faite. Si ce n'était pas déjà le cas, d'ailleurs. Elle serait tirée d'affaire alors et, sinon, il lui faudrait avoir une discussion sérieuse avec lui.

- 9 -

Ce dimanche-là, soucieux de ne pas rester sur un malentendu, Hudson décida de passer voir Bella. Avec trois enfants à charge, elle n'aurait pas le temps de discuter au téléphone. Sans compter qu'il saurait se montrer plus convaincant s'ils arrivaient à se ménager un moment en tête à tête, à l'heure de la sieste des petits, par exemple.

Comme il avait la réputation d'un homme à femmes qui ne s'embarrassait pas de sentiments, il y avait fort à parier qu'elle serait difficile à convaincre. Par le passé, c'était effectivement la ligne de conduite qu'il s'était fixée. Il ne souhaitait pas de relations sérieuses et ne s'en était jamais caché.

Mais Bella ?

Elle avait réussi à changer sa perception des choses et à ébranler ses certitudes. À le faire douter, hésiter.

Lorsqu'il sonna à la porte de Jamie, un peu plus tard, il ne savait pas encore comment il allait aborder le sujet.

— Ah, Paige ! l'entendit-il se réjouir à travers la porte. Je suis contente que tu aies pu te libérer.

Elle lui ouvrit, visiblement saisie de le voir là. Dans ses bras, l'un des triplés se contorsionnait en pleurant, son petit visage tout bouffi de larmes.

— Duquel des trois s'agit-il ? s'enquit-il en haussant la voix pour se faire entendre.

— C'est Henry.

Il vit, par-dessus l'épaule de Bella, la petite Katie hurler depuis le trotteur où sa tante l'avait installée.

Il tendit les bras pour lui prendre Henry.

— Donne-le moi. Pendant ce temps, tu pourras t'occuper de cette jeune fille, là-bas.

Elle hésita un bref instant avant de se laisser fléchir.

— Allons, viens un peu ici, mon bonhomme. Toi et moi, nous avons à parler. Entre hommes.

Comme s'il avait compris, Henry tendit instantanément ses petits bras vers lui.

— Cela ne sert à rien de pleurer comme tu le fais, continua-t-il à le réconforter en le portant à bout de bras, de sorte que leurs visages soient à la même hauteur. Voyons un peu ce qui te chagrine.

Ainsi chargé de son précieux fardeau, il se rendit dans le salon où Jared, lui, jouait tranquillement dans son parc. Les pleurs de Henry se muèrent en hoquets qui s'espacèrent pour cesser tout à fait.

— Maintenant, tu vas pouvoir me dire ce qui ne va pas. Ta couche est mouillée ? Tu as faim ? Tu t'ennuies ?

— Je crois qu'il faut le changer, répondit Bella. Les couches sont sur la table à langer qui se trouve là-bas.

Travailler à la crèche lui avait appris deux ou trois choses qui allaient se révéler utiles. Il maîtrisait désormais l'art de changer une couche, mais aussi celui de chatouiller délicatement les petons et les petits ventres rebondis.

D'une main experte, il étendit le bébé sur la table et lui tendit le canard en caoutchouc qui se trouvait là.

— Tu joues avec ça pendant que je m'occupe du reste, dit-il.

Le calme était revenu depuis que Bella avait sorti Katie de son trotteur pour la prendre dans ses bras.

— Comment se fait-il que tu sois venu ici ? en profita-t-elle pour lui demander.

— Nous devons parler. Mais avant, dis-moi pourquoi personne n'est venu t'aider aujourd'hui.

— Fallon a attrapé un virus qu'elle craignait de transmettre aux petits. Quant à Paige, elle est occupée à préparer les fêtes de fin d'année à l'église, mais elle a promis de passer aussitôt qu'elle aurait fini.

Très concentré sur ce qu'il faisait, il batailla un peu, mais parvint à mettre à Henry une couche propre, quoiqu'un peu de travers.

— Maintenant que les voilà propres et calmés, je vais leur donner un biscuit à chacun. Nous aurons peut-être quelques minutes pour discuter.

— Bonne idée, approuva-t-il, fier d'avoir accompli ce qui lui semblait relever de l'exploit.

Une fois les trois bébés installés dans leur chaise haute, un biscuit à la main, Bella lui proposa une boisson.

— Un soda ? Un jus de fruits ? Un verre de lait ?

— Du lait, répondit-il.

Elle remplit deux verres qu'elle déposa sur la table devant eux.

Il se demandait encore comment il allait amorcer le sujet quand elle se lança la première.

— Je suis désolée pour ma réaction d'hier, marmonna-t-elle. Je n'avais aucun droit de te faire une scène pareille.

— J'aimerais savoir ce qui t'y a poussée.

— Marla Tillotson, avoua-t-elle, bien décidée à jouer la carte de la franchise.

Lorsqu'elle eut terminé son récit, il fixa sur elle un regard pénétrant.

— Pourquoi étais-tu aussi contrariée que je déjeune avec cette femme ?

— Hudson…

— Je n'insisterai pas. Mais laisse-moi t'expliquer la situation. Il se trouve que la directrice du ranch de Guy est cette femme rousse avec laquelle m'a vu Marla. Guy me l'a envoyée pour qu'elle essaie de me convaincre d'intégrer son équipe. Il a dû s'imaginer qu'elle aurait de meilleurs arguments que lui.

— Pourquoi ? Tu as une préférence pour les rousses ? plaisanta-t-elle à demi.

— Disons que par le passé, je n'avais pas vraiment de préférence.

— Pourquoi Guy pense-t-il que tu es fait pour ce poste ? Et d'ailleurs, en quoi consiste l'emploi qu'il te propose ?

— Guy a entendu parler du succès que nous connaissons à la crèche. Et comme il rencontre certaines difficultés, il voudrait que j'essaie de redresser la situation.

— Comptes-tu accepter sa proposition ?

Elle avait parlé d'une voix neutre qui ne lui laissait rien deviner de ses sentiments.

— Je ne sais pas encore, répondit-il honnêtement. Just Us Kids n'a plus besoin de moi, maintenant. D'un autre côté, Guy me propose une mission que n'importe quel chargé de communication pourrait effectuer.

La sonnerie du téléphone portable de Bella vint interrompre leur discussion. Elle lut le nom qui s'inscrivit sur l'écran, puis releva les yeux sur lui.

— C'est Jamie. Excuse-moi, mais je dois prendre son appel.

— Vas-y. Je surveille cette petite tribu.

Bella alla se mettre à l'écart, mais pas assez pour que ses propos ne parviennent aux oreilles d'Hudson.

— Salut, Jamie… Oui, tout va bien… Je te l'ai déjà dit, ce n'est pas la peine d'appeler toutes les heures.

Visiblement, même en mode vacances, Jamie n'arrivait pas à se déconnecter de ce qui était son quotidien.

— Occupe-toi plutôt de toi, disait Bella. Repose-toi, fais-toi chouchouter et, surtout, profites-en pour dormir. C'est un ordre.

Jamie dut faire preuve d'humour, car Hudson entendit Bella éclater de rire.

— Oui, c'est un sacré changement, n'est-ce pas ? dit-elle. Je te le répète, ne t'inquiète pas, tout va bien ici. Je ne veux plus entendre parler de toi jusqu'à ton retour, demain soir. Je t'enverrai un SMS lorsqu'ils seront endormis. Oui, je les embrasse pour toi, bien sûr. À demain.

Elle mit un terme à la discussion et glissa son téléphone dans la poche de son jean.

— Je vous admire tous les deux, déclara-t-il. Vous êtes si loyaux l'un envers l'autre.

Pour tout commentaire, elle ouvrit le réfrigérateur pour y prendre une tarte aux fruits qu'elle lui présenta.

— Les gens qui nous aident viennent souvent avec un plat ou un dessert préparé tout spécialement pour nous, expliqua-t-elle. En veux-tu ?

— Volontiers. Ce sera parfait avec notre verre de lait.

Elle coupa deux parts de tarte qu'elle fit réchauffer dans le four à micro-ondes, puis qu'elle posa sur la table. Elle s'assit face à lui, les enfants entre eux, et croqua une bouchée de son gâteau qu'elle prit le temps d'avaler avant de dire :

— Jamie et moi formons une équipe soudée depuis des années.

— Cela saute aux yeux.

— Mais ce n'est pas sans raison.

— J'imagine que c'est lié à la mort de vos parents. Ce drame ne pouvait que vous rapprocher.

— En effet, mais ce n'est pas la seule raison. Jamie et moi avons cinq autres frères et sœurs : Luke, Daniel, Dana, Bailey et Liza.

Il en resta interloqué.

— Personne n'en laisse rien filtrer en ville, lâcha-t-il enfin.

— Parce que les gens d'ici savent l'épreuve que nous avons traversée. Ils forment une sorte de rempart protecteur autour de nous. Nous n'avons aucun contact avec le reste de la fratrie.

— Pourquoi cela ? s'étonna-t-il.

— À la mort de nos parents, nous avons été séparés. Dana et Liza ont été adoptées. Et considérant que Luke, Daniel et Bailey, alors âgés de dix-huit ans et plus, étaient adultes et pouvaient se débrouiller tout seuls, nos grands-parents les ont laissés livrés à eux-mêmes. Les pauvres étaient pourtant aussi traumatisés que nous par cette disparition brutale.

— Jamie et toi n'avez jamais tenté de les retrouver ?

— J'ai essayé, mais mes recherches sont toujours restées infructueuses.

— Et eux, de leur côté, ils n'ont rien fait pour vous contacter ?

— Non. Pourtant, ça aurait été facile pour eux, sachant que nous étions ici, chez nos grands-parents. Il faut croire qu'ils ne tiennent pas à nous revoir. Bref, cela a renforcé le lien qui existait entre Jamie et moi.

Il comprit soudain le vide qu'elle devait ressentir. Même si le lien qui existait entre ses frères et lui était plus ou moins distendu, il avait au moins le mérite d'exister. Poussé par un élan de tendresse, il couvrit sa main de la sienne.

— Je suis tellement désolé pour toi !

— Je n'aime pas inspirer de la pitié, déclara-t-elle avec fierté. C'est pour cela que Jamie et moi n'évoquons jamais ce sujet douloureux.

— Je te suis d'autant plus reconnaissant de t'être confiée à moi. J'y vois une belle preuve de confiance.

Elle le fixa un bref instant, semblant sur le point de lui faire de nouvelles révélations. Mais elle se contenta de repousser sa chaise et de se lever.

— Si nous allions coucher ces petits ? Je ne garantis pas qu'ils s'endorment tous en même temps, mais nous pouvons tenter le coup. Enfin, si tu veux bien rester. Mais si tu préfères partir, je comprendrai.

Il opina en silence. Il n'irait nulle part. Pas tant qu'il ne serait pas certain que Bella terminerait ce qu'elle avait commencé.

Hudson avait beau démontrer tous les jours ses compétences à la crèche, Bella s'étonna de le voir agir avec autant d'aisance et de dextérité pour s'occuper des triplés. Sa stature imposante contrastait étrangement avec ses gestes tout en douceur et en délicatesse. Il se montrait aussi attentif que pouvait l'être Jamie.

Lorsqu'il l'avait remerciée de la confiance qu'elle lui témoignait, elle avait été sur le point de lui parler de sa fausse couche. Elle avait failli lui révéler que si elle était aussi proche de ses neveux et nièce, c'était parce qu'elle n'aurait jamais d'enfants à elle. À le voir s'occuper de Katie, Jared et de Henry, il était manifeste qu'un jour il voudrait être père.

Elle repensa à l'offre qui lui avait été faite, raison supplémentaire pour elle de ne pas lui révéler ce secret qui venait la tourmenter régulièrement. Qu'elle lui fasse confiance ou non, là n'était pas la question. À plus ou moins long terme, Hudson quitterait Rust Creek Falls pour reprendre la vie nomade qu'il avait toujours privilégiée.

Henry fut le premier des bébés à s'endormir. Cela prit plus de temps pour Jared et Katie, qu'ils durent bercer un long moment avant qu'ils ferment leurs petites paupières.

Une fois tous les bambins endormis dans leur berceau, Bella et Hudson redescendirent dans le salon.

— Ils peuvent très bien se réveiller dans cinq minutes,

prévint-elle après s'être assurée que le babyphone fonctionnait bien.

— Ou bien dormir deux heures d'affilée, objecta-t-il.

— Te montres-tu toujours aussi optimiste ?

— J'essaie, en tout cas. Il faut dire que je n'ai pas à me plaindre. Ma famille est ce qu'elle est, mais j'en ai une. Je n'ai jamais eu à m'inquiéter pour l'argent et grâce à ça, je peux mener la vie que je veux. Voir à la crèche des mères célibataires se débattre comme elles le peuvent et des pères obligés de cumuler deux activités professionnelles pour s'en sortir, cela m'a fait comprendre la chance que j'avais.

— Cela me plaît bien que tu en aies conscience.

Il s'approcha tout en fixant sur elle un regard ardent.

— Est-ce tout ce qui te plaît en moi ?

— Je peux te faire une liste, si tu veux, répondit-elle d'un ton faussement dégagé.

À présent qu'il était tout près d'elle, ses réticences se dissipèrent d'un coup, comme par magie. Elle détestait l'idée qu'Hudson puisse avoir envie d'embrasser une autre femme qu'elle ou, bien pire, de lui faire l'amour.

Il avait dû lire dans ses pensées, car il l'attira aussitôt à lui et prit ses lèvres dans un baiser passionné auquel elle répondit avec tout autant de fougue. Emportée par le désir, elle se serra un plus étroitement contre son torse musculeux, se grisant de l'odeur virile qui émanait de lui. Sans rompre ce baiser qui les unissait, elle effleura du bout des doigts la barbe qui ombrait ses joues.

Prenant sans doute ses initiatives comme autant d'encouragements à poursuivre, il plongea les mains dans sa chevelure et mêla sa langue à la sienne pour une danse frénétique qui lui laissait à peine le temps de reprendre son souffle. Le désir qu'ils éprouvaient l'un pour l'autre, trop longtemps contenu, déferla sur eux telle une vague géante emportant tout sur son passage.

Elle ne protesta pas davantage lorsqu'elle sentit qu'il la conduisait vers le canapé. Car, alors que la raison lui dictait de se dérober, son cœur, lui, la poussait à s'abandonner.

Ils étaient sur le point de basculer sur le sofa lorsque la sonnette de l'entrée retentit.

Les yeux voilés de désir, la bouche gonflée de leurs baisers, elle se détacha à regret de lui.

— Il faut que j'aille répondre, lâcha-t-elle, le souffle court. On ne sait jamais.

Il hocha la tête, semblant lui aussi avoir beaucoup de peine à revenir sur terre.

Avait-elle donc perdu la tête ? Comment avait-elle pu se laisser aller de la sorte, alors qu'elle venait tout juste d'énumérer les raisons pour lesquelles elle ne lui céderait jamais ? Au lieu d'écouter la voix de la raison, qu'avait-elle fait ? Elle avait répondu aux baisers ardents d'Hudson. Des baisers qui ne pouvaient être que le prélude à des étreintes torrides.

Elle alla ouvrir, en pleine confusion. C'était Paige qui, aussitôt qu'elle la vit, lui demanda avec une pointe d'inquiétude :

— Quelque chose ne va pas ?

— Oh ! non, non ! lui assura Bella en la faisant entrer. Je ne m'attendais pas à te voir de si bonne heure, c'est tout.

— En fait, la réunion s'est terminée plus tôt que prévu. Ça va ? Tu as réussi à t'en sortir ?

— Parfaitement. D'autant plus qu'Hudson m'a fait la surprise de passer nous voir. Du coup, il m'a aidée avec les petits. Crois-le ou non, ils dorment tous les trois comme de petits anges.

Paige ne pipa mot, mais lui lança un regard sceptique.

— Je suis ravie de te voir, enchaîna trop vite Bella. Je vais pouvoir libérer Hudson. Jamie a appelé. Tu le connais, il ne peut pas s'empêcher de s'inquiéter.

Elle eut soudain conscience qu'elle jacassait comme une pie dans le seul but de cacher son embarras. Qui croyait-elle tromper ? Personne, elle le savait bien, mais il lui fallait dissimuler, sous des dehors extravertis, le trouble qui l'animait. Elle se sentit gagnée par un profond soulagement lorsqu'elle aperçut le visage recomposé d'Hudson. En les voyant entrer, il prit le Stetson qu'il avait laissé sur la table et le vissa sur sa tête.

— Je vois que tu as du renfort. Je vais pouvoir y aller, alors. Ravi de vous saluer, Paige.

— De même, Hudson.

Un silence gêné s'installa entre eux que Bella fut la première à rompre.

— Je te raccompagne à la porte. Paige, je reviens tout de suite.

Il lui aurait été plus facile de le laisser partir seul, mais elle ne pouvait décemment agir comme si de rien n'était. Il fallait qu'elle lui parle sans plus attendre.

Hudson attendit qu'ils soient sous le porche pour se tourner vers elle.

— Nous avons bien fait, lâcha-t-il.

— Peut-être, mais il n'empêche que je suis contente que Paige soit arrivée. Nous avons besoin de réfléchir un peu à tout cela.

Il secoua la tête pour lui signifier son désaccord.

— Et si nous arrêtions de penser, pour ressentir simplement les choses ?

— Hudson, il y a encore beaucoup de choses que tu ignores à mon sujet.

— Eh bien, vas-y. Je t'écoute.

Elle préféra ne pas saisir la perche qu'il lui tendait et qui la ferait plonger dans l'inconnu. Non, mieux valait repousser à plus tard, décida-t-elle en son for intérieur.

Dans un geste empreint de tendresse, elle se hissa sur la pointe des pieds et effleura ses lèvres d'un baiser léger.

— À mardi, souffla-t-elle.

Elle le vit hésiter à la prendre dans ses bras, mais il fit le choix d'y renoncer.

— À mardi.

Elle referma la porte derrière elle, songeuse. Que se serait-il passé si Paige ne les avait pas interrompus ?

Hudson arriva au ranch, les nerfs à cran. Il avait besoin de se calmer. Il alla tout droit à l'écurie seller Breeze. Il avait besoin du contact de sa jument, de faire corps avec elle. Il voulait sentir le vent sur son visage et le froid sur sa peau.

Tandis que Breeze allait au trot sur un chemin qui coupait à travers champs, ses pensées dérivèrent une fois de plus vers Bella. S'il n'avait même pas pris le temps de faire un crochet par la maison, c'était parce qu'il ne voulait plus s'y retrouver seul. Il ne savait trop où tout cela le mènerait, mais il avait envie de réaliser certains de ses rêves, des rêves dont Bella faisait partie. S'ils n'avaient pas été interrompus par Paige, ils auraient fait l'amour sur le canapé.

Or, lorsqu'il ferait l'amour à Bella, ce serait avec la certitude absolue que rien ni personne ne les détournerait de leurs étreintes. Ce serait parce que Bella voudrait ce moment avec autant de force que lui. De tout son corps et de toute son âme. S'ils partageaient le même lit, il faudrait que cela découle d'une vraie liberté de décision.

Ce qu'il éprouvait pour Bella allait bien au-delà d'une simple attirance physique. Cela ne se limitait pas à la seule volonté de prendre du plaisir, de satisfaire leurs deux corps brûlant de désir. Non, ce qu'il ressentait était beaucoup plus profond, comme un besoin irrépressible de la protéger.

Ce sentiment que lui inspirait Bella, il ne l'avait jamais

éprouvé avec aucune des femmes qui avaient traversé sa vie. Leur vie, leur passé, leur avenir, il s'en fichait éperdument. En revanche, tout ce qui concernait Bella le touchait à l'extrême.

Pourtant, il restait attaché à sa liberté. À son grand désarroi, il se sentait vulnérable, écartelé entre son besoin de liberté et l'envie qui commençait à germer de faire un bout de chemin avec Bella.

Pour la première fois de sa vie, il se trouvait dans la confusion la plus totale. Quelle tournure allait-il donner à sa vie ?

Il l'ignorait encore.

- 10 -

Sans savoir vraiment cuisiner, Hudson était capable de se préparer un hamburger, voire de se faire cuire une omelette. Mais pour Bella, il allait se surpasser. Elle lui avait terriblement manqué, et il voulait marquer le coup pour son retour. Elle faisait tant pour le personnel et les parents, mais surtout pour les enfants, qu'elle méritait bien une petite attention particulière.

Il avait passé un long moment à réfléchir à ce qu'il allait bien pouvoir concocter de spécial qui ne soit toutefois pas trop tape-à-l'œil. Il avait écarté le bouquet de fleurs somptueux, qu'il jugeait trop impersonnel. D'ailleurs, il souhaitait lui montrer une facette de lui différente de celle qui consistait à tout acheter à coups de dollars. Il voulait qu'elle voie en lui un homme attentionné, qui s'était donné du mal pour lui faire plaisir.

Sur les conseils de l'employée de l'épicerie où il s'était rendu, il alla prendre une boîte de préparation pour cupcakes à laquelle il ajouta des petites coupes en papier plissé de toutes les couleurs et un sachet de glaçage.

— Pourquoi n'allez-vous pas plutôt les acheter chez un bon pâtissier ? s'enquit la caissière tandis qu'il déposait ses achats sur le tapis roulant. Vous pourriez même demander qu'ils inscrivent son nom dessus.

Il secoua la tête, bien déterminé à ne pas se laisser influencer.

— Ce ne serait pas la même chose que si c'est moi qui

confectionne ces gâteaux, même s'ils ne seront jamais aussi bon que ceux d'un professionnel.

Il ressortit plein d'espoir, les bras chargés, sous l'œil bienveillant de la caissière.

La préparation se passa plutôt bien, si l'on exceptait les multiples projections de pâte sur la table au moment délicat où il dut la répartir dans les moules. Mais dans l'ensemble, il était content de lui : ses cupcakes étaient présentables.

Il partit tôt pour la crèche, afin d'avoir le temps d'accrocher la banderole de bienvenue en papier crépon rose et blanc que l'employée de l'épicerie lui avait également suggéré d'acheter.

Il venait à peine de terminer lorsque les éducatrices arrivèrent, suivies de près par les premières mamans venues déposer leurs enfants. Lorsque Bella fit son apparition et qu'elle vit son nom inscrit sur la banderole, elle resta bouche bée.

Elle adressa un regard interrogateur à Sarah qui lui répondit par un haussement d'épaules visant à lui signifier qu'elle ignorait l'auteur de cette surprise.

Joyce Croswell, une autre éducatrice, désigna les cupcakes que Hudson avait pris la peine de disposer joliment sur une table qu'il avait sortie d'une salle.

— Regarde un peu. Hudson les a confectionnés lui-même.

Bella ne répondit rien, visiblement trop émue pour parler.

— Je ne sais pas quoi dire, balbutia-t-elle enfin.

Puis, un sourire aux lèvres, elle alla vers lui et le serra dans ses bras.

— Personne n'a jamais eu une telle attention pour moi. Et encore, je n'ai été absente qu'une journée.

— Bella Stockton, commença-t-il avec gravité et assez fort pour être entendu de tous, c'est grâce à toi si cette crèche marche aussi bien. Tous, sans exception, ont pu mesurer à quel point ton sourire, ton énergie et ton enthousiasme nous ont manqué. Cette petite réception n'a d'autre but que de te le faire savoir et de te remercier.

Touché en plein cœur, il vit ses yeux se brouiller de larmes.

— Allons, reprit-il d'un ton enjoué destiné à dissiper cette émotion, l'heure du jugement est arrivée.

Il prit l'un des cupcakes et vint le lui donner.

Ils se tenaient immobiles l'un près de l'autre, assez près pour qu'il l'entende murmurer :

— Je n'arrive pas à croire que tu te sois donné autant de mal pour moi.

— Je voulais que tu saches à quel point tu comptes dans ma vie, Bella, répliqua-t-il, assez bas pour que personne d'autre ne l'entende.

La porte d'entrée qui s'ouvrit sur deux mères accompagnées de leurs enfants rompit brutalement la magie de cet instant.

— Je crois que je vais attendre un peu pour le manger, décida-t-elle.

— Jusqu'à l'heure du déjeuner ? proposa-t-il.

— Par exemple. En attendant, je peux quand même goûter au glaçage.

Joignant le geste à la parole, elle passa un doigt sur la fine pellicule de sucre glace et le porta à ses lèvres pour le sucer délicatement. Il émanait de ce geste une telle sensualité que le feu se mit aussitôt à couler dans ses veines.

— C'est délicieux, Hudson. Juste sucré comme il faut.

— Je n'y suis pour rien, se justifia-t-il. C'est du glaçage tout prêt.

— Peu importe. Avoir pensé à m'accueillir comme tu viens de le faire me touche infiniment

Il la remercia d'un regard ardent qui ne devait rien cacher du désir qu'elle suscitait chez lui.

Lorsqu'elle eut regagné son bureau, il prit les plateaux chargés de cupcakes et les fit passer aux enfants assez âgés pour en manger sans danger. Les gâteaux restants, il les couvrit d'un film plastique et les laissa sur la table de la salle du personnel.

Puis il attendit avec impatience l'heure du déjeuner pour retrouver Bella.

Bella avait bien capté le regard fiévreux qu'Hudson avait dardé sur elle. Un regard lourd de sous-entendus qui la troublait et l'excitait à la fois. Lorsqu'elle se rendit dans la salle du personnel, il était déjà là, occupé à manger un plat de spaghettis bolognaise, probablement préparé par sa fidèle Greta.

Sa fourchette s'immobilisa devant sa bouche aussitôt qu'il la vit.

— Si tu en veux, il en reste encore plein, dit-il.

— Merci, mais j'ai apporté un sandwich au poulet, répliqua-t-elle en lorgnant tout de même son assiette avec envie.

Ce regard ne lui ayant pas échappé, il remplit une assiette qu'il posa d'autorité devant elle.

— Comment va Jamie ? s'enquit-il.

— Nettement mieux. Cette pause lui a fait le plus grand bien.

— Et tu as survécu.

— Oui, grâce à tous ceux qui m'ont aidée, toi inclus.

Elle se revit alors entre ses bras, échanger avec lui des baisers enflammés qu'elle n'oublierait jamais.

Ils parlèrent ensuite de choses et d'autres puis, lorsqu'ils eurent fini leur plat de pâtes, il se leva, choisit deux cupcakes et en déposa un devant elle.

— Un café pour l'accompagner ?

— Volontiers, répondit-elle, émerveillée d'être servie de la sorte.

C'était une grande première pour elle. Elle l'observa tandis qu'il préparait les deux cafés et pensait à verser une goutte de lait dans le sien.

Connaissant les codes de la bienséance, elle piqua un morceau de cupcake au bout de sa fourchette et le porta à sa bouche dans un geste plein de délicatesse.

— C'est délicieux, Hudson. Vraiment. Tu vas pouvoir rivaliser avec Greta, maintenant.

Contrairement à elle, il avala son gâteau en trois bouchées gourmandes avant de répondre :

— J'ai encore de la marge. Je crois surtout que j'ai bénéficié de la chance des débutants. À moins que ce ne soit dû à ma motivation, ajouta-t-il en se penchant vers elle.

Sa main s'immobilisa au-dessus de ses lèvres entrouvertes tandis que les battements de son cœur redoublaient.

— Tu as un peu de sucre glace là, murmura-t-il en effleurant sa bouche du bout d'un doigt.

Elle sentit aussitôt une coulée de lave affluer dans ses veines.

— Je t'embrasserais bien de nouveau, mais le lieu n'est pas vraiment propice, ajouta-t-il tout bas.

Elle le considéra longuement sans rien dire, assaillie d'images intimes. Devait-elle résister à cette attirance presque hypnotique ou, au contraire, y céder et profiter, pour la première fois de sa vie, du plaisir qu'un homme pourrait lui procurer ?

— Il vaut mieux que je retourne dans mon bureau, chuchota-t-elle.

Mais avant qu'elle puisse esquisser le moindre geste, il couvrit sa main de la sienne.

— Bella, je ne sais pas ce que tu penses de moi,

mais sache que la réputation qu'on me prête n'est pas conforme à la réalité.

Ne sachant que répondre à cela, elle prit le parti de le laisser poursuivre.

Il s'éclaircit la gorge, peut-être pour se donner le temps de peser les mots qu'il s'apprêtait à prononcer.

— Tu es si jolie, Bella. Tu ne dois pas manquer de prétendants.

S'il savait ! ironisa-t-elle en son for intérieur. Il ne pouvait être plus éloigné de la vérité. Les hommes de Rust Creek Falls, la jugeant sans doute trop froide, ne tentaient aucun rapprochement. Il y avait tant d'écart entre la réalité et l'image qu'Hudson avait d'elle qu'elle laissa échapper un rire amer.

Hudson, qui devait se méprendre sur l'origine de cet accès d'hilarité, retira aussitôt sa main et se renfonça sur sa chaise.

— Je ne vois pas ce qu'il y a de drôle, marmonna-t-il, visiblement vexé.

Il lui parut tout d'un coup si vulnérable ! L'avait-elle blessé ? Se pouvait-il qu'il se soucie vraiment d'elle ?

— Tu as raison, je suis ridicule, marmonna-t-il en se levant brusquement.

Elle le rattrapa au moment où il allait franchir le seuil.

— Je ne me moquais pas de toi, Hudson. Tu ne sais pas…

— Peu importe, la coupa-t-il. Ce que je sais, en revanche, c'est à quel point tu m'attires. Bella, cette attirance est-elle réciproque ?

Elle répondit par un petit signe de tête affirmatif. Aussitôt, la bouche d'Hudson vint se poser sur la sienne dans un baiser aussi bref que passionné.

— Je sais que tu t'inquiètes des conséquences professionnelles que pourrait engendrer une éventuelle relation entre nous. Me croiras-tu si je te dis qu'il n'y en aura aucune ? Tu es encore si jeune, Bella ! Sache aussi que, même si j'ai envie de toi depuis des semaines, je respecterai ta décision, quelle qu'elle soit.

Elle fut touchée par chacun des mots qu'il venait de prononcer. Sa sincérité qui lui allait droit au cœur la poussa à se montrer honnête avec lui.

— Hudson, j'ai beau être jeune, je ne suis plus vierge, avoua-t-elle simplement.

Elle vit passer dans son regard une lueur de surprise qui disparut très vite pour céder la place à un visage impassible.

— Moi aussi j'ai envie de toi depuis des semaines, poursuivit-elle. Mais j'ai tant de décisions à prendre que, je l'admets, je suis un peu perdue. Je ne sais pas combien de temps encore je vais devoir aider Jamie. Je sais juste que reprendre mes études est une chose qui me tient à cœur. Mon avenir reste flou, et je ne voudrais pas me compliquer un peu plus la vie.

— Dois-je comprendre que c'est moi qui te compliquerais la vie ?

— Oui, je ne te le cache pas. Le problème, c'est que plus je te connais et plus j'ai envie de toi.

C'était apparemment les mots qu'il attendait, les mots qui lui donnèrent le courage de demander :

— Accepterais-tu de venir chez moi ce soir ?

En répondant par l'affirmative, elle savait exactement à quoi elle s'exposait. Elle posa une main sur son avant-bras et le regarda droit dans les yeux.

— Oui, répondit-elle simplement.

Quelques heures plus tard, alors que les deux voitures se garaient l'une derrière l'autre au Lady B, Hudson s'étonnait encore de la confidence que lui avait faite Bella. Ainsi donc, il ne serait pas le premier homme dans sa vie. Avait-elle vécu une expérience malheureuse qui expliquerait pourquoi elle s'était montrée jusque-là si réticente avec lui ?

Une fois dans la maison, ils se retrouvèrent l'un et l'autre un peu embarrassés. Il n'allait tout de même pas lui sauter dessus, lui arracher ses vêtements ou la traîner jusqu'à son lit.

Il choisit plus sobrement de la conduire au salon.

— Veux-tu quelque chose à boire ? Cela nous laisserait le temps de nous détendre.

— Avec plaisir.

— Chocolat ? Thé ? Café ?

Pas de vin, se dit-il, car il ne voulait pas que leurs sens soient émoussés par l'alcool. Il souhaitait plus que tout se souvenir de la moindre seconde passée avec elle ce soir.

— Un chocolat, s'il te plaît, répondit-elle avec une pointe de nervosité, tandis que son regard s'arrêtait sur l'album de photos qui était posé sur la table basse.

— Cet album était déjà là la dernière fois, remarqua-t-elle. Il appartient à M. Bickler ?

— Non, il est à moi. Je l'emporte partout où je vis. Il m'aide à me souvenir que j'ai une famille et une maison dans laquelle j'ai grandi. Il me rappelle mes racines, en quelque sorte.

— Cela t'ennuie si j'y jette un coup d'œil ?

— Non, pas du tout. Mais je te préviens, je n'ai pas ton talent de photographe. Loin de là.

— Les photos d'amateur peuvent être très réussies, assura-t-elle en ôtant sa parka.

À la voir se détendre un peu, il commença à se sentir lui aussi un peu plus à l'aise. Pendant qu'elle feuilletait l'album, il prépara deux chocolats qu'il couronna de crème fouettée, puis qu'il alla poser sur des dessous de verre, devant eux.

— Comment sais-tu que j'adore la crème fouettée ? demanda-t-elle en souriant.

— Je l'ignorais. C'est un coup de chance.

Il abaissa les yeux sur l'album qu'elle tenait ouvert sur ses genoux, à la page où les photos le représentaient ses frères et lui, enfants.

— Vous êtes tous si beaux ! s'exclama-t-elle. Mais qui est qui dans cette petite troupe ? Je m'y perds.

Il pointa le doigt sur chacun, citant leur nom.

— Là, c'est Aubry, puis Gedeon, Jensen et, bien sûr, Walker.

Elle désigna une autre photo.

— Et là, ce sont tes parents ?

— Oui.

Sur ce cliché, sa mère affichait comme à son habitude un air distant, voire dédaigneux. Son père, d'une stature imposante, n'était guère plus avenant avec sa couronne de cheveux blancs et ses yeux bleu métallique. Mais lorsqu'on y regardait de plus près, il existait une ressemblance entre ses parents et lui.

— Ton père et toi avez le même menton volontaire et le même front haut, observa-t-elle, comme si elle avait deviné les pensées qui lui traversaient l'esprit.

— C'est exact. Heureusement, la ressemblance s'arrête là. Walker a hérité de lui son esprit d'entreprise et une certaine autorité. Comme lui, il est très axé sur l'argent et le pouvoir. C'est peut-être ce qui m'a fait choisir le mode de vie qui est le mien, complètement à l'opposé de ce monde matérialiste.

— Tu les respectes, malgré tout ?

— J'ai beaucoup de respect pour Walker et pour tout ce qu'il a accompli tout seul. Et puis, avec le temps, j'ai l'impression qu'il change un peu ses priorités pour laisser plus de place dans sa vie à Lindsay. Mais mes parents, eux, étaient juste focalisés sur la réussite sociale et le paraître, au détriment de leurs enfants. Ils n'ont jamais essayé de changer quoi que ce soit à leur mode de vie, même si cela nous rendait malheureux.

— Je pense souvent à mes parents, fit-elle, nostalgique. Je me demande si nous serions restés proches les uns des autres s'ils avaient survécu.

Elle marqua une pause au terme de laquelle elle ajouta :

— Walker et toi, vous avez beau être différents, vous n'en restez pas moins liés. Et c'est pour cette raison que tu n'as pas hésité à venir lui apporter ton aide lorsqu'il te l'a demandée.

— Tu agis de même avec Jamie, souligna-t-il. Et pour la même raison.

Elle opina en silence en même temps qu'elle trempait ses lèvres dans la boisson mousseuse. Lorsqu'elle releva la tête, il résista avec peine à l'envie de faire disparaître à petits coups de langue la trace laiteuse imprimée sur sa lèvre supérieure.

Ne précipite pas les choses, se sermonna-t-il. *Laisse-lui le temps de se sentir tout à fait à l'aise. Tu sauras voir lorsqu'elle sera prête.*

Du moins l'espérait-il.

S'exhortant à la patience, il la regarda passer le bout de sa langue sur sa bouche humide.

— J'ai de très beaux souvenirs de l'époque où nous formions encore une famille, reprit-elle en posant sa tasse sur la table.

— Raconte-moi, l'encouragea-t-il.

— Il y avait un lac où nos parents nous emmenaient nous baigner. Les grands aidaient les petits à patauger au bord. Nous adorions cet endroit où nous passions nos journées d'été à barboter dans l'eau, à pique-niquer. Jamie et moi n'évoquons jamais ces souvenirs heureux. Ils nous font trop mal à présent. Mais peut-être avons-nous tort. Peut-être qu'en parler nous aiderait à évacuer la souffrance que nous gardons enfouie en nous.

— Sans doute.

Il désigna une nouvelle photo de son album.

— Walker et moi, nous étions dans une rivalité permanente, expliqua-t-il. Surtout lorsque nous devions attraper les veaux au lasso. Au début, nous n'étions pas très bons, ni l'un ni l'autre, mais cette rivalité nous a permis de nous dépasser et donc de progresser.

À son tour, elle désigna une photo sur laquelle on voyait un sapin d'au moins trois mètres de haut trôner dans l'un des angles d'une salle immense.

— Quel sapin magnifique !

— Chaque année, pour les fêtes, ma mère chargeait son architecte d'intérieur de décorer non seulement le sapin de Noël mais également toute la maison. C'est bien différent de l'arbre que je voudrais avoir ici.

— Que voudrais-tu avoir ?

— Je veux aller couper mon sapin moi-même et je le placerai ici.

Il désigna un endroit près de l'une des fenêtres.

— J'en ai parlé à Greta, et elle a proposé de me fournir toutes les guirlandes et les boules de Noël que je voudrai. Je vois déjà le résultat d'ici.

— Nous pourrions proposer aux enfants de la crèche de participer à la décoration de ton sapin en fabriquant eux-mêmes des décorations.

— Très bonne idée.

D'un coup, un silence gêné retomba entre eux. Ils rivèrent leurs regards l'un à l'autre, puis il se rapprocha et l'enlaça. Il émanait d'elle un mélange de douceur et de candeur qui le touchait à l'extrême.

— Tu peux encore changer d'avis si tu le souhaites, Bella, lui chuchota-t-il à l'oreille.

— Je ne changerai pas d'avis, certifia-t-elle.

Lorsque sa bouche se posa sur la sienne, il éprouva un sentiment de possession jusque-là inconnu de lui. Il voulait que cette femme lui appartienne corps et âme comme il n'avait jamais eu envie de posséder aucune autre femme.

Il avait une conscience aiguë de la douceur de sa joue contre la sienne, du goût de chocolat sur sa langue, du petit gémissement de plaisir qu'elle laissa échapper entre ses lèvres entrouvertes. Aiguillonné par le désir de plus en plus intense qui le submergeait, il resserra son étreinte.

— J'aurais dû penser à allumer la cheminée dans ma chambre, murmura-t-il contre sa bouche.

— Nous n'aurons qu'à nous serrer l'un contre l'autre sous les couvertures, répondit-elle dans un souffle.

C'était le signal qu'il attendait. Il se leva et, après l'avoir entraînée avec lui, la souleva de terre pour la porter entre ses bras puissants jusqu'à sa chambre. Il avait l'impression d'être dans la peau d'un homme des cavernes qui avait pour devoir de veiller envers et contre tout sur la femme qu'il aimait.

Il la déposa délicatement sur le lit, puis se pencha sur elle pour la dévorer de baisers enfiévrés. Il sentit le moment venu de lui retirer ses vêtements.

— Veux-tu que je laisse la lumière éteinte ? s'enquit-il, soucieux de ménager sa pudeur.

La pénombre qui baignait la pièce leur permettait à peine de distinguer leur visage.

— Non, refusa-t-elle. Tu peux allumer. Je veux te voir.

Sa réponse lui plut. Elle ne souhaitait ni frein ni barrière à leurs ébats amoureux. Cela signifiait aussi qu'elle ne chercherait pas à lui dissimuler ce qu'elle ressentirait alors.

Il alluma la lampe la plus proche et prit une boîte de préservatifs dans le tiroir de sa table de chevet.

Quelques courtes minutes leur suffirent pour se retrouver nus l'un contre l'autre, leurs mains impatientes se cherchant. Il repoussa les couvertures afin de mieux contempler ses courbes sensuelles.

— Tu n'as pas froid ? s'inquiéta-t-il.

— Non. Je dirais même que j'ai l'impression de me trouver sur un volcan en éruption.

— Moi aussi.

Pour mieux lui montrer qu'il disait vrai, il s'allongea sur elle et couvrit son visage, puis sa gorge, puis ses seins de baisers enflammés.

— Bella, tu me rends fou. Je ne peux plus attendre, lui susurra-t-il à l'oreille.

— Moi non plus, je suis prête.

Il s'écarta légèrement pour dérouler le préservatif sur son membre en érection et la pénétra d'un léger coup de reins.

Elle s'agrippa des deux mains à ses épaules, comme une naufragée à sa bouée de sauvetage, puis elle exhala un râle de plaisir. Il vit que des larmes coulaient sur ses joues.

— Bella ? demanda-t-il, inquiet. Que se passe-t-il ?

— Rien, Hudson. Je suis heureuse. Tellement heureuse !

Rassuré — et il devait bien l'admettre un peu fier aussi —, il accéléra le rythme, s'enfonçant plus profondément en elle à chacun des coups de reins qu'il lui donnait.

Il ne s'autorisa à s'abandonner au plaisir qu'en l'entendant crier son nom d'une voix rauque.

Il surfa alors un long moment avec elle sur les vagues d'un plaisir indicible qu'il n'avait jamais connu jusque-là.

Bella lui donnait l'impression d'être un conquérant invincible et, ce sentiment non plus, il ne l'avait jamais connu.

- 11 -

Bella se réveilla tout doucement, laissant la réalité pénétrer lentement son esprit encore embrumé par une nuit trop courte. Elle sentit avec bonheur le corps d'Hudson plaqué contre son dos, l'un de ses bras l'entourant dans un geste qui se voulait à la fois protecteur et possessif.

Elle jouissait juste de l'instant présent, s'attachant à ne rien attendre ni espérer de ce qui s'était passé entre eux.

Avec une infinie tendresse, elle caressa son avant-bras musculeux, se plaisant à revivre chacun des baisers, chacune des caresses qui les avaient propulsés dans un tourbillon d'extase qui, elle le savait, resterait à jamais gravé dans sa mémoire.

Il ne lui avait pas fallu longtemps pour s'autoriser à mettre le mot amour sur ce qu'elle éprouvait pour Hudson.

Depuis combien de temps n'avait-elle pas été aimée par un homme autre que son frère ?

Cependant, si elle était à présent sûre des sentiments qu'elle nourrissait à l'égard d'Hudson, elle n'était pas certaine que la réciproque soit vraie. Il n'était pas rare que les hommes se laissent dicter leurs agissements par le désir charnel. Hudson ne faisait sans doute pas exception à la règle. Entre la désirer et l'aimer, il y avait un monde qu'il n'avait probablement pas franchi.

Elle le sentit bouger un peu contre elle, signe qu'il venait d'ouvrir les yeux. Elle hésita à se retourner pour lui faire face. Et si elle lisait sur son visage qu'une nuit lui suffisait ? Qu'il ne donnerait pas suite à leur histoire ? Et à la crèche ? Quelle attitude devraient-ils adopter désormais ?

Autant d'interrogations qui lui faisaient presque regretter d'avoir suivi son instinct. Ces questions, c'était avant de passer à l'acte qu'elle aurait dû se les poser.

Elle dégagea doucement son bras avec l'intention de s'écarter de lui. Mieux valait partir avant de s'entendre dire que leur histoire était finie avant même d'avoir commencé.

Malheureusement, il ne la laissa pas aller bien loin. Aussitôt qu'il la sentit sur le point de s'éloigner, il revint se coller contre elle et la força à se retourner.

Elle n'avait pas le choix. Il lui fallait l'affronter.

— Où pensais-tu aller ? s'enquit-il d'une voix ensommeillée.

— Il faut que j'aille m'habiller. Je dois retourner au ranch.

— Il ne fait même pas jour, protesta-t-il.

— Les bébés se fichent bien de savoir s'il fait jour ou nuit, rétorqua-t-elle. Quand ils ont faim, il faut les nourrir. Et puis, j'ai promis à Jamie que je serais rentrée ce matin pour l'aider.

Il la fixa un long moment en silence, puis retira son bras pour la libérer.

— Tu veux vraiment partir ?

Elle hésita à lui répondre. Que croyait-il ? Qu'elle allait lui livrer ses sentiments comme cela, au saut du lit ?

— Je pensais que c'était ce que tu voudrais, admit-elle en toute simplicité.

Avec une infinie tendresse, il coinça une mèche de cheveux rebelle derrière son oreille.

— Ce n'est pas ce que je veux, déclara-t-il. Je veux que tu restes. Et même, si cela ne tenait qu'à moi, je te retiendrai ici toute la journée. Il faut que nous discutions de la façon dont nous allons appréhender notre relation en public, ajouta-t-il après une courte pause.

Son cœur se gonfla de joie à l'idée qu'il ne s'agissait pas non plus pour lui d'une aventure d'un soir. Son rêve allait-il se réaliser ? se demanda-t-elle, emplie d'espoir.

— Je crois qu'il vaudrait mieux que nous n'en parlions à personne, répondit-elle.

— J'aurais parié sur cette réponse. Je ne suis pas d'accord. Mais je veux bien qu'il n'y ait pas d'effusions publiques — encore que je ne sois pas certain de pouvoir résister à l'envie de t'embrasser devant témoins.

Pour preuve de ce qu'il venait d'avancer, il l'attira à lui et prit sa bouche dans un baiser plein de fougue qui l'électrisa tout entière.

— Tu vois ce que je veux dire ? demanda-t-il avec un brin de triomphalisme. Il suffit que je te regarde pour avoir envie de te prendre dans mes bras et de t'embrasser. Trêve de plaisanterie, Bella. Je ne vois pas pour quelle raison nous devrions nous cacher. Après tout, nous sommes adultes et ce que nous faisons en dehors de la crèche et pendant nos heures de liberté ne regarde que nous.

— Nos heures de liberté… Parlons-en. Je ne sais pas bien comment je vais pouvoir m'organiser. Fallon est restée cette nuit parce que je le lui ai demandé, mais je ne pourrai pas découcher aussi souvent que je le voudrai. Je ne peux pas laisser Jamie seul avec les trois petits.

— Eh bien, nous nous ménagerons des moments d'intimité comme nous le pourrons, à l'heure du déjeuner par exemple. Mon pick-up est très confortable et bien chauffé, ajouta-t-il dans un clin d'œil de connivence.

L'idée de faire l'amour à la sauvette dans un lieu improbable était tout aussi excitante que celle de passer la journée dans cet immense lit, confortable et moelleux.

— Où te garerais-tu pour que nous soyons à l'abri des regards indiscrets ? s'enquit-elle en se piquant au jeu.

— Je trouverais bien, ne t'inquiète pas. La campagne est à deux pas et abrite quantité de coins et de recoins secrets.

Tout en parlant, il avait placé une main au creux de ses reins pour l'attirer un peu plus à lui.

— L'idée me paraît séduisante, murmura-t-elle d'une voix enjôleuse. Autant nous entraîner tout de suite. De combien de temps disposons-nous ?

Sans lui laisser le temps de répondre, elle lui prit des mains le préservatif qu'il venait de sortir de son étui et l'enfila sur sa verge déjà dure. Forte du pouvoir de séduction qu'elle exerçait sur lui, elle s'installa à califourchon sur ses cuisses tout en muscles, puis elle se releva à demi pour avancer son bassin et guider son sexe en elle, avant de l'entraîner dans un balancement effréné qui lui arracha des râles de plaisir.

— Bella, si tu continues comme cela, je ne suis pas certain de pouvoir tenir bien longtemps, lâcha-t-il d'une voix rauque.

— Cela me convient parfaitement, rétorqua-t-elle, le souffle court.

Elle prit le temps de regarder le plaisir déferler sur lui telle une vague géante, avant de le rejoindre dans ce moment d'extase infinie.

— Sommes-nous dans les temps ? s'enquit-elle avant de s'effondrer sur son torse viril.

En guise de réponse, il l'enveloppa de ses deux bras, plein de douceur et de tendresse.

Hudson se sentait en proie à un flot d'émotions contradictoires. Tout à la fois perturbé, déstabilisé et dérouté, il avait l'impression d'avoir perdu tous ses repères. Faire l'amour avec Bella l'avait troublé plus que de raison, au point qu'il était incapable de mettre de l'ordre dans ses idées.

Même s'il parvenait à ne pas le montrer, il était fou d'elle. Faire l'amour avec elle n'avait pas atténué le désir intense qu'il éprouvait pour elle. Au contraire, cela n'avait fait que l'exacerber.

Les regards furtifs qu'ils se lançaient aussitôt qu'ils se croisaient dans les couloirs de la crèche lui donnaient envie de la couvrir de baisers et de la ramener chez lui, dans sa tanière, à la manière d'un homme des cavernes. Elle éveillait en lui des instincts primaires doublés d'un désir animal qu'elle seule avait le pouvoir d'assouvir.

Seraient-ils capables de continuer à travailler côte à côte ? s'interrogea-t-il. Rien n'était moins sûr. Par ailleurs, il y avait tant de paramètres dont il fallait tenir compte : l'offre d'emploi à Big Timber, le lien qui unissait Bella à son frère, ses propres attentes.

Il était plus de midi lorsque Bella quitta son bureau pour venir le rejoindre.

— Je ne te dérange pas ? s'enquit-elle.

— Non, pas du tout. Que puis-je faire pour toi ?

À ses joues devenues cramoisies, il comprit la maladresse de sa question.

— Eh bien, justement, commença-t-elle avec un large sourire qui le fit fondre, Jamie n'a pas besoin de moi ce soir, et je me disais que… que nous pourrions passer un moment ensemble.

Comme il ne répondait pas, elle s'empressa d'ajouter :

— Je comprendrais très bien que tu ne puisses pas te libérer.

Puis elle tourna les talons, prête à s'enfuir.

Conscient de sa maladresse, il bondit de sa chaise pour lui barrer le chemin.

— Attends, Bella. Tu ne m'as pas laissé le temps de te répondre.

— Il n'y a pas de problème, insista-t-elle. C'est ton droit le plus strict d'avoir mieux à faire.

Il aurait aimé la prendre dans ses bras pour la rassurer, mais la proximité des enfants et du personnel l'en empêcha.

— Que dirais-tu d'aller chercher un sapin de Noël avec moi ?

— Vraiment ?

— Vraiment. Nous pourrions aller en couper un dans la forêt et le rapporter à la maison. Greta m'a déjà donné de quoi le décorer, mais nous pourrions nous arrêter en chemin pour acheter quelques guirlandes supplémentaires.

— D'accord, accepta-t-elle, le visage soudain rayonnant.

— Dommage que mon bureau soit presque entièrement vitré, sans quoi je t'aurais montré à quel point je suis heureux.

— Plus tard, répondit-elle en dardant sur lui un regard coquin qui le fit chavirer.

Alors qu'ils quittaient la crèche ensemble, un peu plus tard, il vit à sa mine réjouie qu'elle se faisait une fête d'aller couper ce sapin en forêt avec lui. À croire que ses grands-parents l'avaient aussi privée de ces moments de bonheur.

Comme il le lui avait promis, ils s'arrêtèrent en ville pour acheter guirlandes et boules de Noël, puis ils se rendirent au ranch où les attendait l'attelage qu'il avait demandé à Edmond de préparer avant leur arrivée. Sans attendre, ils s'installèrent dans la charrette et prirent la direction d'un coin de forêt qu'il avait repéré quelques jours plus tôt, au cours d'une de ses chevauchées matinales.

— J'aime bien le mélange de bleu et d'argent, remarqua-t-il. Tu as eu une bonne idée.

— J'en rêve depuis longtemps.

— Pourquoi ?

— Parce que c'étaient les couleurs que ma mère choisissait invariablement. À ses yeux, elles représentaient le paradis et les étoiles.

— Et après, lorsque tes parents n'ont plus été là ? Vous n'avez plus fêté Noël ?

Il avait bien conscience de ce que sa question avait de difficile, mais il se sentait en droit de la poser.

— Non, finit-elle par répondre après un court instant d'hésitation. Mes grands-parents trouvaient que c'était trop de tracasseries. Plus tard, j'ai acheté un petit sapin artificiel, que je gardais caché dans ma penderie. Je le sortais régulièrement pour donner un air de fête à ma chambre. Les seuls cadeaux que nous recevions étaient ceux que Jamie et moi nous nous offrions avec le peu d'argent de poche dont nous disposions. J'achetais de la laine pour lui tricoter une écharpe et lui m'offrait des barrettes. Nous les déposions au pied du petit sapin et nous attendions le matin de Noël pour les ouvrir. Cela doit te paraître stupide, non ?

En guise de réponse, il glissa un bras affectueux autour de ses épaules.

— Pas du tout, finit-il par dire. Je trouve cela très touchant, au contraire. Crois-tu que Jamie va sacrifier à la tradition cette année ?

— Je ne sais pas. Les triplés sont encore petits et je crains que cela ne lui rappelle trop les jours heureux avec Paula. En tout cas, je me garderai bien de lui en parler. Je préfère que l'idée vienne de lui.

Quand ils furent parvenus là où il voulait aller, il tira sur les rênes pour stopper l'attelage à l'orée d'un bois.

— Nous allons devoir nous enfoncer un peu dans les chemins, annonça-t-il.

— Peu importe. Je suis bien chaussée.

Il lui sourit. Il aimait cet enthousiasme en elle, qui la

faisait s'émerveiller d'un rien, comme d'aller couper un sapin en forêt pour en faire un arbre de Noël.

— Regarde un peu autour de toi et dis-moi si tu en vois un qui te plaît.

Il prit la scie qui se trouvait à l'arrière de la charrette et rejoignit Bella, déjà partie pour une inspection attentive de chacun des sapins qu'elle trouvait sur son chemin.

— Quelle chance nous avons eue de dégoter une étoile argentée à accrocher à la cime ! s'exclama-t-elle d'une voix d'enfant.

Oui, ils avaient eu de la chance. Et grâce à cette étoile, le rêve de Bella allait devenir réalité. Après tant d'années, elle allait enfin pouvoir de nouveau fêter Noël comme elle le souhaitait.

— Je pense à quelque chose, dit-elle sans interrompre sa tâche. Si Jamie ne fait pas d'arbre de Noël, je pourrais amener les triplés voir le tien.

Les triplés au ranch ? Tout d'abord, cette éventualité le paniqua. Il n'était pas vraiment chez lui et craignait d'éventuels dégâts. Puis, très vite, l'idée que cette maison aux allures de musée prenne vie le séduisit.

— Je crois que j'ai trouvé ! s'écria-t-elle soudain. Il me semble parfait.

En effet, il dut admettre qu'elle avait raison. Les proportions de l'arbre étaient parfaites.

Après avoir demandé à Bella de s'écarter un peu, il entreprit de scier la base de l'arbre d'une main experte.

— Tu as l'air d'avoir fait ça toute ta vie, constata-t-elle avec une pointe d'admiration.

— Sans doute parce que j'ai eu l'occasion de travailler dans une pépinière.

— Tu m'en diras tant !

Lorsqu'il s'arrêta pour souffler un peu, son regard se posa sur ses joues rougies par le froid, qu'encadraient des boucles folles flottant au vent. Elle ne lui avait jamais paru aussi jolie qu'en cet instant.

— Je n'ai pas fini de t'étonner, répliqua-t-il d'un ton taquin. J'ai encore beaucoup de talents cachés que tu ne connais pas encore.

— Hudson, tu es vraiment incorrigible.

— Tu n'es pas la première à me le dire, marmonna-t-il en se rembrunissant. C'était l'expression favorite de mon père. Mais dans sa bouche cela voulait plutôt dire irrécupérable.

— Tu as dû te battre plus que tes frères pour lui prouver le contraire. Je me trompe ?

— Disons que cette petite phrase assassine, qui m'était exclusivement destinée, me différenciait des autres.

Pour tout commentaire, elle secoua la tête, dans un mouvement qui traduisait la plus vive réprobation à l'égard de ce père indigne. Il se remit à scier, dans un va-et-vient énergique et, quelques minutes plus tard, l'arbre tombait mollement sur ses branches.

— Veux-tu que je t'aide à le porter ? proposa-t-elle.

— Non, retourne vite dans la charrette. Tu as l'air transie de froid.

— Pas plus que toi.

— Si tu tiens vraiment à m'aider, vérifie que la bâche est bien tendue au fond de la charrette. Ainsi, quand nous voudrons sortir le sapin, nous n'aurons plus qu'à l'envelopper dedans et à le faire glisser.

Elle s'élança aussitôt vers la charrette pour mettre ses ordres à exécution.

— Il va être magnifique, murmura-t-elle, des étoiles plein les yeux.

Comme pour rajouter au romantisme ambiant, de gros flocons se mirent à tomber.

— Regarde, c'est comme dans les films ! s'exclama-t-elle en se mettant à tournoyer sur elle-même, les bras grands ouverts.

Il ne put y tenir davantage. D'ailleurs, ici, ils étaient seuls au monde. Il enlaça Bella et se mit à virevolter avec elle, dans une valse aussi joyeuse que maladroite.

— C'est la première fois que venir couper un sapin prend de tels airs de fête, constata-t-il, enchanté.

— Vraiment ?

— Oui, car c'est la première fois aussi que j'y vais accompagné d'une personne qui m'est chère. Et crois-moi, cela change tout.

Il y voyait même le début de quelque chose qui restait encore vague dans son esprit.

— Si nous le faisions ici ? lui murmura-t-il à l'oreille.

— Si tu tiens vraiment à ce que nous mourions congelés, pourquoi pas ?

— Toi et ton esprit pratique, ronchonna-t-il pour la forme.

— La question est : par une température polaire, vaut-il mieux faire l'amour sur une bâche dans une charrette, ou chez toi, dans un bon lit, devant un feu de cheminée ?

— Évidemment, présenté comme cela… Cela ne nous empêche pas de nous livrer à quelques préliminaires.

Joignant le geste à la parole, il l'attira à lui et frotta son nez contre le sien, avant de prendre ses lèvres dans un baiser passionné. Il aurait pu rester des heures ainsi, à l'embrasser puis à enfouir le visage dans son cou pour se griser de son odeur et de la chaleur de sa peau.

Mais la neige qui s'était mise à tomber dru interrompit leurs étreintes.

— Il faut rentrer, murmura-t-il à regret.

Elle opina en silence et vint prendre place à côté de lui. Lorsqu'ils arrivèrent au ranch, ils étaient recouverts d'une fine couche de neige qu'ils chassèrent d'un revers de main. Edmond était déjà en place pour les aider à dételer les chevaux. Hudson suggéra à Bella de rentrer, plutôt que d'attendre dans le froid qu'ils aient fini.

— D'accord. Je vais préparer du chocolat. Cela nous réchauffera.

Il lui lança un regard éloquent qui, visiblement, n'échappa pas à Edmond.

— Un vrai petit couple, le taquina ce dernier en esquissant un sourire complice. On dirait qu'il y a du nouveau. Je me trompe ?

— Non.

De là à former un couple, il y avait un pas qu'il n'était pas encore prêt à franchir.

Moins d'une heure plus tard, Bella regardait Hudson accrocher entre les branches du sapin la guirlande lumineuse qu'ils avaient achetée un peu plus tôt. Ils l'avaient choisie piquée de minuscules ampoules blanches qui donneraient l'impression d'un scintillement d'étoiles.

Elle était si heureuse d'être libre le temps de cette soirée ! Si heureuse de pouvoir partager ce moment privilégié avec Hudson. Avec lui et aucun autre homme.

Comment considérait-il leur relation ? se demanda-t-elle. La voyait-il comme une passade ? Une aventure qui durerait le temps de son séjour à Rust Creek Falls ? Et elle-même qu'en attendait-elle ? En fait, il y avait plus grave : si tous deux souhaitaient donner une tournure sérieuse à cette liaison, que se passerait-il lorsqu'il apprendrait qu'elle ne pourrait pas lui donner les enfants qu'il était en droit de vouloir ?

Le moment n'était pas venu de chercher des réponses à ce genre de questions, décida-t-elle. Cela faisait des années qu'elle n'avait pas vécu un aussi joli moment. Pour l'heure, elle entendait bien être heureuse en laissant de côté les doutes et les interrogations qui l'assaillaient. Demain, son monde pouvait s'écrouler. Alors autant profiter de ce que la vie lui réservait de bon.

— Tu ne bois pas ton chocolat ? demanda Hudson qui dégustait le sien à petites gorgées. Il va refroidir.

Elle alla prendre la tasse qu'elle avait laissée sur la table basse, et l'entrechoqua légèrement avec celle d'Hudson.

— À ton sapin, déclara-t-elle. Il est magnifique. Mettrons-nous l'étoile en premier ou en dernier ?

— En dernier, répondit-il. As-tu faim ? J'ai mis à réchauffer le gratin que Greta a préparé.

— Très bien. Pendant ce temps, je vais déballer nos décorations.

Elle entreprit d'attacher à chaque boule les petits crochets qui serviraient à les suspendre. Hudson, lui, s'affairait en cuisine, et elle l'entendit répondre à son téléphone portable.

Cinq minutes plus tard, il avait mis un terme à la discussion et revenait dans le salon, l'air songeur.

— C'était Walker, expliqua-t-il. Nous parlions de la journée de Thanksgiving, demain. J'imagine que tu as prévu de la passer avec Jamie et ses enfants ?

— Le temps a filé si vite ! Je n'ai même pas eu l'occasion de faire les courses pour un repas de fête. J'avais promis à Jamie que je passerais acheter une dinde en rentrant ce soir.

— Je crois que j'ai trouvé une solution à ton problème. Walker et Lindsay proposent que ta famille et toi vous joigniez à nous pour le dîner.

— Nous cinq ? Jamie, les enfants et moi ?

— Vous cinq, oui. Lindsay est du genre « Plus on est de fous, plus on rit », alors… Crois-tu que Jamie sera d'accord ?

— Peut-être, oui. Ce serait bénéfique à tout le monde de sortir un peu, de voir d'autres gens.

— Veux-tu lui passer un coup de fil ? Je rappellerai Walker aussitôt que tu m'auras donné sa réponse.

— Bien sûr. J'en profiterai pour voir si tout va bien.

Lorsqu'elle eut son frère en ligne, il montra d'abord quelques réticences, mais elle sut trouver les mots qu'il fallait pour le convaincre.

— Ne crois-tu pas que ce serait une bonne chose de passer Thanksgiving ailleurs que dans cette maison ? Il est temps que tu te fasses de nouveaux souvenirs, Jamie.

Il hésita quelques secondes puis finit par capituler :

— Tu as raison. Dis à Hudson qu'il peut prévenir son frère et sa belle-sœur : ils auront cinq personnes de plus à table.

Lorsqu'elle lui rapporta cette dernière remarque, Hudson esquissa un sourire à la fois amusé et heureux.

— Bien, voilà qui est réglé. Si nous passions à la décoration de notre sapin ? À quelle heure dois-tu être rentrée ?

— Vers 21 heures.

Les yeux rivés aux siens, il s'approcha d'elle d'une démarche souple et féline.

— Compte tenu du peu de temps qui nous reste, à nous de voir ce qui est le plus important. Décorer cet arbre, passer à table ou encore…

La fin de sa phrase se perdit dans un baiser sensuel qui lui ouvrait les portes d'infinies possibilités, un monde où les rêves pouvaient tout d'un coup devenir réalité.

Hudson n'était que passion et sensualité. Une onde de chaleur se propagea aussitôt dans son corps. Elle perdit toute notion de réalité lorsqu'elle sentit sa langue qui, dans sa bouche, cherchait la sienne. Jamais elle n'avait connu un désir aussi intense, un désir qui lui donnait toutes les audaces. Au comble de l'excitation, elle s'écarta un peu pour permettre à ses mains de se glisser sous son pull et de trouver la pointe dressée de ses tétons.

— Nous avons trop de vêtements, lui glissa-t-il dans un souffle, tout en commençant à l'effeuiller.

Quelques secondes plus tard, ils étaient tous les deux nus, devant la cheminée.

— Décorer le sapin nous a paru urgent lorsque nous étions en forêt, mais j'avoue que je préfère ce que nous sommes en train de faire, lui murmura-t-il à l'oreille.

Cette fois, il prit son temps. Il l'allongea sur le dos et effleura son corps de caresses légères comme les ailes d'un papillon. Chacun de ses attouchements allumait en elle le feu délirant d'une passion qu'elle ne cherchait plus à contenir. Cet homme lui faisait perdre la raison.

Derrière les caresses expertes et les baisers enflammés, elle sentit affleurer quelque chose qui ressemblait à de la tendresse et elle en fut émue.

— Tu sens un peu l'effet que tu me fais ? murmura-t-il en pressant son sexe dur entre ses cuisses. Ne bouge pas.

Il se redressa à demi pour prendre un préservatif dans la poche de son jean. Le moment serait peut-être bien choisi pour lui révéler son secret, songeait-elle. Pour lui avouer que, même si elle tombait enceinte, elle ne pourrait jamais mener une grossesse à terme. Pourtant, elle ne dirait rien. Elle ne voulait pas gâcher ce moment en entamant une discussion qui pourrait les séparer à jamais.

Et lorsque, quelques secondes plus tard, il la chevauchait à grands coups de reins, elle regretta de ne pas pouvoir immortaliser son regard voilé de désir. Puis elle ne pensa plus à rien. Elle ferma les yeux et se laissa emporter loin, très loin, dans une spirale de volupté où elle n'était encore jamais allée.

L'espace d'un bref instant, pourtant, la réalité la rattrapa, et elle regretta d'avoir été cette adolescente irresponsable qui avait chargé l'adulte qu'elle était devenue d'un aussi lourd secret.

Ce secret qu'elle allait devoir révéler à Hudson car elle voulait plus que tout se montrer loyale à son égard.

- 12 -

Au volant de son SUV, Jamie manœuvrait habilement sur la couche neigeuse qui recouvrait la route menant au ranch des parents de Lindsay.

Bella lança un coup d'œil par-dessus son épaule, en direction des triplés sagement assis dans leur siège auto.

— Pour le moment, ils ont l'air contents, annonça-t-elle à son frère.

— J'ai bien peur qu'il n'en aille pas de même lorsqu'ils se retrouveront dans une maison étrangère. Je ne sais pas si nous avons bien fait d'accepter cette invitation, Bella.

— Il faut bien les habituer à sortir de leur environnement rassurant. Sois honnête avec moi, Jamie. Avais-tu vraiment envie de passer cette journée de Thanksgiving seul chez toi ?

— Comme tu le sais, je ne suis pas vraiment seul, ironisa-t-il.

— Ne joue pas sur les mots, tu sais bien ce que je veux dire. Passer la journée chez les Dalton va nous distraire un peu, non ?

— Nous verrons bien, répondit-il sans grande conviction.

Il marqua une courte pause au terme de laquelle il ajouta :

— Avoue plutôt que tu es heureuse de passer cette journée avec Hudson.

— C'est vrai, mais ce n'est pas comme si nous devions nous retrouver en tête à tête.

— Vous arriverez bien à vous isoler, à un moment ou à un autre. Votre relation a l'air d'évoluer dans le bon sens. Je me trompe ?

Si évoluer dans le bon sens voulait dire coucher avec Hudson, alors oui. La situation évoluait. Mais comment avouer une chose pareille à un frère ? se dit-elle en choisissant de se murer dans le silence.

— Ce n'est pas de l'indiscrétion, Bella. Je m'inquiète pour toi.

— Tu ne devrais pas.

— Tu as renoncé à tes études pour voler à mon secours, insista-t-il. Tu as mis ta vie entre parenthèses pour moi, alors, si, je m'inquiète pour toi. Pour ton avenir professionnel mais aussi amoureux. Dis-moi juste que tu comptes retourner à l'université.

— Oui… Un jour, sans doute, je reprendrai mes études.

— Quand ? Bientôt, j'espère.

— Jamie, je ne sais pas ce qui va arriver.

— Tu veux dire, avec Hudson ?

Elle exhala un long soupir.

— Oui, avec Hudson. Mais aussi avec mon métier, avec les triplés. Ma priorité, pour l'instant, c'est de m'assurer que les bébés et toi trouviez un rythme de croisière.

— Nous avons déjà notre petite routine, tous les quatre. Si tu retournes à l'université, je dénicherai quelqu'un pour te remplacer, voilà tout.

— Regarde les choses en face, Jamie. Tu n'as pas les moyens financiers de me remplacer. Les triplés te coûtent cher, et je ne te parle même pas du ranch.

— Et moi, je ne veux pas que tu te sentes prisonnière. Tu ne me dois rien, Bella. Tu es libre et tu as ta vie à vivre.

Elle ne chercha pas à discuter. Les faits parlaient d'eux-mêmes. Malgré ses bonnes intentions, et bien malgré lui, Jamie ne pouvait pas se passer de son aide.

— Tu as parlé à Hudson de ta fausse couche et de ses conséquences ? reprit-il.

— Non.

— Qu'attends-tu ?

— Le bon moment. Tout est allé si vite entre nous.

— Plus tu attendras, plus ce sera difficile de le lui avouer, Bella.

— Je sais, admit-elle.

Aujourd'hui encore, ce ne serait pas le bon moment. Elle n'allait tout de même pas gâcher cette fête familiale avec ses problèmes.

Ils effectuèrent le reste du trajet en silence, jusqu'à ce que Jamie bifurque en direction du Circle D., le ranch qui abritait la famille Dalton.

— Un des frères Dalton vit dans cette maison blanche aux volets verts que tu vois là-bas, dit-il en pointant la bâtisse du doigt.

Chacun des enfants Dalton avait hérité d'une parcelle de terre sur laquelle il avait fait bâtir sa maison. Ce devait être agréable d'appartenir à une grande famille dont tous les membres vivaient à proximité les uns des autres, songea-t-elle avec une pointe d'envie.

Lorsqu'ils furent arrivés au ranch, elle resta dans la voiture avec Katie et Henry pendant que Jamie emmenait Jared à l'intérieur de la maison. Elle s'attendait à le voir revenir, mais ce fut Hudson qui vint à sa place.

— Ton frère m'a demandé de venir te chercher avec les petits, expliqua-t-il tout en lui maintenant la portière ouverte.

Belle preuve de confiance, songea-t-elle car, en ce qui concernait ses enfants, Jamie ne faisait pas confiance à grand monde.

Ensemble, ils détachèrent les petits et les portèrent jusqu'à la maison. Un petit attroupement s'était déjà formé autour de Jared, et tous s'écartèrent pour laisser le passage à Bella et Hudson, chargés de leurs précieux petits fardeaux.

Lindsay et Walker s'approchèrent les premiers, puis ce fut au tour de Ben et Mary, les parents de Lindsay ; Anderson vint ensuite, accompagné de son épouse Marina et de leurs deux fils, Jake et Sydney. Il y avait aussi Travis, célibataire convaincu ; Lani Dalton et son fiancé, Russ Campbell ; Caleb Dalton et sa femme Mallory, venus avec Lily, leur fille de dix ans ; et enfin, Paige et Sutter, qui couvaient d'un œil tendre leur petit garçon de deux ans.

— Ceci n'est que la partie visible de l'iceberg, commenta Lindsay avec humour. Oncle Charles fête Thanksgiving avec ses cinq enfants et mes trois autres oncles, Philip, Neal et Steven sont trop éloignés pour ne venir qu'une journée.

La mère de Lindsay, Mary, se montra particulièrement chaleureuse. Elle sortit Katie de son siège auto et la serra contre elle en lui gazouillant à l'oreille :

— Que tu es jolie ! Tu verras, plus tard, tes frères te traiteront comme une princesse.

— Rien n'est moins sûr, objecta Ben, son mari. L'union faisant la force, il se pourrait bien qu'ils l'embêtent sans arrêt, qu'ils lui tirent les cheveux, par exemple.

Dans un bel ensemble, tout le monde éclata de rire à ce trait d'humour.

— Nous allons installer des chaises hautes autour de la table, décida Mary. Il n'y a pas de raison que ces adorables petits bouts de chou ne participent pas à la fête. Voulez-vous venir avec moi, Bella ? Vous pourrez me dire si vous avez besoin d'autre chose.

— Je peux aller chercher les chaises, proposa Hudson.

— Volontiers, merci. Je vais vous indiquer où elles se trouvent.

— Et moi, je m'occupe de Katie, offrit Lindsay en la

lui prenant des bras et en baissant la voix pour ajouter sur le mode de la confidence : cela fera du bien à Walker de se frotter un peu à un vrai bébé, en chair et en os.

Les enfants, songea Bella. Le sujet revenait sans cesse sur eux.

— Qu'y a-t-il ? demanda Hudson tandis qu'ils suivaient Mary dans la cuisine.

— Rien, répondit-elle d'un ton qu'elle voulait dégagé. J'espère que les triplés vont être sages pendant le dîner.

— S'ils s'impatientent, nous nous relayerons pour les promener un peu. Les Dalton savent s'y prendre avec les enfants, tu peux me croire ! Et puis, il ne fait aucun doute que chacun de nous sera bien content, à un moment ou à un autre, de quitter la table pour se dégourdir les jambes.

Une fois dans la cuisine, Mary sortit d'un placard trois assiettes creuses en mélamine qu'elle tendit à Bella.

— C'est parfait, la remercia-t-elle. J'ai leurs cuillères dans le sac à langer. Si cela ne vous dérange pas, nous les ferons manger avant nous. Jamie est très à cheval sur les horaires.

Des éclats de rire ponctués de bruits de conversation leur parvinrent dans une joyeuse clameur.

— Pas de doute possible, c'est bien Thanksgiving, commenta Hudson, un sourire aux lèvres.

— Votre famille viendra vous rejoindre pour les fêtes ? lui demanda Mary.

— Non. Mes frères sont éparpillés un peu partout dans le pays. Quant à nos parents, ils sont en voyage. Il est même rare que Walker et moi fêtions Noël ensemble.

— J'imagine que cette journée va vous être d'autant plus précieuse alors. Sachez que je suis très heureuse de vous avoir parmi nous.

Hudson opina en souriant, puis alla prendre l'une des chaises hautes qui avaient été alignées contre un mur.

— Où dois-je les installer ? s'enquit-il.

— Où vous voudrez. Chacun des membres de cette famille sera ravi d'avoir un de ces petits à côté de lui. C'est une fête familiale avant tout.

Une fois Hudson parti, Mary se tourna vers Bella pour lui demander :

— Et vous, ma petite ? Je suppose que, contrairement à Hudson, vous passez toutes vos vacances avec votre frère ?

— Oui.

— Ces fêtes-là doivent être particulièrement difficiles pour lui. Je suis contente qu'il ait accepté de se joindre à nous avec sa petite tribu. J'ai entendu parler de la chaîne de solidarité qui s'est créée autour de lui pour lui venir en aide. Quel bel élan de solidarité !

— C'est vrai. Je ne sais pas comment nous ferions sans tous ces gens. Ils sont si gentils, si généreux ! Jamie les considère un peu comme des membres de notre famille désormais.

— C'est ce qui me plaît dans ces petites communautés. Cette entraide qui fait que personne ne laissera son voisin dans l'embarras sans réagir. À ce sujet, je suis désolée que la crèche ait connu de graves difficultés.

— C'est du passé. Tout est rentré dans l'ordre, désormais.

— Grâce à votre Hudson, surtout.

— Ce n'est pas mon Hudson, s'empressa-t-elle de corriger, en rougissant violemment.

Mary laissa échapper un petit rire.

— Inutile de nier. Il y a quelque chose entre vous.

Mary attendit qu'Hudson, revenu prendre une autre chaise, soit reparti pour continuer, sur le mode de la confidence :

— Après le repas, lorsque tout le monde sera occupé à regarder la télé ou à discuter, vous devriez aller faire un tour aux écuries, pour voir notre nouvelle jument, Trixie.

Revenu pour la troisième fois, Hudson prêta l'oreille, intéressé par ce qu'il venait d'entendre.

— Cela vous plairait d'aller la voir, Hudson ?

— Tout ce qui concerne les chevaux m'intéresse, répondit-il. Et je pense que Bella aussi. Elle ne fait pas que les monter, vous savez. Elle les photographie aussi. Elle a travaillé pour Jazzy et Brooks Smith qui avaient besoin de photos pour illustrer leurs brochures.

— Vraiment ?

— C'est exact, répondit Bella, qui se sentit rougir de nouveau. Ils ont fait appel à moi pour leurs brochures ainsi que pour le lancement de leur site web. D'ailleurs, si je ne me trompe pas, il devrait être en ligne lundi. Vous pourrez aller y jeter un coup d'œil, si vous voulez.

— Je n'y manquerai pas. Enfin… Avec l'aide de mon mari et de mes enfants parce que, à vrai dire, je ne suis pas très douée en informatique. Bien. Et maintenant, au travail. Nous avons une purée de pommes de terre à terminer, des haricots à assaisonner et une dinde à découper.

Lorsque, quelques minutes plus tard, tout le monde fut à table, l'ambiance devint festive. Les discussions croisées allaient bon train, sous le regard des triplés qui semblaient fascinés par tant d'agitation joyeuse autour d'eux.

À plusieurs reprises, Hudson lui posa une main, douce et chaude, sur la cuisse. Chaque fois, ce contact l'électrisait des pieds à la tête, provoquant chez elle un trouble dont elle espérait qu'il passait inaperçu. Pourtant, malgré ses efforts pour rester imperturbable, elle capta sur elle le regard perplexe de Lindsay et celui, déjà complice, de Mary.

Elle écoutait d'une oreille distraite les hommes parler affaires et les femmes discuter de leur travail ou s'échanger des recettes de cuisine. Elle restait silencieuse.

Que dire sinon qu'elle se sentait en équilibre entre deux mondes ? Elle ne resterait pas indéfiniment à la crèche, pas plus qu'avec Jamie et ses enfants. Comment parler d'avenir alors qu'elle ignorait encore quels seraient les projets d'Hudson. Allait-il partir ? Allait-il rester, surtout après qu'elle lui aurait révélé qu'elle ne pourrait jamais avoir d'enfants ?

Par crainte de se montrer impolie, elle finit par se joindre à la conversation, mais elle restait distraite, parasitée par ses sombres pensées. La seule certitude qu'elle avait, c'était qu'elle se plaisait de plus en plus en compagnie d'Hudson. Elle adorait faire l'amour avec lui. Elle l'aimait, tout simplement.

Au moment du dessert, les triplés commencèrent à s'agiter. Bella, Jamie et Paige en prirent chacun un sur leurs genoux et agitèrent un hochet devant eux dans le but de les distraire.

— Le spectacle des petits, dimanche, risque d'être animé, s'esclaffa Paige.

— Demain, il va falloir que j'aille inspecter les chariots. Ils sont déjà décorés, mais je dois m'assurer qu'ils ne comportent rien qui pourrait s'avérer dangereux pour les tout-petits. Il faut également que la directrice me donne un minimum d'instructions. Pour le moment, nous naviguons un peu à vue, car nous n'avons pas de répétitions prévues, contrairement au reste du groupe. Ces pauvres enfants n'auront même pas de scénario à leur disposition.

Cette dernière remarque fit rire toute l'assemblée à l'unisson.

— À mon avis, à cet âge-là, ils ont déjà l'art de l'improvisation, pointa Ben, un sourire amusé aux lèvres.

— Qui veut un peu plus de crème fouettée sur sa tarte ? clama Mary à la ronde tandis que son mari allait sécuriser la salle à manger de façon à ce que les petits puissent jouer par terre.

Aussitôt leur dessert avalé, Jamie et Paige rejoignirent les triplés que cette liberté inattendue avait calmés.

— Tu peux aller faire un tour, si tu veux, Bella, lui proposa Jamie. Nous sommes bien assez de deux pour veiller sur ces petits monstres.

Bella interrogea Hudson du regard, lequel se leva sans attendre de sa chaise.

— Je vais chercher nos manteaux, annonça-t-il. Allons voir ce nouveau cheval dont nous a parlé Mary.

Ils se dirigeaient vers les écuries lorsqu'il s'arrêta et posa une main sur son bras.

— Crois-tu que tu pourrais t'échapper quelques heures samedi soir ? s'enquit-il. J'aimerais t'emmener à Kalispell.

— Pour quoi faire ?

— C'est une surprise.

— Il faut que je voie avec Jamie s'il est prévu que quelqu'un vienne l'aider.

— Je l'espère. Et comme je voudrais que ce soit un vrai rendez-vous galant, je t'emmènerai dîner dans un bon restaurant et, ensuite seulement, je te montrerai ma surprise.

Elle était enchantée. De quoi pouvait-il bien s'agir ? Elle adorait l'idée qu'il pique ainsi sa curiosité.

Elle se posait encore la question lorsqu'ils arrivèrent devant l'écurie, un vaste bâtiment tout en longueur. Hudson ouvrit la porte et actionna l'interrupteur. Les rampes lumineuses du plafond révélèrent deux rangées de box qui se faisaient face ainsi qu'une porte à l'autre bout, maintenue fermée.

Ils remontèrent l'allée tout en lisant le nom de chaque bête, inscrit sur la plaque en cuivre qui était vissée sur la porte de chacun des box. L'un d'eux, un immense quarter horse à la robe entièrement noire, répondait au nom de Zorro.

— J'ai l'impression qu'il y a le chauffage ici, commenta Hudson. Il fait bien moins froid qu'à l'extérieur.

Pour marquer son approbation, elle descendit la fermeture Éclair de sa parka, imitée bientôt par lui. Un peu plus loin, ils tombèrent sur le box de Trixie. Lorsqu'elle les vit, la jument fixa sur eux un regard intrigué.

Bella tendit la main vers elle.

— Viens un peu par ici, ma jolie. Laisse-moi te caresser.

Peu farouche, la jument délaissa sa mangeoire pour venir voir de plus près à qui elle avait affaire.

— J'adore la douceur de leur pelage, ajouta Bella alors qu'elle lui flattait l'encolure. Je ne m'en lasse pas.

— Moi non plus, commenta Hudson dont la voix devenue rauque indiquait clairement que lui, c'était de la douceur de sa peau dont il ne se lassait pas. Le courant a l'air de bien passer entre Mary et toi, ajouta-t-il après avoir marqué une brève pause.

— C'est vrai. Il faut dire que c'est une femme très chaleureuse.

Elle avait parlé d'une voix si pleine d'émotion qu'il posa une main réconfortante sur son épaule.

— Je suis tellement désolé que tu aies perdu ta mère.

— Merci, Hudson. C'est vrai que cela me bouleverse de voir des familles aussi unies. Lindsay a bien de la chance.

— Je crois qu'ils ont tous conscience du bonheur qui leur est échu.

Il n'avait pas échappé à Bella que tous les couples présents à ce déjeuner s'aimaient d'un amour sincère. Lindsay et Walker, Anderson et Marina, Paige et Sutter, Caleb et Mallory. L'avait-elle remarqué parce qu'elle-même était amoureuse d'Hudson ? Voulait-elle se persuader que son histoire avec lui pouvait avoir une issue heureuse ?

Elle sentit soudain le bras d'Hudson s'enrouler autour de son épaule.

— Chaque fois que tu es près de moi, j'ai envie de te serrer contre moi et de t'embrasser, lui murmura-t-il à l'oreille.

Elle se tourna pour lui faire face et le fixer d'un air grave.

— Je ressens la même chose.

Lentement, il pencha son visage vers le sien et prit ses lèvres dans un baiser tendre qui, très vite, devint passionné. Son cœur se mit à battre si fort qu'elle en vint presque à manquer d'air. Elle glissa une main dans son col pour sentir le contact de sa peau. Elle aimait que le corps d'Hudson lui devienne familier, qu'elle ait le pouvoir d'allumer le feu d'une passion qu'elle seule pourrait éteindre.

Les battements de son cœur redoublèrent lorsque ses mains s'aventurèrent sous son pull et qu'elles s'attardèrent sur la pointe dressée de ses seins. Au comble de l'excitation, elle se mit à mordiller ses lèvres du bout des dents. Non seulement elle consentait à ses caresses, mais elle voulait qu'il y voie un signe d'encouragement.

Lorsque les doigts d'Hudson lui agacèrent le bout des tétons, elle s'agrippa à lui, les jambes flageolantes. Elle avait l'impression que tout tournait autour d'elle et qu'Hudson était le seul élément stable auquel elle pouvait se raccrocher.

Une vague de désir l'enveloppa tout entière, si violente, si intense qu'elle n'aspirait plus qu'à sentir le sexe dur d'Hudson dans le sien, prêt à l'accueillir.

— J'ai envie de toi, chuchota-t-il.

Ce fut à ce moment que Trixie se mit à hennir, les prévenant de l'arrivée inopinée d'un importun.

— Je suis désolé, s'excusa Walker après s'être éclairci

la gorge. Je ne voulais pas vous déranger. Mais autant que vous le sachiez, je suis au courant.

Hudson prit le temps de vérifier que le pull de Bella était bien rajusté avant de se retourner vers son frère qu'il défia du regard.

Comme s'il avait capté les craintes qui traversaient l'esprit de Bella, il lança d'une voix forte :

— Notre relation ne te regarde pas et n'a rien à voir avec le travail de Bella.

— Si vous craignez pour votre poste, Bella, soyez rassurée, déclara Walker. Personne mieux que vous n'aurait pu gérer une situation aussi délicate. Surtout avec la présence du superviseur que je vous ai imposée. Je suis même plutôt content que vous vous soyez rencontrés sur ce terrain-là aussi. Cela ne peut qu'être profitable à Just Us Kids.

— Dans ce cas, pourquoi ne pas être sorti de cette écurie dès que tu nous y as surpris ? Cela nous aurait évité un moment embarrassant.

— J'aurais pu, en effet, mais j'ai besoin de savoir si tu comptes rester jusqu'au jour de la Saint-Valentin ou si tu vas partir avant, pour honorer l'offre qu'on t'a faite à Big Timber.

— Cela ne pouvait pas attendre ?

— Si. Mais je pense que Bella est en droit de connaître ta décision. À moins qu'elle ne soit qu'une passade de plus sur la liste déjà longue de tes conquêtes ?

Le cœur de Bella se mit à saigner. La franchise de Walker, si elle partait d'une bonne intention, ne faisait que lui rappeler la réputation sulfureuse d'Hudson. En admettant qu'elle ne soit qu'une énième aventure pour lui, serait-elle capable de poursuivre cette relation ?

— Je dois donner ma réponse à Guy Boswick lundi, répondit Hudson. Tu devras donc attendre jusque-là, toi aussi.

Walker le dévisagea d'un air sceptique.

— Tu n'as pas encore décidé ?

— Non. J'en suis encore à peser le pour et le contre.

Le regard de Walker alla de Bella à son frère. Puis, il opina en silence et pivota pour prendre la direction de la sortie.

Dès qu'elle entendit la porte se refermer sur lui, Bella raccrocha son soutien-gorge d'une main fébrile, puis elle leva les yeux sur Hudson.

— C'est vrai ? Tu n'as toujours pas pris ta décision ?

Il la saisit par les épaules et la fixa d'un air grave.

— Bella, j'ai encore beaucoup de choses à régler, mais je t'en fais la promesse, tu seras la première que j'informerai de ma décision.

Quel privilège ! songea-t-elle, amère. Pensait-il qu'elle allait se satisfaire d'une aussi maigre compensation ?

— Est-ce que cela remet en question notre sortie de samedi ? s'enquit-il avec une pointe d'anxiété.

Elle songea à répondre par l'affirmative et à mettre un point final à leur relation. Mais si la raison lui dictait de le faire, son cœur lui soufflait de ne pas rater une occasion d'être heureuse. Pour les jours à venir, c'était tout ce qu'elle souhaitait.

— Non, finit-elle par répondre. Je serai ravie d'accepter ton invitation.

Hudson coula un regard en biais à Bella qui semblait perdue dans ses pensées. Sans doute se demandait-elle quelle était la nature de la surprise qu'il lui réservait.

Depuis que Walker les avait surpris dans l'écurie le jour de Thanksgiving, les choses se passaient plutôt bien, chacun s'efforçant de chasser la légère tension qui subsistait entre eux.

Ce soir, il l'avait emmenée dîner dans le restaurant

le plus chic de la ville et pour l'occasion, elle avait mis une robe rouge habillée qui mettait en valeur ses jolies courbes. Quant à lui, il avait opté pour une tenue traditionnelle — costume western, assorti d'une chemise blanche resserrée au col par une cravate texane et d'un Stetson, et que venait compléter une paire de santiags en cuir travaillé — qu'elle avait découverte avec un sourire à la fois amusé et admiratif.

Après s'être régalés d'un dîner aussi raffiné que délicieux, ils avaient regagné sa voiture pour une destination qui lui était encore inconnue.

— Nous penses-tu prêts pour le spectacle, demain ? Tous ces enfants en même temps, cela ne risque-t-il pas de…

— Ne t'inquiète pas tant, Hudson, le coupa-t-elle. Nous sommes aussi prêts que l'âge de ces enfants nous permet de l'être. Tout ce que nous aurons à faire sera de veiller à ce que nos petits ne basculent pas de leur carriole et que les décorations tiennent bien en place. Le traîneau du Père Noël, surtout, sera à surveiller de près.

— Les grands ont beaucoup travaillé dessus, précisa Hudson qui se surprenait à aimer les enfants un peu plus de jour en jour et, cela, sans distinction d'âge.

Penser aux enfants l'amenait à penser à Bella et — même s'il préférait ne pas trop s'aventurer sur ce terrain-là — à la famille qu'il pourrait éventuellement fonder avec elle. Une grande fratrie comme celle que formaient les Dalton, unie, solidaire et joyeuse.

Il lança un nouveau regard à Bella, puis décida de se concentrer sur le présent et sur ce qu'ils partageaient déjà et qui n'était pas si mal.

Lorsqu'ils arrivèrent à destination, plusieurs voitures étaient déjà garées devant le bâtiment où ils devaient se rendre. Il le dépassa de quelques mètres et trouva une place devant une boulangerie bien évidemment fermée à cette heure tardive.

Elle le suivit du regard, l'air perplexe, tandis qu'il contournait le pick-up pour venir l'aider à sortir. Avec ses talons aiguilles, elle aurait plus que jamais besoin de son aide.

— Que venons-nous faire ici ? Cette boulangerie est fermée, sans compter que nous avons déjà bien dîné.

— Nous n'allons pas à la boulangerie, répondit-il. Je te demanderais bien de fermer les yeux, mais j'ai peur que tu ne glisses sur une plaque verglacée. Accroche-toi à mon bras.

— Pourquoi veux-tu que je ferme les yeux ? s'enquit-elle, visiblement très intriguée.

— Pour que la surprise soit plus grande. Tu n'as pas l'habitude qu'on te fasse des surprises, n'est-ce pas ?

— Non et, lorsqu'il m'est arrivé d'en avoir, elles n'étaient jamais bonnes.

Un bras sous le sien et l'autre autour de sa taille, il la conduisit devant la vitrine de la galerie d'art Artfully Yours. Elle leva les yeux sur l'enseigne, puis posa sur lui un regard plein d'incompréhension.

— Tu veux acheter un tableau ?

— Qui sait ? répondit-il dans un sourire énigmatique.

Il l'aida à gravir les quelques marches qui menaient à l'entrée, puis lui tint la porte ouverte pour la laisser passer la première.

Aussitôt qu'il les vit, Jim Barring, le directeur de la galerie, vint à leur rencontre. Sous l'œil toujours aussi perplexe de Bella, les deux hommes se donnèrent une poignée de main franche, puis Jim les conduisit vers une alcôve, située un peu en retrait.

— J'aurais bien aimé voir les tableaux, protesta Bella lorsque son regard s'arrêta sur l'une des photos qui étaient exposées. Oh ! mon Dieu ! reprit-elle dans un souffle. Ce sont mes photos. Mes photos encadrées.

— Oui, confirma Jim. L'exposition ne vous est pas totalement dédiée, mais c'est un bon début. Vous voyez ces petits ronds rouges sur deux d'entre elles ? Eh bien, cela signifie qu'elles ont été vendues.

Muette de stupeur, elle contempla les deux clichés. Le premier représentait un lever de soleil sur Stockton Ranch et l'autre, un gros plan de l'un des chevaux.

— C'est toi qui es à l'origine de cette exposition ? demanda-t-elle en se tournant vers Hudson.

L'espace d'un court instant, il craignit de l'avoir contrariée en faisant intrusion dans une partie de sa vie qui aurait dû lui appartenir. Mais lorsqu'elle se jeta à son cou, le visage bouleversé, il se réjouit intérieurement.

— Je n'arrive pas à croire que tu aies fait cela pour moi, murmura-t-elle d'une voix étranglée d'émotion.

Ému lui aussi, il la serra un peu plus étroitement contre lui.

— J'ai laissé à Jim le soin de choisir les encadrements, mais il a eu la délicatesse de me consulter avant. Sinon, je n'ai rien fait d'autre que de contacter le propriétaire de la galerie, que je connais un peu, pour lui demander de jeter un coup d'œil à ton travail et de me dire ce qu'il en pensait. D'après lui, une grande carrière de photographe t'attend, si tu le souhaites.

Indifférente à la foule environnante qui allait et venait entre les différentes œuvres exposées, elle le gratifia d'un baiser fougueux qu'elle prit plaisir à prolonger.

— Merci, dit-elle simplement lorsqu'elle s'écarta de lui.

— Je donnerai bien mon âme au diable pour un autre baiser comme celui-là, fit-il en réponse.

Toujours médusée, elle balaya la salle du regard.

— Je n'en reviens pas de voir mes photos figurer parmi ces merveilleuses œuvres d'art.

— Vous avez votre place, ici, lui assura gentiment Jim. Vous avez beaucoup de talent, même si vous semblez en douter encore.

— Je vais finir par le croire.

Ils passèrent l'heure suivante à aller de tableaux en tableaux, de sculptures en sculptures et… de photos en photos.

Sur le trajet du retour, Hudson pensait que Bella allait appeler son frère pour l'informer de la bonne nouvelle. Pourtant, elle n'en fit rien. Une main posée sur sa cuisse, elle le considérait en silence d'un air éloquent qui l'encouragea à lui demander :

— Veux-tu que nous allions chez moi ?

— Plus que jamais, Hudson, répondit-elle d'une voix tellement vibrante de désir qu'il se retint difficilement d'accélérer pour arriver plus vite.

Une fois la voiture garée devant chez lui, il s'empressa d'aller lui ouvrir sa portière, puis il la prit dans ses bras et la porta jusqu'à l'entrée. Il la reposa alors à terre, mais ses mains étaient si fébriles qu'il eut du mal à déverrouiller la porte. Il ne pensait qu'au moment où il la sentirait nue contre lui et où leurs corps emmêlés ne feraient qu'un.

Les heures qu'ils pouvaient passer seuls étaient précieuses ; d'autant plus précieuses qu'il ignorait encore combien il leur en restait.

Une fois à l'intérieur, il composa le code de l'alarme et la reprit dans ses bras en même temps qu'il unissait ses lèvres aux siennes. Il s'écarta, juste le temps qu'il lui fallait pour se débarrasser de sa parka et l'aider à retirer la sienne.

Leurs souffles se mêlaient à mesure que leurs regards devenaient plus ardents. Bella avait le don d'exacerber un désir qui, chez lui, était presque à l'état latent. Impatient de s'unir à elle, il fit glisser le haut de sa robe le long de ses bras tandis qu'elle déboutonnait sa chemise d'une main non moins fébrile.

Quelques secondes plus tard, ils étaient nus dans l'entrée, leurs vêtements gisant en vrac au sol.

— Hudson, chuchota-t-elle d'une voix rauque de désir, je suis prête. Prends-moi, je t'en prie.

— Il faut que je prenne un préservatif dans la poche de mon pantalon, répliqua-t-il. Ne bouge pas.

Elle attendit, immobile, qu'il ait enfilé la protection sur son sexe en érection.

— Tourne-toi, lui intima-t-il alors.

Docile, elle tendit les bras en avant et prit appui des deux mains contre le mur.

Il se plaqua alors contre elle et promena les mains le long de ses hanches, puis plus haut, sur sa taille fine, et enfin sur la pointe dressée de ses seins qu'il s'amusa à agacer de son pouce et de son index. Lorsqu'elle se cambra, ivre de volupté, il la pénétra d'un coup de reins, puis fit aller et venir son sexe dur en elle dans un rythme d'abord contrôlé qui devint très vite effréné.

Elle jouit la première, mais il ne fut pas long à la rejoindre dans une extase qu'il n'avait jamais connue avec aucune autre femme.

— Maintenant, nous pouvons recommencer dans mon lit et prendre tout notre temps, lui murmura-t-il à l'oreille, lorsqu'il eut retrouvé son souffle.

En guise de réponse, elle se retourna lentement et, sans quitter l'abri rassurant de ses bras, l'embrassa avec tendresse.

Touché en plein cœur, il la souleva de terre et l'emporta jusqu'à sa chambre avec, pour seul projet, de faire de ces moments partagés une éternité.

- 13 -

Le samedi après-midi venu, Hudson se sentit en proie à une nervosité croissante. C'était comme si tous les habitants de Rust Creek Falls s'étaient donné le mot pour venir assister au spectacle de l'école primaire. Mais quoi de plus normal ? Il se passait si peu de chose dans une petite bourgade comme celle-là.

Des rangées de chaises avaient été installées de part et d'autre du gymnase afin de laisser une allée centrale permettant la libre circulation des parents, des enseignants et des enfants.

Le spectacle était divisé en trois parties. Dans la première, un groupe d'enfants habillés de costumes des années 1900 avaient arpenté la scène au rythme de chants de Noël traditionnels scandés par leurs parents. La deuxième partie avait célébré les années 1970 avec les pantalons pattes d'éléphants et les maximanteaux bordés de fausse fourrure. Quant au troisième tableau, qui devait se jouer d'un moment à l'autre, il célébrerait Noël avec les tout-petits dans leurs carrioles qui, décorées de guirlandes et de boules multicolores, seraient tirées par Hudson, Bella et les employées de la crèche, venues en nombre. Tous avaient opté pour des tenues rouges et vertes, de circonstance. Le Père Noël en personne ouvrirait le petit cortège.

L'effervescence était à son comble. Des cris d'excitation,

des ordres fusaient des quatre coins de la salle, créant un joyeux brouhaha, de mise pour un tel événement.

Bella, en charge de l'attelage qui se trouvait juste devant celui d'Hudson, se retourna pour lui adresser un sourire sans doute destiné à le rassurer.

Il la revit alors entre ses bras alors qu'ils avaient fait l'amour la veille et qu'elle se laissait aller contre lui, repue, les yeux voilés de sommeil.

Soudain, l'un des bébés qui se trouvaient dans le chariot dont elle était responsable tendit ses petits bras vers elle en pleurant. Sans hésiter, et alors que le cortège était prêt à s'ébranler, elle le prit contre elle pour lui murmurer des paroles rassurantes à l'oreille. Ce fut seulement lorsqu'elle le sentit de nouveau en confiance qu'elle le réinstalla à la place qu'il occupait.

Il eut soudain envie d'aller la rejoindre.

— Peux-tu surveiller mes petits un instant ? demanda-t-il à Sarah qui se trouvait derrière lui. Il faut que j'aille parler à Bella.

— Oui, bien sûr. Nous ne démarrerons pas avant cinq bonnes minutes.

Une fois à côté de Bella, il lui demanda :

— Les choses se passent-elles comme elles devraient ?

— Oui, tout à fait. Jusque-là, les parents ont eu l'air d'apprécier les représentations. Il ne nous reste plus qu'à souhaiter que nos petits ne se mettent pas tous à pleurer au moment où nous ferons avancer le cortège.

En guise de réponse, il pointa du doigt les petits attelages remplis de tous les enfants.

— Je me souviens de rumeurs qui ont circulé sur la façon dont tous ces petits ont été conçus. Ce serait grâce à une espèce de potion magique que le vieux Gilmore aurait versée dans les verres au cours du mariage de Jennifer McCallum et Ben Traub. Des couples se seraient formés durant cette soirée. Aujourd'hui, il en vient d'autres qui séjournent ici dans l'espoir de devenir très vite parents.

Il vit le visage de Bella se rembrunir d'un coup et ses beaux yeux se voiler de tristesse. L'évidence le frappa alors comme la foudre. Il comprit que sa place était à ses côtés pour l'aimer, la chérir et la protéger jusqu'à la fin de ses jours.

Oui, il aimait Bella Stockton et il allait se donner les moyens d'être heureux avec elle.

Mais il vit alors quelqu'un donner le signal du départ.

— J'y retourne, chuchota-t-il en lui pressant le bras. À tout à l'heure ?

— Oui, bien sûr.

Au moment où le cortège s'ébranla, quelques bébés seulement se mirent à pleurer. Les autres affichaient une mine réjouie et se mirent à battre des mains tandis que les plus grands, qui se tenaient sur scène, reprenaient *Jingle Bells* en chœur, accompagnés du public, au comble de l'enthousiasme.

Pourtant, malgré la magie de cet instant, lui n'avait qu'une hâte : que le spectacle se termine pour pouvoir aller retrouver Bella et lui parler.

Par quel miracle ne s'était-il pas rendu compte avant de l'amour qu'il lui portait ? Sans doute avait-il été aveuglé par la passion qui les unissait et qui lui ôtait toute faculté de raisonnement. Il lui avait fallu attendre jusque-là pour se rendre compte que Bella représentait la femme idéale à ses yeux. Intelligente, belle, douce, généreuse, elle réunissait toutes les qualités auxquelles il attachait de l'importance.

Il comprit alors que le bonheur était moins lié à l'endroit où l'on vivait qu'à la personne avec laquelle on y vivait. Il voulait faire de Bella son port d'attache, le pilier central de sa vie. Pourvu seulement que ses sentiments soient partagés.

Si elle le souhaitait, ils pourraient être heureux ici, tous les deux. Ils y élèveraient une ribambelle d'enfants auxquels ils inculqueraient de vraies valeurs. Pour n'avoir jamais abordé le sujet avec elle, il ignorait combien d'enfants elle souhaitait avoir. Deux, quatre, cinq… Peu importait pourvu que ce soit elle, la mère de sa future progéniture.

Ils en parleraient dès ce soir, décida-t-il fermement. En s'embrassant, en faisant l'amour…

Fort de cette bonne résolution, il put enfin s'intéresser à ce qui se passait autour de lui. Il repéra d'abord Lindsay et Walker puis, pas très loin d'eux, Jamie qui, accompagné de Fallon, se penchait sur la poussette de Katie pour rajuster le petit bandeau vert censé retenir ses cheveux soyeux de bébé. Il émanait de son visage un tel amour pour sa fille qu'il ressentit le besoin violent, intrinsèque, de devenir père à son tour. Bella voudrait-elle lui donner des enfants tout de suite ou préférerait-elle attendre un peu ?

Il y avait tant de sujets qu'ils n'avaient jamais abordés ! Tant de rêves à réaliser !

Il dut attendre une heure interminable avant que le spectacle se termine, que les parents récupèrent leurs enfants et que les décors, enfin démontés, soient stockés dans une aile de l'école dédiée à cet effet. Puis encore une demi-heure pendant laquelle Bella s'affaira à ranger les costumes dans des coffres.

Enfin, le moment vint où, accompagné de Bella, il prit la direction de la sortie.

— Dois-tu rentrer au ranch ou as-tu un peu de temps devant toi ? lui demanda-t-il.

Bouillant d'impatience, il la regarda remonter la fermeture Éclair de sa parka, puis passer la sangle de son sac sur son épaule.

— Je dois rentrer, finit-elle par répondre. Fallon ne

peut pas rester plus longtemps. Je dois aider Jamie à baigner les petits et à les faire manger.

S'il ressentit une vive déception, il s'exhorta à n'en rien laisser paraître. C'était la vie de Bella. De cela aussi, il faudrait qu'ils parlent. Pour l'heure, il ne disposait que de quelques minutes pour lui livrer un peu de ce qu'il éprouvait.

Il prit sa main dans la sienne et se lança :

— Je sais que tu es pressée mais… Mais je veux que tu saches à quel point la soirée et la nuit que nous avons passées hier ont de l'importance à mes yeux.

— Pour moi aussi, Hudson. Je ne te remercierai jamais assez de m'avoir recommandée à ton ami. Mais au-delà de ça, sache que je n'ai jamais rencontré quelqu'un comme toi.

— Moi non plus. J'ai quelque chose à te dire, Bella, ajouta-t-il après une brève pause. Je t'aime. Je voudrais faire de toi ma femme et la mère de mes enfants.

Il lui adressa un large sourire et reprit :

— Bella Stockton, acceptes-tu de m'épouser ?

Il s'attendait à un oui enthousiaste. Il s'attendait à ce qu'elle se jette à son cou et lui dise qu'elle l'aimait en retour. Il s'attendait à ce qu'elle lui chante les louanges du mariage, enfin… d'un mariage avec lui.

Au lieu de cela, elle fondit en larmes, pivota sur elle-même et se rua vers la sortie.

Saisi de stupeur, il resta quelques secondes cloué sur place, incapable d'esquisser le moindre geste. Puis très vite, il reprit ses esprits et courut derrière elle pour la rattraper.

— Bella, attends ! cria-t-il alors qu'elle venait de s'engouffrer dans sa voiture.

Lorsqu'il ouvrit sa portière, elle secoua la tête, les joues toujours baignées de larmes.

— Je ne peux pas te donner ce que tu veux, Hudson, parvint-elle à articuler. Je ne le pourrai jamais.

De nouveau, tout s'embrouilla dans sa tête. Incapable de réagir, il regarda la voiture s'éloigner à toute vitesse, le laissant sur place, seul et désespéré.

Qu'est-ce qui avait pu provoquer une telle réaction ? Qu'avait-il bien pu dire de si grave qui l'avait fait fuir comme elle venait de le faire ?

Hudson passa le reste de la soirée à se demander quelle attitude adopter. Devait-il forcer Bella à lui parler, au risque de la braquer ? Certainement pas. La décision de renouer le contact devait venir d'elle et d'elle seule.

Lorsque son téléphone portable sonna, son cœur bondit dans sa poitrine. Ce devait être elle. Mais non. Il s'agissait juste de Jamie.

— Jamie ! Comment va Bella ? s'enquit-il sans préambule.

— Elle m'a demandé de t'appeler pour te prévenir qu'elle ne viendrait pas travailler demain.

— Mais pourquoi ? Elle cherche à m'éviter, c'est cela ?

Il entendit Jamie pousser un long soupir. Bella ne devait pas être loin, empêchant son frère de lui parler librement.

— Pourrais-tu me retrouver demain, à l'heure du déjeuner ? lui proposa-t-il.

— C'est possible, répondit prudemment Jamie. Pourquoi ?

— Retrouvons-nous au Ace in the Hole. Il faut que je te parle de Bella. Je l'aime, Jamie. Je l'aime tant ! Je ne veux que son bonheur.

— Très bien.

— Vers 13 heures ?

— OK. Si j'ai un empêchement, je te le ferai savoir.

Jamie mit fin à l'appel d'une manière abrupte qui lui

suggéra qu'il ne voulait pas donner à Bella matière à penser qu'il la trahissait.

Si Hudson ne souhaitait pas, loin de là, être la cause d'une brouille entre le frère et la sœur, il n'en restait pas moins qu'il avait besoin de comprendre la réaction pour le moins déroutante de Bella.

La matinée du lendemain s'étira si lentement qu'il aurait pu compter chacune des secondes qui s'égrenait. Arrivé au restaurant avec plus de vingt minutes d'avance, il s'installa à une table un peu en retrait et commanda un café. Il avait vidé sa tasse lorsque Jamie franchit enfin la porte de l'établissement.

Le frère de Bella se dirigea droit vers lui et se débarrassa de sa parka qu'il posa sur le dossier de sa chaise.

— Tu aurais dû prendre quelque chose de plus fort, conseilla-t-il en avisant sa tasse.

— J'ai besoin d'avoir les idées claires pour essayer de comprendre ce qui m'arrive.

Jamie opina et fit signe à la serveuse de lui apporter la même chose, puis de remplir la tasse vide d'Hudson.

— Alors, que veux-tu savoir ? s'enquit-il.

— Je veux que nous parlions d'homme à homme. Que tu écoutes ce qu'a à dire l'homme qui aime ta sœur.

— Je ne sais pas si une simple discussion peut arranger les choses, répliqua Jamie.

Derrière son ton déterminé, Hudson devina une porte qui ne serait pas facile à ouvrir. Cependant, il se faisait fort d'essayer d'en faire sauter les verrous. Il avait trop besoin de réponses aux questions qu'il se posait.

— Écoute, Jamie. Je sais, pour ce que Bella a bien voulu m'en raconter, que vous avez vécu une enfance et une adolescence pour le moins difficiles. Je voudrais tant l'aider à alléger un peu ce fardeau qui est trop lourd à porter seule.

Jamie se mit à scruter son visage, sans doute pour chercher à lire s'il disait vrai ou pas.

— Que veux-tu exactement ? demanda-t-il.

— Je veux construire un avenir avec elle. Je veux l'épouser, fonder une famille avec elle.

Une ombre passa sur le visage de Jamie, la même que celle qu'il avait vue sur celui de Bella, hier.

— Tu as raison. Bella trimballe un lourd passé. Elle s'est sentie abandonnée quand nos parents sont morts, puis rejetée par nos grands-parents et malheureuse d'être séparée de nos autres frères et sœurs. Mais ce n'est pas tout.

— Qu'y a-t-il d'autre ? s'enquit-il avec une certaine appréhension.

— Si j'accepte de te confier son secret, c'est uniquement parce que je pense que c'est mieux pour elle que tu saches. À l'adolescence, elle s'est rebellée contre nos grands-parents. Elle est devenue ingérable. Puis elle a cru trouver le grand amour alors qu'elle voulait juste combler un immense vide affectif. Elle est tombée enceinte, mais elle a fait une fausse couche, et à cause de ça, elle ne pourra probablement plus avoir d'enfants.

Il encaissa le choc sans broncher. Bella ne pourrait plus avoir d'enfants. Comment était-il censé réagir face à une telle révélation ?

— Pourquoi ne m'en a-t-elle pas parlé elle-même ? demanda-t-il lorsqu'il fut de nouveau en mesure de parler. Elle ne m'accorde donc aucune confiance ?

— C'est à toi de répondre à cette question, Hudson.

— Je suis tellement désolé pour elle.

— Mais… ?

— Mais je suis meurtri à l'idée qu'elle ne pourra pas me donner les enfants que je veux d'elle.

— C'est la raison pour laquelle j'ai choisi de te parler. Si tu penses ne pas pouvoir accepter cette idée, mieux vaut que tu coupes court à votre relation tout de suite. Ne laisse pas Bella se bercer d'illusions. Elle ne supporterait pas un nouvel abandon.

Il s'interrompit pour pointer de nouveau du menton la tasse vide d'Hudson.

— Et maintenant ? Tu veux quelque chose de plus fort ?

— Toujours pas. Mais quoi qu'il en soit, je te remercie pour ta franchise.

Jamie but son café en deux gorgées et se leva pour enfiler sa parka. Lorsqu'il partit, Hudson s'en rendit à peine compte, tant il était plongé dans des pensées profondes.

Le soleil venait à peine de se lever, le lendemain matin, lorsque Bella vint sonner à la porte d'Hudson. Elle tremblait de tous ses membres. Elle était venue sur une impulsion, ne sachant trop si elle faisait bien ou pas. Après tout, Hudson serait en droit de lui claquer la porte au nez après la façon dont elle avait accueilli sa demande en mariage.

Elle sonna une seconde fois. Toujours pas de réponse.

Il était peut-être parti pour l'une de ces balades matinales à cheval qu'il aimait tant. Ou alors il s'était absenté pour la journée. Elle pouvait toujours aller voir dans le garage si son pick-up était là.

Elle s'apprêtait à contourner le bâtiment lorsque la porte s'ouvrit sur lui. Son visage, bien que ne laissant transparaître aucune émotion, affichait une extrême fatigue, un peu comme si elle venait de le tirer du lit. D'ailleurs il y avait fort à parier que c'était le cas : ses cheveux étaient emmêlés, et ses pieds nus dépassaient d'un pantalon de survêtement.

— Excuse-moi si je t'ai réveillé, commença-t-elle, embarrassée.

— Il n'y a pas de mal, répondit-il d'un ton neutre qu'elle ne sut comment interpréter.

— Puis-je entrer ?

Il passa une main dans sa tignasse ébouriffée et tira sur le bas du T-shirt qu'il avait visiblement enfilé à la hâte.

— Je n'ai même pas eu le temps de prendre un café, finit-il par répondre. Tu es sûre de vouloir me parler maintenant ?

Elle discerna une pointe d'impatience à son encontre qu'elle estima être méritée. Néanmoins, café ou pas, elle était bien décidée à avoir avec lui la discussion qu'elle avait reportée tant de fois par crainte de le perdre.

— Certaine, répondit-elle d'une voix forte.

Il arqua les sourcils, signe manifeste de son étonnement, puis il s'effaça pour la laisser passer. Elle regretta son manque de réaction. Elle aurait aimé qu'il dise ou fasse quelque chose, comme l'embrasser, peut-être ?

Depuis qu'elle s'était enfuie en larmes, elle n'avait fait que ruminer des pensées sinistres et pleurer sur son sort, ne sortant de cet état d'auto-apitoiement que pour s'occuper des triplés avec son frère. Même à lui, elle n'avait pas confié ce qu'elle avait sur le cœur. De son côté, il n'avait pas cherché à savoir, trop soucieux de la laisser libre de ses choix.

Après deux jours et deux nuits de ruminations, elle avait fini par prendre une décision. Elle devait la vérité à Hudson. C'était le moins qu'elle puisse faire après tout ce qu'ils avaient partagé. Elle l'aimait assez pour le délivrer d'elle si c'était là ce qu'il voulait.

Elle le suivit dans le salon où il prit place dans un fauteuil, supposant sans doute qu'elle allait choisir le canapé. Le prenant de court, elle s'installa dans le fauteuil qui faisait face au sien et accrocha son regard sans ciller.

Il avait l'air à la fois surpris et mal à l'aise, aussi feignit-elle de ne pas l'avoir remarqué.

— Je voudrais te dire… tout, commença-t-elle assez maladroitement.

— Tout ?

— Je t'ai déjà raconté une bonne partie de ma vie, mais…

Elle inspira un grand coup pour se donner le courage de poursuivre.

— J'étais tellement perdue après la disparition de mes parents.

Elle crut voir une lueur de compassion s'éclairer dans son regard, mais elle préféra ne pas s'y attarder. Elle n'était pas venue ici pour susciter la pitié de cet homme qu'elle aimait.

— Mes frères et sœurs me manquaient énormément ! Presque du jour au lendemain, Jamie et moi sommes passés d'une grande tribu unie et aimante à un noyau isolé. Comme je te l'ai déjà dit, j'ai traversé une période assez difficile. J'ai bien vu que tu ne voulais pas me croire, mais j'étais vraiment devenue une adolescente rebelle qui se révoltait contre tout. À quinze ans, j'ai couché avec un garçon.

— Quel âge avait-il, lui ?

— Dix-huit ans. Je suis tombée enceinte. Je croyais qu'il m'aimait, que nous formerions une famille avec cet enfant qui allait naître. Quelle idiote j'étais ! Lorsque je lui ai annoncé la nouvelle, il m'a accusée de vouloir lui faire endosser une paternité qu'il réfutait. En fait, il ne voulait surtout pas s'encombrer d'une telle responsabilité.

— De nos jours, avec les tests ADN, c'est facile à vérifier.

— C'est vrai. Mes grands-parents l'y auraient forcé, ne serait-ce que pour lui soutirer une aide financière, mais nous n'avons pas eu à aller jusque-là.

Sa voix se brisa d'un coup, l'empêchant de poursuivre son récit. Elle laissa passer quelques secondes, le temps de retrouver une voix assurée.

— Au troisième mois de grossesse, j'ai fait une fausse couche à l'issue de laquelle les médecins se sont montrés catégoriques : je n'aurai aucun problème pour tomber de nouveau enceinte, en revanche je ne pourrai pas mener une grossesse à terme.

Le voyant prêt à faire un commentaire, elle s'empressa d'enchaîner :

— Personne n'a été au courant. Mes grands-parents avaient trop honte pour en parler et, moi, j'étais mortifiée à l'idée que mon petit ami n'ait pas voulu de ce bébé. Lui non plus n'a pas ébruité l'affaire. Ensuite, mon grand-père m'a accusée d'avoir causé la crise cardiaque qui a emporté ma grand-mère. C'était ma faute si elle était morte.

— C'est faux, s'insurgea-t-il.

— Je ne sais pas. J'étais juste contente que mes parents n'aient plus été là pour assister à tout ce déballage.

— Si tes parents avaient été là, rien de tout cela ne serait arrivé.

— Maintenant, tu vas me mépriser de ne pas pouvoir te donner les enfants que tu voudrais avoir. Je comprends tout à fait que tu veuilles faire passer ton désir de paternité avant moi. C'est légitime. Je suis désolée, Hudson. J'aurais dû te parler de tout cela dès que notre relation est devenue plus personnelle.

Le cœur battant la chamade, elle le vit se pencher vers elle et prendre ses mains dans les siennes dans un geste infiniment tendre.

— Je savais déjà tout cela, Bella.

Elle le considéra en silence, trop médusée pour articuler le moindre mot.

— Comment est-ce possible ? demanda-t-elle quand elle put parler de nouveau. Personne n'est au courant.

— J'ai eu une discussion avec Jamie, hier. Je crois que je lui ai un peu forcé la main. Il aurait préféré que ce soit toi qui me révèles ton secret, mais il a fini par céder, pour ton bien.

— Je ferais mieux d'y aller, marmonna-t-elle en tentant de dégager ses mains.

Mais il resserra légèrement son étreinte pour la retenir.

— J'ai beaucoup pensé à nous, ces deux derniers jours, Bella. Je sais exactement ce que je veux.

Une vague de panique la submergea, qui lui coupa presque le souffle.

— Je t'aime, reprit-il. Et je ne peux pas imaginer de vivre sans toi. Si nous voulons des enfants, nous pourrons toujours tenter l'adoption ou faire appel à une mère porteuse, pourquoi pas ? Je suis riche, Bella. Cela peut nous ouvrir les portes des plus éminents spécialistes.

Elle était si émue qu'elle ne put empêcher les larmes qui lui brouillaient la vue de ruisseler sur ses joues.

— Bella, acceptes-tu de devenir ma femme ? De vieillir à mes côtés ?

L'amour profond qui brûlait au fond de ses prunelles l'enveloppa tout entière.

— Oui, répondit-elle sans hésiter. Hudson Jones, j'accepte de devenir ta femme.

Ils scellèrent cette promesse d'un baiser plein d'émotions, qui resterait à jamais gravé dans sa mémoire.

Épilogue

Unis dans une belle complicité, Hudson et Bella s'affairaient à décorer le sapin artificiel qu'ils avaient installé dans l'entrée de Just Us Kids. Leurs doigts qui se frôlaient, leurs regards qui s'accrochaient, tout chez eux témoignait de l'amour infini qu'ils se portaient l'un à l'autre.

Chaque jour voyait se dessiner un peu plus leur avenir commun. Hudson espérait que Jamie allait accepter l'aide financière qu'il lui avait proposée afin de trouver une remplaçante à Bella. Soucieux de voir sa sœur heureuse, Jamie se laisserait probablement fléchir.

Tandis qu'ils venaient d'accrocher une étoile scintillante au sommet de l'arbre et de déposer à son pied des boîtes vides enveloppées de papier doré, il jugea le moment venu d'offrir à Bella le cadeau qu'il lui avait préparé.

Cela faisait maintenant trois jours qu'elle avait accepté sa demande en mariage. Trois jours d'un bonheur vertigineux, passés à s'aimer.

Il sortit de la poche de son pantalon une petite boîte cubique enveloppée d'un papier argenté et d'un ruban doré.

— Le nœud est un peu écrasé, mais je l'avais bien caché pour que tu ne le trouves pas. Tiens, tu peux l'ouvrir.

— Il est un peu tôt pour les cadeaux de Noël, le taquina-t-elle.

— Je veux que tu aies le plus long et le plus beau des Noëls, ma chérie.

Il la regarda défaire le nœud et tirer sur le ruban, puis déchirer le papier qui dévoila un écrin rouge rubis. Elle l'ouvrit d'une main légèrement tremblante et y découvrit un anneau en platine surmonté d'un diamant qui scintillait de mille feux.

Elle leva sur lui des yeux tout embués de larmes.

— J'espère qu'il te plaît, dit-il. Je l'ai choisi parce qu'il m'a rappelé le jour où nous avons fait cette promenade à cheval sous la neige. Pour toi, je voulais un bijou unique. Comment le trouves-tu ?

Sans lui laisser le temps de répondre il prit sa main gauche et glissa la bague à son annulaire. Elle tendit la main devant elle pour juger de l'effet.

— Je la trouve magnifique, balbutia-t-elle entre rires et larmes. Et parfaite pour mon doigt.

— J'en suis heureux parce que j'ai autre chose qui, je l'espère, te fera tout autant plaisir.

— Une autre surprise ?

— Oui. J'ai racheté son ranch à Clive Bickler. Ainsi, nous aurons un vrai foyer où élever nos enfants et des chevaux pour partir en balade quand bon nous semblera.

Elle ne fit aucun commentaire, mais en guise de réponse, elle le prit par la main et le conduisit jusqu'à la porte de son bureau, au-dessus de laquelle elle avait accroché une branche de gui. Elle se hissa alors sur la pointe des pieds et, les bras noués autour de son cou, elle lui donna un baiser qui, il le savait, resterait à jamais gravé dans sa mémoire.

Leurs bouches étaient toujours scellées lorsqu'ils entendirent du bruit dans le couloir.

Il s'écarta légèrement, juste assez pour voir deux mamans qui avaient assisté à la scène, un large sourire aux lèvres.

Mais cette fois, il se souciait peu d'avoir été surpris dans une posture qui aurait pu susciter de l'embarras.

Car aujourd'hui, il ne voulait pas se cacher. Aujourd'hui, il voulait que le monde entier sache à quel point il était heureux. Heureux d'aimer une femme comme Bella, heureux qu'elle devienne bientôt sa femme.

À voir Bella se détourner pour reprendre les choses là où les deux intruses les avaient interrompues, il comprit qu'elle éprouvait les mêmes sentiments que lui.

Enfin, ils allaient vivre le plus beau Noël de leur vie.

YVONNE LINDSAY

L'héritier des Sandrelli

Traduction française de
FRANÇOISE HENRY

Passions

HARLEQUIN

Titre original :
SECRET BABY, PUBLIC AFFAIR

Ce roman a déjà été publié en 2009

- 1 -

— Écoute, Draco, tu es un amant plaisant, et j'ai trouvé très agréable de coucher avec toi, mais c'est tout !

Enfin, c'était tout ce qu'elle s'autoriserait jamais à ressentir.

Julia soutint le regard de Draco Sandrelli, tout en priant pour qu'il s'éloigne avant qu'elle ne fasse quelque chose de stupide, comme s'évanouir, ou restituer son repas sur ses chaussures de cuir soigneusement cirées. Cependant, son estomac, tout retourné depuis le petit déjeuner, se serra d'une manière totalement différente quand il lui adressa un sourire ; le même sourire que celui qu'il lui avait décoché juste avant qu'ils ne se retrouvent ensemble au lit pour la première fois.

— *Cara mia*, tu sais que je représente bien plus pour toi.

Sous les intonations vibrantes de sensualité de la voix de Draco, Julia sentit une douce chaleur se répandre dans ses veines. Encore maintenant, elle se réveillait la nuit en se remémorant le son envoûtant de sa voix au timbre grave, semblable au grondement distant du tonnerre par un soir d'orage. Mais il y avait pire, car elle se remémorait aussi la sensation grisante de son corps puissant étreignant le sien, le pénétrant.

Elle contint le sourd gémissement qui montait dans sa gorge. Soudain, l'envie de revivre ces moments la submergea, et elle sentit s'épanouir en elle les vrilles du désir.

Les paillettes d'or des yeux verts de Draco étincelaient tandis qu'il guettait sa réaction, et un petit sourire joua au coin de ses lèvres. Pour quelqu'un qui la connaissait si peu, il semblait lire en elle avec une facilité déconcertante.

Le cœur battant, elle l'examina. Pour assister à la cérémonie commémorative organisée à la mémoire de Mme Woodley, il n'avait même pas pris la peine de raser la barbe de trois jours qui bleuissait d'ordinaire ses joues. Seule concession à la solennité du moment, il avait attaché sa chevelure brune sur sa nuque, dégageant ainsi son visage trop parfait. Et ce qui, sur tout autre, aurait pu paraître ridicule, avait une classe folle sur Draco.

La bouche soudain sèche, Julia déglutit.

Avait-on idée d'être aussi beau ? C'en était presque indécent et, en aucun cas, elle ne devait se laisser tenter de nouveau. Elle avait cédé sur un coup de folie, lors de ces vacances, alors que ça ne lui ressemblait absolument pas et, à présent, elle devait garder la tête froide. Pourtant, en dépit de ses beaux raisonnements, elle n'en avait pas moins le pouls qui battait à un rythme accéléré.

— Dîne avec moi ce soir, suggéra-t-il d'une voix caressante.

— Non, vraiment, Draco. Considère qu'il s'agissait d'une amourette de vacances, et que l'histoire est close. Je suis à la maison maintenant, et j'ai repris mes occupations. Ce qui me rappelle que j'ai pas mal de choses à faire. Et toi aussi, j'en suis certaine.

Même si les raisons de la présence de Draco en Nouvelle-Zélande intriguaient Julia, elle ne lui poserait certainement pas la question. La vie vous jouait de ces tours, parfois… Parce que, franchement, les probabilités pour que le héros de son aventure de vacances se présente aujourd'hui à Ashhurst Collegiate étaient pratiquement inexistantes. À une cérémonie commémorative, en plus.

Elle-même avait accepté d'en assurer la restauration parce que Mme Woodley avait été une grande amie de son père.

Quoi qu'il en soit, même si tout son corps lui criait de se laisser tenter par une réédition de ses exploits avec le dernier héritier de l'empire Sandrelli, Julia avait des choses plus importantes en tête.

Reprenant son sang-froid, elle tourna les talons et s'éloigna.

Elle sentit plus qu'elle n'entendit le moment où il décida de la suivre, au frisson qui lui parcourut la nuque. Accélérant l'allure, elle passa l'angle du couloir et se jeta dans l'embrasure de la porte de l'immense cuisine de Jubilee Hall, où se tenait la réception. Quand elle fut à l'intérieur, tout en espérant qu'il ne l'avait pas vue s'y glisser, elle s'aplatit contre le mur et ordonna à son cœur de se calmer.

Elle tremblait de tous ses membres. À vrai dire, elle n'avait pas été aussi bouleversée depuis le jour où elle avait surpris Rhys, son fiancé, avec Alicia, sa meilleure amie, dans le cellier de la villa qui abritait le Carson, son restaurant. La douleur de perdre l'homme avec lequel elle avait bâti des projets d'avenir et l'amie censée se tenir à son côté dans l'église, quelques jours plus tard, avait été indicible. Et, chaque fois qu'elle y repensait, la double trahison la faisait toujours abominablement souffrir.

C'était pour tenter de distraire son chagrin qu'elle avait décidé de s'envoler pour l'Italie. Là, elle avait entrepris une visite culinaire de la Toscane, rencontré Draco Sandrelli et était promptement tombée sous son charme.

D'accord, c'était un amant plaisant. Un amant généreux, envoûtant, époustouflant, même. Exactement ce qu'il lui fallait pour restaurer une estime d'elle-même défaillante. Mais rien de plus.

Elle s'écarta du mur, récapitulant ce qu'elle devait faire avant de regagner le Carson pour les derniers préparatifs avant d'accueillir la clientèle du soir. Avec soulagement, elle constata que ses ustensiles personnels avaient été soigneusement emballés et rangés dans leur caissette, et une rapide inspection lui montra que tout était à sa place. Rien ne la retenait donc plus ici. L'équipe engagée pour s'occuper de la réception terminerait les rangements et rapporterait plus tard la vaisselle au restaurant.

Julia lissa son uniforme composé d'un chemisier blanc ajusté, à manches courtes, et d'une jupe noire épousant de près ses hanches minces, et ce contact familier la réconforta.

Ensuite, calant la caissette sur sa hanche, elle sortit de la cuisine par la porte arrière et longea l'allée gravillonnée pour rejoindre l'endroit où elle avait garé son break. Elle examina d'un œil critique le vieux véhicule à la peinture écaillée. Si elle ne s'était pas offert le voyage en Toscane, elle aurait pu remplacer sa bonne vieille voiture. Seulement, si elle ne s'était pas changé les idées, elle aurait continué de ruminer la perfidie de Rhys et Alicia, et en serait tombée malade. Son voyage lui avait permis d'en apprendre plus long sur la femme qu'elle pouvait être, et qu'elle avait été.

Et cette révélation avait permis à Julia de comprendre qu'elle ne pouvait pas tout avoir. Elle n'était pas le genre de femme capable de mener de front vie professionnelle et vie privée. Il lui paraissait impossible de développer son affaire dans le but de devenir la meilleure sur son créneau et trouver le temps de se consacrer à un homme. Vraiment, elle trouvait excellente sa décision de cesser toute relation avec Draco. Désormais, sa vie serait tout entière vouée au travail.

Pour ce qui était de l'intermède toscan, eh bien, toute femme avait droit à une aventure avec un Draco à un moment de son existence, non ? Seulement, l'intensité de leur passion était si vive qu'elle l'aurait totalement consumée si elle était restée plus longtemps avec lui. Cette certitude lui avait permis de relativiser. À maintes reprises, elle avait vu son père succomber à la passion, s'aliénant chaque fois un peu plus, et elle s'était juré de ne jamais devenir la proie d'une pareille obsession.

La descente sur terre s'était effectuée un matin où elle s'éveillait dans les bras de Draco, les draps entortillés autour de leurs corps nus, repus d'amour. Soudain, elle s'était rendu compte qu'elle n'avait pas pensé au Carson depuis trois jours. Et elle avait éprouvé un choc très rude en constatant qu'elle vivait son histoire avec Draco avec la passion habituellement réservée à son métier.

Non, il n'y avait décidément pas de place pour un grand amour et une carrière professionnelle dans sa vie. Or, son métier comptait à ses yeux plus que tout. Ce qui lui permettait de s'accomplir, c'était sa réussite dans la branche qu'elle avait choisie, non la satisfaction de quelque chose d'aussi éphémère que l'attirance physique entre deux adultes consentants.

À l'issue de ces réflexions, Julia s'était levée et avait fait ses bagages, fermant l'oreille aux discours enjôleurs de Draco qui cherchait à la retenir plus longtemps. Aussi délicieux qu'aient été ces moments passés avec lui, ils ne pouvaient en aucun cas permettre d'envisager un avenir. On ne construit rien de durable sur un volcan ; elle avait tiré la leçon du passé douloureux de son père comme du sien.

Désormais, une seule chose comptait vraiment pour elle : voir *Fine Dining*, le fameux magazine de critique gastronomique, accorder au Carson la consécration de ses cinq étoiles. Ç'avait été le rêve de son père jusqu'à ce que la maladie le contraigne à prendre une retraite prématurée. Il avait confié les rênes du restaurant à Julia, et c'était devenu son rêve à part entière. Elle avait cru le réaliser avec Rhys et Alicia à ses côtés et, à cause de ça, avait doublement souffert de leur trahison. Pourtant, malgré leur défection, elle se promettait bien d'atteindre quand même son but. Le Carson deviendrait le restaurant à la mode d'Auckland ; c'était une certitude. Et Draco Sandrelli ne serait plus qu'un vague souvenir.

À la porte de la cuisine, Draco hésita. Il avait parcouru le couloir dans un état d'agitation extrême, sans trouver trace de Julia. Elle n'avait pourtant pas pu disparaître ? Inconsciemment, il redressa les épaules. Il fallait qu'il lui parle, qu'elle le veuille ou non. Quand Julia avait quitté son lit, ce matin-là, en Toscane, il était prêt à remuer ciel et terre pour obtenir qu'elle reste. Malheureusement, un appel urgent provenant de la maison de ses parents, située quelques kilomètres plus loin, sur le domaine Sandrelli, l'avait contraint d'abandonner la partie. Et, bien sûr, le temps qu'il revienne du chevet de son père malade, Julia avait quitté le palazzo sans laisser d'adresse.

La revoir ici, aujourd'hui, lui avait causé un choc. Mais il n'était pas homme à se laisser déconcerter. Une deuxième chance lui était offerte, et il comptait bien la saisir. L'alchimie entre eux avait été immédiate, et il savait sans doute mieux que d'autres que ce genre d'attirance était exceptionnelle. Beaucoup de gens se conforment à ce que la société, ou leurs proches attendent d'eux, et choisissent un partenaire faute de mieux. Il était passé par là, par respect pour sa famille et son frère mort, et le résultat avait été catastrophique. Jamais il ne recommencerait.

L'attirance entre Julia et lui était trop forte.

Il poussa la porte à doubles battants de la cuisine et entra juste à temps pour voir Julia fuir par la porte opposée. Cependant, grâce à ses grandes enjambées, il la rattrapa au moment où elle déposait une caisse dans le coffre d'un véhicule qui tenait plus de l'épave que du moyen de transport.

— Julia !

— Je n'ai rien à ajouter, Draco.

Avec un soupir, elle ouvrit la portière et se glissa derrière le volant.

Comme elle s'apprêtait à refermer sa portière, Draco l'arrêta d'un geste.

— Possible, mais tu n'as pas entendu tout ce que *moi* j'avais à dire.

— Franchement, ça ne m'intéresse pas.

Elle tenta de refermer de force la portière, et y renonça avec un soupir exaspéré en constatant qu'il ne céderait pas. Croisant les bras sur sa poitrine, elle fixa obstinément le pare-brise.

— Où est le problème, Draco ? Tu ne supportes pas qu'on t'éconduise ? Je me doute que ça n'a pas dû t'arriver souvent dans la vie, mais tu peux bien faire un effort, pour une fois !

L'animosité de Julia le fit sourire. On aurait dit un chaton en colère.

— Écoute, je veux juste parler. Tu as quitté si soudainement le palazzo ! Nous n'avons pas pu nous dire au revoir correctement.

Draco nota avec satisfaction que son allusion avait suscité une réaction de la part de Julia. À travers le coton de son chemisier, il voyait les pointes de ses seins se dresser contre le tissu arachnéen du soutien-gorge. Un soutien-gorge qu'elle portait, il était bien placé pour le savoir, en concession à la bienséance plus que par nécessité. Il aimait ses petits seins attachés haut. Il aimait les réactions qu'il lui arrachait rien qu'en en mordillant les pointes roses. Il n'avait jamais connu de femme aussi sensible dans cette région. Il n'en avait jamais apprécié une comme il appréciait Julia. Et il la voulait, encore et toujours.

Levant la tête, Julia croisa son regard fermement rivé à ses seins.

— Oh ! pour l'amour du ciel, Draco.

Elle tendit la main vers la clé de contact.

— Il n'y a rien à ajouter, reprit-elle. Du moins, pour ma part. Je te l'ai dit, tu n'as représenté qu'une amourette de vacances. Appréciable au lit, et appréciable pour mon ego, mais c'est tout ! C'est fini, Draco. Et maintenant, lâche ma portière, s'il te plaît, avant que j'appelle les services de sécurité.

— Je ne suis pas du tout d'accord avec toi, *delizia*. C'est loin d'être fini entre nous. Je vais te laisser partir, mais sois assurée que tu me reverras, et que nous terminerons cette conversation dans les règles.

Il s'écarta de la voiture, et la vit claquer la portière sans un mot. Quand elle démarra dans une gerbe de gravillons, il grimaça en entendant protester le vieux moteur, indigné par l'effort brutal qu'on exigeait de lui.

Il la regarda s'éloigner, un sourire de satisfaction aux lèvres. Il avait eu le temps de graver le numéro de sa plaque d'immatriculation dans sa mémoire. Elle pouvait toujours s'imaginer lui échapper, il avait de la suite dans les idées ! Maintenant qu'il l'avait retrouvée, il la mettrait de nouveau dans son lit.

Très bientôt.

Un mouvement attira son attention. Tournant la tête, il vit Brent Colby et Adam Palmer, ses grands amis, auprès des motos Guzzi qu'il avait fait importer en Nouvelle-Zélande afin que tous trois puissent revivre les frissons de leur folle jeunesse. Ils avaient parcouru un long chemin depuis que, adolescents indisciplinés, ils avaient passé leur soirée de remise de diplômes à sillonner à moto les alentours de leur prestigieuse école privée. Il fallait reconnaître que rien ne valait la sensation de voler au-dessus de la route, un moteur puissant entre les jambes.

Brent s'était fait tout seul et, si Draco ne lui avait déjà accordé toute son estime et son affection, il les aurait gagnées lorsqu'il avait perdu une fortune chèrement acquise pour la rebâtir, encore plus impressionnante qu'avant. Adam, cousin de Brent, avait des origines sociales différentes. Il provenait d'une famille de « vieil argent » néo-zélandaise, qui, si elle ne pouvait prétendre remonter aussi loin que la lignée Sandrelli, possédait tout de même un grand prestige. Les Palmer étaient très influents dans l'industrie néo-zélandaise, et leurs intérêts répandus dans le monde entier.

Penser à sa famille fit tomber un linceul de plomb sur les épaules de Draco. Car il ne dépendait que de lui que la lignée Sandrelli s'éteigne ou perdure. Comme son père malade le lui avait fait observer plus d'une fois ces derniers temps, il tenait entre ses mains le destin de sa famille. Ce qui rendait ses projets vis-à-vis de Julia d'autant plus intéressants. Car, pour peu qu'il obtienne qu'elle accepte de le revoir, il réussirait l'exploit de joindre l'utile à l'agréable.

Julia croyait s'être débarrassée de lui alors qu'elle n'avait fait que raviver son intérêt. Peu importait qu'elle croie pour le moment dominer la situation. Il savait qu'elle n'était pas plus capable de lui résister qu'il ne l'était de s'éloigner d'elle. Et il aurait été bien sot de laisser passer cette deuxième chance qui s'offrait à lui.

Le seul vrai problème était de savoir s'il arriverait à satisfaire le vœu le plus cher de son père avant qu'il ne soit trop tard. La dernière crise de M. Sandrelli avait été mineure, mais les médecins avaient prévenu qu'il pouvait subir une attaque grave, ou fatale, à tout moment.

Son père verrait son vœu réalisé, Draco en faisait le

serment. Les Sandrelli régnaient sur cette partie du pays depuis des siècles. Et, même si le poids de la succession était tombé par défaut sur ses épaules, à cause de la mort de son frère dix ans plus tôt, il ne serait pas celui qui verrait leur fin. Son mariage avec Julia Carson donnerait à ses parents les petits-enfants qu'ils réclamaient, et, si l'on en jugeait par l'attirance incendiaire qui crépitait entre eux, ce ne serait pas trop difficile de parvenir au résultat.

Allons, songea-t-il avec un sourire. Il était temps d'aller chez Brent pour se désaltérer, et jouer aux cartes. Et sur le chemin du retour à Auckland, il aurait tout loisir de réfléchir à un plan.

- 2 -

— Il est encore là ! Ça fait sept soirs de suite, trésor.

Gustav, le serveur gay — et qui ne s'en cachait pas — venu transmettre une commande dans la cuisine, sourit à Julia tout en haussant comiquement un sourcil. Et le couteau de cette dernière glissa, heurta avec bruit la planche à découper, manquant de peu son doigt. Depuis la cérémonie commémorative, Draco s'était présenté tous les soirs au restaurant, pour dîner, seul. Ce soir, il était arrivé plus tard que d'habitude, et ne pas savoir s'il finirait par venir, ou s'il était reparti en Toscane, avait mis les nerfs de Julia à rude épreuve. La dispersion de son attention, combinée au fait qu'un cuisinier avait pris un congé pour maladie, avait provoqué un retard tout à fait inhabituel dans le service.

Ce n'était sûrement pas là le comportement d'un chef de restaurant primé, se dit Julia, tentant de se ressaisir. Elle ne devait avoir qu'une seule priorité, et ce n'était certainement pas Draco Sandrelli.

— Qu'a-t-il commandé ? demanda-t-elle en priant pour qu'il s'agisse d'un plat rapide à confectionner, qui lui permettrait de le voir partir rapidement.

— *Scaloppine alla Boscaiola*, avec petits légumes sautés. Pour un grand gars comme ça, je trouve qu'il mange léger. Je parie qu'il réserve son appétit pour d'autres domaines.

Et Gustav lui expédia un clin d'œil taquin avant de

prendre une commande qui attendait sous la rampe chauffante et de repasser les portes à doubles battants menant à la salle.

Julia poussa un soupir de soulagement. Le plat, à base de côte de porc et de champignons, était simple à préparer, de même que les légumes. Il faisait partie des nombreuses recettes qu'elle avait appris à confectionner durant son séjour culinaire en Toscane. Séjour durant lequel elle avait accompli un détour inattendu des marchés et des cuisines dans le lit de Draco…

Tout en faisant chauffer l'huile d'olive dans une poêle de fonte, Julia essaya de ne pas penser à ce détour. Ni à l'attirance invincible ressentie à l'instant où son regard avait croisé celui de Draco, à la descente du bus, devant le palazzo Sandrelli. Pas plus qu'elle ne voulait se rappeler la nostalgie poignante qui l'avait saisie devant ce lieu à la splendeur séculaire, avec ses marches usées par les pas des générations qui s'y étaient succédé. Elle aurait tant aimé connaître autour d'elle une telle continuité.

Quand ses parents s'étaient séparés, elle avait mené avec son père une existence nomade, voyageant d'une ville à l'autre, suivant le flot des touristes en période de vacances, pour trouver du travail. Le Carson avait été la seule constante de sa vie. C'était son foyer, son port d'attache. Et si elle voulait assurer sa survie, se rappela-t-elle sévèrement, elle ferait mieux de cesser de contempler les étoiles et de se mettre à l'ouvrage.

Elle mit les tranches de porc dans la poêle et s'occupa des légumes. Ce ne fut que quand elle disposa les escalopes sur une assiette qu'elle autorisa de nouveau ses pensées à divaguer vers Draco. Tous les soirs, selon un rituel immuable, il lui avait fait parvenir ses compliments. Selon les convenances, elle aurait dû aller le voir, et s'entretenir personnellement avec lui, mais elle redoutait trop de l'affronter. Elle redoutait trop ses propres sentiments.

Et s'il s'entêtait, comme il l'en avait menacée lors de la cérémonie commémorative ? Et s'il en voulait davantage ? Rien que de savoir qu'il se trouvait sous le même toit qu'elle la faisait frémir de la tête aux pieds, penser qu'il dînait seul, de l'autre côté des portes, mettait ses sens en ébullition. D'autant qu'elle savait qu'il attendait son heure. Les hommes comme Draco ne renonçaient pas si facilement ; elle le savait d'expérience.

Bizarrement, alors qu'elle jurait ne plus vouloir entendre parler de lui de sa vie, elle mourait d'impatience de connaître son impression sur son repas. Comme si son opinion comptait de quelque manière que ce soit ! se morigéna-t-elle, tout en apportant la touche finale aux desserts commandés par les six personnes de la dernière table occupée.

— Julia ?

Levant la tête, elle vit l'expression pleine de malice de Gustav.

— S'il te plaît, ne me dis pas qu'un bus chargé de touristes vient d'arriver et qu'ils réclament tous de l'osso bucco ! implora-t-elle.

Car l'osso bucco avait été terminé une heure plus tôt.

— Non, rien d'aussi simple. C'est M. beau gosse. Il tient à te parler *personnellement* devant un verre de porto.

Le cœur de Julia fit un bond dans sa poitrine.

— Et, bien sûr, tu lui as expliqué que c'était impossible ?

— Pas du tout. Je lui ai dit que tu arrivais.

— Gustav !

— Écoute, il est 23 h 30, le restaurant est pratiquement vide. Il ne reste à servir que les desserts et les cafés de la 10. Tout marche comme sur des roulettes. Alors, je ne vois pas pourquoi tu ne passerais pas quelques moments agréables avec lui avant la fermeture. Allez, va ! Il est temps de profiter de la vie !

Julia gémit silencieusement. Depuis sa rupture avec

Rhys, et le licenciement immédiat de Rhys et Alicia — licenciement qui lui avait coûté très cher parce qu'elle n'avait pas respecté le droit du travail —, Gustav la poussait continuellement à se détendre et à voir du monde.

S'il savait, pensa-t-elle. Elle avait déjà eu tout le plaisir dont elle pouvait rêver. Et tout l'amusement qu'elle pouvait se permettre. Raison pour laquelle elle s'était jetée dans le travail dès sa descente de l'avion, quelques semaines plus tôt.

Gustav tira sur les cordons du tablier de Julia et arracha le mince carré de lin de ses hanches. Après quoi, il lui tendit le tube de rouge à lèvres qu'elle gardait dans un tiroir en prévision de ses rencontres avec les clients.

— Va, insista-t-il. Ça ne te tuera pas. Écoute, trésor, si je pensais avoir ma chance, je serais déjà à sa table ! Mais il a très clairement fait comprendre que c'était toi, et toi seule, qu'il voulait !

À contrecœur, Julia prit le tube et s'enduisit les lèvres de fard.

— Là, tu es content ? demanda-t-elle d'un ton irrité.

— Pas tout à fait, chérie.

Il retira la toque qui maintenait ses cheveux et les ébouriffa doucement.

— Voilà, maintenant, je suis content.

Sur ces mots, il la prit par les épaules et la poussa vers la salle du restaurant.

— Ne t'inquiète pas pour la cuisine. Nous nous occupons de tout. Profite juste du moment.

Comme la porte se refermait derrière elle, Julia aurait juré entendre les applaudissements étouffés des membres de son personnel. Comme elle jetait un rapide regard derrière elle, à travers le hublot de la porte, elle vit Gustav esquisser une révérence. Ravalant un sourire, elle tourna son attention vers l'homme qui attendait à une table à l'écart, dans le renfoncement d'une baie vitrée de la vieille villa.

En voyant Julia avancer vers lui, Draco se leva. L'espace d'un instant, il s'était demandé si le serveur ne lui avait pas donné de faux espoirs en affirmant que Julia allait le rejoindre. Mais elle était là. Enfin.

Il la détailla du regard, prenant note de la lassitude qui crispait ses traits. Elle ne possédait pas une beauté classique, mais l'arc fourni des cils bruns au-dessus des yeux sombres et la ligne droite du nez donnaient du caractère à un visage qui aurait pu, par ailleurs, passer pour ordinaire.

Elle marchait avec une grâce naturelle malgré la grosse veste et le pantalon ample — uniforme de rigueur chez les chefs néo-zélandais —, qui dissimulaient sa longue et mince silhouette, et ses seins si parfaits dont, il l'aurait parié, les pointes roses s'étaient dressées. Une soudaine rougeur monta à ses pommettes bien dessinées, et ses yeux brillèrent de la flamme d'une passion qui, il le savait, répondait à la sienne.

L'anticipation faisait battre le cœur de Draco. À la fin de la soirée, Julia serait dans son lit. Il le savait aussi précisément qu'il connaissait les collines et les vallées de son corps. Et il mourait d'impatience de la sentir sous lui, de nouveau. Il restait tant de travail inachevé entre eux…

Julia Carson apprendrait à ses dépens qu'on ne pouvait le fuir sans s'attendre à être poursuivi.

S'il avait suivi son instinct, il l'aurait prise par la main, entraînée à sa voiture. Il aurait roulé à tombeau ouvert vers son appartement de Viaduct Basin. Là-bas, il l'aurait déshabillée, offerte à son regard, à son désir. Et il aurait satisfait leur envie, à tous deux.

Il frissonna, plein du regret de devoir renoncer

temporairement à ce beau programme. Elle avançait vers lui avec la grâce d'une gazelle prête pour la fuite, et l'effaroucher était bien le dernier de ses souhaits. Elle lui avait échappé une fois, à lui de s'assurer qu'elle ne réitérerait pas l'expérience.

Elle s'arrêta à hauteur de la table et lui tendit la main.

— Il paraît que vous avez apprécié le repas, monsieur Sandrelli.

Draco sourit. Il vit alors les pupilles de Julia se dilater, ses lèvres se pincer devant le peu d'effet que produisait sur lui sa tentative de rester sur un plan strictement professionnel.

Il lui prit la main, et l'attira à lui afin de la gratifier d'un baiser sur chaque joue, à la manière européenne. Après quoi, il l'invita d'un geste à prendre place sur le siège voisin du sien.

— J'apprécie toujours les fruits de ton labeur, Julia. Tes talents culinaires ne sont surpassés que par tes…

— Veux-tu boire quelque chose ? coupa-t-elle hâtivement. Gustav a mentionné un porto. Est-ce ce que tu désires ?

Elle faisait déjà le geste de se lever, mais il lui saisit fermement la main.

— Reste. Gustav va nous apporter nos boissons. Je voudrais d'abord disposer d'un peu de temps avec toi. Pour parler.

— Si tu y tiens, dit Julia à contrecœur.

— Tu as tiré parti de ton séjour en Toscane. Le plat que tu as servi ce soir, tu as appris à le cuisiner chez Lucca, *si* ?

— Oui. J'ai ajouté quelques recettes toscanes à notre menu. Elles rencontrent un franc succès.

— J'ai l'impression que tu te surmènes, Julia. Tu sembles fatiguée.

Doucement, il posa une main sur sa joue et caressa du pouce le cerne bleui sous son œil.

En tressaillant, elle s'écarta, brisant le contact.

— Je vais bien. De toute façon, mes choix ne regardent que moi.

Ah ! voilà, on y était. Elle ressortait son grossier système de défense.

— Possible, mais tout le monde a besoin d'un peu de répit de temps à autre. Dis-moi, *cara mia*, que fais-tu pour te détendre ?

— Pour l'amour du ciel, Draco ! Je reviens juste de vacances ! Je n'ai pas besoin de me détendre comme tu dis.

Il émit un reniflement peu élégant.

— Des vacances ? Allons, Julia, il s'agissait d'un séjour culinaire. Difficile d'appeler ça des vacances. Sauf pour ce qui était de…

— Ah ! voilà le porto, interrompit Julia, prenant les verres de cristal que Gustav apportait sur un plateau.

Notant la curiosité qui brillait dans l'œil du serveur, elle le chassa du regard.

— Tiens, dit-elle à l'intention de Draco. *Salute* !

Draco prit le verre qu'elle lui tendait, et le posa devant lui. Il voyait clair dans son jeu. Elle s'imaginait qu'en obtenant qu'il boive son porto, elle couperait court à la conversation et se débarrasserait de lui ensuite. Elle était bien loin du compte ! Quand il quitterait le restaurant, tout à l'heure, elle l'accompagnerait. Docile et consentante.

Il joua avec le pied du verre, admirant la pureté du cristal. Il fallait avouer que Julia ne lésinait pas sur la qualité. Ameublement, vaisselle, décoration, partout le raffinement était au rendez-vous. Non, vraiment, Julia Carson ne faisait pas les choses à moitié, et il appréciait beaucoup ce trait de caractère.

Quand elle but une gorgée de porto, l'alcool laissa un léger voile sur ses lèvres, et, comme elle y promenait le bout de sa langue pour les essuyer, les doigts de Draco se crispèrent instinctivement sur son verre. Il mourait d'envie de la voir avaler une autre gorgée, afin de pouvoir se pencher, et goûter le porto sur ses lèvres du bout de sa propre langue.

— Que veux-tu de moi, Draco ? demanda-t-elle brusquement, le prenant de court. Que dois-je faire pour que tu me laisses tranquille ?

Tentant de ne pas se laisser distraire par la pointe de désir qui le tenaillait, il déclara :

— Qu'est-ce qui te fait croire que j'abandonnerai la partie ?

Elle secoua la tête.

— Allons, je sais bien que tes affaires te réclament en Toscane. Depuis combien de temps es-tu là, déjà ? Une semaine ? J'imagine que tu ne peux guère t'attarder plus longtemps. Tout ce que je veux, c'est faire en sorte d'accélérer ton départ.

— Viens avec moi.

— Au palazzo ? Je suppose que tu plaisantes ?

En réalité, c'était son but. Il voulait qu'elle revienne là où était sa place, près de lui. Mais, en attendant, il se satisferait de demi-victoires.

— Viens chez moi, ce soir.

Il prit sa main, et la porta doucement à ses lèvres. Et le contact lui causa un choc semblable à une décharge électrique. Décidément, le courant passait toujours entre eux avec autant d'intensité.

— Juste ce soir ? demanda-t-elle d'une voix légèrement tremblante. Et après, tu me laisses tranquille ?

C'était un début. Il inclina la tête.

— Tu m'as manqué, Julia. Laisse-moi te montrer à quel point.

— Je… je ne sais pas si…

— Je ne suis pas homme à supplier, *cara mia*. Mais, tu

vois, je te supplie maintenant. Tu ne peux pas combattre notre mutuelle attirance. Tu dois même admettre que ce qui se passe entre nous est rare et précieux. Je suis sûr que tu n'as partagé ça avec personne, pas même avec Rhys. Je me trompe ?

Il sentit les doigts de Julia frémir dans les siens, et sut qu'elle était à lui.

Pour ce soir, du moins.

— D'accord, juste pour ce soir, dit-elle enfin. Attends-moi, je prends quelques affaires.

— Prends tout ce que tu voudras, afin de rester chez moi le plus longtemps possible.

Elle lui retira sa main.

— Non. Je n'emporte d'affaires que pour une nuit. Donne-moi ton adresse, s'il te plaît. Je vais prendre ma voiture.

— Inutile. J'ai une voiture avec chauffeur à ma disposition. Où habites-tu ?

Déjà Draco s'était levé. Il voulait faire vite, de crainte que Julia ne change d'avis.

— À l'étage. J'y occupe un petit appartement. L'escalier aboutit à l'arrière de la cuisine.

— Je t'attends ici.

Il se pencha et effleura ses lèvres d'un baiser. Fatale erreur, car à la seconde où il sentit le souffle chaud de Julia sur ses lèvres, il lui sembla que ses sens s'embrasaient. Ce qui était supposé n'être qu'une innocente caresse provoqua une éruption volcanique dans tout son corps. Alors, loin de s'écarter comme il l'avait prévu, il referma sa main sur le cou de Julia, ses doigts s'emmêlant dans les cheveux de sa nuque, et il lui inclina la tête pour l'embrasser. Avec un petit cri plaintif, elle écarta les lèvres, et sa langue s'empressa au-devant de la sienne. Le goût affolant de la bouche de Julia faisait battre son pouls sur un rythme frénétique.

Il en avait été ainsi au premier contact. Il avait éprouvé le même besoin dévorant d'obtenir davantage d'elle. De prendre ce qu'elle avait à lui offrir et de le lui rendre au centuple. Jamais il n'avait connu un tel état de passion, pas même avec Marcella. Et la constatation était à la fois inquiétante et séduisante.

La réaction si spontanée de Julia lui fournissait les réponses aux questions qu'il s'était posées. Il avait eu raison de la poursuivre, raison d'attendre le bon moment pour agir. L'alchimie opérait sa magie, sur elle, comme sur lui. Son plan d'être présent, chaque soir, au restaurant, et de ne pas prendre contact avec elle, de ne pas la toucher, avait marché au-delà de toutes ses espérances. Bien sûr, la démarche avait un côté calculateur. Seulement, il n'avait pas trouvé d'autre moyen de lui prouver que leur attirance mutuelle ne devait pas être ignorée, mais qu'elle était là, au contraire, pour qu'on s'y abandonne.

Dio ! Jamais il ne se rassasierait d'elle, se dit-il en mordillant sa lèvre. Il en savoura le contact ferme et souple, absorba avec délice le cri de ravissement qui émanait de sa gorge.

Un cliquetis de vaisselle le ramena soudain à la réalité. Une dernière fois, ses doigts testèrent la douceur de sa nuque avant qu'il ne s'oblige à la lâcher.

— Dépêche-toi, je ne veux pas perdre un instant, dit-il d'une voix si basse que seule Julia pouvait l'entendre.

Elle vacilla légèrement, comme sur le point de perdre l'équilibre. Et, à dire vrai, il ne se sentait pas beaucoup plus assuré sur ses jambes.

Cependant, se ressaisissant, sur un petit signe de tête, elle s'éloigna d'un pas décidé.

- 3 -

— Il fait chaud ici, ou ça vient de toi ? demanda Gustav en s'éventant de manière théâtrale, alors que Julia poussait les portes à battants de la cuisine et se dirigeait vers le fond de la pièce.

— La ferme, Gustav ! Tu peux être content de toi. Tu as obtenu ce que tu voulais.

— À vrai dire, pas *exactement*. Mais toi, oui. Ça paraît évident. Va, Julia, il est temps. Et pars l'esprit tranquille. Je fermerai le restaurant.

La main sur la poignée de la porte, Julia hésita.

— Que veux-tu dire par : « Il est temps » ?

— Tu sais bien. Depuis cette histoire avec Rhys et Alicia, c'est comme si ton enthousiasme pour le restaurant s'était envolé je ne sais où.

Était-elle si transparente ? La rupture avec Rhys, à laquelle s'était surajoutée la trahison d'Alicia, et la bataille juridique qui s'était ensuivie, à cause de l'illégalité de leur renvoi, l'avaient épuisée. Cependant, pas un instant elle n'avait songé que cette lassitude retentirait sur son travail, et, par ricochet, sur le restaurant.

— Depuis ton retour d'Italie, poursuivit Gustav, on dirait qu'il y a une nouvelle vie en toi, et ça se ressent dans ta cuisine, partout. Tout le monde est plus heureux. C'est une très bonne chose et, tout à fait franchement, si c'est ce type qui a eu cette influence sur toi, alors je lui adresse toutes mes félicitations ! C'est lui, n'est-ce pas ? Celui que tu as rencontré au cours de ton voyage ?

— Oui, c'est lui. Tu ne crois pas que je commets une erreur ?

— Une erreur ? Tu plaisantes ! File d'ici avant que je ne te le fauche !

— Merci, Gustav, je te revaudrai ça.

Julia poussa la porte et grimpa l'escalier arrière qui menait à l'appartement de l'étage lui tenant lieu de foyer quand elle ne travaillait pas.

D'un placard, elle sortit un sac de voyage, y plaça affaires de toilette et vêtements de rechange, puis elle échangea prestement sa tenue de travail contre un pull et une jupe de coton à l'ourlet asymétrique. Ensuite, elle passa de jolies sandales à talons plats. Elle aurait aimé avoir le temps de prendre une douche afin de se débarrasser des odeurs de cuisine, mais elle avait la nette impression que Draco la prendrait sous son bras, et la jetterait mouillée et nue dans sa voiture si elle le faisait attendre plus longtemps.

Un élancement de désir fit frémir tout son corps. Un baiser, il avait suffi d'un baiser pour la mettre sens dessus dessous, et la faire frissonner dans l'attente des délices sensuels promis par ses baisers voluptueux et ses caresses habiles.

Elle éteignit rapidement les lumières et ferma la porte derrière elle. Ses sandales claquaient sur les marches de bois tandis qu'elle descendait l'escalier en toute hâte.

Pour rejoindre Draco.

À la seconde où elle pénétra dans la salle du restaurant, Draco se leva, et son estomac se contracta. Ne commettait-elle pas une erreur ? Gustav ne semblait pas le penser. Et Draco encore moins. Cependant, il ne fallait pas oublier qu'elle se remettait tout juste d'une grosse déception. Elle connaissait la violence de la flamme qui les avait dévorés en Italie. Elle était même partie avant que celle-ci ne cause de sérieux dégâts. Cette nuit, qu'elle avait accepté de passer avec lui, ne la laisserait-elle pas blessée et pleine de regrets ? Pire, parviendrait-elle seulement à s'éloigner de lui, le matin venu ?

Mais Draco ne lui laissa pas le temps de la réflexion. En un instant, il l'avait prise par le bras pour la pousser à l'extérieur, puis ils s'étaient assis dans la limousine qui s'était approchée doucement du bord du trottoir à l'instant où il avait mis le pied hors du Carson. Julia avait l'impression d'être une boule de nerfs hypersensibilisée au pouvoir contenu et à la force de l'homme assis près d'elle.

Draco jeta un ordre bref en italien. Le chauffeur actionna la commande remontant la vitre fumée qui le séparait des passagers arrière et, démarrant doucement, se glissa dans la circulation, fluide à cette heure tardive, de Ponsonby Road.

Julia posa une main sur la cuisse de Draco et y promena ses doigts. Aussitôt, elle sentit ses muscles se contracter sous le léger contact.

— Ne fais pas ça, dit-il d'une voix étranglée. Si tu me touches maintenant, je ne pourrai pas me retenir, et je me suis promis d'attendre que nous soyons dans mon appartement.

Le souffle de Julia se bloqua dans sa poitrine, et elle sentit frémir d'anticipation un endroit bien précis, dans le bas de son ventre. Elle remit sa main sur ses genoux, tout en cherchant le regard de Draco dans la pénombre de la voiture. Savoir qu'elle pouvait l'affecter aussi profondément était grisant. Alors que, en Toscane, la force de ses sentiments l'avait effrayée, jetée hors du lit de Draco et expédiée sur le pénible vol de retour depuis l'Europe, à présent, plus rien ne lui faisait peur.

Le trajet du Carson à Viaduct Basin ne prit que dix minutes, et pourtant, quand le chauffeur gara la voiture sur le parking de l'immeuble, Julia se disait qu'elle ne supporterait pas d'attendre une minute de plus pour se retrouver seule avec Draco.

Le chauffeur vint ouvrir sa portière, et la lui tint. Comme elle descendait du véhicule, elle entendit les deux hommes entretenir une brève conversation en italien avant que le chauffeur et la limousine ne s'évanouissent dans la nuit.

Un frisson de malaise courut le long de son dos pendant qu'elle attendait, sous le porche de l'immeuble situé en front de mer. Où avait-elle la tête ? Une semaine plus tôt, elle assurait à Draco qu'il n'était qu'un amant de passage. Quinze jours auparavant, elle l'avait quitté, bien décidée à ne pas succomber à son charme et, malgré tout ça, elle s'apprêtait à aller de nouveau au lit avec lui.

Mais soudain, une émotion toute différente l'assaillit, une émotion qui n'avait rien à voir avec sa nervosité, et tout avec l'expression de désir primitif se lisant sur le visage de celui qui venait vers elle.

Malgré son air farouche, il ne la toucha pas. Sans mot dire, il ramassa son sac que le chauffeur avait déposé sur le trottoir, et se dirigea vers la porte d'entrée. Julia le suivit, un peu déconcertée par son silence. Aurait-il, par hasard, changé d'avis ?

Tout le long du chemin jusqu'à son appartement, elle sentit peser sur elle son regard brûlant. Brièvement, elle leva la tête pour croiser son regard, et ravala convulsivement sa salive sous l'intensité de la passion qui brûlait dans les prunelles émeraude.

Les portes de l'ascenseur s'ouvrirent dans un chuintement, et Julia suivit Draco dans le couloir revêtu d'une épaisse moquette. Tout au bout, se dressait une imposante porte à doubles battants. En glissant une carte magnétique dans un boîtier, il en commanda l'ouverture et, s'effaçant, lui fit signe d'entrer.

Tout en pénétrant dans une vaste entrée au parquet luisant, elle entendit vaguement la porte se refermer derrière elle. Il y eut le son étouffé de son sac que Draco posait au sol, et puis, elle sentit une main impérieuse lui enlacer la taille et se poser sur son ventre. Des bras puissants l'enveloppèrent, une bouche chaude et humide se posa au creux de son cou, et une langue traça un chemin exquis vers son oreille.

Le sexe en érection de Draco se pressait contre ses fesses et, quand elle remua, son geste lui arracha un grondement guttural.

Il la fit pivoter pour qu'elle se retrouve face à lui, et insinua sa cuisse entre ses jambes, frottant délicieusement cette partie enflammée d'elle-même qui implorait qu'il la touche. Julia se retrouva plaquée contre le mur lambrissé derrière elle. Elle posa ses bras sur les épaules de Draco avant de glisser ses doigts dans ses cheveux pour attirer sa bouche sur la sienne.

Brusquement, tout le désir refréné ces dernières semaines fusa sous l'assaut fougueux des lèvres de Draco. L'espace et le temps s'anéantirent. Plus rien n'existait que cet instant, et cet homme. Une nuit. Elle lui donnerait une nuit. Ce serait la dernière, mais la meilleure.

La jupe de Julia se souleva sous la poussée des mains de Draco. Il fit remonter ses mains le long de ses jambes, leurs larges paumes sculptant ses cuisses avant d'agripper la rondeur des fesses et de la plaquer contre la ligne dure de son érection. Et le plaisir tourbillonna dans son propre sexe, prélude aux délices à venir.

Ils agissaient de façon insensée, mais Julia avait perdu l'usage de la raison. Draco prenait possession de ses sens, de ses pensées, et de son corps. Quand il baissa son slip, et glissa la main en coupe entre ses jambes, ses doigts habiles s'insinuant dans son sexe humide de son désir pour lui, elle frissonna longuement. Il la frotta du dos de la main, et elle cria tandis que des petites fusées de volupté explosaient en elle.

— S'il te plaît, implora-t-elle. Encore !

Elle entendit ces mots qui restaient suspendus dans l'air, pleins d'un désir qui s'affirmait sans honte, et elle sentit qu'elle ne pouvait différer plus longtemps l'instant de l'assouvissement. Elle tâtonna à la recherche de la ceinture de Draco, défit la boucle et fit glisser la fermeture de son jean. Alors, telle une véritable furie rendue folle par le désir, elle glissa la main sous la ceinture du boxer, pressée de sentir la douceur satinée de son sexe dans sa main.

À l'instant où elle le libéra du carcan de ses vêtements, il la souleva contre le mur. Aussitôt, elle referma ses jambes sur sa taille et affermit sa prise tandis que, sans la lâcher, il sortait un préservatif de sa poche. Il l'enfila, puis Julia glissa une main entre eux pour le guider vers son sexe et, d'un puissant coup de reins, il les réunit de la plus intime façon qui soit.

Elle s'agrippa à ses épaules pendant qu'il plongeait en elle, ressortait, l'assiégeait, l'amenait par vagues de plus en plus brutales toujours plus près de la jouissance. Et soudain, un flot de sensations l'emporta dans son tourbillon. Son corps se convulsa autour de lui, ses ongles s'enfoncèrent dans ses épaules, et ses cuisses serrèrent comme un étau les hanches de Draco.

Avec un sourd cri de triomphe, il plongea à son tour dans le torrent de plaisir qui les emportait, l'écrasant de tout son poids contre le mur, sa respiration forte et saccadée, son cœur tambourinant dans sa poitrine.

Lentement, Julia reprit conscience de l'endroit où elle se trouvait. Pour l'amour du ciel ! Ils n'avaient pas fait trois pas depuis la porte ! Heureusement que Draco avait eu la présence d'esprit de la refermer derrière eux. Tout son corps tremblait des suites du plaisir, elle haletait encore de façon désordonnée.

— J'ai l'impression d'avoir manqué de délicatesse, chuchota Draco à son oreille.

— J'en ai aussi l'impression, répondit-elle en effleurant son cou de ses lèvres.

Caresse dont il la récompensa en s'arc-boutant contre elle, envoyant une nouvelle secousse de plaisir déferler sur son corps.

— Je me rattraperai, tu verras, dit-il.

— Je ne crois pas pouvoir en supporter davantage. C'était si… si…

Les mots lui manquèrent pour exprimer sa pensée.

— Si libérateur ? suggéra Draco.

Il avait raison ; l'acte sexuel avait été libérateur. Malgré l'heure tardive et le fait qu'elle avait passé toute la soirée debout, devant ses fourneaux, elle se sentait toute revigorée. Et soudain, elle se rendit compte qu'elle attendait avec impatience que Draco tienne sa promesse de réitérer l'opération avec plus de douceur.

Il la souleva légèrement pour se séparer d'elle. Détachant ses jambes de sa taille, elle les laissa glisser à terre, et eut la stupéfaction de constater qu'elle tenait encore debout. Sa jupe se rabattit sur ses cuisses quand elle s'écarta du mur. Pendant ce temps, Draco se rajustait.

— Viens, dit-il. Je crois qu'une douche nous fera le plus grand bien.

Julia ramassa son sac et se laissa conduire par la main à travers l'appartement. D'immenses baies offraient une vue inoubliable sur le port et sur Viaduct Basin. Les lumières des immeubles, des yachts de luxe et des bateaux de croisière amarrés dans le port se reflétaient en une myriade d'étoiles dans les eaux noires de l'océan. La vue paraissait irréelle, tout comme paraissait irréel le fait qu'elle vienne de s'abandonner à une passion qu'elle commençait tout juste à reconnaître.

Draco lui fit traverser la salle de séjour puis la poussa dans sa chambre et, encore plus loin, dans la salle de bains. Une pièce sobre, dont les murs gris tourterelle adoucissaient le noir du marbre des tablettes et des carreaux du sol.

Julia posa son sac sur un plan de marbre tandis que Draco manipulait les boutons de la massive cabine de douche. Quand il se retourna, même sans l'évidence de son érection visible sous le pantalon, à son expression, elle aurait pu dire qu'il la désirait de nouveau. Il prit son visage dans ses mains et l'embrassa, doucement cette fois, prenant le temps de savourer à fond la douceur de ses lèvres avant de s'écarter.

Il saisit alors le bas du pull de Julia et le fit passer par-dessus sa tête. Du doigt, il suivit le motif de dentelle rose de son soutien-gorge, effleura le léger renflement du mamelon avant de pencher la tête pour poser ses lèvres là où son doigt s'était promené.

D'une main experte, il défit l'agrafe du dos, et le sous-vêtement qui avait si bien su parer Julia glissa pour la révéler à son regard avide.

— Tu es si belle, si parfaite, murmura-t-il en faisant rouler les pointes de ses seins entre le pouce et l'index avant de pencher sa tête brune pour lécher d'abord un bouton, puis l'autre du bout de la langue.

Il glissa les mains autour de sa taille pour dégrafer sa jupe qui tomba à terre avec un bruit sourd, bientôt suivie de sa culotte de dentelle. Elle était maintenant debout devant lui, uniquement vêtue de ses sandales. Il s'agenouilla devant elle, et elle posa ses mains sur ses épaules tout en lui tendant un pied pour qu'il défasse la boucle de la cheville. Leurs gestes étaient mesurés, délibérés, en total contraste avec le déchaînement de passion de leur précédente étreinte. Mais, tout au fond d'elle-même, Julia sentait renaître la flamme, et elle comprit que la promesse de se rattraper de Draco allait donner des résultats spectaculaires.

Quand elle fut complètement nue, il se débarrassa à son tour de tous ses vêtements, à la hate. Puis il la poussa dans la cabine de douche et dirigea les multiples jets sur son corps.

— Oh ! que c'est bon, gémit Julia comme les jets massaient son dos.

En souriant, Draco versa du gel douche dans ses mains et entreprit d'étaler le produit sur les épaules de Julia et le long de ses bras, puis il remonta aux épaules. Il répéta plusieurs fois le mouvement avant de faire courir délicatement ses mains sur sa poitrine. Alors, il prit ses seins en coupe et les manipula avec tendresse.

Avant Draco, Julia n'avait jamais eu l'impression de posséder assez d'avantages pour satisfaire un homme. Tous ceux qu'elle avait connus avant de le rencontrer l'avaient taquinée sur la modestie de la taille de ses seins. Pas méchamment, bien sûr, mais cela suffisait à raviver le douloureux souvenir des railleries entendues à l'adolescence. Cela suffisait à lui donner le sentiment de n'être pas une vraie femme. Pourtant, sous les caresses de Draco, elle ne doutait pas d'avoir tout ce qu'il fallait pour lui plaire. L'intérêt qu'il portait à ses seins, à leurs pointes durcies, ne laissait planer aucune ambiguïté à ce sujet.

Il reprit du gel douche et continua ses soins, glissant une main vers le bas de son corps pour l'inciter à écarter les jambes. Puis, doucement, il la lava d'une façon terriblement intime, d'une manière qu'elle n'avait jamais expérimentée avec un autre. Mais, bien sûr, Draco Sandrelli n'était semblable à aucun autre, et c'était précisément pourquoi il la fascinait et la terrifiait à la fois.

Ce serait si facile de succomber à son charme, à son habileté sexuelle… Si facile de se perdre dans ses beaux yeux verts. Non, quels que soient les délices qu'il lui réservait, et elle savait qu'elle ne serait pas déçue, elle devait rester forte. Elle prendrait ce qu'il lui offrait ce soir et, ensuite, retournerait à la vie qu'elle avait choisie.

Un frissonnement de plaisir monta en elle, simples prémices de ce que les caresses de Draco lui promettaient, elle le savait. Il glissa ses mains sur ses fesses, les malaxa doucement, avant de descendre vers ses cuisses. Alors, il se laissa tomber à genoux, ses mains continuant de caresser amoureusement ses jambes, et elle s'émerveilla d'arriver à rester debout quand il approcha sa bouche du creux de ses cuisses et posa ses lèvres sur le renflement si sensible du sexe.

La langue de Draco se darda vers le cœur de son être, d'abord délicatement, puis avec plus d'insistance. Julia referma ses doigts sur ses cheveux, l'attirant à elle comme il accentuait la pression, puis la relâchait afin d'attiser sa flamme.

Quand il se mit à la lécher, les jambes de Julia tremblèrent, tout juste capables de supporter son poids. Les sensations voluptueuses se succédaient, aiguës, intenses. Brusquement, elle laissa sa tête retomber en arrière, et un cri de plaisir jaillit du fond de sa gorge pendant que l'orgasme la faisait exploser en mille morceaux.

Draco se redressa, et soutint Julia dont le corps était agité de frémissements nerveux. Il éprouvait un vrai bonheur de pouvoir réveiller sa passion et lui donner autant de plaisir. Il découvrait, extatique, chez cette femme si hermétiquement refermée sur elle-même, une sauvage sensualité. Quel gâchis qu'elle déverse cette passion dans son travail alors qu'elle aurait pu régner sur l'univers si seulement elle l'avait voulu !

Il ferma les robinets de la douche, et la souleva dans ses bras. Elle était si mince, elle ne pesait pas plus qu'une plume. Elle avait dû perdre du poids depuis son retour d'Italie, estima-t-il. Et pourtant, elle était déjà si mince alors qu'elle pouvait difficilement se permettre d'en perdre. Mais la connaissant comme il croyait la connaître, il imaginait sans peine qu'elle s'était jetée de façon effrénée dans l'action. Et s'il ne se trompait pas, elle était au bord de l'épuisement. D'ailleurs, il n'était pas normal que leurs ébats sexuels l'aient laissée si molle et si brisée dans ses bras.

Il l'enveloppa dans une épaisse serviette gris tourterelle et la sécha avec un soin minutieux.

— Draco ?

Au son de sa voix, il leva les yeux.

— Oui ? fit-il tout en s'emparant d'une serviette propre pour lui sécher les cheveux.

— Tu vas prendre froid, sèche-toi plutôt que de t'occuper de moi.

Il sourit.

— Plus tard. Pour le moment, il faut te reposer. *Si* ?

— Je suis navrée. Je…

Il posa un doigt sur ses lèvres.

— Chut…

Il la guida vers la chambre et repoussa la couette de duvet et le drap de coton frais avant de la pousser doucement sur le lit. Elle n'était pas plus tôt allongée qu'elle s'endormait, ce qui le conforta dans l'idée qu'elle se surmenait. Il fallait tout de même plus que la langueur d'après l'amour pour provoquer chez elle une pareille somnolence.

Il jeta sa serviette humide dans un coin de la chambre et grimpa dans le lit à côté d'elle. La tête posée sur sa main, il l'observa pendant qu'elle dérivait dans un sommeil de plus en plus profond. À la fin, il éteignit les lumières, s'installa confortablement sur son oreiller et, prenant Julia contre lui, tira le drap sur eux avant de sombrer à son tour dans le sommeil.

Ce fut un contact léger comme une plume qui l'éveilla, deux heures plus tard. À un moment de la nuit, Julia avait échappé à son étreinte et il avait roulé sur le ventre, position qui devenait de plus en plus inconfortable à mesure que son corps réagissait à ses caresses.

Agenouillée près de lui, Julia faisait aller ses doigts le long de ses jambes si légèrement que parfois ils le frôlaient, parfois ils s'en écartaient. Elle l'avait exploré des chevilles au creux de ses genoux et, maintenant, elle remontait vers les cuisses. Un afflux de sang pulsa dans le sexe de Draco quand elle se mit à effleurer l'intérieur de ses cuisses dans un lent mouvement de va-et-vient. Chaque fois, elle remontait un peu plus haut et il sentait sa peau se couvrir de chair de poule dans l'anticipation de son prochain geste.

Le matelas bougea presque imperceptiblement quand elle se déplaça, et s'assit sur lui, maintenant ses jambes prisonnières du poids de son corps. Il sentait ses fesses fermes sur ses cuisses, la chaleur de son sexe contre sa peau nue. Et c'était à la fois une torture et un régal.

Elle caressait maintenant plus fermement la longue ligne des muscles, de chaque côté de l'épine dorsale, s'arrêtant ici et là pour reprendre ses caresses légères comme une plume qui menaçaient de le rendre fou. Il crispa ses poings sous l'oreiller pour résister à l'envie de la saisir, de la faire basculer sous lui et de lui rendre la pareille.

— Es-tu réveillé ? demanda-t-elle d'un ton moqueur.

Il sourit.

— Oui, je suis réveillé, murmura-t-il tandis que les doigts de Julia descendaient plus bas, toujours plus bas, jusqu'à atteindre la naissance des fesses.

Il la sentit remuer sur ses jambes.

— Dans ce cas, tu ferais mieux de te retourner, conseilla-t-elle.

Sans se faire prier, il obtempéra, et sa respiration se fit sifflante quand elle empoigna son membre dressé et le caressa tout en tendant l'autre main vers le préservatif qu'elle avait eu soin de placer sur la table de nuit. Sur les charbons ardents, il la regarda déchirer la pochette avec ses dents, sortir la protection de son emballage et la mettre en place avec soin.

Quand elle se dressa au-dessus de lui, au-dessus de son sexe gorgé de désir, il la saisit par les hanches.

— Laisse-moi faire, chuchota-t-elle en posant ses mains sur les siennes. À mon tour de m'occuper de toi.

Il n'avait pas pour habitude d'abandonner la maîtrise des opérations à un autre, que ce soit dans un bureau ou au lit. Mais, si Julia y tenait, il se plierait à sa volonté. Quand elle abaissa un peu son corps pour prendre seulement l'extrémité de son sexe en elle, il crut devenir fou. Son instinct mâle lui commandait de prendre les choses en main, de se ficher en elle, et de les amener tous deux au fulgurant plaisir qui, il le savait, les attendait. Et ce fut au prix d'un héroïque effort qu'il réussit à demeurer passif.

Un gémissement rauque émana de sa gorge quand elle inclina les hanches, le prenant un peu plus profondément en elle, puis encore un peu plus, jusqu'à ce que, enfin, il se retrouve exactement là où il rêvait d'être, c'est-à-dire au plus intime d'elle-même. Il la sentait se contracter autour de lui, puis relâcher la pression tout en faisant aller et venir ses hanches très souplement. Puis elle accéléra le rythme jusqu'à ce qu'un voile de sueur couvre leurs corps.

Incapable de se retenir de la toucher plus longtemps, il tendit les mains, et ses doigts se refermèrent sur les globes menus de ses seins, les pressèrent alors qu'elle se projetait en avant, titillant de ses pouces les pointes dressées. Et puis, il perdit tout contrôle de lui-même et le plaisir déferla sur lui avec la violence d'un raz-de-marée. D'un coup, il se projeta vers le haut et fut récompensé par le cri de bonheur de Julia. Il sentit ses spasmes se déclencher autour de lui, encore et encore, et son corps trembla.

Il la soutint tandis qu'elle jouissait pour finir par l'allonger sur lui. Paresseusement, il lui caressa le dos, savourant le sentiment d'achèvement qui s'infiltrait par tout son corps.

Au bout d'un moment, Julia se redressa et s'occupa de lui ôter le préservatif. Un geste tout simple, mais qu'aucune femme n'avait pris la peine de faire pour lui. Quand elle revint dans la chambre, elle grimpa sur le lit et se nicha étroitement contre lui. Rassuré de savoir qu'elle le désirait tout autant qu'il la désirait, Draco se laissa glisser dans le sommeil.

- 4 -

Julia s'éveilla au bruit que faisait Draco en se déplaçant dans la chambre. Gardant les yeux fermés, elle s'efforça de continuer à respirer régulièrement. Elle n'avait pas envie de l'affronter. Pas maintenant. Pas à la froide lumière du jour. Elle avait donné son accord pour une nuit, mais, le connaissant, elle se doutait qu'il exigerait davantage. Et il n'était pas du genre à accepter un refus.

Elle entendit le doux chuintement d'un tiroir qui se refermait, puis le bruit étouffé de ses pas sur l'épaisse moquette, et elle attendit que la porte de la salle de bains se referme pour ouvrir les yeux. Elle éprouvait un irrésistible besoin de s'enfuir.

Oui, cette nuit d'amour avait été proprement magique, mais Draco n'accepterait pas que l'histoire s'arrête là. Il en voudrait toujours plus, il aurait toujours *besoin* de plus. À cause de la position qu'il occupait chez lui, en Italie, on s'attendait à ce qu'il fonde une famille. Or, Julia n'était pas du tout la femme qu'il lui fallait. Et, d'ailleurs, elle n'avait aucune envie d'être cette épouse. Elle n'avait rien à offrir à un homme.

L'échec de sa relation avec Rhys le prouvait amplement. Et si elle se référait à la vie sentimentale passablement tumultueuse de son père, de ce côté non plus, ce n'était pas concluant. Non, mieux valait ne pas s'engager dans cette voie. De plus, comment une fille élevée dans son milieu parviendrait-elle à s'adapter aux traditions ancestrales qui avaient cours dans la famille de Draco ? Non, c'était beaucoup, beaucoup mieux pour tout le monde qu'elle disparaisse avant qu'il ne réussisse à la persuader d'en vouloir davantage ; de le vouloir *lui*, de nouveau.

Elle glissa ses jambes hors du lit, appréciant la sensation de la moquette moelleuse sous ses pieds nus. On était loin des parquets cirés de son petit appartement. Encore un exemple du fossé séparant leurs modes de vie. En se levant, elle fut assaillie par des courbatures qui provoquèrent une flambée de désir en elle quand elle se rappela comment elle les avait obtenues.

Elle regarda autour d'elle, cherchant ses vêtements, et se rembrunit en se rappelant que Draco l'avait déshabillée dans la salle de bains, et qu'elle y avait laissé également son sac. Comment faire ? Rentrer chez elle enveloppée d'un drap ? Pas très envisageable malgré le sentiment d'urgence qui la taraudait. Sans compter que Draco pouvait bien déboucher à tout instant de la salle de bains. À pas feutrés, elle traversa la chambre pour aller coller son oreille contre la porte. Le bruit de l'eau qui coulait la rassura momentanément.

Il ne lui restait plus qu'à emprunter des vêtements à Draco, décida-t-elle, et à les lui renvoyer plus tard. De toute façon, elle doutait qu'il remarque que quelque chose manquait. En fouillant les tiroirs de la commode de merisier, elle trouva un T-shirt et un pantalon de toile retenu à la taille par un cordon qui pourraient peut-être convenir. Draco était plus grand qu'elle, soit, mais il suffirait de remonter les jambes du pantalon. Rapidement, elle passa les vêtements. Dommage qu'elle ne puisse récupérer ses sandales, regretta-t-elle fugitivement.

Bon, d'accord, Draco n'était pas tellement plus grand qu'elle, mais il était incontestablement plus costaud. Le T-shirt pendait sur elle tel un haillon, et, bien qu'elle en ait serré au maximum le cordon à sa taille, le pantalon menaçait de prendre son indépendance d'une minute à l'autre. Elle se pencha pour rouler le bas des jambes et fit un nœud dans le dos au T-shirt. Voilà, c'était mieux.

Mais que mettre à ses pieds ? Un rapide regard dans le bas de la penderie lui confirma qu'aucune des paires de chaussures de Draco ne tiendrait à ses pieds fins. Il allait falloir oublier les chaussures pour le moment, et prier tout bonnement le ciel de n'avoir pas à marcher trop loin pour trouver un taxi.

Notant le brusque silence qui émanait maintenant de la salle de bains, elle se crispa. Pour l'amour du ciel ! Draco était sorti de la douche. Il n'y avait pas une minute à perdre !

Julia traversa comme une flèche l'appartement. Elle se glissa par la porte d'entrée, courut le long du couloir jusqu'à l'ascenseur et appuya sur le bouton d'appel sans quitter du regard la porte de Draco. Quand les portes de l'ascenseur s'ouvrirent derrière elle, elle fit un bond, puis tourna en dérision son émotivité. À quoi s'attendait-elle ? Qu'il jaillisse de l'ascenseur et la traîne jusque chez lui pour en faire son esclave sexuelle ?

En croisant son reflet dans la porte qui se refermait, elle grimaça. Levant les yeux au ciel, elle glissa ses doigts dans ses cheveux pour y remettre un peu d'ordre.

Il lui avait demandé une nuit. Il l'avait eue. Il faudrait bien que ça leur suffise, à tous les deux.

Certains parleraient de fuite, d'autres… eh bien, « repli stratégique » furent les mots qui vinrent immédiatement à l'esprit de Julia. Si elle n'était pas à l'appartement ou au restaurant, Draco ne la trouverait pas. Et c'était exactement ce qu'elle voulait.

Rentrée chez elle, elle se doucha et se changea, heureuse d'enfiler des sous-vêtements propres et de se débarrasser de la sensation de picotement que provoquaient les vêtements de Draco sur sa peau nue.

Elle jeta les vêtements dans un sac, et les ajouta à la pile destinée à être ramassée par la blanchisserie. Ensuite, elle rassembla vivement quelques affaires, de quoi tenir deux jours, et se hâta vers la porte.

Elle n'avait pas rendu visite à son père depuis son retour de Toscane, et le moment semblait aussi bien choisi qu'un autre pour le faire. Les lundis et mardis étant censés être ses jours de repos, même si elle les prenait rarement, son absence ne paraîtrait pas étrange. Enfin, pas complètement, se dit-elle en jetant son sac sur le siège du passager de son break et en démarrant. Deux jours au bord de la mer lui feraient le plus grand bien.

Comme elle remontait l'allée défoncée menant à la maison que son père louait près de la plage de Kaiaua, sur la côte Seabird, au sud-est d'Auckland, elle sentit qu'elle avait pris la bonne décision. Déjà, les sons apaisants de la mer, les cris des mouettes qui tourbillonnaient dans le ciel et la douce brise venant de l'océan la revigoraient comme son retour au travail n'avait pas réussi à le faire.

Elle descendit de voiture et s'élança en courant vers la maison. Ignorant les deux marches menant au ponton patiné par les intempéries, elle atterrit avec un bruit sourd sur les planches de bois et courut à la porte-fenêtre de la salle de séjour qui, elle le savait, serait grande ouverte sur l'océan.

— Papa ? appela-t-elle en entrant.

Alléchée par une délicieuse odeur, elle se dirigea vers la cuisine, au-delà de la vaste et lumineuse salle de séjour qui faisait face à la mer.

— Je pensais bien que tu viendrais aujourd'hui, dit M. Carson, sans se retourner.

— Bonjour à toi aussi, papa, dit Julia, souriant devant cette manifestation du naturel taciturne de son père.

Même sa visite surprise n'arrivait pas à soutirer un sourire à son visage marqué par les soucis. Mais soudain, elle se figea.

— Qu'est-ce qui t'a fait croire ça ? demanda-t-elle.

Son père désigna son ordinateur portable ouvert sur la table de la cuisine.

— Regarde.

Julia s'assit et consulta l'écran. Même si son père habitait désormais à une heure de la ville, il aimait se tenir au courant des derniers événements, surtout ceux concernant le domaine de la restauration et du spectacle. Et le cœur de Julia se mit à cogner dans sa poitrine quand elle se reconnut sur l'écran, en compagnie de Draco. La photo montrait Draco portant sa main à ses lèvres, et, plus accablant encore, dévoilait l'expression de désir flagrant de son visage.

Le texte accompagnant la photo était plein de conjectures et d'allusions à « Un mets nouveau et excitant » que la propriétaire des lieux pourrait bien vouloir mettre au menu du Carson.

L'estomac de Julia se contracta. Mais il y avait pire : le journaliste était allé jusqu'à souligner le titre et les propriétés dont Draco hériterait à la mort d'un père malade. Et elle savait qu'il détesterait ce genre de publicité.

— Je croyais que tu en avais fini avec les hommes, fit laconiquement remarquer son père, quand elle eut terminé de lire l'article.

— Tu ne te trompais pas.

— Alors, qu'est-ce que ça signifie ?

— C'est lui.

— Celui que tu as rencontré en Toscane, au palazzo Sandrelli ? Sa famille n'appartient-elle pas à la noblesse ?

— Noblesse ancestrale, mais ils n'ont pas utilisé leur titre depuis des années.

Elle soupira.

— Ce qui ne change rien, ajouta-t-elle.

— T'aurait-il suivie ici ?

— Non. Il assistait à la cérémonie commémorative organisée en l'honneur de Mme Woodley. Crois-moi. J'ai fait mon possible pour le dissuader de me revoir.

— Manifestement, ce n'était pas encore suffisant.

M. Carson se retourna vers le fourneau.

— Eh bien, un parrainage de cette qualité ne peut que servir le restaurant ! Comptes-tu le revoir ?

Julia se leva pour aller chercher une tasse dans le placard et se servir à la cafetière que son père maintenait constamment pleine. Il lui déplaisait qu'il songe en premier lieu au bénéfice que le restaurant tirerait de cette publicité. Apparemment, ses sentiments vis-à-vis de Draco importaient peu à ses yeux.

— Non. Je n'ai accepté de le revoir que pour un soir.

Son père se retourna et fixa sur elle un œil inquisiteur.

— Bien vrai ?

— Oui, papa. Bien vrai.

— Quel dommage ! Tu devrais faire un effort, ne serait-ce que pour le bien que ça ferait au tiroir-caisse. Tu veux petit déjeuner avec moi ?

Comment ? La séance d'inquisition était déjà terminée ? Julia n'arrivait pas à croire que son père abandonne aussi aisément le sujet. Ça lui ressemblait si peu ! D'autant qu'il semblait considérer les ragots propagés par le magazine électronique comme une occasion inespérée d'attirer l'attention du public sur le Carson.

— Volontiers ! Je meurs de faim.

M. Carson éclata d'un rire évoquant le bruit du vent dans un tas de feuilles mortes.

— Tu meurs toujours de faim ! Il est temps que tu mettes un peu de chair sur cette carcasse, jeune dame.

— Tu peux parler ! rétorqua Julia en riant.

Sa minceur était un héritage direct de son père. Du

moins supposait-elle qu'elle ne la tenait que de lui. Elle ignorait à quoi ressemblait sa mère, n'en possédant aucune photo, et n'en conservant que de très vagues souvenirs. La sensation d'une brève étreinte, d'une bouffée de parfum s'attardant dans l'air, d'un éclat de rire amusé, puis d'un bruit de sanglots, tard, dans la nuit.

Soudain, le café prit un goût amer dans la bouche de Julia. Qu'avaient-ils donc, son père et elle, pour n'être pas capables de trouver le bonheur dans un amour stable ? Elle n'aurait même pas su faire le compte des relations dans lesquelles, au long de son enfance et de son adolescence, son père s'était investi pour renoncer peu après. Souvent, ils s'étaient raccrochés l'un à l'autre, rassurés de savoir que, même si les autres ne faisaient que passer dans leur vie, ils seraient toujours là l'un pour l'autre.

Mais le seraient-ils vraiment ? Julia se sentait de plus en plus vulnérable. Une crise cardiaque avait contraint son père à une retraite prématurée. En réalité, c'était seulement parce qu'elle avait repris à son compte ses rêves pour le Carson qu'il avait accepté de lâcher les commandes du restaurant. Par la même occasion, il avait également dû quitter Auckland, parce qu'il n'aurait jamais été capable de se tenir à l'écart de la cuisine s'il était resté en ville. Et s'il avait été ravi de retrouver sa place durant le voyage de Julia en Toscane — voyage qui, comble de l'ironie, aurait dû être celui de sa lune de miel —, elle avait pu constater à son retour que la reprise de ses activités avait fatigué son père.

Elle devait à son père de voir son rêve pour le Carson — le sien aussi, en vérité — devenir réalité. Et si elle voulait atteindre ces cinq étoiles qui se dérobaient toujours, il lui fallait tout mettre dans la balance.

Ce qui signifiait reléguer Draco, et les souvenirs de la dernière nuit, dans le passé.

*
* *

À son retour à Auckland, le mercredi midi, Julia se sentait regonflée à bloc, et recentrée sur son projet. Un appel de Gustav avait confirmé les prévisions de son père, à savoir que l'article paru sur le Net allait avoir des retombées très positives sur leur chiffre d'affaires. Alors que le lundi et le mardi étaient des soirées traditionnellement calmes, cette semaine, le restaurant avait tourné à plein tous les soirs.

Elle chantonnait en descendant l'escalier qui menait au restaurant, et chantonnait toujours en vérifiant que tout était bien en ordre pour le repas du soir. Cependant, à l'entrée du petit bureau jouxtant la cuisine, où elle passait les appels aux fournisseurs et élaborait les menus, elle s'arrêta abruptement. Sur sa chaise était posé un paquet en provenance de la blanchisserie. Au-dessus, se trouvait une feuille de papier portant ces mots accompagnés d'un gros point d'interrogation :

« Pas à toi, je présume ? G. »

Diable ! Elle avait complètement oublié les habits de Draco expédiés au nettoyage ! Lui avaient-ils fait défaut ? Probablement pas, étant donné la quantité de vêtements entraperçus dans ses tiroirs. Ce qui ennuyait le plus Julia, c'était qu'en lui réexpédiant ses affaires, elle risquait de raviver l'intérêt que lui portait Draco.

Elle prit le paquet et remonta chez elle, où elle le mit dans un placard en se disant qu'elle réfléchirait à la question plus tard. Pour le moment, elle ne se sentait pas prête à affronter Draco.

La soirée démarra dans l'effervescence habituelle, et Julia apprécia d'être de retour dans sa cuisine. Pendant les deux jours passés avec son père, elle avait eu le sentiment d'être une apprentie cuisinière. Car aussi capable soit-elle, son père était toujours le maître, et cette tendance était encore plus marquée maintenant qu'il ne régnait plus que sur la petite cuisine de son bungalow de bord de mer.

Elle s'immergea donc avec bonheur dans l'agitation bourdonnante de la cuisine, préparant les plats, dressant les assiettes avec l'expérience apportée par les années d'entraînement et le plaisir qu'elle prenait à exercer ce métier.

Quand la porte se fut refermée sur le dernier client, et que les membres du personnel eurent tous regagné leur domicile, elle prit le temps de s'asseoir à une table et de savourer le silence enfin revenu.

Cependant, un soudain tambourinement à la porte d'entrée la fit bondir.

Qui pouvait frapper à sa porte à cette heure ?

Elle se dirigea vers la porte et, écartant légèrement le rideau qui masquait la vitre, scruta la pénombre extérieure.

Draco…

Son cœur se mit à palpiter.

— Laisse-moi entrer, Julia, pria-t-il. Nous devons parler.

— Nous nous sommes tout dit, Draco. Une nuit, tu te souviens ?

— Avec en parfaite limpidité. Et toi, te souviens-tu aussi, *cara mia* ? Aimerais-tu que je te raconte mes moments préférés ? Je suis sûr que le journaliste assis dans la voiture, juste derrière moi, serait ravi d'obtenir tous ces détails.

Le journaliste ?

Plissant les paupières, Julia examina la rue. Derrière la haute silhouette de Draco, une voiture était garée le long du trottoir, et elle entrevit un appareil photo par la vitre baissée. La pensée des gros titres, dans la rubrique mondaine du lendemain, suffit à la persuader d'ouvrir la porte à toute vitesse et tirer Draco à l'intérieur, pas assez vite cependant pour éviter l'éclair aveuglant d'un flash.

— Au nom du ciel, qu'est-ce qui t'a pris d'amener ce

journaliste ? demanda Julia, crispant les poings pour éviter que ses mains n'aillent se promener là où il ne fallait pas.

— Je ne l'ai pas amené. À mon arrivée, il était déjà là, en train d'attendre. Tout comme les paparazzis garés devant chez moi, qui ne lâchent pas mon chauffeur d'une semelle depuis lundi matin à l'aube.

Draco se rapprocha et glissa un doigt sur sa joue.

— Tu as bronzé. Où t'es-tu cachée ces deux derniers jours ?

Instantanément, Julia se hérissa. Cachée, elle ?

— Pour ta gouverne, Draco Sandrelli, je ne me cachais pas ! Je suis allée rendre visite à mon père, ce qui se produit fréquemment mes jours de congé.

— Je suis impressionné d'apprendre que tu t'octroies des jours de congé, dit Draco, accompagnant sa remarque d'un petit sifflement approbateur. D'après ton personnel, le fait est exceptionnel. Tu voudrais sans doute me faire croire que c'est une coïncidence si tu as disparu après t'être glissée hors de mon appartement sans dire au revoir et avoir filé sans me laisser la possibilité de te joindre ? Eh bien, moi, j'appelle ça se cacher.

— Je me moque de ce que tu penses ! Que veux-tu, de toute façon ? Comme tu le vois, le restaurant est fermé.

— Ce que je veux ? Une question majeure, non ?

Soudain, il prit Julia dans ses bras et, avec la familiarité d'un amant, approcha la bouche de son oreille.

Un frisson d'anticipation parcourut Julia quand elle sentit son souffle chaud sur sa peau.

— Je vais te montrer ce que je veux, déclara-t-il d'une voix sourde.

Et, du bout de la langue, il chatouilla le lobe de son oreille. Elle se mit à trembler et, instinctivement, posa les mains sur les épaules de Draco. Tout de suite, cependant, la raison lui revint. Ils étaient dans son restaurant, avec les paparazzis qui guettaient au-dehors. C'était totalement irresponsable !

— Non, Draco. Arrête, s'il te plaît !

Tout en protestant, Julia rassembla ses forces pour le repousser.

— On ne peut pas…, bredouilla-t-elle. Pas avec…

D'un geste, elle désigna la rue. Puis, à bout de ressources, secoua la tête. Pourquoi sa vie était-elle devenue si compliquée ?

— Très bien, dit-il. Allons donc dans un endroit moins public. Ton appartement, peut-être ?

— Pour parler, dit Julia d'un ton ferme.

— Si tu veux.

Un petit sourire fleurit sur les lèvres de Draco. Et la vue de leur courbe sensuelle troubla brusquement Julia. Elle repoussa la sensation, refusant de laisser son désir pour Draco lui dicter sa conduite. En silence, il la suivit dans la cuisine.

Elle sentait sa présence derrière elle, comme une boule de feu marquant son dos de son empreinte. Troublée, elle alla déverrouiller la porte arrière, et elle s'apprêtait à l'ouvrir quand Draco posa sa grande main sur la sienne.

— Attends. Nous allons l'ouvrir tout doucement pour vérifier qu'aucun journaliste ne s'est glissé dans la cour.

Tout en hochant la tête, Julia regarda des deux côtés avant de lui signaler que la voie était libre. Ils grimpèrent alors en silence jusqu'à l'étage. Au moment où elle ouvrait sa porte, elle prit soudain conscience du gouffre séparant leurs deux existences.

Draco était issu d'une famille jouissant depuis des siècles d'argent et de privilèges. Malgré ses lignes modernes et dépouillées, très éloignées de l'opulence de celles du palazzo, son appartement d'Auckland sentait le luxe. Elle sourit intérieurement. *Le palazzo.* Combien de gens sur terre pouvaient considérer un palais comme étant leur foyer ?

Oh, oui, ils étaient différents. Curieusement, elle n'y avait pas attaché d'importance quand elle était en Toscane, aveuglée sans doute par la force de l'attirance qui les poussait l'un vers l'autre et par le simple bonheur de se faire mutuellement plaisir.

Cependant, même alors, elle avait su que l'histoire ne durerait pas. Rien ne durait jamais dans sa vie. De toute façon, Draco menait une existence aux antipodes de la sienne et, visiblement, personne ne lui avait jamais rien refusé.

— Veux-tu boire quelque chose ? proposa-t-elle.

De la porte, Draco examinait les lieux. À ses yeux, son installation devait paraître bien rudimentaire, et même un peu misérable. Mais pour elle, vu le temps qu'elle passait dans cet appartement, cela lui convenait très bien.

— Non. Je ne suis pas venu boire un verre avec toi.

— Pourquoi es-tu venu, alors ?

Le regard âpre de Draco la cloua sur place, diffusant dans tout son corps une lente chaleur. Il la désirait, tout simplement. Et, mauviette qu'elle était, elle le désirait aussi.

— Viens chez moi, pria-t-il d'une voix légèrement étranglée. Viens et reste jusqu'à mon départ pour l'Italie.

— Impossible.

— Mais pourquoi ? Les services de sécurité de mon immeuble te protégeront des entreprises des paparazzis. De plus, je sais que tu en as envie. Regarde-toi. À la façon dont tes yeux brillent, je vois déjà que tu es excitée. Si je te touche, ta peau sera brûlante sous mes doigts, et si je prends ton sein au creux de ma main, je sentirai les battements désordonnés de ton cœur sous ma paume.

Julia poussa un long soupir. Elle sentait presque le contact de sa main tant son ton était évocateur.

— Viens chez moi, répéta-t-il d'une voix enjôleuse.

— Combien de temps ? demanda Julia, essayant de rassembler les lambeaux de sa raison.

D'une manière ou d'une autre, elle devait trouver le courage de lui résister. Si elle ne lui résistait pas, elle courait au-devant d'un gros chagrin d'amour.

— Quinze jours, peut-être trois semaines.

L'idée de reprendre où ils en étaient restés l'autre nuit lui donna un coup au cœur. Que se passerait-il, si elle acceptait ? Car elle en avait envie, c'était indéniable… Après tout, se dit-elle pour se rassurer, cette histoire ne durerait pas éternellement. Ils partageraient un petit bout de route, et puis chacun repartirait de son côté.

Elle examina son appartement. Il reflétait si peu sa personnalité que, à part quelques affaires qu'elle allait emporter, rien ne lui manquerait. Oui, mais, si elle acceptait une aventure passagère, car c'était exactement de cela qu'il s'agissait, serait-elle capable d'en sortir indemne ?

— Julia ?

— Laisse-moi rassembler quelques affaires, dit-elle. Je n'en ai pas pour longtemps.

Devant le sourire de Draco, Julia sentit son cœur battre d'excitation. Il paraissait si heureux de sa décision. Et elle l'était elle aussi, malgré son trouble. Ses mains tremblaient, oh ! très légèrement, pendant qu'elle plaçait vêtements et affaires de toilette dans un sac. Elle était folle. Totalement, irrémédiablement folle d'agir ainsi. Mais ne méritait-elle pas de connaître le bonheur elle aussi, même s'il n'était que passager ?

- 5 -

Les quinze jours qui suivirent l'emménagement de Julia chez Draco la virent atteindre l'apogée de sa créativité. Après des nuits passées à faire l'amour, elle s'attendait, le matin, à gagner le restaurant épuisée. Mais, en réalité, c'était l'inverse qui se produisait. De sa vie, elle ne s'était sentie si dynamique. Elle souffrait encore, de temps en temps, de nausées ou de vertiges, séquelles des troubles digestifs dont elle avait souffert quelques semaines plus tôt, supposait-elle, mais, dans l'ensemble, elle se sentait plus en forme que jamais.

Ce soir, la salle du restaurant bruissait de monde, comme tous les soirs, depuis un certain temps. Cette semaine, en particulier, le Carson avait battu des records d'affluence. L'histoire d'amour de Brent Colby, ami multimilliardaire de Draco, avec une riche héritière avait fait la une des magazines à sensation. On aurait dit que le moindre aspect de la vie de Draco représentait une manne pour les journaux, et, par ricochet, les détails de la propre vie de Julia également.

Tous les soirs, les journalistes s'agglutinaient devant le restaurant. Cependant, au lieu d'épuiser leur inventivité en gros titres du genre : « Le Carson va-t-il devenir italien ? » ou bien, « Étalon italien au menu ? », ils s'axaient plutôt sur le nombre sans cesse croissant de célébrités qui tenaient à être vues dans ce qui devenait rapidement l'endroit à la mode.

En se retournant pour vérifier la liste des commandes apportées par son personnel, Julia sentit soudain le sol de la cuisine tanguer sous ses pieds, et elle dut attraper la barre d'acier poli qui encerclait le plan de travail pour ne pas tomber.

— Ça va, trésor ?

L'air inquiet, Gustav hésitait devant elle, les mains et les bras surchargés d'entrées à porter à un groupe d'acteurs d'un très célèbre feuilleton néo-zélandais qui fêtaient leur nomination à une récompense décernée par la télévision.

Julia ravala le goût de bile qui était monté à sa gorge lors de son étourdissement, et aspira une grande bouffée d'air.

— Ça va aller. Dépêche-toi de leur porter leurs commandes, ajouta-t-elle en désignant les assiettes qui encombraient les bras de Gustav. Les clients, c'est sacré, n'est-ce pas ?

— Tu devrais consulter. Qui sait ? Tu as peut-être ramené davantage de ton voyage en Toscane qu'un bel Italien musclé…

Gustav lui adressa un de ses sourires taquins dont il était coutumier. Cependant, sous son amusement, elle le devina inquiet.

Elle s'empara de la bouteille d'eau qu'elle gardait toujours à portée de main et en but une longue gorgée. Ce malaise avait été pire que tout, fut-elle obligée de reconnaître. Peut-être devrait-elle effectivement voir un médecin pour détecter la cause de ces troubles. Elle ne se sentait pas malade ; seulement, avoir des vertiges dans une cuisine où l'on s'affairait risquait d'être dangereux dans les moments d'affluence. Et on était dans un moment d'affluence, songea-t-elle en souriant.

Les affaires n'avaient jamais aussi bien marché. Et, chaque soir, après une soirée bien remplie, Draco l'attendait pour l'emmener chez lui où ils dégustaient un souper tardif avant d'aller au lit. Ce qui ne signifiait pas que la journée était finie, loin de là.

L'après-midi suivant, quand Julia arriva au restaurant, elle trouva les membres du personnel en ébullition parce que le bruit courait que le critique gastronomique de la revue *Fine Dining* viendrait dîner le soir même, en compagnie d'amis. En prenant conscience de ce que sa venue pouvait signifier, Julia sentit sa nervosité pulvériser tous les records de l'échelle de Richter.

Ce soir serait peut-être celui où elle verrait son rêve se concrétiser. Sinon, il scellerait son destin en la maintenant éternellement dans la catégorie des « presque consacrés ». Il était donc impératif de s'attacher à la perfection du moindre détail.

Elle passa et repassa en revue les contenus de la réserve et de la chambre froide, vérifiant que les produits commandés étaient de la meilleure qualité et de première fraîcheur.

Draco se glissa par la porte arrière du restaurant et adressa un signe de la main à Phil, le sous-chef de Julia, occupé à superviser les préparations des employés pour le menu du soir. Il fut surpris de ne pas voir Julia dans la cuisine, mais l'aperçut bientôt dans la petite pièce qui lui tenait lieu de bureau.

Il parcourut la distance qui les séparait sur la pointe des pieds. Elle tournait le dos à la porte et était si absorbée par l'écran de son ordinateur qu'elle ne l'entendit pas venir. En approchant, il vit qu'elle étudiait la version en ligne du magazine *Fine Dining*.

Il posa les mains sur ses épaules et caressa ses bras avant de se pencher pour poser un baiser appuyé sur sa nuque.

Elle fit brusquement pivoter son fauteuil.

— Draco ! s'écria-t-elle avec un sourire heureux. Quelle bonne surprise !

Elle prit son visage dans ses mains et l'attira à elle. Le pouls de Draco s'accéléra quand elle posa ses lèvres sur les siennes, puis les écarta pour qu'il profite mieux de la douceur satinée de sa bouche. *Dio*, il semblait impossible qu'il se rassasie jamais d'elle. Et cela rendait la nouvelle qu'il apportait plus pénible encore à annoncer.

— Alors, demanda-t-elle quand ils mirent fin au baiser, qu'est-ce qui t'amène ici à cette heure-ci ?

— Pas de bonnes nouvelles, j'en ai peur.

— Oh ?

Elle esquissa une moue, qui rendit ses lèvres encore plus désirables.

— Je dois m'absenter quelques jours pour me rendre à Adélaïde. Mon directeur d'affaires australien a malheureusement été victime d'un accident et doit séjourner quelque temps à l'hôpital. Il faut que je rencontre certains de nos exportateurs.

Soudain, il parut frappé par une idée.

— Pourquoi ne m'accompagnerais-tu pas ? Tu pourrais confier le restaurant à Phil et prendre quelques jours de vacances. Il fait beau dans les collines d'Adélaïde, à cette époque de l'année. Tu adoreras.

— Quand pars-tu ?

— D'ici à deux heures. J'ai affrété un avion. Mais je peux appeler la compagnie et demander un délai pour que tu aies le temps de te préparer. Allons, Julia ! Il ne te reste plus qu'à accepter !

Soudain, l'envie qu'elle l'accompagne devenait insupportable. Ce serait un moment hors du temps, pour tous les deux. Naturellement, il devrait assister à des rendez-vous d'affaires et à des dîners, mais il pourrait remplir ses devoirs mondains avec Julia à son bras. Tout son corps frémissait d'impatience dans l'attente de ces instants. De plus, ce serait une excellente chose de l'arracher au Carson. Elle travaillait comme une forcenée, et il désirait plus que tout revoir la jeune femme qui l'avait tant fasciné pendant son séjour au palazzo Sandrelli.

Il étudia son expression, espérant y voir s'allumer un reflet de son excitation. Mais tout ce qu'il obtint, ce fut un froncement de sourcils.

— J'adorerais Draco, vraiment. Mais c'est impossible. Je dois absolument être présente ce soir. Ce sera probablement le moment le plus décisif de l'existence du Carson.

— Pourquoi ce soir ? demanda-t-il, ravalant tant bien que mal sa frustration.

Il n'avait pas l'habitude de voir ses suggestions si abruptement écartées.

— C'est à cause de Bill Alberts, tu sais, le critique de la revue *Fine Dining.* Eh bien, tout porte à croire qu'il va venir dîner au Carson ce soir. Tu te rends compte ! C'est une occasion unique de faire monter notre cote auprès de lui ! Nous devons lui montrer que nous sommes les meilleurs !

Elle paraissait extatique. Cependant, malgré ses efforts, il ne voyait pas en quoi la venue de ce critique l'empêchait de l'accompagner. Sûrement, elle faisait confiance à son personnel pour maintenir le même niveau de qualité, qu'elle soit là ou pas ?

— Très bien. Ce Bill Alberts a donc réservé ?

— Pas nommément. C'est un de ses associés qui a réservé une table pour six. Mais c'est sa façon de procéder. Je sais juste que ce soir sera le grand soir ! Je tiens à être là ; c'est capital pour moi.

Il prit de nouveau sur lui, malgré sa déception. D'autant que bien que Julia ne se soit pas éloignée physiquement, il sentait la distance se creuser entre eux.

Elle repoussa sa chaise et se leva.

— Quand penses-tu être de retour ? demanda-t-elle.

— Je serai absent cinq jours.

Il la prit par les hanches et l'attira à lui.

— Est-ce que je vais te manquer ?

Il la sentit frissonner contre lui.

— Tu sais bien que oui. Mais je survivrai, ajouta-t-elle, avec un rire qui sonnait un peu faux. Ce n'est pas comme si nous avions un arrangement permanent. Maintenant, si tu veux bien m'excuser, j'ai à faire. Tu comprends, je veux que le dîner soit parfait !

Elle s'apprêtait à se dégager, mais, au lieu de la laisser aller, il la plaqua contre lui tout lui pétrissant le dos. Ses petits seins durs étaient pressés contre son torse, différents et pourtant semblables. Un nouveau soutien-gorge, peut-être ? Il brûlait d'envie de le lui ôter et de les examiner de plus près. Malheureusement, en attendant, il lui faudrait se contenter d'un baiser qui devrait lui durer les cinq nuits de son absence.

Il prit ses lèvres avec feu, déterminé à la marquer de son sceau, au moral comme au physique. Qu'elle fasse passer son travail avant lui le contrariait plus qu'il ne voulait bien l'admettre. Cependant, il se rappela que c'était son enthousiasme, son ardeur au travail, son dynamisme, qu'il avait trouvés si attachants la première fois qu'il l'avait vue, dans les cuisines de l'aile du palazzo qui accueillait les stagiaires. Elle se tenait à l'écart des autres, toute vibrante d'une énergie passionnée, au milieu de gens qui jouaient seulement à être de grands chefs.

Troublé, il frotta ses hanches contre les siennes et glissa sa langue dans sa bouche, dans une pâle imitation de ce qu'il mourait d'envie de faire à son corps. À présent, elle n'était plus du tout raide et réticente. Tout au contraire, elle s'abandonnait à son étreinte, docile, consentante.

Un toussotement derrière eux les ramena sur terre.

— Dites donc, vous deux, vous voulez peut-être une chambre ? fit la voix gouailleuse de Gustav.

— Nous nous disions juste *arrivederci*, dit Draco.

À contrecœur, il lâcha Julia, et le sentiment de vide qui s'abattit alors sur lui le stupéfia. Rien d'étonnant pourtant à ce qu'il se sente déjà en état de manque : ils avaient été à deux doigts de faire l'amour dans ce réduit.

Une intense rougeur monta aux joues de Julia.

— Tu arrives bien tôt, Gustav, constata-t-elle.

— Je ne voulais manquer le spectacle pour rien au monde, répliqua son serveur en chef. Celui de tout à l'heure, je veux dire. Avec Bill Alberts en clou de la soirée.

— Vous n'avez même pas de certitude qu'il vienne ce soir, intervint Draco. Pourquoi êtes-vous si… si…

Les mots lui manquant, il esquissa un geste du bras.

Julia lui prit les mains.

— Parce que nous travaillons depuis des mois pour être prêts au cas où il nous rendrait visite. S'il ne vient pas, tant pis, ce sera une soirée de répétition.

— Mais n'est-ce pas répétition tous les soirs ?

— Oui, bien sûr. Mais cette fois est peut-être la bonne ! Nous sommes plus près de notre objectif que nous l'avons jamais été. Bon, écoute, je suis sûr que tu as des affaires à régler avant ton départ. Et comme, de mon côté, j'ai pas mal de choses à superviser…

Draco n'en revenait pas. Elle le chassait ? D'habitude c'était lui qui choisissait le moment d'effectuer sa sortie. Il hésita entre contrariété et amusement. Cependant, ne voulant pas que leur séparation, même brève, soit entachée de dures paroles, il choisit le silence. Mais à son retour, il avait bien l'intention d'exiger toute son attention, au point qu'elle finirait par ne plus supporter l'idée d'être séparée de lui.

— *Ciao, bella*. À mercredi !

— Prends soin de toi, Draco.

Il n'avait pas plus tôt quitté le bureau qu'elle reportait déjà son attention sur l'écran de l'ordinateur.

— C'est agaçant, n'est-ce pas ? fit Gustav qui marchait au côté de Draco.

— Quoi donc ?

— Qu'elle soit si absorbée par son travail.

— C'est un petit problème, *si*. Mais rien qui ne puisse s'arranger, décréta Draco avec confiance.

Avec un peu de chance, les prochains jours, il lui manquerait autant que, il le savait déjà, elle lui manquerait. Et cela la rendrait d'autant plus perméable à sa proposition.

— Eh bien, bonne chance, mon vieux, dit Gustav. Vous en aurez besoin. Elle est mariée au restaurant, vous savez.

— C'est à voir.

Et c'était tout vu, se dit Draco pendant que son chauffeur démarrait.

Julia saisit le téléphone et composa le numéro de son père, impatiente de lui apprendre que le moment tant attendu était enfin arrivé.

— Papa ! s'exclama-t-elle à la seconde où il décrocha.

Et, sans même attendre son salut bourru, elle lui expliqua que Bill Alberts pourrait bien leur rendre visite le soir même.

La nouvelle remplit M. Carson de surexcitation, mais aussi d'inquiétude pour sa fille.

— Bonne chance pour ce soir, ma chérie, dit-il à la fin de la conversation. J'aurais aimé être parmi vous ce soir. Et ton homme, sera-t-il là ?

— Draco n'est pas *mon homme*, papa. C'est juste…

Julia hésita. Quel titre lui donner ? Et, d'ailleurs, elle n'avait pas envie de lui en donner un. Elle n'avait pas envie de définir le rôle que Draco jouait actuellement dans sa vie, encore moins de se pencher sur ses sentiments naissants à son égard, ou de songer au déchirement que ce serait quand il regagnerait son pays.

— Un ami ? suggéra son père en éclatant de rire. Prends garde, Julia, il ne me paraît pas le genre d'homme à prendre « l'amitié » à la légère.

Julia soupira.

— Je sais, mais tout se passera bien. De toute façon, il n'est pas là en ce moment. Quand il reviendra ? Eh bien, il sera temps d'aviser.

Quelques minutes plus tard, tout en raccrochant, Julia resta quelques instants songeuse. Dans quelle mesure serait-il seulement possible d'aviser avec un homme comme Draco ? Si différent d'elle. Si… sûr de lui. Trop. Le souvenir de la manière dont il s'était conduit tout à l'heure, en macho persuadé qu'elle était prête à tout laisser tomber pour lui, quelles que soient ses occupations, l'agaça. S'imaginait-il qu'elle était à sa disposition ?

Et pourtant, c'était cet homme-là qui la rendait folle de désir… et faisait tourner son cœur. Avec un soupir, elle examina le calendrier mural. Il était parti pour cinq nuits. Cinq longues nuits de solitude. Bien qu'elle ait la clé de son appartement, elle ne prendrait pas la peine d'aller chez lui. Si elle devait être seule, elle préférait la familiarité de son appartement.

Elle jeta un coup d'œil à l'horloge. Il était temps de se mettre en tenue de travail, pensa-t-elle quand soudain son regard dériva de nouveau sur le calendrier où un détail avait inconsciemment retenu son attention. Quelque chose clochait. Elle passa en revue les deux derniers mois. D'habitude, elle notait le jour du début de ses règles, discrètement, bien sûr, mais c'était un moyen sûr de savoir où elle en était. Or, constata-t-elle, depuis son retour de Toscane, aucun signe n'apparaissait.

Elle fouilla sa mémoire. Avec toutes ces péripéties, aurait-elle, par hasard, oublié de noter ?

Un frisson d'appréhension la parcourut soudain. Non, elle n'avait pas eu ses règles depuis la semaine précédant son départ. Pourtant, elle avait scrupuleusement pris ses pilules. Par quel miracle serait-elle enceinte ? Elle compta sur ses doigts. Quinze jours après le début de ses dernières règles… et son doigt s'arrêta en plein milieu de la semaine passée au palazzo Sandrelli. La semaine qui n'aurait jamais dû exister. Celle où elle avait sacrifié son circuit culinaire pour le plaisir d'être avec Draco. D'un autre côté, elle avait plus appris des chefs de son palais qu'elle n'aurait pu espérer le faire ailleurs.

Alors, que s'était-il passé ? Son cycle avait-il été perturbé à cause du voyage, ou du surcroît de travail subi ces derniers temps ? Mais elle était toujours sous pilule.

Son estomac se contracta violemment et, soudain, elle se rappela ses nausées, ses vertiges.

Non, ce n'était pas possible…

Elle ne pouvait pas être enceinte.

- 6 -

— Vous voulez dire que parce que je n'ai pas pris mes pilules exactement à l'heure où je les prenais ici, en Nouvelle-Zélande, je n'étais plus protégée ?

Tout en tentant de résumer le plus clairement possible les explications que la gynécologue venait de lui donner, Julia refoulait ses larmes. Elle avait remis un échantillon d'urine à l'infirmière, mais, si la théorie du médecin était exacte, elle n'avait pas besoin des résultats du test de grossesse pour poser son diagnostic.

— Écoutez, Julia, vos pilules sont très faiblement dosées. Vous l'avez toujours su, n'est-ce pas ?

— Oui, oui. Bien sûr.

Elle le savait si bien que son téléphone portable était programmé pour sonner tous les jours à la même heure, lui rappelant ainsi l'heure de prendre sa pilule. Seulement son portable ne bénéficiant pas d'un accès aux communications internationales, elle l'avait laissé à la maison.

Pendant leur brève liaison italienne, Draco avait utilisé des préservatifs. Cependant, Julia se souvenait que, certaines nuits, emportés par la passion, ils s'étaient montrés moins prudents. Il lui avait juré ses grands dieux être parfaitement sain et, sachant qu'elle n'avait pas non plus de problèmes de ce côté, elle n'en avait conçu aucune inquiétude.

C'était évidemment sans compter avec la possibilité d'une grossesse.

La sonnerie du téléphone fit sursauter Julia. Et son regard se riva au médecin qui répondait.

— Oui, oui. Merci, mademoiselle.

Le visage impénétrable, la gynécologue se tourna vers elle.

— Vous dites que vos dernières règles remontent à la deuxième semaine de février ? dit-elle.

Julia hocha la tête. C'était, en tout cas, ce qui avait été noté sur son calendrier. Très raide, elle se redressa sur sa chaise pendant que le médecin consultait son dossier.

— Eh bien, Julia, déclara enfin cette dernière, vous êtes enceinte de dix semaines.

Devant l'expression choquée de Julia, le médecin sourit gentiment.

— Je vois que la nouvelle vous prend de court. Je suppose que le père ne fait pas partie du tableau ?

Incapable de prononcer un mot, Julia secoua la tête. C'était un véritable cauchemar ! Comment avait-elle pu se laisser surprendre de cette manière ? Elle mesurait seulement maintenant l'étendue de son imprudence.

L'esprit vide, elle subit l'examen demandé par la praticienne et, à la fin de la consultation, prit machinalement l'ordonnance prescrivant des examens sanguins qu'elle lui tendait.

— Tout semble aller parfaitement jusqu'ici, Julia. Nous allons prendre rendez-vous afin de vous faire passer une échographie qui permettra de confirmer la date présumée de l'accouchement. Mais, dès maintenant, je pense pouvoir dire sans grand risque d'erreur que votre bébé naîtra vers la mi-novembre.

La mi-novembre… Ça paraissait si lointain et si proche à la fois. Rentrée chez elle, Julia se blottit dans son fauteuil préféré et essaya de se persuader de la réalité de l'information. Elle était enceinte. Elle portait *l'enfant de Draco.*

Seigneur ! *Draco.* Il serait de retour dans deux jours. Comment lui annoncer la nouvelle ? Il appartenait à cette catégorie d'hommes pour qui la famille était sacrée ; elle l'avait tout de suite compris, et voyait d'ici le tableau. Par exemple, il ne supporterait pas qu'elle continue à travailler. Leurs façons d'appréhender la vie étaient aux antipodes l'une de l'autre. Lui appartenait à un monde figé dans des valeurs d'un autre siècle, tandis qu'elle vivait dans un monde moderne, en constante évolution. À ses yeux, la vie n'avait de sens qu'à travers les défis à relever. Et il lui restait beaucoup à faire pour le Carson. Il n'avait pas atteint son apogée et, comme il ne tournait que depuis une année sous sa seule autorité, elle désirait plus de temps pour faire ses preuves.

Avec les milliers de projets de développement du restaurant qui tourbillonnaient dans sa tête, il n'y avait pas de place pour un enfant. Un *enfant.* C'était tellement énorme qu'elle ne voulait même pas y réfléchir maintenant. Ce n'était pas possible que sa vie change soudain de direction à cause d'une seule maudite erreur !

Soudain, elle éprouva le besoin de se replonger dans un univers familier et, bien que ce soit son jour de congé, elle décida de se rendre en cuisine ce soir-là. Elle ne supporterait pas de rester seule avec ces horribles pensées.

Elle arracha le pansement appliqué par l'infirmière à l'endroit où elle avait prélevé du sang dans sa veine. Qu'on lui pose des questions à son sujet était bien le dernier de ses souhaits. Elle affronterait la question de sa grossesse, et de sa relation avec Draco, le plus tard possible.

En constatant que Julia refusait de le voir, Draco éprouva une vive colère. Bien que fatigué et désorienté par le décalage horaire, son premier souci, à sa descente d'avion, avait été de lui téléphoner. Il mourait d'envie de la revoir, et de la mettre dans son lit. Malheureusement, elle ne semblait pas partager son état d'esprit.

Qu'elle puisse se montrer si désinvolte par rapport à leur relation le mettait hors de lui. Même avec Marcella, il n'avait jamais ressenti un tel bouillonnement intérieur.

— Je ne te manque donc pas, Julia ? demanda-t-il, à bout d'arguments.

— Si. Seulement, le Carson connaît une affluence invraisemblable en ce moment. Nos tables sont réservées pour des semaines. Nous avons même une liste d'attente. Tu peux le croire ? Pour tout dire, le soir, je suis si fatiguée que j'arrive tout juste à me hisser dans l'escalier et à m'effondrer sur mon lit.

Il trouva à sa voix une intonation cassante qui lui déplut profondément.

— Tu m'envoies promener, c'est ça ?

— Bien sûr que non ! Que tu es bête ! C'est vraiment comme je t'explique. Je suis tellement occupée que je n'ai pas un moment à moi. Et puis, franchement Draco, je dois avouer que je n'ai pas l'esprit à ça.

— Tu me préfères donc ton travail ? demanda-t-il d'un ton qu'il réussit à garder naturel en dépit de la colère qui bouillonnait en lui. Ton dévouement est admirable, mais t'arrive-t-il de penser à toi ?

— Je vais bien, tu sais. Je ne suis jamais aussi heureuse que quand je m'affaire. Et puis, j'ai tellement espéré cette consécration pour le Carson. Le bruit court que Bill Alberts a été très favorablement impressionné par sa visite ici. Sa revue en ligne doit sortir cette semaine. Je suis impatiente de savoir s'il nous accorde ses étoiles.

De nouveau, il trouva que quelque chose sonnait faux dans son discours.

— Julia, j'ai l'impression que tu me caches quelque chose ! Tu sembles toute changée. Je t'en prie, laisse-moi passer te prendre ce soir, et m'occuper de toi.

En se remémorant leur première nuit, il sentit le trouble l'envahir. Se pouvait-il que leur rencontre ne remonte qu'à trois semaines ? On aurait dit qu'elle datait de bien plus longtemps. Tout comme les cinq jours et les cinq nuits passés à Adélaïde lui paraissaient une éternité. Julia lui avait manqué sur tous les plans, et il avait projeté des retrouvailles qui la combleraient, et qui leur permettraient à tous deux de tenir le coup quand il devrait repartir en Italie, ce qui ne saurait tarder très longtemps. Et il était profondément déçu que sa proposition rencontre aussi peu d'enthousiasme.

— Julia ? insista-t-il devant son silence.

Il l'entendit pousser un profond soupir.

— Écoute, Draco, cela vaut sans doute mieux. Le restaurant accapare tout mon temps désormais, et même au-delà. De plus, tu vas bientôt repartir, et nous devrons de nouveau nous dire adieu. Je crois qu'il vaut mieux couper les ponts avant que ça ne devienne trop compliqué.

— Trop compliqué ? répéta-t-il.

— Tu sais bien, que les émotions interviennent, et tout ça.

Elle trouvait donc que leur relation si colorée, si passionnée, manquait d'émotions ? Il ravala une riposte cinglante. Il tenait par-dessus tout à lui prouver qu'elle avait tort, et à l'amener, grâce à ses cajoleries, à reconnaître cette vérité qu'elle refusait de regarder en face.

Il avait déjà aimé, et perdu l'être cher. La mort de Marcella l'avait profondément affligé, mais sa souffrance était entachée de culpabilité. Il éprouvait le remords de ne pas l'avoir assez aimée, ou assez connue, pour comprendre qu'elle irait jusqu'à risquer sa vie pour lui donner ce qu'il voulait. Et le souvenir raviva sa douleur. Ce n'était pas seulement une vie qui avait été effacée de la surface de la terre, mais deux.

Jamais Marcella n'aurait dû être enceinte. Seulement,

elle lui avait caché la déficience cardiaque congénitale qui rendait une grossesse risquée. Et, dans le second trimestre, elle avait payé de sa vie son amour pour lui. Au moment où la plupart des femmes s'épanouissent et irradient le bonheur, Marcella avait souffert d'hypertension, et d'une grande fragilité. Et puis, son cœur généreux avait lâché, emportant sa vie et celle de leur enfant à naître. Draco avait alors juré d'honorer sa mémoire et de ne plus s'attacher à quiconque, au risque de décevoir.

Seulement, s'il n'était pas prêt à aimer, il ne nierait certainement pas l'alchimie existant entre Julia et lui.

Il s'éclaircit la gorge.

— Tu essaies de me dire qu'il n'y a rien d'émotionnel dans notre relation, c'est ça ?

— C'est impossible, tu le sais bien. Je ne suis pas ce genre de personne. Les émotions empiètent trop sur moi, et sur mes projets.

— Nieras-tu que, depuis que nous sommes ensemble, ta créativité a atteint des sommets et que, désormais, les gens font la queue pour l'apprécier ?

— Tu es ridicule.

— C'est ridicule de trembler de plaisir dans mes bras ? Il est ridicule le lien si fort qui se crée entre nous quand nous faisons l'amour ?

— Draco, je t'en prie, arrête ! implora Julia d'une voix tremblante.

— C'est drôle, Julia. À l'instant, quand tu m'as supplié d'arrêter, j'aurais juré entendre de l'émotion dans ta voix. Sans émotion, *cara mia*, on ne vit pas vraiment. Crois-moi, j'en sais quelque chose.

— Moi aussi, je sais de quoi je parle. Je ne veux pas de lien affectif. Désolée, Draco. C'est vraiment un adieu.

La tonalité résonnant à son oreille marqua la fin de la conversation. L'espace d'un instant, Draco ressentit une terrible impression de vide, et il cramponna le téléphone si fort que ses jointures en blanchirent. Puis, lentement, délibérément, il replaça le combiné sur son socle.

Sa décision était prise. Comme aimait à le répéter son vieux professeur, qui veut la fin veut les moyens.

Julia sortit du bureau de poste où elle venait de prendre son courrier et, distraitement, examina les enveloppes tout en se dirigeant vers sa voiture. Des factures, encore des factures, toujours des factures. À une époque, elle en aurait été malade, mais les temps avaient changé. Les recettes battaient tous les records, et la consécration tant attendue du célèbre critique gastronomique avait été annoncée sur le site Web de *Fine Dining*. La vie était vraiment belle.

Enfin, elle aurait été belle si le nuage de sa grossesse n'avait obscurci son ciel. Une semaine s'était écoulée depuis que sa gynécologue lui avait causé le choc de sa vie, et cinq jours depuis qu'elle avait rompu les liens avec Draco. Elle se demandait toujours avec angoisse si elle devait ou non lui parler de sa grossesse. En ce moment, elle penchait pour le silence, tout en jugeant sévèrement ce choix. Draco avait le droit de savoir. Seulement, elle redoutait de lui annoncer la nouvelle. Elle savait pertinemment qu'elle n'aurait pas plus tôt ouvert la bouche qu'il prendrait les choses en mains. Et elle ne supportait pas l'idée qu'il dirige sa vie quand tout se déroulait comme elle l'avait rêvé en prenant la succession de son père à la tête du Carson.

Julia s'immobilisa brusquement en apercevant une enveloppe d'excellente qualité, portant son adresse rédigée à la main. Elle la retourna, et fronça les sourcils en découvrant qu'elle provenait du cabinet juridique de sa propriétaire. Quand son père avait pris sa retraite, et qu'elle avait dû reprendre le bail de location de la villa à son nom, elle était entrée en contact avec eux. Mais l'affaire était réglée depuis un an, et elle ne voyait pas ce qu'ils pouvaient bien lui vouloir.

Parvenue à sa voiture, elle s'installa au volant et déposa son courrier sur le siège du passager, hormis la fameuse lettre. Glissant un doigt dans l'interstice de l'enveloppe, elle la déchira et en sortit un feuillet. Rapidement, elle le parcourut des yeux, puis le relut plus lentement. Et les mots se frayèrent un chemin jusqu'à son cerveau avec une brutalité effrayante.

La propriétaire de la villa qui abritait le Carson informait ses avocats que son bien était mis en vente.

Dans sa frustration, Julia frappa violemment le volant tout en jurant sans retenue, ce qui lui attira les regards curieux de certains passants. Et si le nouveau propriétaire voulait utiliser la villa à d'autres fins que commerciales ? Le contrat passé avec l'actuelle propriétaire, une veuve âgée, ne l'engageait en rien.

Elle relut attentivement la lettre, cherchant une indication qui la mettrait sur la piste d'un éventuel acquéreur, et n'en trouva aucune. Pour en savoir plus long, elle serait contrainte d'appeler les avocats. Il fallait qu'elle s'informe sur le prix demandé par la propriétaire. Peut-être, juste peut-être, en mettant en avant son succès actuel, parviendrait-elle à obtenir de la banque un emprunt qui lui permettrait d'acheter la villa avec l'argent qu'elle avait patiemment mis de côté.

Le lendemain, bien que n'ayant pas réussi à entrer en contact avec l'avocat s'occupant des affaires de sa propriétaire, rassemblant tout son courage, Julia se rendit chez son banquier. Elle lui exposa sa situation, lui présenta ses comptes, ainsi que le montant des recettes du dernier mois. Après de longues discussions, et un numéro de jonglage avec les chiffres, le directeur de la banque se renversa dans son fauteuil et joignit ses mains sur poitrine.

Et Julia eut l'impression que son estomac se nouait encore un peu plus.

— Eh bien, mademoiselle Carson, je pense que nous devrions pouvoir faire quelque chose pour vous.

Il énonça un chiffre qui emplit d'espoir le cœur de Julia, en même temps que son cerveau se recroquevillait d'horreur à l'idée du fardeau qu'un tel emprunt ferait peser sur ses épaules. Elle n'arrivait même pas à imaginer comment elle honorerait ses mensualités si elle devait ralentir son activité à cause de sa grossesse, ou comment elle assumerait la direction du restaurant une fois le bébé né.

— Maintenant, je vous suggère de faire une offre à l'avocat de votre propriétaire, sur la base des chiffres dont nous sommes convenus.

Il se leva, lui tendit la main.

— Bonne chance, mademoiselle Carson. J'attends de vos nouvelles pour monter le dossier.

— Merci beaucoup. Vous n'avez pas idée de ce que ça représente pour moi.

— Qui sait ? À présent, allez vite faire votre offre, et appelez-moi dès que vous en savez plus long, d'accord ?

— Oui, oui, bien sûr.

Complètement surexcitée, Julia courut d'une traite à sa voiture. Le trajet de retour au restaurant se déroula dans une sorte de brouillard. Arrivée à bon port, elle grimpa quatre à quatre les marches qui menaient à l'étage, ouvrit sa porte à la volée et, cette dernière à peine refermée, décrocha le téléphone.

Tout en tapotant du bout des doigts la tablette supportant l'appareil, elle attendit qu'on veuille bien prendre son appel. La petite musique de mise en attente lui portait à tel point sur les nerfs qu'elle faillit raccrocher quand une voix se fit entendre à l'autre bout de la ligne.

Et Julia se jeta à l'eau.

— Julia Carson à l'appareil. Je viens de recevoir une lettre de votre cabinet m'informant de la mise en vente de la villa que je loue à Mme Whitcomb. Après concertation avec ma banque, j'aimerais faire une offre.

Julia énonça la somme pour laquelle le directeur de la banque avait donné son accord. Il lui avait suggéré de proposer un montant inférieur et de monter si le vendeur se montrait réticent, sauf que Julia voulait tellement la place qu'elle alla directement à son enchère maximum. Et puis, elle enroula nerveusement le cordon du téléphone autour de ses doigts en attendant la réponse de l'avocat.

— Je suis navré, mademoiselle Carson. Mme Whitcomb a déjà accepté une offre.

— Mais c'est impossible ! J'ai reçu votre lettre hier seulement !

— Oui, c'était une formalité exigée par votre contrat de location. Cependant, à l'heure où cette lettre a été écrite, la propriété était déjà vendue.

— Mais…

— Je vous le répète, mademoiselle Carson, je suis vraiment désolé. L'offre a transporté Mme Whitcomb d'aise, et elle a signé les papiers sans discuter.

— Qui… qui a acheté la propriété ? demanda Julia, des larmes de colère et de frustration aux yeux.

— Pour le moment, je n'ai pas le droit de vous révéler son identité.

— Et ses projets pour la villa ? A-t-il dévoilé ses intentions ?

— Pas encore, mademoiselle Carson. Mais je ne puis trop vous conseiller, par mesure de précaution, de réfléchir à un endroit où vous pourriez vous replier, le cas échéant.

Sans même saluer son interlocuteur, Julia raccrocha, et tomba à genoux, la tête dans ses mains. Un flot de larmes jaillit. Déménager ? Ce n'était pas envisageable. Ponsonby était un quartier très coté, jamais elle n'aurait les moyens de relouer un bâtiment convenable. Quant à s'exiler dans un autre quartier alors que sa clientèle prospérait, ç'aurait été signer la ruine du Carson.

En prenant la mesure des conséquences de cette vente, Julia sentit le désespoir la gagner, et ses sanglots redoublèrent. Que faire à présent ? De sa vie, elle ne s'était sentie aussi désemparée ; même la trahison de Rhys et Alicia ne l'avait pas laissée dans un tel état d'accablement.

Le temps qu'elle finisse par se ressaisir, l'après-midi était déjà bien avancé. Du rez-de-chaussée montait le brouhaha familier des préparatifs culinaires. Ce serait encore une soirée chargée ; il lui fallait se préparer à descendre.

Après avoir pris une douche, Julia passa sa veste croisée de chef, son pantalon et ses chaussures. Un certain fatalisme s'emparait peu à peu d'elle. Après tout, se ronger les sangs ne changerait rien à la situation. Ce qui devait être serait. Et puis, elle trouverait le moyen d'embobiner le nouveau propriétaire, quelles que soient ses intentions. D'ailleurs, pourquoi supposer qu'il ne voudrait pas la garder ? Le Carson était un excellent locataire.

Un peu ragaillardie à cette idée, elle s'engagea dans l'escalier.

En l'apercevant, Gustav grimaça.

— Que se passe-t-il, trésor ? On dirait que tu es passée dans l'essoreuse à linge. C'est ton Italien ? Tu veux que je m'occupe de lui ?

— Non, non, ce n'est pas Draco. Nous avons cessé de nous voir, de toute façon. C'est...

Le menton de Julia se mit à trembler. Doucement, Gustav la guida vers son bureau et la fit asseoir dans son fauteuil. Ensuite, il s'accroupit devant elle et prit ses mains dans les siennes.

— Allons, trésor, laisse-toi aller. Dis-moi ce que tu as sur le cœur.

— La villa est vendue. J'ai tenté de l'acheter mais l'avocat m'a dit que l'affaire était conclue.

— Mais c'est illégal ! protesta Gustav. Ne devais-tu pas être avertie ?

— J'ai reçu la lettre hier et je pensais que, en tant que locataire, j'étais bien placée pour acquérir la propriété, mais c'était trop tard.

— Et pour la location ?

— Le contrat ne concerne que le précédent propriétaire.

— Donc, c'est simple. Nous renégocierons avec le nouveau propriétaire. Tu vois ? Pas besoin de te mettre dans des états pareils. Ce serait folie de leur part de nous chasser.

— Mais s'ils veulent affecter la villa un autre usage ? Si…

— Chut… Tout va bien se passer, Julia. Et maintenant, tu vas me sécher ces yeux, et filer dans la cuisine. Une soirée éprouvante nous attend encore.

— Hé ! Qui est le patron ici ?

— C'est moi, riposta Gustav avec un sourire impertinent. Simplement, la plupart du temps, pour te faire plaisir, je te laisse croire que c'est toi.

Il s'apprêta à quitter le bureau.

— Gustav ?

Il se retourna.

— Merci, dit Julia. Je vais très vite demander une entrevue au nouveau propriétaire, et essayer de renégocier la location.

— Je reconnais bien là ma princesse, dit Gustav en lui adressant un clin d'œil.

La soirée fut trépidante mais très satisfaisante. Quand

Julia finit par poser la tête sur l'oreiller, elle était trop épuisée pour penser, et encore moins pour tirer des plans sur la comète.

Le matin se leva, vif et clair. C'était un de ces matins d'automne de l'hémisphère sud, incroyablement frais, avec un ciel si bleu qu'on avait l'impression qu'on pourrait se perdre dans son immensité.

Julia reprit contact avec l'avocat afin d'obtenir un rendez-vous aussi proche que possible avec le nouveau propriétaire. L'avocat la prévint qu'il lui faudrait un peu de temps pour mettre l'entrevue sur pied, mais il rappela, juste avant qu'elle n'entre en cuisine, pour lui annoncer, aussi surpris qu'elle, que le propriétaire acceptait de la rencontrer dès le lendemain matin.

Ce soir-là, Julia éprouva les plus grandes difficultés à se concentrer sur son travail tant elle appréhendait l'issue de la rencontre. Elle essaya néanmoins de se laisser contaminer par l'optimisme de Gustav, comme si, en croyant à une issue positive, elle pourrait influencer le destin.

La nuit lui parut interminable. Elle avait fait sa dernière ronde et vérifié que tout était bien fermé, elle avait pris une douche, et puis, allongée dans son lit, pendant des heures, elle contempla le plafond au-dessus d'elle.

Finalement, l'aube parut. Elle se vêtit avec un soin particulier, tenant à donner la meilleure impression d'elle-même et du restaurant.

Le propriétaire et elle étaient convenus de se rencontrer à 10 heures dans la salle à manger et, à l'heure dite, Julia faisait les cent pas entre les tables, se demandant pour la énième fois si elle n'aurait pas dû échanger son unique tailleur, noir, d'une coupe sévère, accompagné d'un chemisier de soie bleu glycine acheté en Italie, de bas noirs et de chaussures à talons plats pour une tenue moins austère. La ceinture de sa jupe la serrait un peu, première indication sensible de sa grossesse. Elle posa une main sur son ventre. Son bébé, le bébé de Draco, grandissait. Elle ne pourrait plus l'ignorer bien longtemps.

Un coup frappé à la porte la fit sursauter. D'un coup sec, elle tira sur le bas de sa veste afin de la rajuster avant de traverser la pièce pour accueillir le nouveau propriétaire des lieux.

Mais quand elle ouvrit la porte, tout le sang se retira de son visage, et elle se mit à trembler. Car c'était la silhouette de Draco qui se découpait dans l'embrasure de la porte, et son visage, sombre comme un jour d'orage, n'augurait rien de bon.

— Toi ?

- 7 -

— Qui veux-tu que ce soit ? C'est le seul moyen que j'ai trouvé pour que tu acceptes de me rencontrer. Quand nécessaire, je ne dédaigne pas user de ma fortune et de mon influence. À l'avenir, tu feras aussi bien de t'en souvenir, *cara mia.*

— Ne m'appelle pas comme ça ! Je ne suis pas à toi ! Je ne te suis rien !

Soudain, Julia songea que provoquer aussi brutalement Draco n'était sans doute pas la meilleure conduite à adopter, étant donné les circonstances. Mais à ce moment, une nausée lui tordit l'estomac. Se détournant, une main sur la bouche, elle courut aux toilettes, le visage ruisselant de larmes, et, tombant à genoux, restitua le contenu intégral de son estomac.

— Prends, fit la voix de Draco derrière elle.

Il lui mit une serviette dans la main. Oh ! non. Draco ne l'avait tout de même pas suivie ? Il n'avait pas assisté à l'horrible scène ?

— Quand ça ira mieux, rejoins-moi au bar. Je t'y attendrai.

Le ton était sec. Visiblement, il la mettait en garde de ne pas le faire attendre trop longtemps. Aussi vite qu'elle put, elle se rafraîchit le visage, remit sa veste d'aplomb, et s'examina dans le miroir.

Ses bas étaient filés aux genoux. À cela, un seul remède : s'en débarrasser. Mieux valait toutefois ne pas perdre un instant. Quand Draco voulait quelque chose, c'était tout de suite.

Sur des jambes plutôt assurées malgré sa faiblesse, elle sortit des toilettes. Draco l'attendait, accoudé au bar dans une pose élégante, comme toujours. Cependant, sous la façade apparemment nonchalante, elle sentait bouillonner une vive agitation. À son approche, il s'écarta du bar et l'attendit, bras croisés, pieds écartés et fermement plantés au sol.

Aujourd'hui, il avait repoussé ses cheveux de son front, et son visage n'en apparaissait que plus sévère. Ses épais sourcils se fronçaient légèrement, ses yeux verts se rétrécissaient entre ses paupières plissées tandis qu'il la détaillait de la tête aux pieds. Soudain, elle craignit qu'il ne décèle les menus changements survenus dans son corps, et qu'elle tentait si énergiquement d'ignorer. Et son estomac se contracta de nouveau.

— Combien de temps comptais-tu encore attendre avant de m'en informer ? demanda-t-il d'une voix coupante.

Julia songea d'abord à louvoyer, mais, changeant abruptement de tactique, choisit de contre-attaquer.

— Je pourrais te poser la même question ! Combien de temps allais-tu attendre avant de me dire que tu as acheté la villa ? Combien as-tu offert au juste à Mme Whitcomb ? Beaucoup trop pour que je puisse espérer remporter la vente, je suppose ?

— Tu l'aurais su en temps voulu, Julia. Et maintenant, revenons à nos moutons. Tu n'es jamais souffrante, c'est pourquoi je ne vois qu'une raison à tes malaises, et je te repose la question. Combien de temps comptais-tu encore me cacher la vérité ?

En un éclair, il fut devant elle, la prit par la taille et la maintint prisonnière contre lui. Maudit soit-il ! Et maudit soit son propre corps qui réagit instantanément à son contact et à sa chaleur. Quand la main de Draco se glissa sous le revers de sa veste et effleura la soie de son chemisier, les pointes de ses seins se dressèrent instantanément, comme si elles cherchaient la douceur de sa paume.

— Crois-tu que je n'ai pas remarqué que tes seins étaient plus pleins ? demanda-t-il.

Sa main glissa le long de son torse pour venir se poser sur son ventre.

— Que ta taille s'épaissit parce que mon enfant croît en toi ?

Julia frissonna de la tête aux pieds. Sa voix contenait une note menaçante, une âpre revendication de la propriété de son enfant.

— Cette grossesse change tout, déclara-t-il. Je m'apprêtais à te laisser un peu d'espace, pour te permettre de réfléchir à notre relation. Mais plus maintenant. Pas quand mon enfant est impliqué.

Julia eut soudain l'impression que ses pires craintes étaient en train de se réaliser.

— Que fais-tu de moi ? protesta-t-elle. À t'entendre, j'ai l'impression que mes souhaits n'entrent pas du tout en ligne de compte dans ta décision !

Les lèvres de Draco se pincèrent tandis qu'il la dévisageait. Ses yeux avaient pris la couleur d'une mer d'orage, et elle frissonna de nouveau. Seulement, cette fois, c'était moins d'appréhension qu'en réaction physique à l'intensité du regard fixé sur elle.

Une femme moins forte se serait effondrée, réduite à sa merci. Mais, se rappela-t-elle froidement, une femme moins forte aurait sans doute accepté avec joie les manières possessives de Draco.

— Alors, insista-t-elle. Je n'ai pas mon mot à dire ?

— L'enfant est un Sandrelli, et lui ou elle sera élevé dans le respect des droits et des devoirs dus à ses origines, répliqua Draco, d'une voix qui coupait court à toute discussion.

Julia se libéra de son étreinte.

— Que veux-tu dire ?

— J'ai une responsabilité vis-à-vis de ma famille, et des générations de Sandrelli qui se sont succédé avant moi. Par sa naissance, ce bébé, notre enfant à tous deux, disposera d'un héritage qui remonte à plusieurs siècles, et il naîtra où je suis né, ainsi que mon père et mes ancêtres avant moi.

Draco lutta pour contrôler la vague de pure joie qui montait des tréfonds de son être. Un bébé. Un enfant. Son enfant. Enfin, il pourrait apporter du bonheur dans la vie de ses parents, assombrie par tant de chagrins. D'abord, la mort de Lorenzo, son frère aîné, survenue dix ans plus tôt, et, plus récemment, celle de Marcella et de leur enfant à naître, et puis la maladie de son père.

Que ça plaise ou non à Julia, l'enfant naîtrait dans le berceau de sa famille, au cœur de la Toscane.

— Tu déraisonnes, dit-elle. Et c'était exactement ce que je craignais si je t'annonçais ma grossesse ! Tu ne sais même pas si l'enfant est de toi que déjà tu fais preuve d'une impardonnable grossièreté à mon égard, prenant des décisions à son sujet sans te soucier aucunement de savoir dans quelle mesure elles m'affectent.

Draco s'était raidi.

— Tu as eu des relations sexuelles avec d'autres hommes depuis notre rencontre ?

Les paupières de Julia papillotèrent, lui dérobant le fond de sa pensée. Impossible, désormais, de tricher. Elle ne pouvait nier que l'enfant était de lui, pas plus qu'elle ne pouvait l'empêcher d'agir comme bon lui semblait.

— Tu vas immédiatement engager un chef pour te remplacer, dit-il fermement.

— Certainement pas ! riposta-t-elle avec feu. Le Carson est mon restaurant. C'est moi qui en ai la responsabilité, pas toi. De plus, je *suis* le Carson, comme mon père l'était avant moi !

Tandis qu'elle lui crachait ces mots au visage, il réprima un sourire. Comme si ses revendications à un lignage familial pouvaient faire le poids, comparées à des traditions remontant à des générations et aux responsabilités qui retombaient sur ses épaules à lui !

— Tu ne peux argumenter avec moi sur ce point, Julia. Ce serait une perte de temps et d'énergie.

— Comment oses-tu ? Si tu t'imagines pouvoir m'imposer l'endroit où je devrais vivre, tu te trompes lourdement ! J'ai une affaire à diriger ici, mon foyer est en Nouvelle-Zélande, et mon bébé naîtra dans mon pays !

— Si tu veux jouer au plus fin avec moi, Julia, vas-y, tu ne me fais pas peur. Si tu n'es pas d'accord pour rentrer en Toscane avec moi, et avoir notre enfant là-bas, où sont ses racines, je résilie le bail de ton restaurant. Maintenant, la balle est dans ton camp. Je reviendrai demain pour avoir ta réponse.

Sur ces mots, il sortit. C'était préférable car il n'était pas certain de se maîtriser s'il restait plus longtemps en sa présence. Il avait déjà perdu un enfant ; lui vivant, il n'en perdrait pas un deuxième.

Tandis que le chauffeur lui ouvrait sa portière, il réfléchit, puis, une fois installé sur le siège de cuir de la limousine, il sortit son portable de sa poche de poitrine et l'ouvrit.

— Trouvez-moi l'adresse du père de Julia, ordonna-t-il à son correspondant. J'en ai immédiatement besoin.

Dix minutes plus tard, son chauffeur s'engageait sur l'autoroute du sud pour conduire Draco à une entrevue à laquelle il ne comptait pas mettre fin avant d'avoir obtenu satisfaction.

M. Carson ne ressemblait pas du tout à ce qu'imaginait Draco. Sa maison n'était guère plus qu'un bungalow de bord de mer, du genre de ceux qu'on utilise en vacances. Si ses renseignements étaient exacts, M. Carson la louait mensuellement. C'est-à-dire qu'il menait un genre de vie dépourvu de la stabilité qui régnait dans l'univers Sandrelli, et que Draco jugeait indispensable à l'éducation de son futur enfant.

La ressemblance entre le père et la fille était frappante. Même traits, même taille, même carrure. Sauf que l'homme qui s'avançait vers lui se tenait légèrement voûté, et que ses cheveux bruns se parsemaient de gris.

Draco lui tendit la main et, sans s'embarrasser de civilités, alla directement au vif du sujet.

— Ainsi, vous dites que ma fille serait enceinte ? fit le père de Julia, l'air incrédule.

— Oui, monsieur, et ce serait une immense joie pour mes parents si je pouvais ramener Julia chez moi, en Toscane, afin que le bébé naisse là-bas. Seulement, vous connaissez ses sentiments vis-à-vis du Carson. Elle ne supporte pas l'idée de le confier à d'autres mains. Je crois avoir compris que vous avez supervisé sa bonne marche pendant son voyage, en février ?

Le père de Julia hocha la tête, et un sourire éclaira son visage.

— C'est exact. Et j'ai beaucoup apprécié de reprendre mon activité.

— Dans ce cas, serait-ce trop vous demander de me rendre le même service pendant qu'elle séjournera en Toscane en attendant la naissance du bébé ? Je ferai en sorte que vous y trouviez votre compte.

Et Draco énonça un chiffre astronomique.

— Je souhaite que vous repreniez la direction du restaurant le plus tôt possible, ajouta-t-il, car mes affaires me réclament de façon urgente en Italie, et j'aimerais que Julia fasse le voyage avec moi. Naturellement, je sais que votre état de santé vous interdit d'assumer l'intégralité des tâches que Julia endossait ces derniers temps, mais je compte sur vous pour engager un chef qui lui donnera la tranquillité d'esprit nécessaire pour qu'elle accepte de s'éloigner.

— J'ai l'impression que vous êtes prêt à remuer ciel et terre pour ma fille, monsieur Sandrelli.

— Draco, s'il vous plaît. Et vous pouvez me croire si je vous dis que je ferai tout ce qui est en mon pouvoir pour protéger Julia durant sa grossesse. Toutes ces heures de travail harassant, ces écrasantes responsabilités, la tension des moments d'affluence, sont nocives dans son état. Et ce sera encore bien pire quand elle aura pris de l'embonpoint.

Une image de Julia, arrondie par la croissance de son enfant, jaillit dans l'esprit de Draco, et il éprouva une fierté si vive qu'elle en était presque douloureuse.

— Vous avez raison. Eh bien, Draco, dit M. Carson en lui tendant la main, marché conclu !

— Merci, monsieur. Vous ne savez pas ce que ça représente pour moi.

— Et Julia ? Je suppose qu'elle ignore encore vos projets ? Préparez-vous au pire, Draco, parce que je sais à quel point elle peut se montrer têtue, et je la connais trop pour penser qu'elle va adhérer sans rechigner à vos projets.

Draco sourit. Effectivement, son père la connaissait bien.

— Je prendrai soin de Julia, dit-il encore. Vous pouvez en être sûr.

*
* *

À 10 heures, le lendemain matin, Draco se gara devant le restaurant. Cependant, avant qu'il ait l'occasion de frapper à la porte, celle-ci s'ouvrit sans douceur.

— Qu'as-tu fait ? demanda Julia, l'air furieux.

— Je t'avais prévenue qu'il ne fallait pas me sous-estimer. Tu croyais peut-être que je parlais à la légère ?

— Comment oses-tu agir derrière mon dos alors que je ne t'ai pas encore donné ma réponse ?

Draco entra et attendit que Julia referme la porte derrière lui avant de répondre.

— J'ai fait le nécessaire.

— Le nécessaire ? Dois-je te rappeler qu'il s'agit de *mon* restaurant ?

— Pas du tout. Pas plus que je ne dois te rappeler que je possède le toit qui abrite ton restaurant, les murs qui l'entourent et le sol qui le supporte. Tu veux que le Carson poursuive sa carrière ? Alors, oui, il la poursuivra. Mais je saurai t'empêcher de mourir d'épuisement dans sa cuisine.

— Mon père ne se porte pas bien. On ne peut décemment pas lui demander de reprendre la direction du Carson à plein temps. Ce serait d'une imprudence folle !

— Je suis bien conscient de l'état de santé de ton père, Julia. Contrairement à ce que tu crois, je ne suis pas un monstre. Je lui ai demandé d'engager un chef pour le seconder. En même temps, je pense que ça lui fera le plus grand bien de s'activer plutôt que de croupir dans son bungalow.

— Comme tu y vas ! Il ne croupit pas, il jouit d'une retraite bien méritée !

— Dis-moi, Julia, est-ce que ton père te semble vraiment le genre d'homme capable de se contenter du repos dû à son âge ?

Draco comprit qu'il avait marqué un point quand elle

cessa d'arpenter la pièce et que ses mains, si animées quand elle parlait, retombèrent, inutiles, à son côté.

Il se rapprocha et lui prit le menton pour la forcer à le regarder.

— Alors ? Réponds-moi !

Le soupir de frustration qui s'échappa des lèvres délectables de Julia signa sa défaite.

— Non, il ne s'en contente pas.

— Dans ce cas, l'affaire est entendue. Nous partons en fin de semaine prochaine.

— Si tôt ?

— Nous n'avons pas de raison de nous attarder, Julia. Tout sera sous contrôle ici. Qui est plus qualifié que ton père pour assurer la bonne marche de l'établissement ?

— Moi. Je suis plus qualifiée que lui. Je suis plus jeune, en bonne santé, et c'est mon restaurant.

La voix de Julia avait grimpé dans les aigus, et son ton s'était fait véhément.

— Tu es aussi enceinte, fit remarquer Draco. Enceinte de mon héritier. C'est une responsabilité que tu dois prendre en compte.

Les yeux bruns de Julia jetèrent des éclairs tandis qu'elle ravalait sa fureur.

— Très bien ! Je retournerai à ton cher palazzo avec toi, et j'y mettrai ton enfant au monde. Seulement, sache que, après la naissance, je rentrerai dès que possible chez moi, en Nouvelle-Zélande !

Draco retint un instant son souffle, et sa mâchoire se crispa tandis qu'il refoulait la réplique qui lui brûlait les lèvres. Il parvint néanmoins à se contenir et, quand il s'exprima, ce fut d'une voix égale.

— Si tu rentres en Nouvelle-Zélande, ce sera sans l'enfant.

— Q'importe, si cela me permet d'être débarrassée de toi !

- 8 -

Un tourbillon d'activités marqua les jours qui suivirent. Draco réquisitionna si bien Julia qu'elle eut à peine l'occasion de mettre les pieds au restaurant. Il alla même jusqu'à la forcer à aller chez le médecin, le lundi matin, avant leur départ, et à l'accompagner, bien sûr.

Julia éprouva une drôle de sensation en entrant dans le cabinet en compagnie de Draco, sa main glissée sur sa taille. Dans ces circonstances, on aurait dit un couple normal venant effectuer une visite prénatale, mais Julia savait que ce ne serait jamais aussi simple entre eux.

— Vraiment, Draco, fit-elle remarquer, quinze jours seulement se sont écoulés depuis ma dernière visite. Tout va bien ! Je ne devais pas consulter avant quinze autres jours.

— Permets-moi de juger de ce qui est bien ou pas, répliqua-t-il sèchement.

Exaspérée, Julia leva les yeux au ciel.

— Tu es médecin, maintenant ?

— Non, mais je suis sur le point de devenir père, et il est de mon devoir de m'assurer que mon fils ou ma fille va bien.

— Franchement, tu en fais trop. Je suis seulement enceinte de douze semaines, et en excellente forme physique, mise à part ma légère fatigue…

Voyant qu'il s'apprêtait à répliquer, elle leva une main pour l'interrompre.

— À ce stade, affirma-t-elle, ma grossesse se déroule parfaitement bien.

— Mademoiselle Carson ? Le médecin va vous recevoir, dit la réceptionniste, interrompant toute éventuelle discussion entre eux.

Dès l'instant où Draco s'assit dans le bureau du médecin, Julia eut la sensation d'être devenue invisible, car il submergea la praticienne sous un feu roulant de questions à propos de sa santé et de celle du bébé.

— Vous m'assurez donc qu'il n'existe aucun problème susceptible de mettre en danger Julia ou le bébé ? finit-il par demander.

— Rien, en tout cas, que nous ayons détecté, monsieur Sandrelli. Le dernier bilan de santé de Julia indique une jeune femme en excellente santé. Sa tension artérielle, ses taux de cholestérol et de sucre sont tout à fait normaux. Il n'y a donc aucune raison de craindre que cette grossesse ne se déroule pas sous les meilleurs auspices.

À cet instant précis, Julia doutait que sa tension artérielle soit normale. L'intérêt de Draco pour sa condition physique tournait véritablement à l'obsession, et cet aspect de sa personnalité, passé inaperçu jusqu'à présent, commençait à la mettre mal à l'aise. Elle avait l'impression d'être réduite au rôle de réceptacle.

— En conclusion, je vous le répète, reprit le médecin, tout va très bien.

Draco jeta à Julia un regard si sombre qu'elle en eut le cœur serré.

— Pardonne mon inquiétude, *cara mia*, mais il faut absolument que je m'assure que le bébé et toi ne risquez rien durant cette grossesse.

L'usage du mot doux, évidemment destiné à mettre le médecin de son côté, fit se hérisser Julia.

— C'est très louable de votre part, monsieur Sandrelli, reprit la praticienne, mais laissez-moi vous répéter que je ne redoute aucune complication pour Julia, et je suis sûre que lorsque vous serez chez vous, en Italie, vous saurez l'entourer de toutes les attentions nécessaires. En attendant, voici un peu de littérature pour vous donner idée du régime alimentaire le plus approprié pour Julia, et des aliments qu'il vaut mieux éviter de consommer. À mon avis, il est plus agréable pour les futures mères que toute la famille adopte le même régime. Julia reçoit déjà des suppléments de vitamine B, calcium et fer. Elle est très bien informée, et vous pouvez lui faire confiance pour prendre soin de sa santé aussi bien que vous.

Vraisemblablement habituée à traiter avec des pères un peu trop anxieux, le médecin adressa à Julia un sourire complice.

— Merci, docteur, dit Draco. Vous me voyez rassuré.

— Parfait. Et maintenant, je suis sûre Julia doit attendre avec impatience son échographie. Passons donc en salle de radiologie.

Julia aurait embrassé le médecin. Elle aurait bien voulu voir Draco rester tranquillement assis avec une vessie distendue pendant qu'elle n'en finissait pas de poser des questions stupides. Alors qu'ils se dirigeaient vers les salles d'examen radiologiques, le médecin continua de s'entretenir avec Draco.

— Ou bien je tiens une copie du compte rendu d'échographie à votre disposition avant votre départ pour l'Italie, dit-elle, ou bien je l'envoie au médecin que vous aurez choisi là-bas et dont vous me communiquerez l'adresse.

— Nous aimerions l'emporter, répondit Draco sans laisser la chance à Julia de placer un mot.

Il tendit une carte de visite au médecin.

— Envoyez-le, s'il vous plaît, à cette adresse. Nous partons à la fin de la semaine. Je pense que, d'ici là, vous pourrez me faire parvenir ce compte rendu ?

— Oui, oui, absolument.

Le médecin conduisit Julia et Draco à la radiologue chargée de procéder à l'échographie. Silencieux, contrairement à son habitude, Draco s'assit près de Julia tandis que la radiologue la préparait en enduisant son ventre de gel. La jeune femme décrivait les différentes étapes du processus, ce dont Julia lui fut reconnaissante. Elle avait l'impression de s'aventurer dans un territoire inconnu et plutôt effrayant. Quinze jours plus tôt, elle n'imaginait même pas l'éventualité d'une grossesse. À vrai dire, elle évitait avec soin le sujet. Et maintenant, c'était une réalité. Et cela le devenait de plus en plus à mesure que les images se précisaient sur l'écran.

— Nous y sommes, dit la radiologue avec un grand sourire. L'heure est venue de faire la connaissance de votre bébé.

Julia riva ses yeux sur l'écran tandis que la radiologue désignait le bébé, *son* bébé, ses jambes, ses bras, sa tête. C'était difficile de croire que ce minuscule être humain grandissait et bougeait dans son corps, alors que, extérieurement, aucun signe de son existence n'était décelable.

— Eh bien ! s'exclama Julia, il semble très affairé, n'est-ce…

Cependant, comme elle se tournait vers Draco, elle s'interrompit devant son expression.

Il y avait de l'émerveillement dans son regard, mais aussi une expression de tristesse qui la bouleversa. Et l'animosité qui s'attardait entre eux fondit comme neige au soleil. Elle lui prit la main dans l'espoir de le soulager du poids de l'angoisse qui semblait l'accabler.

À son contact, l'expression de Draco se modifia. Il se tourna vers elle et la regarda intensément. Choquée de voir des larmes briller dans ses yeux, elle tressaillit et comprit soudain ce que signifiait pour lui la réalité dévoilée par les images.

Il aimait déjà le bébé. Le bébé faisait déjà partie de lui

alors que sa propre grossesse lui semblait encore étrangère. Même les images qui la matérialisaient gardaient pour elle quelque chose d'irréel.

Le sentiment qu'un fossé énorme se creusait entre Draco et elle submergea Julia. Comme s'il devinait ses pensées, il lui pressa doucement la main avant de la lâcher. Mais cela ne suffit pas pour effacer les terribles craintes qui étreignaient Julia. Et si elle n'aimait pas son enfant ?

À cet instant, elle n'eut plus qu'une envie : se retrouver dans sa chambre et se recroqueviller dans le recoin le plus sombre pour pleurer. Mais elle ne pourrait même pas s'offrir ce luxe puisque son père s'était déjà installé dans son petit appartement, en prévision de sa reprise en mains du restaurant. Elle avait donc dû s'installer chez Draco et, si l'on en jugeait par son actuel sentiment de dépossession, aller vivre au palazzo, d'ici quelques jours, serait encore bien plus pénible.

Draco se renfonça contre le dossier du confortable siège de cuir de l'avion qui le ramenait chez lui, Julia à son côté. La semaine avait passé dans un tourbillon d'agitation. Ayant eu à régler les derniers détails relatifs à ses entreprises néo-zélandaises et australiennes, il n'avait guère eu l'occasion de passer du temps avec Julia, mais il supposait que, de toute façon, elle s'en souciait peu.

Toute la semaine, il avait pensé sans relâche à l'échographie et à l'émerveillement que cela avait représenté. Il avait même demandé une copie au médecin, qu'il gardait en permanence dans sa poche depuis qu'il l'avait reçue. Durant la grossesse de Marcella, pris en permanence par ses affaires, il n'avait assisté à aucun de ses rendez-vous médicaux. Elle ne lui avait adressé aucun reproche, ne s'était pas plainte, n'avait jamais réclamé sa présence. Aujourd'hui seulement, il commençait à comprendre tout ce qu'il avait perdu. Sans que cela n'enlève rien au chagrin de la disparition de Marcella et de l'enfant, il se jura de se montrer plus attentif cette fois.

Le temps qu'ils atteignent l'aéroport privé, à la périphérie de la propriété Sandrelli, près de San Gimignano, ils étaient tous deux horriblement las. Les haltes, sur le trajet, n'avaient pas permis de briser la tension qui régnait entre eux et, même si Julia avait réussi à dormir un peu dans l'avion, elle semblait sur le point de s'effondrer de fatigue. Et il nota dans un coin de sa tête de faire venir au palazzo le gynécologue qu'il avait retenu pour elle.

Les douaniers qui les accueillirent à l'aéroport noyèrent Draco sous des souhaits de bienvenue émis dans un italien volubile. Petit à petit, il reprenait contact avec les rythmes de sa terre natale, et il éprouva, comme chaque fois qu'il revenait en Italie, le sentiment d'être de retour au bercail. Son cœur se dilata à l'idée que, un jour, son enfant connaîtrait le même sentiment. Après avoir embrassé le vaste monde dans toute sa gloire, il éprouverait l'envie irrésistible de retourner à ses racines.

Six semaines s'étaient écoulées depuis son départ. Le pays était sorti de la froidure tardive de l'hiver. Autour d'eux, les champs flambaient du feu des coquelicots et de l'or de la moutarde sauvage.

Oui, c'était bon d'être de retour. Dans son foyer. Et il espérait que Julia finirait par ressentir la même chose que lui. La première fois qu'elle était venue au palazzo, c'était en touriste, mais cette fois, c'était différent. Le palazzo allait devenir son foyer, à elle aussi. Et Draco comptait bien qu'elle le considère comme tel.

Une fois les formalités remplies, il poussa Julia dans la limousine qui les attendait. Tandis qu'ils roulaient vers le palazzo, il examina le paysage avec la plus grande attention, notant l'état des diverses plantations à la base des entreprises commerciales de Sandrelli Corporation.

Telle une armée géante, les luxuriants vergers d'oliviers marchaient à l'assaut des collines ondulantes tandis que les rangées de vignes s'étiraient sous les murs de pierre édifiés au XVIe siècle pour protéger le palazzo des attaques des brigands.

Le palazzo. Le berceau de sa famille. Dieu que c'était bon de renouer avec les riches racines de son héritage.

Souriant, il jeta un coup d'œil à Julia, et son enthousiasme fut aussitôt douché. Pâle et raide sur son siège, elle regardait fixement par sa fenêtre. Elle était demeurée quasi muette depuis le départ de l'aéroport. Restait à espérer qu'elle parviendrait à se détendre une fois installée au palazzo. Pour son bien, et celui de l'enfant.

Quand ils eurent pénétré dans la digne demeure, il la conduisit à sa chambre.

— Je ne loge pas au même endroit que la première fois, constata-t-elle comme ils montaient un vaste escalier conduisant au premier étage.

— Non. Cet escalier mène à mes appartements privés. La première fois, tu avais une chambre dans l'aile réservée à nos hôtes, qu'ils soient en relation avec les affaires ou avec l'industrie du tourisme.

— Je ne m'étais pas rendu compte que cette demeure était si vaste, dit Julia.

Draco hocha la tête avec un sourire satisfait. Les cuisines où avaient lieu les cours, et les chambres d'hôtes, n'occupaient qu'une petite partie de l'ensemble.

— Je te ferai faire une visite complète du palazzo quand tu seras reposée. Demain, peut-être ?

— J'en serais ravie.

Lui signifiait-elle par sa nouvelle douceur son intention d'enterrer la hache de guerre ? Elle devait se sentir complètement perdue, se dit-il. Même la chambre où elle allait dormir lui était inconnue. Il en poussa la lourde porte. Dans la douce clarté du soir, les tentures roses bordées de franges dorées, retenues par des cordelières aux montants des fenêtres à meneaux, offraient une ambiance chaleureuse et accueillante, ainsi que l'antique lit à baldaquin dont la présence imposante dominait la pièce.

— Seigneur ! On se croirait dans un musée, s'exclama Julia avec un rire nerveux. Tu es sûr que c'est ma chambre ?

— Les meubles appartiennent à ma famille depuis… eh bien, leur origine. Et nous les utilisons. C'est dans ce but qu'ils ont été fabriqués.

Draco fit signe à un domestique de déposer les bagages de Julia dans une pièce attenante.

— Une femme de chambre va venir t'aider à défaire tes bagages, dit-il.

— Non, non, c'est inutile ! protesta Julia. Je peux très bien le faire toute seule.

— C'est très utile, au contraire. Tu sembles épuisée. Pourquoi ne pas te coucher tôt ? Comme ça, demain matin, tu seras fraîche et dispose, et nous pourrons repartir du bon pied. Qu'en dis-tu ?

Quelque chose dans le regard de Draco alla droit au cœur de Julia. Repartir du bon pied ? Elle ne demandait que ça. Si seulement elle pouvait rayer tout ce qui s'était passé depuis son dernier séjour ici, en février. Où en seraient-ils aujourd'hui ? À coup sûr, elle ne se trouverait pas au palazzo, mais au Carson, occupée à faire ce qu'elle aimait… À cette simple idée, elle eut de nouveau envie de se réfugier dans son lit et de ne plus jamais en sortir. Sauf qu'une fois de plus, ce n'était pas possible. Pas alors qu'elle était à des milliers de kilomètres de sa chambre, de sa maison, de son pays… Et qu'elle allait devoir rester encore un bon moment sur cette terre étrangère.

Très bien, se dit-elle en redressant la tête, il fallait réagir. Elle avait le choix : ou bien elle décidait de jouer les victimes tout le temps de son séjour en Toscane, ou bien elle choisissait d'en tirer le maximum. Et la dernière solution paraissait de loin la plus intelligente.

— C'est une bonne idée, dit-elle.

Il approcha sa main de sa joue et, du bout du doigt, en dessina le contour. Instantanément, elle sentit son corps s'émouvoir. Il ne l'avait pas touchée depuis ce bref moment, quand ils s'étaient pris la main, dans la salle d'échographie. Soudain, elle se rendit compte que son contact lui avait terriblement manqué. Qu'il lui avait terriblement manqué. Les larmes jaillirent de ses yeux. De stupides larmes qui reflétaient mal le maelström d'émotions qui se déchaînait en elle.

— Je te laisse te reposer, dit Draco.

— Draco, attends ! Où seras-tu ?

À sa grande horreur, Julia entendit une note de panique dans sa propre voix.

— Je vais rendre une visite rapide à mes parents et puis je regagnerai mes appartements. Ma chambre est à deux portes de la tienne, un peu plus loin dans le couloir. Ne t'inquiète pas, Julia. Je ne te perdrai pas de vue.

Trop émue pour parler, Julia se contenta de hocher la tête.

— *Buona sera*, Julia. Dors bien. Et ne t'inquiète pas pour la femme de chambre. Pour ne pas te déranger, elle utilisera la porte qui ouvre directement du couloir sur ton dressing-room.

— Un dressing-room, balbutia Julia. Je n'ai même pas de quoi remplir les tiroirs d'une commode et je vais disposer d'un dressing-room ?

— Si tu veux, nous nous rendrons en avion à Milan pour faire les magasins. Tu vas avoir besoin d'une nouvelle garde-robe, surtout quand le bébé va grossir.

L'excitation qui commençait à bouillonner en elle retomba subitement quand il lui rappela par ces quelques mots que le véritable but de sa présence ici était le bébé, et seulement lui.

— Comme tu voudras, répondit-elle d'un ton morne.

Parce qu'elle se souvint soudain très clairement que, en dépit du délicieux ameublement, et de l'élégance cossue de son nouveau foyer, elle n'était là que contrainte et forcée.

— Julia ? Les choses ne se passent pas comme j'aimerais qu'elles se passent. J'aimerais penser que toi aussi, tu attends avec impatience ce bébé. L'autre jour, nous nous sommes jeté de cruelles paroles à la tête, c'est vrai, mais je suis sincère en suggérant que nous prenions un nouveau départ. Réfléchis-y, s'il te plaît.

Après le départ de Draco, Julia passa quelques minutes à se familiariser avec sa chambre. La vaste salle de bains attenante était aussi luxueusement équipée que la chambre, bien que nettement plus moderne, nota-t-elle avec un certain soulagement. Puis, après avoir sorti son nécessaire de toilette et une chemise de nuit de ses bagages, elle se prépara pour la nuit.

Les paroles de Draco résonnaient encore dans sa tête. Prendre un nouveau départ. Ce serait tellement merveilleux d'y parvenir. Oui, mais alors, que deviendraient ses ambitions ? Elle aurait fini par obtenir pour le Carson la consécration des cinq étoiles uniquement pour le remettre à d'autres mains ? Et que ces mains soient celles de son père n'atténuait en rien son impression d'avoir été lésée.

Elle se glissa entre les draps de coton fin qui dégageaient une fraîche odeur de lavande et posa la tête sur l'oreiller. Elle avait cru dominer la situation, mais elle s'était lourdement trompée. Car, qui orchestrait le bal, maintenant ? Draco. Et avec quelles armes aurait-elle lutté contre l'héritier de siècles et de siècles de pouvoir ?

Devant Draco, elle demeurait impuissante.

Totalement impuissante.

- 9 -

Le lendemain matin, Julia fut réveillée par un cliquetis de vaisselle.

— *Buon giorno*, mademoiselle Carson. J'espère que vous avez passé une bonne nuit ?

Une femme de chambre en uniforme pénétra avec entrain dans la chambre, et vint déposer un plateau sur une table.

— Voici votre petit déjeuner. Je dois également vous transmettre un message du *signore* qui voudrait que vous soyez prête d'ici une heure pour la visite de la propriété. Et, mademoiselle Carson, le café est décaféiné, suivant les recommandations de votre médecin.

— Merci.

Julia se redressa contre ses oreillers et huma l'air chargé de l'arôme du café fraîchement passé. Ses yeux tombèrent sur des pâtisseries disposées dans une corbeille, sur le plateau.

— Ce sont des *cornetti* ?

— À la framboise. Vos préférés, *si* ? Cristiano, notre cuisinier s'en est souvenu. Et, mademoiselle Carson, il y a également un petit présent pour vous. Un cadeau de bienvenue au palazzo de la part du *signore*.

À la fois intriguée et affamée, Julia repoussa les couvertures et se leva. Avec un sourire enjoué, la femme de chambre se retira.

Un écrin de velours bleu, de forme rectangulaire, était

posé sur une serviette blanche, à côté de la corbeille de *cornetti*. La curiosité l'emportant sur la faim, elle le prit et l'ouvrit. À l'intérieur, reposant sur du satin blanc, elle découvrit un exquis bracelet d'argent. Elle le prit avec précaution entre ses doigts et le souleva, s'extasiant sur les délicates breloques disposées à distance égale, sur toute la longueur.

Habituellement, elle ne portait pas de bijoux qui représentaient une source de gêne dans une cuisine. Pourtant, dans l'immédiat, elle brûlait d'impatience de porter le ravissant bijou. Elle se battit quelques instants avec l'attache avant de parvenir à le fixer à son poignet. Elle tourna alors son bras en tous sens pour mieux admirer le reflet de la lumière sur l'argent, et écouter le doux tintement des breloques qui s'entrechoquaient.

C'était si gentil à Draco de lui offrir ce présent. Malheureusement, son côté cynique reprenant le dessus, elle se demanda s'il n'avait pas un placard plein de cadeaux destinés à ses invitées de passage. Draco n'était-il pas un homme que les milieux mondains se disputaient ? Elle avait lu les articles parus sur lui, en Nouvelle-Zélande, souvent accompagnés de photos des anciennes conquêtes de Draco, côte à côte avec celles prises de leur couple par les paparazzis…

Allons, tenta-t-elle de se raisonner, ce n'étaient que de stupides articles de tabloïds. Rien qui justifie qu'elle se mette dans tous ses états. Alors elle allait profiter de son cadeau, un point c'est tout : elle aimait le bracelet, et serait heureuse de le porter.

Les grondements de son estomac lui rappelèrent les délices qui l'attendaient. L'eau à la bouche, elle prit une pâtisserie et croqua dedans. L'espace d'un instant, son cerveau critique de chef lui-même se désintéressa de la question tandis que le gâteau fondait sur sa langue. Le temps qu'elle ait fini la dernière miette, et savouré le délicieux café au léger goût de noisette, elle était prête à affronter la journée.

Après une douche rapide, elle passa une robe couleur framboise, boutonnée sur le devant, et assez ample, car la journée promettait d'être chaude. Pour ajouter un peu de piquant à sa tenue, elle s'empara d'une longue écharpe multicolore qu'elle ajusta sur sa tête et noua sur la nuque, les pans retombant sur ses épaules. Elle étudia le résultat dans le miroir, et conclut que le style rétro, années soixante, lui allait bien. Et puis, il lui donnait une confiance en elle dont elle avait bien besoin.

Elle consulta le réveil. Il était encore tôt.

Durant quelques minutes, elle arpenta sa chambre avant de s'installer finalement devant les vastes fenêtres et d'admirer la superbe vue sur la vallée. Dans le lointain, les ombres plus sombres des collines surplombaient le luxuriant paysage, métamorphosé depuis qu'elle l'avait vu, lors de son précédent séjour, sous son manteau neigeux.

Devait-elle attendre Draco, ou aller voir s'il était dans sa chambre ? Attendre ne l'enchantait guère. Par ce temps magnifique, l'envie la démangeait de sortir dans le soleil de ce qui s'annonçait comme une superbe matinée de printemps. Avec un sourire, elle se dirigea vers la porte.

La veille au soir, Draco avait dit que sa chambre se trouvait à deux portes de la sienne. Elle foula le tapis au petit point qui étouffait le bruit de ses pas, trouvant presque sacrilège de marcher sur le délicat ouvrage d'artiste. Deux portes, songea-t-elle avec un sourire désabusé. Il avait oublié de préciser la distance que représentaient « deux portes » dans ce monumental couloir.

En atteignant enfin une porte lambrissée, crème et or, jumelle de la sienne, Julia hésita avant de frapper timidement. Presque aussitôt, la porte s'ouvrit.

— *Buon giorno*, Julia. Tu parais beaucoup mieux ce matin.

— Merci. J'ai fabuleusement bien dormi ! Et je voulais te remercier pour ceci…

Elle agita son poignet.

— Tout le plaisir est pour moi, Julia. Entre. Je suis prêt dans un instant.

Sur ces mots, Draco s'écarta pour la laisser passer. Elle pénétra dans un confortable salon. Malgré les chaises lourdement rembourrées et recouvertes de tissus aux riches motifs floraux qui auraient pu donner une touche féminine à la pièce, les murs lambrissés et les tableaux représentant des scènes de chasse conféraient à l'ensemble une ambiance très masculine. Virile. Comme Draco.

Soudain, elle le sentit s'arrêter derrière elle.

— Tu es très belle, et tu sens merveilleusement bon aujourd'hui.

Un frisson la parcourut quand il pencha la tête et approcha les lèvres de sa nuque. Sa main descendit le long de son bras. Lui prenant le poignet, il le souleva.

— Chaque breloque possède une signification particulière pour notre région, expliqua-t-il, et pour la place que nous y occupons.

Il désigna une petite bouteille de vin, près de la fermeture.

— Celle-ci représente le vignoble où nous produisons notre propre Vernaccia.

— C'est le vin blanc que j'ai bu lors de mon dernier séjour, n'est-ce pas ? J'ai essayé de m'en procurer en Nouvelle-Zélande, mais notre fournisseur en vins a été incapable d'en dénicher.

— Nous verrons ce que nous pouvons faire pour en procurer à ton père.

L'espace d'un instant, Julia eut envie de crier devant cette preuve manifeste qu'elle n'avait plus son mot à dire à propos du Carson, alors qu'au contraire, le choix d'un nouveau vin à la carte de son restaurant n'aurait dû revenir qu'à elle. Cependant, elle fut rapidement distraite de son irritation par la caresse du doigt de Draco à l'endroit où battait son pouls, à l'intérieur du poignet.

Tout en détaillant les différentes breloques, il lui maintint légèrement le bras, et sa voix envoûtante la charma si bien qu'elle s'aperçut au bout d'un moment qu'elle s'était laissée aller contre lui, et que son torse imprimait à travers la robe sa chaude empreinte le long de son dos.

Elle se redressa brusquement, échappant à son étreinte. Il lui déplaisait d'être retombée avec une telle facilité sous son emprise. La veille, il avait suggéré un nouveau départ, et elle avait approuvé. Cependant, à la pleine lumière du jour, elle n'était plus aussi convaincue que ce soit une bonne idée. Il était le seigneur et maître des terres qui s'étendaient à perte de vue au-delà des fenêtres du palazzo. Quelle place pourrait-elle jamais tenir à son côté ? Et comment assumerait-elle ses responsabilités vis-à-vis du Carson si elle se laissait attendrir ?

— Je voudrais utiliser le téléphone pour prévenir papa que nous sommes bien arrivés, dit-elle, et que je me porte bien. J'en ai vu un dans ma chambre, mais je n'étais pas sûre de pouvoir m'en servir pour un appel international.

— Pas de problème, je l'ai déjà appelé. Il était heureux de savoir que tu étais bien installée, et que tu allais pouvoir te remettre des fatigues du voyage. Il m'a raconté que, lorsque tu étais revenue d'Italie, en février, tu étais épuisée, et qu'il t'avait fallu plusieurs jours pour surmonter le décalage horaire. J'espère que, cette fois-ci, tu ne seras pas aussi affectée.

— Après le luxe de ce vol ? J'en doute.

Julia dissimula derrière un sourire son irritation de découvrir qu'il s'était entretenu avec son père sans la consulter. Elle aurait aimé lui parler personnellement, savoir comment il s'en sortait au restaurant sans elle.

— Tu t'inquiètes pour ton précieux restaurant, je me trompe ?

Elle étouffa un soupir. Était-elle si transparente ?

— Oui, et pour papa aussi. Quand nous sommes partis, il n'avait encore accompli aucune démarche pour trouver un chef. J'ai peur qu'il ne se surmène.

— Julia, ton père n'est plus un enfant ! Il est tout à fait à même de prendre ses décisions.

— C'est bien ce qui m'inquiète. Ce sont ses décisions qui ont été à l'origine de son malaise, la dernière fois.

— Mais il est sous traitement, *si* ?

— Oui, mais c'est une tête de mule…

« Comme toi », acheva-t-elle pour elle-même.

— Pourquoi ne l'appellerais-tu pas ce soir, vers 22 heures ? Il sera alors 8 heures, le dimanche matin, en Nouvelle-Zélande.

— J'avais oublié le décalage horaire, marmonna Julia.

C'était ce même oubli du décalage horaire qui l'avait mise dans la situation où elle se trouvait, se rappela-t-elle.

— Pourquoi pas maintenant ? reprit-elle. C'est le soir, non ? À peu près 19 heures ?

— Ne seront-ils pas trop occupés au restaurant ? Ton père risque de n'avoir pas le temps de te parler, et il sait déjà que tout va bien pour toi.

Évidemment, Draco n'avait pas tort.

— Très bien. Je téléphonerai ce soir, dit Julia, vaincue.

Draco lui offrit un magnifique sourire, puis il lui prit la main.

— Et maintenant, *cara mia*, par quoi aimerais-tu commencer notre visite ? Le palazzo ou le domaine ?

— Oh ! le domaine, s'il te plaît. Il fait si beau !

— Vos désirs sont des ordres, princesse, répondit Draco avec un sourire qui envoya une décharge d'adrénaline dans le cœur de Julia.

Il lui offrit son bras, qu'elle accepta bien volontiers.

Tout en se dirigeant vers l'escalier, Draco lui raconta au passage l'histoire de certaines pièces d'ameublement et de décoration.

— Ne crains-tu pas que des objets soient brisés ? demanda Julia. Ne devraient-ils pas se trouver dans un musée ?

La remarque le fit rire.

— C'est qu'ils font partie de la famille, vois-tu. S'ils sont cassés, eh bien, tant pis. Bien sûr, nous prenons toutes les précautions pour que ça ne se produise pas et, parmi les pièces qui possèdent le plus de valeur, certaines sont serrées dans des vitrines, comme celles que tu as sans doute vues dans le salon, la dernière fois que tu es venue.

Elle se souvenait très bien de ces vitrines. De tout ce qu'elle avait vu au palais, c'étaient sans doute ces vitrines abritant des œuvres toutes plus sublimes les unes que les autres qui l'avaient le plus impressionnée. Et lui avaient donné l'impression d'évoluer dans un musée. Et non dans une maison à vivre…

Une fois de plus, elle envia à Draco l'aisance avec laquelle il évoluait dans son univers. Aussi accueillant et confortable soit le palazzo, elle doutait de pouvoir jamais s'y sentir chez elle. Elle qui n'avait jamais rien conservé de toute sa vie ! Une vie mouvementée dont elle ne gardait aucune trace, aucun repère, pas même une photo de classe. Alors que Draco… Elle examina les portraits accrochés entre les fenêtres du couloir. Draco pouvait faire remonter ses origines presque jusqu'au Moyen Âge.

Ils quittèrent le palazzo et se dirigèrent vers une décapotable étincelant de tous ses feux.

— Nous allons nous déplacer en voiture ? demanda Julia, surprise parce qu'elle s'attendait à marcher dans la nature.

— Je pensais t'emmener d'abord au point le plus

éloigné du domaine, mais peut-être préfères-tu rester aux environs de la maison ?

Tandis qu'il l'aidait à prendre place dans la voiture, Julia jeta un coup d'œil dubitatif à la masse imposante de la construction. *La maison*. Celle de Draco, oui. Elle ne pensait pas pouvoir un jour se référer au palazzo comme étant « la maison ». Mais c'était bien un foyer qu'il représentait aux yeux de Draco.

— Non, non ! dit-elle très vite. C'est parfait, ça ira très bien.

Draco s'installa à la place du conducteur, et posa ses mains fortes et capables sur le volant. Et Julia se rendit compte que c'était la première fois qu'elle le voyait conduire.

— Tu ne conduis pas en Nouvelle-Zélande. Y a-t-il une raison à ça ?

— Se garer est un tel casse-tête là-bas que je préfère ne pas avoir à m'en soucier quand je travaille. En général, j'y garde une voiture pour mon usage personnel, mais, pour le plaisir, quand je suis à Auckland, je préfère me servir de ma moto.

— Tu as une moto ?

La surprise de Julia était grande. Draco lui avait toujours paru si lisse, si raffiné. L'imaginer chevauchant une puissante cylindrée, revêtu de cuir noir, lui paraissait le comble de l'étrange.

— Mais oui ! Brent, Adam et moi avons le même modèle de moto Guzzi. Et quand nous nous retrouvons tous ensemble à Auckland, nous programmons des balades à moto, pour nous aérer l'esprit. Cette fois, nous n'y sommes pas parvenus, mais ce n'est que partie remise.

Brent Colby et Adam Palmer, les amis de Draco qu'on retrouvait régulièrement dans les journaux, l'un à la rubrique affaires, l'autre dans les pages mondaines. Et, à en juger par le tsunami médiatique déclenché par la liaison de Brent Colby et d'Amira Forsythe, une riche héritière, juste avant leur départ d'Auckland, cette popularité n'était pas près de s'éteindre.

— Comment vous êtes-vous rencontrés tous les trois ? Vous étiez à la cérémonie commémorative organisée en l'honneur de Mme Woodley, si je ne me trompe. Aurais-tu fréquenté l'école d'Ashhurst ?

— Oui. Mes parents jugeaient important que mon grand frère et moi fassions l'expérience d'une éducation en pays étranger. Il s'est expatrié en Australie, moi, en Nouvelle-Zélande.

— Ton frère ?

— Lorenzo. Il est mort il y a dix ans, dans un stupide accident. Un de ces drames qui peuvent parfaitement s'éviter. Il faisait du ski nautique avec des amis, au large de la côte d'Amalfi. Malheureusement, le conducteur de l'autre bateau, qui était ivre, a trouvé drôle de foncer sur le bateau qui remorquait Lorenzo pour jouer à celui qui se dégonflerait le premier. Lorenzo a eu le cou brisé dans le choc. Il est mort instantanément.

Julia en eut les larmes aux yeux.

— Oh ! Draco, je suis désolée. Quelle tragédie pour tes parents et toi.

Il se tourna vers elle, et essuya délicatement les larmes qui roulaient sur ses joues.

— Nous avons énormément souffert, mais nous avons fini par comprendre que la vie doit continuer. Et maintenant, nous attendons une nouvelle vie, notre bébé. Tu ne peux pas imaginer ce que cette naissance va représenter pour mes parents.

— Tu ne leur en as pas encore parlé ?

— Non. Quand je les ai vus, hier soir, je n'ai pas trouvé le moment bien choisi pour leur annoncer la grande nouvelle. Mon père était fatigué, et ma mère se faisait du souci pour lui. Mais je les mettrai bientôt au courant. Et maintenant, si nous partions faire cette promenade ?

Comme Julia hochait la tête, il démarra, et les graviers jaillirent sous ses roues tandis qu'ils franchissaient le massif portail d'entrée du palazzo.

La diversité du paysage surprit Julia, ainsi que celle des cultures. Comme ils traversaient les différentes parcelles, elle se rappela les breloques du bracelet que Draco lui avait offert, le matin même, et dont chacune représentait une branche des activités agricoles de la famille Sandrelli. Et elle sentit naître un tout nouveau respect pour lui, et pour les responsabilités qui pesaient sur ses épaules.

En faisant découvrir à Julia la terre qui faisait tout autant partie de lui que le sang qui coulait dans ses veines, Draco ressentit son habituel élan de fierté. Il éprouvait toujours un vrai bonheur à voir le domaine à travers d'autres yeux. Mais, cette fois, l'enjeu était vital. Il fallait absolument que Julia comprenne bien ce que signifiait l'appartenance à la famille Sandrelli, et ce qu'elle signifierait pour leur fils ou leur fille.

Ils se trouvaient à peu près à mi-chemin du retour, quand il quitta la route pour s'engager sur une voie privée menant à une imposante oliveraie.

— Aimerais-tu que nous nous arrêtions pour déjeuner ? demanda-t-il.

En se tournant vers elle, il eut la surprise de la surprendre à bâiller. Elle rit, les joues rouges d'embarras.

— Oh ! oui. J'aimerais beaucoup.

Draco tourna sur un chemin à peine visible et gara la voiture à l'ombre des arbres.

— Quand il a su que nous partions pour la journée,

Cristiano nous a préparé un pique-nique. Donne-moi une minute, le temps d'installer tout ça.

— Je peux t'aider ? demanda Julia.

Debout à côté de la voiture, elle s'étira, les bras levés au-dessus sa tête. Et le désir frappa Draco avec la vivacité d'une décharge électrique. Malgré la nouvelle plénitude de son corps, Julia le troublait infiniment. Peut-être même encore plus qu'avant.

En s'apercevant qu'il l'observait, elle se figea.

— Il y a un problème ?

— Non, pas du tout. C'est que je te trouve superbe aujourd'hui. Le cadre te va à merveille.

— Flatteur ! dit-elle en riant.

Elle s'approcha pour lui prendre une couverture des mains et, après l'avoir secouée, l'installa au soleil.

— C'est la vérité, dit Draco. J'ai horreur de mentir ; ça représente une perte de temps.

— J'ai remarqué, dit Julia.

Tout en se demandant ce qu'elle avait pu remarquer d'autre à son sujet, Draco eut un sourire légèrement crispé.

Il sortit la glacière du coffre et la posa près de la couverture. Julia, qui s'était déjà assise en tailleur, prit le couvercle de la glacière et s'en servit comme d'une table pour disposer les assiettes et les récipients contenant la nourriture. Draco sortit les petites miches de pain que Cristiano avait fait cuire le matin même, et les posa près d'elle.

Pendant le repas, Draco expliqua à Julia le processus de fabrication de l'huile d'olive en Toscane. Elle n'avait pas assisté au ramassage, qui avait lieu en automne, car les fraîches vallées de la région exigeaient une récolte plus précoce que dans d'autres endroits du bassin méditerranéen. Le récit qu'il lui faisait avait l'air de la passionner, et pourtant, à un moment, il la vit se remettre à bâiller.

— Je suis désolé, Julia. Je ne voulais pas te fatiguer pour ta première journée en Toscane.

— Vraiment, j'ai apprécié tout ce que tu m'as fait découvrir aujourd'hui. Mais je suppose que je n'ai pas encore récupéré du voyage.

— Alors, il faut dormir.

— Ici ? demanda Julia, désignant d'un air étonné leur environnement de la main.

— Pourquoi pas ? Nous ne serons pas dérangés. Le soleil est chaud. Allonge-toi et détends-toi.

— Je ne peux pas ! protesta-t-elle. Je ne fais jamais de sieste. C'est tellement…

— Décadent ? suggéra-t-il en souriant.

Bien sûr, il aurait parié qu'elle ne se laissait jamais aller dans la journée. Pourtant, si elle voulait agir au mieux pour l'enfant, il allait falloir qu'elle apprenne à ralentir ses activités.

— Eh bien, sois décadente, pour une fois ! reprit-il. Allons, allonge-toi et ne pense plus à rien.

— Je n'arriverai jamais à m'endormir !

— Pas sûr. Écoute les bruits de la campagne. Laisse le soleil caresser ta peau, abandonne-toi à la quiétude ambiante.

Il vit ses paupières papilloter, puis se fermer, mais son corps demeurait tendu, comme si tous ses muscles étaient perpétuellement bandés, pour parer à toute demande d'activité.

Peu à peu, pourtant, sa respiration se fit plus régulière, et ses muscles se relâchèrent. Et quand, finalement, elle s'endormit, il hocha la tête.

Tout en prenant grand soin de ne pas la toucher, il s'allongea près d'elle, et l'observa. Quand elle était allongée sur le dos, il était plus aisé de remarquer les subtils changements que la grossesse avait produits sur son corps. La plénitude des seins, le petit renflement du ventre, la nouvelle rondeur des joues, d'ordinaire plutôt sèches, trahissaient la future mère.

Il aimait ces changements. Il aimait sa transformation. Elle lui paraissait ainsi moins intouchable. Et, justement, il mourait d'envie de la toucher, de la voir nue, de renouer avec l'intimité qu'ils avaient partagée.

Quand elle se réveillerait, tout à l'heure, il avait une idée assez précise de ce qu'ils pourraient faire…

- 10 -

Quand Julia ouvrit les yeux et reprit conscience de son environnement, Draco se pencha et effleura ses lèvres d'un baiser. Bien que léger, le contact eut le pouvoir d'arracher un gémissement de volupté à Julia. Ses yeux s'assombrirent, le noir des pupilles dévorant presque le noisette de l'iris, et un soupir franchit ses lèvres.

Il se pencha de nouveau, prenant cette fois le temps de rendre un hommage appuyé à ses lèvres, les mordillant, goûtant la tendre chair, léchant leur splendeur du bout de la langue.

Un frisson le parcourut quand Julia lui rendit la pareille. Avide d'en avoir toujours davantage d'elle, il sonda plus intimement sa bouche tout en se plaçant au-dessus d'elle, en appui sur ses bras, et il sentit sa chaleur se diffuser à travers ses vêtements et se répandre contre sa peau.

Julia fit aller ses mains sur les muscles de ses bras, et il se délecta de la caresse, et de son enthousiasme, tandis que leurs lèvres luttaient pour mieux se prendre. Cette attirance qui les unissait, il pouvait la comprendre. Elle était aussi élémentaire et vitale que l'énergie de la terre qui palpitait sous eux.

Supportant son poids d'une main, il entreprit de l'autre de déboutonner la robe de Julia tout en parsemant de baisers les morceaux de peau qu'il découvrait. Bientôt, les pans de la robe s'écartèrent, révélant un soutien-gorge de dentelle blanche qui étreignait des seins dont les pointes roses se dressaient comme pour implorer la caresse. Il suivit attentivement le motif festonné du sous-vêtement, puis plongea brusquement sur le bouton durci qui se pressait contre le fin tissu. Il referma ses lèvres sur lui et l'aspira entre ses lèvres.

Julia laissa échapper un cri. Tout son corps s'arc-bouta pour venir à sa rencontre tandis qu'il titillait longuement la pointe rosée de son sein, avant de passer à l'autre. Dans le plaisir, elle crispa avec force ses mains sur ses épaules. Demain, il porterait les traces de ses ongles, c'était certain, et l'idée le fit sourire.

Il continua de déboutonner sa robe, mettant finalement au jour sa fine culotte de dentelle. Il posa la main en coupe sur son sexe et y pressa sa paume, savourant son humidité, sa chaleur. Elle s'agita contre sa main et, soudain, il lui fut impossible de se contrôler plus longtemps.

Il allait remettre à une autre fois son projet de prendre son temps, de l'amener tout doucement au plaisir. À une fois où, peut-être, elle ne le rendrait pas fou de désir. Si ce genre de chose était possible…

Mû par un impérieux besoin de sentir sa peau contre la sienne, il tira brutalement sur les pans de sa chemise pour l'ouvrir, si bien que les boutons volèrent en tous sens. Il se pencha alors pour entrer en contact avec elle, mais grommela parce qu'il restait la barrière du soutien-gorge. L'aidant à se redresser, il fit glisser les bretelles de sa robe sur ses épaules et, habilement, défit l'agrafe du sous-vêtement.

Elle frissonna quand il l'en débarrassa.

— Es-tu certaine de le vouloir ? demanda-t-il d'une voix étouffée.

Elle pouvait encore refuser, il parviendrait à se contenir.

— Je le veux. Je… te veux.

En entendant ces mots, il eut l'impression de perdre la tête. Emmêlant les doigts dans ses cheveux, Julia attira son visage à elle, et il gémit contre sa bouche quand les pointes de ses seins se pressèrent contre son torse, et que leurs chaleurs se combinèrent pour allumer le désir fou de posséder un peu plus de l'autre.

Les mains de Julia glissèrent le long de son dos, malaxant ses muscles, comme si elle n'arrivait pas à se satisfaire de son contact. Et puis, elles se dirigèrent vers la ceinture de son pantalon, la défirent avec une dextérité dont il doutait d'être encore capable, et elles se mirent à caresser son sexe raidi à travers son boxer, lui tirant des grognements de plaisir.

Il se plaqua contre elle, incapable de se maîtriser. Pour sa plus grande frustration, une couche de tissu s'interposait encore entre eux, lui interdisant d'atteindre son but.

Il s'agenouilla et tira la culotte de Julia le long de ses jambes. Dieu ! qu'elle était belle, ainsi baignée d'ombre et de lumière. Un nœud se serra dans sa poitrine. Il hésita encore un instant, savourant sa beauté, puis son désir reprit une fois encore le dessus. Se débarrasser de ses chaussures et de ses vêtements ne lui prit qu'une seconde.

Puis il la recouvrit de son corps et se pressa entre ses jambes, savourant d'avance le moment où il allait enfin la pénétrer.

— C'est vraiment ce que tu veux, *cara mia* ? demanda-t-il encore, repris d'un scrupule.

— Draco, je t'en prie ! Je le veux. Je le veux tellement !

— Dans ce cas, je vais te donner ce que tu veux, grogna-t-il.

Il la prit par les fesses et, doucement, s'enfonça en elle. En même temps, son regard croisa le sien, le soutint, et l'intimité de cet échange visuel augmenta encore l'intensité du moment qu'il était en train de vivre. Il était en train de la posséder, et il pouvait lire au fond de ses yeux l'effet que cela lui faisait. Le même effet qu'il ressentait à travers son propre corps brûlant de désir. Mon Dieu, c'était encore meilleur que dans son souvenir…

Mais il devait lutter contre l'envie impérieuse de la prendre sans ménagement. Résister à son désir primitif afin que l'acte dure le plus longtemps possible. Doucement, tout doucement, il pénétra plus profondément en elle, sans jamais la quitter des yeux.

Mais quand Julia noua ses jambes à sa taille, le liant à elle, et se pressa à sa rencontre, il sut qu'il n'allait pas pouvoir se contrôler longtemps. Submergé par la passion, il lui agrippa les hanches, et se souleva pour mieux replonger ensuite. Jamais il n'avait ressenti de pareilles sensations avec une autre femme. Jamais il n'avait expérimenté ce sentiment de vulnérabilité, ce niveau de nécessité. L'instinct prima la raison tandis qu'il s'installait dans un rythme qui devait les expédier au paradis des sens. Et il atteignit le plaisir au moment même où il la sentit se contracter et se cambrer sous lui, et il s'abandonna aux pulsations du plaisir qui vibrait entre eux.

Il tremblait de tous ses membres quand il s'allongea et attira Julia sur lui pour qu'ils puissent rester unis un peu plus longtemps. Elle s'affaissa contre lui, le cœur battant furieusement dans sa poitrine, la respiration hachée à l'image de la sienne.

C'est ça la vie, pensa-t-il en lui caressant le dos et prenant ses fesses pour mieux la serrer contre lui, souhaitant garder cette position à jamais. C'était ça vivre. Tout ce qu'il avait fait avant aujourd'hui, avant cet instant, n'avait été que répétition.

Ils sommeillèrent au soleil, oublieux de tout ce qui n'était pas le retour au calme de leur respiration, le rythme régulier des battements de leurs cœurs, la langoureuse chaleur qui les enveloppait. Pourtant, même dans cet état d'euphorie, une ombre rôdait à la périphérie des pensées de Draco. Il n'arrivait pas écarter l'idée que Julia était déterminée à retourner en Nouvelle-Zélande après la naissance du bébé.

Aussi parfaite que soit leur entente charnelle, elle n'envisageait pas de rester et de fonder une famille avec lui. Le rappel était attristant, et gâchait le plaisir de l'instant présent.

Draco remua, aussi incommodé maintenant par la dureté du sol dans son dos que par ses pensées. Il avait besoin d'un peu de distance avec Julia, pour remettre de l'ordre dans ses idées, se rappeler que leur couple était condamné.

— Viens, dit-il en caressant ses courts cheveux bruns d'une main ferme. Il faut songer à rentrer.

Avec un gémissement de protestation, Julia se libéra de l'étreinte de Draco et se laissa glisser à terre. Puis, tout en se rhabillant, elle jeta un regard de biais à Draco.

Où cela les menait-il ? Tout son être vibrait de satisfaction sensuelle, mais son esprit nageait dans la confusion. Poursuivre leur liaison quand Draco se trouvait à Auckland était une chose, mais ce qui s'était passé aujourd'hui changeait encore une fois la donne. Quand Draco l'avait pratiquement forcée à le suivre en Toscane, jamais elle n'aurait imaginé que, moins de vingt-quatre heures après leur arrivée, ils feraient l'amour. Et pourtant… Et il ne l'avait pas forcée, au contraire. Il s'était montré si respectueux, si tendre, si attentionné… À tout instant, elle aurait pu lui demander d'arrêter, elle l'avait senti, mais n'en avait eu aucune intention.

À vrai dire, c'était même tout le contraire. Elle avait encore envie de coucher avec lui. La sensibilité exacerbée de sa peau, de ses seins, de son corps entier, avait rendu l'expérience inoubliable, et elle brûlait de recommencer.

Et cela ne faisait qu'ajouter à sa confusion. Car coucher avec Draco n'arrangerait en rien la situation.

Mais comment pourrait-elle désirer autre chose, songea-t-elle en admirant sa silhouette athlétique. Il avait rangé les reliefs du repas et la glacière dans le coffre de la décapotable et, maintenant, grand, torse nu, et terriblement beau, il regardait au loin. Tournant la tête, il surprit son regard et un petit sourire joua sur ses lèvres, rallumant follement son désir.

S'efforçant de dissimuler son trouble, Julia se leva, passa ses sandales, puis entreprit de replier la couverture. Quand Draco la lui prit des mains pour la ranger dans le coffre, leurs doigts se frôlèrent, et il suspendit son geste pour garder le contact quelques instants de plus.

— Nous recommencerons avant qu'il ne fasse trop chaud, murmura-t-il.

— J'aimerais bien, répondit Julia sans le quitter des yeux.

Mon Dieu, que n'aurait-elle donné pour qu'il comprenne, en un simple regard, à quel point elle était perdue ! Qu'elle mourait d'envie de refaire l'amour avec lui, certes, mais qu'elle attendait aussi bien plus de lui. Beaucoup plus…

Troublée, elle laissa ses yeux dériver sur le torse lisse et bronzé, et machinalement, elle se lécha les lèvres.

— Si tu continues de me regarder comme ça, nous ne rentrerons pas avant la nuit, prévint-il d'une voix amusée.

Cependant, sous l'humour, il y avait un autre sentiment que Julia n'arrivait pas à analyser. On aurait dit qu'il avait jeté une barrière mentale entre eux, et elle sentit la distance grandir encore quand il lui ouvrit sa portière et lui fit signe de grimper. Durant le trajet du retour, il demeura silencieux, et quand ils rentrèrent au palazzo, il s'excusa de la quitter en prétextant qu'il avait du travail.

Dépitée, Julia le regarda s'éloigner.

— Draco ?

Il hésita un instant, mais se retourna, le visage impénétrable.

— *Si* ?

— Il y a un problème ?

— Mais non ! Que vas-tu chercher ? Je te verrai au dîner, à 20 heures. Si tu as besoin de moi dans l'intervalle, tu trouveras le numéro de mon bureau sur la liste, près du téléphone de ta chambre.

Julia hocha la tête. Il s'attendait donc à ce qu'elle passe le restant de la journée dans sa chambre. Elle était punie, peut-être ?

Certes, elle avait besoin de prendre une douche et de se changer, mais du diable si elle allait rester terrée dans sa chambre jusqu'au soir, aussi belle soit-elle ! Il y avait encore des tas de coins à explorer avant de retrouver Draco pour le dîner.

Quand elle se fut rafraîchie, elle regagna le rez-de-chaussée du palazzo et prit ce qu'elle espérait être la direction de la cuisine. Cristiano s'y trouvait sans doute, affairé à préparer le repas, et elle avait envie de lui proposer de l'aider. Et si elle ne pouvait aider, elle apprendrait peut-être quelques recettes qui lui seraient utiles, à son retour en Nouvelle-Zélande.

De vastes portes vitrées menaient à une galerie et, plus loin, à un spacieux patio carrelé où elle aperçut une piscine. Et l'éclat du soleil de fin d'après-midi qui miroitait sur l'eau la détourna momentanément de son but. Des orangers traités en topiaires et plantés dans des bacs délimitaient un agréable espace de détente. À quelques mètres de là, s'élevait un bâtiment, une ancienne écurie apparemment, dont les murs de briques prenaient un éclat doré aux rayons du soleil. Tout en flânant le long de l'allée, intriguée, Julia s'en rapprocha.

Par les profondes fenêtres voûtées, elle jeta un coup d'œil à l'intérieur. Un équipement de gymnastique ultramoderne occupait l'espace dont le sol avait été recouvert d'une moquette. À défaut de passer ses journées avec Draco, comme elle l'avait imaginé, voilà un lieu où elle trouverait de quoi s'occuper. Entre le gymnase et la piscine, au moins parviendrait-elle à garder la forme.

À Auckland, prise dans le tourbillon de ses activités, elle n'avait jamais eu à se soucier de son état, mais maintenant qu'elle était condamnée à de longues vacances en attendant la naissance de l'enfant, il faudrait bien qu'elle fasse de l'exercice sous peine d'échouer à reprendre le rythme du travail à son retour.

Julia poursuivit le long de l'allée et constata avec satisfaction qu'elle menait exactement à l'endroit qu'elle cherchait : la cuisine du palazzo. La porte en était grande ouverte et, au-delà, Julia distingua des récipients de cuivre étincelants et une grosse cuisinière à charbon noire.

— Il y a quelqu'un ? demanda-t-elle depuis la porte.

— Mademoiselle Carson ! Quel plaisir de vous revoir !

Avec élan, Cristiano traversa la cuisine au sol pavé de tommettes et serra Julia sur sa corpulente poitrine.

— Appelez-moi Julia, Cristiano, je vous en prie ! Je suis également heureuse de vous revoir. Je venais voir si, par hasard, vous n'auriez pas besoin d'un coup de main. L'inaction me pèse. Je vais devenir folle si je ne trouve pas une activité !

Avec un reniflement peu élégant, le cuisinier plaqua ses mains sur la grande table de bois qui trônait au milieu de la pièce.

— Asseyez-vous, asseyez-vous ! Vous n'êtes pas ici pour travailler, mon petit ! Vous allez vous contenter de regarder, et d'apprendre, ajouta-t-il avec un clin d'œil.

Sans protester, Julia prit place à la table, sur une chaise de bois cannelée. Le temps passa rapidement tandis que Cristiano la mitraillait de questions sur ce qu'elle était devenue depuis qu'elle avait quitté le palazzo, en février.

Elle avait du mal à croire que moins de trois mois seulement s'étaient écoulés depuis son départ, et, encore plus, à se persuader qu'elle était de retour.

Les exclamations, les rires volubiles du cuisinier ponctuant son récit des derniers succès du Carson amusèrent Julia, mais pas assez pour oublier que l'envie de passer un tablier et de s'activer près de Cristiano la démangeait.

Une idée jaillit de son esprit et, avant de se laisser le temps de la réflexion, les mots sortaient de sa bouche.

— Écoutez, Cristiano, si je ne cuisine pas durant mon séjour au palazzo, à coup sûr, je vais devenir folle ! De plus, il faut absolument que je retourne chez moi avec de nouvelles recettes pour le restaurant. Pouvez-vous me donner des leçons ? Je sais que vous animez souvent les stages culinaires destinés aux visiteurs du palazzo. Est-ce que ce serait trop vous demander de me donner des cours privés ?

Le cuisinier ouvrait la bouche quand son regard se posa sur un point, derrière elle.

— Tu n'es pas ici pour travailler, Julia.

Au son de la voix de Draco, elle se leva brusquement. Si brusquement que de petites taches noires passèrent devant ses yeux, et qu'elle dut se raccrocher au dossier de sa chaise pour ne pas tomber. Le temps que son malaise se dissipe, Draco était à son côté.

— Comment te sens-tu ? demanda-t-il d'une voix inquiète.

— Bien. Je me suis levée un peu trop vite, c'est tout.

Après quelques secondes, elle ajouta :

— Évidemment, j'aurais dû me douter que tu m'interdirais de m'instruire avec Cristiano.

Cristiano s'apprêtait à parler, mais Draco lui ferma la bouche d'un regard.

— Nous en reparlerons, dit-il à Julia. Pour le moment,

nous avons des choses plus importantes à voir. Peux-tu venir avec moi ou préfères-tu rester assise encore un peu ?

— Je ne suis pas invalide, Draco. Je te l'ai dit, ça va.

À grand-peine, elle ravala les larmes qui montaient déjà à ses yeux. Des larmes de rage ou de tristesse, elle n'aurait su le dire. Où était donc passé l'homme qui s'était montré un amant si tendre, cet après-midi ? Le Draco qu'elle voyait maintenant ressemblait au tyran qui avait fait main basse sur son restaurant, et, en exerçant un chantage sur elle, l'obligeait à vivre et à porter son enfant où bon lui semblait.

Il adressa quelques mots dans un italien rapide à Cristiano qui répondit sur le même ton avant de reprendre ses occupations.

— Viens avec moi, dit Draco à Julia.

Il lui tendit le bras. Irritée par son attitude despotique, Julia le suivit, mais en refusant de le toucher. Il la guida vers un salon ouvrant sur le patio qu'elle avait visité plus tôt. Des ronds de lumière provenant de la piscine se reflétaient sur le plafond richement orné. Par bien des côtés, Julia éprouvait la sensation d'avoir pénétré dans un autre monde. En tout cas, ce n'était sûrement pas le sien.

Elle s'assit au bord d'un canapé généreusement rembourré et désigna les anciennes écuries, au-delà du patio.

— J'espère que tu ne verras pas d'inconvénient à ce que j'utilise le gymnase ?

Draco fronça les sourcils.

— Le gymnase ?

— Oui, et la piscine aussi, s'il ne fait pas trop froid. Si je ne peux rien faire d'autre, j'aimerais au moins faire régulièrement de l'exercice.

— La piscine est chauffée, mais il faut d'abord attendre l'avis du spécialiste. Je t'ai pris un rendez-vous pour demain.

Julia bondit sur ses pieds.

— Comment ça, un spécialiste ?

Comment osait-il lui prendre des rendez-vous sans même lui en parler avant ?

— Mais pourquoi ? s'écria-t-elle. J'ai une santé de fer, et je me sens bien. Je n'ai aucune envie que tu m'entoures de spécialistes à ne plus savoir qu'en faire ! D'ailleurs, je te préviens : il est hors de question que j'accouche dans une structure ultra-médicalisée. D'autant plus qu'il y a des maternités très bien équipées dans la région, j'ai vérifié sur le Net avant notre départ.

— Des maternités ?

— Oui, dirigées par des sages-femmes. C'est très sûr. L'environnement idéal pour mon accouchement.

La mâchoire de Draco se contracta. Tic qu'elle avait appris à interpréter comme étant le signe d'une colère rentrée. Il passa une main nerveuse dans ses cheveux.

— Tu es certaine d'être en parfaite santé ? demanda-t-il d'un ton coupant. Il ne peut rien arriver, ni à toi, ni au bébé, c'est une certitude ?

Il criait presque. Julia le dévisagea avec surprise. Pourquoi se mettait-il dans cet état ? Mais il fallait qu'il sache qu'il ne l'impressionnait nullement. Toutefois, avant qu'elle puisse placer un mot, il lui prit la main et, la retournant, en caressa la paume du pouce.

— Je te prie de m'excuser, Julia. Je ne voulais pas élever la voix. Mais j'insiste quand même pour que tu voies un spécialiste. Le bébé et toi méritez les meilleurs soins. Je ne veux prendre aucun risque, tu comprends, ni devoir faire face à une urgence de dernière minute, si c'est possible de l'éviter.

Sous la caresse de Draco, Julia sentit sa peau prendre vie. Mais son émoi n'était rien comparé à l'étonnement qui montait en elle.

La voix de Draco vibrait d'émotion. Pour une mystérieuse raison, il était terrifié. D'une manière qui n'avait rien à voir, à l'évidence, avec les angoisses qu'elle-même éprouvait face à sa grossesse. Alors que, le reste du temps, Draco était un roc, dès qu'il était question du bébé et de sa santé, il se révélait terriblement vulnérable.

C'était incompréhensible.

- 11 -

Le visage de Julia avait reflété toute une gamme d'émotions. Irritation d'abord, puis surprise, et enfin un sentiment sur lequel il n'arrivait pas à mettre de nom. Il n'eut cependant pas à attendre longtemps pour savoir de quoi il retournait.

— Très bien, dit-elle, j'accepte de voir ton spécialiste si, et seulement si, tu consens à ce que Cristiano me donne des cours le temps de mon séjour. Je ne le gênerai pas, je ne ralentirai pas son travail, mais j'ai besoin de garder la main, et d'apprendre de nouvelles recettes à rapporter au Carson quand je rentrerai.

Il combattit la bouffée de colère qui s'empara de lui en l'entendant évoquer son départ. Elle n'était pas arrivée depuis une journée que, déjà, elle donnait l'impression d'avoir mis en route le compte à rebours. D'un autre côté, qu'est-ce que ça lui coûtait de la laisser s'amuser dans la cuisine ? De cette façon, elle serait exactement là où il souhaitait qu'elle soit, c'est-à-dire en sécurité entre les murs du palazzo. Et, quand sa grossesse serait connue de tout le personnel, et pas seulement de la femme de chambre affectée à son service, elle serait dorlotée et empêchée de se surmener.

Finalement, il hocha la tête en guise d'assentiment.

— Je tiens aussi à fréquenter le gymnase, reprit Julia. Je veux un accès libre aux équipements. Le travail de restaurant est beaucoup plus physique qu'on ne l'imagine, et je ne peux pas me permettre de devenir une chiffe molle.

— Si le spécialiste est d'accord, alors, je n'y verrai pas d'inconvénient. Je t'engagerai un entraîneur personnel, comme ça, nous serons sûrs que tu n'en fais pas trop pour toi ou le bébé.

Il fut soudain récompensé d'un sourire.

— Ce n'est pas trop douloureux de céder à mes caprices ? demanda-t-elle sur le ton de la plaisanterie.

Il sentit son cœur se serrer. Pourquoi ses caprices ne correspondaient-ils pas aux siens ? Pourquoi se cramponnait-elle à ses ambitions professionnelles ? Bon, accepter ses conditions, pourvu qu'elle soit suivie par un spécialiste pendant la durée de sa grossesse, était faisable. Sa santé et celle du bébé passaient avant tout. Cependant, si un enfant pouvait vivre heureux avec un seul parent, avec deux parents, il vivait deux fois plus heureux. Était-ce si égoïste de sa part de vouloir que son enfant connaisse l'amour d'un père et d'une mère, le même que celui qu'il avait lui-même connu ? Il ne trouvait pas.

Secrètement, il avait espéré réussir, au cours des prochains mois, à convaincre Julia d'abandonner le Carson. Mais si elle tenait tant à pratiquer et à s'instruire dans son domaine, comment croire encore la chose possible ?

Le reste de la semaine, Julia et Draco s'installèrent dans une confortable routine. Le matin, ils prenaient leur petit déjeuner ensemble, avant que Draco ne parte s'occuper de ses affaires, en général pour la journée. Parfois, il revenait à l'heure du déjeuner pour lui faire visiter d'autres parties du domaine ou de la région. Elle avait beaucoup apprécié une excursion à San Gimignano, où elle s'était émerveillée devant les tours anciennes, et la variété de boutiques installées dans les rues étroites.

Avec la bénédiction du spécialiste, Julia passait ses matinées au gymnase. Gabbi, l'entraîneure engagée par Draco pour superviser ses exercices, parlait un excellent anglais, et les deux heures passées ensemble étaient une partie de plaisir pour les deux jeunes femmes. Les séances de mise en forme n'étaient ni contraignantes, ni fatigantes, et Julia se sentait plus forte chaque jour.

Ses après-midi, elle les passait avec Cristiano, dans la cuisine. Et c'étaient des moments bénis. La cuisine était probablement le seul endroit où elle se sentait vraiment chez elle au palazzo. Peu à peu, elle réunissait une collection de recettes et de pratiques à mettre en œuvre au Carson, encore que, le temps passant, son retour à Auckland lui paraissait de plus en plus aléatoire.

Comme Draco passait la plupart de ses après-midi dans son bureau, ou à visiter les différentes unités de production du domaine, Julia se délassait une heure ou deux dans la piscine avant le repas du soir. Son rythme de vie était fondamentalement différent de ce à quoi elle était accoutumée et, jour après jour, elle sentait s'évacuer sa tension.

Ils n'avaient pas refait l'amour depuis l'après-midi dans l'oliveraie, et elle n'arrivait pas à décider si elle en était contrariée ou non. Une certitude : tous les soirs, elle éprouvait un sentiment de manque quand, après dîner, elle regagnait sa chambre, et que Draco se dirigeait vers la sienne, à deux portes de là.

Un matin, au petit déjeuner, Julia trouva Draco anormalement distrait.

— Il se peut que je doive m'absenter dans les prochains jours, déclara-t-il. Des questions requièrent mon attention dans nos bureaux de Londres, et il m'est impossible de les régler d'ici.

— Quand sauras-tu si tu pars ? demanda Julia en triturant sa serviette de lin.

Même si leurs rapports étaient froids, ce serait bien pire quand elle serait seule.

— Nous devrons remettre notre voyage à Milan, je suppose, ajouta-t-elle.

— Oui, et je m'en excuse. J'aurais souhaité que les choses soient différentes J'espérais ne pas avoir à voyager durant ton séjour, vois-tu.

Julia sentit la confusion la gagner. Il n'aurait pas pu mieux lui rappeler que sa présence au palazzo n'était que temporaire. Mais pourquoi est-ce que la constatation l'ennuyait autant ? N'attendait-elle pas avec impatience l'heure de son départ ? Même si son séjour en Toscane était idyllique, aussi fantastiques soient les paysages, elle s'ennuyait de sa patrie et du Carson. Enfin, elle avait accepté de passer le temps de sa grossesse ici, et d'y mettre son enfant au monde. Après, et seulement après, elle pourrait retourner chez elle.

Son enfant ? Voilà qui était nouveau. Depuis quand tenait-elle ce langage ? Julia posa une main sur le renflement de son ventre qui passait pratiquement inaperçu sous les vêtements, mais se rappelait à son souvenir par le nombre de jeans et de shorts devenus impossibles à fermer.

Jusqu'à présent, elle avait réussi à écarter le bébé de son esprit, à le considérer uniquement comme l'enfant de Draco. Cependant, quelque chose avait changé au fil des jours. Soudain, c'était aussi son bébé.

Parviendrait-elle à tenir parole, le moment venu ? Réussirait-elle à abandonner son enfant ? Et l'homme qu'elle aimait ?

Le regard de Julia se porta sur Draco assis en face d'elle, de l'autre côté de la table. Seigneur ! pensa-t-elle en frissonnant. Elle l'aimait ?

Chaque atome de son corps réagissait à sa présence. Le soleil brillait plus fort quand il était là. Et entre sa vie d'avant lui et celle qu'elle menait maintenant, il y avait autant de différence qu'entre un plat de pâtes et les spaghettis *allo scoglio* dont Cristiano venait de lui enseigner la recette, et qui mêlaient les délicates saveurs des cèpes et des moules du jour.

Tous les matins, elle attendait avec impatience de voir Draco, et elle s'attristait de le quitter le soir. Au long de leur tumultueuse relation, leur attirance s'était modifiée, transformée en un sentiment plus profond. À moins, se demanda-t-elle, qu'elle ne l'ait aimé depuis le début et qu'elle ait lutté bec et ongles contre ses propres émotions ? Peut-être pour se protéger, après sa désastreuse expérience avec Rhys, aussi bien sur le plan sentimental que financier. Et puis, les vues de son père sur la vie et sur l'amour avaient depuis longtemps influencé les siennes, la rendant méfiante, attentive à ne pas s'engager totalement.

D'ailleurs, rétrospectivement, elle se rendait compte que c'était probablement sa défiance qui avait poussé Rhys dans les bras d'Alicia. Pouvait-elle espérer qu'il en irait différemment avec Draco ? Et surtout, s'investir dans une histoire avec Draco signifierait prendre un risque, le plus gros risque de son existence. En était-elle capable ?

— Quelque chose ne va pas ? demanda Draco.

Pas très sûre de sa voix, Julia se contenta de secouer la tête. Depuis le jour où ils avaient fait l'amour, Draco s'était éloigné d'elle. Il restait amical, bien sûr, se conduisait en hôte parfait. Mais il se murait dans l'indifférence. Il était différent du compagnon de son premier séjour en Toscane, ou de l'homme retrouvé à Auckland. La réplique qu'elle avait lancée sous le coup de la colère quand il avait découvert sa grossesse l'avait rendu amer, et avait créé un fossé entre eux qu'elle devait décider de combler, ou de laisser pour toujours béant.

Certes, l'après-midi suivant leur arrivée, il avait laissé

tomber sa garde et, en l'espace de quelques heures, ils avaient recréé un lien entre eux. Malheureusement, par maladresse, elle avait gâché cette intimité, et il s'était retranché derrière les exigences de ses affaires. Naturellement, elles étaient nombreuses, et disséminées aux quatre coins de la planète. Il n'empêchait qu'elle avait perdu quelque chose de précieux, qu'elle n'avait pas su partager avec lui, et dont la disparition laissait un trou béant en elle.

— Je te verrai ce soir, dit-il en reposant sa tasse de porcelaine fine sur la soucoupe.

Il se leva.

— Tu ne reviens pas déjeuner ? s'enquit-elle.

— Malheureusement non. Je dois me rendre à Florence, mais je serai de retour pour le dîner.

— Florence ? Est-ce que je peux t'accompagner ? J'en ai pour une minute à me préparer.

Elle aurait adoré cette occasion d'acheter des vêtements et de traîner dans les ruelles de la ville.

— Peut-être la prochaine fois. J'ai des rendez-vous prévus pour toute la journée, et je n'aimerais pas te laisser livrée à toi-même.

— Je suis une grande fille, tu sais, Draco ! Je sais m'occuper toute seule.

— Je sais, mais je préfère te faire visiter la ville quand nous aurons tout notre temps. J'aimerais la voir à travers tes yeux quand tu la découvriras pour la première fois.

Il lui adressa un sourire qui fit tressauter le cœur de Julia dans sa poitrine. Quand il quitta la pièce, elle dut ravaler sa déception et le ridicule sentiment d'abandon qui s'abattit sur elle. Aujourd'hui n'était pas différent des autres jours, se réprimanda-t-elle. Elle allait se préparer pour sa séance avec Gabbi, et puis savourer le reste de la journée, comme elle avait savouré les précédentes. Alors, quelle importance si elle se retrouvait seule pour déjeuner avant sa leçon avec Cristiano ? Comme elle l'avait dit à Draco, elle était une grande fille maintenant. De plus, elle avait matière à réfléchir avant de le revoir.

Julia exécuta une nouvelle longueur de piscine, savourant le doux glissement de l'eau sur son corps. Elle n'était pas plus avancée dans ses réflexions que le matin. Elle s'était même montrée si distraite cet après-midi qu'elle avait fini par faire perdre patience à Cristiano lui-même. À la fin, plaidant la fatigue, elle lui avait abandonné son royaume et s'était autorisée une sieste exceptionnelle à l'ombre, près de la piscine. Elle s'était réveillée des pensées plein la tête, mais, à présent, l'activité physique l'aidait à dissiper la confusion de son esprit.

Après avoir effectué encore une longueur, Julia prit appui sur le bord de la piscine. Elle s'apprêtait à se hisser en dehors quand elle s'aperçut qu'elle n'était plus seule.

Sur une chaise de repos, était installée une femme impeccablement vêtue et qui présentait un air de ressemblance évident avec Draco. Sa mère, très certainement. Voyant que Julia l'avait remarquée, la nouvelle venue se leva. Elle s'approcha d'un pas gracieux, et lui offrit sa main.

— Laissez-moi vous aider, ma chère.

— Merci, dit Julia en prenant la main tendue.

Elle regrettait amèrement de n'avoir pas choisi de porter son maillot une pièce au lieu de ce Bikini dont le bas cachait mal l'épaississement de sa taille, et le haut paraissait presque indécent sur la nouvelle plénitude de ses seins.

Elle prit la serviette-éponge blanche et moelleuse que lui tendait la mère de Draco et s'en enveloppa. Mais le regard évaluateur de la visiteuse prouvait que rien ne lui avait échappé.

— Vous devez être Julia, dit-elle avec un sourire aimable. Je suis Sabina Sandrelli, la mère de Draco.

— Je suis navrée, je n'attendais personne…, commença Julia.

— J'aurais dû appeler avant de venir vous rendre visite, je sais, mais j'en avais assez d'attendre que Draco fasse les présentations. C'est bien ce que je pensais. Vous êtes enceinte, n'est-ce pas ?

Un flot de sang colora les joues de Julia.

— Je…

— N'ayez crainte, la nouvelle me remplit d'aise, encore que j'aurais préféré l'apprendre de la bouche de mon fils plutôt que d'être obligée de venir m'en assurer par moi-même.

Sabina tapota le bras de Julia.

— Et Umberto, le père de Draco, sera également ravi. Il a essayé de me dissuader de venir aujourd'hui, mais Draco vous a gardée assez longtemps pour lui tout seul ! Il était grand temps que vous fassiez connaissance avec la famille, enfin, avec ce qu'il en reste.

— Le père de Draco est également ici ? demanda Julia, regardant autour d'elle.

Sabina sourit.

— Il est dans la cuisine, occupé sans aucun doute à rendre Cristiano fou en soulevant les couvercles pour voir ce qu'il y a au menu du dîner. J'ai entendu l'hélicoptère de la compagnie atterrir il y a peu. Si vous alliez vous habiller, que nous accueillions Draco ensemble ?

Sans attendre de réponse, Sabina s'éloigna, son élégant pantalon de soie grège, et la veste assortie, flottant dans la brise. Ebahie, Julia la regarda s'eloigner. La mère de Draco… Eh bien, quelle expérience ! Visiblement, cette femme avait l'habitude de tout diriger. « Telle mère, tel fils », songea Julia avec une légère amertume, tout en regagnant sa chambre.

Quand elle se fut douchée et séchée, elle commença à s'inquiéter de ce qu'elle allait porter pour le dîner. À en juger par l'élégance de la tenue de Sabina Sandrelli, celle-ci devait s'attendre à ce que Julia s'habille pour le dîner. Aussi finit-elle par opter pour un pantalon à larges jambes et à taille élastique, et un haut un peu lâche, mais quand elle passa du dressing à la chambre, elle vit deux boîtes posées sur le lit, accompagnées d'une brève note rédigée de la main de Draco.

« J'ai pensé à toi quand je les ai vus. »

Elle souleva le couvercle de la première boîte et écarta le papier de soie. Un soupir de ravissement s'échappa de ses lèvres quand elle découvrit une ravissante chemise de nuit vert menthe, coupée dans un tissu si léger qu'elle en paraissait presque indécente. Il avait pensé à elle en la voyant ? Dans ce cas, tout espoir n'était peut-être pas perdu…

En dessous de la chemise de nuit, il y avait un peignoir assorti, qu'elle tint un instant devant elle. Elle mourait d'envie de porter l'ensemble, mais doutait que ce soit le genre de tenue à laquelle l'élégante Sabina s'attendait…

Julia ôta le couvercle de la seconde boîte et en tira une robe bleu cobalt. Elle la plaqua contre elle, pour se rendre compte de l'effet obtenu, et tourbillonna devant le miroir. La couleur lui allait bien au teint ; quant à la forme empire, elle était parfaite, non seulement pour maintenant, mais elle le serait aussi durant les mois d'été, lorsque son ventre aurait pris un certain volume. Elle se vêtit rapidement et passa des chaussures noires à hauts talons.

Un coup frappé à la porte l'arracha à la contemplation admirative de son reflet dans le miroir.

Draco entra dans la pièce et referma la porte derrière lui.

— Elle est encore mieux sur toi que sur le modèle ! déclara-t-il.

Elle le dévora du regard. Revêtu d'un complet gris anthracite, il était à la fois imposant et indéniablement séduisant. Soudain, elle eut une conscience presque douloureuse de sa présence. Pour se donner une contenance, elle tapota sa robe.

— Merci, elle est adorable.

— Je suis heureux que tu l'aimes. J'ai remarqué que tu n'as pas porté de boucles d'oreilles depuis ton arrivée, et pourtant, tes oreilles sont percées. Alors, j'espère que ceci te plaira.

Joignant le geste à la parole, il tira un écrin de la poche de sa veste et l'ouvrit. Et devant les boucles d'oreille de platine serties de diamants, Julia sentit sa respiration se couper.

— Je peux ? demanda Draco.

Il posa l'écrin sur la table, près de lui, puis sortit une boucle de son nid et en ouvrit l'attache. Tandis qu'il la plaçait à son oreille, ses doigts frôlèrent le cou de Julia, et elle eut la sensation que tout son corps s'embrasait. Quand il eut attaché la seconde boucle d'oreilles, il la fit pivoter pour qu'elle se regarde dans le miroir.

Elle porta une main tremblante à son oreille. Jamais elle n'avait possédé d'objet de valeur. Et, tout en examinant son reflet, elle eut du mal à reconnaître la jeune femme qui était arrivée au palazzo une semaine auparavant. Sa peau possédait un éclat qui trahissait la bonne santé retrouvée, et les cernes de ses yeux s'étaient estompés. Revêtue de l'élégante robe, et arborant ces somptueuses boucles d'oreilles, Julia aurait presque pu se persuader qu'elle appartenait à ce milieu, qu'elle pouvait légitimement évoluer entre les meubles de prix, au côté de l'homme si distingué dont l'image se reflétait près d'elle.

Mais elle savait que ce n'était qu'un rêve futile.

— Merci, Draco, elles sont superbes. Mais je ne peux pas accepter un tel cadeau. Vraiment.

Le regret tremblait dans ses paroles. Malgré sa toute récente sophistication, elle restait Julia Carson, chef cuisinière. Ce titre et son appartenance au Carson la définissaient ; elle n'était rien d'autre que cela.

— Elles sont à toi, fais-en ce que tu veux, répliqua Draco d'un ton sec.

La lumière, dans ses yeux, s'était éteinte.

— Et maintenant, rejoignons mes parents au rez-de-chaussée, ajouta-t-il.

Julia baissa les yeux pour qu'il ne voie pas l'inquiétude se peindre sur son visage. Comment lui avouer qu'elle appréhendait beaucoup de rencontrer son père ? Surtout après l'impression que lui avait faite sa mère. Une femme charmante, mais indéniablement d'un autre monde que le sien. Un monde où elle n'aurait jamais sa place…

— Elle sait, dit-elle enfin en relevant les yeux. Ta mère sait que je suis enceinte. Elle a deviné.

— Je n'en attendais pas moins d'elle. Ne t'inquiète pas ; ce n'est pas un problème, au contraire.

Julia l'espérait de tout son cœur. Elle espérait aussi que les parents de Draco ne la mettraient pas dans une situation difficile.

Au rez-de-chaussée, ils rejoignirent Sabina et Umberto dans le salon d'apparat que Julia avait seulement entrevu du seuil.

— Vous êtes superbe, ma chère ! s'exclama la mère de Draco en se levant de sa chaise et en traversant la pièce pour venir prendre Julia par la main. Umberto, viens faire la connaissance de Julia.

Presque paralysé de la moitié du corps et contraint de se déplacer très lentement, le père de Draco n'était certainement plus que l'ombre de l'homme qu'il avait été. Mais on devinait qu'il avait dû être magnifique dans sa jeunesse. Une marque de fabrique familiale, ne put-elle s'empêcher de songer.

Une fois les présentations faites, Sabina attira Julia dans un coin, la poussa sur un fauteuil installé près d'une immense fenêtre cintrée, et prit le siège qui lui faisait face.

— Laissons les hommes discuter entre eux, dit-elle sur un ton de conspiration. S'ils règlent tout de suite leurs affaires, ils nous laisseront peut-être tranquilles pendant le repas !

Julia sourit d'un air contraint. Quelque chose chez Sabina lui donnait l'impression de n'être pas à sa place. Rien de flagrant, juste une sensation. Sans doute était-elle ridicule, cependant, comme Sabina lui posait des questions sur elle et sa famille, Julia se sentait dégringoler de plus en plus sûrement dans son estime.

D'un point de vue logique, c'était elle qui aurait dû assumer le rôle d'hôtesse, mais Sabina avait vécu au palazzo jusqu'à ce qu'Umberto et elle se retirent, quelques années auparavant, dans une demeure de taille plus modeste, et elle était et resterait la véritable maîtresse des lieux. Son air d'autorité mettait Julia sur la défensive, une position qu'elle n'appréciait guère.

— Dites-moi, quand le bébé doit-il naître ? demanda Sabina après avoir épluché l'arbre généalogique de Julia.

Démarche qui, soit dit en passant, avait été rapidement expédiée.

— Pas avant la mi-novembre, répondit Julia, sans parvenir à se débarrasser de sa raideur.

— Ah ! un bébé d'hiver. Pas de problème, la nurserie est parfaitement isolée. Vous n'aurez donc pas à craindre qu'il ait froid.

— Il y a une nurserie ? demanda Julia sans réfléchir.

Bien sûr qu'il y avait une nurserie au palazzo. Des générations de Sandrelli y avaient été élevées ; il était bien normal qu'il existe des pièces réservées à l'usage des enfants.

Julia reçut un coup au cœur en se rappelant que son enfant serait élevé ici, loin d'elle. Malgré l'arrangement passé avec Draco, elle ne supportait plus l'idée de laisser son bébé derrière elle. La seule perspective l'emplissait d'une terrible angoisse.

— Les hommes ! fit Sabina en levant les yeux au ciel. Je n'arrive pas à croire que Draco ne vous ait pas montré la nurserie ! Après le dîner, je vous la ferai visiter. Maintenant, dites-m'en un peu plus sur vous. Comment mon fils et vous vous êtes-vous rencontrés ?

Sabina savait écouter. Peu de temps après, elle connaissait tout des circonstances de leur rencontre, de la façon dont Draco était réapparu dans la vie de Julia après son retour en Nouvelle-Zélande. Elle secoua la tête en souriant.

— C'est mon fils tout craché ! Incapable de renoncer ou d'attendre le bon vouloir des gens. Pourtant, malgré ce trait de caractère, c'est un bon garçon.

Julia refréna un sourire. Draco, un *garçon* ? En ce qui la concernait, il s'agissait d'un homme, dans tous les sens du terme. Et ce constat rendait la distance entre eux plus difficile à supporter… Car elle devait bien se l'avouer : leurs étreintes lui manquaient. Terriblement.

Au prix d'un grand effort, Julia tenta de se concentrer sur le babil de Sabina. Et au bout de quelques minutes, elle finit par se laisser captiver par tout ce que cette dernière lui racontait sur son fils bien-aimé. Derrière les anecdotes et les louanges à l'évidence peu objectives d'une mère, elle entrevit de nouvelles facettes de la personnalité de l'homme qu'elle aimait. Il était évident qu'il aurait fait n'importe quoi pour ses parents. Il leur portait un amour et un respect immenses. Par exemple, bien que son père ne soit plus capable de gérer activement les affaires de l'empire Sandrelli, Draco le consultait régulièrement sur les décisions à prendre.

— Bien sûr, disait Sabina, quand Marcella est morte, nous avons éprouvé un profond chagrin. Et Umberto et moi sommes heureux qu'il ait retrouvé quelqu'un d'exceptionnel.

Julia se redressa brusquement.

— Marcella ? répéta-t-elle d'un air étonné.

— Naturellement, dit Sabina avec irritation. Draco ne vous a pas parlé d'elle.

Elle soupira.

— Eh bien, maintenant que j'ai mentionné son nom, il ne me reste plus qu'à satisfaire votre curiosité.

— Je ne…

— Allons, ma chère, tranquillisez-vous. Votre curiosité est toute naturelle, et si mon fils et vous devez vous marier, il faut bien que vous connaissiez l'histoire de sa fiancée défunte.

Se marier ? Avant que Julia ne détrompe la mère de Draco, une autre idée s'imposa à son esprit. Draco avait été fiancé ?

— Ce fut d'une tristesse infinie, reprit Sabina. Marcella était une charmante jeune femme. Et aucun de nous ne soupçonnait qu'elle souffrait d'une malformation cardiaque.

— Est-ce que… Se sont-ils fréquentés longtemps ?

Julia était partagée entre l'envie de savoir et celle de se boucher les oreilles. Elle se doutait bien qu'elle ne sortirait pas victorieuse d'une comparaison avec la femme que Draco avait suffisamment aimée pour la demander en mariage.

— Oh ! oui. C'était la fille de très bons amis à nous. Nous avions toujours souhaité une alliance entre nos deux familles, mais, malheureusement, ce beau rêve ne devait pas se réaliser.

Sabina marqua un petit silence avant de reprendre.

— C'est pourquoi je voulais vous voir de mes propres yeux, vous comprenez. Quand Draco m'a dit qu'il vous avait installée au palazzo, j'ai tout de suite compris que vous étiez davantage qu'une amie de passage. Et puis, quand je vous ai vue, j'ai deviné que vous étiez enceinte. Je suis si heureuse qu'il puisse avoir enfin l'enfant qu'il n'a pas pu avoir avec Marcella. Celui qu'elle a entraîné avec elle dans la mort.

Un long frisson glacé courut le long du dos de Julia.

— Elle était enceinte ? demanda-t-elle.

— Oui. Elle connaissait l'importance de la famille pour Draco et savait que, après l'accident survenu à Lorenzo, la responsabilité d'en assurer la descendance retombait sur ses épaules. Elle n'a pas voulu attendre leur mariage pour commencer à fonder une famille. Bien sûr, ses parents ont été scandalisés quand elle a annoncé qu'elle portait l'enfant de Draco, mais, très vite, ils se sont mis à attendre la naissance avec autant d'impatience que nous.

— Vous avez parlé d'une malformation cardiaque ? Marcella était-elle au courant ?

— Apparemment, oui. Les médecins l'avaient prévenue qu'elle ne pourrait pas avoir d'enfant, mais je pense qu'elle craignait de perdre Draco si elle ne lui donnait pas d'héritier. Alors, elle a joué le tout pour le tout. Malheureusement, le risque était bien réel, et nous les avons perdus tous deux. J'ai cru que Draco allait devenir fou de chagrin.

De nouveau, Sabina se tut. Puis elle poussa un gros soupir et redressa les épaules.

— Mais tout ça, c'est le passé. À présent, nous avons une naissance en perspective. Et un mariage ! ajouta-t-elle en frappant dans ses mains. Avez-vous fixé une date ?

— Non, *mamma*.

Au son de la voix de Draco, les deux femmes tournèrent

la tête. Il tendit un verre de vin blanc à sa mère et un verre de jus de fruit à Julia. Avait-il ou non entendu leur conversation ? Devant son air impénétrable, Julia n'aurait su le dire. Mais quand il lui jeta un regard pénétrant, elle se recroquevilla sur elle-même. S'imaginait-il un instant qu'elle avait raconté à sa mère qu'ils faisaient des projets d'avenir ? Il fallait absolument qu'elle mette les choses au clair.

— En réalité, nous ne sommes pas fiancés, expliqua-t-elle.

Sabina haussa ses sourcils parfaits.

— Vous n'êtes pas fiancés ? répéta-t-elle en jetant un regard sévère à son fils.

— Non, *mamma*, répondit Draco d'un ton qui coupait court à toute discussion.

En claudiquant, Umberto Sandrelli les rejoignit, et la conversation dériva sur des sujets plus généraux. Malgré tout, tout au long de la soirée, dans l'esprit de Julia tourbillonnaient mille questions au sujet de la fiancée disparue de Draco.

Soudain, l'attitude si directive et inquiète de Draco à propos de sa grossesse lui devenait plus intelligible. Elle comprenait mieux ce que signifiait pour lui d'attendre cet enfant, la violence de sa réaction en découvrant qu'elle était enceinte, et pourquoi il tenait tant à lui offrir les meilleurs soins que l'argent puisse procurer. Non que sa fortune ait pu sauver la pauvre Marcella, songea-t-elle avec tristesse. Qu'est-ce qui avait bien pu pousser cette dernière à entreprendre délibérément une grossesse, en sachant les risques qu'elle courait ? Mon Dieu, comme elle devait l'aimer, pour avoir préféré tout risquer plutôt qu'envisager de le perdre si elle ne lui donnait pas de descendant…

L'espace d'un instant, Julia se sentit terriblement jalouse de Marcella, parce qu'elle avait aimé Draco et en avait été aimée en retour. Puis elle éprouva de la honte. Il fallait tomber bien bas pour être jalouse d'une morte.

Que Draco aime déjà l'enfant à venir ne faisait aucun doute dans l'esprit de Julia. Mais elle savait que cet amour ne s'étendrait pas jusqu'à elle. La dernière fois qu'elle s'était crue amoureuse d'un homme, sa meilleure amie s'était interposée dans leur relation. Cette fois, c'était un bébé, et le souvenir d'une morte. Comment espérer vaincre de tels rivaux ?

Du moins avait-elle le Carson. C'était une des constantes de sa vie, elle le retrouverait quand tout ceci serait fini. Il fallait s'accrocher à cette idée. Ce serait la seule lueur d'espoir qui pourrait l'aider à traverser cette épreuve.

Sauf que ce n'était pas ce qu'elle désirait, au fond d'elle, elle le savait. Elle voulait bien plus que le Carson dans la vie. Elle voulait Draco, elle voulait ce qu'il avait partagé avec Marcella, elle voulait rêver d'un avenir avec lui. L'idée la terrifiait et l'enivrait en même temps. Car que pouvait-elle espérer de la part de cet homme ? Il voulait un enfant, et il l'aurait. Mais il ne l'aimait pas. Il ne l'aimerait jamais.

Elle joua avec le bracelet qu'elle portait constamment depuis le jour où il le lui avait offert, et elle songea aux boucles qu'il avait accrochées à ses oreilles. Il ne l'aimait pas, mais on ne pouvait guère le taxer d'indifférence vis-à-vis d'elle. Et elle se prit à espérer que, peut-être, quelque chose était possible entre eux…

Il était tard quand Umberto et Sabina se retirèrent et que Julia gagna sa chambre. Durant la visite de la nurserie, avec Sabina, Julia s'était étonnée que, étant donnée la taille du palazzo, les parents de Draco n'y aient pas conservé une suite. Alors, Sabina avait expliqué que, toute sa vie, elle s'était conformée à ce qu'on attendait d'une

Sandrelli et que, maintenant que Draco avait repris les rênes de l'affaire, il était temps pour elle et son mari de mener une vraie vie de couple. Ce qui impliquait d'avoir un foyer bien à eux, ainsi que des projets personnels. De plus, avec son infirmité résultant d'une série d'attaques mineures, Umberto évoluait avec plus de facilité dans un logement de plain-pied.

Les explications de Sabina avaient touché une corde sensible chez Julia. En dépit de l'espoir de Sabina que Draco et son père auraient réglé leurs problèmes avant le dîner, celui-ci avait été dominé par des discussions d'affaires, et Julia comprenait très bien que Sabina ait voulu mettre un peu de distance entre vie privée et vie professionnelle. Mais c'était surtout la compassion et l'amour évident qu'elle portait à son mari qui la touchaient. Cette femme, qui était la maîtresse incontestée des lieux, avait abandonné son rôle pour que son mari jouisse d'une relative indépendance.

Et Draco, se demanda-t-elle en poussant la porte de sa chambre, comment se comporterait-il quand l'enfant serait né ? Il n'allait sans doute pas lever le pied de son travail, si bien qu'il n'aurait guère de temps à consacrer à leur enfant. Une idée désespérante envahit alors son esprit et elle se laissa aller sur son lit. Si elle-même n'était pas là pour s'en occuper, qui le ferait ?

Raison de plus pour trouver le moyen de combler le fossé entre eux, décida-t-elle, et de passer sur leurs différences. L'idée que, si elle n'arrivait pas à persuader Draco qu'elle tenait désormais à faire partie de la vie de son enfant, ce dernier serait élevé par une cohorte de nurses, lui était intolérable.

Elle n'avait peut-être pas connu l'amour de sa mère, et son père avait été très pris par ses occupations professionnelles, mais, d'une manière ou d'une autre, il avait tout de même été présent dans sa vie.

Aussi devait-elle parler à Draco. Ce soir, avant que son courage ne la déserte. Il fallait le convaincre d'envisager un avenir commun.

Elle se releva et, avec précaution, elle ôta la robe que Draco lui avait offerte et la suspendit sur un cintre. Après quoi, elle se débarrassa de ses sous-vêtements et passa la chemise de nuit et le peignoir qu'il lui avait offerts. Sa peau réagit aussitôt à la texture soyeuse de l'ensemble, et elle frémit à ce délicieux contact.

Elle sourit à son reflet dans le miroir, passa ses doigts dans ses cheveux pour y remettre de l'ordre et pinça ses joues qui lui semblaient soudain bien pâles.

Il fallait que ça marche, pensa-t-elle.

Avant d'avoir le temps de changer d'avis, elle sortit de sa chambre et, pieds nus, se dirigea vers la porte de Draco. Résolument, elle y frappa et, sans attendre de réponse, entra.

- 12 -

— Il y a un problème ?

Draco se détourna du bureau devant lequel, debout, il lisait un document. Reposant le feuillet et le coupe-papier de cristal sur la surface polie du bureau, il s'approcha d'elle, l'air inquiet.

— Non, non, je vais bien. Je voulais juste te parler quelques instants.

Maintenant qu'elle se trouvait au pied du mur, Julia éprouvait de la nervosité Une chose était certaine, elle n'aurait pas dû se présenter à lui dans cette tenue provocante. Si l'idée lui avait paru bonne sur le coup, à présent, elle avait l'impression de s'exhiber alors qu'elle désirait l'attention sans partage de Draco.

Et pas de ce genre d'attention.

— L'ensemble te va très bien, constata Draco.

Devant la flamme admirative qui brûlait dans ses yeux, Julia se troubla.

— Merci, dit-elle d'une voix étranglée.

Évitant le regard de Draco, elle s'assit sur un confortable canapé, et s'éclaircit la gorge.

— Ta mère m'a parlé d'un certain nombre de choses, commença-t-elle.

— Je n'en doute pas un instant, répliqua Draco avec un sourire. Ma mère a toujours beaucoup à raconter, quel que soit le sujet.

— Elle m'a parlé de Marcella.

Voilà, elle l'avait prononcé. Le prénom de sa fiancée était sorti de sa bouche sans guère plus qu'une pointe de cette sotte envie qu'elle portait à la disparue.

Le regard de Draco se rétrécit entre ses paupières.

— Qu'est-ce que ma mère t'a exactement raconté ?

C'était peut-être une erreur après tout. Julia lissa un pli imaginaire sur sa manche et prit sa respiration.

— Elle m'a dit que tu étais fiancé à Marcella et qu'elle était morte alors qu'elle était enceinte, avant que vous ayez eu le temps de vous marier.

— Et ?

Julia lui jeta un regard, mais le visage de Draco demeurait impénétrable. S'il portait encore de l'amour à Marcella, il ne se lisait pas sur ses traits.

— Je... je me demandais si tu pouvais me parler d'elle, bredouilla Julia. Cela pourrait m'aider à te comprendre un peu mieux.

— Me comprendre ?

Draco se mit à arpenter le parquet devant elle.

— Qu'y a-t-il à comprendre ? Ma vie avec Marcella n'a rien à voir avec toi et moi. Marcella m'aimait, nous devions nous marier et, oui, elle était enceinte de mon enfant quand elle est morte d'une malformation cardiaque dont elle avait omis de me faire part. Si j'avais su...

Draco se tut brusquement, égrena un chapelet de mots dans un italien rapide, puis s'arrêta devant Julia.

— Si tu avais su ? insista-t-elle, souhaitant ne pas s'être lancée dans cette discussion.

L'entendre parler de Marcella, parler de l'amour qu'il avait eu pour une autre, lui brisait le cœur. Que s'était-elle donc imaginé ?

Draco poussa un soupir.

— Si j'avais su, je me serais montré plus prudent, poursuivit-il d'un ton amer, et elle ne serait jamais tombée enceinte. Nous nous serions mariés, aurions vieilli ensemble, et ç'aurait été bien suffisant.

— Peut-être ne partageait-elle pas cet avis. Elle savait à quel point tu étais attaché à ta famille et, avec la mort de ton frère, elle pensait n'avoir pas le choix.

— Le choix ? Et à moi, a-t-elle laissé le choix ? Elle savait que l'état de son cœur ne lui permettrait pas de mener une grossesse à bien et, pourtant, elle a passé outre sans m'en informer.

— Je suis désolé, Draco. Sa mort a dû être si cruelle pour toi.

— Cruelle pour mes parents et moi, c'est certain. Ils attendaient le bébé avec tant d'impatience. Avec Lorenzo, une part d'eux-mêmes était morte, et savoir Marcella enceinte leur avait causé une joie immense. Mais sa disparition a tout anéanti. Dis-moi, Julia, comment un homme est-il censé réagir quand la femme qu'il aime lui cache une telle vérité et, en agissant ainsi, perd non seulement la vie, mais entraîne aussi son enfant dans la mort ?

Devant la souffrance contenue dans la question de Draco, Julia sentit sa gorge se serrer.

— J'étais tout pour Marcella, reprit-il. Elle m'était toute dévouée, et son dévouement lui a coûté la vie. Est-ce ce que tu voulais savoir ? Non, jamais Marcella n'aurait fait passer son travail avant moi ou le bébé. Surtout pas le bébé.

Julia se raidit.

— Est-ce une critique ?

— Prends-le comme tu voudras, dit-il d'un ton las, mais sois au moins honnête avec toi-même. Je sais que tu ne pourras jamais aimer quelqu'un autant que Marcella m'aimait, ou faire preuve d'autant d'abnégation, parce que tu n'as qu'un intérêt dans ta vie, ton précieux restaurant. Mais c'est égal. Sur ce point, tu ne mens pas, et nous savons tous deux où nous en sommes. Et nous savons aussi que tu n'as pas l'intention d'être une vraie mère pour cet enfant.

Julia sursauta comme s'il l'avait frappée.

— Et dis-moi, Draco, quand penses-tu au juste, dans ton emploi du temps surchargé, trouver le temps d'être un vrai père ? Je t'ai à peine vu depuis mon arrivée. Alors, réponds ! Quel genre de père seras-tu ? Toi qui es si prompt à critiquer mon désir de faire carrière, peut-être devrais-tu commencer par balayer dans ton propre jardin ?

En réaction aux durs propos de Draco, Julia tremblait, d'abord de colère, mais celle-ci avait été remplacée par une autre émotion. À ce moment précis, elle n'avait pas très envie d'analyser ses sentiments, mais une vérité s'était imposée à son esprit : jamais il n'envisagerait une relation à long terme avec elle. Et sa certitude fut encore renforcée par ce qui suivit.

— Mon devoir sera toujours, avant tout, pour ma famille, reprit-il. N'en doute jamais. Je serai là pour ce bébé, beaucoup plus que toi. Réfléchis donc un peu avant de me jeter la pierre. Tu as très clairement exprimé que ta carrière comptait plus qu'une relation avec ton enfant ou avec moi. Même ici, tous les jours, tu travailles à ton but de retourner à ta cuisine !

Impossible de nier. Tous les jours, elle prenait des leçons avec Cristiano. Pourtant, ces deux derniers jours, son enthousiasme à trouver de nouvelles recettes pour le Carson s'était quelque peu émoussé. Quand elle téléphonait à son père, en soirée, il ne cessait de lui expliquer qu'il s'en sortait admirablement, et que tout marchait sur des roulettes au restaurant. Pour tout dire, elle ne l'avait pas trouvé aussi heureux et comblé depuis bien longtemps. Bien sûr, elle continuait à se faire du souci parce qu'il n'avait pas engagé de chef, mais elle se consolait en se disant que ce n'était qu'une question de temps.

— Au moins, j'ai un but, répondit-elle le plus crânement qu'elle put. Ma vie n'est pas tout entière définie par un mari ou un enfant !

Voyant Draco se figer, Julia comprit qu'elle était allée trop loin.

— J'ai pitié de toi, dit-il entre ses mâchoires crispées. Comment oses-tu t'abaisser à insulter une femme qui était une sainte, comparée à toi ? Une femme qui a donné sa vie pour essayer de me satisfaire ? Rappelle-toi, Julia, c'est toi qui as choisi ta situation. C'est toi qui as préféré n'être rien de plus que celle qui apportera la sécurité au nom des Sandrelli, plutôt que de devenir femme et mère. Alors, quand tu auras rempli ta promesse, tu retourneras à ton restaurant, et nos vies reprendront leur cours.

Un froid mortel s'abattit sur Julia. Draco n'aurait pu s'exprimer plus brutalement. Sa famille appartenait à cette terre comme jamais elle ne pourrait y appartenir. Les Sandrelli faisaient partie du pays, partie des gens qui le peuplaient, partie les uns des autres. Mais si elle devait rester à tout jamais exclue de ce cercle, du moins son bébé y aurait-il sa place.

Elle refoula les larmes qui lui brûlaient les paupières. Elle avait été folle de songer à parler à Draco d'un avenir. De toute façon, envisager une vie commune aurait été aller au-devant de l'échec. Probablement avait-elle juste l'esprit sentimental à cause de sa grossesse, du style de vie, de l'environnement flatteur. Et elle avait osé rêver de ce qu'elle ne pourrait jamais avoir, ni être.

S'efforçant de dissimuler son amertume, Julia se leva. Le doux tissu de la chemise de nuit et du peignoir frôla son corps avec la tendresse des mains d'un amant, et elle frissonna de penser que, si les choses avaient été différentes entre Draco et elle, il lui aurait déjà ôté ses vêtements.

Mais au lieu de faire des projets d'avenir, elle se

raccrocha au dernier lambeau d'amour-propre qui lui restait et, redressant la tête, croisa le regard étincelant de Draco.

— Merci de me l'avoir rappelé, dit-elle. Tu as raison, naturellement. Pour être honnête, j'attends avec impatience que tout ceci…

Elle désigna son ventre.

— … soit derrière moi, et que je puisse reprendre ma vie d'avant.

Elle vit le visage de Draco se décomposer. Bien sûr, elle lui avait porté un coup, mais, par la même occasion, elle s'en était porté un tout aussi cruel.

Elle était tombée amoureuse d'un homme qui ferait toujours passer d'autres, leur enfant, sa famille, avant elle. Or, pour une fois dans sa vie, elle désirait follement être la première dans la vie d'un homme ; malheureusement, elle ne pouvait espérer que cet homme soit Draco.

Elle se força à mettre un pied devant l'autre pour atteindre la porte, agrippa la poignée, et la tourna maladroitement. Tout son être lui disait de s'arrêter, de se retourner et de regarder Draco. De voir s'il s'était un peu adouci, s'il restait une chance qu'il change d'idée à son propos et à celui de l'enfant. Mais les hommes comme Draco prenaient leurs responsabilités trop au sérieux pour faire preuve de ce qu'ils auraient considéré comme une marque de faiblesse.

— Je suis navrée pour toi, Draco, dit-elle sans se retourner. Moi, du moins, j'avance dans la vie. Toi, tu es juste prisonnier du passé…

Elle referma la porte derrière elle et regagna sa chambre d'un pas incertain. Une fois à l'intérieur, elle arracha si violemment peignoir et chemise de nuit qu'elle les entendit se déchirer dans sa hâte à échapper à leur douceur, à leur sensualité, au rappel de ce qu'ils représentaient et qu'elle n'était pas. Les mains tremblantes, elle retira les boucles d'oreilles que lui avait offertes Draco, et défit l'attache de son bracelet. Elle n'avait pas besoin de ces bijoux. C'étaient des pièges destinés à une autre, une autre qu'elle ne serait jamais. Elle était Julia Carson, chef cuisinière, et sacrément fière de l'être.

C'était ce qu'elle ne cessait de se répéter en passant un vieux T-shirt et en se glissant sous les couvertures. Son bébé et elle n'avaient besoin de rien ni de personne.

Et certainement pas de Draco Sandrelli.

Les jours suivants s'écoulèrent avec une lenteur désespérante. Draco se montrait froid et distant et, les rares fois où leurs chemins se croisaient, il était douloureusement clair qu'il ne restait rien de la camaraderie qu'ils avaient provisoirement établie.

Julia se jeta dans ses cours avec un regain d'enthousiasme. Elle avait besoin de quelque chose, n'importe quoi, pour se focaliser sur son avenir. Le temps qu'elle passait dans la cuisine et à parcourir les marchés avec Cristiano devenait salvateur pour son âme à vif, à tel point que, le matin où elle sentit un léger mouvement se produire dans son ventre, elle demeura interdite. À tout juste quatre mois de grossesse, c'était trop tôt pour ressentir les mouvements du bébé, se dit-elle, et elle rejeta tout d'abord l'origine de la sensation sur des problèmes digestifs. Mais, quand le phénomène se reproduisit, elle fut bien obligée d'admettre la vérité.

Posant une main sur son ventre, elle attendit que la sensation se renouvelle, mais rien ne se passa. Pourtant, le soir, au moment de se mettre au lit, elle sentit de nouveau s'agiter le petit être. Les larmes aux yeux, elle se caressa le ventre, soudain liée à son enfant comme elle n'aurait jamais cru possible de l'être.

Comme les choses auraient été différentes si elle

avait pu partager cette expérience avec Draco, pensa-t-elle avec tristesse. Et ses larmes, jusqu'ici contenues, inondèrent ses joues.

Le lendemain matin, elle fut surprise de trouver Draco dans la cuisine, qui l'attendait. Ils avaient à peine échangé une demi-douzaine de mots depuis le soir où Umberto et Sabina Sandrelli étaient venus leur rendre visite.

— Je pars pour Londres dès que l'avion sera prêt, annonça-t-il. Mais je serai de retour à temps pour t'accompagner chez le médecin pour l'examen du quatrième mois.

— Si tu n'es pas revenu, ce n'est pas grave. Je peux y aller toute seule, dit Julia d'un ton ferme.

En réalité, étant donné l'état de leur relation, elle aurait préféré qu'il ne l'accompagne pas.

— J'ai dit que je serai de retour ; je serai donc là. Je tiens toujours parole, Julia. Mieux vaut que tu t'en souviennes.

En rougissant, Julia jeta un coup d'œil à Cristiano qui, dos tourné, préparait une omelette à la sauge pour le petit déjeuner. Elle trouvait détestable que Draco s'arroge le droit de lui parler sur ce ton en présence de son personnel.

— Si tu y tiens, dit-elle en haussant les épaules. Personnellement, ça m'est égal.

C'était mesquin et puéril de répliquer ainsi, mais le ton sec et autoritaire qu'il employait avec elle lui donnait justement l'impression d'être une enfant. Elle s'assit à la table et joua du bout de la fourchette avec le contenu de son assiette. Et elle demeura tendue, les épaules nouées, jusqu'à ce qu'il sorte de la pièce.

Elle entendit ronfler le moteur de sa voiture tandis qu'il s'éloignait du palazzo et, tout au fond d'elle-même, une petite fille pleurait qu'ils en soient arrivés là.

*
* *

À la fin de la semaine, Julia s'était habituée au frémissement qui, de temps à autre, trahissait les mouvements du bébé. Les sensations étaient encore légères, mais pour la première fois depuis longtemps, son impression de solitude s'allégeait. Draco ne lui avait donné aucun signe de vie depuis son départ. Mais si l'on tenait compte de sa dernière réplique, ce n'était pas tellement surprenant. Elle avait espéré se sentir plus détendue au palazzo en son absence, mais, tout au contraire, elle avait le sentiment d'être une intruse qui s'approprierait les lieux. Normal. Elle n'appartenait pas à cet endroit. Comme il l'avait si sommairement résumé lors de cette horrible soirée, elle était ici pour accoucher. Et, sitôt fait, elle rentrerait chez elle.

Elle était dans le jardin potager, cueillant du persil plat pour agrémenter les croquettes de pommes de terre dont elle expérimentait la recette quand elle entendit la sonnerie lointaine du téléphone. Depuis le départ de Draco, il n'avait pratiquement pas sonné et son cœur bondit d'anticipation à l'idée qu'il puisse l'appeler. Mais comme elle entrait dans la cuisine, elle repoussa l'idée. Il n'allait pas plus l'appeler qu'il ne se mettrait à genoux devant elle pour la supplier de rester.

Elle secoua la tête, se traitant de folle. Malgré la manière dont les choses avaient tourné entre eux, elle devait bien s'avouer qu'il lui manquait terriblement. C'était même difficile d'admettre qu'elle désirait autant sa présence. Elle qui n'avait besoin de personne avait apparemment beaucoup plus besoin de lui qu'elle ne le croyait.

— *Signorina* ! Le téléphone pour vous, cria une domestique en désignant le téléphone accroché au mur de la cuisine.

— Merci, dit Julia.

L'appréhension lui noua l'estomac. Serait-il arrivé un malheur ? S'agissait-il de Draco ?

La voix, à l'autre bout de la ligne, la renseigna tout de suite.

— Mademoiselle Carson ? Dr Featherstone, d'Auckland City Hospital, à l'appareil. Votre père vient d'être admis chez nous à la suite d'une crise cardiaque. Il est actuellement dans un état stationnaire et doit subir une opération. Malheureusement, il semble être plus concerné par son restaurant que par sa santé, et refuse d'y consentir. Tout à fait franchement, s'il s'entête, il n'aura peut-être pas autant de chance la prochaine fois.

Le cœur de Julia sombra. Une crise cardiaque ? Seigneur ! Elle n'aurait pas dû s'éloigner. Elle aurait dû se douter que son père endosserait la responsabilité entière de la conduite du restaurant, qu'il refuserait d'engager un chef, voire de simplement partager le travail avec le sous-chef. Tout était sa faute — et celle de Draco.

— Puis-je lui parler ? parvint-elle à demander du fond de sa détresse.

— Il est sous sédatif, mais je peux lui transmettre un message.

— S'il vous plaît, dites-lui de ne pas s'inquiéter au sujet du Carson. Dites-lui que je prends le premier avion et que je m'occupe de tout. Il ne doit plus penser qu'à son rétablissement.

Elle s'entretint encore quelques instants avec le médecin, puis raccrocha, et se laissa aller contre le mur. Une crise cardiaque. Elle ferma les yeux. Son père aurait pu mourir, et tout ça parce que Draco tenait absolument à ce que son bébé naisse dans sa bien-aimée Toscane. Eh bien, c'était à elle de décider et sa décision était prise : le bébé ne naîtrait pas ici. Son père avait besoin d'elle et, comme Draco aimait tant à le rappeler, la famille passait avant tout.

Son devoir vis-à-vis de son père n'était pas moindre que celui de Draco envers sa famille, si illustre soit-elle.

Tentant de rassembler ses idées, elle reprit le téléphone afin de se renseigner sur les horaires de vols pour la Nouvelle-Zélande. Elle devait rentrer le plus tôt possible. La santé de son père, sa vie même, en dépendait.

- 13 -

Quand Julia grimpa les marches qui menaient à son appartement, au-dessus du restaurant, elle était rompue de fatigue. Elle avait dû voyager de Rome à Londres pour prendre un vol pour la Nouvelle-Zélande avec escale à Hong Kong. Au passage, l'ironie du sort, qui avait voulu qu'elle se retrouve dans la même ville que Draco, même temporairement, ne lui avait pas échappé. Avec le nombre de fuseaux horaires franchis, elle avait l'impression d'avoir voyagé plusieurs jours, alors que le trajet n'avait duré qu'un peu plus de trente heures. Mais enfin, elle était chez elle. À la maison. Là où on avait besoin d'elle, là où elle était désirée.

Même si l'heure du déjeuner approchait, elle n'avait qu'une envie, se coucher et dormir. Elle appela l'hôpital et demanda à être mise en relation avec son père, mais son appel fut intercepté par une infirmière qui lui dit qu'il se reposait. Déçue de ne pouvoir lui parler, elle laissa un bref message pour son père. Elle ne réussit à dormir que quelques heures avant de se retrouver aux commandes du restaurant. Rappeler son père devrait attendre le lendemain. Mais enfin, il savait qu'elle était arrivée et prenait les choses en mains. Maintenant, il consentirait à l'opération qui le garderait près d'elle plus longtemps.

À part la lassitude du premier jour de son retour, Julia retomba dans la routine du restaurant avec une incroyable facilité. L'opération de son père devait avoir lieu plus tard dans la semaine et, si tout se passait bien, il pouvait espérer un prompt rétablissement. Mais on l'avait averti qu'il ne pourrait pas retourner au Carson et y reprendre la même activité qu'avant. Car l'opération ne ferait pas de miracle, et jamais il ne retrouverait assez de force pour tenir bon face au stress engendré par la direction d'un restaurant au faîte de sa popularité.

Deux jours plus tard, à la fin de son service, Julia monta l'escalier et s'effondra avec reconnaissance sur le canapé-lit qu'elle n'avait pas eu le courage de replier le matin. Elle envoya promener ses chaussures et commença à se masser les pieds.

Mon Dieu, cela faisait un bien fou ! songea-t-elle en soupirant d'aise. Le soir, seul ce petit massage lui permettait de soulager l'enflure de ses pieds et de ses chevilles. Pourtant, en dépit de ce petit désagrément, elle avait le sentiment de plutôt bien réussir son retour dans une cuisine survoltée. Même si, au fond d'elle, elle avait toujours l'impression que quelque chose lui manquait...

C'était curieux. Le rythme trépidant du restaurant n'arrivait plus à attiser sa flamme comme par le passé. Sans doute s'était-elle amollie au palazzo. Mais ça n'expliquait pas la sensation d'avoir le cœur serré dans un étau, ni le sentiment qu'elle passait à côté de l'essentiel. Elle poussa un nouveau soupir. Allons, ce devaient être ses hormones qui la travaillaient. Et puis, elle devait bien l'admettre, être amoureuse d'un homme qui vous considérait comme une sorte de poulinière, même si elle ne pouvait s'en prendre qu'à elle, n'avait rien de particulièrement enthousiasmant. Pas étonnant qu'elle se sente un peu déprimée. Bon, d'accord, plutôt très déprimée. Mais après un voyage de trente heures, l'angoisse éprouvée pour son père, suivie d'une immersion directe dans le travail, elle avait bien le droit de se sentir à plat.

Elle se demanda si Draco était de retour au palazzo. Nul

doute qu'il avait dû être livide en découvrant sa disparition. Peut-être même avait-il déjà entamé les démarches pour l'expulser du restaurant. Mais peu importait. En ce moment, seul son père comptait aux yeux de Julia. Et, pour qu'il aborde l'opération avec sérénité, elle devait continuer à faire tourner le restaurant.

Le Carson conservait ses cinq étoiles sur l'échelle du *Fine Dining* mais cette consécration lui paraissait désormais bien dérisoire. Ce n'était, après tout, que l'avis d'une seule personne. Pourquoi y avait-elle attaché tant d'importance alors que, maintenant, elle mesurait la vanité d'un tel honneur ? Pendant toutes les années où son père avait dirigé le Carson, il s'était battu pour obtenir ces étoiles, et, quand ils s'étaient associés, tout naturellement, c'était devenu leur ambition à tous deux. Et puis, quand son père avait pris sa retraite, Julia avait repris l'objectif à son compte, s'exhortant avec son équipe à atteindre les sommets qui leur donneraient accès à la récompense tant convoitée.

Et pour quel résultat ? Pour obtenir une chose qu'un autre avait voulue ? Le désir d'obtenir ces étoiles avait régi la vie de son père, orienté sa créativité, façonné l'homme et le chef qu'il était. Même si les années précédentes avaient été transitoires, il avait toujours couru après cette gloire, elle le savait. Mais elle, cherchait-elle tellement à s'identifier à lui qu'elle en avait perdu de vue qui elle était, ce qu'elle voulait ?

Durant ses années d'enfance et d'adolescence, elle avait passionnément souhaité connaître la stabilité d'un foyer, et un revenu régulier, ce que le Carson lui avait offert. Mais le lui avait-il vraiment offert ? Alors, à un moment de son existence, elle avait rêvé d'amour, elle avait osé croire qu'elle pourrait conjuguer carrière et couple et, peut-être un jour, famille. Sauf qu'elle ne s'en était jamais donné la possibilité, car les choix de vie qu'elle avait faits avaient toujours été calqués sur les rêves de son père, et non sur les siens.

Elle se mit à masser son second pied, aussi douloureux que le premier. Comme il aurait été agréable d'avoir un partenaire pour le faire ! Non, corrigea-t-elle, plus qu'un partenaire. Plus que ce qu'elle avait jamais permis à Rhys d'être. Elle voulait une âme sœur. Quelqu'un sans qui la vie perd ses couleurs, quelqu'un auprès de qui les étoiles sont tellement plus brillantes dans le ciel nocturne, et le monde un endroit plus heureux.

Allons, songea-t-elle en secouant la tête devant le cours pris par ses pensées, elle avait intérêt à oublier ce genre de rêves. Personne n'allait venir la masser. Ni partenaire, ni âme sœur. À l'heure actuelle, la seule chose sur laquelle elle pouvait compter, c'était une cuvette qu'elle était invariablement trop fatiguée pour tirer du placard afin de se préparer un bain qui délasserait ses pauvres pieds endoloris.

Une idée s'imposa soudain à son esprit. Pour l'instant, elle était encore capable de se débrouiller toute seule, mais comment allait-elle s'arranger d'ici quelques semaines, quand elle aurait pris de l'embonpoint ? Il ne fallait pas compter que son père reprenne le travail. Ce matin, le médecin avait été catégorique : pas question que son patient reprenne au même rythme après l'opération. Et il lui avait clairement fait comprendre que le mieux serait encore que son père se tienne complètement à l'écart du restaurant. Elle soupira. Il faudrait penser à passer une annonce dans le journal local pour trouver quelqu'un qui pourrait partager la tâche avec elle. Elle avait cru que Phil saisirait la chance de monter en grade, mais quand elle avait abordé le sujet, il lui avait expliqué qu'il avait une femme, un petit garçon et un bébé en route, et qu'il tenait à profiter de sa toute jeune famille.

Julia sentit de nouveau le pincement de la jalousie

envahir son cœur. Quelle chance avait l'épouse de Phil ! Cette femme, elle, avait quelqu'un pour veiller sur elle. Pour les aimer, elle et son bébé. Mais elle, qui veillerait sur elle ? Elle essaya d'écarter l'idée, mais celle-ci revenait sans cesse la hanter. Qu'allait-elle devenir après la naissance du bébé ? Selon toute vraisemblance, Draco en exigerait la garde. Et, pour être honnête, elle savait déjà qu'elle ne pourrait maintenir le même rythme de travail et pouponner en même temps.

C'était inextricable.

— Que voulez-vous dire par elle est partie ? tonna Draco en traversant le salon du palazzo à grands pas. Pourquoi ne m'a-t-on pas prévenu ?

— Mlle Carson a demandé qu'on ne vous dérange pas, *signore.*

La pauvre domestique qui informait le maître des lieux de la désertion de Julia semblait au bord des larmes.

Ne pas le déranger ? Elle ne voulait pas le déranger ? C'était d'une drôlerie irrésistible si l'on songeait qu'elle avait hanté la moindre de ses pensées, et qu'il se réjouissait de la savoir en sécurité au palazzo.

— Quand est-elle partie ? demanda-t-il en s'efforçant de prendre un ton plus doux.

— Vendredi dernier, *signore.*

— Merci, Maria. Je vous prie de m'excuser d'avoir élevé le ton.

Ses excuses lui valurent un sourire timide de la part de la jeune femme, et une bonne dose de remords. Il y avait bien longtemps qu'il n'avait été énervé au point de perdre son sang-froid avec un membre du personnel.

Il consulta sa montre. Midi, c'est-à-dire 22 heures en Nouvelle-Zélande. Avec un peu de chance, le moment n'était pas si mal choisi pour joindre Julia au restaurant. Car il ne doutait pas un instant qu'elle s'y trouvait.

Deux heures plus tard, Draco refermait son portable avec humeur. Ainsi, Julia était trop occupée pour venir lui parler au téléphone ? Eh bien, il allait mettre de l'ordre à ça. Naturellement, il avait été choqué d'apprendre que M. Carson avait eu une crise cardiaque, et qu'il se trouvait à l'hôpital dans l'attente d'une opération. Seulement, il ne comprenait pas pourquoi le père comme la fille éprouvaient le besoin de se tuer au travail. Ses instructions au père de Julia avaient été très explicites. Il devait engager un chef pour le soulager de la charge de travail. Qu'il ait jugé bon de passer outre, et de mettre la santé de Julia et de l'enfant en danger, le mettait hors de lui.

Draco composa le numéro de l'appartement de Julia et laissa sur le répondeur un message qui ne lui laisserait rien ignorer de ses intentions.

— Nous avions un accord, Julia. Je ferai tout ce qui sera en mon pouvoir pour m'assurer que tu arrêtes de travailler jusqu'à la naissance de mon enfant. Sois-en sûre, et attends-toi à me voir très bientôt.

Le lendemain matin, il se prépara pour le long vol vers la Nouvelle-Zélande. Mais avant de rejoindre la voiture où un domestique avait porté sa valise, il fit halte dans la chambre de Julia. Il n'y avait pas mis les pieds depuis le jour de son retour de Florence, quand il lui avait offert les boucles d'oreilles et les vêtements. Une trace de son parfum flottait dans l'air, et il s'en remplit les poumons.

Il n'avait pas voulu l'admettre, ni même le croire, mais Julia lui avait terriblement manqué durant son séjour londonien. C'était une douleur physique qui s'infiltrait dans son corps et son esprit. Ne pas l'appeler lui avait beaucoup coûté, mais ils s'étaient quittés en si mauvais termes… Qu'aurait-il pu lui dire au téléphone qui ne pouvait être dit les yeux dans les yeux ? Oui, elle lui manquait, d'accord. Elle lui manquait assez pour qu'il comprenne combien il avait été dur avec elle, le soir où elle lui avait posé des questions sur Marcella.

Dur ? Il s'était montré cruel, oui. Il avait délibérément déversé son chagrin, sa déception, son sentiment de n'être pas à la hauteur, sur Julia.

Mais parler de Marcella avait été comme plonger un couteau dans une plaie. Et puis, par-dessus tout, il avait dû refréner le désir qui le consumait chaque fois que Julia se trouvait dans les parages.

Assise là, dans sa délicieuse tenue de nuit, sa peau comme éclairée de l'intérieur à travers le voile arachnéen, elle ne ressemblait en rien à la femme qu'il avait promis d'épouser, et en tout à celle qu'il aimait.

La prise de conscience avait été aussi douloureuse qu'efficace.

Il n'avait pas aimé Marcella aussi fort qu'il aimait Julia. Ce qu'il avait ressenti pour sa fiancée de l'époque n'était qu'une pâle comparaison des émotions qui le submergeaient aujourd'hui. Et, à cause de ça, il se sentait encore plus responsable, si possible, de la mort de Marcella. Elle était prête à faire n'importe quoi pour lui, même à risquer sa vie pour lui donner ce qu'il voulait, et comment l'en avait-il récompensée ? En travaillant tous les jours que le Seigneur avait faits, en étant, au mieux, un fiancé fantôme. Et cependant, elle s'était accrochée à lui, elle l'avait aimé, lui qui ne méritait même pas une miette de son amour.

Marcella méritait mieux que lui. Il ne l'avait pas protégée comme il aurait dû le faire. Mais une chose était certaine, il protégerait Julia et leur enfant de toutes ses forces. Pour commencer, il la ramènerait à la maison, ici, en Toscane, et cette fois, il la garderait en sécurité dans le cercle de ses bras et de son amour.

Persuader Julia que sa place était à son côté ne serait

pas un jeu d'enfant. Le Carson était toute sa vie, il en était maintenant convaincu. Il avait bien compris son désir de rentrer chez elle pour être au chevet de son père après sa crise cardiaque, mais, grâce à sa brève conversation avec le personnel du restaurant, il avait appris qu'elle passait tout son temps en cuisine. Julia était là pour le restaurant. Elle vivait pour lui, par lui. Et ce n'était pas la rapide visite à son père, le matin en revenant du marché, qui allait changer ça. Elle mesurait ce qu'elle était à l'aune du restaurant et, quelque part, Draco trouvait plus décourageant, s'il voulait obtenir le cœur de Julia, de devoir se battre contre *quelque chose* plutôt que contre quelqu'un.

Il examina les bijoux qu'elle avait laissés sur la commode. Ce geste était parfaitement explicite ; elle ne voulait rien de lui. Eh bien, il était désolé pour elle, mais il allait falloir qu'elle songe à réexaminer la situation.

Il était presque 2 heures du matin quand l'avion de Draco survola l'aéroport international d'Auckland. Comme l'appareil roulait vers le terminal privé, Draco bouillait d'impatience. Quand enfin, il débarqua, il maudit les formalités de douane et d'immigration, pourtant rondement menées, qui le retardaient encore. Son chauffeur, qui l'attendait dans le hall du terminal, s'avança pour prendre sa valise et le conduire à la limousine.

Draco rongeait son frein tandis que tous les feux de George Bolt Memorial Drive semblaient s'être donné le mot pour passer au rouge devant eux. Il avait demandé à se faire conduire chez lui car il était trop tard pour se présenter chez Julia et lui parler, mais il avait bien l'intention d'être là dès le matin, avant qu'elle ne se rende à l'hôpital pour voir son père et que ce dernier ne soit conduit en salle d'opération.

Soudain, son téléphone portable sonna. Le numéro affiché à l'écran correspondait à celui de son bras droit néo-zélandais.

— Sandrelli à l'appareil, dit-il, prenant la communication.

Sa voix résonna sèche et froide dans l'enceinte du luxueux véhicule, mais la nouvelle que lui communiqua son interlocuteur lui causa une telle frayeur qu'il changea de ton en un instant.

— Un incendie au Carson ? Quand ? Y a-t-il des blessés ?

Draco eut soudain la sensation que la main d'un géant lui broyait le cœur. Si le feu avait démarré dans la cuisine, Julia était en première ligne dans son petit appartement de l'étage. Avait-elle eu le temps de descendre ?

Puis lui parvint la nouvelle qu'il redoutait.

Il y avait des victimes.

Les pompiers luttaient pour contenir l'incendie.

Chaque nouvelle lui assénait un coup, mais aucune ne lui apprenait ce qui lui tenait vraiment à cœur.

— Julia Carson. Savez-vous où se trouve Julia Carson ? demanda-t-il d'une voix déformée par la peur.

— Je ne sais rien d'elle. Désolé.

Après avoir refermé le téléphone d'une main tremblante, Draco ordonna au chauffeur de changer de direction et de se rendre à Ponsonby. Il fallait qu'il aille là-bas, qu'il se rende compte de la situation, qu'il constate par lui-même que Julia était indemne. Il ne voulait même pas envisager d'autre issue ; le cœur lui aurait manqué.

L'accès à la route du Carson était bloqué par de gros tuyaux d'eau serpentant sur le bitume, et le chaos organisé des véhicules de secours. Deux ambulances stationnaient au bord de la route. À son arrivée, les portes de l'une d'elles se refermèrent, et elle démarra toutes sirènes hurlantes.

Avant même que la limousine soit complètement arrêtée, Draco en sauta et courut vers le restaurant.

Avec une fascination horrifiée, son regard fut attiré par le monstre de feu qui, malgré les lances à eau braquées sur lui, continuait de dévorer le restaurant avec un appétit inégalé. Un policier s'approcha de lui.

— Reculez, monsieur, s'il vous plaît !

— Savez-vous où est Julia Carson ?

Une violente explosion ébranla soudain l'air, et une fusée de feu s'éleva vers le ciel. Les pompiers continuaient de diriger leurs tuyaux vers les flammes, mais Draco voyait déjà que c'était uniquement pour circonscrire l'incendie au Carson et protéger les maisons voisines. Pour ce qui était du restaurant, il ne restait aucun espoir de sauver quelque chose.

En surprenant l'expression de pitié du policier, il eut l'impression que le monde basculait sous ses pieds.

— Je vous en prie, implora-t-il, dites-moi qu'elle n'est pas restée prisonnière des flammes !

— Je vais aller aux nouvelles, mais il faut reculer, monsieur.

Le policier repoussa doucement Draco qui obtempéra tout en adressant au ciel les plus ferventes prières de sa vie.

- 14 -

Combien de temps il demeura au bord de la route, Draco n'aurait su le dire, mais soudain, un mouvement à l'arrière de l'ambulance qui stationnait non loin de là attira son attention. Bouleversé, il reconnut la silhouette de Julia.

Julia ! Le ciel soit loué, elle était sortie de l'enfer !

Il courut à toute vitesse vers elle, pour la prendre dans ses bras, s'assurer qu'elle était saine et sauve. Son visage était maculé de suie, ainsi que ses vêtements, et un masque à oxygène posé sur son visage confirmait qu'elle venait de frôler un terrible danger.

Comme il avançait les mains vers elle, elle le repoussa avec la plus extrême violence.

— Comment oses-tu ? cracha-t-elle d'une voix éraillée par la fumée.

Et des larmes tracèrent un sillon pâle sur ses joues.

— C'est donc à ça que tu pensais quand tu m'as prévenue que tu m'empêcherais de travailler ? demanda-t-elle encore, rendue complètement hystérique par le chagrin. C'était à ça ?

— Non, Julia, non ! Comment peux-tu penser une chose pareille ? Je n'aurais jamais agi ainsi, voyons. Jamais ! insista-t-il avec véhémence.

Elle se mit à tousser, et un auxiliaire médical vint l'inciter à s'asseoir sur la marche arrière de l'ambulance. Il replaça le masque à oxygène sur son visage et lui parla doucement pendant quelques instants. Quand il se redressa, Draco s'approcha de lui.

— Pourquoi est-elle encore là ? Ne devrait-elle pas être hospitalisée ? Elle est enceinte de quatre mois. Il faut l'examiner !

— Mlle Carson a refusé de se rendre à l'hôpital pour subir des examens. Pour le moment, je la garde donc sous oxygène.

— C'est vrai, Julia ? Tu refuses d'aller à l'hôpital ?

Les larmes continuaient de couler le long des joues de Julia. Voyant cela, Draco s'accroupit près d'elle et lui prit les mains.

— *Cara mia*, il faut voir un médecin.

— Je ne peux pas, dit-elle d'une voix étouffée par le masque. Pas tant que tout ne sera pas fini.

Ses yeux demeuraient rivés sur le cataclysme qui lui avait dérobé sa fierté, son foyer et sa raison de vivre. Draco comprenait son besoin d'être présente jusqu'au bout, même si son instinct lui criait de la pousser dans l'ambulance et d'ordonner qu'on l'évacue au plus vite vers l'hôpital.

Il s'assit près d'elle sur la marche de l'ambulance, passa un bras autour de ses épaules et l'attira à lui. Et il demeura immobile, observant, attendant.

Une bonne heure plus tard, comme l'aube pointait au-dessus de la rue inondée, Draco se leva. Satisfaits par l'auscultation de Julia, les ambulanciers étaient repartis, et Draco avait réussi à la convaincre d'attendre dans la limousine le temps que les pompiers en terminent avec l'incendie.

À la froide lumière de l'aube, on prenait crûment la mesure de l'étendue des dégâts. Les poutres calcinées s'enchevêtraient suivant des angles étranges et des morceaux de ferraille pendaient en rubans tordus et noircis sur ce qui restait du sol du restaurant. Dans l'air flottait l'odeur âcre de la lutte impitoyable qui avait opposé le feu et les pompiers.

Il y aurait une enquête, avait-on dit à Draco, et, même si la villa était assurée, et si Julia avait souscrit une assurance couvrant la perte de son moyen d'existence, la vision de la ruine calcinée et fumante disait avec brutalité son malheur. Et la manière dont elle fixait les décombres disait encore plus fort son anéantissement. À cet instant, Draco aurait tout donné pour effacer de son beau visage cette expression de désespoir.

Quand les pompiers établirent un cordon autour des ruines de ce qui avait été son foyer et son gagne-pain, Julia sortit de la voiture. De grands frissons secouaient son corps. Il ne restait rien, absolument rien. Elle vacilla, ses jambes refusant soudain de la porter, mais de grands bras forts se refermèrent sur elle, la soulevèrent, et la remportèrent à la limousine.

Elle ne trouva même pas l'énergie de protester. À quoi bon ? La dernière chose à laquelle elle attachait du prix était irrémédiablement partie en fumée.

Draco la ramena chez lui. En sortant de la voiture, elle aspira une grande bouffée d'air marin, mais l'odeur des rêves perdus restait incrustée dans ses narines. Elle le suivit sans rechigner jusqu'à l'appartement, et, docile comme un nouveau-né, se laissa guider vers la salle de bains. Il la fit entrer dans la douche tout habillée, et y pénétra à son tour, vêtu lui aussi. Il entreprit alors de la déshabiller sous le jet chaud.

Il jeta leurs vêtements hors de la douche, en tas, mais elle était trop fatiguée pour s'en formaliser. Avec des gestes très doux, il lui lava les cheveux et les rinça avant de répéter l'opération. Ensuite, avec un gant et du gel douche, il lui frotta le corps jusqu'à ce que l'eau coule claire.

Quand elle fut propre, il ferma les robinets et l'essuya. Après lui avoir passé un de ses T-shirts, il la glissa entre les draps de coton de son lit. Alors, et alors seulement, elle laissa son esprit dériver loin des horreurs de la nuit et plongea dans le sommeil.

Elle s'éveilla des heures plus tard, au son d'un bruit de voix masculines qui lui parvenaient de la pièce voisine. Sa gorge était toute desséchée et elle trouva avec reconnaissance la bouteille d'eau que Draco avait placée à sa portée durant son sommeil. Et tout en laissant l'eau délicieusement fraîche couler dans sa gorge, elle entendit la voix de Draco qui demandait :

— Et le bébé ? Le bébé n'aura pas souffert ?

Il avait sans doute appelé un médecin. Elle entendit le brouhaha des voix s'éloigner et le bruit de la porte d'entrée qui s'ouvrait et se fermait.

Elle se renversa contre l'oreiller, plus seule et plus perdue qu'elle ne l'avait été de sa vie entière. Le bébé demeurait l'unique préoccupation de Draco. Naturellement, elle savait que ç'aurait dû être la sienne aussi, mais elle trouvait injuste de n'être jamais au centre des pensées de personne. Était-ce trop demander que de vouloir une fois, rien qu'une fois, être celle qui comptait ?

Elle jeta un regard embué au réveil posé sur la table de nuit et s'assit d'un coup de reins en découvrant l'heure. L'opération de son père devait être terminée. Et elle lui avait promis d'être près de lui avant l'anesthésie et de se trouver à son chevet quand il reprendrait connaissance...

Elle balança ses jambes par-dessus le bord du lit, posa les pieds sur le sol. Cependant, avant qu'elle puisse se lever, Draco apparaissait près du lit.

— Tu veux aller à la salle de bains ? Je vais t'aider.

Elle secoua la tête. Elle n'avait pas besoin de sa sollicitude. Ce n'était pas comme s'il tenait vraiment à elle.

— Non, dit-elle d'une voix rauque. Il faut que j'aille à l'hôpital voir mon père. Il doit s'inquiéter.

Draco la repoussa doucement sur le lit.

— Ton père a parfaitement supporté l'intervention, tu peux être rassurée à ce sujet. Et le chirurgien lui a expliqué les raisons de ton absence. Pour le moment, il dort, mais j'ai laissé quelqu'un à l'hôpital qui nous préviendra dès qu'il se réveillera. Si tu es d'attaque, je t'emmènerai le voir plus tard.

Julia laissa Draco lui soulever les jambes et les reposer sur le lit, puis rabattre la couverture sur elle. À sa surprise, alors qu'elle croyait qu'il allait la laisser, il s'assit au bord du lit.

— On peut le reconstruire, tu sais, murmura-t-il.

— Quoi ? Le restaurant ?

L'image des ruines fumantes de la villa se forma dans la tête de Julia. Pour reconstruire le Carson, il faudrait beaucoup de temps et d'argent, et elle ne disposait ni de l'un ni de l'autre. Mais, après tout, le bâtiment ne lui appartenait pas. Il appartenait à Draco.

Elle se rappela les dures paroles qu'elle lui avait assénées quand il était arrivé sur le lieu du drame et ne put s'empêcher de rougir. Il avait fallu qu'elle soit à bout de nerfs pour aller à de telles extrémités. Pourquoi Draco aurait-il mis le feu à sa propriété, au risque de blesser des gens, ou pire ? Elle voulut s'excuser mais les mots ne franchirent pas sa gorge.

— Oui, le restaurant. Il en existe des tas de photos. On pourrait utiliser des poutres de récupération, rester fidèles à la construction originelle. Ce serait même mieux qu'avant car on pourrait faire en sorte que le restaurant ait le charme de l'ancien avec la fonctionnalité du neuf. Qu'en dis-tu ?

Elle le regarda un long moment, silencieuse, puis elle demanda d'une voix hésitante :

— Tu le veux vraiment ? demanda-t-elle.

— Comment pourrais-je ne pas le vouloir, Julia, quand c'est si important pour toi ?

Il prit ses mains dans les siennes et les porta à ses lèvres. Et, sous la tendresse de ses baisers, Julia eut la sensation, toute nouvelle pour elle, d'être chérie. Toute sa vie, elle avait dû endosser des responsabilités, s'assumer. Mais à présent, elle se sentait… protégée. À cette idée, une douce chaleur l'envahit. Mais elle se força à la rejeter, à ne pas se laisser prendre par l'illusion du moment. Car ce n'était qu'un moment.

— Tu sais, Julia, je ne peux pas t'expliquer ce que j'ai ressenti quand j'ai débarqué à Auckland et qu'on m'a mis au courant de l'incendie. Ils disaient qu'il y avait des blessés, mais je ne savais pas si tu en faisais partie. Le trajet depuis l'aéroport a été le plus long de ma vie. Et puis, quand je suis arrivé au restaurant, je ne t'ai vue nulle part, et j'ai cru mourir d'inquiétude. Pour tout dire, j'ai été soulagé de t'entendre me jeter tes accusations à la tête !

— Je te prie de m'excuser. J'étais complètement retournée. Je n'aurais jamais dû proférer ces horreurs.

Bien sûr qu'il avait été soulagé de la voir saine et sauve. Après la disparition de Marcella et de son enfant, perdre un deuxième bébé aurait été pour lui un drame, elle le comprenait bien. C'était juste qu'elle désirait follement qu'une toute petite fraction de ses attentions ait été adressée à elle, rien qu'à elle.

— Ne t'excuse pas, dit Draco.

Lui lâchant les mains, il se mit à arpenter la pièce.

— Ce serait plutôt à moi de m'excuser, reprit-il. Je me suis conduit en seigneur féodal avec un de ses serfs. Un vrai tyran ! Je t'ai vue, je t'ai voulue, c'était aussi simple que ça. Et quand j'ai découvert que tu portais mon enfant, j'ai été prêt à tout pour te garder.

Une lueur d'espoir s'alluma dans l'âme tourmentée de Julia. Se pourrait-il que Draco éprouve un peu plus pour elle que l'attirance physique qui, à cet instant, bouillonnait encore sous la surface ?

— Je me suis montré injuste quand tu m'as posé des questions sur Marcella, dit-il. À dire vrai, j'ai beaucoup de mal à parler d'elle, mais pas pour les raisons que tu imagines sans doute. Oui, je l'ai aimée. Qui ne l'aurait aimée ? Mais étais-je amoureux d'elle ? Est-ce que le soleil se levait et se couchait avec elle ? Est-ce que, quand nous étions séparés, j'attendais avec impatience le moment de la retrouver ?

Il secoua la tête, son visage exprimant le dégoût de lui-même.

— Non, conclut-il. Je ne l'aimais pas de cette façon. Elle aurait pourtant mérité qu'on l'aime à la folie. Mais il a fallu qu'elle m'aime, moi. Et parce qu'elle m'aimait, moi, elle a voulu me donner ce qui, croyait-elle, m'attacherait plus sûrement à elle. Elle a décidé de faire un enfant au péril de sa vie, en espérant que je l'en aimerais davantage.

» J'ai vécu trop longtemps avec ce poids sur la conscience, Julia. Après avoir traité de façon si désinvolte les sentiments de Marcella, je ne me croyais plus digne d'aimer et d'être aimé. Et puis, je t'ai croisée, et tu as illuminé ma vie. Tu te souviens, *si* ? Quand tu es arrivée au palazzo avec ton groupe, je sortais de la maison. Mais je t'ai vue descendre du bus, et j'ai eu la sensation d'être frappé par la foudre, et j'ai trouvé de bonnes raisons de rester au palazzo. Je t'ai tout de suite désirée, Julia, et je te désire toujours, encore plus aujourd'hui qu'alors. »

— Comment pourrais-je oublier ? demanda Julia dans un souffle.

Entendre Draco évoquer leur première rencontre,

c'était revivre l'exquise sensation d'être désirée au premier coup d'œil.

— J'ai pensé que le ciel me donnait une deuxième chance, reprit Draco, d'une voix presque inaudible. Mais tu étais censée passer une seule journée au palazzo. Quand je t'ai demandé de prolonger ton séjour et que tu as accepté, je ne pouvais en croire ma chance. Ma vie a pris un nouveau tournant, mais tu es repartie. Tu étais si obsédée par ton travail et par le restaurant que je n'arrivais pas à imaginer te persuader de rester avec moi pour toujours. Je voyais si bien à quoi aurait pu ressembler ma vie. C'était comme si le destin me jouait un tour cruel en me faisant subir un juste retour des choses. J'avais considéré comme acquis l'amour que Marcella me portait, et m'étais immergé dans mon travail. Et soudain, même si je n'avais pas encore bien conscience que ce que j'éprouvais pour toi était de l'amour, voilà que tu me rendais la pareille.

Il l'aimait ? Julia porta une main à son cœur. Si elle avait deviné la profondeur des sentiments de Draco, aurait-elle agi différemment ? Elle en doutait. Elle était encore trop imprégnée des vues de son père sur l'amour, trop obsédée par sa carrière, trop traumatisée par l'échec douloureux de sa propre relation avec Rhys pour être capable d'envisager une relation durable.

— N'es-tu pas trop dur avec toi-même, Draco ? Comment Marcella pourrait ne pas t'avoir aimé ? Tu irradies la force, tu réussis tout ce que tu entreprends, tu es si beau que j'en ai mal chaque fois que je te vois. Et ta passion pour tout ce que tu aimes est comme une drogue qui donne envie à ceux qui t'entourent de faire partie de cet amour, partie de toi.

Elle s'interrompit un instant et sourit en voyant le visage de l'homme qu'elle aimait s'illuminer sous l'effet des mots qu'elle venait de prononcer.

— Tu me terrifiais, reprit-elle, et, en même temps, tu m'attirais comme un aimant. Grâce à toi, j'ai compris des choses terribles à mon sujet, des choses que je refusais de regarder en face. Et j'ai appris à identifier mes propres rêves et mes espérances…

— Le Carson, l'interrompit Draco en s'asseyant au bord du lit. Je le rebâtirai pour toi, je te le promets, Julia. Tu peux me faire confiance.

Julia posa un doigt sur les lèvres de Draco.

— Non, Draco, ce n'est pas ce que je désire. C'est vrai, j'ai cru que le Carson était tout pour moi, que je n'avais pas d'autre rêve à cultiver, d'autre but vers lequel tendre. Et j'ai mis très longtemps à comprendre que le Carson était le rêve de mon père, et de lui seul. J'ai fait miennes ses ambitions, parce que je n'espérais rien d'autre, tout comme il s'est immergé dans ses projets quand ma mère l'a quitté. C'était tellement plus simple de mettre sa ferveur dans le travail plutôt que d'aller au-devant d'un nouvel échec sentimental. Et, crois-moi, il les collectionnait.

Avec un sourire, elle prit la main de Draco et la pressa tendrement. Puis elle reprit :

— Je crois que l'exemple de mon père m'a enseigné qu'on peut contrôler certaines choses dans la vie. On peut avoir la maîtrise de ses actes si ce n'est celle de ses sentiments. Et, parce que je me croyais inapte à l'amour, j'ai suivi la voie qu'il avait tracée. Mais, tout au fond de moi, je n'ai jamais cessé de rêver au prince charmant. Je voulais ce que mon père était incapable d'avoir : un compagnon qui se tiendrait à mon côté, contre vents et marées, qui m'épaulerait, qui m'aimerait, et que j'aimerais en retour. Mais c'était tellement plus facile de ne pas prendre le risque. L'amour fait mal. Il vous laisse à vif, vulnérable, et il exige votre confiance.

Elle s'interrompit et leva les yeux vers lui. Puis elle

posa un baiser sur ses lèvres. Comme un souffle, qui lui donna l'impression de revivre. Elle mourait d'envie d'approfondir ce baiser, mais elle avait encore tant à lui dire qu'elle quitta ses lèvres délicieuses, à regret.

— Je ne veux pas être comme mon père et m'investir tellement à fond dans un projet que j'oublierais de vivre. Que tu reconstruises ou non le Carson m'est désormais indifférent. Il ne compte plus pour moi.

Draco lui prit le menton pour amener son visage à hauteur du sien.

— Qu'est-ce qui compte pour toi ? demanda-t-il.

— Toi. Toi, notre enfant, et la vie que nous pouvons mener ensemble si tu me veux toujours. Je t'aime, Draco. Je me suis battue bec et ongles contre mes sentiments, mais c'est fini. Je ne peux nier plus longtemps.

— Je t'aime, *cara mia*, n'en doute jamais. Je t'aime plus que je n'aurais jamais cru possible d'aimer une femme. Et je ne veux pas te perdre. Toi, et toi seule, es l'amour de ma vie, ma raison d'être, et, si tu le permets, je passerai le restant de mes jours avec toi. Je vieillirai avec toi. Je t'aimerai.

Julia referma ses bras autour du cou de Draco et l'attira à elle.

— Montre-moi tout de suite comment tu m'aimes, murmura-t-elle contre ses lèvres.

Draco rejeta les couvertures et la repoussa doucement contre les oreillers. Il promena les doigts sur ses bras, ses jambes, avant de soulever le bas de son T-shirt et de l'exposer devant lui, nue, mis à part l'aura d'amour qui les enveloppait.

Julia vibrait de désir, mais, cette fois, c'était différent. Et quand il se déshabilla et se glissa sur elle, elle comprit en quoi. Cette fois, elle avait l'absolue certitude d'être en sécurité avec lui. Elle lui avait offert son cœur et savait, au plus profond d'elle-même, qu'il chérirait et protégerait éternellement ce cadeau.

Et comme leurs corps se mettaient à bouger en parfaite harmonie, Julia se promit de chérir également le don qu'il lui faisait de lui-même.

À jamais.

Un inconnu pour époux, de Christy Jeffries - N°682

SÉRIE COUP DE FOUDRE À SUGAR FALLS TOME 2/6

Médusée, Kylie contemple l'adonis allongé dans son lit. A-t-elle vraiment passé la nuit dans les bras de cet homme séduisant, qu'elle n'a rencontré que quelques heures plus tôt ? Et, surtout, pourquoi son annulaire est-il orné d'une magnifique alliance ? Elle ne se souvient de rien, hélas, et sent soudain l'angoisse l'étreindre. Serait-il possible qu'elle ait, sur un coup de folie... épousé un inconnu ?

Passion à Hawaï, de Andrea Laurence

Hawaï, ses plages paradisiaques et ses cocktails délicieux. En s'y rendant, Paige pensait se ressourcer loin de San Diego et du père de son futur enfant, qui l'a trahie de la pire des façons. Sauf que Hawaï, c'est aussi Mano Bishop, l'homme de toutes les tentations. Mano et son corps athlétique, sa patience en or et ses idées incongrues. Mano, à qui Paige ne cesse de penser depuis leur première rencontre, quelques jours plus tôt. Pourtant, elle doit se refuser à cet homme – qui lui plaît beaucoup trop –, elle le sait. Car partir loin signifiait surtout pour elle « loin des hommes, qui font inévitablement souffrir »...

Leur enfant, son secret, de Sheri Whitefeather - N°683

Elle est enceinte ! Carol est bouleversée. Car la nuit passionnée qu'elle a passée avec Jake Wate, son patron, ne devait être qu'une simple parenthèse de plaisir. Bien sûr, elle est secrètement amoureuse de Jake depuis qu'elle a intégré son agence immobilière, mais envisager une relation avec ce noceur invétéré ne pourrait que la faire souffrir. Elle prend alors une grave décision : elle démissionnera, en emportant son secret avec elle...

Les liens du cœur, de Helen Lacey

Le jour où Tyler Madden, un avocat de renom, se présente chez elle pour lui apprendre non seulement que son frère bien-aimé a disparu, mais aussi qu'elle devient par conséquent la tutrice légale de Cara, sa nièce de dix mois, Brodie sent le sol se dérober sous ses pieds. Car à la douleur d'avoir perdu cet être qui lui était si cher vient s'ajouter une angoisse irrépressible : se montrera-t-elle à la hauteur pour élever Cara, elle qui ne connaît rien aux enfants ? Voilà pourquoi elle accepte avec soulagement la proposition que lui fait Tyler d'emménager chez elle pendant quelques jours pour l'aider. Même si une petite voix, au fond d'elle, lui souffle qu'héberger un homme si séduisant sous son toit est peut-être risqué...

Un insupportable milliardaire, de Kat Cantrell - N°684

Comment Reid Chamberlain ose-t-il lui claquer la porte au nez ? Nora n'en revient pas. Certes, elle vient de lui apprendre qu'elle était mère d'un petit garçon de deux ans, mais est-ce une raison pour qu'il se comporte comme le pire des goujats alors qu'ils viennent de passer la nuit ensemble ? Les dernières paroles de Reid sèment cependant le trouble dans son esprit. Ne lui a-t-il pas dit qu'il l'aimait, mais refusait l'idée qu'une famille l'abandonne à nouveau ? Décidée à éclaircir ce mystère, Nora se fait la promesse d'obtenir une explication…

Le retrouver à tout prix, de Victoria Pade

Lorsqu'elle apprend qu'elle attend un bébé, Livi est désemparée : tout ce qu'elle connaît de l'homme avec lequel elle a partagé une brûlante étreinte deux mois plus tôt est son prénom ! Et, si Callan et elle s'étaient mis d'accord pour ne partager qu'une nuit, elle ne peut lui cacher qu'il va être père ! Mais comment faire pour retrouver ce séduisant inconnu, dans le regard duquel elle a bien cru voir passer l'étincelle de l'amour ?

*** 10 ANS *Passions* ***

Pour fêter les 10 ans de Passions

découvrez tout au long de l'année 2017

la sélection des 12 meilleurs romans Passions

que vous avez choisis !

En octobre, ne manquez pas
le dixième titre de la sélection :

Liaison sous la neige
de Sara Orwig

Retrouvez en octobre,
dans votre collection

Passions

Liaison sous la neige, de Sara Orwig

Derrière la vitre embuée, la tempête de neige fait rage, et Savannah, bouleversée, comprend qu'elle devra rester ici plusieurs jours encore... Oh, bien sûr, la perspective de s'éloigner de Mike Calhoun, qui l'héberge depuis son arrivée, lui brise le cœur. Le charme de cet homme grand et brun ne l'a-t-il pas séduite dès le premier regard ? Et ne s'est-elle pas attachée, bien malgré elle, à son adorable petit garçon ? Hélas, malgré l'enivrant baiser que Mike lui a donné, inutile d'espérer partager avec lui davantage qu'une simple aventure. Car, dès que la tempête se sera calmée, elle n'aura d'autre choix que de reprendre la route, emportant avec elle son secret : elle est en fuite, et enceinte d'un autre...

Composé et édité par HarperCollins France.

Achevé d'imprimer en août 2017.

CPI
BLACK PRINT

Barcelone

Dépôt légal : septembre 2017.

Pour limiter l'empreinte environnementale de ses livres, HarperCollins France s'engage à n'utiliser que du papier fabriqué à partir de bois provenant de forêts gérées durablement et de manière responsable.

Imprimé en Espagne.